Dieser Titel ist auch als E-Book erhältlich.

Über die Autorin:

Prisca Burrows Frumble hat ihr Leben der historischen Forschung verschrieben. Sie gilt als die Koryphäe auf dem Gebiet der Bogins, deren Leben eng verflochten ist mit der Geschichte Albalons. »Das Opfer der Bogins« ist eine authentische und epische historische Erzählung, die an die Geschehnisse aus dem »Fluch der Halblinge« anknüpft.

Prisca Burrows

DAS OPFER DER BOGINS

Roman

BASTEI LÜBBE TASCHENBUCH
Band 20 771

1. Auflage: November 2014

Dieser Titel ist auch als E-Book erschienen

Originalausgabe
Copyright © 2014 by Bastei Lübbe AG, Köln
Textredaktion: Dr. Frank Weinreich, Bochum
Lektorat: Hamson Chubb-Baggins of Pincup
Titelillustration: Arndt Drechsler, Rohr
Umschlaggestaltung: Guter Punkt, München
Satz: Urban SatzKonzept, Düsseldorf
Gesetzt aus der Caslon
Druck und Verarbeitung: CPI – Ebner & Spiegel, Ulm
Printed in Germany
ISBN 978-3-404-20771-8

Sie finden uns im Internet unter
www.luebbe.de
Bitte beachten Sie auch:
www.lesejury.de

Der Preis dieses Bandes versteht sich einschließlich
der gesetzlichen Mehrwertsteuer.

INHALT

Dramatis personae 7

Kapitel

1. Drei Tage 11

2. Tag der Freude 56

3. Tag der Veränderung 87

4. Aufbruch und Verlust 120

5. Die aus dem Abgrund 166

6. Der Erste Ritter 214

7. Verdorrte Blüten 251

8. Schwarze Seelen 287

9. Erfüllung 339

10. Vollendung 367

Glossar 391

Dank 397

DRAMATIS PERSONAE

Fionn Hellhaar – der junge Bogin besitzt außergewöhnlich ordentliches, blondes Haar, ist ein Freund der Elben und der beste Freund Peredurs. Er glaubt, sein größtes Abenteuer schon hinter sich zu haben, doch weit gefehlt, denn er gehört zu den meistgehassten Feinden des Feindes.
Cady – Fionns Ehefrau ist eine beherzte, kluge und bodenständige junge Bogin, besonders talentiert im Aufdecken von Geheimnissen. Sie nimmt es auch mit Myrkalfren auf und wird schnell zum Staatsfeind Nummer eins.
Tiw – Fionns Halbbruder, ein überaus gebildeter Griesgram, der bevorzugt mit grimmiger Freude das Falsche zur falschen Zeit sagt. Sein größter Traum ist ein eigenes Reich der Bogins.
Peredur – der rund tausend Jahre alte Hochkönig Albalons hat eine Menge damit zu tun, sein auseinanderfallendes Reich zu bewahren, außerdem unterliegt er immer noch einem Bann und ist deshalb auf der Suche nach seinem Herzen, das Schwarzauge ihm gestohlen hat.
Asgell – »Der Zauberer vom Berge«, Peredurs Bruder, der durch den Bann ebenfalls Schwarzauges Fluch unterworfen ist. Er hat aus der Not eine Tugend gemacht und in seinem »Gefängnis« in den Schwarzbergen Du Bhinn eine riesige Bibliothek aufgebaut.
Màr die Möwe – Elbe und Mitglied der Fiandur, Zwillingsschwester Mànis; eine mutige Kriegerin und ebenfalls auf der Suche nach ihrem Herzen, aber aus anderen Gründen.
Ragna Dubh Sùil »Schwarzauge« – die vermutlich Mächtigste aller Elben, die fast ein Jahrtausend lang ganz Albalon als »Àrdbeàna die Friedensherrscherin« auf dem Hochthron genarrt hat, und die gar nicht daran denkt, das aufzugeben.
Malachit – ein Myrkalfr, der noch unangenehmer ist als alle übrigen finsteren Geschöpfe zusammen.

Ingbar – genannt der Zweifler, halb Elb, halb Mensch, Ragnas Sohn, hat die Fiandur einst ihretwegen verraten und hasst seine Mutter dafür aus ganzem Herzen.
Alskár der Strahlende – Hochkönig der Elben, den Menschen zugetan, ein Mann des Friedens. Dass ein mächtiges Wesen wie er spurlos verschwindet, wirft einige Fragen auf.
Pellinore – einst hochgeachteter Ritter, als »der Erste« bekannt, erlag auch er dem Bann Schwarzauges und wurde in lächerlicher Gnomengestalt nach Clahadus festgesetzt, hofft seither auf seine Freiheit und damit Rückverwandlung.
Gru Einzahn – ein vegetarischer Oger, von seinem Volk verlacht, verfügt er doch über eine gute Axt und vermag sie auch einzusetzen.
Blaufrost – ein Troll, der immerzu friert und von der Sonne träumt; damit ein hoffnungsloser Romantiker für sein Volk.

Sowie weitere Angehörige der Fiandur:

Meister Ian Wispermund – ein geachteter Gelehrter der Menschen, alt aber keineswegs gebrechlich.
Cyneweard der Königswächter – ein stolzer, muskulöser Schwertmann um die fünfzig. Als er herausfand, dass die Legende von Peredur kein Märchen war, schloss er sich der Fiandur an, um dem Königsthron zu dienen.
Dagrim Kupferfeuer – ein rothaariger Zwerg, der sehr erfolgreich als Handelsvermittler schwierige Geschäftspartner an einem Tisch zusammenbringt. Er lebt in Uskafeld, sein Haus dient als »geheimer Stützpunkt«, und er ist stets als Erster über die Vorgänge in Albalon informiert.
Draca der Drache – ein Mensch, dessen Haut von Geburt an schuppenartig und »entstellt« ist. Ein massiges Äußeres täuscht über sein feinfühliges Wesen hinweg.
Hrothgar der Ruhmreiche Speer – er hält das Rittertum der alten Zeit aufrecht und träumt von dem Tag, da Pellinore zurückkehrt.
Màni die Mondin – Màrs Zwillingsschwester, eine ätherische Elbe, jedoch unerbittlich im Kampf.

Morcant der Meersänger – ein Hochelb aus dem Nordreich, lebt normalerweise an der stürmischen See. Schiffsbauer, Barde und der Magie mächtig.

Rafnag der Rabe – ein ruhiger, bodenständiger Mensch mit erfindungsreichem Verstand, absolut loyal gegenüber Peredur.

Randur »der Rote« Felsdonner – der berühmteste aller Zwergenkrieger, Gründer anerkannter Kampfschulen. Ihn wünscht man sich zum Freund, nicht zum Feind.

Vàkur der Falke – kein Kämpfer mit dem Schwert, sondern ein Stratege der Menschen mit einem messerscharfen Verstand, ausgestattet mit einer außergewöhnlichen Stimme. Man heißt ihn einen Meister der Sprache und Manipulation.

Valnir »das Schwert« Eisenblut – ein besonders düsterer Zwerg mit außergewöhnlichem Kampftalent, den man in der Öffentlichkeit nie ohne Rüstung sieht, und der besonderen Wert auf seinen kurzen, aber buschigen Bart legt, der fast sein ganzes Gesicht bedeckt. Und warum? Unter all dem Haargestrüpp und der finsteren Art verbirgt sich in Wahrheit eine Zwergenfrau …

KAPITEL 1

DREI TAGE

Tag 1: Nachtgespenster
Manchmal, wenn Fionn Hellhaar die Augen schloss, kurz bevor er in den ersten Traum des Schlafes hinüberdämmerte, erblickte er das *Gesicht*.

Er sah es genau vor sich, und doch hätte er es nicht beschreiben können, wäre er im Wachzustand darüber befragt worden.

Aber er erzählte niemandem davon. Die Angst peinigte ihn, dass dann alles von vorn beginnen würde und das zerstörte, was er und seine Gefährten unter großen Mühen aufbauten.

Fionn versuchte auf jede erdenkliche Weise dem *Gesicht* zu entgehen. Er las vor dem Einschlafen eine spannende Geschichte oder blätterte in der Großen Arca. Als das nichts half, nahm er ein Schlafmittel, oder trank ein wenig zuviel, oder probierte dieses oder jenes Kraut zu rauchen, das nichts mit Tabak zu tun hatte. Letztere Maßnahmen benebelten zwar seine Sinne und bescherten ihm am nächsten Tag einen ordentlichen Katzenjammer, halfen aber nicht, ihn vor dem *Gesicht* zu bewahren. Im Gegenteil, das alles verstärkte nur den Effekt der Erscheinung. Er wurde ihrer nur in dem einen Moment des Hinübergleitens und für die Dauer von ein paar Atemzügen gewahr, doch das wirkte über Stunden nach und verhinderte einen erholsamen, ruhigen Schlaf.

Mit jeder folgenden Nacht, in der das *Gesicht* auf ihn wartete, wuchs die Angst in Fionn. Auch Schlafentzug half nicht, irgendwann schlummerte er schließlich ein, und dann ... war *es* umso schneller da. Unbeschreiblich, nicht fassbar, fremd und doch vertraut. Das *Gesicht* wandte sich ihm zu, es sah ihn an, und der Mund formte lautlos Worte, die ein dröhnend hallendes Echo in seinem Kopf erzeugten.

Schlaf weiter, mein Kleiner, schlaf nur ruhig ein.

Gütig sollte das klingen, beruhigend sollten die Worte sein, wie von einer sorgenden Mutter; nur war das eine Lüge. Fionn ließ sich nicht täuschen.

Ich habe mein Leben lang geschlafen, erwiderte er, *das will ich nicht mehr.*

Das beeindruckte das *Gesicht* nicht. Es versprach, ihn zu beschützen, ihn zu hüten und zu leiten, und ihm Frieden zu schenken.

Ich habe bereits Frieden, antwortete Fionn, *und ich bin frei.*

Niemand ist frei, mahnte das *Gesicht.*

Damit fängst du mich nicht. Ich brauche deinen Schutz nicht, und ich will nicht mehr von dir ausgenutzt werden. Freiheit heißt, eigenständige Entscheidungen treffen zu können. Und dazu bin ich endlich in der Lage. So wie jetzt, indem ich mich weigere, den Kontakt mit dir zu halten.

An diesem Punkt angekommen, schaffte er es regelmäßig, an die Oberfläche des Bewusstseins zurückzukehren, wo das *Gesicht* ihn nicht mehr erreichen konnte. So auch heute.

Fionn starrte mit aufgerissenen Augen in die Dunkelheit. »Und ein weiterer Sieg wird darin bestehen«, so wisperte er, »frei von dir zu sein. Und von deiner Heimsuchung.«

Sein Herz flatterte gegen die Brust, und er legte die Hand darauf, als könne er es so festhalten und beruhigen. Am liebsten wäre er ein paar Türen weiter zu Cady gelaufen und hätte sich bei ihr im Bett verkrochen. Doch das war unmöglich, und nicht allein deshalb, weil Onkelchen Fasin zusammen mit Fionns Eltern strengstens über die »Einhaltung der guten Sitten« wachte.

»Hört ihr beiden«, hatte er zu ihnen gesagt, als sie Hand in Hand ihre Verlobung verkündeten, »ich weiß, wie sehr ihr danach verlangt, in den Armen des Anderen zu liegen. Aber wir Bogins haben gerade erst unsere Freiheit erlangt, und noch wissen wir nicht, wie wir damit umgehen sollen oder was aus uns wird. Wir müssen zurückfinden zu dem, was wir einst waren, zu unseren Sitten und Gebräuchen. Geht mit gutem Beispiel voran und haltet euch an die Regeln, die Bogins von Menschen und allen anderen Völkern unterscheiden. Die Prüfungszeit ist sehr wichtig für euch, und ebenso für eure Familien, denn eure Kinder sollen in Geborgenheit aufwachsen.«

Die beiden Verliebten hatten sich seine Worte zu Herzen genommen, so schwer ihnen das auch fiel. Doch da sie als »Retter des Volkes« galten und kaum ein Tag verging, an dem nicht ein Bogin vorbeikam, um sich zu bedanken, und jede Menge Post eintraf, die ehrlich beantwortet werden musste, sahen sie ein, dass sie zumindest eine Zeitlang für alle Halblinge so etwas wie ein Vorbild waren. Das galt umso mehr, da sie außerdem Hüter des *Buches* waren, das nach wie vor ungeöffnet und wohlverwahrt in einem Geheimfach in Meister Ian Wispermunds Bibliothek lag.

Das war einer der Gründe, weswegen Fionn nicht zu Cady lief. Weitaus schwerwiegender aber war, dass er seiner künftigen Ehefrau bisher nicht einmal davon erzählt hatte, was ihn da fast jede Nacht quälte.

Sie schob seine zunehmende Müdigkeit und die Ringe unter den Augen auf die Aufregung wegen der anstehenden Hochzeit, und er widersprach ihr nicht. Keinesfalls wollte er sie damit belasten, denn sie hatte genug durchgemacht und er wusste, dass auch sie ab und an von Albträumen gequält wurde. Über das, was sie in dem Labyrinth unter dem Schloss gefunden und erlebt hatte. Natürlich verschwieg sie ihm ihre Ängste ebenso wie er sein Geheimnis hütete. Doch ihr Gesicht war viel zu offen, um ihre Gefühle zu verbergen, und es war leicht, darin zu lesen. Cady war sehr mutig und beherzt, nur manchmal schob sich wie eine Wolke die Angst in ihre klarblauen Augen und trübte das heitere Licht darin. In solchen Momenten nahm er sie schweigend in den Arm und hielt sie fest. Gleichzeitig lehnte er sich damit auch an ihr an und schöpfte Kraft aus ihr.

Aber selbst zu so einem Zeitpunkt sprachen sie nicht über das vergangene Jahr, dazu waren sie beide noch nicht bereit. Zu viel war geschehen, zu viel hatten sie gesehen, womit sie fertigwerden mussten, dem sie sich jedoch derzeit nicht stellen konnten. Der Zeitpunkt würde kommen, um all das nachzuholen und aufzuarbeiten. Im Augenblick konzentrierten sie sich daher auf andere Dinge.

Cady hatte im vergangenen Sommer die Zwanzig-Zwei, das Volljahr, erreicht und die Große Arca studiert. Obwohl das junge Paar gleich nach Cadys Geburtstagsfeier hatte heiraten wollen, hatte Onkelchen Fasin weiterhin auf der »Prüfungszeit« bestanden. Er gab um keinen Tag nach, und die beiden jungen Halblinge hatten sich seinem Willen und der Tradition gefügt. Der weise alte Bogin hatte schließlich recht, der Zeitpunkt war nicht gut gewählt. Das Reich Albalon fiel auseinander, und die Gerichtsverhandlung gegen Schwarzauge Ragna

Dubh Sùil war noch nicht beendet und nahm alle emotional in Anspruch. Eine fröhliche Hochzeitsfeier passte einfach nicht in so eine schwierige Zeit – aber danach, so hatten Fionn und Cady allen verkündet. Sobald das Urteil gefällt sei, würden sie den Termin setzen. Im Frühjahr, wenn die Blüte erwachte, sollte es soweit sein. Und sie wollten alle Freunde dabei haben, und Hochkönig Peredur persönlich sollte die Zeremonie leiten.

Und in drei Tagen war es endlich soweit: *Der* ganz besondere Augenblick nahte.

Also eigentlich schon in wenigen Stunden, wenn man es genau nahm.

Fionn rieb sich den Schweiß von der Stirn und seufzte. Er brauchte in der verbliebenen Zeit noch ein bisschen Erholung, um für Cady gut auszusehen und diesen Tag durchstehen zu können. Die Zeremonie, die Glückwünsche, die Feier: Alle freuten sich darauf. Und dann, endlich, würden Cady und er zusammen in ein kleines Gelass ziehen. Das war bereits vorbereitet worden; mit Wohn- und Schlafraum, eigenem Waschraum und sogar einer Kochstelle. Und sie würden sich im Arm halten und einander spüren, die ganze Nacht und alle folgenden Nächte, ihr Leben lang. Sie würden für immer zusammengehören.

Noch einmal seufzend legte er sich wieder hin. So erfüllt von den Gedanken und Erwartungen, würde das *Gesicht* ihn nicht mehr erreichen können, für heute war es genug.

Er würde schon einen Weg finden, es auf Dauer aus seinem Kopf zu verbannen. Wahrscheinlich genügte allein Cadys nächtliche Anwesenheit ...

Es wird gut, sprach er sich Mut zu. *Alles wird gut. Hafrens Segen wird uns beschützen.*

Und mit Cadys rosigem Gesicht vor Augen, ihrem strahlendblauen Blick und ihrem fröhlich lächelnden Mund im Sinn, schlief er endlich ein.

*

Fionn ahnte nicht, dass Cady derweil vor seiner Tür stand, hin- und hergerissen, ob sie nun anklopfen sollte oder nicht.

Auch sie konnte nicht schlafen, und obwohl er nie mit ihr darüber gesprochen hatte, wusste sie genau, was der wahre Grund für seine Müdigkeit und seinen sorgenvollen Blick war. Denn sie sah es ebenso.

Das *Gesicht*.

»Cady?«

Der Klang einer gütigen Stimme hinderte Cady gerade noch daran, an die Tür zu pochen. Sie drehte sich um und sah Meister Ian Wispermund im bodenlangen Nachthemd, in Filzschuhen und mit Schlafkappe aus violettem Samt, unter der die weißen Haare ungeordnet hervordrängten. Auch sein sonst so sorgfältig gekämmter Bart sträubte sich dagegen, derart aus dem Schlaf gerissen zu werden. Der Zwicker saß schief auf seiner Nase, und dahinter blinzelten schlafensmüde Augen. In der Hand trug er einen Halter mit einer brennenden Kerze, der eigentlich gar nicht notwendig war, da die ganze Nacht über Öllämpchen in den Hausgängen sanftes Licht spendeten.

»Meister, Ihr solltet nicht hier sein, sondern im Bett«, wisperte sie besorgt. »Morgen ist ein anstrengender Tag, wie überhaupt die nächste Zeit uns alle voll in Anspruch nehmen wird ...«

»Das gilt vor allem für dich und den jungen Mann hinter dieser Tür, möchte ich meinen«, erwiderte der Gelehrte. Er ergriff Cadys Hand und zog sie mit sich, bis zu seiner Bibliothek. Dort schloss er die Tür hinter ihnen und nötigte die junge Boginfrau, sich in seinen Lieblingssessel zu setzen.

»Das geht nun schon seit Tagen so«, begann Meister Ian. »Sicherlich dauert es viel länger, wahrscheinlich bereits seit dem letzten Sommer, aber je näher der Tag der Hochzeit rückt, desto auffälliger wird es. Selbst ich, der sonst einen recht gesegneten Schlaf hat, musste darauf aufmerksam werden. Immerzu schleicht einer von euch beiden durch die nächtlichen Gange, aber augenscheinlich nicht, um euch heimlich zu treffen.«

»Ich kann nicht schlafen. Es ist die Aufregung über diesen bedeutenden Schritt«, murmelte sie. »Lange ist es ja nicht mehr hin, und viele Gedanken jagen einander gegenseitig wie junge Füchse durch meinen Kopf.«

»Lampenfieber? Ausgerechnet ihr beide, die ihr euch über alles liebt und genau wisst, was ihr wollt, ohne Schwanken und Zweifel?« Er winkte ab. »Mach mir nichts vor, Cady. Dich und Fionn quält etwas ganz Anderes. Etwas, das ihr nicht einmal miteinander zu teilen vermögt, aus Furcht, es könnte schreckliche Folgen haben.« Der alte Mann setzte sich zu ihr auf die breite Armlehne und tätschelte ihre Hand. »Ich bin in dieses Haus geboren worden und habe mein Leben hier verbracht. Die Wände erzählen mir alles, und ich weiß immer, was in diesen Mauern vor sich geht. Deswegen habe ich mich auch gerade heute Nacht aus dem Bett gezwungen. Und siehe da, meine Ahnung hat mich nicht getrogen. Sag es mir, Mädchen. Und hab keine Scheu. Wir beide sind hier drin absolut sicher, nichts kann uns erreichen.«

»Wie könnt Ihr davon so überzeugt sein?«, fragte sie und blickte sich gehetzt um.

»Nun, ich gehöre weiterhin zur Fiandur, die keineswegs aufgelöst ist. Schließlich ist ihre Aufgabe noch nicht beendet – wie du selbst am besten weißt. Ich habe durch die Beziehungen der Fiandur ein paar Elbenfreunde, die sich darauf verstehen, einen Raum so zu präparieren, dass nicht einmal sie selbst mehr hineinlauschen können.« Der Gelehrte lächelte. »Kannst du es nicht fühlen?«

Doch, das konnte sie. Auf unbestimmte Weise. Und sie spürte auch die Anwesenheit des *Buches*. Die Geschichte ihres Volkes, verborgen hinter einem möglicherweise unüberwindlichen Siegel. Cady beruhigte sich ein wenig.

Und rückte dann endlich mit der Sprache heraus.

»*Sie* ist es«, flüsterte sie. »Sie lässt uns einfach keine Ruhe.«

Sie musste keinen Namen nennen, es gab nur eine Person, die gemeint sein konnte. Cady sprach von Ragna Dubh Sùil, Schwarzauge, der Gefangenen von Sìthbaile.

Fast tausend Jahre lang hatte die Elbenfrau als angebliche »Friedensherrscherin« auf dem Thron ihre Fäden gezogen, sich auf subtile Weise die Völker Albalons unterworfen und sie beeinflusst – mithilfe der Bogins, die sie dafür in die Sklaverei gezwungen hatte. Schwarzauge hatte dafür gesorgt, dass sich niemand mehr an den Großen Krieg erinnerte und an das, was danach geschehen war. Ebenso wenig besaßen die Bogins während dieser Epoche eine Erinnerung daran, dass sie einst ein freies Volk gewesen waren. Sie kannten nichts als die Sklaverei, waren ohne es zu wissen dem Willen der Ardbéana ausgeliefert gewesen, die ihre besonderen Lebenskräfte abgesaugt und für ihre eigenen Zwecke missbraucht hatte. Die Ardbéana hatte das Geheimnis der einzigartigen Macht der Bogins, das Leben zu bewahren und Frieden zu stiften, aus gutem Grunde wohl bewahrt.

Meister Ian musterte sie prüfend. »Ich verstehe. Wie lange geht das schon so?«

»Ich weiß es nicht genau...«

»Und wie äußert es sich?«

»Sie schickt ein *Gesicht* in der Nacht, wenn ich gerade dabei bin einzuschlafen.« Cady rieb sich unbehaglich die Nase. Sie merkte, dass der Gelehrte mitfühlend war, zugleich aber auch ungehalten wirkte.

»Warum bist du nicht gleich damit zu mir gekommen?« Diese Frage war eine Rüge. Und als solche nicht unberechtigt.

»Es tut mir leid«, entschuldigte sie sich.

Der Zwicker auf seiner Nase wackelte bedenklich. Es war noch nicht vorbei. »Und Fionn?«

»Das ist es ja«, gestand sie. »Ich bin sicher, er sieht es auch. Aber wir reden nicht darüber, wie Ihr richtig vermutet habt. Es... wir können es einfach nicht. Ich weiß nicht, warum es mir gerade jetzt den Mund öffnet...«

»Das ist dieser Raum«, brummte der alte Gelehrte. Seine gesträubten buschigen Augenbrauen glätteten sich wieder. »Schwarzauge gibt also nicht auf und versucht weiterhin, euch in ihre Gewalt zu bekommen.«

Cady hob die Schultern. »Mir ist nicht bekannt, ob es alle Bogins betrifft. Manchmal kommt es mir so vor, als ob sie gezielt mich angreift, und damit natürlich erst recht Fionn. Ihn wird sie am meisten hassen, denn er hat sie schließlich enttarnt und zu Fall gebracht. Sie wird sich bestimmt an ihm rächen wollen. Vergebung ist nicht ihre Art, wie wir alle wissen. Und wie sie nach Verhängung des Urteils auch deutlich kundgetan hat.« Sie atmete tief durch. »Deswegen werden wir fortgehen müssen, sobald wir verheiratet sind. Wir können Dubh Sùils Nähe nicht ertragen. Eines Tages wird es ihr gelingen, uns zu überwältigen. Vor allem vermute ich, dass sie nicht nur Rache an uns nehmen will – sie will uns bestimmt für einen weiteren ihrer unzähligen finsteren Pläne benutzen, denn sie hat noch lange nicht aufgegeben.«

Meister Ian Wispermund stand auf und wanderte zu einem Buchregal. Bedächtig strich er mit den Fingern über die Buchrücken. »Ich habe Peredur davor gewarnt und ihn gebeten, Ragna für ... *immer* auszuschalten«, sagte er. »Doch er erklärte mir, und das muss ich respektieren, dass er sie nicht zum Tode verurteilen kann, solange er sein Herz nicht zurück hat, denn mit ihr stirbt auch das Herz des Hochkönigs. Und er will die Verantwortung tragen, das zerfallende Reich Albalon wieder aufzubauen. Deshalb muss er sie unter seiner Aufsicht und Kontrolle behalten, und zwar genau hier in Sìthbaile, wie er betont. Er denkt, dass kein anderer Ort sie auf Dauer gefangen zu halten vermag.«

Cady nickte. »Deshalb werden ja wir beide diejenigen sein, die gehen. So weit fort wie möglich. Damit verringern wir die Gefahr, dass es ihr eines Tages gelingt, ihren Einfluss auf uns wieder auszuweiten und uns zu benutzen. Ich bin sicher, dass Fionn sich längst mit denselben Gedanken trägt. Wir wollen den König niemals belasten und schon gar nicht gefährden.«

»Er braucht euch, Cady«, wandte Meister Ian ein. »Ihr seid Teil der Fiandur, und, was von besonderer Bedeutung ist, ihr seid seine *Freunde*. Soweit er dazu in der Lage ist, empfindet er sehr viel für euch und ist dankbar für das, was ihr für ihn tut. Er kann mehr fühlen und ist ruhiger, wenn ihr bei ihm seid. In einem Gespräch vertraute er mir an, dass er sich durch eure Nähe beinahe wieder wie ein Mensch fühlt, in dessen Brust ein Herz schlägt. Und sein Wohlergehen liegt mir nun einmal nicht weniger am Herzen als das eure. Wir müssen deshalb eine andere Lösung finden. Ich werde mit ihm sprechen.«

Sie sprang auf und lief zu ihm. »Ich bitte Euch, behaltet für Euch, was ich Euch anvertraut habe!«, flehte sie. »Bald ist unsere Hochzeit. Diese Zeremonie darf von nichts überschattet werden – um unserer Freunde willen! Wir wollen einen unbelasteten Tag der Freude für alle begehen. Das ist so wichtig in diesen Zeiten.«

Der Gelehrte zögerte, dann lächelte er plötzlich. »Ja, du hast recht. So sehr müssen wir es nun auch nicht übereilen. Mein Poltern tut mir leid – die Sorge sprach aus mir.«

»Ich weiß.«

»Nach der Hochzeit *müssen* wir aber mit Peredur darüber reden und eine Lösung finden.«

»Ich werde es dann nicht mehr länger aufschieben, verlasst euch darauf.«

»Asgell findet vielleicht einen Ausweg.«

»Ich hoffe es so sehr, denn ... Genau wie Ihr habe ich mein Leben hier verbracht und möchte nicht fort. Und natürlich will ich den König genauso wenig im Stich lassen wie Fionn.« Cady spürte, wie Müdigkeit ihre Glieder bleiern werden ließ. Sie war getröstet und entspannte sich. »Ich gehe jetzt besser schlafen, und das solltet Ihr auch tun. Wenigstens in den nächsten drei Tagen sollten wir nur Freude in unsere Herzen lassen.«

Der alte Gelehrte streckte die Hände aus und nahm die Bogin, die ihm gerade bis zur Hüfte reichte, in seine Arme.

»Das kriegen wir hin«, gab er ein Versprechen, das er hoffentlich auch halten konnte.

*

Tag 2: Dunkler Fels
»Der Weg ist lang, das Tal so tief, die Seen dunkel, die Steppe weit.«

Randur Felsdonner trällerte den Refrain eines bei allen Völkern beliebten alten Liedes vor sich hin, während das kräftige, trittsichere Bergpony sich seinen Pfad zwischen den Geröllhalden der Schieferhänge hindurch suchte.

Hier in den Schwarzbergen, allgemein Du Bhinn genannt, hatte der Frühling noch nicht richtig Einzug gehalten. Vorsichtig spitzten Krokusse und Schneeglöckchen aus der teils noch schneebedeckten Erde in den Südtälern, während andernorts in den Ebenen schon Wildkirsche und Mandelbäume kräftig blühten, und an Bodengewächsen die Großen Schneeglöckchen und Hyazinthen und auch die ersten Primeln. Hier oben jedoch, an den schwarzen, großteils blanken Hängen gab es ohnehin so gut wie kein Anzeichen der Jahreszeiten, denn keinerlei Bewuchs wies auf irgendeine regelmäßige Änderung der Verhältnisse hin. Der einzige Unterschied mochte darin bestehen, dass im Sommer

Regen fiel und im Winter Schnee. Doch beides konnte sich auf dem glatten Schiefer nicht lange halten, rutschte hinab in schroffe, scharfkantige, tiefe Senken und sammelte sich dort in glänzender Nässe oder glitzerndem Frost, und zurück blieb oben die ewig gleiche matte Schwärze.

Zu dieser frühen Zeit konnte sich die Feuchtigkeit unten nicht entscheiden, ob sie nass oder eisig funkeln sollte. Feine Dunstschwaden stiegen von dort auf und waberten in Schleiern an den Hängen entlang, ohne sich mit den tief hängenden Wolken vereinen zu können, obwohl sie die faserigen Finger weit ausstreckten.

Das Wetter schlug schnell um in diesem Gebirge, und es gab deutlich mehr verhangene als klare Tage. Aber für Randur Felsdonner war es jedes Mal wie eine Rückkehr nach Hause, obwohl er schon so lange nicht mehr hier lebte. Er liebte dieses raue, stürmische Hochland, die finsteren Hänge, die kahlen Gipfel und die im Sommer üppig blühenden und grünenden Täler, wenn die Wärme auch endlich dorthin gelangte.

Es war eine andere, stillere Welt, in der aus diesem Grund auf jedes Geräusch besonderen Wert gelegt wurde: auf den einsamen Ruf des Adlers, das Knallen der aufeinandertreffenden Hörner der kämpfenden Widder, die Pfiffe der Murmeltiere, das Heulen des Bergwolfs und auf das heisere Husten des Luchses.

Die Völker, die hier lebten, einschließlich der wenigen Elben, waren von gedrungener, kräftiger Gestalt, angepasst an Kälte und Entbehrungen. Geschöpfe, genauso hart wie der Felsen des Gebirges, zäh und ausdauernd. Es gab keinen Müßiggang, Arbeit war Teil des Lebens, doch wurde sie niemals in großer Eile verrichtet, sondern gemächlich, immer ein Schritt, ein Handgriff nach dem anderen.

Vorwiegend war es ein Reich der Zwerge, vor allem oben in den höheren Lagen, wohingegen die Menschen in den Tälern siedelten und dort Ziegen und Ponys züchteten und zähe Knollen anbauten. Die Bergelben hatten sich ebenfalls in die höheren Lagen, an die Südhänge zurückgezogen und trieben wie die Zwerge Minen in die Berge, um Erze und Mineralien zu schürfen. Sie dienten der Anfertigung von Schmuck und Waffen, für Werkzeuge und den Wagenbau sowie der Herstellung von Gebäuden und Rüstungen.

Man lebte in friedlicher Eintracht, weil man gar keine andere Wahl hatte. Es gab zu wenig für den Einzelnen, aber genug für alle, denn das Gebirge war groß, sodass man sich nicht im Weg stand, während man dennoch Hand in Hand arbeiten musste. Man war aufeinander angewiesen hier draußen. Der Handel war rege, und es gab an wichtigen Kreuzungspunkten Wirtshäuser, in denen die Bergvölker sich begegneten und auch mal gemeinsam den einen oder anderen Krug hoben.

»Ich zieh weiter, die Straße dahin, fühl weder Hunger noch Einsamkeit.«

Randur Felsdonner ließ das Pony dahinzockeln, während er sich eine Pfeife stopfte und mit einem Schwefelhölzchen, das er funkenschlagend am Sattel entlangstreifte, entzündete. Von diesen Wunderdingen gab es noch viel mehr in diesen Bergen. Und wie man sie verwenden konnte, das stand in den gleichfalls wundersamen Büchern der großen Bibliothek des Zauberers vom Berge.

Noch wurde dieses Wissen innerhalb Du Bhinns verwahrt, doch nicht mehr lange, dann würde es sich über ganz Albalon ausbreiten.

Für den Frieden, das war Asgells Bedingung gewesen, und daran mussten sich alle halten, weil er einen Bann darüber gelegt hatte.

»Vorwärts muss ich, es treibt mich fort und fort, denn einst, ja einst, gab ich mein Wort.«

Randur sog den Rauch ein und blies durch die Nasenlöcher feine Wölkchen aus. Schmunzelnd dachte er darüber nach, wie es wohl sein mochte, einer der mächtigsten Zauberer der Insel zu sein, und selbst doch Gefangener eines Banns und unfähig, sein Gefängnis zu verlassen. Der Tausendjährige hatte das Beste daraus gemacht, indem er die größte Bibliothek aller Zeiten geschaffen hatte und noch beständig erweiterte. Doch er war gebunden, und all seine Macht in dieser Hinsicht nutzlos.

Randur setzte zur nächsten Strophe an und musste feststellen, dass er sie vergessen hatte.

Kopfschüttelnd trieb er das Pony vorwärts, das daraufhin bockig den Kopf hochwarf, und fing das Lied von vorne an. Nebenbei blies er Wölkchen, und als der Tabak im Pfeifenkopf aufgeraucht war, hatte er den Eingang erreicht.

Das Portal von Fjalli, dem größten Zwergenreich Du Bhinns, lag vor dem Zwergenkrieger. Ein großer Bogen, mit reichhaltigen Verzierungen in den Fels geschnitzt, und darin eingefasst eine schwere Eisentür mit silbernen, fein ziselierten Beschlägen.

Randur saß ab und führte das Pony mit sich näher an das Portal heran. Es war sehr still, nicht einmal die sonst unermüdlichen Dohlen und Nebelkrähen führten ihre gegenseitigen halsbrecherischen Verfolgungsjagden auf. Mittagszeit, alle waren anscheinend mit dem Essen oder einem Schläfchen beschäftigt.

Im Maul eines silbernen, lebensecht geformten Bärenkopfes von der Größe einer Trollfaust hing ein Ring, den Randur ergriff und mit Schwung gegen die Verstärkung schlug. Ein kräftiger Klang hallte bis tief ins Innere. Es war nicht notwendig, ein zweites Mal anzuschlagen.

Eine Zwergentür wurde innerhalb der Portaltür geöffnet, und ein schwer bewaffneter und gerüsteter Wachtposten trat heraus. In seiner Hand hielt er den Rest einer gegrillten Schweinshaxe.

»Dein Begehr?«, schnarrte er.

»Welch ein Willkommen!«, gab Randur Felsdonner sich scheinbar erfreut, doch seine friedlichen blauen Augen blitzten kurz auf. »Melde deinem Vorgesetzten, Randur Felsdonner ist hier und wünscht mit König Fjölnir zu sprechen.«

Der Posten zerrte mit großen kräftigen Zähnen eine der wenigen verbliebenen Fleischfasern vom Knochen und fing an zu kauen. »Nie gehört.«

»Deswegen sollst du ja mit deinem Vorgesetzten reden«, gab Randur sich großzügig. Von Natur aus gutmütig veranlagt, verfügte er über einen langen Geduldsfaden.

»Warte hier.« Der Wachmann wollte die Tür schließen, doch Randur stemmte die Hand dagegen.

»Einen Augenblick mal!«, sagte er, immer noch freundlich lächelnd, sein Tonfall allerdings glitt allmählich in tiefere, düstere Lagen. »Ich bin weit gereist und ich war lange nicht mehr hier, aber ich glaube, ich habe nicht an die falsche Tür gepocht. Das hier ist doch der Haupteingang zum Reich Fjalli, nicht wahr?«

»Mhm.«

»Zwerge sind gute Gastgeber und erhalten gern Besuch. Mag ja sein, dass man Fremden gegenüber ein wenig misstrauisch geworden ist in diesen Tagen, aber ich *bin* zufälligerweise ein Zwerg. Genauer gesagt Randur Felsdonner, wie bereits vorgestellt, und ich bin hier geboren und aufgewachsen. Ich gehöre zu diesem Volk und diesem Königreich von Geburtswegen, und ...« Jetzt drückte er mit nur einer Hand so gegen die Tür, dass er nicht nur sie, sondern auch den Wachmann wegschob. »... und wenn du mich nicht *sofort* mit der höflichen Gastfreundschaft der Zwerge begrüßt, mich in einem der Gastzimmer Platz nehmen lässt und mir für die Wartezeit etwas anbietest, dann vergesse ich *meine* Höflichkeit und werde dir den Bart stutzen, dass du die nächsten zwei Monate nicht mehr unter die Augen der Frauen treten kannst!«

Der Mann zögerte, dann zuckte er die Achseln, bedeutete Randur, ihm zu folgen und ging voran.

»Mein Pony«, erinnerte Randur ihn. »Ich bin zwar sicher, dass es sehr gern neben mir auf dem Sofa Platz nehmen würde, denke aber, dass ihm ein wenig Heu und Wasser lieber ist als Bier und Braten, die ich bevorzuge.«

»Ja, schon gut«, brummte der Wachtposten, der einsah, dass seine Mittagspause unwiderruflich verdorben war und er sich genauso gut dreinfügen konnte. »Pickwick!«, rief er in den mit Fackeln mäßig beleuchteten Gang zu seiner Linken. »Schlaf nicht, Faulpelz, komm sofort her!«

Nach einigen Augenblicken näherte sich ein Zwerg aus der Dunkelheit, jung und mit kaum sprießendem Bart, der sich um den korrekten Sitz seiner Kleidung bemühte. Seiner leicht benebelt wirkenden Miene nach zu urteilen, hatte er tatsächlich geschlafen. »Bin schon da, bin schon da«, murmelte er, nahm die Zügel des Ponys in Empfang und tätschelte dem Tier die Nüstern.

»Braves Mädchen.«

»Es ist ein Er und heißt Jarpnası. Er mag das Heu gern gut aufgeschüttelt, und gegen einen Apfel und eine Karotte oder gar ein Stück Brot hat er nichts einzuwenden.«

»Ich werde drauf achten. Die Stallungen ...«

»Wenn sie in den vergangenen Jahrzehnten nicht umgebaut wurden, kenne ich die Stallungen und finde meinen Weg, danke.«

Der Stallknecht nickte und nahm Jarpnasi mit sich. Es würde ihm gut gehen. Am Ende des Gangs ging es hinaus in ein Seitental des Berges, das nur über diesen Weg zugänglich war. Dort waren eingezäunte Koppeln und Ställe angelegt worden, und die Ponys durften nach Herzenslust herumtoben. Obwohl Zwerge häufig in den Bergen lebten, wo es von Natur aus beengter war, ging ihnen Bewegungsfreiheit über alles, und die ließen sie genauso ihren Tieren angedeihen. Auch die Grubenponys bekamen ausreichend Freilauf, frische Luft und Ruhe nach der harten Arbeit in den Minen. Selbst die Schweine lebten ganzjährig draußen, und deshalb war ihr Fleisch bei den anderen Völkern besonders beliebt.

Fjalli war ein sehr großes, altbesiedeltes Gebiet, das älteste aller Zwergenreiche. Der Berg war mit den Jahrhunderten vollständig durchhöhlt worden, sodass mit der Zeit ein wahres Labyrinth entstanden war. Dabei waren Verbindungen zu vielen Seitentälern geschaffen worden, und längst nicht alles lag in den Felsen verborgen. Die meisten Häuser waren in der Tat außerhalb des Berges erbaut worden und an geschützten Hängen, in der Nähe fließenden Wassers. Zahlreiche kleine Bergquellen entsprangen hier und sorgten für einigermaßen fruchtbares Land mit zähen Gräsern und Bäumen. Hauptsächlich siedelten die Zwerge im Freien. In den Höhlen waren vor allem die Schmieden, Manufakturen, Minen und dergleichen untergebracht; eben alles, was zur Arbeit der Zwerge gehörte. Das galt auch für die gewaltige Königshalle, die nahezu im Zentrum des Berges und unerreichbar für Feinde in den Fels geschlagen worden war. Hier hielt der König Hof, hier wurde gehandelt und gefeiert.

Trotzdem war Randur dies alles eines Tages zu klein geworden, und er hatte sich aufgemacht, Albalon zu erkunden. Er war ein sehr starker, stämmiger Zwerg mit einem ausgewiesenen kämpferischen Talent, das so anerkannt war, dass er inzwischen bereits vier Schulen im Südreich führte, in denen Zwerge, Menschen und Elben gleichermaßen in der Kriegskunst ausgebildet wurden, und zwar mit großem Erfolg. Es ging in seinen Ausbildungsstätten um Körperbeherrschung, um Ehre, und vor allem darum, wie man einen Kampf *nicht* führen musste, weil man gelernt hatte eine Auseinandersetzung im Vorfeld auf unblutige Weise zu beenden.

Randur war gekränkt, dass der Wachtposten seinen Namen nicht kannte. Aber er war aus wichtigem Grund hier und durfte sich nichts anmerken lassen.

Der Wächter ließ ihn zuerst durch die erste Tür rechts im Gang treten, wo er sich frisch machte und angemessen kleidete. Dann wurde er in eine rustikal ausgebaute Felsenkammer geführt, die von Öllämpchen ausgeleuchtet wurde, deren kunstfertig geschmiedete Fassungen verzaubernde Schattenspiele an die schroffen Wände warfen. Ein großer, offener Kamin sorgte für eine ebenso warme wie heimelige Atmosphäre, davor waren bequeme Sessel und zwei Sofas arrangiert. Auf dem Tisch stand ein Krug dampfenden Honigbiers bereit, sowie ein Teller mit aufgeschnittenem Braten, dazu getrocknete Kräuterpilze, knusprige Speckscheiben, geröstete Kartoffelspalten und warmes Ofenbrot.

Einigermaßen versöhnt ließ Randur sich auf dem Sofa nieder und griff herzhaft zu. Es war ein paar Tage her, dass er eine ordentliche Mahlzeit zu sich genommen hatte, und das war nur ein kleiner Imbiss zwischendurch gewesen. Ganz zu schweigen davon, wann er zum letzten Mal über eine so bequeme Sitzgelegenheit verfügt hatte.

Er säuberte gerade die Hände mit einem feuchten warmen Tuch, als die Tür voller Schwung aufging und ein schwarzhaariger Zwerg mittleren Alters hereintrat, der über einen wild wuchernden Bart verfügte.

»Ich wollte es zuerst nicht glauben, wen Rupold mir da beschrieb«, röhrte er stimmgewaltig. »Feuerrote Haare, gebändigt in aufwendigen Zöpfen, die vielen Silberringe in dem vielsträhnigen Bart und die mit schweren Silberringen behangenen Ohren. Diese Beschreibung passt nur auf Einen, deshalb machte ich mich sofort auf den Weg, um mich selbst zu überzeugen – und da stehst du. Kein Gespenst, sondern stattlich und lebendig. Du bist es wirklich, alter Freund, und um keinen Tag gealtert!«

»Djarfur!« Erfreut sprang Randur auf, und die beiden Zwerge umarmten einander herzlich. »Bist du immer noch Hauptmann der Wache?«

»Ich bin Chef aller Bewaffneten und darf mich jetzt General nennen«, gab der Schwarzhaarige Auskunft. »Was treibt dich hierher, Randur? Nach ... na, mindestens zwanzig Jahren?«

»Eine wichtige Angelegenheit«, antwortete Randur. »Ich komme in offizieller Mission aus Sithbaile und muss mit König Fjölnir sprechen.« Er stutzte kurz, als er etwas über Djarfurs Miene huschen sah, das ihn erstaunte. Hatte er sich getäuscht? Warum sollte sein langjähriger Freund missmutig sein, das zu hören?

»Ein anderer Zeitpunkt wäre besser gewesen«, murmelte der General.

»Ich kann gern einen oder zwei Tage warten, wenn es gerade ungelegen ist«, meinte Randur höflich. »Das gäbe mir Gelegenheit zu ein paar Besuchen.«

»Nicht später«, sagte Djarfur leise und sah sich – *besorgt?* – um. »Früher.«

Bevor Randur nachhaken konnte, klopfte Djarfur ihm kräftig auf die Schulter. »Der König ist viel beschäftigt dieser Tage«, erklärte er munter in merkwürdiger Lautstärke. »Mal sehen, was sich machen lässt.« Er wies einladend zur Tür und ließ Randur vortreten auf den Gang.

»Hätte ich mich vorher anmelden sollen?«, äußerte Randur sich unterwegs verwundert. »Bisher hat es kein besonderes Hofzeremoniell gegeben, deshalb dachte ich ...«

»Nein, nein, es ist alles in Ordnung«, wiegelte der General ab. »Es hat sich nicht sonderlich viel verändert in den vergangenen Jahren; zumindest, was das Protokoll betrifft.«

»Und sonst?«

»Die Geschäfte gehen gut, wir werden reich und reicher, und alle sind wohlauf.«

Eine merkwürdige Dissonanz schwang in dieser scheinbar heiteren Antwort mit, und Randur konnte sich des Eindrucks nicht erwehren, dass Djarfur ihm etwas mitzuteilen versuchte.

Was auch immer es sein mochte, es musste auf später verschoben werden. Der Angehörige der Fiandur hatte einen Auftrag zu erfüllen, und zwar umgehend. Die abgeschieden lebenden Zwerge Du Bhinns hatten sicherlich keine Vorstellung davon, wie fragil das Gleichgewicht auf Albalon derzeit war. Und das betraf auch sie, unzugängliche Berge hin oder her.

»Wir hätten uns auch *draußen* treffen können, im Gasthaus, ...«

»*Der trunkene Bär*«, fiel Randur ihm ins Wort.

»Genau«, setzte Djarfur, in Erinnerungen schwelgend, fort. »Ich war so lange nicht mehr im Land unterwegs, das wäre eine schöne Gelegenheit gewesen. Manchmal bereue ich es, den Posten angenommen zu haben, denn ich habe zu gar nichts mehr Zeit.«

»Ich habe damals ja gesagt, geh mit mir. Das Angebot steht heute noch: Ich möchte demnächst die fünfte Schule eröffnen und könnte jemanden brauchen, der sie leitet. Du wärst ausgezeichnet dafür geeignet.«

»Das wäre schön, ja.« Djarfur verschränkte die Arme auf dem Rücken und setzte den Weg schweigend fort.

Was wollte er mir damit sagen? Ich hätte nicht hierherkommen sollen? Will er mich warnen? Seit wann kann ein Zwerg nicht mehr offen sprechen?

Randurs Miene verdüsterte sich bei dem letzten Gedanken, doch er schwieg ebenfalls und folgte dem Freund angespannt zur Thronhalle.

Die Wachen vor der riesigen Portaltür öffneten die beiden Flügel, sobald die beiden Zwerge sich näherten. Unter dem Bogen hätten zwei übereinander stehende Trolle hindurchgehen können. Er bestand ganz aus fein geschnitztem Holz, mit funkelnden Kristallen darin; ebenso die Flügeltüren. Dahinter öffnete sich eine Halle, die der Bezeichnung würdig war, getragen von vielen stuckverzierten Steinsäulen, die zusätzlich mit leuchtenden Farben und Edelsteinen versehen waren. Auch der Boden, bestehend aus dem feinsten weißen Marmor, funkelte voller Diamanten, die wie Blüten an goldenen Stielen angeordnet in das Gestein eingelassen waren. Die Halle war so hoch, dass hoch oben Lücken im Gestein dem Tageslicht ermöglichten, in dünnen Strahlen hereinzufallen, die von zahlreichen herabhängenden, kopfgroßen und sich fortwährend langsam drehenden Bergkristallen facettenreich reflektiert wurden und somit die Halle bis in den letzten Winkel ausleuchteten, darin unterstützt von mächtigen Kronleuchtern an den Seiten, in denen hunderte dicke Kerzen brannten.

Am gegenüberliegenden Ende der Halle stand der Thron, erhöht auf vier Stufen. Eine hohe Rückenlehne, die das Motiv des Eingangsportals in gleicher Form wiedergab, und ausladende Armlehnen betonten die Bedeutung des Sitzes.

Randur erkannte König Fjölnir sofort; er hatte sich seit der letzten Begegnung kaum verändert. Ein ehrwürdiger, mächtiger Zwerg mit schmuckbehangenem grauem Bart, der bis zu den Oberschenkeln reichte, und ebenso lang herabwallendem Haupthaar, gehalten von einer schweren, mit Gold und Juwelen verzierten Krone. Er trug samtene Gewänder von dunkelblauer Farbe, mit verschlungen eingewirkten, silbernen und grauen Fäden, und an der linken Hand prangte der schwere goldene königliche Siegelring, der gleich nach der Gründung des Reiches vor tausenden von Jahren geschmiedet worden war.

Dem König zur Seite standen am Fuß der Stufen seine Berater. Auf dem kleineren Thron oben neben ihm saß Königin Garún, eine nicht weniger imposante Zwergin mit grau durchsetzten braunen Haaren, die vermutlich bis auf den Boden herabreichten, jetzt aber kunstvoll zusammengefasst und teils hochgesteckt waren.

Randur freute sich aufrichtig, das Herrscherpaar so wohlauf zu sehen. Mit ausgebreiteten Armen schritt er auf die Throne zu und zeigte im angemessenen Abstand eine vollendete Verbeugung. »Königin Garún, König Fjölnir, mögen Eure Essen niemals erkalten und das Schwert stets heiß geschmiedet werden!«, rief er. »Ich bedanke mich für die umgehende Audienz und bin angetan von der entgegenkommenden Gastfreundschaft, die Fjalli in ganz Albalon berühmt gemacht hat.«

Er hatte eine herzliche Erwiderung erwartet, immerhin war er ein berühmter und äußerst angesehener Zwerg, der die Ehre seines Volkes außerhalb der Heimat stets hoch hielt und jedes Jahr eine stattliche Steuerschuld ins Reich schicken ließ, obwohl er gar nicht dazu verpflichtet gewesen wäre.

Doch nichts dergleichen! Das Herrscherpaar saß wie erstarrt, die Mienen zeigten eher Verdrossenheit als ein Willkommen, und von einem Lächeln zeigte sich keine Spur. Ebensowenig bei den übrigen anwesenden Zwergen.

Randur war verblüfft und um Haltung bemüht. Gewiss, er war lange fort gewesen, aber Zwerge maßen Freundschaft und Wertschätzung nicht in Anwesenheitstagen. Und sie waren vom Gemüt her von heiterer Art.

Hätte er etwa Geschenke bringen sollen? Selbstverständlich trug er ein Gastgeschenk von König Peredur an das Herrscherpaar im Wams, aber keine ganze Karawane für den gesamten Hofstaat. Wäre das von ihm erwartet worden? In solchen Dingen war Randur noch nie erfahren gewesen, er war kein Politiker oder gar Diplomat. Außerdem wäre er unterwegs ganz sicher mehrmals überfallen worden, hätte die dreifache Zeit benötigt und wäre letztendlich genauso mit leeren Händen erschienen, vielleicht sogar mit ein paar Fingern oder einem Auge weniger.

Um die Verlegenheit zu überwinden, griff er in sein Wams und zog ein kleines Samtsäckchen, das von einer goldenen Schnur verschlossen war, hervor, dazu einen Umschlag, der das Siegel des Hochkönigs trug. Er winkte einem Berater, um ihm das Geschenk zu übergeben, der wiederum dem König den Brief und der Königin das Säckchen überreichte.

»Ein freundschaftlicher Gruß des Hochkönigs Peredur Vidalin aus Sithbaile«, erläuterte Randur lächelnd. »Mit der Bitte, das bescheidene Gastgeschenk anzunehmen und mit Wohlwollen die beigefügten Zeilen zu lesen.«

Auf einen Fingerzeig hin brachte jemand einen Audienzstuhl, stellte ihn unten vor dem Thron auf, und Randur nahm darauf Platz, während Geschenk und Brief geöffnet wurden.

Die Königin hielt ein kleines Kunstwerk, das wie ein Schmuckstück gearbeitet war, hoch, und ein kurzes Lächeln glitt über ihre ernsten Züge. »Eine Nachbildung der Ritteruhr, nicht wahr?«

Randur nickte. »Ja, o Königin, sie ist Ridirean nachgebildet. Wenn Ihr das kleine Gefäß innen mit Wasser füllt, funktioniert sie sogar.« Seit Jahrhunderten stand die als Wunder geltende große Ritteruhr im Zentrum von Sithbaile und zeigte die verstreichenden Stunden durch Posaunentöne mit absoluter Zuverlässigkeit an. Dafür sorgte ein Uhrenwächter, ein Ehrenposten für einen dafür auserwählten Bogin, der ein Jahr und einen Tag ausgeübt wurde.

Garún bedachte ihn mit einem warmen Blick, hinter dem jedoch eine große, rätselhafte Traurigkeit lag. »Richtet König Peredur meinen herzlichsten Dank aus. Mit keinem anderen Geschenk hätte er mir eine größere Freude machen können. Ich werde es in Ehren halten und neben mein Bett stellen, damit ich stets die richtige Zeit vor Augen habe, wenn ich morgens erwache.«

Dann richtete sie den Blick auf den König. »Mein Gemahl, was schreibt der Hochkönig?«

Fjölnir ließ den Brief sinken. »Dass er der Hochkönig ist«, antwortete er mit düster zusammengezogenen buschigen Brauen. »Und wir ihn als solchen anerkennen sollen.«

»Nun, das ist nicht verkehrt, nicht wahr?«, äußerte die Königin. »Peredur Vidalin der Tausendjährige hat den Thron seinerzeit von seinem Vater geerbt und lebenslang Anspruch darauf, insofern er nicht selbst zurücktritt. Durch seine Rückkehr macht er diesen Anspruch geltend.«

»Randur Felsdonner«, sagte der König, ohne darauf einzugehen. »Ihr seid ein Sohn Fjallis, habt unser Reich jedoch vor Jahrzehnten verlassen.«

»Das ist korrekt, o König. Ich habe Schulen in der Fremde errichtet, welche die Kampfeskunst der Zwerge verbreiten. Ebenso unseren Sinn für Tradition und Ehre. Dadurch kennt jeder uns Zwerge und achtet uns.«

»Das sei dahingestellt. Aber was mir eher Sorgen bereitet, Ihr seid auch ein Angehöriger dieser ... Fiandur, die einst von dem Elb Alskár gegründet wurde?«

»Dem Hochkönig der Elben«, entfuhr es Randur spontan, auch wenn er wusste, dass es ihm nicht zustand, den obersten Herrscher der Zwerge zu korrigieren. Fjölnir saß seit annähernd hundert Jahren unangefochten auf dem Thron. Er hatte ein Anrecht auf höchsten Respekt.

Aber Randur war eben kein Diplomat und trug das Herz auf der Zunge. Vor allem, wenn etwas ganz und gar schiefzulaufen schien, das er sich als heiteren Besuch voller Feiern und Anekdoten vorgestellt hatte. Da gab es ja in einer Ghulengruft noch mehr Spaß.

»Ganz recht, o König, ich gehöre zu dieser Gemeinschaft, und genau diese Weitsicht des weisen alten Mannes hat uns aus einem Jahrtausend Knechtschaft gerettet und uns die Freiheit wiedergegeben. Sowie die

Erinnerung und die Wahrheit an das, was damals geschehen war und nie wieder geschehen darf.« Randur wölbte die Brust. »Ich bin stolz darauf, Teil der Fiandur zu sein, und dadurch den Auftrag erhalten zu haben, jetzt als Emissär auftreten zu dürfen, um ein neues Band zwischen Menschen und Zwergen zu schmieden.«

Fjölnir richtete die Augen auf das Schriftstück auf seinem Schoß. »Hier steht, dass Peredur uns seine unauflösliche Freundschaft versichert, und im Gegenzug um die Unterzeichnung eines schriftlichen Abkommens bittet, das den Pakt unserer Völker festhalten soll.«

»Das trifft ebenfalls zu, ich führe dieses Papier bei mir.« Randur zog ein mehrfach zusammengefaltetes Dokument aus der Innentasche seines Wamses hervor. »Und es handelt sich lediglich um eine Erneuerung des bereits bestehenden Paktes«, fügte er hinzu. »Wir haben nie aufgehört, Verbündete zu sein, doch Peredur möchte nach den vergangenen tausend Jahren, die uns das Wissen darum geraubt haben, von vorn beginnen.«

»Und weshalb hat der Hochkönig es so eilig?«

»Das liegt in der Natur der Sache. Der Herrschaftsanspruch auf Albalon muss erneuert werden, und bedingt durch Dubh Sùils verheerenden Einfluss ist der Frieden noch lange nicht gewährleistet. Es ist wichtig festzustellen, sich auf Verbündete verlassen zu können.«

Der Zwergenkönig lachte auf. »Dann frage ich mich, weshalb hat er die Kriegstreiberin und Ränkeschmiedin nicht zum Tode verurteilt?«

»Wegen seines Herzens.«

»Na und? Soll er einen Nachfolger bestimmen und abtreten! Er hat ohnehin über seine menschliche Zeit hinaus gelebt, und das ist gegen die Natur.«

Randur Felsdonner hörte seinen eigenen Herzschlag immer lauter werden. Es fiel ihm zusehends schwerer, Geduld zu zeigen. Seit seiner Ankunft musste er schwer darum ringen, und er fragte sich, was geschehen sein mochte, dass sein Volk sich derart verändert hatte. Peredur hatte ihn nicht nur aus dem Grund gesandt, dass er von hier stammte, sondern weil er auch ein besonnener und ruhiger Mann war, aber allmählich reichte es ihm.

»Das meint Ihr jetzt nicht im Ernst«, sagte er langsam.

»Aber ganz und gar«, erwiderte Fjölnir und erhob sich. »Richtet

Peredur unseren Dank für das kostbare Geschenk aus. Ich lasse etwas für ihn herrichten, das Ihr mitnehmen könnt. Danke für Euren Besuch.«

Randur musste sich erheben, ob er wollte oder nicht, denn ihm wurde sprichwörtlich der Stuhl unter dem Hintern weggezogen; auch eine Art, hinauskomplimentiert zu werden. »Ich bitte Euch, diese Absage noch einmal zu überdenken.«

»Es gibt nichts hinzuzufügen«, beharrte der König und wirkte zusehends ungehalten. »Kehrt gesund nach Sìthbaile zurück.«

Randur wollte noch etwas sagen, aber Djarfur ergriff ihn am Arm und zog ihn mit sich. »Komm«, zischte der Zwergengeneral. »Du verhältst dich ungebührlich.«

»Ich?«, gab Randur wütend zurück, doch er sah ein, dass er hier nichts mehr ausrichten konnte. Beim Hinausgehen warf er einen letzten Blick zurück und sah ... er war nicht sicher. Etwas wie ein dunkler Schatten, der plötzlich zwischen den beiden Thronen erstanden war, und das Herrscherpaar schien in sich zusammenzusinken, und etwas wie ... *Angst?* ... grub Furchen in ihre Gesichter.

Auf dem Weg zum Ausgang hielt Randur den General unterwegs auf. »Djarfur, verdammt noch mal, was geht hier vor sich?«, verlangte er Aufklärung.

»Sieh zu, dass du von hier verschwindest«, gab Djarfur zurück und zwang ihn eilig weiter. »Dein Pony steht schon bereit. Gib ihm die Sporen und verlasse ohne Verzögerung Du Bhinn, das ist der einzige Rat, den ich dir geben kann.«

Licht strömte herein, als die Zwergentür bei ihrer Annäherung geöffnet wurde. Randur blieb erneut stehen und packte den Freund an den Schultern. »Wenn ich euch helfen kann ...«

»Uns kann niemand mehr helfen, alter Freund.« Djarfur schubste ihn nach draußen, und schon schloss sich die Tür krachend hinter ihm.

Jarpnasi stand wie angekündigt draußen, fertig gesattelt und gezäumt. Das Pony wirkte nicht weniger verwirrt als sein Herr. Im Mundwinkel hing noch ein Streifen Heu.

Unschlüssig verharrte Randur. Dieser Besuch war gänzlich anders verlaufen, als er ihn sich vorgestellt hatte, und er konnte es nicht verstehen. Verachtete sein Volk ihn, weil er nicht mehr unter ihnen lebte, sondern in der Fremde? Aber er war nicht der Einzige, es gab bestimmt hundert oder mehr Zwerge dort draußen, die als Söldner durch die Welt zogen, als Handwerker oder Schmiede arbeiteten. Und die kleineren Königreiche befanden sich oft in enger Nachbarschaft zu den Menschen. Es entsprach überhaupt nicht der Zwergenart, die eigenen Angehörigen zu verstoßen! Gewiss, mit den Hochelben waren sie sich nicht unbedingt grün, aber zumindest mit den Bergelben kamen sie eigentlich gut aus, und gegen Menschen hatten sie noch nie etwas gehabt und waren den Pakt mit ihnen recht früh eingegangen. Hatten ihn auch nie gebrochen. Nur weil Randur der Fiandur angehörte, wurde er nicht willkommen geheißen? Das konnte er einfach nicht glauben.

Vor allem durfte ein Aspekt nicht außer Acht gelassen werden, nämlich dass die Menschen lange vor allen anderen Völkern dagewesen waren und den größten Anspruch auf die Insel innehatten. Die Bibliothek, die Asgell der Zauberer seit Jahrhunderten aufbaute, stammte aus Menschenhand, und es waren gewaltige Hinterlassenschaften. Die Ruinen von Plowoni in Clahadus waren ein Zeugnis für eine menschliche Hochkultur, die lange vor der Ankunft der Elben existiert hatte, bevor sie untergegangen war.

Zwerge waren grundlegend friedliche Wesen, die sich zwar tapfer im Kampf bewährten, aber lieber dem Handwerk nachgingen als ein Schwert in die Hand zu nehmen. Weshalb also sollten sie Peredur nicht Gefolgschaft leisten, wenn er ihnen dafür Schutz bot? Vielleicht kam es ja gar nicht zu einem Krieg, wenn nur die meisten Herrscher den Pakt unterzeichneten. Es konnte doch für alle bloß von Vorteil sein, Handel miteinander zu treiben, anstatt sich gegenseitig die Köpfe einzuschlagen. Platz gab es genug, und Peredur verlangte ja keine weiteren Ländereien, nichts an dem bisher bestehenden Friedensvertrag sollte sich ändern. Das Abkommen sollte lediglich das »Oberste Gesetz«, das von Ragna verhängt worden und das nichts als eine gewaltige Lüge gewesen war, ersetzen.

»Ich verstehe es nicht«, brummte er und stieg schließlich doch in den Sattel. »Am besten schicke ich eine Nachricht an Valnir und treffe mich mit ihr in Luvhafen, um einen zweiten Anlauf zu nehmen. Vàkur wäre auch eine gute Bereicherung, niemand kann so überzeugend reden wie dieser Mensch. Sicherlich kann er eine weitere Audienz erwirken und den König aufklären.«

Sorgenvoll trieb er das Pony ein Stückweit auf den Weg zurück, den er hergekommen war, dann hielt er plötzlich an. Nein, es ließ ihm keine Ruhe, so schnell ließ er sich nicht abspeisen.

Er hatte höchstens zwei Stunden in seiner Heimat verbracht, das war für einen Zwerg absolut unvorstellbar kurz! Kein üppiges Abendessen, kein Zechgelage ... nicht einmal seine Familie hatte er besuchen dürfen. Stattdessen hatte man ihn *hinausgeworfen!*

»Komm, Kleiner. Wird jetzt ein bisschen anstrengend, aber es lohnt sich.« Er trieb Jarpnasi über einen Ziegenpfad weiter hinauf. Das Tier war darüber nicht begeistert, kämpfte sich aber gehorsam nach oben.

Randur kannte aus Kindertagen einen kleinen Geheimweg, der etwas weiter den Berg hoch lag. An sich war das nichts weiter als ein Lichtschacht, der ins Innere des Reiches führte, und er konnte nur hoffen, dass er als Erwachsener nicht zu voluminös geworden war, um hindurchzupassen.

Er musste über eine Stunde suchen, bis er den unscheinbaren Eingang fand; nicht mehr als eine schmale Scharte, die so aussah wie hunderte andere ringsum. »Oje«, murmelte er. Er war mit seiner heutigen Statur doch ein wenig sehr von dem schmalbrüstigen Jüngling damals entfernt.

Also benötigte er eine weitere Stunde, in der er den Eingang so verbreiterte, dass er schließlich hineinpasste. Innen, das wusste er, würde es zwar eng sein, aber er würde sich hindurchquetschen können. Damit das Pony nicht ungeduldig wurde, hing er ihm einen Futtersack über, und Jarpnasi begann zufrieden zu kauen. Er befestigte einen Strick zwischen zwei Steinen und hoffte, dass dies als Halter für das Pony ausreiche. Allerdings wollte er auch nicht lange fort sein. Er hatte nur noch eine knappe Stunde, dann musste er von hier verschwinden und in ziemlicher Eile ein gutes Stück hinabsteigen, bevor die Dunkelheit kam. Auf dieser Höhe in den Bergen von der Nacht überrascht zu werden, ohne über einen entsprechenden Schutz zu verfügen, war lebensgefährlich. Und dies nicht allein wegen der Bergfexe, die im Finstern herumkrochen und gern Schabernack von nicht selten tödlichem Ausgang mit verirrten Wanderern trieben.

»Also dann.« Randur verschob den Waffengürtel so, dass er sein Schwert auch in der Enge schnell ziehen konnte, steckte ein Messer vorn in den Gürtel und schulterte die Axt. Inzwischen hatte er sich so sehr in seine Sorge hineingesteigert, dass er mit allem rechnete, selbst mit einem Angriff der eigenen Leute. Er musste zumindest ein paar Fakten mehr sammeln, bevor er eine weitere Strategie ausarbeiten konnte, wie der Vertrag doch noch unterzeichnet würde. Peredur war darauf angewiesen und er verließ sich auf Randur. Fjalli war das wichtigste Zwergenreich, der bedeutendste Verbündete und wurde vor allem wegen der Waffenlieferungen und seiner Rüstungen dringend gebraucht. Das alles hatte Peredur in seinem Brief geschrieben und Randur hätte gern dazu erläutert, dass die Bezahlung dafür nicht unerheblich sein würde, aber soweit war er ja nicht gekommen.

Und genau das erschütterte ihn am meisten. Ein gutes Geschäft von vornherein auszuschlagen, ohne bei einem Bankett ausführlich darüber zu verhandeln, war bei allen Zwergen völlig ausgeschlossen.

Nein, hier stimmte etwas ganz und gar nicht, und Randur musste herausfinden, was es war. Er kannte seine eigenen Landsleute nicht mehr. Sie waren ihm völlig fremd und ... *unzwergisch* geworden. Dabei war er es doch, der in der Fremde lebte.

Der Weg hinein war unangenehm und selbst für einen Zwerg beklemmend, aber Randur war so entschlossen, dass er sich nicht davon beeindrucken ließ. Mühevoll presste und quetschte er sich durch den schmalen Lichtschacht, bis er eine Art Röhre erreichte, die von einem Flüsschen vor Zehntausenden von Jahren geschaffen worden war. Von hier aus ging es tiefer ins Innere, zu den Minen und Fertigungsstätten, die Randur als Kind oft heimlich besucht hatte, um die Geheimnisse der Schmiedekunst und vieler anderer Dinge herauszufinden.

Einer Eingebung folgend, robbte er durch die Röhre (früher hatte er gut auf allen vieren hindurchgepasst), um zu sehen, wie intensiv denn tatsächlich gearbeitet wurde. Allmählich zweifelte er nämlich auch an jedem von Djarfurs Worten. Sollten es geheime Botschaften gewesen sein, so verstand er nach wie vor nichts, doch es hatte, falls das in Djarfurs Absicht gelegen hatte, zumindest sein Misstrauen geweckt.

Bald schwitzte er, und er konnte nur noch mühsam atmen, denn die Luft wurde zusehends stickiger und abgestandener. Randur war ein disziplinierter Kämpfer, der nicht nur seinen Schülern, sondern auch sich selbst nach wie vor alles in täglichen Übungen abverlangte, deshalb schob er jegliches Ungemach beiseite. Er hatte schon viel Schlimmeres durchgestanden.

Was habe ich da zuletzt gesehen, im Thronsaal? Der Gedanke kehrte immer wieder. Aber er konnte sich das Bild so oft vor Augen holen, wie er wollte, es blieb verschwommen und unbestimmt. Eine Täuschung ... aber genau daran glaubte er nicht, denn dafür war heute zu viel Seltsames geschehen, und dazu passte dann eben dieses rätselhafte Vorkommnis.

Er brauchte Gewissheit. Erst recht, da sämtliche Alarmglocken in ihm schrillten und ihn ermahnten, dass er gerade dabei war, eine enorme Dummheit zu begehen. Randur war viel zu erfahren, um der Stimme der Vernunft keinen Glauben zu schenken, doch sie vermochte ihn auch nicht aufzuhalten. Denn eine Schlussfolgerung aus all dem war, dass ihm vermutlich nicht mehr genug Zeit blieb, um Aufklärung zu erhalten und Peredur zu unterstützen, wenn er jetzt umkehrte und zuerst Verstärkung anforderte.

Hitze und die Gerüche von Gasen wallten ihm entgegen, und Randur musste besondere Atemtechniken einsetzen, um nicht ohnmächtig zu werden. Das wäre es, hier umzufallen und dann irgendwann in Jahrtausenden als Mumie von einem neuen Fluss aus dem Berg gespült zu werden.

Randur grinste grimmig und tastete sich in der Dunkelheit weiter voran, bis er einen matten Schein vor sich ausmachen konnte und das Donnern ferner Ambossschläge hörte. Und noch viele andere Geräusche, die entstehen, wenn Metall bearbeitet und miteinander verbunden wird. Dazu Stimmfetzen. Alles wohlvertraut und doch ... misstönend.

Endlich erreichte der stämmige Zwerg das Ende der Röhre, kroch bis an den Rand vor und blickte verstohlen darüber.

Was er dann sah, ließ selbst ihn, den völlig Furchtlosen, zutiefst erschauern, und er brauchte seine ganze Disziplin, um nicht die Beherrschung zu verlieren. Es war schlimmer als in jedem Albtraum, und er konnte kaum mehr an sich halten. Sein Herzschlag raste, seine Hände zitterten, auch seine Knie wurden weich. Er hatte geglaubt, auf alles gefasst zu sein, doch weit gefehlt. Panik ergriff ihn, als ihm klar wurde, dass im Grunde bereits alles zu spät war.

Ich muss sofort zurück und die anderen warnen!

Er wollte sich umwenden, da sauste etwas Schwarzes über ihn hinweg, und ein dumpfer, grausamer Schlag auf den Kopf stürzte Randur ins finstere Nichts.

*

Im großen Wald von Brandfurt fand eine Versammlung der Elben des Südreiches statt, an der nicht nur die Waldelben, sondern viele weitere Sippen, vertreten durch ihre Könige, Fürsten, Oberhäupter oder Hauptratsmitglieder, teilnahmen. Eine solche Zusammenkunft wurde regelmäßig zu einem bestimmten Neumond im Frühjahr abgehalten, wenn die Bäume das erste zarte Grün ansetzten und die Elben nach sechzig vollendeten Mondläufen das offizielle Neujahr ihrer Zeitrechnung feierten.

Ein Mensch hätte kaum den Versammlungsplatz gefunden, obwohl der recht groß war und selbst tagsüber von vielen Lichtern ausgeleuchtet wurde, auch wurde viel gesungen und musiziert. Aber sobald es um das Verborgene ging, waren die Elben in ihrem Element. Kein anderes Volk, auch nicht die Kleinen Völker, die darin schon aus Selbstschutz ein besonderes Talent hatten entwickeln müssen, reichten an die elbische Kunst der Heimlichkeit heran.

Außerdem war der Wald von Brandfurt sehr groß, und seine zentralen Bereiche wurden von den meisten Menschen und erst recht den Zwergen gemieden.

Deshalb hatte Peredur auch zwei Elben ausgewählt, die der Fiandur angehörten und in dieser Funktion als seine Emissäre auftreten sollten. Dandelion und Hyazinthe, ein Paar, das von der Grenze zum Nordreich stammte, und das zusammen nicht nur über das Talent zum Reden, sondern auch über außergewöhnliche körperliche Fähigkeiten verfügte. Sie ergänzten einander, als wären sie Eins und waren kaum zu überwinden, weil sie sozusagen über vier Augen, vier Ohren, vier Arme und vier Beine verfügten.

Die Namen hatten sie sich zu dem Zeitpunkt gegeben, als sie ein Paar wurden. Nachdem sie zuvor gefährliche Krieger gewesen waren, versuchten sie sich ab jetzt lieber in Diplomatie als im Kampf, verteidigten sich, anstatt anzugreifen. Dabei zeigten sie jedoch keine Gnade gegen Gegner, die nicht aufhören wollten, ihnen oder Schutzbefohlenen zuzusetzen.

Das Elbenpaar war bei vielen Sippen bekannt und geachtet, wenngleich die Fiandur, trotz Alskár als Gründervater, durchaus auch skeptisch betrachtet wurde, und somit ebenfalls Dandelions und Hyazinthes Zugehörigkeit zu der Vereinigung.

Damit konnten sie umgehen. Sie nahmen Peredurs Auftrag mit Freuden an, um ihren Beitrag zum Erhalt des Friedens von Albalon zu leisten.

Die ersten beiden Tage und Nächte hindurch wurde das Neujahrsfest begangen, das der Gemeinschaft diente, ohne dass dabei über die Zukunft gesprochen wurde. Es gab danach viele Anträge zu behandeln, Entscheidungen zu treffen – in allgemeiner Wahl oder nur durch den für diese Versammlung bestimmten und von allen Beteiligten durch Mehrheit gewählten Hohen Rat –, auch mussten Urteile gefällt werden und vieles mehr. Das nahm insgesamt viel Zeit in Anspruch, mindestens bis zum Halbmond, meistens sogar bis zum nächsten Neumond, und deswegen wurden die Feiern der ersten beiden Tage dafür genutzt, um einander wiederzusehen oder sich kennenzulernen, und erste Eindrücke zu gewinnen. Denn die Entscheidungen, die hier gefällt wurden, waren bindend für alle Elben und maßgeblich bis zur nächsten Versammlung.

Einzig die Hochelben des Nordens blieben fern, sie folgten anderen Lebenswegen. Und selbst Alskár, obwohl er doch der Hochkönig war, hatte nur zu Beginn Vertraute entsandt, mittlerweile nahmen auch diese nicht mehr daran teil. Die Kluft zwischen Nord- und Südreich und zwischen den Hochelben und allen anderen Sippen hätte nicht größer sein können. Der Sturz Ragna Dubh Sùils hatte all das nur noch verstärkt und ein gegenseitiges Misstrauen geschaffen, das niemand wollte, aber dennoch unvermeidlich war.

Insofern befanden sich Dandelion und Hyazinthe genau »dazwischen«, sie waren Mittler, die beide Seiten vertraten und verstanden. Sie hatten deswegen auch nicht vor, an den offiziellen Tagen zu erscheinen, sondern legten Wert darauf, nur an den zwei Tagen der Begegnung aufzutreten, ihr Anliegen dort vorzutragen und mit so Vielen wie möglich direkt zu sprechen, um ihnen zu verdeutlichen, worum es Hochkönig Peredur ging.

Es war bereits im Vorfeld ganz klar geworden, dass die Elben der Ansicht waren, dass sein Anspruch auf den Thron von Sìthbaile erloschen sei. Erbe hin oder her – er hatte über seine menschliche Zeit hinaus gelebt und war im Grunde nur noch ein Gespenst seiner selbst, dessen Leben sich auf unnatürliche Weise verlängert hatte.

Kurz gesagt: Die Elben wollten keinen menschlichen Hochkönig, da sie schon Schwierigkeiten damit hatten, überhaupt einen elbischen Hochkönig anzuerkennen. Sie wollten sich lieber in aller Ruhe ohne Aufsicht weiter ausbreiten, ihre Sippen gründen ...

»... und Albalon, darin wollen wir uns doch nichts vormachen, letztendlich auf schleichende Weise zu übernehmen«, schloss Dandelion eine Argumentationskette, die von verschiedenen Räten bei einem zwanglosen Bankett vorgetragen worden war. Eine lange Tischreihe war inmitten einer Lichtung auf zartgrün wachsendem Gras, üppig beladen mit erlesenen Genüssen an Speisen und Getränken und sanft beleuchtet von vielen bunten Lampen aufgestellt worden. Die Elben trugen feine, reichhaltig bestickte Gewänder und Schleier aus Seide und edel glänzenden Stoffen, dazu Hüte auf den Häuptern und Schmuck sondergleichen: Armreifen, Ringe, Laub- und Blütenkränze, Colliers zierten schlanke Hälse.

Das Gerücht hatte die Runde gemacht – angeblich sei er sogar gesichtet worden –, dass auch *Cervus* anwesend sei, so benannt nach dem Hirschgeweih, das er als Krone trug. Er galt selbst unter den Unsterblichen als Legende, und so ganz sicher, dass er wirklich anwesend war und nicht etwa eine Truggestalt seiner selbst, war sich kein Elb. Cervus war der Älteste der Alten und verkörperte die *wahre Macht*.

Er war die Seele des Waldes, *der Weise* schlechthin. Selbst unter den Elben wusste niemand, wie alt er wirklich war, und ob er nicht schon in der Altvorderenzeit hier gelebt hatte. Es gab nämlich durchaus *Alte*, deren Seele in manchen Bäumen und sogar Felsen zu spüren waren, die es *vorher* schon gegeben hatte. Vielleicht sogar schon in einer Zeit vor den Menschen, und diese hatten bereits viele, sehr viele Jahrtausende über die Insel geherrscht...

Aber das bedeutete noch lange nicht, dass die Elben dadurch mehr Anspruch auf die Insel hätten als die Menschen, das hatte Cervus vor Jahren deutlich gemacht.

Nun, man hörte ihn an, man fürchtete ihn, man gab klein bei und versprach, seinen Rat anzunehmen, aber sobald die Versammlung beendet und alle auf dem Heimweg waren, war alles wieder anders.

»Das alles muss doch nicht sein«, sagte Hyazinthe. So wie ihr Partner flachsgelbes Haar hatte und strahlte wie eine Sonne im Grasmeer, so war sie anmutig und violett wie ein Abendhimmel. »Es ist genug Platz da für uns alle. Lasst uns mit den Menschen ein Bündnis eingehen, in dem jeder die Grenzen des Anderen respektiert, und in dem niemand zu kurz kommt. Es soll Handel herrschen zwischen allen Völkern, Austausch an Wissen und Können, wir wollen einander Lehrer sein und lernen. Trotzdem werden wir, so es unser Wille ist, in Abgeschiedenheit leben und nur unseren eigenen Angelegenheiten nachgehen können.«

»Was wird es uns kosten?«, wollte eine Fürstin wissen, die eine Krone aus Blatt und Efeu trug.

»Nicht mehr als bisher auch«, antwortete Dandelion. »Wir helfen alle zusammen. Der Tribut, der an Sìthbaile geht, dient der Erhaltung des Friedens und des Schutzes. Er lässt die Emperata als Stadt der Menschen und Elben weiterhin blühen und gedeihen, als Hort des Wissens und Hort des Bewahrens, und ebenso Hort des Lehrens. Und natürlich als Zentrum des Handels. Es werden Schätze nicht mehr nur gehortet, sondern ein geringer Prozentsatz von den Reichen verteilt an die Armen, auf dass jeder in Zufriedenheit und ohne Not und Hunger leben kann. Dadurch wird nicht nur der Frieden, sondern auch die Sicherheit auf Reisen gewährleistet, weil Räuberei und Diebstahl derjenigen zurückgehen werden, die aus Not so handeln müssen. Das sieht

Peredur als seine Aufgabe an: Kein Leid mehr, sondern genug für alle. Der Reichtum wird nicht angetastet, er wird nur ein bisschen gerechter verteilt. Doch erleidet dabei niemand wirklichen Verlust, sondern kann zusätzlichen Gewinn erwirtschaften.«

»Das kommt auch der Elbenart entgegen«, fügte Hyazinthe hinzu. Damit traf sie einen wunden Punkt, denn wenn *eine* Charaktereigenschaft auf Elben zutraf, so war es der Standesdünkel, sogar und insbesondere den eigenen Artgenossen gegenüber.

Darum hatte die Frau ihren Einwand als Mahnung gezielt vorgebracht, denn er berührte in diesem Moment das Ehrgefühl der Elben und ihren Stolz.

Viele nickten. Dandelion bat um Handzeichen, und es blieb wohl kein Arm reglos auf der Tischplatte liegen. Man wollte also zumindest darüber debattieren.

Dennoch zeigte sich eine Sippenherrscherin kritisch. »Es mutet ein wenig merkwürdig an, euch beide so als Fürsprecher eines Menschen, der keiner mehr ist, der aber auch keiner von uns Unsterblichen ist, zu erleben. Was hat es euch gekostet? Was musstet ihr dafür aufgeben?«

Das Lächeln des Paares, die Art und Weise, wie jeder daraufhin unbewusst die Hand des Anderen ergriff, diese stille Überzeugung war es, die diejenigen nachdenklich machte, welche ähnliche Gedanken wie die Sippenherrscherin gehegt hatten.

»Nichts«, antworteten sie einstimmig, ohne dass es auch nur im mindesten einstudiert wirkte, »im Gegenteil. Wir haben etwas gewonnen. Uns. Das Besondere, das uns verbindet, und … ja, die Freiheit. Wir haben uns der Fiandur mit Leib und Leben verpflichtet, weil es unser Wille war und ist, Albalon zu einer Eintracht zu führen. Wir sind gering und groß zugleich, und Peredur hat uns den Weg gezeigt.«

»Er tat es nicht unbedingt von Anfang an oder gar freiwillig«, setzte Dandelion hinzu. »Er sperrte sich sogar dagegen, und das hat uns am meisten überzeugt.«

»Wir haben Seite an Seite mit ihm gekämpft, als er noch Tuagh der Wanderkrieger war«, erklärte Hyazinthe. »Er hat ohne zu zögern alles gegeben, um uns zu schützen. Er hat uns durch seine Taten, aber auch seine Weitsicht überzeugt. Lange hat er sich dagegen gewehrt, sein Erbe anzutreten, weil er sich nicht als würdig erachtete, und weil er wusste, wie man ihm begegnen würde, einem Mann ohne Herzen. Wir haben ihn jahrhundertelang begleitet, und er hat sich unser Vertrauen – und unsere Loyalität *verdient*.«

»Hafren, die Herrin der Flüsse und Seen, hat ihn geliebt, und sie war eine unserer Weisesten. Sie wusste, weshalb sie ihr Herz gab, das hätte sie niemals leichtfertig getan. Nicht aus Leidenschaft vergibt ein Elb sein Herz.«

»Und Ragna handelte aus Rachsucht gegen ihn, weil er sie verschmähte, weil er Hafren, der Lichten Frau, treu blieb. Sie hat all das Unglück des Krieges und der Jahrhunderte danach verursacht, eine Angehörige *unseres* Volkes, und schlimmer noch, sie war eine Hohe Frau. Die Elben haben eine Schuld abzutragen, und wir beide haben uns dazu bereit erklärt, dafür einzustehen.«

»Wie auch Morcant der Sänger, und Màr und Màni von der See«, ergänzte Dandelion.

»Und Zwerge. Ein Troll. Ein Oger. Die Bogins. Nicht zu vergessen die Bogins!«

»Es ist gut!«, unterbrach einer der Räte, der sich zur Wahl für die Versammlung aufgestellt hatte. »Wir haben es verstanden. Ihr klingt wie Sektierer!«

»Was versteht Ihr denn schon davon«, versetzte Hyazinthe lächelnd und wies auf das Symbol, das er wie ein Wappenhemd über seinem Wams trug.

Wütend, aber schweigend setzte das Ratsmitglied sich wieder.

»Prüft uns, so Euch danach verlangt«, bot Dandelion großzügig an. »Wir stellen uns allen Herausforderungen.«

»Ich habe nur eine Frage.« Eine raue Stimme erklang aus dem Hintergrund, und Cervus trat zum Erschrecken Aller ins Licht, denn niemand hatte sein Herannahen bemerkt. Er nahm nie an einem Bankett teil, immer erschien er nur für eine kurze Zeit und verschwand dann wieder. Wie der Geist des Waldes, der er wohl auch war. Eine hochgewachsene, schlanke Gestalt mit einem Hirschgeweih als Kopfschmuck, vielleicht entsprang es auch tatsächlich seiner hohen Stirn; ein alter Mann mit hüftlangen weißen Haaren und fast ebenso langem, schmalem Bart, gekleidet in Gewänder, die Laub und Erde und Schlingpflanzen und Moosen und Farnen ähnelten. Kein Wunder, dass ihn niemand je bemerkte, schon nach wenigen Schritten wäre er nicht mehr von dem Baum zu unterscheiden gewesen, neben dem er stand. Seine Augen waren so tief und dunkel wie der Wald selbst, kein Weiß gab es mehr darin.

»Wie genau steht ihr zu Peredur?« Seine Stimme klang ein wenig heiser, hallend, fremd selbst für Elbenohren.

Darauf antwortete das Paar ohne zu zögern.

»Er ist...«

»...unser Freund.«

»Aber warum folgt ihr ihm?«, kam es von der anderen Seite der Tafel.

Diese Antwort fiel noch leichter. »Geht zu ihm und lernt ihn kennen, dann werdet ihr es wissen.«

»Und der Vertrag?«

»Nehmt ihn mit und prüft ihn vor Peredurs Augen, sprecht mit ihm, und unterschreibt. Oder nicht.«

»Was geschieht, wenn nicht unterschrieben wird?«, fragte Cervus.

»Peredur stellt keine Bedingungen und droht nicht. Es wird getan oder nicht. Was bei Nichtunterzeichnung geschieht, darauf hat er dann keinen Einfluss mehr.«

Immer mehr Elben wirkten nachdenklich, manche begannen, leise untereinander zu reden.

»Unser Ansinnen ist an diesem Bankett, dass ihr nicht von vornherein das Angebot oder die Bitte, wie ihr es auch bezeichnen wollt, ablehnt. Menschen und Elben müssen einander weder fremd sein noch einander misstrauen. Im Gegenteil. Unsterblich oder nicht, wir sind uns... in vielen Dingen gar nicht einmal so unähnlich.«

Schweigen trat ein, und ein Anklang von Zustimmung lag auf manchen Gesichtern.

Cervus führte das Schlusswort. »Wir werden einen Rat bilden, und der wird entscheiden. Doch meine Stimme lege ich bereits hiermit fest – ich bin dafür, eine Gesandtschaft nach Sìthbaile zu entsenden, Hochkönig Peredur und seinen Rat anzuhören und im Namen Aller die Entscheidung zu treffen.« Und um seinem Willen Nachdruck zu verleihen, fügte er noch hinzu: »Ich stehe dem wohlwollend gegenüber.«

Einen Lidschlag später war er verschwunden, und das im wörtlichen Sinne, selbst für die scharfen Elbenaugen. Niemand vermochte seinen Wegen zu folgen.

Dandelion und Hyazinthe erhoben sich; sie hatten mehr erreicht, als sie zu träumen erhofft hatten.

Man tauschte höfliche Grüße, dann entfernte sich das Paar vom Bankett und schickte sich an, den Versammlungsort zu verlassen; es war alles gesagt und getan, sie konnten von jetzt an nichts mehr beeinflussen. Nach den deutlichen Worten des Uralten und Weisesten waren sie sicher, dass die Zeichen gut standen für ein neues, handfestes, ehrliches Bündnis.

Hand in Hand schlugen sie den Weg Richtung Süden ein, auf einem Pfad, der nahezu direkt nach Brandfurt führte, wo ihre schnellen Pferde warteten, um sie auf geschwinde Weise nach Sìthbaile zurückzutragen.

Doch sie kamen niemals dort an.

*

Tag 3: König ohne Herz

Peredur erhob sich noch vor dem Morgengrauen aus dem Bett, streifte den bodenlangen Morgenmantel aus feiner dunkelblauer Seide über und ging zu dem mittleren der großen, mit vielen Sprossen versehenen Fenster. Davor stand ein mit zierlichen Schnitzereien versehenes Tischchen, auf dem sich ein Krug mit Wasser vermischtes Kräuterbier und ein Becher befanden sowie eine Schale mit Äpfeln, Nüssen und Beeren. Peredur goss sich ein, trank in tiefen Zügen und nahm sich dann ein paar Nüsse und Beeren, die er geistesabwesend in seinen Mund schob, während er nachdenklich aus dem Fenster blickte.

Das königliche Gemach ragte hoch über die Zinnen des Schlosses von Sìthbaile hinaus, der Blick reichte ungehindert bis zu den östlichen Stadtmauern der großen Emperata und noch einen schmalen Streifen bis zum Horizont darüber hinaus. Gerade zeigte sich der erste blasssilberne Streifen am Rand der Welt, wie der König sie von hier aus sah, und nahm schon nach wenigen weiteren Atemzügen eine sanfte rosige Färbung an. Am nächtlichen Himmel darüber erloschen allmählich die Sterne.

Es machte dem König nichts aus, so früh wach zu sein, auf seltsame Weise fühlte er sich gleichzeitig nie und doch immer müde, selbst wenn er ausreichend Schlaf bekam. Und Letzteres kam nicht sehr häufig vor in jüngster Zeit.

Das fehlende Herz in seiner Brust hatte ihn zu einem schauerlichen Zwischenleben verdammt; sein Blut kreiste irgendwie durch seine Adern, er verzehrte Nahrung und konnte sie sogar schmecken, und dennoch fühlte er keine Bedürfnisse, wenn er einmal keine Zeit zu essen oder schlafen fand. Früher, als er noch versucht hatte zu sterben, war er nach langer Zeit der Entbehrung irgendwann schon schwach und kraftlos geworden und hatte sich niedergelegt, um nie mehr zu erwachen. Doch statt den Tod zu finden, hatte er nur ausgiebig geschlafen, war irgendwann trotzdem erwacht und hatte einsichtig wieder Speis und Trank zu sich genommen, damit sein Körper nicht zu gebrechlich und unbeweglich wurde. Er war nicht lebendig, aber auch nicht untot, sondern irgendetwas dazwischen. Gefangen in einem Bann eines überaus rachsüchtigen Wesens, in den er damals, vor tausend Jahren, ebenso seinen Bruder und seinen Ersten Ritter mit hineingezogen hatte.

Kein Wunder, dass so manche Fürsten und Könige der Menschen, aber auch der Elben ihn fürchteten und seinen Herrschaftsanspruch auf den Thron als Hochkönig über ganz Albalon anzweifelten. Sie wussten nicht, mit wem sie es zu tun hatten, und sahen in ihm ein unnatürliches Halb-Wesen, dem nicht zu vertrauen war. Manche zweifelten still, einige aber rüsteten ganz offen auf und gingen daran, ihre Grenzen zu schließen.

Oger und Trolle kümmerte das am wenigsten, denn sie hatten sich, nachdem der magisch befriedende Einfluss der verräterischen Königin versiegt war, kurzerhand aus dem Völkerbund gelöst und den Vertrag der freien Passage durch ihre Lande für beendet erklärt. Tausend Jahre Frieden waren dahin, die länderübergreifenden Straßen nicht mehr sicher, und auch die Beziehungen der Menschen und Elben standen erneut auf Messers Schneide. Alles war wieder auf Anfang gesetzt, beginnend mit dem Tag, da die letzte Schlacht des Großen Krieges ergebnislos geschlagen worden war, die beinahe alle Teilnehmer das Leben gekostet hatte, weshalb eine Entscheidung auf andere Weise gefällt werden musste.

Peredur unternahm sämtliche Anstrengungen, einen weiteren Krieg zu verhindern, und entsandte seine Vertrauten der Fiandur zu den Reichen der Menschen, Zwerge und Elben, um Verträge mit ihnen auszuhandeln, die den Frieden wahren sollten. Die Völker der Oger und Trolle ließ er außen vor, da sie von vornherein erklärt hatten, sich an jedem Boten aus Sìthbaile gründlich gütlich zu tun und als Antwort seine blanken Knochen zurückzuschicken.

All dies hatte zur gleichen Zeit wie die Verhandlung gegen Ragna Schwarzauge stattfinden müssen, und Peredur hatte darüber hinaus zu lernen, sich als gütiger und gerechter Herrscher zu geben, den man vorbehaltlos als höchste Instanz akzeptierte. Er war es schon einmal gewesen, mit der edlen Hafren an seiner Seite. Doch ohne sie? Wie sollte er die Bewohner Albalons dazu bringen, ihm nach all dem, was geschehen war, erneut ihr Vertrauen zu schenken?

Einem Mann ohne Herzen, der in Wirklichkeit nur noch zu rudimentären Empfindungen fähig war?

Abgesehen von einigen Elben gab es heute kaum mehr jemanden, der ihn von Jugend an gekannt hatte, der miterlebt hatte, wie er zum Kronprinzen herangewachsen und erzogen worden war, und wie er sich den Thron über sein bloßes Geburtsrecht hinaus verdient hatte.

Peredur – jahrhundertelang nichts weiter als ein Kinderschreck, eine düstere Gespenstermär, an deren Existenz so gut wie niemand geglaubt hatte – war vom einen Moment zum anderen aus dem Nichts erschienen, auf seinen Thron zurückgekehrt und stellte nun den Anspruch, über Albalon zu herrschen und Befehle zu geben. Unvorbereitet hatten alle dies hinnehmen müssen, und auch wenn es durchaus Jubel gegeben hatte, so war nicht minder Misstrauen mitgeschwungen.

Sie kannten ihn nicht. Er hatte in ihren Augen nichts für sie geleistet. Und nun sollte er, ein mysteriöser nichtlebender Nichttoter, ein auseinanderbrechendes Reich zusammenhalten können?

Politisch gesehen war ihm klar, was er zu tun hatte. Er wusste, wie er mit Untergebenen umzugehen und Verhandlungen zu führen hatte. Doch was fehlte, war das Herz dazu, und das erschreckte sie alle. Sie befürchteten, er wäre zu kalt und könnte daraus resultierend grausam werden, ungerecht. Man sorgte sich, er habe kein Verständnis für das Leben, weil er dem Leben fern war.

Das Schlimmste waren die Erinnerungen. So gut wie nichts zu empfinden war eine Sache, aber zu *wissen*, dass er nichts fühlte, war etwas ganz anderes. Das Einzige, was er wirklich aufrichtig und aus sich heraus fühlen konnte, war Bitterkeit, weil er zu echter Zuneigung nicht mehr fähig war. Innige Liebe zu empfinden, wie zu Hafren und seiner Tochter Áladís, war ihm unmöglich geworden.

Geblieben war das feste Band zwischen ihm und seinem Bruder Asgell, doch war Peredur nicht sicher, ob das nicht möglicherweise an Schwarzauges Bann lag, der sie beide aneinander kettete und ihnen stets aufs Neue vor Augen führte, dass der Tod des Einen auch den Tod des Anderen bedeutete.

Und das war längst nicht alles. Er war sich der Zuneigung der Freundschaften, die er sorgsam pflegte, wie etwa zu Fionn und anderen der Fiandur, völlig bewusst. Aber damit spielte er allen nur etwas vor. Er *gab* vor, Zuneigung zu empfinden, doch er *konnte* es nicht. Spürten sie den Unterschied? Sicherlich. Dennoch hielten sie treu zu ihm. Nur, wie lange noch? Konnten sie es auf Dauer ertragen, dass er zwar zu aus der Bitterkeit entspringendem Zorn fähig war, nicht aber zur Freude?

Manchmal war Peredur nahe daran, zu dem vergitterten und schwer bewachten Gelass zu gehen, in dem Ragna gefangen saß, und ihr eigenhändig mit einem Messer die Kehle durchzuschneiden. Damit es endlich vorbei wäre. Damit er endlich erlöst und Albalon befreit wäre von der Gefahr durch diese mächtige Elbenhexe, die immer unberechenbar bleiben würde, egal wie stark die Ketten auch sein mochten, mit denen sie gebunden war.

Manchmal war er sogar schon auf dem Weg zu Ragna gewesen. Doch jedes Mal hatte sein Pflichtbewusstsein ihn unterwegs eingeholt und zurückgehalten. Es gelang ihm nur kurzzeitig, das zu überlisten, ganz ausschalten konnte er es nie. Es war seine verdammte Pflicht, das Reich wieder aufzubauen, er war der Hochkönig durch Geburtsrecht, und er hatte eine Schuld abzutragen. Wie alle, die an dem Krieg vor tausend Jahren beteiligt gewesen waren.

In solchen Momenten, wenn das Leid zu sehr in ihm tobte – das Geschenk, das Ragna ihm gemacht hatte, im Austausch für sein Herz – benutzte Peredur das Allsehende Auge, jene magische Kugel aus unbekanntem blauen Glas, die der alte Elbenkönig Alskár ihm geschenkt hatte, um Kontakt zu seinem in Du Bhinn gefangenen Bruder Asgell halten zu können. Er öffnete dann den magischen Weg zu Asgell, der sich niemals darüber erbost zeigte, noch zu den ungewöhnlichsten Stunden aus dem Schlaf gerissen zu werden. Die innig verbundenen Brüder, die tausend Jahre getrennt gewesen waren, hatten eine Menge nachzuholen, und Asgell wollte den Älteren unterstützen, gerade weil er genau um dessen Leid wusste.

Erneut war Peredur hin- und hergerissen. Viele Jahrhunderte war er als der Söldner Tuagh ruhelos durch die Lande gestreift, niemals dazu in der Lage anzuhalten, sondern immer weiter fortgetrieben. Auf der Suche nach seinem Herzen, seinem Bruder, überhaupt seiner ganzen Vergangenheit, hatte zum Bann doch auch gehört, dass fast sein gesamtes Vorleben seiner Erinnerung entrissen worden war, wie allen Überlebenden des Großen Krieges. Er war nicht mehr in der Lage dazu, sich an die Umstände zu erinnern, die zu dieser Tragödie geführt hatten. Der Verlust seines Herzens, seines Bruders – und allem voran der Verlust Hafrens, seiner elbischen Gemahlin, und der gemeinsamen Tochter, obwohl ihm diese Erinnerung als einzige frisch und klar verblieben war: wie und von wem sie heimtückisch gemeuchelt worden waren. Nur das Warum, das war ihm damals entglitten.

Jetzt, zurück als Peredur, war er gezwungen, an einem Ort zu verweilen und sich den Zerrbildern der Vergangenheit zu stellen, und gleichzeitig zu verhindern, dass das Reich Albalon auseinanderbrach und in einem weiteren verheerenden Krieg versank.

Peredur war dankbar, zur Unterstützung so viele treue Gefährten und Freunde an seiner Seite zu wissen, und doch ... Er konnte mit niemandem so reden wie mit Asgell, nicht einmal mit Fionn.

Mit einem Ruck drehte er sich um und marschierte in den Nebenraum, der als Ankleide gedacht war, wo er aber oft allein in dem großen Sessel saß und vor sich hingrübelte. Hier befand sich auch das Allsehende Auge.

Noch einmal zögerte er, während er sich niederließ. Sollte er dem Zauberer vom Berge nicht besser seine Ruhe lassen? Er hatte sehr viel zu tun in der Bibliothek, und ...

Seine Hand streckte sich wie von selbst aus. Es half nichts, Peredur musste mit Asgell reden, er hielt es nicht mehr aus.

Er strich mit den Fingern über die dunkelblaue Kugel, konzentrierte sich, wie Alskár es ihn gelehrt hatte, und erwartete das innere Aufleuchten. Das Glas würde klar werden, wie durchsichtig, und es würde ihm den weit entfernten Bruder zeigen.

Nichts geschah.

»Komm schon, Asgell, so tief schläfst du nie, dass du mich nicht hörst«, murmelte er. »Es ist beinahe Tag, wahrscheinlich weckt dich gerade ein Bücherlindwurm.«

Peredur versuchte es wieder und wieder. Vergeblich. Beunruhigt runzelte er die Stirn. Was konnte die Ursache dafür sein, dass die magische Verbindung fehlschlug? Vielleicht wusste Alskár Rat. Auch der Hochkönig der Elben verfügte über eine solche Kugel, um sich mit Peredur auszutauschen. Sie waren seit langem Freunde.

Dunkelheit. Stille.

»Diese verdammte Kugel kann doch nicht kaputt sein, oder?«, setzte Peredur sein Selbstgespräch verwirrt fort. »Benötigt sie etwa so etwas wie eine magische Aufladung? Kann das sein? Das gibt es doch nicht, dass gleich zwei Gegenstellen nicht erreichbar sind ...«

Gut, bei Alskár könnte es eine Erklärung geben, denn der Elbenkönig hatte versprochen, zu Fionns und Cadys Hochzeit zu kommen. Vielleicht hatte er das Allsehende Auge nicht mitgenommen und war deshalb nicht erreichbar. Doch das führte zur nächsten Frage: Der große Tag war morgen, und von Alskár gab es bisher keine Spur, nicht einmal eine Ankündigung, was sehr ungewöhnlich war für diesen sonst so zuverlässigen Freund. Vor allem war es ganz und gar unelbisch, das Protokoll nicht einzuhalten, Spontaneität gab es nicht bei den Unsterblichen, sie regelten alles immer sehr genau.

Beunruhigt kehrte Peredur in sein Schlafgemach zurück, um der Sache weiter nachzugehen – und blieb wie angewurzelt stehen, denn vor sich, hoch aufgerichtet mitten im Raum verharrend, erwartete ihn eine in Blau und Weiß gewandete Elbenfrau.

Augen wie Efeu, samtfarbene Haut von goldenem Schimmer. Brustlange Haare, weiß wie Schnee, die von schwarzen Strähnen durchsetzt waren. Fein geschwungene schmale Ohren mit zarter Spitze.

Màr die Möwe, Angehörige der Fiandur, war eine großartige Kämpferin und treue Gefährtin. Und eine wunderschöne, liebliche Frau in diesem ihren Körper wie eine zweite Haut umschmeichelnden Gewand. Ihr bodenlanges, in einer kleinen Schleppe verlaufendes Kleid wurde in der Taille von einem breiten Gürtel gehalten, als Schmuck trug sie dünne silberne Armreifen, ein zu Spiralen gedrehtes silbernes Halscollier und einen schmalen Stirnreif.

»Was für eine unerwartete Überraschung«, entfuhr es Peredur spontan, und er prüfte verstohlen, ob sein Morgenmantel der Schicklichkeit entsprechend fest gegürtet war. Meistens lief er in seinen privaten Gemächern eher nachlässig herum, denn er bekam so gut wie nie Besuch – erst recht keinen unangemeldeten. In jungen Jahren wäre es ihm gerade recht gewesen, sich zu präsentieren, wenn er schon derart überrascht wurde, aber das war lange vorbei.

»Es tut mir leid, dass ich einfach hereingekommen bin und nicht draußen gewartet habe«, sagte die Elbe anstelle einer Begrüßung, und ein leichtes Zittern schwang in ihrer glockenklaren Stimme mit. »Ich wollte dir nicht die Möglichkeit geben, mich abzuweisen.«

»Das würde ich niemals tun!«, erwiderte Peredur erstaunt. »Und du weißt, der Fiandur stehen meine Türen ohnehin stets offen. Ich freue mich, dass du hier bist, wenngleich ich befürchte, dass es keinen fröhlichen Grund dafür gibt. Du hast Glück, dass ich schon wach bin...«

Sie schüttelte den Kopf. »Nicht Glück. Ich wusste es. Ich kann es spüren.«

Hätte er ein Herz besessen, hätte Peredur nun Mitleid empfunden. Aber genau das war das Dilemma. Er konnte es nicht. Er konnte überhaupt nichts von dem fühlen, was Màr empfand, und ihr zurückgeben. Dennoch war es nicht leicht für ihn, damit umzugehen, denn er *erinnerte* sich schließlich, dass es für ihn einst anders gewesen war. Leidenschaft, Sinnlichkeit, Frohsinn und ... Liebe. All das hatte er besessen und zusammen mit seinem Herzen verloren. Geblieben waren die Bitterkeit der Erinnerung, und manchmal auch Bedauern.

Tausend Jahre, dachte er. *Lange genug. Es wäre an der Zeit, und sie... ja, sie wäre es, das ist mir allzu deutlich bewusst.*

Doch ihm blieb nur der Schmerz, nichts sonst.

Höflich wies er auf eine kleine Sitzgruppe vor dem linken Fenster, bestehend aus zwei Sesseln und einem niedrigen Tisch. Der Raum besaß insgesamt drei großformatige Sprossenfenster, die in weniger als einer halben Stunde goldstrahlende Helligkeit wie durch einen Fächer hereinlassen würden, wenn erst die Sonne über die ferne Stadtmauer gestiegen war. Peredur hatte die Vorhänge noch nie zugezogen, denn es war nicht erforderlich. Er schlief selten länger als bis zum ersten Sonnenstrahl, und ihren Aufgang zu beobachten, war eines der wenigen »Vergnügen«, die es für ihn noch gab. Dann fühlte er sich friedlich in der sanften Erinnerung an Hafren, die den Morgen zumeist mit einem von einer Harfe begleiteten Lied begrüßt hatte.

»Bitte, nimm doch Platz. Ich lasse uns ein kleines Morgenmahl bringen ...«

»Danke«, sagte Màr leise und bewegte ablehnend den Kopf. »Aber so lange bleibe ich nicht. Ich bin nur gekommen, um mich zu verabschieden.«

»Zu verabschieden?« Peredur hob die Brauen und ließ den Arm langsam sinken.

»Ich gehe fort. Reise ab. Noch heute. *Jetzt.*« Sie stammelte, weil es ihr unendlich schwerfiel, überhaupt darüber zu reden. Elben galten gemeinhin als kühl und zurückhaltend, denn sie offenbarten ihre Gefühle nicht gern in aller Öffentlichkeit. Selbst wenn es nur ein einzelner Mensch war, wie Peredur, denn er war keiner der ihren. Seine Unsterblichkeit war nur ein Scheinleben und hatte nichts mit der Wesenheit der Elben zu tun. Er selbst erinnerte sich jedoch daran, dass Elben hinter verschlossenen Türen auch ganz anders sein konnten.

»Und ... und Màni?«, fragte Peredur. Das traf ihn nun doch, denn die Fähigkeit, sich verlassen fühlen zu können, war ihm nicht mit dem Herzen herausgerissen worden. Sondern erst so richtig hineingetrieben.

»Sie kommt natürlich mit.« Das war nicht verwunderlich, denn die Zwillingsschwestern waren unzertrennlich. Und es war beruhigend, denn ... Màr sollte jetzt nicht allein sein.

»Wo ... wo werdet ihr hingehen?« Tief in seinem Innern drängte ihn etwas, sie daran zu hindern, doch sein Verstand wusste, dass ihr Entschluss nicht mehr rückgängig gemacht werden konnte. Elben waren nicht wankelmütig, sie bedachten jede Entscheidung sorgfältig, und war sie erst einmal gefällt, dann war das endgültig.

»Zunächst nach Midhaven, wir wollen dort ein Schiff besteigen und auf der Ostseite entlang nach Cuagh Dusmi segeln.«

»Das ist ein sehr weiter Weg, und die Scythesee ist gefährlich. Schon die Fahrt entlang der Küste des Schwarzmeeres birgt Tücken ...«

»Wir brauchen die Ungeheuer nicht zu fürchten.« Sie lächelte schwach. »Wir sind Elben und verstehen uns auf den Umgang mit der Natur und ihren Geschöpfen. Und ein bisschen Magie ist meistens auch dabei.«

Peredur nickte, das war ihm durchaus bekannt, milderte jedoch seine Sorge kaum. Er fühlte sich für jeden der Fiandur verantwortlich, und Màr nahm noch eine besondere Stellung ein.

Sie schien schon halbwegs im Gehen begriffen. »Peredur, ich möchte dich um etwas bitten. Ich kann es nicht selbst tun. Sag Fionn und Cady ... sag ihnen, dass es mir leid tut, nicht dabei sein zu können, und dass ich ihnen alles Glück der Welt wünsche.«

»Es ist doch nur noch ein Tag bis zur Hochzeit«, wandte er ein. »Morgen ist es soweit, und sie freuen sich so sehr darauf. Vor allem auch darauf, alle ihre Freunde um sich zu haben. Nun ist Morcant schon nach dem Ende des Prozesses abgereist und wird augenscheinlich nicht kommen, Alskár wird wohl nicht rechtzeitig eintreffen, weil ich nichts von ihm höre und ihn nicht erreichen kann, und jetzt wollt auch ihr gehen ...«

»Ich kann nicht bleiben«, flüsterte Màr mit einer Stimme, die an den klagenden Schall einer einsamen Möwe über dem Meer erinnerte, und mehr denn je erinnerte sie an den Vogel, so schlank und anmutig, und trotz ihrer großen Stärke in diesem Moment so zerbrechlich. »Ich habe es versucht, aber es geht nicht länger. Ich *muss* fort, auf der Stelle. Ich bringe es nicht einmal mehr über mich, mich von den beiden zu verabschieden. Ich weiß, das haben sie nicht verdient, aber ... ich kann es nicht ändern. Hoffentlich werden sie mir eines Tages verzeihen.«

»Fionn war es sehr wichtig, euch dabei zu haben«, wiederholte Peredur langsam. »Du weißt, wie sehr er euch bewundert. Es kann doch nicht sein, dass kein einziger seiner Elbenfreunde ihm die Ehre an dem wichtigsten Tag seines Lebens erweist.«

»Bitte, mach es mir nicht noch schwerer.« Silberne Tränen rannen über Màrs Wangen. »Es raubt mir den Atem«, stieß sie hervor, und ihre Brust bewegte sich tatsächlich so heftig, als müsse sie um jeden Atemzug ringen. »Es zerreißt mich. Ich werde sterben, wenn ich noch länger bleibe. Verstehst du das denn nicht?«

Oh doch, er verstand. Nur zu gut. Er wusste, was die Liebe für einen Elben bedeutete, sobald sie in ihm erwacht war. Es war völlig anders als bei den Menschen, geschah nur ganz selten, aber wenn, dann war diese Liebe sehr viel intensiver, fordernder – und hielt zumeist für ewig. Elben konnten tatsächlich daran sterben. Oder im Gegenteil sogar vom Tode zurückkehren.

Nur nicht Hafren und ihre Tochter, denn es hatte niemanden mehr gegeben, der sie hätte halten können.

Und wie es aussah, würde diese junge Kriegerin ebenso daran zugrunde gehen.

Peredur ging zu Màr, legte ihr seine großen Hände an die Schultern. »Edle Freundin, du bist mir teuer«, versuchte er deutlich zu machen. Sie stand ihm näher als alle anderen, das war nicht zu leugnen, und oft genug wünschte er sich, sich überwinden zu können. Einfach der Erinnerung zu folgen und wenigstens ... so zu *tun*, als könne er ein normales Leben mit normalen Gefühlen führen. In der Hoffnung, Màrs Liebe würde ihm etwas von der brennenden Leere nehmen, die in dem Loch in seinem Brustkorb tobte.

In solchen Momenten wünschte er sich, wenn schon nicht endgültig tot sein zu dürfen, dann doch wenigstens völlig emotional abgestorben zu sein, kalt und leer und gleichgültig. Doch das war eben nicht der Fall. Er konnte nicht glücklich sein, aber sehr wohl voller Gram.

Ragna hatte genau gewusst, was sie getan hatte, als sie so grausam Rache genommen hatte. Und das nur, weil er ihre Schwester geheiratet hatte. Der Hass einer verschmähten Frau war unüberwindlicher und mächtiger als alle anderen Gefühle zusammen; als jede Machtgier, sogar jeglicher Wahnsinn. Das hatten sie alle dadurch lernen müssen, gleich ob Mensch, Elb oder Zwerg.

»Dir teuer? Ich wünschte, ich könnte das glauben.« Màrs rosenfarbene Lippen zitterten.

»Es ist die Wahrheit«, sagte er hilflos. »Du bedeutest mir viel.

Aber ... ich kann dir nicht geben, wonach dich verlangt. Es tut mir leid.«

»Wirklich?«

»Ja. Ich empfinde Bedauern und Bitterkeit, weil mir alles verwehrt ist, was einen Menschen ausmacht. So gern würde ich dir mein Herz geben, Màr, dich an meiner Seite wissen, dich in meinen Armen halten. Aber ich *kann* es nicht. Mir bleibt nur die Sehnsucht der Erinnerung.«

»An Hafren?«

»Nein, an das, was ich verloren habe. Wenn ich mein Herz hätte, Màr, wäre alles anders. Deine Nähe ist mir nach der langen Zeit unendlich vertraut, und ich möchte sie nicht missen. Ich habe mit Asgell gesprochen, was ich tun kann, um ... dich glücklich zu machen, denn dein Leid kann selbst einen Mann ohne Herz nicht unberührt lassen. Aber es gibt keinen Weg, oder wir können ihn einfach nicht finden. Ich habe alles versucht, das musst du mir glauben. Du solltest die Königin meines Reiches sein, damit Menschen und Elben wieder vereint wären. Doch ich kann Albalon nicht neu aufbauen mit einer ... einer Farce. Wir können das Herrscherpaar nur mit *allen* Konsequenzen sein, nicht lediglich nach außen hin.« Er hoffte, dass sie verstand, was er ihr zu erklären versuchte.

»Soll mir das ein Trost sein?«, fragte sie kummervoll. »Das verschlimmert doch alles nur.«

»Ja ... vielleicht.« Er fühlte sich hilfloser denn je. »Ich verstehe, warum du gehen musst.«

»Es liegt nicht nur an deinem fehlenden Herzen.« Sie legte ihre schmale, feingliedrige Hand an seine Wange und näherte ihr Gesicht dem seinen; sie waren fast gleich groß. Elben, insbesondere die Hochelben, waren für gewöhnlich sehr hochgewachsen und schlank, doch Peredur überragte noch viele von ihnen, und seine Schultern waren breit und stark. Als König bot er allein durch seine imposante Gestalt einen beeindruckenden Anblick.

»Ragna vergiftet uns«, flüsterte sie dicht an seinem Mund. »Höre auf meine warnenden Worte, Peredur, ich bitte dich. Bring diese Frau fort, oder lasse sie töten, was auch immer, aber ... Sie muss fort von hier. Sie macht aus Sìthbaile einen dunklen Ort. Ihr böses Gift sickert schon viel zu lange in die Mauern und strömt durch diese in uns selbst hinein, selbst dann, wenn wir nur atmen. Die Gefahr wächst, und ich befürchte das Schlimmste. Auch das ist ein Grund meines überstürzten Aufbruchs. Ich habe es versucht, aber ich kann es nicht mehr ertragen, und ich weiß, die Bogins leiden genauso. Sie schweigen dir zuliebe darüber, und deshalb liegt es an dir, Ragnas Macht endgültig zu vernichten. Diesen Weg *musst* du finden, oder sie wird vor deinen Augen ein Feuer entzünden, das keine Magie Albalons mehr zu löschen vermag. Sie wird niemals von ihrem Hass und ihrer Rache lassen, sie sind ein Teil ihrer Wesenheit. Und solange sie lebt, wird ihre Macht nur wieder wachsen.«

Beunruhigt blickte er in ihre efeugrünen Augen, versuchte zu erkennen, ob es Kummer war, der ihren Verstand trübte. Doch die Kriegerin wirkte jetzt gefasst, geradezu ruhig, und ihr Blick war klar.

Sie hatte ihre Entscheidung gefällt und würde sich nicht mehr aufhalten lassen.

Dennoch bat er sie noch einmal: »Wenigstens bis nach der Zeremonie...«

»Keine Stunde mehr, Peredur«, lehnte sie ab. »Es tut mir leid. Sag Fionn und Cady die Wahrheit, ich bitte dich. Sie sind so großmütig, vielleicht werden sie es verstehen. Und du – beherzige meine Warnung. Ich sehe Dunkelheit in naher Zukunft. Eine Finsternis, die mich verschlingen wird, wenn ich mich nicht schnell genug entferne. Und dich und alle anderen auch. Handle rasch! Und jetzt leb wohl, ich spüre die Schwäche nahen. Ich muss fort, sonst ist es um mich geschehen.«

Für einen Augenblick schien es so, als wolle sie ihn küssen, doch stattdessen glitt nur ihr Finger wie ein Hauch über seine Lippen, dann war sie fort.

Peredur verharrte lange an derselben Stelle und starrte auf die geschlossene Tür.

»Was geht hier vor sich...«, flüsterte er.

KAPITEL 2

TAG DER FREUDE

»Du gehst nicht hinein«, schärfte der Oberste Haushofmeister dem jungen Mann ein. »Du öffnest die Klappe, schiebst das Tablett hindurch und machst sofort wieder zu. Das alles dauert gerade so lange, wie du bei normalen Atemzügen bis fünf zählst. Schaffst du das?«

»Ja doch. Ich war oft genug als Begleitung dabei. Ich weiß, was ich machen muss. Ich habe immer mitgeübt. Ich bin darauf vorbereitet!«

»Wenn ich dir nur glauben könnte«, murmelte Faruk, während er den Sitz seines Brokatmantels prüfte und den Stehkragen ordentlich richtete. »Mir ist nicht wohl dabei.«

»Es ist Hochzeitstag, und der König hat nach Eurer Anwesenheit verlangt, und der des Hauptmanns und aller bedeutenden Persönlichkeiten des Hofstaats«, erwiderte Hallmer, sein Assistent. Er versah den Dienst seit einem halben Jahr und war ein aufgeweckter, fleißiger Bursche, der es eines Tages weit bringen konnte.

»Ich sollte jemanden von der Wache abstellen«, überlegte Faruk laut. Zu Zeiten der Friedensherrscherin hatte der Mensch Pirmin sein Amt innegehabt, und er war gut darin gewesen. Nachdem er aber erkennen musste, welchem Trug er aufgesessen war, weil er die Wahrheit nicht hatte wahrhaben wollen, hatte er sich in seinem Gemach erhängt, bevor ihm der Prozess gemacht werden konnte. In seinem Abschiedsbrief hatte er König Peredur um Vergebung gebeten und mit den Worten geschlossen: »*Ich bin ein alter Mann und habe mein Leben gelebt. Ich muss die Verantwortung für meinen Irrtum tragen und möchte niemandem mehr zur Last fallen.*«

Faruk war Ende vierzig und stammte aus Mathlatha. Er hatte schon an verschiedenen Höfen als Berater gedient und war eine Empfehlung Meister Keith Sonnenweins, und keine schlechte bisher. Er war ein Könner seines Fachs, der Emotionen außen vor ließ. Er diente dem Thron mit unverbrüchlicher Loyalität und wagte daher dem König als

Person gegenüber gelassenen Widerspruch. Auch dessen Berater wurden nicht verschont, da kannte er keinerlei Scheu. Er machte sich damit nicht unbedingt Freunde, hatte sich aber durch seinen klugen Verstand und seine sachliche Art und Neutralität Anerkennung und Respekt verschafft, was unerlässlich war in seiner Position, schon gar, wenn der Hofstaat komplett neu aufgebaut werden musste.

Peredur hatte in jeder Hinsicht reinen Tisch gemacht, alle Höflinge kurzerhand mit einer Abfindung versehen vor die Tür gesetzt und, beim Gesinde angefangen, alle Positionen neu besetzt. Er konnte schließlich nicht wissen, wer der ehemaligen Friedensherrscherin noch die Treue hielt und unter Umständen versuchen mochte, ihn zu vergiften – auch wenn ihn das nicht umbringen konnte, schürte es zumindest den Widerstand und erschwerte seinen Stand. Und er hatte Wichtigeres zu tun, als ständig über die Schulter schauen zu müssen.

»Ihr wisst, wie König Peredur dazu steht«, wandte der junge Mann ein. »Es sind keine Waffen erlaubt, nicht einmal ausgebildete Kämpfer dürfen den Gang betreten.«

»Und Grünschnäbel wie du könnten der Gefahr erliegen, ohne es zu merken. Sie braucht keine Waffen, begreife das doch.«

»Dann warten wir eben bis zum Ende der Hochzeit.«

Faruk schritt auf und ab und dachte darüber nach. An sich wäre das die klügste Entscheidung gewesen, aber die Anweisungen waren eindeutig. Auf Anraten von des Königs Bruder Asgell, des Zauberers vom Berge, war ein Plan entwickelt worden, wann und wie die Gefangene ihre Mahlzeiten, die Hausversorgung und alles Weitere zu erhalten hatte. Ob das nun übertrieben sein mochte oder nicht, zumindest bislang hatte sich dieser Plan bewährt, und es war weder Faruks Aufgabe noch die der Anderen, sich Gedanken über den Sinn oder Unsinn der ritualartigen Vorschriften zu machen. Sie hatten keine Ahnung vom magischen Wesen der Elben, und noch viel weniger, was die Mächtigen anging, wie die Gefangene es war.

Seit ihrer Einkerkerung hatte sie niemand mehr zu Gesicht bekommen. Die Gerichtsverhandlung war in ihrer Abwesenheit geführt worden, ihre Verteidigung hatte auf schriftlichem Wege stattgefunden. Allerdings hatte sie sich auch kein einziges Mal geäußert. Es hieß, König Peredur habe sich mehrmals persönlich mit ihr besprochen, doch da sie auf keinerlei Vorschläge einging, war sie schließlich zu »lebenslanger« Haft unter völliger Isolation verurteilt worden. Allerdings war sie nicht wie eine gewöhnliche Gefangene in ein finsteres, feuchtes Verlies gesteckt worden, sondern wurde in einem abgeschiedenen Gelass des Palastes festgehalten. Die Fenster waren so zugemauert worden, dass nur noch schmale Schlitze verblieben waren. Die Tür war rein aus Eisen gefertigt und mit mächtigen Beschlägen so in den Rahmen eingemauert worden, dass nicht einmal ein Troll sie mit einem Ruck herausreißen konnte. An der Einrichtung ermangelte es nichts, und einmal in der Woche wurden vier Angehörige der Kleinen Völker, die unempfindlich für Elbenmagie waren und zusätzlich noch einen besonderen Schutz erhielten, zur Reinigung abgestellt.

Niemandem war wohl dabei, dass die Gefangene im Schloss blieb, vor allem, da sie ja unsterblich war. Aber der König und der Zauberer waren übereingekommen, zuerst einen ganz besonderen, nur für diesen Zweck geschaffenen Fesselzauber zu weben und gleichzeitig den geeigneten Ort zu suchen und zu finden, um die Gefangene für den Rest ihrer Unsterblichkeit auf einer abgeschiedenen, unerreichbaren Insel abzusetzen, von wo aus sie keinen Schaden mehr würde anrichten können. Aber dazu brauchte es Vorbereitungszeit – und opferbereite Freiwillige, um den Transport durchzuführen. Das alles durfte nicht überhastet bewerkstelligt werden, sollte es gelingen. Die beiden Tausendjährigen würden keinesfalls den Fehler begehen, diese mächtige Frau zu unterschätzen.

»Meister Faruk, Ihr könnt mir vertrauen«, sagte Hallmer schließlich. »Habe ich nicht bisher alles zu Eurer Zufriedenheit erledigt?«

»Das schon.«

»Ich meine, in Bezug auf die Gefangene?«

Niemand nannte sie beim Namen, auch das ein vom König auferlegtes Tabu.

»Es sind nicht mehr als zehn Atemzüge nötig, um vom Durchgang bis vor die Tür zu gehen, sich zu bücken, die Durchreiche zu öffnen, das Tablett hindurchzuschieben, die Durchreiche zu schließen und sich eilig zu entfernen. Ich habe es viele Tage hindurch geübt, sogar schon allein, nur unter Aufsicht auf Abstand.«

»Na schön«, gab der Oberste Haushofmeister nach. »An sich ist es ja keine schwere Arbeit, die misslingen könnte. Lediglich die Vorschriften müssen exakt eingehalten werden. So sei es denn. Aber ...«

Hallmer hob lachend die Hände. »Ich weiß es auswendig, bitte glaubt mir! Nun geht endlich, die Zeremonie sollte jeden Moment beginnen, und Ihr dürft als Ringbewahrer nicht fehlen.«

Faruk erkannte am draußen aufbrandenden Jubel, der ungebremst durch das geöffnete Fenster hereinschwappte, wie sehr sein Assistent recht hatte, und eilte mit gerafftem Brokatgewand auf langen Beinen davon.

*

»Jetzt ist es endlich soweit!« Fionn zeigte sich so gelöst und fröhlich wie lange nicht mehr. Er ließ es zu, dass seine Mutter Alana ihm die Fliege zum dritten Mal neu band, bis sie schließlich zufrieden war, und er hörte den Ermahnungen seines Vaters Hagán zu, wie er sich seiner baldigen Ehefrau gegenüber zu benehmen hatte; und bekam doch nichts von all dem mit. In seinem Kopf tanzten die Gedanken einen Reigen, und er wünschte sich, das gesamte Zeremoniell wäre schon vorüber und er endlich mit Cady allein. Noch nicht einmal zu Gesicht bekommen hatte er sie heute, und gestern auch nicht, und seine Sehnsucht wuchs mit jedem Herzschlag.

Davon lenkte ihn sein Halbbruder Tiw ab, der wie immer unerwünschte Weisheiten zum Besten gab. Vor allem wusste er Ratschläge für eine funktionierende Ehe, worüber Fionn nur lachen konnte.

»Du hast doch noch nie auch nur eine kurze Beziehung gehabt, was willst du schon davon wissen!«

»Ich beobachte«, gab Tiw mürrisch zurück. Er war für einen Bogin eher groß geraten, dunkelhaarig und schlank, und er trug einen Vollbart, der sein eher finsteres Aussehen nur unterstrich. Nicht einmal jetzt konnten seine stets misstrauisch blickenden dunklen Augen sich erweichen.

Fionn hingegen war von ganz anderer Erscheinung, obwohl sie beide dieselbe Mutter hatten. Mit den feinen glatten blonden Haaren und der ungewöhnlich zarten, bleichen Haut sowie der schmalen Statur erschien er auf den ersten Blick und auf ein wenig Distanz zunächst wie ein Elbenjunge. Doch spätestens bei dem Blick in seine winterhimmelblauen Augen wurde klar ersichtlich, dass er zu den sanftmütigen Bogins gehörte, die Angehörige der Kleinen Völker waren und einstmals Sklaven durch Ragnas Willen. »Kannst du dich jemals einfach nur freuen?«, fragte Fionn seinen Bruder.

»Ich glaube nicht«, antwortete Tiw gelassen. »Bisher gab es keinen Grund dazu.«

Fionn sah zu ihm hinüber. »Nicht einmal in diesem Moment? Wünschst du Cady und mir kein Glück?«

»Red keinen Unsinn!«, gab Tiw barsch zurück. »Natürlich tue ich das. Aber es ist, wie es ist; man vertauscht eine Knechtschaft mit der anderen, und ich weiß ganz sicher, dass ich mich *dieser* nicht ergeben werde.«

»Nun ist es genug, Tiw!«, mahnte die Mutter der beiden ungleichen Brüder. »Wir wissen schon, wie du es meinst. Geh lieber zu Peredur und sorge dafür, dass er pünktlich erscheint und weiß, was zu tun ist.«

Tiw stand grinsend auf, darauf schien er nur gewartet zu haben. »Ich werde außerdem mal sehen, ob auch ausreichend Essen und Trinken eingeplant ist, und dass das richtige Bier bestellt wurde.«

Fionn wäre ihm gern gefolgt; ein kleines, frisch gezapftes Bier wäre ihm jetzt gerade recht gekommen. Zum Frühstücken hatte er bisher keine Zeit gehabt, doch er hätte wahrscheinlich auch gar nichts hinunterbekommen. Nun aber fühlte er zusehends Nervosität aufsteigen, und ein Schlückchen Bier hätte da bestimmt beruhigend gewirkt.

»Fertig!« Alana trat zurück und betrachtete ihren jüngeren Sohn stolz und mit strahlenden Augen. »Stattlich siehst du aus.«

»Abgesehen von den Haaren«, brummte der Vater und lachte, als er Fionns entsetzten Gesichtsausdruck sah. Das war und blieb seine wunde Stelle, weil seine Haare nicht wie bei den Bogins üblich dick, wollig und widerspenstig waren.

Doch Fionn musste beim Blick in den Spiegel zugeben, dass der seidig schimmernde blaugraue Anzug mit der silberfarbenen Weste sehr gut an ihm saß, dazu die passende Fliege und glänzende Schuhe mit großen Schnallenbeschlägen. Im Gürtel steckte der Urram, der zeremonielle Dolch, den jeder Bogin – ob weiblich oder männlich – nach der Geburt an die Wiege gehängt bekam, und den er ein Leben lang bei sich trug.

So! Damit war es gut. Schick sah er aus, doch hatte er nichts davon, wenn ihn keiner sah.

»Können wir endlich gehen?«, fragte er zapplig.

»Du wirst Cady noch früh genug zu Gesicht bekommen. Und dann jeden Morgen für den Rest deines Lebens.«

»Das hoffe ich. Sie ist so wunderschön.« Fionn besann sich hastig, gab seiner Mutter einen Kuss auf die Wange und fügte hinzu: »Nach dir, natürlich.«

Die wehrte lachend und kopfschüttelnd ab. »Nicht alles, was Onkelchen Fasin lehrt, muss auch angewendet werden, Sohn.«

Onkelchen Fasin lebte ebenfalls im Haus von Meister Ian Wispermund; er galt als der älteste lebende Bogin Sithbailes, wenn nicht überhaupt des ganzen Volkes, und war in jedem Fall der Weiseste.

»Alana, nun hör schon endlich auf, an dem Jungen herumzuzupfen!«, mahnte Hagán, der an der Tür wartete und sich vermutlich ebenfalls nach einem Bier und einem kleinen Imbiss sehnte. »Er ist perfekt so, wie er ist.« In seinen Augen glänzte nicht minderer Stolz auf seinen wohlgeratenen Sohn.

Fionn merkte, dass die Augen seiner sonst so resoluten, großen und starken Mutter plötzlich verschwammen, und sie trat hastig zur Seite, schubste ihn regelrecht zur Tür. »Vorwärts, Fionn, die Kutsche wartet längst.«

»Und zwar auf uns alle«, ergänzte der Vater brummend.

Draußen auf der Straße standen Meister Ian Wispermund sowie Cadys Eltern, jede Menge sonstige Bewohner des Hauses, die sich gerade auf die vielen wartenden Kutschen verteilten, und da – endlich! – Cady selbst.

Fionn blieb für einen Moment sprachlos stehen, als er sie erblickte. Ihr rotbraunes Haar war mit schimmernden Blüten hochgesteckt worden, und bunte Bänder fielen über ihren Rücken hinab. Sie trug ein seidenes Hochzeitskleid in Weiß und Rosa, den Hauptfarben von Hafrens Lilien, und elegante silberne Spangenschuhe mit kleinem Absatz. Ihr

Urram steckte deutlich sichtbar in einem taillenbetonenden Gürtel, und im Arm hielt sie einen prächtigen Hochzeitsstrauß. Ihr rosiges Gesicht strahlte wie ein Sonnentag, und ihre morgenblauen Augen lächelten Fionn glücklich und aufgeregt entgegen.

Bevor sie aufeinander zustürmen konnten, trat Onkelchen Fasin, der das bereits vorausgesehen hatte, jedoch dazwischen. An seinem beachtlichen Bauch kam niemand vorbei. »Hier werden keine teuren Stoffe zerknittert und keine öffentlichen Liebesbekundungen gezeigt!«, mahnte er. »Soll denn all die Mühe, die wir mit euch hatten, noch vor der Zeremonie zunichte gemacht werden?«

Das junge Paar nickte gehorsam und hielt sich, wenngleich mit herzzerreißend leidenden Mienen, im Zaum.

»Cady, hier herüber, du steigst auf dieser Seite auf. Du, Fionn, auf der anderen Seite. Ihr setzt euch aufrecht und reglos nebeneinander und verzieht keine Miene.« Onkelchen Fasin wies auf die reich geschmückte Hochzeitskutsche, die eigentlich für ausgewachsene Menschen gedacht war. Peredur hatte sie zur Verfügung gestellt, und das durfte nicht abgelehnt werden. Diese Kutsche war sehr alt, aber prächtig hergerichtet worden. Es war Peredurs eigene Hochzeitskutsche, in der er vor mehr als tausend Jahren Hafren zum Bund geführt hatte. Eine große Ehre, vor der sich die Bogins ein wenig fürchteten.

Der Vorteil für die Bogins war, dass alle Platz darin hatten: Cadys und Fionns Eltern, Onkelchen Fasin, und natürlich auch Meister Ian Wispermund, der auf einmal zwanzig Jahre jünger wirkte. Dabei kicherte er aufgeregt wie ein Jungspund, der gerade einen tollen Streich aushecke, vor sich hin. So kannte man den ehrwürdigen Gelehrten gar nicht, aber es stand ihm gut. Tiw fehlte; offenbar war er tatsächlich bereits zum Palast gefahren und sah dort nach dem Rechten. Bei dem Zeremonienmeister, den Weinfässern, in einem Krug Bier, wo auch immer.

Das junge Paar saß mit steifem Rücken nebeneinander auf der breiten Bank in Fahrtrichtung, wie Fremde. Onkelchen Fasin war begeistert, doch die beiden bemerkten das nicht und es ging ihnen auch gar nicht um angemessenes Benehmen, sondern um ganz andere Dinge, die in wilden Gedanken durch ihre Köpfe sprangen. Blass und still hielten sie sich an den Händen, und ihre Kehlen waren zugeschnürt.

Eigentlich hatten sie sich eine stille Hochzeit gewünscht, doch sie hatten einsehen müssen, dass das unter den gegebenen Umständen, und weil es *sie beide* waren und nicht *irgendwelche* Bogins, einfach nicht möglich sein würde. Die gesamte Stadt schien auf den Beinen zu sein, und allen voran die Bogins, die an der Hauptstraße aufgereiht standen, jubelten und klatschten, die Segenswünsche skandierten und dabei Blumen streuten.

Fionn und Cady hatten ihr Volk aus der Sklaverei befreit, und das war gerade mal ein Jahr her. So schnell vergaßen Bogins nicht, und wer zum Held erkoren war, blieb es auch für einige Jahre. Die Vermählung setzte ein wichtiges Zeichen für die besseren Tage, die nun anbrechen sollten. Alle wollten daran teilhaben, wollten unbeschwert feiern und tanzen.

Auch König Peredurs Beraterstab sah in ihrer Hochzeit ein bedeutendes Ereignis, das die Völker auf diese Weise einander näherzubringen vermochte und beweisen sollte, dass es vorwärts und aufwärts ging, dass man zusammenhalten sollte, anstatt wieder in altes Machtstreben und unsinnige Streitigkeiten zu verfallen.

Tausende von Leuten begleiteten die Hochzeitskutsche und warteten rings um den Palast, überall waren Tische und Bänke aufgestellt worden, spielten Musikanten auf, zeigten Akrobaten ihr Können, und es wurde reichhaltig aufgetragen und ausgeschenkt. Drei Tage sollte gefeiert werden, und der Thron von Sìthbaile übernahm dabei einen beträchtlichen Teil der Kosten, sodass wirklich ausnahmslos jeder daran teilhaben konnte.

Die Wachen mussten mit einem abschirmenden Ring dafür sorgen, dass das junge Paar die Kutsche verlassen konnte, ohne dass die Gäste es bestürmten und möglicherweise noch zerquetschten. Vor allem die Freude der Bogins ließ die Herzen höher schlagen, und nicht wenige Menschen fanden eigenes Glück darin, wie diese Wesen Freude ausstrahlten, sangen und tanzten. Das Schimpfwort *Bucca* – aufgeblasene Backe, eine Verunglimpfung, welche die Bogins wegen ihrer meist rosigen Wangen erhalten hatten – wurde den Halblingen heute bestimmt nicht nachgerufen.

Peredur erwartete sie oben auf der Portaltreppe vor dem Eingang zum Schloss. Cady sah sich um. »Ich sehe Màr nicht«, wisperte sie Fionn zu.

»Und ich einige andere auch nicht«, gab er zurück. »Die Politik hält niemals still, so ist es eben. Einmal Fiandur, immer Fiandur. Sie haben bestimmt gute Gründe, und wir wollen ihnen nicht gram sein.« Er drückte ihre Hand fest. »Ich wäre viel lieber mit dir allein, Cady, aber... ich glaube, so ist es auch schön, oder?«

Sie strahlte ihn an, und sein Herz ging auf wie die erste Junirose. Sie waren zusammen aufgewachsen, wie Geschwister, doch jetzt... Was er nun empfand, das ging sehr viel weiter und tiefer. Allein ihr Anblick machte ihn glücklich, und die Erinnerung an den ersten scheuen Kuss, den sie kurz vor dem großen Abenteuer getauscht hatten, hatte ihm geholfen, all die Gefahren und den Kummer zu überstehen, ohne daran zu zerbrechen. Und umgekehrt war es genauso, denn Cady hatte nicht weniger durchgemacht als er und ihren Kampf in Sìthbaile geführt, während er in der Fremde unterwegs gewesen war.

»Dass wir der Grund für die Freude der Anderen sind«, sagte sie weich, »ist für mich schon die größte Freude. Wir werden noch ausreichend Gelegenheit haben, für uns zu sein, Fionn. Sehr bald sogar. Lass uns dieses Fest genießen und den anderen so viel Freude schenken, wie wir es nur vermögen. Das ist doch unser Wesen, nicht wahr?«

»Viel lieber hätte ich dazu ein anderes Fest genossen«, erwiderte er und wies verstohlen auf den König, der mitten unter den Anderen und doch allein stand.

Er stach durch seine stattliche Erscheinung weithin aus der Menge heraus. Falls ein Fremder dennoch unsicher sein mochte, welcher der prächtig ausgestatteten Herrschaften der König sein mochte, erkannte er ihn leicht an dem mit Hermelinfell besetzten königlichen Umhang und dem Stirnreif. Peredurs dunkler Bart war frisch gestutzt, das ergraute Haar knapp auf Schulterlänge geschnitten.

So, wie man sich eben einen König vorstellte, erfüllte Peredur alle Voraussetzungen zum Tragen einer Krone. Einem uralten königlichen Geschlecht entstammend, und so von edelster Abstammung, war er als Kronprinz aufgewachsen und zum Herrscher erzogen worden. Er war des Thrones würdig, auch nach tausend Jahren noch, selbst nachdem er viele Jahrhunderte hindurch als Tuagh der Wanderkrieger durch die Welt gezogen war und sich durch seine Taten Anerkennung verdient hatte. Mit der Enthüllung, dass es sich bei dem weithin bekannten

Söldnerführer in Wirklichkeit um den sagenhaften König aus der Zeit des Großen Krieges handelte, hatten manche der Herzöge, Barone und Fürsten, denen er vorher gedient hatte, ihm sofort ihre Freundschaft und Unterstützung zugesagt.

Aber leider gab es genug, um nicht zu sagen *zu viele,* Andere, denen nicht wohl war bei dem Gedanken, und die vielleicht eine andere Regierung anstrebten, nachdem die Friedensherrscherin »abgedankt« hatte.

»Auch für ihn wird es Erlösung geben, und wir werden ihm dabei helfen. Sieh nur, er winkt uns zu, und seine Augen sind viel weicher als sonst. Ich glaube, soweit er es vermag, freut er sich wirklich. Um ihn brauchen wir uns heute keine Gedanken zu machen, sondern nur um uns. Es ist ein Tag für die Anderen, aber mittendrin auch für uns, denn bald haben wir den Bund geschlossen.« Cady schmiegte sich an Fionn. »Hast du Angst?«

»Und wie.«

»Ich auch.«

Sie kicherten verlegen.

Seltsam, Angst vor diesem Schritt zu haben, denn sie liebten sich doch inniglich und wollten nicht ohne einander sein. Aber so ein Bund brachte auch jede Menge Verantwortung mit sich, und der wollten sie unbedingt gerecht werden und konnten nur hoffen, dass es ihnen auch gelang.

Mit diesem Gedanken hatten sie die letzte Stufe genommen und waren oben angekommen. Es gab kein Zurück mehr.

*

Hallmer empfand freudige Erregung, weil Faruk ihm sein Vertrauen schenkte, und er war fest entschlossen, seinen Mentor nicht zu enttäuschen. Die Aufgabe an sich würde ihn nur für kurze Zeit in Anspruch nehmen, ihn aber im Palast einen entscheidenden Schritt weiterbringen. Hallmer wollte unbedingt die rechte Hand des Obersten Haushofmeisters werden, und das so schnell wie möglich. Seine Familie zählte auf ihn; was er von seinem Lehrlingssold erübrigen konnte, schickte er ins ferne Tally. Sie waren so stolz auf ihn, wie in ihren

Briefen zu lesen war, den ein Schreiber für sie aufsetzte und verschickte. Hallmer war der Erste der Familie, der es geschafft hatte, aus der Schweinejauche herauszukriechen und sich aus der Abhängigkeit des Barons zu befreien. Ihm war die Flucht gelungen, er hatte sich als Tagelöhner durchgeschlagen, hatte mit der Hilfe freundlicher Menschen Lesen und Schreiben und Rechnen gelernt und sich dann ganz kühn zum Palast von Sìthbaile gewagt, weil es hieß, dass König Peredur loyale Leute suchte.

Er war nicht an der Pforte abgewiesen worden, obwohl er abgerissen aussah und ausgehungert war, und dann hatte ein Vertrauter des Königs, der sich als Vàkur vorstellte, sich ausführlich mit ihm befasst und ihn eindringlich und so streng geprüft, bis Hallmer in Tränen ausgebrochen war. »Bist du fertig?«, hatte Vàkur schließlich gefragt, und Hallmer begriff, dass er nun entweder als jämmerlicher Versager davonschlich und bis ans Lebensende den Abfall von der Straße klaubte, um sich zu ernähren – oder sich genau jetzt, da er völlig am Boden war, als *Mann* zeigte, der nichts mehr zu verlieren hatte und deshalb alles auf eine Karte setzte. Er hatte sich gesammelt, den Rotz unter der Nase abgewischt und geantwortet: »Ja. Wann kann ich anfangen?« Und dann wurde er Faruk vorgestellt.

Hallmer wusste, dass seine bescheidene Unterstützung seine Familie erreichte und nicht etwa beim Baron landete, weil Faruk persönlich dafür sorgte, dass das Geld dort ankam, wo es hinsollte. Allein dafür war er dem Obersten Haushofmeister treu ergeben, der zudem ein strenger, aber guter Lehrherr war. Faruk entstammte einer gutbürgerlichen Familie und hatte Ethik, Ökonomie und Politik studiert, die Lehren der Moral, des Verwaltungswesens und der Politik, doch er wusste sehr wohl, wie es um die weniger begüterten Leute stand.

Ich werde alles richtig machen, und dann ... dann kann ich meine Familie vielleicht bald zu mir holen, dachte Hallmer aufgeregt. Es gab am Fuß des Hügels eine kleine Siedlung, die der König hatte errichten lassen, und wo das Gesinde unterkommen konnte, das sich kein eigenes Haus leisten konnte oder nicht die Miete für eine Wohnung oder auch nur ein Zimmer in der Stadt aufzubringen vermochte. Diese Häuschen waren klein und bescheiden, aber erschwinglich und sie boten alles, was man brauchte. Es würde ein bisschen eng werden, aber die ganze Familie konnte unterkommen, und Hallmers Brüder konnten sich Arbeit suchen, beispielsweise in den königlichen Stallungen. Faruk hatte versprochen, wenn Hallmer weiterhin so fleißig wäre, würde er bei der nächsten Verteilung berücksichtigt werden und den Zuschlag bekommen, sobald etwas frei würde.

Beschwingt nahm der junge Mann das Tablett aus der Küche in Empfang und machte sich auf den Weg zu dem streng abgeriegelten Turmgelass, das abseits an der Ostmauer des Palastes stand und nur mit Hilfe einer Zugbrücke über den Graben erreichbar war. Zwei schwer gerüstete Elben hielten Wache vor dem Tor und ließen den jungen Mann ein. Niemand, der ihnen nicht bekannt war, erhielt hier Zutritt.

Hallmer wusste, dass die Wachen ihn beobachteten, während er den Gang entlang bis zur einzigen Tür ging. In Gedanken zählte er Schritte und Atemzüge, so wie er es gelernt hatte. Der Junge stellte das Tablett ab, kniete sich hin und öffnete die Klappe knapp über dem Boden. Er schob das Tablett hinein und verschloss die Klappe sofort wieder; erst jetzt konnte auf der anderen Seite eine weitere Klappe geöffnet und das Tablett in die Zelle gezogen werden.

Fertig.

Hallmer stand auf und strebte wieder auf den Ausgang zu, als ihm auffiel, dass er zu wenige Atemzüge verbraucht hatte und dass da etwas fehlte.

Und da hörte er es auch schon, es schepperte gegen die Klappe.

Das leere Tablett von der vorherigen Mahlzeit hatte sich beim Öffnen nicht in der Durchreiche befunden. Das hätte Hallmer nämlich zuerst herausziehen müssen und dann erst das neue hineinstellen sollen. So war es bis jetzt immer gewesen. Warum heute nicht?

Unsicher blieb Hallmer stehen.

Nicht verharren, hatte man ihm eingeschärft.

Das Tablett konnte ja auch zusammen mit dem anderen bei der nächsten Mahlzeit geholt werden.

Aber war das nicht eine Bedingung gewesen, dass es ein volles Tablett nur gegen ein leeres mit vollzähligem Geschirr und Besteck gab?

Hallmer war zutiefst erschrocken, obwohl er nichts dafür konnte. Oder doch? Hätte er das Tablett einfach wieder mitnehmen sollen? Oder hineinrufen, dass es nur im Austausch eine Mahlzeit gab?

Das kann doch nicht sein.

Er war zum ersten Mal allein bei dieser Aufgabe, und dann sollte gleich alles schiefgehen? Hallmer spürte, wie ihm Tränen in die Augen stiegen. Das war ungerecht! Hatte er nicht verdient!

Er wusste nicht, was er tun sollte, und ging den Gang zurück, um die Elbenwachen um Rat zu fragen.

Doch entgegen seiner Annahme, dass sie ihn beobachten würden, hatten sie die Tür geschlossen und wieder draußen ihren Posten bezogen.

Schüchtern schob Hallmer die Tür auf und streckte den Kopf hinaus. »Äh, ich...«, setzte er an, hielt inne, ob eine Reaktion von den wie Statuen verharrenden Wachen kam, und fügte hinzu: »Hallo?«

Keine Antwort.

Ach ja, sie hatten Anweisung, mit niemandem zu reden. Auch eine Sicherheitsmaßnahme.

Er musste es selbst entscheiden. Inzwischen hielt er sich ohnehin schon viel zu lange hier auf. Doch andererseits, was war schon dabei, schnell zurückzuhuschen, die Klappe zu öffnen, das Tablett herauszuziehen und genauso schnell wieder zu verschwinden? Er hatte ja gehört, dass es hineingestellt worden war. Also eigentlich alles in Ordnung, nur ein wenig in der Reihenfolge durcheinandergekommen.

»Ich muss noch einmal zurück«, erklärte er den beiden schweigenden Wachen. »Das leere Tablett. Aber ich komme umgehend wieder. Vielen Dank für die Geduld.«

Zu rennen wagte er nicht, aber er ging so schnell er konnte, kniete mit klopfendem Herzen nieder, öffnete die Klappe, griff nach dem Tablett, dessen Rand er schon erblickte.

Da sah er Licht von innen herausdringen, und sein Herz blieb vor Schrecken fast stehen.

Und etwas schoss durch die geöffnete Klappe und packte seine Hand.

*

»Hörst du die da oben?«, meinte der schielende Zwerg und deutete mit dem Daumen zur Höhlendecke. »Ordentlicher Krach, möcht ich meinen.«

»Pah«, machte der humpelnde Bergelb und winkte ab. »Die verstehen nichts von echten Gelagen.«

»Meine Rede.«

Sie störten sich nicht daran, dass niemand sie aufgefordert hatte, zur Feier zu kommen, sondern versahen wie in den vergangenen Tagen auch ihren Dienst hier unten. Es gab viel zu tun. Nachdem König Peredur die Macht wieder übernommen hatte, war der Auftrag ergangen, das gesamte Labyrinth unter dem Palast zu durchforsten und die meisten Durchgänge zu versiegeln.

Die Verliese wurden zuerst vollständig geräumt und gereinigt – was auch bedeutete, die hier unten befindlichen sterblichen Überreste hunderter unter Schwarzauges Herrschaft ermordeter Bogins zu bergen und dem Volk zur feierlichen Bestattung zu übergeben; eine schaurige und traurige Angelegenheit. Anschließend musste darangegangen werden, die unzähligen Gänge, die teils jahrtausendealt waren und tief in den Hügel hinein führten, zu durchforsten, zu kartieren und danach zu verschließen.

Der Zwerg Ortwin und der Bergelb Halti hatten sich zufälligerweise am selben Tag für diese Aufgabe beworben, denn sie erschien ihnen genau richtig, und sie wurden gleichzeitig zum Vorsprechen gebeten. Beide galten sie als gescheiterte Existenzen bei ihren Völkern, denn Ortwin war durch sein starkes Schielen nicht in der Lage, feine Arbeiten auszuführen, und mit seiner eher schmächtigen Statur war er nicht geeignet, im Bergbau zu arbeiten. Halti hatte von Geburt an einen verkrüppelten Fuß, der ihm einen eleganten Gang und überhaupt ein ansprechendes Äußeres verwehrte, und selbst Bergelben hielten viel von äußerlicher Anmut und Perfektion, mochten sie auch im Gegensatz zu den meisten anderen ihrer Art von eher gedrungener Statur sein. Halti hatte durch seine Behinderung keine Aussicht auf eine gehobene Position, und der mitleidigen Verachtung seines Volkes ausgesetzt zu sein, war ihm für ein unsterbliches Leben zu lang. Also folgte er dem Ruf König Peredurs an den Hof.

Natürlich hatte er nicht vorgehabt, ausgerechnet mit einem Zwerg zusammenzuarbeiten. Man trieb zwar Handel miteinander und erfreute sich an gelegentlichen gemeinsamen Zechgelagen, aber das war auch genug der Freundschaft. Peredur, der persönlich mit beiden Bewerbern sprach, hatte allerdings deutlich gemacht, dass eine solche Zusammenarbeit seine Bedingung für eine Anstellung wäre. So kamen nach des Königs Ansicht beider Vorzüge besonders zum Tragen.

»Es mag unbedeutend erscheinen, was ihr tut«, hatte er gesagt, »weil ihr im Verborgenen arbeitet, unten in der Tiefe, wo niemand hin will und worüber keiner gern nachdenkt. Doch eure Aufgabe ist von enormer Bedeutung für das künftige Fundament dieses Schlosses, der Stadt und des Friedens insgesamt. Wir wollen *aufräumen*. Neu anfangen. Wenn ihr zusammenarbeitet und die Arbeit gut erledigt, werdet ihr einen Lebensposten erhalten, als Hüter des Labyrinths und des Hügels.«

»Lebensposten besagt eine Menge bei mir«, hatte der Bergelb auf seine Unsterblichkeit hingewiesen.

»Solange der Thron Sithbailes besteht«, hatte der König daraufhin lächelnd hinzugefügt.

»Aber warum muss ich mit *dem da* zusammenarbeiten?«, hatte Halti wissen wollen und unhöflich mit dem Finger auf den neben ihm stehenden Zwerg gedeutet.

»Ja, genau, meine Rede!«, war Ortwin dem Elb sofort beigesprungen und hatte mit dem eigenen Finger zurückgefuchtelt. »Das möchte ich auch gern wissen!«

Da hatte Peredur nur die Arme geöffnet und gesagt: »Ihr habt eure Fragen soeben beide beantwortet.«

Diese Erklärung hatten die Bewerber allerdings nicht verstanden und zuerst sich und dann den König ratlos angeschaut.

»Was unterscheidet euch?«, hatte Peredur statt einer erläuternden Antwort nur gefragt, und damit waren sie auch schon aus der Halle komplimentiert worden und hatten ihren Dienst antreten müssen.

Diese königliche Frage, so begriffen die beiden damals flink, sollten sie demnach während der Arbeit ergründen. Und schon nachdem sie ihre Dienstkleidung in Empfang genommen hatten und gemeinsam die Stufen hinab in das Verlies gestiegen waren, hatten sie sie gefunden.

»Danke«, hatte der Zwerg gesagt, als der Bergelb ihn davor bewahrte, gegen eine heiße Öllampe zu laufen, die außerhalb seines stark eingeschränkten Blickfeldes lag.

Dann war es an dem Elb gewesen, sich zu bedanken, als der Zwerg ihn bei einer sehr schwierigen Passage von unregelmäßigen, um eine enge Kurve führenden Stufen stützte, denn mit dem verkrüppelten Fuß hatte er sie unmöglich auf normalem Wege nehmen können und wäre unweigerlich gestürzt.

Die Antwort, dass beide aufeinander angewiesen waren, bestätigte sich immer mehr, als sie ihre Arbeit aufnahmen und sich in ihren Erfahrungen ergänzten und gegenseitig sogar beflügelten. Was sie aber am meisten einte, war der Umstand, dass sie keine Angst hatten: Nicht vor einem vergessenen Zauber, der hier pöbelnd umherirrte, nicht vor monströsen Ratten, und Ghulen, die sich inzwischen eingenistet hatten, oder anderen schleimigen und klauenbewehrten Wesen, die aus irgendwelchen Löchern gekrochen kamen und nach warmem Fleisch und Blut gierten. Der Elb konnte sich mit Magie auseinandersetzen, der Zwerg konnte gut zuschlagen. Zusammen waren sie unschlagbar, und in ihren Ansichten, so stellten sie mit der Zeit fest, auch gar nicht so verschieden.

Sie entwickelten gegenseitigen Respekt, Neugier auf die Geheimnisse des Labyrinths, und dann den Ehrgeiz, sie wirklich zu ergründen. Sie wollten alles über dieses uralte System unter dem Hügel herausfinden, das älter war als Stadt und Thron zusammen, und sie wollten darin aufräumen. Den Palast wollten sie sicher machen: Keine Gefahr von unten sollte mehr drohen, und die Zeit der finsteren Verliese war auch endgültig vorüber.

»Was passiert eigentlich, wenn wir da unten Schätze finden?«, wollte Ortwin eines Tages wissen, als der König sie zu sich gerufen hatte, um über den Fortgang informiert zu werden. »Also, eine Kupferader oder so etwas?«

»Gibt es hier nicht«, antwortete Peredur. »Aber, ganz ehrlich, ich wäre ziemlich froh, wenn das der Fall wäre, denn um unseren Staatsschatz ist es nicht sonderlich gut bestellt.«

»Also könnt Ihr uns womöglich gar nicht bezahlen?«, fragte Halti lauernd.

»Selbstverständlich geht das ... bei dem lächerlichen Hungerlohn, den ich euch zugestehe«, meinte der König humorvoll. Erstaunlich, wo er doch gar kein Herz hatte. Aber er war ein weiser Mann, gar keine Frage, und ihm und seinem Beraterstab schien es völlig gleichgültig zu sein, wie die beiden »Grubenmolche«, wie sie sich selbst manchmal bezeichneten, aussahen. Seit sie hier in Sithbaile ihren Dienst angetreten hatten, war ihnen nur mit Höflichkeit und Respekt begegnet worden.

»Haha«, machte Ortwin, Halti tat es ihm gleich, und ehe sie sich versahen, lachten sie plötzlich schallend und aus tiefstem Herzen.

Sie brauchten sich keine Sorgen zu machen, das wussten sie. Sie würden immer ein Dach über dem Kopf haben und gut sitzende Kleidung gestellt bekommen, auch was Essen und Trinken betraf, wurden alle ihre Wünsche erfüllt. Ob sie nun darüber hinaus etwas zur Seite legen konnten oder nicht, war ihnen in Wirklichkeit gar nicht so wichtig. Mit wem hätten sie denn Familien gründen wollen? Und wozu sonst brauchten sie Geld? Sie hatten alles, was sie benötigten, und sie hatten ein Zuhause gefunden, in dem sie sich wohlfühlten. Man hatte ihnen im Palast eine Kammer angeboten, aber sie hatten sich in der ehemaligen Wache wohnlich eingerichtet. Dort gab es zwei kleine Schlafnischen, einen Wohnraum, eine Waschgelegenheit, und das Essen wurde ihnen aus der Küche gebracht. Ein Bier- und ein Weinfässchen hatten sie als Vorrat auch immer da. Allzu oft gingen sie gar nicht »nach oben«, nur etwa alle fünf, sechs Tage; manchmal auch erst nach acht Tagen, um ausgiebig zu baden und Bericht zu erstatten.

»Also, wenn wir was finden, machen wir halbe-halbe, oder?«, fragte Ortwin kühn und Halti, zuerst ein wenig schockiert, nickte schließlich bekräftigend.

»Darüber reden wir, wenn es soweit ist«, sagte Peredur. »Bis dahin seid ihr die Herren da unten.«

Das war doch ein Wort. Wenn sie Unterstützung benötigten, konnten sie sie anfordern, aber am liebsten arbeiteten sie nur zu zweit, auch wenn es länger dauern mochte. Sie hatten keine Frist genannt bekommen, und so gingen sie langsam, aber gründlich vor und lieferten regelmäßig Berichte.

Der König war zufrieden, und sie waren es auch.

Es gab nichts Schöneres, als hier unten herumzukriechen, auf der Suche nach verborgenen Wegen und Geheimnissen. Sie setzten sich mit den unterschiedlichsten Kreaturen auseinander, die es hier gar nicht einmal so selten gab – anscheinend hatte der Sturz der Friedensherrscherin so etwas wie eine Einladung für sie alle dargestellt –, und suchten nebenbei nach einer lukrativen Erzader.

Nach Unterbrechungen oder freier Zeit verlangte es sie gar nicht. Auch die Hochzeit dort oben kümmerte sie kaum, sie gingen ohnehin nur selten unter Leute außerhalb des Palastes, weil sie deren Blicke nicht mochten. Die erzeugten in ihnen immer das Gefühl, sich rechtfertigen zu müssen, ohne dass sie wussten, wofür.

»Wo gehen wir hin?«, wollte Ortwin wissen

»Da es heute um die Hochzeit von Cady und Fionn geht, sollten wir ihr zu Ehren einmal den Gang weiter verfolgen, den sie damals genommen hat.« Für Cady empfanden die beiden Männer höchsten Respekt. Die junge Bogin hatte sich vor einem Jahr ohne Licht durch das Labyrinth gewagt und war lebend und sogar bei vollem Verstand wieder herausgekommen, nachdem sie entsetzliche Entdeckungen gemacht hatte.

»Da gibt es inzwischen wahrscheinlich viele Gnome.«

»Umso besser.«

Mit reichlich Fackeln, Schreib- und Werkzeug bestückt machten sie sich auf den Weg. Sie hatten den Bereich zwar schon mehrmals untersucht, doch er war so riesig, dass zunächst nur eine Kartierung unternommen werden konnte. Anhand der daraus gewonnenen Pläne musste König Peredur entscheiden, wo genau versiegelt werden sollte, denn das war gar nicht so einfach. Möglicherweise direkt am Verliesende? Das blieb vielleicht sogar als einzige Möglichkeit. Doch dann gab es keinen Einfluss, ja nicht einmal eine Überwachungsmöglichkeit mehr, auf das, was dahinter geschah. Und Peredur hatte ausgeschlossen, das Höhlenlabyrinth unkontrolliert sich selbst zu überlassen.

Dieser Bereich würde die beiden daher noch für längere Zeit beschäftigen, sodass sie sich zunächst um die »einfacheren« Höhlensysteme gekümmert hatten.

»Ein guter Anlass, damit anzufangen«, bemerkte Ortwin unterwegs. Während sie andernorts zugange gewesen waren, hatten sie ab und zu Patrouillen hineingeschickt, deren Präsenz den lichtscheuen Wesen in den Gängen zeigen sollte, dass es ab jetzt nicht mehr einfach werden würde, sich heimlich einzuschleichen. Momentan sollte es also einigermaßen ruhig sein, der letzte Patrouillengang war erst ein paar Tage her.

»Sollte uns nur nicht gleich wieder den Elan nehmen, wenn wir erkennen, worauf wir uns da eingelassen haben«, meinte Halti. Er war nur um eine Handspanne länger als der Zwerg und kräftig gewachsen, aber keineswegs so quadratisch und schwer wie Ortwin. Die langen, dunklen Haare hatte er am Hinterkopf zu einem Knoten zusammengefasst und dann zu einem Zopf geflochten, der über den Rücken hinabfiel. Seine Ohren waren eher kurz und wiesen nur eine leichte Spitze auf, dafür waren seine Augenbrauen auf markante Weise nach oben gebogen. Die länglichen Pupillen seiner dunklen Augen waren in der Lage, sich den bescheidenen Lichtverhältnissen gut anzupassen, sodass er über eine hervorragende Nachtsicht verfügte.

Ortwin hatte seinen brustlangen rotbraunen Bart in vier Zöpfe unterteilt und seine Haare im Nacken mit einer schlichten Metallspange gebunden. Er war noch sehr jung, keine vierzig Jahre alt, doch durch den Kummer geprägt wirkte sein Gesicht sehr viel älter. »Du wolltest doch eine Lebensstellung, oder?«, witzelte er und stieß den Begleiter leicht in die Seite. »Hier hast du sie anscheinend erreicht.«

»Damit könntest du richtig liegen«, sagte Halti, blieb stehen und wies um sich.

Sie hatten einen langen, gewundenen, nur von ihren eigenen Fackeln ausgeleuchteten Gang hinter sich gelassen und standen nun in einer riesigen Halle, von der aus auf den ersten Blick mehr breite und enge Korridore abzweigten, als man zählen konnte. Auch die Ausmaße der Halle waren bei diesem Licht nicht erkennbar, doch die Höhe betrug vermutlich mehr als zwei Speerwürfe. Von hier aus waren die Patrouillen dann nicht mehr sehr tief in das Labyrinth vorgedrungen, weil es einfach zu viele Gänge gab, deren Länge und Ende unbekannt waren.

Ortwin entzündete weitere Fackeln, schlug in regelmäßigen Abständen mit kurzen, kräftigen Hammerschlägen Halterungen in das poröse Gestein und steckte die Fackeln hinein. Er hatte auch Öllämpchen dabei, aber die setzte er vorerst nicht ein. »Als Erstes müssen wir hier für gute Beleuchtung sorgen«, bemerkte er. »Wir müssen also nächstes Mal eine ganze Karre mit dem Material mitnehmen. Der Gang hierher ist gut begehbar, also keine Schwierigkeit.«

»Wir brauchen auch eine Steckleiter, um weiter oben Licht hin zu schaffen«, Halti wies nach oben und ringsum. »Jede Wette, da gibt es noch weitere Systeme.«

»Wie eine unterirdische Stadt, nur auf natürlichem Wege entstanden. Zumindest zum Teil. Wie alt mag das System wohl sein?«

»Peredur meinte, als Sithbaile gebaut wurde, gab es dieses Labyrinth hier unten schon, aber es hat sich niemand weiter darum gekümmert – mal abgesehen von einigen Geheimwegen vom und zum Palast, die man zusätzlich angelegt oder ausgebaut hat.«

»Mehr als ein paar Jahrtausende...« Ortwin pfiff anerkennend und schritt am Rand der Höhle entlang, wobei er ab und zu das Gestein befühlte. »Viel mehr.«

»Meister Wispermund sagte, dass Plowoni die ältesten Ruinen Albalons beherberge. Vielleicht ist dieses System hier sogar noch älter, und wir finden versteinerte Hinterlassenschaften früher Völker. Würde mich nicht wundern.« Halti schwenkte die Fackel und hielt abrupt inne. Dann schwenkte er sie noch einmal.

Der Zwerg wurde sofort aufmerksam. »Was ist?«

»Da hat sich ein Schatten falsch bewegt«, antwortete der Elb und deutete vor sich in die Luft, auf etwa eineinhalb Mannslängen Höhe.

Ortwin dachte gar nicht daran, das als Täuschung abzutun, wie er es bei einem Menschen getan hätte, denn die Augen eines Elben waren dafür zu gut und seine Wahrnehmung sehr viel schärfer als die jedes anderen Wesens, selbst der Kleinen Völker.

»Hat er dich bemerkt?«

»Ich fürchte, ja, da er weg ist. Ich nehme an, er holt Verstärkung.«

Ortwin schloss zu Halti auf. »Was siehst du noch?«, fragte er leise.

»Nichts. Hörst du es?«, gab der Elb noch leiser zurück.

Ortwin lauschte intensiv und nickte langsam. Ein Hauch nur, aber da war etwas wie ein Zirpen zu vernehmen. Seine Augen mochten sehr schlecht sein, aber das Gehör funktionierte ausgezeichnet.

Die beiden näherten sich einer Wand, um Deckung zu finden. Halti ließ seinen Blick nach oben schweifen und signalisierte Ortwin, dass sie an der angepeilten Stelle sicher wären.

Obwohl es seit dem ersten Tag ihres Dienstantritts zu keinerlei Schwierigkeiten gekommen war, gaben sie sich nicht der Illusion hin, dass es für diese Phänomene eine harmlose Erklärung gab. Sie konnten es spüren. *Etwas* näherte sich, das noch dunkler war als die lichtlose Höhle, eine finstere Präsenz, deren Aura wie ein Nebelwall näher rückte und das Atmen erschwerte.

»Ob das...«, setzte Halti an.

»Ich dachte, *er* wäre fort«, wisperte Ortwin. »Eigentlich hatte er hier nichts mehr verloren.«

»Außer einen Plan zur Befreiung der Gefangenen zu verfolgen«, murmelte Halti. »Wir hätten den verdammten Zugang gleich zumauern sollen.«

»Das hätte *ihn* doch gar nicht aufhalten können. So sind wir möglicherweise noch rechtzeitig gewarnt worden und können diese Warnung weitergeben.«

Sie hatten keine Waffen dabei, verfügten aber über gute Messer und Beile und Pickel in verschiedenen Größen. Das genügte vollauf. Sie nahmen die Wand als Deckung und stellten sich Seite an Seite. Warteten.

*

Hallmer unterdrückte zuerst einen Aufschrei und zerrte vergeblich mit der anderen Hand an der Linken, die von etwas festgehalten wurde, das seinen Arm noch ein Stück tiefer in die Durchreiche zog. Verzweifelt stemmte er sich gegen den Zug, dann schrie er in seiner Not doch um Hilfe, aber die Wachen schienen ihn nicht zu hören.

»Sch-scht«, zischte es auf der anderen Seite. »Hab keine Angst.«

»Dann lass mich los!«, rief er und verstärkte seine Bemühungen. Es war unmöglich, dass eine Frau, die seit einem Jahr gefangengehalten wurde, stärker war als er!

War *sie* es denn überhaupt? Niemand hatte seit der Gefangennahme ihre Stimme gehört; mit Ausnahme des Königs vielleicht, falls sie mit ihm gesprochen hatte. Nach Hallmers Eindruck hatte es sich um eine weibliche Stimme gehandelt, aber in seiner Panik konnte er sich auch täuschen.

»Also gut«, kam es zurück. »Ich lasse dich los, wenn du versprichst, die Klappe nicht gleich wieder zu verschließen.«

»Aber-aber, das muss ich«, stotterte er. »Ich werde aus dem Palast gejagt, wenn ich gegen die Vorschriften verstoße. Und ich muss doch meine Familie ernähren ...«

»Du bist viel zu jung für eine Familie.«

»Meine Eltern, meine Geschwister und deren Kinder. Bitte ... bitte! Ich werde eine Nachricht überbringen, wenn du ... wenn Ihr es wünscht. Ich schwöre es! Bitte lasst mich gehen.«

Die Stimme auf der anderen Seite klang amüsiert. »Fürchtest du dich vor mir?«

Dazu hörte er ein Rasseln, wie von Ketten.

»Lasst mich los, bitte-bitte«, flehte er. Angstschweiß rann ihm kalt die Stirn hinab, und er zitterte am ganzen Körper.

»Also gut. Geh nur. Ich wollte dich nicht erschrecken. Verzeih, dass ich dich hereingelegt habe. Es war nur ... ich bin so einsam hier und wollte nur ein einziges Mal eine andere Stimme hören als meine eigene.«

Hallmers Arm war frei, und er warf die Klappe mit Schwung zu, verriegelte sie und rannte den Gang zurück. Dann verharrte seine Hand kurz vor dem Türgriff.

»Was geht hier vor sich?«, wisperte er.

Die Wachen hätten längst Alarm schlagen müssen, weil er so lange gebraucht hatte. Es gab schließlich exakte Anweisungen. Warum kam denn niemand, um nachzusehen?

Und dann ...

Langsam drehte er sich um. Die Frau hatte nicht gefährlich geklungen. Vielleicht wollte sie sich wirklich nur unterhalten. Außerdem hatte er schon wieder vergessen, das leere Tablett mitzunehmen.

Hallmer schritt den Weg zurück und hatte dabei das Gefühl, als würde sich der Gang vor ihm ausdehnen und immer länger werden, während sich hinter ihm alles zusammenzog. Er versuchte, die Atemzüge zu zählen, um festzustellen, wie viel Weg er in Wirklichkeit zurücklegte, und musste erkennen, dass er nicht weiter als bis Eins kam.

Hatte er aufgehört zu atmen? War er in der Zeit gefangen?

Er wollte sich umdrehen, doch etwas zwang ihn weiter, ließ ihn erneut vor der Klappe niederknien und sie öffnen. Dann legte er das Gesicht auf den Boden und starrte hindurch.

Auf der anderen Seite begegnete ihm ein Paar Augen von unbestimmbarer Farbe. Ein blaues Glitzern in tiefem Schwarz, ohne jegliches Weiß. Nichtmenschlich und von einer Tiefe, die einen beängstigenden Sog erzeugte.

»Ich habe nur eine Frage«, sagte die Gefangene, und zum ersten Mal nahm Hallmer die Stimme bewusst wahr. Sanft, melodiös. Überhaupt nicht hart und grausam, ganz anders als sie beschrieben worden war. Natürlich konnte das ein Trick sein, schließlich hieß es, die Gefangene sei sehr mächtig.

Aber was konnte schon geschehen? Sie war da drinnen gefangen, er hier draußen. Selbst wenn er gewollt hätte, wäre Hallmer niemals dazu in der Lage gewesen, diese Tür zu öffnen. Das vermochte nur König Peredur selbst, niemand sonst. Und der Schlüssel für dieses unzerstörbare Schloss war gut von ihm verwahrt worden; ohne Zeugen, ohne Anhaltspunkt für den Aufbewahrungsort.

»Also gut.« Er hatte ein schlechtes Gewissen, ihr eine bloße Frage zu verwehren, denn er war von Grund auf hilfsbereit und freundlich. Und nachdem er ohnehin schon alle Regeln gebrochen hatte, kam es darauf auch nicht mehr an.

»Ich höre fernen Jubel. Ist heute der Tag?«

»Welchen Tag meint Ihr?«

»Der Hochzeit der Bogins.«

»Oh. Ja, das ist heute.«

»Gut.«

Hallmer verharrte verwirrt, denn er hatte den Eindruck, als würde der Mund zu den Augen auf der anderen Seite lächeln. »Es – es ist ein Freudentag«, stammelte er. »Wir haben ihn alle herbeigesehnt.«

»Einschließlich mir. Danke.«

»Ich ...«

»Hab Dank für deine Güte. Bewahre sie in deinem Herzen. Davon gibt es nicht mehr viel in dieser Welt.«

Die Klappe auf der anderen Seite schloss sich.

Hallmer richtete sich auf und schloss das Türchen auf seiner Seite. Verstört nahm er das Tablett mit dem benutzten Geschirr und stand auf. Ging wie in Trance auf die Tür am Ende des Gangs zu, die hinaus führte in die Sonne und Frühlingswärme, und dann weiter hinüber in den hellen, heimeligen Palast, wo er gleich an der Feier teilnehmen durfte. Sobald er die Tür erst erreicht und dann geöffnet hatte.

Unterwegs blieb er noch einmal stehen, mitten im Gang, alles Blut wich aus seinem Gesicht, und er wurde totenbleich.

»Mir ist nicht gut«, flüsterte er.

*

Aus dem Zirpen wurde ein Rasseln und Klappern und Schnattern und Zischen. Im flackernden Licht der Fackeln veränderten sich die Schatten, wurden länger oder zogen sich zusammen, flossen übers Gestein, senkten sich von oben herab.

Geschöpfe, wie sie nur im tiefsten Inneren der Erde ausgebrütet werden konnten, die nicht einmal Namen erhielten, da es sie nicht als Volk gab und kaum ein Wesen dem anderen glich.

Allen gemeinsam allerdings waren mit Krallen bewehrte Klauen und mächtige Reißzähne. Manche besaßen große, leuchtende Augen, andere waren blind, und die Ohren, insofern vorhanden, gab es in allen Größen und Formen.

Und einige besaßen sogar Hautflügel, mit denen sie auf kurzer Strecke durch die Halle gleiten konnten.

»So feiert anscheinend jeder sein Fest«, bemerkte Ortwin trocken und spannte die Muskeln an.

»*Alle* haben offenbar auf diesen Tag gewartet, bis auf uns, aber da wir nun eingeladen sind, nehmen wir auch daran teil«, stimmte Halti zu.

»Dann lass uns mal eine Blutfeier abhalten, mein Freund.«

»Ganz deiner Meinung.«

Die ersten Dunkelwesen flatterten heran, und Ortwin sprang vor, schwang seine Beile und holte sie mit wenigen kräftigen Schlägen aus der Luft. Gleichzeitig warf Halti eines der mitgeführten Seile. Wie von Zauberhand geführt schlang es sich um ein zähnefletschendes Geschöpf, das den Elben gerade von oben herab anspringen wollte, und riss es zu sich herunter. Aufjaulend prallte es auf das harte Gestein, und bevor es auch nur mit einer Kralle zucken konnte, war der Bergelb über ihm, packte zu und brach ihm mit hartem Ruck das Genick.

»Das kannst du?«, rief Ortwin über die Schulter, während er sich des nächsten Ansturms erwehrte.

»Keine Magie, nur ein guter Trick, den mir ein fahrender Geselle beibrachte, der sich als Tagesknecht auf Höfen verdingte.« Halti schleuderte das Seil erneut zischend wie eine Peitsche, doch die nachfolgenden Unwesen waren vorsichtig geworden, und er konnte keines mehr erwischen. Also ließ er das Seil fallen und nahm Messer und die kleine Spitzhacke, die nicht für den Bergbau, sondern für das Lösen von Gesteinsproben gedacht war. Sie lag gut in der Hand und war sehr spitz und hart.

Das bekamen die nächsten Angreifer zu spüren, das Messer schlitzte ihre graue, spärlich behaarte Haut auf, die Spitzhacke durchschlug ihre Hälse und Schädel. Blut und Hirn spritzten in alle Richtungen, während sie fielen. Auch Ortwins Beile hielten fortgesetzt ein grausames Blutgericht und richteten die Angreifer verheerend zu.

Bald waren beide Männer blutbesudelt, doch sie ließen in der Verteidigung nicht nach, während sich die Leichen vor ihnen allmählich türmten. Das verschaffte ihnen zusätzliche Deckung.

Die Kreaturen sprangen die Verteidiger nun von allen Seiten an, schnappten nach ihren Armen und Beinen und den Schultern, schlugen die Krallen in die zum Glück sehr stabile Brustkleidung aus gutem Leder. Der Zwerg und der Elb hieben brüllend um sich, packten dürre Hälse und drehten sie um, rissen verbissene kleine Plagegeister von sich herunter und zertrampelten sie mit schweren Stiefeln, schleuderten sie gegen Felswände oder zerquetschten sie daran, indem sie sich einfach nach rückwärts warfen. Dazu hackten und stachen sie in die wogende Masse, zerfetzten Flügel und Muskeln und Sehnen, durchbohrten Brustkörbe und schlitzten Bäuche auf.

Nach einer Weile, als wegen der vielen Leichen kein Durchkommen mehr möglich war, zogen sich die Dunkelwesen zurück und verharrten ringsum in den Höhlenwänden hängend oder auf Vorsprüngen kauernd mit lauerndem Ausdruck. Speichel troff aus ihren Mäulern, und sie schnatterten und zischten vor Wut. Sie wirkten überrascht, mit welcher Wucht sich die beiden Verteidiger gegen sie zur Wehr gesetzt hatten. Dreißig oder vierzig von ihnen lagen verstümmelt dort unten in einem See von Blut, und die beiden Männer standen immer noch aufrecht und kampfbereit.

Für den Moment verhielten sie. Vielleicht warteten sie auf neue Befehle, oder ... auf Verstärkung.

Ortwin und Halti erhielten dadurch eine Verschnaufpause und warfen sich gegenseitig Blicke zu, um sich vom Zustand des Anderen zu überzeugen. Von Blut und Schweiß überströmt, waren sie kaum mehr zu erkennen. Sie atmeten heftig und waren angeschlagen, nur die Werkzeuge in ihren Händen zeigten sich unvermindert scharf und einsatzbereit. Die waren ganz anderes Material gewöhnt als Fleisch und Knochen; so schnell zogen sie sich keine Scharten zu.

»Wenn wir nicht hier gewesen wären, wären sie unbemerkt in den Palast gelangt ...«, flüsterte Ortwin keuchend.

»Das werden sie immer noch«, gab Halti leise zurück. Er wies ringsum, und es stimmte, denn die Halle füllte sich mit immer mehr dieser Schauerwesen; es mussten inzwischen hunderte sein. Es klickte und klackte, klapperte und raschelte, zischte und fauchte.

Die Fackeln wurden allmählich trüber, bald würden sie kein Licht mehr spenden, und dann erzeugten nur noch die wenigen glühenden Augen, die aus dem Dunkel anderer Gänge herankamen, so etwas wie Helligkeit.

»Außer, sie ertragen kein Tageslicht. Abgesehen von den ganz Blinden.«

»Sie könnten bis zur Nacht warten.«

»Dann müssen wir eben so lange durchhalten, bis wir Hilfe holen können.«

»Wie stellst du dir das vor?«

»Es gibt nur den einen Zugang. Wir müssen einen Felsrutsch verursachen, der ihn verschließt.«

Der Elb seufzte. »Ortwin, das ist kein künstlicher Minenstollen mit losem Felswerk, das ist festes Gestein. Wenn uns *das* gelingt – was unmöglich ist mit unseren Mitteln –, kracht der ganze Palast hier runter, und wahrscheinlich stürzt das gesamte System in sich zusammen. Diese Halle ist nichts als eine gigantische Blase.«

»Sag mir nicht, dass wir nichts tun können!«, grollte der Zwerg.

Sie bewegten sich inzwischen auf den Zugang zu, der zum Verlies führte. Natürlich war auch Ortwin klar, dass sie beide überhaupt keine Chance gegen diese gewaltige Übermacht hatten. Egal, wie viele sie töteten, es würden immer noch mehr nachkommen.

»Und das ist sowieso nur die Vorhut«, brummte Halti. »Diese Kreaturen hier sind dumm, sie sind nur aufs Töten und Fressen aus. Sie werden angeleitet, denn von allein würden sie sich niemals zu einer solchen Horde zusammentun. Normalerweise wären sie schon wie rasend über ihre getöteten Artgenossen hergefallen, um ihr Blut zu saufen und sich am Fleisch gütlich zu tun.«

»Aber was kommt danach?«, fragte Ortwin. »Denkst du wirklich, *er* ...«

Er. Der, dem Cady damals begegnet war. Er hatte die Boginfrau bestimmt nicht vergessen, wenn er ausgerechnet an diesem, ihrem und Fionns Tag, wieder in Erscheinung trat.

Und alle hatten sie geglaubt, dass er sich längst zurückgezogen hatte, nachdem es hier nichts mehr zu holen gab, nachdem Dubh Sùils Plan, alle Herrscher Albalons in ihre Gewalt zu bekommen, fehlgeschlagen war. Stattdessen war sie selbst gestürzt und gefangen genommen worden.

»Wir haben ihn doch beide schon gespürt«, sagte Halti gedämpft. »Und jetzt lässt er uns zappeln. Er führt uns vor wie der Fischer den Wurm, und diese Kreaturen da sind die Fische, die anbeißen werden.«

Die Dunkelwesen rückten allmählich näher. Noch waren sie verunsichert, schauten immer wieder zu dem Haufen toter Artgenossen; demnach besaßen sie so etwas wie einen Selbsterhaltungstrieb. Das ließ sie zögern und verschaffte den Verteidigern mehr Zeit.

Doch ein Singen lag in der Luft, wie von einer Sehne, die gespannt und gespannt wurde bis zur Überdehnung, bis zum Reißen. Sobald das geschah, wären sie nicht mehr zu halten, dann würden sie blindlings vorstürmen.

Die Männer hatten den Zugang erreicht. Er verjüngte sich weiter innen und war dort gerade so niedrig und schmal, dass er von ihnen beiden gehalten werden könnte. Prinzipiell. Gegen eine Truppe wäre das vielleicht sogar dauerhaft möglich gewesen. Gegen hunderte verschiedener Kreaturen, die auch an Decken und Wänden entlangkriechen konnten, war es unmöglich.

»Wir sollten fliehen«, wisperte Ortwin. »Sie können uns nicht alle auf einmal in den Gang folgen, und da können wir sie zurückschlagen, bis sie genug haben, und uns gleichzeitig zurückziehen.«

Rückwärts gingen sie tiefer in den Gang hinein, bis sie einen Engpass erreichten, den sie für eine Weile halten konnten.

»Wir können das Verlies nicht verriegeln, das weißt du genau.«

»Doch, die Schutztür nach dem Wachraum, vor dem Treppenaufgang, ist immer noch da. Die hält natürlich nicht ewig, aber vielleicht gerade so lang, dass wir Hilfe holen können.«

»Guter Plan, Ortwin. Dann los. Ich verschaffe dir Zeit. Es ist hier eng genug, da kann ich auch allein agieren.«

Die Barthaare des Zwergs sträubten sich. »Wa... spinnst du? Wir gehen natürlich zusammen!«

Der Elb wandte sich ihm zu, und Ortwin schluckte, als er den traurigen, zugleich müden Ausdruck in den dunklen Augen sah. Behutsam legte Halti ihm seine Hand auf die Schulter.

»Mein Freund«, sagte er sehr sanft. »Ich *kann* nicht laufen.« Er hob die freie Hand mit dem Messer. »Aber ich kann kämpfen. Und ich beherrsche noch ein paar Seiltricks, die ich hier gut anwenden kann.«

»Aber –«

»Ich weiß, dein Augenlicht ist so schlecht, du kannst kaum zwischen Hell und Dunkel unterscheiden. Aber das reicht immer noch, um auch ohne Licht deinen Weg zu finden, denn du hast ein gutes Gespür für Hindernisse. Behaupte nicht, dass du auf mich angewiesen wärst. Das stimmt nicht.«

Ortwins Augen brannten. »Ich-ich will dich nicht verlieren«, stieß er polternd hervor. »Nie hatte ich einen Freund wie dich, und ich ... ich war glücklich hier unten.«

»Ich danke dir«, sagte Halti gerührt. »Auch ich hatte nie einen Freund wie dich, und deshalb ist es mir eine Ehre, zu tun, was ich jetzt tun werde. Du kannst mich nicht hindern. Also renn endlich los, unsere Zeit läuft ab.«

Ortwin trennte sich von allem Werkzeug, das noch als Waffe zu verwenden war, mit Ausnahme eines Beils und eines Messers, falls er doch angegriffen werden sollte. Er entzündete eine neue Fackel, die er Halti zusammen mit den restlichen bis auf eine überließ. Er nahm für sich selbst die letzte und zündete sie ebenfalls an. Es war trotz seiner Behinderung leichter, bei Licht zu laufen, und für die Kreaturen spielte es keine Rolle; in der Finsternis fanden sie sich ohnehin noch besser zurecht.

Die beiden Männer umarmten sich kurz, dann spurtete Ortwin los, so schnell er konnte.

Die Zeit war fast um, und Halti blieben nur noch wenige Augenblicke. Er holte die zwei Öllämpchen aus dem Beutel mit der Ausrüstung, den er geistesgegenwärtig beim Rückzug mitgenommen hatte, und zerschmetterte sie an der Engstelle vor sich. Danach entzündete er das Öl mit der Fackel, steckte die anderen Fackeln dazu, und bald loderte eine Feuerwand hoch, hinter die er sich zurückzog. Die Hitze brannte in seinem Gesicht. Über das Brausen der Flammen hinweg hörte er das wütende Zischen und Klappern der Kreaturen auf der anderen Seite und hoffte, dass dieser Wall möglichst lange brennen würde; am besten, bis Ortwin das Tor geschlossen hatte und in Sicherheit war.

Halti machte sich nichts vor. Bis Hilfe eintraf, war er längst in Stücke gerissen worden. Aber Ortwin könnte es schaffen.

Während das Feuer ihn beschützte, knüpfte Halti nun die vorhandenen Seile und spannte sie als weiteres Hindernis. Wenn er schnell war mit dem Töten, würden die sich auftürmenden Leichen die Nachdrängenden aufhalten. Auch das würde Ortwin Zeit verschaffen.

Es war kein schlechter Plan, er konnte gelingen.

Alles wird gut, dachte der verkrüppelte Bergelb grimmig. *Wir werden den König nicht enttäuschen.*

Er suchte alles zusammen, was er als zusätzliche Unterstützung gebrauchen konnte, und baute den Verteidigungswall noch weiter aus.

Allmählich brannten die Flammen herunter, und er machte sich bereit.

*

Ortwin rannte wie noch nie in seinem Leben und war zwischen jedem Atemzug froh, hinter sich keine Kampfgeräusche aufbranden zu hören. Was immer Halti auch tat, es schien zu funktionieren. Sie würden ihn nicht still umbringen, und er würde nicht still sterben, deshalb konnte Ortwin sicher sein, dass der Elb am Leben war und noch nicht einmal den Kampf eröffnet hatte. Sicher irgendein weiterer Trick von ihm, der die Kreaturen aufhielt.

Braver Mann. Keuchend stürmte er weiter, trotz Seitenstechen und brüllender Lungen. Er war völlig ungeübt und überhaupt nicht ausdauernd, denn es war nie erforderlich gewesen, auf längerer Strecke zu laufen. Für seine Arbeit genügte eine gemächliche, häufig verweilende Gangart.

Aber jetzt musste er durchhalten, er durfte Halti nicht enttäuschen, der sich für ihn opferte, und König Peredur ebenso wenig, der ihm all dies ermöglicht und ihm sein Vertrauen geschenkt hatte.

Es war ja gar nicht so weit, das konnte er bewältigen. Natürlich war es eine dumme Sache, mitten in eine Hochzeit reinzuplatzen und von einer Gefahr zu berichten, die jeden Moment den Palast erstürmen könnte, doch das konnte man sich nun einmal nicht aussuchen. Im Gegenteil, es war ein Glücksfall gewesen, dass Halti und er gerade heute zu der Halle hinuntergegangen waren. So könnte das Unglück noch im letzten Moment abgewendet werden.

Voran, voran! Vor sich konnte Ortwin schon ein schwaches Schimmern erkennen, wo das Verlies begann, und er ließ die Fackel fallen, dieser eine Lichthauch genügte ihm. Bei dem dauernden Schwenken während des Laufens hatte er sich eine Menge Barthaare angesengt, und es gab schließlich nichts Schlimmeres als einen verstümmelten Zwergenbart, der sonst ein Leben lang keine Schere sah und die ganze Persönlichkeit eines Zwergs ausmachte. Aber das musste nun wohl hintan stehen.

Ich schaffe es!, dachte er und vergaß darüber alles Seitenstechen, seinen Bart und die Atemnot, der Gedanke beflügelte ihn sogar.

Doch je weiter er sich dem Ausgang näherte, desto mehr Zweifel befielen ihn auf einmal; er wusste nicht, woher sie kamen, sie sprangen ihm einfach in die Gedanken und krallten sich darin fest.

Was, wenn diese Kreaturen… ein Ablenkungsmanöver gewesen waren?

Und während er das noch dachte, sauste etwas auf ihn zu; Ortwin glaubte fast, es wäre ein Schwert, doch die Antwort blieb er sich schuldig. Was auch immer es war, es traf ihn mit Wucht, und er wusste nichts mehr.

KAPITEL 3

TAG DER VERÄNDERUNG

Der Tag neigte sich dem Ende zu. Die Zeremonie war längst vorüber, das Fest in vollem Gange, und zwar in der ganzen Stadt. Auf den Palaststufen herrschte ebenfalls lebhaftes Treiben, es gab keine ernste Miene, überall wurde gescherzt und gelacht, gegessen und getrunken, getanzt und gesungen.

»Ich muss mal nach dem Jungen sehen«, meinte Faruk, bereits weinselig, und wollte sich vom Tisch erheben.

»Bleibt sitzen!«, rief Vàkur, der heute ziemlich gelöst war, ganz anders als sonst. »Der Kleine lässt es sich in der Küche gut gehen, oder sonst wo. Der kommt gut zurecht, und vermutlich auch mal gern ohne Euch. Gönnt es ihm!«

»Aber ich kann doch nicht den ganzen Hofstaat unbeaufsichtigt ...«

»Ihr könnt, und Ihr werdet, denn irgendeiner hat immer Auge oder Ohr auf das, was geschieht. Und jetzt trinkt! Wie oft haben wir schon Gelegenheit dazu?«

Fionn und Cady hatten ihren Hochzeitstanz absolviert, unzählige Hände geschüttelt und sich hochleben lassen; sie hatten auch das eine oder andere Glas geleert, doch nun ... schlichen sie sich davon.

Die zechende Gesellschaft rings um sie bemerkte es nicht mehr, es war genau der richtige Augenblick. Zuvor hatten sie sich keinen Schritt bewegen können, ohne beglückwünscht zu werden, doch nun nahte allmählich der Abend, und man widmete sich anderen Dingen. Das Fest hatte Vorrang, und es war ein Fest für alle und jeden.

Sie hatten gerade die Nebenstraße erreicht, da sagte jemand: »Hierher, Kinder.«

Erschrocken hielten sie sich an den Händen und fühlten sich ertappt, ohne zu merken, welch ein Unsinn das war. Doch sie waren eben noch nicht ganz frei von allem, schon gar nicht von der wenige Jahre zurückliegenden Jugend.

»Meister Ian ...?«, wisperte Cady und zog Fionn mit sich.

Der Gelehrte stand an einer Hausecke und winkte ihnen, und zwar wie ein Verschwörer, denn er sah sich immer wieder dabei um, als ob er jeden Moment fürchtete, entdeckt zu werden.

»Dachte mir schon, dass ihr nach Hause wollt«, brummte er, als sie bei ihm angekommen waren. »Habe deshalb hier gewartet, denn es schien mir der richtige Weg zu sein, um unbemerkt zu entschwinden.« Er zwinkerte, und seine blauen Augen hinter dem Zwicker funkelten vergnügt.

»Tut mir leid«, stammelte Fionn schuldbewusst. »Aber wir ... ja, wir ...« Er wusste nicht mehr weiter und zog es vor, den Satz unvollendet zu lassen.

Meister Ian Wispermund grinste beinahe bis zu den Ohren. Seine jugendliche Laune hatte sich seit heute Früh nicht gelegt. Im Gegenteil, der Schalk saß ihm auf der Schulter. »Fionn, du hast ein so unglaubliches Abenteuer erlebt und wahre Heldentaten begangen, und bist doch immer noch ein unschuldiger schüchterner Junge.«

»Mir geht's nicht anders«, gestand Cady. »Schon den ganzen Tag, denn ständig haben alle etwas von uns erwartet.«

»War es denn keine schöne Zeremonie?«

»Sie war wunderbar, Meister, und gewiss war dieser Tag so besonders, wie es keinen zweiten mehr geben wird. Sind wir undankbar, weil wir jetzt nicht mehr weiterfeiern wollen? Beleidigen wir die Leute?«

Immer noch Hand in Hand standen sie vor ihm, und der alte Gelehrte war darüber so gerührt, dass seine Augen verschwammen. »Meine lieben jungen Bogins, genau deswegen habe ich hier auf euch gewartet, denn zu Fuß ist der Weg weit, und möglicherweise werdet ihr aufgehalten. Darum schaut, da vorn.« Er wies Richtung Kreuzung, und dort am Straßenrand stand Magister Wispermunds eigene Droschke, mit Tiw als Kutscher, der wild mit den Armen ruderte und die Augen verdrehte.

»Er wird euch heimbringen.« Er beugte sich und küsste zuerst Cady, dann Fionn auf die Stirn. »Der Segen Albalons mit euch, meine Kinder. Nun macht schon.«

»Danke«, wisperten sie und liefen kichernd los, als hätten sie gerade einen großen Streich ausgeheckt.

»Meine Güte, mein Bart ist um eine volle Fingerspanne gewachsen, bis ihr endlich mal kommt!«, begrüßte Tiw sie und ließ das Pferd schon antraben, noch bevor sie richtig aufgestiegen waren, sodass sie übereinander purzelten.

»Das ist sehr nett von dir, dass du das für uns tust«, rief Fionn nach vorn, während er sich in dem heftigen Geschaukel wieder aufzurichten und Platz zu nehmen bemühte.

Cady lachte herzerfrischend, während sie von einer scharfen Kurve beinahe aus der Droschke geschleudert wurde. Ihr Kleid war hoffnungslos zerknittert, die Blumen zerdrückt, ein Teil der Bänder war verlorengegangen, und die Verschnürung ihres Mieders löste sich. Aber sie fühlte sich prächtig, genau so wünschte sie es sich.

»Bereue es längst«, gab Tiw zurück. »Wollte ja auch gar nicht, aber ich musste weg von Mutter, die schon den ganzen Nachmittag versucht, mich mit jeder unverheirateten Frau zu verkuppeln, um gleich die nächste Hochzeit zu feiern.«

»Und wäre das so schlimm?«

»Bruderherz, sobald ich euch abgesetzt habe, werde ich gemütlich irgendwo ein paar Bier zwitschern, anschließend gründlich meinen Rausch ausschlafen und am Morgen frei und unabhängig erwachen. Ohne eine nörgelnde Ehefrau, die ständig versucht, mich zu erziehen. Ein wunderbares Leben ist das!«

Cady, die gerade Fionns Fliege richten wollte, ließ augenblicklich die Hände sinken.

Da erreichten sie auch schon die schmale Straße, in der Meister Ian Wispermunds Anwesen lag. Es war nicht zu verfehlen, denn es zog sich ein gutes Stück weit des Wegs entlang und ließ die übrigen, gar nicht so kleinen Häuser nach hinten rücken. Die Straße war still und verlassen; die meisten Anwohner waren vermutlich auf dem Fest unterwegs, und diejenigen, die an solchen Vergnügungen uninteressiert waren, hielten ein gemütliches Nickerchen vor dem Abendessen.

»Wenn die alle wüssten«, murmelte Cady versteckt lachend und kletterte aus der Droschke, nachdem Tiw angehalten hatte. Sie ging vor zum Kutschbock, ergriff die Hand des finster dreinblickenden Bogins und drückte sie. »Danke.«

»Keine Ursache.« Für einen Augenblick zuckte ein Lächeln in seinen

Mundwinkeln. Nicht einmal er konnte dieser strahlenden Wesensart widerstehen. »Bist du endlich draußen?«, fuhr er gleich darauf seinen Bruder an. »Ich habe nicht den ganzen Tag Zeit. Schon gar nicht, wenn die Nacht gleich herunterfällt.«

»Viel Spaß noch, alter Griesgram«, erwiderte Fionn gutmütig und gab dem Pferd einen kräftigen Klaps auf den Hintern, das daraufhin die Droschke mit einem Ruck anzog und Tiw, der nicht aufgepasst hatte, beinahe hinab beförderte. Von seinen Flüchen begleitet, klapperte das Pferd mit eisenbeschlagenen Hufen die Straße hinunter und verschwand um die nächste Ecke.

Das frisch vermählte Paar ging auf die Eingangstür zu, und Fionns Hand verschwand in der Tasche seiner Anzugjacke. Seine Gesichtszüge entgleisten.

»Was ist?«, fragte Cady.

»Kein Schlüssel«, antwortete er. »Du?«

Sie schüttelte lachend den Kopf.

Die Tür war sorgfältig verschlossen und verriegelt. Der Versuch mit der Klingel brachte nichts; nicht einmal Onkelchen Fasin war zu Hause; alle waren im Palast und ließen es sich wohlsein. Die Nebentüren brachten dasselbe Ergebnis – niemand da, alles zu.

»Ach, nein...«, setzte Fionn enttäuscht an, doch Cady legte ihm einen Finger an den Mund, und er verstummte.

»Das ist doch wunderbar«, flüsterte sie. »Wir schleichen uns heimlich rein. Wie einst als Kinder.«

Seine Augen wurden groß und weit wie ein wolkenloser Winterhimmel. Gleich darauf schlüpften sie in einer Seitengasse hinter die Büsche an der Mauer und suchten nach der Lücke, die es dort schon seit Generationen gab, und die alle Kinder, die jemals in diesem Haus herangewachsen waren, für ihre heimlichen Ausflüge benutzt hatten.

»Mutter wird schimpfen, in welchem Zustand unsere Sachen sind«, murmelte Fionn, während er sich durch die für erwachsene Bogins doch recht enge Lücke zwängte und auf der anderen Seite gegen wilden Bewuchs von Ginster und Fliederbüschen zu kämpfen hatte. Sein Anzug sah jetzt aus, als hätte er sich zuerst auf feuchter Erde gerollt und dann in einen frischen Laubhaufen geworfen, aber er duftete immerhin gut nach den Blüten.

Cady schlüpfte bedeutend anmutiger hinterdrein, musste dafür allerdings wieder ein paar Blüten und Bänder opfern, und ihr weiter Rock trug einen Moosfleck sowie einen Riss davon. »Ja, das gibt eine Standpauke«, stimmte sie vergnügt zu. »Alana wird ganz in ihrem Element sein.«

Nicht einmal Elben gaben Widerworte, sobald die energische, groß gewachsene und kräftige Boginfrau in Fahrt geriet und mit erhobenem Zeigefinger zu einer ihrer »Reden« ansetzte.

Endlich allein, und zwar so richtig allein in dem verwunschenen Garten der Kindheit. Fionn sah sich hastig um, dann nutzte er den Moment, zog Cady in seine Arme, umschlang sie fest und küsste sie. Nicht so wie Geschwister, und auch nicht so verstohlen und schüchtern wie in der letzten Zeit, wo sie wegen der überall wachsamen Augen kaum Gelegenheit dazu gehabt hatten. Er küsste sie innig und voller Zärtlichkeit und ausdauernd, bis ihnen beiden der Atem ausging.

Als er sie losließ, glühten ihre Wangen rosig, und ihre Augen glänzten. »Mit wem hast du geübt?«, wisperte sie schelmisch.

»Mit niemandem«, beteuerte er aufrichtig. Er hatte nur auf einmal gewusst, was zu tun war, und er wusste, was er weiter tun wollte. Noch einmal umarmte er sie fest, küsste ihre Wange, ihr Ohr, knabberte leicht daran. »Jetzt gehen wir rein«, flüsterte er.

Er spürte ihren warmen Atem an seinem Hals, und es fing an zu kribbeln, überall, und sein Herzschlag beschleunigte sich, als sie raunte: »Und damit unsere Sachen nicht noch mehr kaputtgehen, legen wir sie dann am besten ab.«

»Oh ja«, krächzte er.

Arm in Arm durchquerten sie den Garten.

Fionn wollte seine Besorgnis nicht äußern, dass auch von dieser Seite aus das ganze Haus verschlossen und verriegelt wäre. Das durfte sie nicht weiter beeindrucken. Wenn sie sich aneinander kuschelten, konnte auch eine Frühlingsnacht romantisch sein. Hauptsache, sie waren zusammen.

»Übrigens«, fügte Cady hinzu, »habe ich das Fenster zu *unserem* Schlafzimmer nicht verschlossen, als ich heute Früh nach dem Rechten gesehen habe. Und ich habe darauf geachtet, dass es keiner bemerkt.«

Fionn hatte seine frisch angetraute Frau immer schon wegen ihres klaren Blicks auf die Dinge bewundert, und für ihr Talent, vorausschauend zu handeln, wo niemand sonst auch nur daran dachte, dass etwas Bedeutung erlangen könnte. Sein Stolz auf sie stieg ins Unermessliche, und er überlegte bei sich, dass er Cady entsprechend dafür huldigen musste. Und was für ein Glückspilz er doch war, sie zur Frau gewonnen zu haben. Dabei wurde sein Mund trocken, und die Knie zitterten ihm leicht. Angst überfiel ihn schlagartig, dass ihnen dieser verzauberte, einzigartige Moment genommen würde.

»*Unser* Schlafzimmer«, wiederholte er leise. »Oh, Cady.« Er konnte nicht mehr weitersprechen, es schnürte ihm die Kehle zu.

»Fionn.« Er hörte das leichte Zittern in ihrer Stimme, es schien ihr so wie ihm zu ergehen, und das steigerte seine Aufregung nur noch mehr. Sie drückte seine Hand, dann ging sie voran, um das Fenster zu öffnen.

Haben wir so viel Glück verdient?, dachte er.

Aber dann: *Egal.*

*

Der Katzenjammer am Morgen nach dem Fest war beachtlich, aber es fanden sich tatsächlich alle ein, die Peredur zu sich gerufen hatte. Das war jeden Tag der Fall, um die Entwicklungen festzuhalten, und der König ließ auch heute keine Ausnahme zu.

So taumelten und stolperten nacheinander Tiw, Draca, Hrothgar, Rafnag, Cyneweard, Vàkur und Valnir herein, mehr oder minder standesgemäß hergerichtet, mit trüben und blutunterlaufenen Augen, unrasiert und gähnend.

»Meister Wispermund lässt sich entschuldigen«, berichtete Tiw nach der Begrüßung. »Aus verständlichen Gründen, möcht ich meinen.«

Peredur nickte; der alte Gelehrte hatte tapfer mitgehalten und war bis in die frühen Morgenstunden sehr vergnügt gewesen, sodass nachvollziehbar war, dass er erst einmal der Ruhe und Erholung bedurfte.

Wer sich ebenfalls verspätete, war der Oberste Haushofmeister Faruk, doch darauf würde er später kommen. Heute wollte er ein wenig nachsichtig sein.

In der Stadt wurde immer noch gefeiert, es gab keine Pause. Während die einen abbauten, wurden die anderen gerade wieder wach und machten weiter. Melodien und die Gerüche von Gebratenem und Kandiertem wehten zu dem weit geöffneten Fenster in den Besprechungsraum herein, dazu gedämpftes Gelächter und Gesang. Das Wetter machte mit, es war unvermindert mild und sonnig, und die Vögel hatten ihren Spaß an den Feiern und zwitscherten eifrig um die Wette mit, während sie zwischen Tischen und Bänken nach Krumen und Nistmaterial suchten. Trotzdem erklang Ridireans Posaune unvermindert mächtig und über alle Geräusche hinweg zum Stundenschlag und wies darauf hin, dass die Zeit nicht stehen blieb.

Peredur wirkte weder übernächtigt noch besonders munter, sondern einfach so ausgeglichen wie immer. Er trug allerdings heute keine königlichen Insignien, sondern nur ein schmuckloses weißes Hemd mit einer gleichfalls schmucklosen grünen Samtweste darüber. Dunkelbraune Beinkleider, die von einem breiten Gürtel ohne Waffenhalterungen gehalten wurden, komplettierten seine Erscheinung.

Vor jedem auf dem Tisch standen ein dampfender Becher mit starkem Tee sowie ein Teller mit frischen Früchten, Weißbrot, Käse und Rauchschinken.

»Gibt es auch was gegen unerklärliche Kopfschmerzen?«, fragte Rafnag mit klagender Stimme und rieb sich die Stirn.

Peredur wies auf einen Krug, neben dem Gläser bereit standen. »Starkwasser, speziell angesetzt von der besten aller Köchinnen, die Mitleid mit Jammergestalten wie dir hat.«

»Danke! Ich werde sie nachher küssen.« Rafnag füllte sein Glas und leerte es in einem Zug. Zuerst verzog er das Gesicht, aber dann widmete er sich dem Frühstück und wirkte zusehends munterer.

Auch die Anderen griffen zuerst ein wenig verhalten zu, doch nach und nach gewannen sie Appetit und ließen es sich schmecken, vor allem, nachdem sie von dem Starkwasser getrunken hatten.

»Ich danke euch, dass ihr gekommen seid«, eröffnete der König die Runde. »Die Disziplin der Fiandur hat doch ihr Gutes.«

»Dann werde ich wohl mal zurücktreten müssen«, bemerkte Draca und fing sich mahnende Blicke der Anderen ein. »Was denn?« Er grinste. »Ihr wollt doch wohl nicht etwa sagen, *einmal Fiandur – immer Fiandur?*«

»Recht hat er«, erklärte Tiw und holte sich Nachschlag vom Tablett in der Mitte des Tisches. »Nichts wie weg. Was suche ich überhaupt noch hier? Ich bin frei.«

»Ich habe für derlei Scherze nichts übrig«, sagte Cyneweard streng.

»Du hast für gar keine Scherze was übrig«, entgegnete Tiw gelassen und sah sich mit gerunzelter Stirn um. »Gibt's denn hier kein Bier?«

»Es ist gerade mal zwei Stunden nach Sonnenaufgang!«, mahnte Vàkur.

»Gesell dich zu Cyneweard, dem Spaßvogel.«

»Das sagt der Richtige!«

Valnir richtete die Augen auf den König. »Abgesehen davon, dass wir gar keine andere Wahl haben, weil«, sie warf einen strengen Blick auf Draca, »es tatsächlich *einmal-immer* bedeutet, sag uns, Peredur, was dir auf dem ... ähm, worüber du besorgt bist«, verbesserte sie sich gerade noch im letzten Moment. Obwohl sie schon so lange mit ihm reisten und ihm nunmehr dienten, war es immer noch schwer zu akzeptieren, dass der König kein Herz besaß und entsprechende Redensarten nicht angepasst waren.

Peredurs Miene verdüsterte sich, und sofort waren alle bei der Sache; hellwach und aufmerksam wandten sie sich ihm zu.

»Ich habe seit Tagen keinen Kontakt zu Asgell«, eröffnete der König ohne Umschweife. »Zu Alskár ebenfalls nicht, der die Hochzeit um keinen Preis verpassen wollte. Màni und Màr sind ebenfalls kurz vor der Hochzeit ungeplant abgereist.«

Einen Moment lang herrschte betroffenes Schweigen.

»Das sind eine Menge Sorgen«, meinte Tiw schließlich. »Und warum hat der König nicht *sofort* mit seinem Beraterstab darüber gesprochen? Wenn schon sein offenbar völlig fehlbesetzter Beraterstab so nachlässig ist und es ihm nicht von selbst auffällt, weil zu sehr mit der Hochzeit und dem Gelage beschäftigt?«

»Ich wollte niemanden beunruhigen.«

»Sehr schlau! Und am Ende willst du mir noch sagen, dass Fionn und Cady auch Probleme haben?«

»Ja, leider.« Die Köpfe fuhren herum, als Meister Ian Wispermunds

Stimme erklang. Er war gerade hereingekommen und näherte sich humpelnd dem Tisch, auf einen Stock gestützt. »Ich bitte um Vergebung für meinen desolaten Aufzug und diese Stütze, aber beim Zubettgehen bin ich tatsächlich über meine eigenen Füße gestolpert und habe mir den Knöchel verstaucht – zum Glück nur leicht.«

Er ließ sich auf einem freien Stuhl nieder und seufzte erleichtert. Eine Nebentür öffnete sich, und ein Diener trug ihm eilig auf und verschwand wieder. »Ich bitte um Vergebung für meine Verspätung und möchte gar nicht den Grund dafür anführen, dass ich ein alter Mann bin – aber ich *bin* tatsächlich ein alter Mann und habe mich letzte Nacht zu sehr vergnügt.«

»Du hättest nicht erscheinen müssen, alter Freund«, sagte Peredur sanft.

»Doch, und ich habe genug gehört, um zu wissen, dass es unabdingbar war.« Der alte Gelehrte rückte seinen Zwicker zurecht. »Ich fürchte, wir stecken in ganz schlimmen Schwierigkeiten. Und ich fürchte auch, dass die sich schon seit einem Jahr unaufhaltsam aufgebaut haben, wir sie aber nicht wahrhaben wollten. Und aus Rücksichtnahme auf das junge Paar, das diesen wichtigsten Tag seines Lebens unbeschwert genießen sollte, haben wir die Dringlichkeit verdrängt. Das alles ist unverzeihlich, aber ich hoffe, noch nicht zu spät.«

Der Katzenjammer war völlig verflogen, alle waren höchst alarmiert und setzten zu den ersten Fragen an, da gab es eine erneute Unterbrechung.

»Verzeiht mein Zuspätkommen«, erschallte es erneut vom Eingang, doch diesmal blieb die Tür offen, und hinter dem hereintaumelnden Obersten Haushofmeister Faruk drängten sich die Wachen.

Die Fiandur sprang gesammelt auf, einschließlich des Königs, als sie des Zustands des Obersten Haushofmeisters gewahr wurden. Er sah *alt* aus, eingeschrumpelt wie ein überlagerter Apfel, als zähle er weit über hundert Menschenjahre. Sich mühsam dahinschleppend näherte er sich dem Tisch und wehrte Draca und Rafnag ab, die ihm hilfreich zur Seite springen wollten.

Tränen rannen über Faruks Wangen. »Verzeiht, mein König, ich habe Euch verraten, ich habe alles verraten, ich habe Euch enttäuscht und habe versagt. Ich bin froh, dass mir Albalons Gute Seele noch so viel Kraft verliehen hat, zu Euch zu gehen und mich Euch zu Füßen zu werfen und zu berichten.« Er schluchzte auf, und die Versammelten schwiegen vor Entsetzen.

Peredur hob die Hand, um den hereindrängenden Wachen Einhalt zu gebieten. Er eilte zu dem Obersten Haushofmeister, der soeben vor Schwäche auf die Knie sank.

»Bitte, lasst mich sprechen, sagt nichts. Mir bleibt nicht mehr viel Zeit«, stieß Faruk hervor, ließ es jedoch zu, dass der König seine Hände ergriff. »Oh Herr«, und noch mehr Tränen stürzten aus seinen todesgrau werdenden Augen, »der arme kleine Hallmer, ich habe ihm zu viel zugemutet. Ich fand ihn heute Früh vertrocknet und ausgelaugt, und auch die Elbenwachen waren dahin. Wir wurden verraten und verkauft, und ich bin daran schuld!«

»Nein«, sagte der König und nahm den Sterbenden, der all seiner Lebenskraft beraubt worden war, in die Arme. »Faruk, es ist an mir, um Verzeihung zu bitten. Es ist ganz allein meine Schuld. Euer Leben, das Hallmers und vermutlich noch einiger mehr habe ich zu verantworten, weil ich nicht wachsam genug war, zu sorglos und zu selbstsicher. Es ist ein Fehler seit meiner Jugend, arrogant und überheblich zu sein, erfüllt von grenzenloser Selbstüberschätzung.«

»O Herr«, flüsterte Faruk, der Rest war nicht mehr verständlich.

»Faruk, geht nicht in Trauer, sondern in Frieden, Ihr habt alles getan und bleibt in Erinnerung als treuer Freund«, fügte Peredur hinzu und hielt ihn fest an sich gedrückt, bis sein Lebensfunke wenige rasselnde Atemzüge später erlosch.

Die Fiandur standen ratlos und betroffen ringsum.

»Was ist geschehen?«, fragte Vàkur schließlich, immer noch voller Entsetzen.

Peredur ließ den ausgetrockneten Leichnam, der nur mehr einer Mumie glich, zu Boden gleiten und winkte einer Wache. »Bringt ihn fort und bereitet die letzten Ehren vor. Benachrichtigt seine Familie – und die von Hallmer. Cenhelm soll alles in die Wege leiten. Weshalb ist er eigentlich nicht hier?«

»Er ist beim Turm und ...«

»Richtet ihm aus, was ich aufgetragen habe, und schließt sofort die Tür. Lasst uns allein!«

Dann erhob er sich und wandte sich an seine sprachlos und ungläubig verharrenden Freunde, seine Vertrauten und Berater. »Schwarzauge ist geflohen«, antwortete er reglos auf ihre unausgesprochene bange Frage.

*

Er war ein Nachtwanderer. Ruhig schritt er dahin, ohne auf Deckung zu achten, denn er musste nichts fürchten. Die Berge rückten nah und näher, unaufhaltsam. Schwarz ragten die Gipfel empor, soweit das Auge reichte.

Einem Ruf war er gefolgt. Das war ungewöhnlich, denn normalerweise interessierte er sich für keinerlei Aufforderungen, es sei denn ... nun, wenn sie beispielsweise von *dieser* Lady kamen. Oder dem König. In dem Fall hing ohnehin beides zusammen. Und wenn er ehrlich war, so freute er sich sogar über alle Maßen darüber, denn es gab in letzter Zeit nicht allzu viel zu tun für ihn, und Untätigkeit ließ nur unerwünschte Gedanken aufsteigen, die ihn wiederum in unstillbare Traurigkeit trieben.

Und dann wäre er nur noch darauf aus, zu morden und zu metzeln. Sicher, gegen einen guten Kampf war nichts einzuwenden, aber einfach so mit der Keule draufzuschlagen, egal, was sich darunter befand, Hauptsache, es blutete – das war nicht mehr seine Sache. Das mochte seinen Artgenossen Spaß machen, aber darüber war er hinaus.

Eigentlich war er nie so gewesen. Schon immer hatten ihn Sehnsüchte und Träume vorangetrieben und zu dem gemacht, was er heute war.

Und wenn er gebraucht wurde, dann war er eben da. Sicherlich blieb es immer noch seiner Entscheidung überlassen, ob er den Auftrag annahm oder nicht; allerdings, welchen Hinderungsgrund gab es denn? Er hatte sich entschieden, basta. Ihm doch egal, was die Anderen darüber sagten oder wie sie über ihn herzogen. Und ob ihn nun eine Frau anblickte oder nicht. Wenn er sich wie alle Anderen verhalten hätte, hätte ihn *trotzdem* keine angeschaut, das war es ja! Er war nun einmal nicht wie die Anderen. Würde es nie sein, was auch aus seinen Träumen werden mochte, ob sie sich jemals erfüllten oder nicht.

Abrupt zerplatzten seine Gedanken, und er hielt inne.

Da *war* etwas. Die Präsenz von etwas Großem, etwas, das eine Menge Raum verdrängte und Luft stahl.

Ihm im Weg stand. Vielmehr, seinen Weg wechselte, vor ihm her. Das würde er ihm umgehend verleiden. Niemand kreuzte ungefragt und also ungestraft seinen Weg, ihm den gebotenen Platz nehmend. Man hatte ihm auszuweichen! So hatte es zu sein!

Leise grunzend beschleunigte er den Schritt, stellte fest, dass das nicht genügte, um aufzuholen. Dieser Irgendjemand da vor ihm war ordentlich flink. Um also etwas zu erreichen, musste der Nachtwanderer *sehr* schnell sein, um den Überraschungsmoment auf seiner Seite zu haben, denn mit seinem Gewicht konnte er sich kaum unbemerkt anschleichen.

Er stürmte in weiten Sätzen los, und mit der Gewalt eines Orkans brach er über dieses unerwünschte Wesen, das ihm im Weg war, herein.

Allerdings war der Gegner kaum kleiner als er, und er wusste sich zu wehren. Zunächst stürzte er, vom Gewicht des Angreifers umgerissen, doch noch im Sturz gelang es ihm, mit einem Arm auszuholen und nach hinten zu schlagen, und trotz dieser ungünstigen Ausgangslage hätte er vermutlich jedem Anderen ein Loch in den Schädel getrieben.

Dröhnend schlugen die beiden schweren Leiber auf dem Boden auf und trieben durch ihr gemeinsames Gewicht eine tiefe Grube hinein. Sie brüllten beide auf, der Angegriffene wand und drehte sich und der Angreifer rutschte von ihm herunter, obwohl er sich redliche Mühe gab, ihn unten zu halten.

Beide holten zum Schlag aus – und hielten verwirrt blinzelnd inne, als sich die Blicke eines rotglühenden und eines grünglühenden Augenpaares trafen und sich erkannten.

»Dammichnocheins!«, rief Gru Einzahn. »Was machst'n du hier, Dummbatz?«

Blaufrost schnappte nach Luft, dann lachte er vor Freude. »Der Windbeutel!«, grölte er, gab den Oger frei und stand langsam auf. »Ich glaub's ja nich!«

Der Grünhäutige stand ebenfalls auf, und dann umarmten die beiden Riesen einander herzlich und klopften sich gegenseitig auf die massigen Schultern, dass der Boden erneut bebte.

»Wie geht's dir, Kohlkopf? Immer noch auf Gras erpicht?«, schnaufte der Troll gerührt.

Der Oger nickte. »Hat sich nix geändert, und wiesde siehst, lohnt sich das auch.« Er wies auf seinen in der Tat stattlichen Leib. »Un' du? Immer noch Sehnsucht nach der Sonne?« Er wies auf die blaugefrorene Haut des Trolls, der unentwegt schlotterte.

»Ja, unverändert«, antwortete Blaufrost. »Kann man halt nix machen. Aber könnte schlimmer sein.«

»Könnte immer schlimmer sein. Und grad isses mal wieder soweit, oder?« Gru Einzahn deutete mit dem Daumen hinter sich, in Richtung der Berge. »Hatse dich also auch zu sich gerufen, was?«

»Scheint ganz so. Anscheinend braucht's uns beide. Könnten wir also genauso gut gemeinsam weiterlatschen und uns austauschen über vergangene Zeiten und so.«

»Genau. Sin' eh spät dran.«

Die beiden setzten ihren Weg einträchtig fort und schwelgten in alten Erinnerungen, bis sie an der Grenze zu Du Bhinn ankamen, am Ende eines Waldes. Bis zur Dämmerung waren es nur noch zwei Stunden, doch im Wald hatte Blaufrost einigermaßen Deckung. Er war es gewohnt, auf solche Dinge zu achten, musste er als Troll es doch vermeiden, sich jeglichem Sonnenlicht auszusetzen.

»Ich glaube, hier wollte sie uns treffen«, meinte Gru Einzahn und sah sich um. Seinen Beinamen trug er wegen des einzelnen aus dem Unterkiefer nach oben ragenden Hauerzahns. Im übrigen verfügte er über ein ausgezeichnetes Raubtiergebiss, das mühelos Knochen knacken könnte, wenn er sich nicht – völlig untypisch für einen seiner Art – vor jeglichem Fleischverzehr geekelt hätte. Steine zermahlen konnte er damit, anders als die breiten Zähne des Trolls, jedoch nicht.

»Du hast se ja schon mal gesehn«, bemerkte Blaufrost. »Wie isse denn so?«

»Wie wäre es, wenn du dich selbst überzeugst?«, erklang in diesem Moment eine weibliche Stimme, und die beiden Riesen fuhren zusammen.

Lady Kymra, die Segensreiche Mutter, Herrscherin der Tylwytheg, des Schönen Volkes, stand wie aus dem Boden gewachsen vor ihnen. Eine alte, mütterlich wirkende Frau, mit zahlreichen Falten im schmalen Gesicht und langem weißen Haar, das zu bändigen die kleine weiße Haube auf ihrem Haupt kaum in der Lage war. Sie trug ein knöchellanges Kleid aus dunkler Wolle, eine bunte Schürze und Holzschuhe. An ihrem Gürtel hingen zwei Kräuterbeutel, eine kleine Sichel und Handschuhe steckten ebenfalls darin.

Die Schöne Frau gehörte zu den ältesten Bewohnern Albalons, und ihre Seele und die der Weißen Insel waren untrennbar miteinander verbunden. Vielleicht waren sie auch Eins.

Ein so erdverbundenes Wesen wie der Troll spürte das instinktiv und begriff sofort, welch eine mächtige Frau er da vor sich hatte, und verneigte sich unbeholfen. »Dann hast du mich also in mei'm Traum gerufen?«, fragte er ehrerbietig, wenngleich in Verbindung mit einer unkonventionellen Anrede. Doch das stand ihm zu, fand er, wenn er schon in seinen Träumen heimgesucht wurde.

Die Lady lächelte. »Das trifft zu.« Sie wandte sich dem Oger zu, der den Kopf ebenfalls geneigt hielt, wobei sein langer schwarzer Pferdeschwanz herabfiel und das halbe Gesicht verdeckte. Er war auch sonst ziemlich behaart, im Gegensatz zu dem haarlosen Troll. »Es freut mich, dich wohlauf wiederzusehen, Gru Einzahn. Mein Volk ist dir heute noch dankbar für deine Zurückhaltung.«

»Ja, äh, Peredur, der was damals noch Tuagh war, hat mir das befohl'n, un' recht hatter dran getan.« Gru grinste verlegen. »Kann leider nix dafür, dass ich immer so hungrig bin.«

»Bin ganz überrascht, dass wir beide hierher gerufen worden sin'«, mischte Blaufrost sich ein.

»Das liegt auf der Hand.« Lady Kymra legte die Hände ineinander, und ihr gütiges Gesicht nahm einen ernsten und besorgten Ausdruck an. »Ich habe einen delikaten Auftrag.«

»'n Auftrag? So richtig, echt?«

»Ja. Als Angehörige der Fiandur.«

»Aber ich bin doch gar nich...«, setzte Gru an, doch Blaufrost versetzte ihm einen Stoß.

»Biste still! Klar gehörste dazu. Zweiundzwanzig müssenwa sein, und da Ingbar ausgefallen is', bis' du jetzt drin im Boot.«

»Mag keine Boote.«

»Nur so 'ne Redensart.«

»Gru, ob du nun offiziell dazu gehörst oder nicht, du hast meinen Patensohn – Peredur – eine Weile begleitet und warst bei den Ereignissen um Schwarzauge dabei. Deiner war ein entscheidender Beitrag.«

»Na ja, schon.«

»Und außerdem warst du in Clahadus.«

»*Clahadus?*« Der grünhäutige Oger stöhnte auf. »Och nee...«

»Oh ja!«, rief der Troll begeistert.

»Aber da gibt's nix zu futtern für mich«, beschwerte sich Gru Einzahn.

»Und keine Sonne für mich«, äußerte Blaufrost und hörte auf zu zittern. »Ich kann tagsüber rumlaufen, ohne zu versteinern. Das is' schon die halbe Erfüllung meines Traums.«

Clahadus war ein Verbotener Ort, den jedermann, vor allem aber die Elben, mieden. Eine staubige Wüstenei mit schaurigen Wesen, die aus Magie geboren waren. Und verirrte Zauber beherrschten auch heute noch diese Region und vernichteten jeden, der sich zu tief hineinwagte. Im Zentrum Clahadus' lagen die Ruinen von Plowoni, die Überreste einer jahrzehntausendealten Menschenstadt. In und um Plowoni hatte vor tausend Jahren der verheerende Große Krieg stattgefunden, in dessen Verlauf die Stadt zerstört, die Magie außer Kontrolle geraten war und Schwarzauge König Peredurs Herz gestohlen hatte.

Die kleine Gruppe der Fiandur unter Peredurs Führung hatte sich im Jahr zuvor dort hinein gewagt, um nach dem Buch der Bogins zu suchen, und fast wären sie nicht wieder herausgekommen. Am schlimmsten hatte es Morcant, Màni und Màr getroffen, die als Elben an der Leblosigkeit des Landes beinahe selbst gestorben waren und gerade noch im letzten Moment hatten gerettet werden können.

Blaufrost war damals dabei gewesen, weil er gehofft hatte, in Clahadus von seiner Sehnsucht nach der Sonne befreit werden zu können – in die eine oder andere Richtung – und nie mehr frieren zu müssen.

Lady Kymra nickte. »Ihr habt dort Pellinore getroffen.«

»Das war doch dieser Wurzelzwerg!«

»Gnom.«

»Nun, er heißt Pellinore, und ...«

»Ich glaub, wir ham seine Hütte zum Einsturz gebracht.«

»Ja, er war ziemlich sauer, als wir gingen. Aber sein Saft war gut. Hat uns über die Grenze gebracht.«

Die Segensreiche Mutter zeigte Geduld. »Ihr seid dem Flussbett gefolgt und hierhergekommen. Auf demselben Wege könnt ihr auch wieder hineingehen. Somit könnt ihr den Pfad nicht verfehlen und gelangt auf direkte Weise nach Plowoni. Wenn ihr euch schnell bewegt, sollte das ohne Nachteil für euch gelingen. Ihr haltet am längsten von allen in diesem Land durch.«

»Schon«, bemerkte Blaufrost. »Aber wieso? Was ham wir denn mit dem Gnom zu schaffen?«

»Er ist von großer Bedeutung.« Lady Kymra zog eine Phiole aus ihrer Rocktasche hervor. »Gebt ihm das. Er muss es zu sich nehmen.«

»Was is'n das?« Gru musterte die Phiole; es war keinerlei Inhalt darin zu erkennen. »Sieht nich nach so 'nem tollen Saft aus. Sondern nach gar nix.«

»Es hat damit schon seine Bewandtnis«, erklärte die Schöne Frau. »Ich habe im vergangenen Jahr intensiv an der Fertigstellung dieser Essenz gearbeitet. Ein Teil des Fluches ist aufgehoben, deswegen möchte ich versuchen, Pellinore aus diesem unwürdigen Dasein als Gnom zu befreien. Bisher war das unmöglich, aber die Dinge haben sich geändert, seit ein Teil von Schwarzauges Macht gebrochen ist. Ich kann nicht versprechen, dass es wirkt, aber einen Versuch ist es wert.«

Gru blinzelte. »Ja ... wie? Das is nich' ma sicher?«

»Nein. Leider nein. Genau das ist das Problem.« Lady Kymra berührte die großen Pranken der beiden Riesen, und sie standen ganz still. »Ich befürchte einen Krieg«, sagte sie leise. »Ich habe schreckliche Vorahnungen, die ich nicht erklären kann, da ich sie nur verschwommen sehe und höre. Doch ... ein großer Schatten ist dabei, über Albalon zu fallen und die Sonne auszulöschen.«

»Dann muss Peredur es erfahren«, sagte Blaufrost.

»Er weiß es schon. Ich kann ihm keine Nachricht mehr schicken, es ist zu spät. Aber nicht zu spät, um euch loszuschicken. Ihr seid ein verborgener Trumpf in der Karte der Fiandur, die ein Teil der Großen Arca ist.«

»Is' das nich das Buch der Bogins? Also nich das, wonach wir in Clahadus gesucht ham, sondern das andere, wenn sie erwachsen werden? Tiw hat mir davon erzählt.«

»Es ist der Weg der Bogins, und es ist auch der Weg der Fiandur. Zusammengefasst, es ist der Weg eines jeden. Es geht um die Karte des Narren.«

»Das is' der Dummbatz«, folgerte Gru scharfsinnig.

»Und 'n Windbeutel passt ebenfalls«, fügte Blaufrost hinzu. »Ehrlich gesagt, versteh ich nix außer dem, dass es wichtig is', dass wir alle in großer Gefahr sin' un' am besten gleich aufbrechen sollt'n, stimmt's?«

»Du hast es erfasst, mein Lieber. Ich kann nicht einmal sagen, die Zeit drängt, da ich nicht weiß, ob uns überhaupt noch so etwas wie ›Zeit‹ bleibt. Aber wir wollen nichts unversucht lassen.«

»Und du hast nich' zufällig noch was von dem tollen Saft, den Pellinore uns damals eingetrichtert hat?«

»Nein. Ihr müsst es so schaffen.«

»War nur 'ne Frage. Wir brauchen's ja gar nich' wirklich.«

»Nee, natürlich nich'. Das schaffen wir auch so. Kennen den Weg ja jetz' und wie's da drin alles abläuft.«

»Ich setze meine ganze Hoffnung in euch.«

Die beiden verstummten bei diesen Worten.

Dann verneigten sie sich ein zweites Mal.

»Lady Kymra, wir wer'n Euer Vertrauen niemals nich' enttäuschen«, sagte Blaufrost feierlich in fast perfekter Hochsprache, während er die Phiole einsteckte.

»Ihr könnt Euch auf uns verlass'n«, ergänzte Gru Einzahn auf dieselbe bemühte Weise. »Oger und Trolle ham sich zwar längst losgesagt von der Völkergemeinschaft, aber *wir* sin' noch da, denn unser Blick is geschärft und reicht weiter als bei unsern beid'n Völkern. Wir halten Peredur die Treue und wer'n ihm helfen, sein Herz wieder zu beschaffen. Und wir wer'n den Frieden in Albalon wiederherstellen. Un' so.«

»Ich danke euch.« Die Segensreiche Mutter wirkte gerührt und erleichtert zugleich. »Viel Erfolg auf eurem Weg, und passt auf euch auf. Denn wenn ihr erst die Hürde bewältigt habt, ist es noch lange nicht vorbei, dann fangen die Schwierigkeiten erst an.«

Die beiden Riesen winkten zum Abschied und machten sich schnurstracks auf den Weg zu dem ausgetrockneten Flussbett, das sie nach Clahadus hineinführen sollte. Sie brauchten keine besondere Ausrüstung, sondern hatten stets alles bei sich, was sie benötigten.

Lady Kymra stand einsam da und blickte ihnen so lange nach, bis sie außer Sicht waren.

»Verflixt«, sagte Gru unterwegs. »Ich glaub, wir stecken tiefer im Schmodder als letztes Mal.«

»Gar keine Frage«, stimmte Blaufrost zu. »Sie hat ja schon sehr schwermütig und besorgt ausgesehen, und ich glaub, sie hat während unsrer Unterhaltung sogar noch 'n paar Falten mehr gekricht.«

»Da is gehörich was am dampfen, mein Lieber.«

»Beeil'n wir uns also, mein Bester. Wenn's schon von welchen wie *uns* abhängt, dann wird's bald zappenduster.«

»Deswegen sollt'n wir's nich vermasseln, denk bloß an Ingbar.«

»Armes Schwein.«

»Ja, echt. So möcht' ich nich' enden.«

*

Der Gefangene befand sich in einem abgeschiedenen Seitenflügel des Palastes, über den Stallungen, am Ende eines Gangs im obersten Stockwerk. Seine Zelle war nicht mehr als eine Dienstbotenkammer, aber er verlangte gewiss nicht nach Luxus.

Peredur betrat einen Raum, der in düstere Dämmerung gehüllt war. Die beiden Fenster waren von außen vergittert und die obere Hälfte zusätzlich mit Brettern vernagelt worden, sodass noch eine gewisse Aussicht, aber keine Flucht möglich war. Sonnenlicht fiel in schmalen Strahlen durch den verbliebenen Schacht und verbreitete sich zu einem Fächer, der einen Teil des Bodens erhellte und den Rest des Raumes zur Dunkelheit verdammte.

Eine kleine Tür führte zum Abtritt in einer Mauerausbuchtung. Die

Einrichtung bestand aus Bett, Truhe, Tisch, Stuhl, Waschgelegenheit, Schreibzeug, ein paar Büchern, einem Teppich auf dem Boden und Kerzenhaltern an der Wand.

»Sie ist geflohen, nicht wahr?«, erklang eine leicht rau klingende Stimme von der anderen Seite des Raumes.

»Ja«, antwortete der König.

»Ich hatte dich gewarnt.«

»Das hattest du.«

Eine Silhouette schälte sich aus dem Dunkel hervor, und ein Mann trat geschmeidig und lautlos ins Licht. Er war hochgewachsen und schlank, mit leicht wirren schwarzen Haaren, hellgrünen Augen und der Andeutung einer Ohrspitze. Halb Mensch, halb Elb.

»Warum hast du dann nicht auf mich gehört?«, fragte Ingbar der Zweifler.

Ragna Dubh Sùil war die Mutter dieses Mannes, und sie hatte ihn gezwungen, die Fiandur zu verraten, der er einst aus Überzeugung beigetreten war. Nach dem Sturz der betrügerischen Königin war Ingbar ebenfalls verhaftet und angeklagt worden, und er wurde als schuldig verurteilt, wobei aber niemand seinen Tod verlangt hatte. Alle waren davon überzeugt, dass Ingbar nicht aus eigenem Antrieb so gehandelt hatte, warfen ihm aber vor, dass er behauptete, keine andere Wahl gehabt zu haben. Er sollte so lange als Gefangener im Palast verbleiben, bis seine Mutter in die endgültige Verbannung geschickt worden war; dann, so war es einstimmig beschlossen worden, hätte er ins Exil gehen dürfen, irgendwohin in die Wilden Lande im Nordreich.

Ingbar hatte das milde und dennoch grausame Urteil unbewegt hingenommen und nie nach etwas verlangt. Vielleicht wäre ihm der Tod lieber gewesen, denn er machte sich selbst die meisten Vorwürfe.

Aber seine Mutter hatte ein Jahrtausend lang alle getäuscht, selbst den weisen Alskár, also warum nicht auch ihn? Sie hatte ihn zu seiner Schandtat gezwungen, und er hatte trotz allem versucht, den Verrat zu verhindern, war jedoch gescheitert.

»Sie hat uns nach wie vor alle genarrt«, murmelte Peredur. Er lehnte sich gegen den Tisch. »Nicht einmal ihre Gefangenschaft hat sie daran hindern können, weiterhin eigene Pläne zu verfolgen. Wir hatten geglaubt, dass Alskár ihr die Macht entrissen hatte. Wie hätten wir sie sonst überwältigen können?«

»Das stimmte ja auch, doch eben leider nur zum Teil.« Ingbar blieb mit vor der Brust verschränkten Armen vor Peredur stehen. »Ich hatte so sehr gehofft, dass Alskár ihr alles entrissen hatte. Aber wie es aussieht, hatte sie noch so viel gehortete Lebenskraft der Bogins übrig, dass sie im Lauf des Jahres wieder genug Macht aufbauen konnte, um handlungsfähig zu werden. Trotz ihrer Isolation. Du und Asgell, ihr habt dennoch alles richtig gemacht – bis auf den Umstand, dass ihr sie am Leben gelassen habt.«

»Sie hat den armen jungen Hallmer und Faruk getötet ... Hat ihnen die Lebenskraft ausgesaugt, wie einer dieser Bluttrinker, von denen die Legenden des Ostens jenseits der Scythesee berichten, und die es auch bei uns gegeben haben soll. Und das, ohne ihr Gefängnis verlassen zu haben. Das Schloss an ihrer Tür ist immer noch unbeschädigt, doch sie ist fort.«

»Das wundert mich nicht. Sie hat ihre magischen Finger ausgestreckt, hinaussickern lassen und nach und nach den Turm übernommen, einschließlich der Elbenwachen. Wahrscheinlich waren die schon seit einiger Zeit nur noch Marionetten.«

»Ich ließ sie regelmäßig austauschen ...«

»Alles nur Schein. Sie hat die Elben angezapft, ohne dass sie es merkten.«

»Morcant, Màni und Màr ... ist es möglich, dass sie sie *vertrieben* hat?«

»Wann sind sie fort?«

»Morcant verließ uns nach dem Ende des Prozesses, die Zwillinge erst vor zwei Tagen. Màr sprach davon, dass Schwarzauge alles vergifte, und dass sie es nicht mehr ertragen könne. Sie hat mich gewarnt, aber wegen der Hochzeit wollte ich nicht sofort tätig werden.«

Ingbar rieb sich grübelnd das Kinn. Dann nickte er. »Das ergibt ein klares Bild. Was ist mit den Bogins?«

Peredur horchte auf. »Was meinst du damit? Ian hat schon eine Andeutung gemacht, aber wir konnten nicht mehr darüber reden, weil die Ereignisse sich überschlugen und ich sofort zu dir geeilt bin.«

»Fionn und Cady. Ich bin sicher, dass sie die beiden ebenfalls auf perfide Weise benutzt hat. Ihr Hass auf diese Bogins ist grenzenlos, und sie wird nichts unversucht lassen, um sie zu vernichten. Aber zuerst wird sie sie benutzen, bis sie verbraucht sind.«

Peredur ging zum Fenster und starrte durch das Gitter hinaus. »Verdammt.« Seine an den Fensterrahmen gelehnte Hand ballte sich zur Faust. »Wie konnte ich nur so dumm sein!«

»Das waren wir alle.« Ingbar trat näher zu ihm. »Mach dir keine Vorwürfe, Peredur. Ragna ist die geborene Ränkeschmiedin und Kriegstreiberin, so wie ihre Schwester Hafren der Frieden selbst war. Sie sind Wesen höherer Macht, selbst für Elben. Wahrscheinlich stehen sie noch höher als Lady Kymra, Cervus und alle anderen. Ragna ist uns allen weit überlegen und hat über tausend Jahre Zeit der Vorbereitung gehabt. Sicherlich hat sie in ihren Plänen auch einmal einen Fehlschlag berücksichtigt. Und sie ... ist in der Lage, noch aus einem Staubkorn Kraft zu saugen, um wieder zu Macht zu kommen. Sie hat durch euch einen schweren Rückschlag erlitten und sich bestimmt noch nicht wieder ganz davon erholt. Doch es hat gereicht, um zu fliehen.«

»Aber wie?«

»Durch das Fenster.«

»Diesen schmalen Schacht? Unmöglich!«

»Keinesfalls. Sie hat sich in einen Vogel verwandelt, vielleicht einen Fink oder eine Meise. Vergiss nicht, sie kann ihre Gestalt wandeln.«

Auch Ingbar verfügte über diese Gabe. Doch er wandte sie nicht mehr an. »Warum bist du jetzt hier?«, fragte er.

Der König wandte den Kopf zu ihm. »Was hat sie vor?«

»Albalon zu erobern, was sonst?«

»Nein, ich meine ... mit ...« Er zögerte, konnte sich selbst nicht erklären, warum er Hemmungen hatte, es auszusprechen. Seltsam. Er hatte doch nicht etwa ... Angst?

»Mit deinem Herzen? Sie wird es holen und verwenden. Mit der Kraft deines Herzens wird sie die endgültige Herrschaft erringen. Das wolltest du doch hören, nicht wahr? Du weißt es längst selbst, suchst aber die Bestätigung. Oder hast du wie ein Narr darauf gehofft, es wäre anders?«

Peredur seufzte. »Ich muss sie also selbst verfolgen, eine andere Wahl habe ich wohl nicht.«

»Nein.« Ingbar hielt ihm die Hand hin. »Nimm mich mit«, bat er. »Ich kann dir helfen.«

»Du weißt, dass ich das nicht kann.«

»Peredur, ich bin ihr Sohn! Ich kann sie *spüren* und dir den Weg weisen.« Er bleckte die Zähne. »Vergiss nicht, auch ich habe eine Rechnung mit ihr offen. Nur mein Hass auf sie und der Wunsch nach Vergeltung und nach Gerechtigkeit halten mich am Leben und lassen mich dieses entwürdigende Dasein hier ertragen. Leg mir Ketten an, stecke mich in einen Käfig, nur verschaff mir die Gelegenheit zu Rache und Sühne!«

Peredur verharrte. Ingbar wich seinem Blick nicht aus.

»Ich denke darüber nach«, sagte der König schließlich und ging zur Tür. »Du hörst von mir.«

»Noch heute!«, rief Ingbar ihm nach. »Jede Stunde, die verstreicht, vergrößert ihren Vorsprung. Und genauso schnell entgleitet Albalon dir.«

Peredur schloss die Tür ohne Antwort hinter sich und eilte zurück zum Thronsaal.

Fionn und Cady waren inzwischen eingetroffen und im Bilde. Kein schöner Morgen nach dem vergangenen Tag, doch sie zeigten sich gefasst. Es wirkte sogar so, als hätten sie damit gerechnet.

Die Feier draußen ging ungestört weiter; es war strikte Geheimhaltung veranlasst worden, um Unruhen zu vermeiden. Die Stimmung konnte schnell umschlagen, und das letzte, was der König jetzt brauchte, war ein Aufstand.

»Dabei habe ich Ingbar gar nicht alles erzählt«, schloss Peredur seinen Bericht an die Anderen und ging mit auf dem Rücken verschränkten Armen und schweren Schritten vor seinem Thron auf und ab. »Das Schweigen von Asgell und Alskár, die Abreise unserer Elbenfreunde, all das ist kein zufälliges Zusammentreffen, sondern Teil eines perfiden Planes. Ich hege größte Sorge um meinen Bruder und unseren weisen alten Freund; ihnen muss etwas zugestoßen sein.« Er blickte zu dem jungen Paar. »Und was habt ihr mir vorenthalten?«

Die beiden Bogins zuckten erschrocken zusammen und wurden sehr bleich. »Wir ... wir wollten gleich nach dem Fest mit dir darüber reden«, stotterte Fionn.

Cadys Unterlippe zitterte. »Wir konnten doch nicht ahnen, dass ...«

»Schon gut.« Der König hob die Hand in einer beruhigenden Geste. »Keiner von uns konnte das, ich habe schließlich auch nichts gesagt. Wir wollten uns alle den Tag nicht verderben, aber nun kommen wir nicht mehr darum herum. Ihr solltet mir deshalb jetzt davon erzählen.« Er blickte zu dem Gelehrten. »Deswegen hast du dich aufgerafft, nicht wahr? Du hast den Ernst der Lage schlagartig erkannt.«

Meister Ian Wispermund nickte. »Ich hatte vor ein paar Tagen eine Unterhaltung mit Cady.«

Fionn schluckte hörbar. »Wir hatten das Gefühl, als würde Dubh Sùil sich in unsere Träume schleichen.«

Cady tastete nach seiner Hand. »Schon lange. Aber wir haben nicht einmal unter uns davon gesprochen. Wir hatten Angst, dass es schlimmer werden würde, wenn wir darüber redeten. Wir fühlten, dass es wirklich sie war und glaubten, dass wir ihr den Zutritt gewährten.«

»Also wolltet ihr selbst damit fertig werden.«

»Wir wollten ihr keinen Raum geben und haben sie abgewiesen.«

Peredur fuhr sich durch die ergrauten Haare. »Aber das ist nicht gelungen. Und wie es aussieht, hatte auch Màr mit ihrer Warnung recht. Wir wurden ein Jahr lang kontinuierlich vergiftet. Ragna war zu lange hier und hat sich überall ausgebreitet. Daraus bezog sie ihre Kraft.«

»Asgell und Alskár haben aber zu Recht gehofft, dass ihre Unternehmungen wirksam genug wären, um Schwarzauge im Zaum zu halten«, warf Ian Wispermund dazwischen. »Ich glaube, dass sie geheime Helfer hatte, die sie irgendwie von außen versorgt haben müssen. Mit Hilfe einer geistigen Verbindung.«

»Aber wer sollte dazu in der Lage sein, Ian?«, wandte Tiw ein. »Du weißt, wir haben früher über eine solche Möglichkeit diskutiert, als mein Meister, Magister Brychan, noch lebte. Trotz aller Studien haben wir keine Antwort darauf erhalten. Es gibt niemanden.«

»Vielleicht doch«, sagte Peredur langsam. »Jemanden, den es hier schon vor den Menschen gab.«

»Wer sollte das sein?«

»Ich weiß es nicht.«

»Das verstehe ich nicht.« Cady zog ein ratloses Gesicht. »Ich dachte, alle Völker wären erst nach den Menschen nach Albalon gekommen?«

»So sicher ist das nicht. Bei euch Bogins jedenfalls nicht, bei den übrigen Kleinen Völkern auch nicht, und es mag sehr Alte geben, die schon früher hier gelebt haben. Ingbar erwähnte Cervus, dessen Alter und Herkunft niemand kennt. Dann wäre da noch meine Patin, Lady Kymra, und ... wer weiß, wer sonst noch.«

»Wie könnte jemand zehntausende von Jahren überstehen?«

»In einem magischen Schlaf.« Peredur seufzte. »Und möglicherweise soll mein ... mein Herz dazu beitragen, ihn aufzuwecken. Ich stimme Ian zu. Ragna kann ihr Vorhaben nicht allein durchziehen, sie braucht Unterstützung. Ingbar sagte vorhin ebenfalls etwas in der Art zu mir, und es ... es ergibt auf schaurige Weise durchaus Sinn.«

Für einen Augenblick herrschte Stille im Thronsaal.

Peredur hatte ihn seit der Thronbesteigung völlig neu gestaltet. Boden und Säulen hatte er zwar belassen, wie sie waren, aber es gab jetzt eine Vielzahl von Boden- und Wandteppichen, und große Kerzenlüster. Dazu kamen Bilder, Statuen, Holzschnitzereien, Bänke und Tische; ein großer Versammlungsraum, einladend für Gäste aller Art. Der Palast Sìthbailes war ein offenes Haus, um zu zeigen, dass der König dem Volk nah war. Jedem Volk.

Ein sonst gemütlicher, anheimelnder Ort, gestern noch voller Licht und Blumen, doch heute kühl und düster.

Von draußen schallten unvermindert fröhliche Geräusche und Musik herein, begleitet von einer wolkenlosen Sonne, aber das konnte die niedergeschlagene Stimmung hier drin nicht im Mindesten erhellen.

Cady fing leise an zu weinen. »Sind wir daran schuld? Fionn und ich? Darüber hatten wir mit dir in den nächsten Tagen sprechen wollen ... Ich hatte überlegt, dass wir weggehen müssen, weil wir euch alle in Gefahr bringen. Haben wir zu lange gewartet?«

»Cady, ihr beide seid die letzten, die sich irgendwelche Vorwürfe machen dürfen«, polterte Draca los, der seit jeher ein großes Herz für die junge Boginfrau hatte, und er ging zu ihr, legte den Arm um sie und drückte sie an sich.

»Wir können problemlos noch Tage herumstehen und Schuldbekenntnisse offenbaren«, äußerte sich Tiw knorrig, »wahrscheinlich können wir das sogar bis zum Herbst durchhalten und am Ende den Sieger des Wettbewerbs küren. Wir könnten natürlich auch *handeln*, und zwar gleich.«

»Ganz recht«, stimmte Valnir Eisenblut zu. »Wie es aussieht, brennt es an vielen Stellen. Randur Felsdonner ist nämlich ebenfalls überfällig. Er wollte sich längst gemeldet haben, zumindest mit einer Botschaft, falls er es zur Hochzeit nicht schaffen sollte. Also ist davon auszugehen, dass auch ihm etwas zugestoßen ist. Im besten Fall wurde er nur aufgehalten – nur wodurch, frage ich mich. Mit deinem Einverständnis, Peredur, will ich mich daher umgehend rüsten und mich auf den Weg nach Du Bhinn machen, wo ich Randur hoffentlich grenzenlos betrunken und wohlauf in Fjalli vorfinde. Oder um herauszufinden, warum König Fjölnir und Königin Garún zögern, dem Pakt erneut zuzustimmen, und warum nicht längst eine Delegation Zwerge hier eingetroffen ist, um mitzufeiern.«

»Ich stimme zu, Valnir«, sagte Peredur. »Aber du solltest nicht allein gehen, falls ...«

»Ich gehe *allein*«, unterbrach sie. »Im Moment traue ich hier niemandem mehr, und du kannst keinen von der Fiandur entbehren.«

»Ich müsste zu Asgell«, murmelte der König. »Meine Sorge wächst wegen dieser Entwicklungen ...«

Ian Wispermund schüttelte den Kopf. »Asgell hat in den vergangenen tausend Jahren auf sich aufpassen können, das kann er auch jetzt, egal in welchen Schwierigkeiten er steckt. Genau wie du kann er nicht sterben, weil er an deinen Fluch gebunden ist. Außerdem ist Lady Kymra nicht weit entfernt, sie wird ein Auge auf ihn haben oder versuchen, ihn zu unterstutzen. Du darfst dich nicht verzetteln, Peredur.«

»Und was schlägst du dann vor?«

»Dandelion und Hyazinthe sind im großen Wald von Brandfurt. Die Hauptversammlung hat gerade erst begonnen. Geh dorthin und fordere Hilfe an! Alle wichtigen Elbenherrscher sind vor Ort. Sprich mit ihnen und teile ihnen auch mit, dass du Befürchtungen hinsichtlich

Alskárs Schicksal hegst, weil du keine Nachricht von ihm erhältst. Versuche von dort aus, Morcant zu erreichen, er wird jetzt gebraucht. Vielleicht ist er sogar schon in Brandfurt.«

»Ich bin dagegen, dass Peredur seinen Sitz verlässt«, erklärte Cyneweard. »Der König wird hier benötigt, und er darf sich nicht in Gefahr begeben.«

»Gefahr?« Spott schwang in Peredurs Stimme mit. »Ich kann nicht sterben, also in welche Gefahr sollte ich geraten?«

»In Gefangenschaft. Oder unter einen weiteren magischen Bann. Es gibt viele Möglichkeiten. Da draußen lauern eine Menge Leute, die dich nicht auf dem Thron haben wollen. Die warten auf jede Gelegenheit, dich davon herunterzuschubsen, und als größtes Übel von allen: Schwarzauge.«

»Ich *kann* nicht bleiben«, erwiderte Peredur leise. »Es gibt zwei Möglichkeiten, was sie mit meinem Herzen anstellen wird. Entweder sie gibt es weiter, oder sie vernichtet es. In beiden Fällen muss ich selbst vor Ort sein, um das zu verhindern.«

»Und du denkst, das keinem Anderen überlassen zu können?«

»Nicht einmal Asgell oder Alskár, denn es geht um den Verlauf eines einzigen Herzschlags. *Meines* Herzschlags. Würdest *du* das einem Anderen überlassen? Und darauf vertrauen, dass er dein Herz heil zu dir bringt, nach einer möglicherweise monatelangen Reise?«

Cyneweard presste die Lippen zusammen.

Peredur legte ihm eine Hand auf die Schulter. »Abgesehen davon bin ich fast neunhundert Jahre lang als Tuagh der Wanderkrieger durch Albalon gereist. Denkst du, diese Gewohnheit ist so leicht abzulegen? Ich bin dazu erzogen worden, die Dinge selbst in die Hand zu nehmen, und so bin ich damals als Erster in die Schlacht geritten, und jetzt, nachdem ich alles gründlich vermasselt und dieses Land in Jahrhunderte des Dunkels gestürzt habe, werde ich den Kampf endlich beenden. Das liegt allein in meiner Verantwortung, Cyneweard. Die Regierungsgeschäfte kann ein Anderer übernehmen, mein Herz nicht.«

»Ich stimme dem zu«, erklärte Valnir. »Ich würde dich mit Freuden begleiten, o König, aber ... Ich glaube, ich sollte wirklich wegen Randur nach dem Rechten sehen.«

»In jedem Fall, Valnir, und ich wüsste niemanden, der dies besser könnte als du.« Peredur nickte. »Wie du gesagt hast, es brennt an mehreren Stellen, und es ist die Aufgabe der Fiandur, die Flammen zu löschen.«

»Dann halten wir folgendes fest«, fasste Meister Ian zusammen. »Der König macht sich mit einer Gefolgschaft auf die Suche nach Ragna. Dabei ist Brandfurt dein erstes Ziel, um dort Unterstützung zu erbitten. Valnir Eisenblut reist nach Du Bhinn, um Randur Felsdonner zu suchen und am Hofe Fjallis vorzusprechen. Der Rest bleibt hier und versucht, irgendwie alles zusammenzuhalten.«

»Ungefähr so, wie man versucht, trockenen Sand zwischen den Fingern zu halten«, brummte Tiw für sich, aber hörbar für alle.

»Und wer macht was?«, wollte Vàkur wissen und blickte den König auffordernd an.

Peredur stieg die Stufen zu seinem Thron hinauf und setzte sich darauf. Seine Entscheidung sollte offiziell und dem Protokoll entsprechend verkündet werden.

»Vàkur, du wirst an meiner Statt und in meinem Namen als Lordkanzler regieren. Ich werde dich mit den entsprechenden Befugnissen und Vollmachten ausstatten.« Er richtete die bernsteinfarbenen Augen auf den Gelehrten. »An Vàkurs Seite wird Ian Wispermund stehen, als neuer Oberster Haushofmeister und Berater des Lordkanzlers.«

»Soviel zu meinem beschaulichen Ruhestand«, murmelte der Meister, doch er zeigte sich natürlich einverstanden.

»Cyneweard, du bleibst ebenfalls als Berater hier. Ihr erhaltet volles Stimmrecht in dem Dreierrat, den ich hiermit gründe. Cenhelm als Hauptmann der Wache wird dafür sorgen, dass die Truppen jederzeit loyal und einsatzbereit sind.«

Der mittelgroße, blonde Mann nickte. Er war erst Ende zwanzig, aber nicht zu jung für diesen Posten, denn er diente, seit er sechzehn Jahre alt war, an der Waffe und hatte sich mit Verstand und Ehrgeiz hochgearbeitet. Seit vier Jahren gehörte er der Fiandur an.

»Wenn du erlaubst, möchte ich auch gern hierbleiben«, bat Draca. »Als Beschützer der Bogins.« Er sah dabei Cady an.

»Und als Leibwächter von Ian. Einverstanden.«

Der Gelehrte widersprach nicht, denn Draca war längst ein Freund des Hauses geworden.

»Was ist mit den Verliesen, oder vielmehr dem Labyrinth?«, erkundigte sich Cenhelm dazwischen.

»Halti und Ortwin sollen weitermachen wie bisher. Gibt es Neues von ihnen?«

»Sie haben deutlich gemacht, dass sie nicht am Fest teilnehmen werden und sich erst danach wieder hier oben melden würden. Ich nehme an, dass sie irgendwo in den Tiefen verschwunden sind und dort einige Tage verbringen. Hat keinen Sinn, nach ihnen zu suchen. Die findet keiner.«

»Gut. Kümmere dich um sie, sobald sie wieder auftauchen. Stelle ihnen zur Verfügung, was sie brauchen, und lasse dir Bericht erstatten.«

Peredur hob die Hände. »Abgesehen von einzelnen Anweisungen, die ich dem dreiköpfigen Rat nachher noch erteilen werde, sollte dies soweit alles sein. Ich werde morgen Früh aufbrechen. Wer mich begleiten möchte, sollte also bis dahin fertig und zur Stelle sein.«

»Warum nicht sofort?«, wandte Tiw ein. »Jede Stunde, die Ragna gewinnt, ist ein Verlust für uns.«

Peredur wiegte den Kopf. »Das hat Ingbar auch gesagt, aber die Dinge hier in Sìthbaile müssen geordnet und geregelt werden, ich kann nicht einfach losstürmen wie einst als Söldner. Wenn ich meinen Vertretern keine gesetzliche Handhabe hinterlasse, werden einige Herrscher zum Marsch gegen die Stadt und den Palast aufrüsten. Außerdem haben wir einem im Dienst Gefallenen und einem jungen Mann die letzte Ehre zu erweisen, und danach gibt es noch eine Menge zu besprechen, wie du dir denken kannst. Du wirst übrigens dabei sein.«

»Was, ich? O Freude.« Tiws Miene wurde noch finsterer. »Ich nehme an, ich soll mit Onkelchen Fasin, Fionns Eltern und anderen zusammen einen Bund bilden und die Städter und alle, die hierherkommen, einlullen und ihnen eitel Wonne vorgaukeln, stimmt's?« Die Bogins verfügten über die Gabe der Befriedung, und diese hatte Schwarzauge einst für ihre Zwecke missbraucht.

Peredur lächelte versöhnlich. »Darum wollte ich dich bitten, ja.«

»Aber hatten wir nicht vereinbart, dass Bogins nie wieder dafür ausgenutzt werden dürfen?«, rief Tiw und wies anklagend mit dem Zeigefinger auf den König. »Das hast du selbst uns zugesichert! Und jetzt, wo es brenzlig wird, greifst du *doch* wieder auf uns zurück!«

Peredur erhob sich vom Thron, kam die Stufen herab und ließ sich auf ein Knie vor dem überraschten Bogin nieder. Behutsam ergriff er seine Hand. »Tiw, ich *bitte* dich darum«, sagte er nachdrücklich. »Ich werde deine Entscheidung, solltest du ablehnen, ohne weiteres akzeptieren, denn du bist frei, ganz wie du gesagt hast. Aber ich *brauche* dich und deine Fähigkeiten, um den Frieden in der Stadt zu bewahren, wenigstens eine Zeitlang. Die Sicherheit muss gewährleistet sein. Deshalb wirst du die vierte Stimme im Rat sein, und zwar zur Mahnung. Dein nüchterner, scharfer Verstand wird den Anderen sehr dienlich sein.«

»Ich hasse es, wenn du das tust«, knurrte Tiw, und Zornesröte überflog sein Gesicht. »Ja, sicher bin ich dabei, und ich werde die Anderen bei der Stange halten. Wir werden tun, was wir können, schon aus Selbstschutz. In dieser Stadt leben mehrere hundert Bogins, die Schwarzauge allzu schnell wieder unters Joch zwingen könnte.«

Peredur erhob sich. »Danke.«

»Aber wenn du zurück bist und alles wieder in Ordnung gebracht hast, werden wir uns über einige Dinge unterhalten, das ist dir doch klar? Dein Schuldenberg wächst, was die Bogins betrifft, und ich werde jede einzelne Münze davon eintreiben!«

»Alles, was du willst, Tiw.«

»Mir schwebt da etwas vor, das wird dich einiges kosten, und ich rede hier nicht nur von Geld.«

»Ich sichere es dir in einem schriftlichen Vertrag zu, wenn du möchtest.«

»Schön.« Tiw stellte sich mit vor der Brust verschränkten Armen neben Ian Wispermund.

»Teilst du uns denn nicht mit, wer dich begleiten soll?«, fragte Rafnag, als Peredur zur großen Haupttafel ging, auf der immer kleine Genüsse und Getränke bereit standen, und sich einen Becher mit Wein eingoss, den er mit viel Wasser vermischte.

»Nein.«

Er trank und goss sich nach, diesmal ohne Wasser, mit dem Rücken zur Gruppe gewandt, den Blick in die Ferne gerichtet.

»Wenn das so ist, bin ich dabei«, erklärte der schwarzhaarige Mann.

»Ich auch«, verkündete Hrothgar. »Das lasse ich mir diesmal nicht entgehen.«

Vàkur ging zum Tisch, bediente sich ebenfalls, stellte sich neben den König und beugte sich leicht vor, um ihm ins Gesicht zu blicken. »Was ist mit Ingbar?«

Die Anderen sahen sich verwirrt an. Mit Ausnahme von Tiw, der bedeutungsvoll nickte.

Peredur drehte sich um und lehnte sich gegen den Tisch. »Er hat mich gebeten, ihm die Führung zu überlassen.«

Niemand sagte ein Wort. Erstaunt wirkte allerdings keiner.

Schließlich übernahm Vàkur für alle das Reden. »Hast du Empörung oder Widerspruch von uns erwartet?« Er schüttelte den Kopf. »Ingbar ist unser Freund, oder hast du etwas anderes angenommen? Uns ist sehr wohl bewusst, dass er nicht vertrauenswürdig ist und deshalb absolut unberechenbar. Aber ... er war einer von uns. Das vergessen wir nicht.« Er warf Draca einen Blick zu. »Einmal Fiandur, immer Fiandur.«

»Nun lass es mal gut sein«, bemerkte der Mann mit der Schuppenhaut gutmütig. »Ich habe schon begriffen, dass meinen Scherz heute Früh niemand kapiert hat.«

»Doch, ich«, sagte Tiw dazwischen. »Vielmehr, eigentlich nein, denn ich habe es nicht als Scherz aufgefasst.«

Vàkur fuhr fort: »Ingbar hat sich durch die Jahre in der Fiandur das Recht verdient, seine Rache zu bekommen. Er hat sich dem Gericht und dem Urteil unterworfen, und er würde dir niemals schaden wollen, Peredur. Sein Hass richtet sich gegen seine Mutter, nicht gegen dich.«

»Das ist mir auch durchaus bewusst«, versetzte der König. »Aber wir können die Frage nicht außen vor lassen, ob Ingbar nicht Teil von Ragnas Plänen ist und sie mit ihm eine weitere Falle auslegt.«

»In der sie sich selbst fängt«, äußerte Ian Wispermund. »Ich glaube nicht, dass Ingbar ein so guter Schauspieler ist, dass es nicht auffiele. Sie hat ihn nicht unter ihrer Kontrolle, zumindest nicht vollends. Ein Plan, ihn gegen Peredur zu benutzen, kann also ganz schön nach hinten losgehen.«

Peredur ließ sich auf einem Stuhl nieder und legte die langen Beine auf den Tisch. »Ich weiß nicht, wo ich mit der Suche nach Ragna beginnen soll. Vielleicht können die Elben von der Versammlung in Brandfurt behilflich sein, vielleicht lassen sie mich aber auch hängen. Bis dahin wird sie ohnehin überall und nirgends sein. Ich weiß nicht, was sie vorhat, und deswegen kann ich nicht einmal erahnen, wohin sie gehen wird. Diese Insel ist groß. Es gibt viele Möglichkeiten, im Verborgenen zu bleiben. Dazu kommt, dass Ragna auch einfach ein Schiff nehmen und auf Abstand gehen könnte.«

»Und wie wäre Ingbar in der Lage, etwas daran zu ändern?«, wollte Vàkur wissen.

»Er ist ihr Sohn und durch Blutsbande mit ihr verbunden. Ingbar behauptet, sie aufspüren zu können, und ich glaube ihm.«

Hrothgar trat nach vorn. »Es ist natürlich nicht einfach, auf eine gefahrvolle Reise zu gehen mit einem Begleiter, auf den man ständig ein Auge haben muss. Aber wenn Rafnag und ich uns abwechseln, sollte das möglich sein.«

Rafnag winkte ab. »Gefährlich wird es für Peredur doch erst, wenn er Ragna stellt oder sein Herz vor ihr findet.«

»Sie wird ihn über Ingbar beobachten«, wandte Cyneweard ein. »Und über jeden seiner Schritte informiert sein.«

»Ich glaube nicht, dass Ingbar wie ein Allsehendes Auge funktioniert«, widersprach Peredur. »Also schön, nehmen wir ihn mit. Aber beim geringsten Anzeichen, dass er erneut Verrat üben könnte, lege ich ihn in Ketten.«

Damit schien soweit alles geklärt zu sein, und Peredurs künftige Reisegefährten schickten sich an, den Saal zu verlassen, um sich für die Trauerfeier umzukleiden und anschließend ihre Sachen zu packen.

Da meldete Cady sich zu Wort, indem sie den Finger hob. »Entschuldigt, da ... ist noch jemand, der Peredur begleiten wird.« Liebevoll und traurig zugleich sah sie Fionn an.

»Nein«, sagten Peredur und Fionn gleichzeitig.

Cady legte ihre Hände auf die Schultern ihres Gemahls und ihre Wange an die seine. »Fionn, Liebster, ich weiß doch, dass du mit ihm gehen musst«, sagte sie sanft. »Nach all dem, was ihr gemeinsam durchgestanden habt, wirst du ihn jetzt nicht im Stich lassen.«

»Ich ... ich ...«, stammelte der junge Bogin und fing an zu zittern.

Cady löste sich von ihm und sagte in die Runde: »Das ist auch eine Angelegenheit der Bogins, und das wisst ihr genau. Wir sind frei dank Peredur. Ragna will uns zurück unter ihre Knute zwingen. Das werden wir nicht zulassen, und wir werden nicht tatenlos zusehen. Wenn wir zur Erhaltung des Friedens beitragen können, werden wir es tun. Und außerdem ... Freunde helfen einander, und als Fiandur ist es sogar Fionns Pflicht, dem König beizustehen.«

Die Blicke, mit denen sie bedacht wurde, waren betreten und gerührt, hauptsächlich voller Bewunderung.

»Cady ...«, fing Fionn noch einmal brüchig an.

Sie wandte sich ihm zu. »Das ist doch dein Wunsch, nicht wahr?«, fragte sie.

Er zögerte, dann nickte er und blickte zu Boden.

»Die Bogins ...«, setzte Peredur mit rauer Stimme an, dann korrigierte er sich: »Ihr beide habt wirklich schon genug getan, Cady.«

Sie schüttelte den Kopf. »Nein, haben wir nicht. Es ist nicht nur deine Geschichte, Peredur. Ragna wird nicht ruhen, bis sie uns beiden den Garaus gemacht hat. Sie hat uns jetzt fast ein Jahr lang mit ihren Geschichten heimgesucht und uns Angst eingejagt. Das lassen wir uns nicht gefallen. Wir müssen uns ein für alle Mal von ihr befreien.« Sie straffte ihre Haltung, stemmte die Arme in die Seiten, und ihre Augen blitzten. »Wir werden ihr die Stirn bieten und ihr zeigen, dass Halblinge keine halben Sachen machen.«

Sie wurde angestarrt, als besäße sie grünblaue Haut und drei Krähenfüße.

»Fionn«, platzte Draca hervor. »Leider muss ich dich jetzt umbringen, denn ich will deine Cady heiraten, und zwar auf der Stelle.«

»Ich auch«, fiel Rafnag spontan ein. »Also reih dich hinten ein.«

Fionn ergriff Cadys Hand und zwang sie in seinen Blick. »Cady, ist es wirklich das, was du willst?«

»Natürlich nicht«, sagte sie mit verschwimmenden Augen, aber nach wie vor lächelnd. »Ich will dich bei mir behalten jeden Tag. Ich will mit dir in einem schönen Häuschen wohnen und ein Kräuterbeet anlegen, und einen Teich, und Lilien züchten. Ich will, dass wir beide Hand in Hand auf der Bank sitzen und zusehen, wie unsere Kinder groß werden.«

Sie streckte die Hand aus und legte sie an seine Wange. »Und so wird es auch kommen, sobald wir uns endlich dieser schrecklichen Elbenhexe entledigt haben.«

»Es ist nur eine Hürde, nichts weiter«, sagte er daraufhin. »Eine kleine Unterbrechung.«

»Wir mögen nicht zusammen sein, aber wir sind trotzdem nie getrennt«, flüsterte sie. »Das ist unsere Stärke, und das wird Ragna nie begreifen. Sie *kann* uns nicht besiegen. Niemals. Weisen wir sie ein letztes Mal in ihre Schranken. Dieses Mal für immer.«

Er ergriff ihre Hand, und sie drehten sich zu dem König, der auf sie zukam, um sie an einer großen Dummheit zu hindern, doch er kam gerade mal zwei Schritte weit, bevor sie ihm gemeinschaftlich Einhalt geboten.

»Ich gehe mit dir, Peredur Vidalin, König von Sìthbaile und Albalon«, gab Fionn feierlich seine unwiderrufliche Entscheidung bekannt.

KAPITEL 4

AUFBRUCH UND VERLUST

Valnir Eisenblut machte sich gleich nach der kurzen Trauerfeier auf den Weg. Du Bhinn war einige Tagesreisen entfernt, und die Sorge trieb die Zwergenkriegerin voran.

Abgesehen von den Mitgliedern der Fiandur wusste niemand, dass unter dem ungeflochtenen, kaum vom Kinn herabfallenden, jedoch die Wangen überwuchernden schwarzen Bart das pfirsichsamtene Gesicht einer Frau steckte. Der Bart war natürlich falsch und musste regelmäßig mit einer Spezialpaste neu geklebt werden. Aber da Zwerge sich ohnehin stundenlang mit der Bartpflege abgaben, und das nicht in der Öffentlichkeit, weil es für sie ein sehr intimer Vorgang war, hatte Valnir keinerlei Schwierigkeiten damit, den Schein aufrechtzuerhalten.

Mit der Stimme hatte sie lange geübt; sie erweckte kein Misstrauen, denn es gab gar nicht so wenige männliche Zwerge, die trotz ihres wuchtigen Aussehens eine quäkende Stimme besaßen, die bis zur Fistelstimme reichen konnte.

Randur jedoch nicht, der dröhnte in einem tiefen Bass, aber Randur war schließlich auch ein ganz besonderer Zwerg. Nicht talentiert fürs Handwerk, dafür begnadet im Kampf, war er dennoch ein Mann des Verstandes und von eher friedfertiger Art.

Valnir gefiel es, dass er reichlich Schmuck trug, denn sie schätzte das ebenfalls, hielt sich aber stark zurück, um nicht zu sehr aufzufallen. Lediglich in der rechten Augenbraue trug sie einen Goldreif, und ihre dichten schwarzen Haare – die ihre eigenen waren – wurden im Rücken von einem dicken goldenen Ring zusammengehalten.

Bedingt durch ihre dunklen Augen und die dunkelbraune Hautfarbe bot Valnir mit ihrer Behaarung insgesamt das perfekte Bild eines stämmigen, kräftigen Zwergenmannes. Nur beim Bauch musste sie schummeln, aber das fiel nicht schwer, da sie zumeist einen schwarz-roten

Metallharnisch trug. Dazu gehörten ein aufwendig gearbeiteter Helm und schwere Stiefel mit Metallkappe an der Spitze.

So gerüstet zog Valnir auf dem kräftigen Pony los, das Peredur ihr aus seinen Stallungen zur Verfügung gestellt hatte. Dökkjörp, hieß die Dunkelbraune; eine fröhliche Stute, die eine sehr schnelle Gangart ohne Schwebephase beherrschte, die *Tjalde* genannt wurde und die Geschwindigkeit eines Galopps erreichen konnte. Für den Reiter hieß dies, unvergleichlich bequem zu sitzen, und trotzdem sehr schnell voranzukommen, denn vor allem war ein tjaldendes Pferd über Stunden hinweg ausdauernd. Vielleicht war ihr Blut einst von Elbenrössern veredelt worden. Peredur setzte diese kleinen, zähen, genügsamen und schnellen Pferde für Kuriere und Boten ein; sein Nachrichtendienst war so schnell wie keiner sonst im ganzen Reich und wurde gern gegen Entlohnung von anderen Herrschern, aber auch Händlern und sonstigen Geschäftsleuten in Anspruch genommen. Ein lukratives Geschäft, das die königliche Kasse gut gebrauchen konnte. Schon jetzt beschäftigte er mehr als hundert Kuriere für bezahlte Dienste und war dabei, eine Zucht der tjaldenden Pferde, die er der Gangart entsprechend *Tjaldi* nennen wollte, aufzubauen, so groß war die Nachfrage.

Umso dankbarer war Valnir, eines der kostbaren Ponys überlassen zu bekommen, denn auf diese Weise hoffte sie, die gewöhnliche Reisedauer um einige Tage verkürzen zu können. Mit jeder Stunde stieg ihre Sorge um Randur, obwohl das vielleicht unsinnig war, denn nach ihrer Abreise konnte ja eine Nachricht von ihm in Sithbaile eingetroffen sein.

Aber was, wenn nicht? Es war untypisch für ihn, sich nicht zu melden – vor allem, wenn es darum ging, die Hochzeit und erst recht die anschließende Feier von Fionn und Cady zu verpassen, ohne einen Grund dafür zu nennen.

Nein, nein, etwas stimmte da nicht, da gab es gar keine Frage. Valnir hätte es keine Stunde länger ausgehalten, sie musste los. Sie nahm an der Abschiedszeremonie für Faruk und Hallmer teil, die sie beide zwar kaum gekannt hatte, aber die ihr über alles leid taten, weil sie Ragnas Grausamkeit durchaus kannte. Doch dann hielt sie nichts mehr.

Peredur hatte sie selbst zu den Stallungen gebracht und ihr den Zügel für Dökkjörp in die Hand gedrückt. »Pass auf dich auf, Valnir, und bringe Randur gesund mit zurück.«

Sie glaubten beide nicht so recht daran, nur was blieb denn sonst? Der Kampf musste aufgenommen werden. Es ging um die Zukunft Aller. Niemand konnte sich heraushalten.

Valnir nahm den Weg nach Westen, an der Abzweigung nach Midhaven im Süden bog sie ab Richtung Nordwesten und beschloss, Quartier in einem Städtchen namens Selansburg zu nehmen. Hier herrschte Freiherr von Selan, ein recht leutseliger Mann, der seit Jahren darum kämpfte, dass sein Markt das Befestigungsrecht und damit eine Wehrmauer erhielt – und damit offiziell als Stadt anerkannt würde. Einwohner gab es genug, es waren schon über tausend. Das Handwerk und der Handel blühten, und so gab es leider auch häufig Überfälle von organisierten Räuberbanden auf den schutzlosen Marktflecken. Verständlich, dass Freiherr von Selan mehr Sicherheit wünschte, damit sein Städtchen weitere Handwerker und Handelsläden anzog und dadurch ordentlich weiter wuchs.

Aber König Peredur hatte bisher keine Zeit gehabt, sich darum zu kümmern, und die falsche »Friedensherrscherin« in den Jahren davor hatte sich nicht dafür interessiert, weil »der Frieden allumfassend« und daher keine Mauer notwendig sei. Der Freiherr zeigte sich deshalb in seinen regelmäßig den König erinnernden Briefen zunehmend enttäuscht und drohte an, die Steuern an Sithbaile so lange zurückzuhalten, bis er wenigstens Gehör fand und seine Angelegenheit ordentlich behandelt worden war.

Valnir wusste darüber Bescheid und zog es deswegen vor, ihre Identität als Angehörige der Fiandur nicht kenntlich zu machen, sondern sich als herumreisender Söldner auszugeben. Eine Verkleidung kam für sie nicht in Frage, denn sie verstand nichts vom allgemeinen Handwerk und hätte sich schnell verraten. Es wäre natürlich angenehmer gewesen, ein Gastzimmer in der Burg des Freiherrn in Anspruch nehmen zu dürfen und von ihm bewirtet zu werden. Aber dann hätte sie auch Stellung zu seinem Antrag beziehen müssen – und das konnte sie nicht.

Also ritt sie wie ein harmlos reisender Zwerg in Selansburg ein und machte sich auf die Suche nach einem zentral gelegenen Quartier. Sie wollte sich unauffällig umhören, ob es Informationen über Randur gab.

Nahe des Marktes fand sie in einer Seitengasse eine Herberge, die auch über einen Stall verfügte. So brauchte sie ihr Pferd nicht in einem öffentlichen Mietstall unterzustellen, sondern wusste es gleich in der Nähe. Das verringerte die Sorge um Diebstahl.

Die Herberge nannte sich *Zum Einhorn* und zeigte auf dem Schild ein anmutig über einen grünen Hügel galoppierendes weißes Einhorn mit blauem Himmel darüber. Gleich beim Betreten erkannte Valnir, dass sie hier richtig war, denn es fanden sich in der großen Gaststube viele Händler, die weit herumreisten und als solche immer am besten über alles informiert waren.

Der Wirt verzog keine Miene, als die Kriegerin um ein Einzelquartier bat; das war bei Zwergen, wenn sie allein reisten, nicht unüblich. In der Schankstube, bei Bier und Wein und Gesang, kamen die verschiedenen Völker durchaus prächtig miteinander aus, aber was die Nachtruhe betraf, so blieben Elb, Mensch oder Zwerg bevorzugt unter sich. Einander wildfremde Menschen teilten sich problemlos ein Gemeinschaftsquartier, Elben waren da schon heikler und achteten auf die Sippenzugehörigkeit, Zwerge hingegen teilten ihr Quartier überhaupt nur mit vertrauten Freunden.

Der Preis für das Zimmer war höher als Valnir auszugeben bereit war; nicht, weil sie die benötigten Mittel nicht hatte, sondern weil sie als Söldner unauffällig reisen wollte, und die hatten meistens nicht sehr viel im Beutel. Deshalb verhandelte sie eisern, und schließlich fanden sie einen Kompromiss – ein kleines Zimmer, das gerade so für einen Zwerg geeignet war, zu einem angemessenen Preis. Die Kammer war schlicht, jedoch sauber, das Bett bestand nur aus einer Strohmatratze ohne Gestell, Wolldecke und Kissen, aber Valnir war nicht anspruchsvoll. Ein winziges Fenster zeigte nach Norden; immerhin war eines da, und eine Nachtlampe gab es ebenfalls. Zufrieden stellte sie ihr Gepäck hin, legte die metallene Rüstung ab, einen Lederharnisch an, und ging in die Stube hinunter.

Die Luft war dick und schwer, im Kamin prasselte ein Feuer, Mägde und Knechte eilten zwischen den Tischen hin und her und brachten Platten mit Braten und Beilagen, Suppenschüsseln und natürlich Bier und Wein. Die meisten Tische waren besetzt und die Unterhaltungen lebhaft, denn Händler waren neugierig und tauschten sich gern untereinander über Handelswaren und gute Handelsplätze aus. Einheimische fanden sich nur wenige; vermutlich war es ihnen hier zu teuer.

»Ihr könnt Euch da vorn hinsetzen«, sagte eine vorübereilende Schankmaid und deutete mit dem Kopf auf einen langen Tisch nahe des Haupteingangs, der einige freie Plätze aufwies.

Valnir nickte. »Bitte eine kleine Schlachtplatte und ein großes Speisebier.«

»Kommt sofort.«

Die Zwergenkriegerin durchschritt den Raum und verhielt vor dem Tisch. »Meine Herren, ist es gestattet?«

Allgemeines Kopfnicken, und sie setzte sich auf den äußersten freien Stuhl, mit dem Rücken zur Wand. Am Tisch saßen zwei Männer für sich, fahrende Handwerker, wie an ihrer Kleidung zu erkennen war, und zwei Männerpaare beisammen, die eindeutig Händler waren, denn sie unterhielten sich über die Getreidepreise, steigende Zölle und dergleichen mehr.

Valnir widmete sich still ihrer Mahlzeit und beobachtete dabei den Raum. Alles war friedlich, es gab keine hitzigen Debatten über die Politik oder die Steuern und nur ein paar Bemerkungen über die Hochzeit in Sìthbaile, die sich um das dreitägige Fest drehten.

»Aus welcher Richtung kommt Ihr denn?«, fragte einer der Handwerker, ein älterer Mann, der zuvor über Schuhreparaturen geredet hatte, sie unvermittelt an, und die Anderen am Tisch unterbrachen sogleich ihre Unterhaltungen, um zuzuhören. Das war nicht unhöflich gemeint, sondern rein geschäftsmäßige Neugier und Informationsbeschaffung, wie sie in Gaststuben üblich war.

»Von Osten«, antwortete Valnir vage.

»Aus Sìthbaile?«

»Nein.«

»Ich frage nur, wegen der Hochzeit und all dem. Ob Ihr vielleicht dort wart und ein wenig vom Fest berichten könnt. Es soll ja an nichts gespart worden sein, wie ich höre. Konnte selber nicht hinreisen, wäre aber gern dort gewesen.«

Valnir zuckte die Achseln. »Bogins interessieren mich eigentlich nicht sehr, und mit diesem ganzen königlichen Pomp habe ich nichts zu schaffen.«

»Es soll eine Märchenstadt sein ...«, sinnierte der zweite Handwerker schwärmerisch, der seinem Alter nach gerade erst Tischlergeselle geworden sein konnte und wohl auf der Suche nach einer Anstellung war.

»Pah. Groß, staubig und teuer. Da lob ich mir doch ein überschaubares Plätzchen wie dieses hier.«

Die Händler rückten ein wenig näher. »Wir hatten uns überlegt, ob wir dort ein kleines Handelshaus eröffnen«, sagte ein rundlicher, heiter wirkender Mann in den vierzigern, dem anzusehen war, dass er nicht nur gern aß, sondern auch trank. Sein Partner war im gleichen Alter, wirkte jedoch asketisch und ernst. Die anderen beiden Händler stellten sich als Brüder vor. Sie waren vielleicht Anfang dreißig und hatten gerade das Geschäft des verstorbenen Vaters übernommen.

Valnir blinzelte über den Rand ihres Bierglases hinweg. »Ich sagte bereits, ich komme nicht aus der Emperata. Dort hat's Menschen und Elben, aber so gut wie keine Zwerge.«

»Ihr wirkt, als wärt Ihr ein Söldner«, meinte der Schuhmacher und wies auf den Lederharnisch. Die Waffen hatte Valnir natürlich in der Kammer gelassen; keiner der Gäste hier trug Schwert oder Axt; das war nicht erwünscht. Aus gutem Grund.

»Gut erraten«, sagte Valnir höflich und hob den Krug zum Gruß. »Ich habe in den letzten Jahren gespart und möchte mich jetzt gern in der Kampfschule bewerben, um eine Ausbildung zum Lehrer zu erhalten.«

Alle am Tisch nickten, das verstanden sie. »Ihr sprecht von Randur Felsdonner«, bemerkte der Dicke, »berühmter Zwerg, sehr berühmter Zwerg. Der Unterricht dort soll hervorragend sein. Aber auch teuer.«

»Ich hoffe, ich kann einen Teil abarbeiten«, erklärte Valnir gleichmütig. »Könnt Ihr mir einen Rat geben, wie ich am schnellsten zu Pferde nach Windmühl gelange? Dort ist doch die Schule gelegen?«

Der Schuhmacher übernahm die Wegbeschreibung, weil die Händler nur die mit Wagen befahrbaren Straßen kannten. Doch es gab abkürzende Pfade, die man gut zu Pferde oder zu Fuß nehmen konnte.

»Randur selbst werdet Ihr dort aber nicht treffen«, mischte sich der dünne Händler ein. »Wir sind auf dem Weg hierher durch Windmühl gekommen und haben gehört, dass er längst erwartet wurde, aber nicht eingetroffen ist.«

»Wie schade«, gab sich Valnir enttäuscht. »Dann werde ich wohl auf ihn warten müssen, denn ich möchte die Aufnahmeprüfung gern vor ihm ablegen. Das ist unerlässlich für mein Ziel.«

Der Asket bewegte die Hand in einer unbestimmten Geste. »Soweit wir mitbekommen haben, hat man schon eine Weile nichts mehr von ihm gehört und auch keine Nachricht erhalten. Irgendjemand hat behauptet, Randur würde sich in Fjalli aufhalten, aber darauf zu kommen ist nicht schwer, schließlich ist das seine Heimat. Es kann also etwas dran sein – oder eben nicht.«

»Allerdings heißt es auch, dass Fjallis Tore geschlossen seien«, mischte sich einer der Brüder ein. »Ein Oheim von uns ist Erzhändler und macht oft Geschäfte mit Fjalli, doch in letzter Zeit wurde er vertröstet, man sei sehr beschäftigt und im Augenblick nicht am Handel interessiert.«

»Wie bitte? Das ist völlig ausgeschlossen, das glaube ich nie im Leben!«, rief der dicke Händler überrascht. »Wo wollen sie denn sonst hin mit ihren Erzen? Die Elben schürfen großteils selbst und nehmen nur bestimmte Mengen ab. Außerdem handeln Zwerge gern, nicht wahr?« Er sah Valnir auffordernd an, die bestätigte.

»Ich höre das auch zum ersten Mal«, gestand sie, und das war nicht gelogen. Sie hatte den Teller und das Bier geleert und stand auf. »Aber bis nach Fjalli muss ich ja nicht. Nun, ich werde mein Glück einfach versuchen. Vielen Dank für das anregende Gespräch, ich wünsche eine angenehme Weiterreise und gute Geschäfte. Ich breche morgen sehr früh auf und werde mich daher zurückziehen.« Sie nickte den Männern zu, die ihren Gruß höflich erwiderten, und ging auf ihr Zimmer. Beim Hinausgehen hatte sie das Gefühl, beobachtet zu werden, aber bei so vielen Leuten im Gasthaus war das nicht ungewöhnlich; irgendjemand sah einem immer nach.

Der Bericht des jungen Händlers stimmte sie sehr nachdenklich; da musste was dran sein, so etwas war nicht einfach nur ein Gerücht, vor allem, da es aus erster Hand stammte. Aber was konnte das nur zu bedeuten haben? Sie hatte keinerlei Vorstellung, was in Fjalli vorgefallen war – und ob Randur damit zu tun hatte. Insofern hatte sie es jetzt wirklich eilig.

*

Der dritte Tag der Feier war angebrochen, und Peredur hatte angeordnet, dass alles ablaufen sollte, wie vor den jüngsten Ereignissen geplant. Es sollte für die Bevölkerung aussehen, als sei alles in bester Ordnung. Niemand durfte vorerst – oder überhaupt – erfahren, dass die Gefangene geflohen war und dass der König persönlich die Jagd nach ihr anführte.

Bereits gestern hatte er besonders vertrauenswürdige Männer und Frauen ausgesucht, die als Kundschafter überall unterwegs sein sollten, um Ragnas Spur aufzunehmen – oder herauszufinden, ob sie Verbündete hatte. Außerdem hatte er drei jeweils zehn Mann starke Trupps losgeschickt, die ebenfalls das ganze Land durchkämmen sollten.

Peredur ging nicht davon aus, dass sie Erfolg haben würden, aber Ragna sollte sich auch nicht zu sicher fühlen und nirgends lange verweilen können. Sie sollte wenigstens mitbekommen, dass man ihr auf den Fersen war. Umso schneller würde sie ihn zu seinem Herzen führen, so hoffte er, und umso geringer waren ihre Möglichkeiten, unterwegs Unruhe zu stiften oder weitere Unterstützer zu gewinnen.

Dreißig Mann und noch einmal zehn Kundschafter, das war nicht viel, aber derzeit hatte er nicht mehr Leute zur Verfügung. Die Palastwache musste verstärkt werden, und es musste daran gedacht werden, Truppen auszuheben. Es würde sicherlich nicht lange dauern, bis Ragna ein eigenes Heer aufstellte, um gegen Sìthbaile zu marschieren. Nach allem, was über sie und ihr bisheriges Vorgehen bekannt war, und wie er sie aus früherer Zeit kannte, lag diese Strategie nahe.

Peredur hoffte, dass er in Brandfurt von den Elben Unterstützung erfahren würde, um die Suche auszuweiten und zu verstärken. Vielleicht hatte ja Valnir bei den Zwergen Erfolg.

Sie waren übereingekommen, Nachrichten stets nach Uskafeld zu Dagrim Kupferfeuer zu schicken, der sie dann entsprechend weiterleiten würde. Vor allem gab es damit jemanden, der alle Informationen sammelte und einen gewissen Überblick über die Entwicklungen behielt. Schnelle Falken, aber auch Reiter sollten für die Zustellung der Nachrichten sorgen.

Sobald er das Nordreich erreicht hatte, darüber war sich Peredur im Klaren, würde es schwierig werden, in Kontakt zu bleiben, doch er hatte ausgezeichnete Vertreter, die an seiner Stelle handeln konnten. Dennoch hoffte er, dass er nicht bis Gríancu oder gar Cuagh Dusmi reisen musste, um Morcant und vor allem Alskár zu finden. Ohne diese beiden mächtigen Elben sah er für sich nur geringe Chancen, gegen Ragna bestehen zu können.

Und Asgell... Er dachte fast ständig an den Zauberer, und dies mit wachsender Sorge. Sie hatten sich gerade erst wiedergefunden, und der Gedanke, den jüngeren Bruder erneut zu verlieren, schnürte ihm die Luft ab. Die jahrhundertelange Suche nach Asgell hatte ihm geholfen, ohne Herz weiterzuleben, doch nun wollte er nicht noch einmal damit beginnen müssen. Trotzdem konnte er nicht überall gleichzeitig sein, und die Jagd auf Ragna hatte Vorrang.

Fionn wurde von Tiw mit einer Droschke abgeholt. Cady weigerte sich, zum Palast mitzukommen, und so fand der Abschied hinter der verschlossenen Haupttür von Meister Ian Wispermunds Anwesen statt.

»Ich könnte es nicht ertragen, dich wegreiten zu sehen«, erklärte Cady. »Außerdem liegt hier einiges im Argen, und ich habe viel zu tun. Das wird mich ablenken.«

Sie bemühten sich beide redlich, nicht zu weinen, und schafften es sogar, zumindest für den Moment. Tapfer, mit zitternden Lippen, umarmten sie sich ein letztes Mal, dann verließ Fionn rasch, den Rucksack geschultert, das Haus und kletterte neben Tiw auf den Kutschbock. Er warf einen Blick zur Tür, doch die war glücklicherweise geschlossen und keine Cady zu sehen. Verstohlen wischte er sich über die Augen und atmete heftig ein und aus, um nicht außer Fassung zu geraten. Gerade mal drei Tage und zwei Nächte waren ihnen vergönnt gewesen – aber Cady hatte ihn letzte Nacht ermahnt, dass das schon mehr sei, als so manchen anderen blieb. Sie sollten dankbar sein für das, was sie hatten. »Und wir werden uns wiedersehen, wenn alles vorbei ist. Tief in uns haben wir doch geahnt, dass wir nicht unbeschwert würden leben können, solange *sie* da ist.«

»Noch einer der Gründe, warum ich allein lebe«, bemerkte Tiw in Fionns traurigen Gedankengang hinein, während er mit der Peitsche schnalzte und das Pferd die Droschke anzog. »Solche Momente bleiben mir erspart.« Allerdings klang seine Stimme ein wenig zu rau.

»Normalerweise nimmt man auch nicht ständig Abschied«, sagte Fionn leise.
»Es hat dich niemand dazu gezwungen.«
»Sicher nicht. Das ändert aber nichts daran, dass ich meinen Freund nicht allein losziehen lasse.«
»Wanderfieber, was?« Tiw hasste es schon seit früher Jugend, zu verreisen. Am liebsten hielt er sich mit Magister Ian im Studierzimmer auf und diskutierte bei einem Brandy heftig über wissenschaftliche oder historische Erkenntnisse.
»Nein!« Fionn zuckte die Achseln. »Doch, irgendwie schon. Ja. Ich muss mehr über die Welt erfahren, wenn ich darin bestehen und Cady ein sicheres Heim bieten will. Und es würde mich verrückt machen, untätig herumzusitzen. Ich bin nicht wie du, so verstandesbetont.«
»Sondern mehr mit dem Kopf durch die Wand.« Tiw steckte sich seine Lieblingspfeife in den Mundwinkel und saugte am Mundstück, obwohl sie gar nicht gestopft war. Das gehörte zu ihm, damit ließ es sich leichter nachdenken. »Was würdest du übrigens davon halten, wenn die Bogins ihr eigenes kleines Reich bekämen? Irgendwo in einem fruchtbaren, lieblichen Gebiet, einem Auwald oder so.«
Fionn warf ihm einen Blick von der Seite zu. »Ich hielte sehr viel davon«, antwortete er. »Aber wie soll das geschehen? Keines der Großen Völker wird uns einen Platz abtreten, dafür jammern alle viel zu sehr, dass sie zu wenig davon haben. Deswegen ist ja damals der Krieg zwischen den Menschen und den Elben ausgebrochen.«
»Überlass das nur mir.«
»Schwebt dir denn schon ein bestimmtes Gebiet vor?«
»Könnte sein.«
Fionn rieb sich den rechten Nasenflügel. »Peredur. Du willst ihm etwas von seinem persönlichen Grund und Boden abluchsen.«
»Mhm.«
»Das wäre sehr schön«, murmelte Fionn und hielt sich hastig fest, als die Droschke in einer engen Kurve ins Schwanken geriet.
»Er schuldet es uns. Und wir müssen unabhängig von allen Völkern werden, sonst gibt es keine echte Freiheit für uns. Viele Bogins in Sìthbaile haben bereits wieder eine Anstellung als Dienstboten angenommen, weil sie sonst nicht überleben können. Sicher, sie werden

bezahlt, aber ziemlich lausig. Kleine Leute, kleines Geld, du verstehst? Klar, der König würde für jeden von uns aufkommen. Aber wir werden uns nicht mit Almosen abspeisen lassen. Vor allem werden wir nicht in einer ewigen Dankesschuld leben.« Tiw hielt den Blick nach vorn gerichtet, und der Hügel mit dem Palast kam in Sichtweite.

»Dass du jetzt daran denken kannst...«

»Wann denn sonst, kleiner Bruder? Du hast ja mitbekommen, wie schnell wir wieder gefordert werden. Das werden die Großen immer tun. Es wird nie enden, solange wir nicht eigene Grenzen ziehen können und dadurch einen vollwertigen Platz in der Völkergemeinschaft erringen. Hast du gestern nicht zugehört, als der König seinen Beschluss verkündete? Hast du dabei etwas von einem *Viererrat* gehört? Ich jedenfalls nicht. Dennoch soll ich mitwirken. Was soll das denn? Ich habe lediglich beratende Funktion, kein Stimmrecht. Aber der Frieden von Sithbaile soll von *mir* abhängen, bis der König zurückkehrt!«

Fionn schluckte. »Du sprichst so hart. Peredur ist doch unser Freund...«

»In erster Linie«, schnitt Tiw ihm das Wort ab, »ist er König und wahrt die Interessen seines Throns. Er ist ein *Mensch*, Fionn, begreife das doch endlich! Wobei das sogar noch von Vorteil ist, denn als Elb wäre er bedeutend schlimmer. Trotz alldem gehört er zu den Großen Völkern, und das wird er nie ablegen können. Er wird immer auf uns herabsehen, solange wir uns nicht auf eine Leiter stellen. Denkst du, ich vergesse das alles, nur weil ich der Fiandur angehöre? Oder dass das etwas ändern würde?«

Tiw hielt kurz inne, während Fionn erschrocken schwieg, dann brach es voller Bitterkeit aus ihm hervor: »Es *verletzt* mich, wie *gedankenlos* er in Bezug auf unseren Status ist! Gewiss, er hat uns seinen Schutz und seine Unterstützung zugesagt, aber zugleich nimmt er sich dadurch das Recht heraus, auch Forderungen zu stellen. *Das* ist nicht die Freiheit, die ich mir wünsche!«

Fionn öffnete den Mund zu einer heftigen Erwiderung – und schloss ihn wieder. »Cady wollte ja wegziehen«, gestand er verzagt. »Und nicht nur wegen Schwarzauge. Sie hat gesagt, wir müssen selbstständig werden.«

»Du hast eine sehr vernünftige und kluge Frau, kleiner Bruder. Wird Zeit, dass du die Pantoffeln der Bequemlichkeit auszieht und in Bewegung kommst!«

Für Fionn war das nicht so einfach. »Ich bin genau wie du Angehöriger der Fiandur, und ich kann nicht einfach ... außerdem ... Peredur bedeutet mir sehr viel.«

»In welcher Hinsicht denn?« Tiw war gnadenlos. »Ich glaube eher, du bist in romantischem Mitleid wegen seines fehlenden Herzens gefangen.«

»Das ist nicht verkehrt!«, versetzte Fionn verärgert.

»Und ihm ist es egal, denn er fühlt ja nichts.«

»*Mir* ist es *nicht* egal! Ich will mich um ihn kümmern, na und? Dafür muss ich mich nicht rechtfertigen. Du bist nicht mit ihm gereist, du hast ja keine Ahnung.«

Außerdem hatte Lady Kymra, Peredurs Patin, ihm damals, kurz vor dem Wiedersehen der königlichen Brüder, aufgetragen, auf Peredur zu achten. Diesen Auftrag nahm er sehr ernst und sah ihn keineswegs als erledigt an. Es ging dabei auch um Hafren, Peredurs ermordete Ehefrau, welche die Schutzpatronin der Bogins gewesen war. Ihr zu Ehren würde Fionn alles tun, um Albalon wieder zu dem Weißen Reich zu machen, das es einst gewesen war.

»Holla! Ich kenne ihn ein wenig länger als du.«

»Länger, aber nicht besser. Ich bin mit ihm gereist, wir haben alles geteilt. Es ist etwas anderes, in Ruhe an einem Tisch zu sitzen und sich zu unterhalten, als auf dem Schlachtfeld zu stehen und nur deswegen zu überleben, weil Peredurs Schwert den mordlüsternen Kerl aufspießt, der dich sonst umgebracht hätte!«

»Und dass er dich nun wegen deiner Gabe benutzt, ist dir nicht in den Sinn gekommen?«

»Wie du gesagt hast: Es hat mich niemand darum gebeten mitzukommen, Peredur hatte das sogar abgelehnt. Was willst du?«

»Krieg dich ein. Ich habe dir nur eine Frage gestellt.«

»Und ich habe geantwortet.«

»Wirst du mich also dabei unterstützen?«

»Wobei?«

»Begriffsstutzig wie ein ausgedientes Bierfass. Wenn ich Peredur auf seine Schulden uns gegenüber hinweise, natürlich. Und was ich mir als Ausgleich dafür vorstelle!«

»Nachdem wir Schwarzauge im Schwarzmeer oder sonst wo versenkt haben und Albalon friedlich geeint ist?« Fionn lachte auf. »Wenn wir all das *glücklich* überstanden haben, werde ich dich mit Freuden dabei unterstützen, Bruder.«

»Ich nehme dich beim Wort.«

»Mein Wort gilt. Zweifle nie daran!«

Tiw sah ihn an und nickte dann; anerkennend, wie es schien.

Sie erreichten den Palast, und Fionn begriff, dass sich bereits alles unwiederbringlich verändert hatte, und das sogar noch vor seinem Aufbruch.

Er wurde bei den Stallungen erwartet, wo die Anderen schon mit den aufgezäumten Pferden warteten. Peredur hatte für die Reise schnelle, ausdauernde Elbenrösser gewählt, wie sie die Bergelben züchteten. Nicht zu groß, dabei genügsam, kräftig und doch dazu in der Lage, weite Strecken innerhalb kürzester Zeit zurückzulegen.

Fionn war nach wie vor kein begeisterter Reiter, aber der ihm zugedachte Flipi, so benannt wegen der hübschen Blesse auf der Stirn, war ein ausgeglichenes und freundliches Pferd, mit dem er sich auf Anhieb wohlfühlte. Der Vorteil der Elbenrösser war, dass sie sich sehr gut auf ihren Reiter einstellen konnten und bei genügend Vertrautheit nur ein Kommando benötigten, um ihren Auftrag zu erfüllen.

Zum ersten Mal seit der Gerichtsverhandlung sah er auch Ingbar wieder und fand ihn unverändert. Frohgemut hatte er nie gewirkt, und körperlich schien er in bester Verfassung zu sein. Seine Gedanken und Gefühle blieben hinter dem Grün seiner Augen verborgen.

Alle vier Männer trugen unauffällige Reisekleidung, waren aber mit Schwert und Messer gegürtet. An den Sattelgurten waren Speere, Bogen und Köcher befestigt, dazu die notwendige Ausrüstung für das Übernachten im Freien. Peredur wollte abseits der Wege reiten, denn die Gefahr, dass er erkannt würde, war zu groß, weswegen sie die Siedlungen unterwegs möglichst meiden würden.

Auch Fionn war gerüstet; natürlich steckte sein Urram im Gürtel, dazu ein Kurzschwert, obwohl er nach wie vor kaum damit umgehen konnte. Seine Stiefel waren robust und bequem, kühlend und wärmend zugleich. Für die wärmeren Frühlingstage und vorsorglich – man wusste ja nie – für einen Aufenthalt in Städten oder als Gast bei edleren Herrschaften hatte er Hemd, Wams eine leichte Jacke, Kniebundhose, Strümpfe und Halbschuhe eingepackt. Momentan trug er eine lange dunkle Hose, Hemd und eine Jacke, die einen Regenschauer vertragen konnte, sowie einen Reisehut, wie er allgemein üblich war und auch bei den Mitreisenden in verschiedener Ausführung als Schutz diente. Zu der robusten Decke am Rucksack hatte er einen Kapuzenumhang geschnallt, der Wind und Wetter trotzen sollte, außerdem hatte er einen Medizinbeutel, Verbandszeug, Seife, Wäsche zum Wechseln und ein kleines Geschirr samt Salz und getrockneten Kräutern dabei. Um seinen Hals trug er an einem Lederband ein kleines Medaillon, das man aufklappen konnte und das Cadys winziges, aber lebensnahes Portrait offenbarte; Onkelchen Fasin hatte es ihm kunstvoll gemalt und zur Hochzeit geschenkt, obwohl seine Augen wirklich nicht mehr die Besten waren. »Aber ich erinnere mich«, hatte der weise alte Bogin erklärt und auch Cady ein Bild von Fionn geschenkt. Dazu hatte Cady eine kleine rotbraune Locke ihres Haares gelegt, und Fionn hatte ihr zum Abschied eine Strähne seines feinen blonden Haares gegeben.

»Diesmal bin ich gut vorbereitet!«, erklärte er. »Ich werde niemandem zur Last fallen.«

»Du bist noch nie jemandem zur Last gefallen«, rügte ihn Peredur mild.

»Es geht uns doch allen viel besser, wenn du dabei bist, Fionn«, bemerkte Rafnag. »Und ich wüsste sowieso nicht, wen ich lieber als Reisegefährten dabei hätte.«

»Du bist außerdem Fiandur, Herr Bogin, wie wir alle«, brummte Hrothgar.

Ingbar schwieg, er schien geistig abwesend zu sein. Vielleicht suchte er mit dem Geist nach seiner Mutter.

Der Abschied fiel kurz aus. Nur Cenhelm war gekommen, die anderen waren damit beschäftigt, das Stadtfest zum Ende zu bringen und die Regierungsgeschäfte zu übernehmen. Es würde einige Zeit in Anspruch nehmen, bis der normale Alltag einkehrte. Da es keine offizielle

Verlautbarung über die Abwesenheit des Königs geben sollte, mochte es eine Weile dauern, bis diese überhaupt jemandem auffallen würde. Es gab viel zu tun mit den Aufräumarbeiten nach den Festen und der Aufarbeitung des Liegengebliebenen, bis die ersten Audienzen wieder stattfinden konnten. Und da Vàkur auch zuvor die meisten Termine abgehalten hatte, würde sich zunächst niemand etwas dabei denken, dass der König nicht persönlich zu sprechen war. Es wusste schließlich jeder selbst, dass Albalon nicht stabil war und dass an manchen Stellen Kriegsgefahr drohte.

Der Zeitpunkt ihrer Abreise war ohnehin günstig, da bereits viele Fußgänger, Reiter und Wagen unterwegs nach Hause waren, sodass die kleine Gruppe sich unauffällig unter das Gedrängel auf der Hauptstraße zum Nordtor mischte.

Für Fionn war es ein merkwürdiges Gefühl als freier Mann, gut gerüstet und gekleidet, auf die Reise zu gehen. Gerade mal ein Jahr war es her, dass er, damals noch ein rechtloser Sklave, Hals über Kopf die Flucht hatte ergreifen müssen, einen Tag nach der Feier zu seinem Volljahr. Es schien ein lange vergangenes Leben zu sein, als er keinerlei Ahnung von der Welt dort draußen gehabt hatte und ein Sklave gewesen war. Ein sehr behüteter Sklave, gewiss, aufgewachsen im Hause eines Angehörigen einer geheimen Vereinigung, der nach einem Weg forschte, wie die Sklaverei abgeschafft und die Lücke zur Vergangenheit geschlossen werden konnte.

Ein Jahr, das alles verändert hatte, doch nichts beendet. Wie all die Jahrhunderte zuvor hatten sie sich in Hinsicht auf ihre Gefangene in trügerischer Sicherheit gewiegt.

Dass Ragna so schnell die Flucht gelänge, damit hatte niemand gerechnet. Und dass es gleichzeitig keine Nachricht mehr von Asgell und weiteren Angehörigen der Fiandur gab, konnte nichts Gutes bedeuten. Es zeigte, dass sie nach wie vor manipuliert wurden.

Fionn musste sich auf die Lippen beißen, um Ingbar nicht zu fragen, ob er seine Mutter schon spüren könne. Doch sollte das der Fall sein, hätte der Halbelb es längst kundgetan. Die ungeduldige und dadurch jetzt schon nervtötende Frage, die Ragnas Sohn garantiert in der nächsten Zeit mehrmals zu hören bekommen würde, musste daher noch warten, wenigstens bis sie die Stadt verlassen hatten.

Der Ritt auf der Straße entlang zum Tor lenkte Fionn allerdings bald ab und er richtete seine Aufmerksamkeit auf seine Umgebung. Damals hatten er und Tuagh sich heimlich hinausgeschlichen, diesmal ritt er stolz und frei durch die Stadt. Es fanden allerdings auch keine Kontrollen statt. Das hätte nur ein riesiges Chaos verursacht, und es gab schließlich keinen Grund dafür. Die Wachen, die sich beim Tor aufhielten, sollten lediglich für Ruhe sorgen, falls Reisende in Streit gerieten. Und vor allem Diebe davon abhalten, den Tumult auszunutzen und die Heimkehrenden um ihre Barschaft und Anderes zu erleichtern.

Ehe Fionn sich versah, hatten sie das Tor bereits passiert und bewegten sich auf das Freiland zu. Er hatte es kaum mitbekommen, so tief war er in Gedanken versunken gewesen, denn dem Sonnenstand nach zu urteilen, waren gut zwei Stunden seit dem Aufbruch vergangen.

Cady war nun weit entfernt, und Fionn schickte ihr einen letzten wehmütigen Gruß. Er vermisste sie jetzt schon zu sehr.

Wie gewohnt herrschte hier draußen ebenfalls reger Betrieb von Reisenden, Rastenden und fliegenden Händlern. Peredur trieb seinen Grauen Gráni an den Rand und wandte sich den Gefährten zu. »Wir werden Clahadus auf dem Ostweg umreiten«, erklärte er den Reiseplan. »Wenn wir stetig am Ufer des Noroyne entlang reiten, der schnurstracks nach Norden führt, können wir uns erstens nicht verirren und gelangen zweitens auf dem direkten Weg nach Brandfurt. Kurz hinter Hnagni können wir uns einschiffen und ein Stück weit auf einem Zweig des Flusses, dem Norwi, mit der Strömung weiter nach Norden fahren. Das spart eine Menge Anstrengung und Zeit, sodass wir in sieben Tagen bei der Versammlung ankommen könnten – hoffentlich noch rechtzeitig, bevor sie auseinandergehen.«

»Klingt nach einem guten Plan«, bemerkte Hrothgar. »Mit diesen feinen Elbenpferdchen hier könnten wir es vielleicht sogar noch schneller schaffen, solange nur Wetter und Boden mitspielen.«

»Wir müssen über einen Pass und durch eine Schlucht, das hält auf.« Peredur wiegte den Kopf. »Seien wir mit der Schätzung nicht zu kühn, das erspart uns Enttäuschungen. Außerdem möchte ich einen kleinen Umweg über Uskafeld nehmen, um von Dagrim Kupferfeuer die neuesten Nachrichten zu erfahren und noch ein paar Anweisungen zu hinterlassen.«

»Das ist keineswegs ein Umweg!«, freute sich Rafnag. »Ist doch egal, ob wir linksrum oder rechtsrum reiten – allerdings ist das Bett linksrum weicher.«

Fionn war auch erfreut, wenngleich seine Erinnerungen an Dagrims Haus und Uskafeld selbst ein wenig zwiespältig waren. Aber wenigstens *eine* angenehme Unterkunft auf der Reise bot in jedem Fall eine gute Aussicht.

Der König wandte sich an Ingbar. »Einwände?«

»Nein«, antwortete der ehemalige Fiandur. »Ich taste ununterbrochen nach meiner Mutter, aber ich fürchte, sie ist schon zu weit weg. Es bleibt sich also gleich, welchen Weg wir nehmen.«

»Gut, dann los.« Sie ließen die Pferde antraben, die Straße war gerade frei genug dafür.

»Besteht die Möglichkeit, dass Ragna nach Westen geht?«, erkundigte sich Peredur unterwegs.

Ingbar schüttelte den Kopf. »Dort gibt es nichts, da ist alles fest in Menschenhand, und du weißt ja, wie sie zu euch steht. Sie geht entweder nach Du Bhinn, um irgendetwas Schlimmes mit Asgell anzustellen, oder zum Nordreich, wo mehrheitlich Elben leben. Dort kann sie die meisten Verbündeten finden.«

»Das sehe ich auch so. Du Bhinn wird bereits von einer Truppe durchkämmt, die ich eigens dorthin geschickt habe, außerdem ist Valnir unterwegs, um Randur zu finden, und unsere Patin lebt am Fuß des Carradu, wo Asgell hoffentlich wohlbehalten in seiner Bibliothek sitzt und eine harmlose Erklärung für das Schweigen des Allsehenden Auges hat. Sie wird einen Weg wissen, Ragna aufzuhalten, sollte sie hineingelangen wollen. Und erst einmal müsste sie den Eingang finden ...«

»Das sollte genügen ... vorerst«, stimmte Ingbar zu. »Ich habe die Karten studiert und meine Gefühle befragt. Ich kann es nicht versprechen, aber ich nehme doch stark an, dass sie nach Norden will.«

»Und nicht nur wegen der Elben«, entfuhr es Fionn spontan, der in der Mitte, leicht nach hinten versetzt, ritt; er wusste nicht warum, es war eine plötzliche Eingebung, die er durch das Beobachten von Ingbars Miene erhalten hatte. »Dort gibt es auch noch anderes, nicht wahr?«

»Das weiß ich nicht, ich war nie dort.«

Fionn wollte nicht gleich in den ersten Stunden Streit beginnen, aber er hatte den Eindruck, dass Ingbar log. Da *war* mit Sicherheit noch etwas anderes, das er sich scheute auszusprechen. Vielleicht war es ja auch nicht mehr als eine Vermutung, die er hegte, und wollte nicht voreilig alle verunsichern ...

»Ingbar«, sagte Peredur ruhig. »Hat sie je mit dir über den Norden gesprochen?«

Das sonst kristallklare Grün der Elbenaugen trübte sich und flackerte leicht. »Es gibt die eine oder andere unheimliche Mär, wie man sie Kindern erzählt.«

»Elben erzählen ihren Kindern Gespenstergeschichten?«, warf Fionn erstaunt ein.

»Sicher. Bevorzugt.«

»Mir wurde einst von dem Kinderschreck Peredur erzählt«, eröffnete Rafnag unverblümt, der zusammen mit Hrothgar hinter ihnen ritt. »Bei Menschen ist das auch üblich, vor allem, wenn die Kinder unartig sind oder davor gewarnt werden sollen, zu neugierig zu sein.«

»Und welche spezielle Geschichte davon weißt du noch, die uns einen Hinweis geben könnte?«, forschte der König weiter.

Ingbar hob die Schultern. »Keine. Es gab immer etwas mit Trollen und Riesen, sogar Drachen. Irgendwelche Ungeheuer aus alter Zeit, ihr wisst schon. Weiße Riesenbären, Wölfe groß wie Pferde, all so was. Der Norden scheint dafür genau richtig zu sein.«

»Könnte sie mit einem solchen Wesen einen Bund eingehen?«

»Ein Drache würde gut zu ihr passen«, antwortete Ingbar spöttisch. »Ich weiß es wirklich nicht, Peredur. Allein der Gedanke an meine Mutter jagt mir schon einen Schauer über den Rücken. Sie selbst war mir immer viel unheimlicher als ihre Geschichten.«

»Sag mal, Peredur, du müsstest den Norden doch kennen, oder?«, warf Rafnag in die Runde. »Damals, als Prinz? Und zuletzt als Tuagh? Du bist doch sicher weit herumgekommen.«

»Ja«, antwortete Peredur kurz angebunden.

»Und?«

»Was willst du wissen? Es ist ein wildes, gebirgiges, raues Land, in dem die Menschen, die das aushalten, Tierfelle tragen und in Clans leben. Die Elben umschließen ihre Reiche mit Mauern aus Dornbüschen oder Gifteu. Aber – dort gibt es auch die größten und schönsten Städte der Hochelben. Cuagh Dusmi, der nördlichste Hafen, Rícathaír, die herrliche Königsstadt und Sitz von Alskár, oder Gríancu, der liebliche Hafen, nur wenige Tagesreisen von der Südgrenze entfernt.«

»Und gibt es dort Ungeheuer?«

»Jede Menge. Ob sie Ragna dienen können ... ich weiß es nicht.«

Aber Ingbar ahnt etwas, dachte Fionn. *Er traut sich nicht oder vermag es nicht, darüber zu sprechen.*

Es war müßig, den Halbelben jetzt gleich dazu zu befragen, sie hatten eine weite Reise vor sich. Wenn sie erst länger gemeinsam unterwegs waren, würde Ingbar vielleicht mehr Vertrauen fassen und von sich aus bereit sein, sein Wissen zu offenbaren. Andernfalls würde Fionn ihn schon dazu auffordern, insofern Peredur es nicht sowieso tat, denn vermutlich hegte der ähnliche Gedanken. Ob er mehr herausbekam als Fionn, wäre zunächst dahingestellt. Wenn nicht, würde Fionn seine Gabe dazu benutzen, um Ingbar »friedlich und redselig« zu stimmen, auch wenn dies unfair sein mochte.

Hrothgar kratzte sich unter dem Hut am Kopf. »Ich stimme all dem zu. Im Südreich wird Ragna schnell gefunden, wenn sie sich niederlassen oder Verbündete gewinnen will. Es ist zu dicht besiedelt, zu zivilisiert, der Arm Sìthbailes reicht weit. Wenn sie einen eigenen Stützpunkt gründen will, dann wird ihr das viel einfacher im Norden gelingen.«

Fionn spürte, wie ihm das Blut aus dem Gesicht wich, als ihn das auf einen anderen Gedanken brachte. »Und was ist, wenn sie mit den My-«, setzte er an, unterbrach sich aber erschrocken, als er fühlte, wie Peredurs Finger ruckartig an seinen Mund hochfuhr und er leise zischte, während er sich zu ihm umwandte.

»Nicht aussprechen! Diese Möglichkeit erwäge ich schon seit einiger Zeit. Sie sind einmal ihre Verbündeten gewesen, warum nicht wieder? Und im Norden gibt es viele Berge, die könnten dort überall sein; unerkannt, unbemerkt.«

»Oh«, machte Hrothgar. »*Die.*«

»Dann sind wir aber viel zu wenige«, stellte Fionn besorgt fest. »Wollen wir nicht gleich ein paar tausend Leute mitnehmen?«

Peredur stieß ein trockenes Lachen aus. »Woher so schnell nehmen, wenn ich nicht einmal das Südreich gänzlich unter Kontrolle habe und es auch nicht schutzlos lassen kann? Und wer auf unserem Wege würde es nicht als Kriegserklärung auffassen, wenn wir mit vollem Aufgebot durch sein Gebiet marschieren? Vor allem aber: Wohin wollten wir denn ziehen, wenn wir noch nicht einmal genau wissen, wer denn überhaupt *der Verbündete* sein mag, und wie zahlreich er auftaucht?«

»Selbst wenn die Elbenhexe eine Zuflucht findet«, warf Rafnag mit beruhigender Stimme ein, »wir wollen nur sie, nicht ein ganzes Heer entführen. Wir finden einen Weg hinein, holen sie raus, ohne dass *die* es merken, und das war's.«

»Aber wie halten wir die Hexe fest und verhindern, dass sie uns nicht zerstückelt?«, wollte Hrothgar von ihm wissen.

»Ich hoffe doch, dass wir Morcant oder Alskár oder beide bis dahin an unserer Seite haben. Nicht wahr, Peredur?«

»Ein wahres Wort, Freund Rabe.«

*

Valnir konnte die Gipfel der Schwarzberge bereits erkennen. Sie war fast Tag und Nacht geritten, und es wurde Zeit zu überlegen, ob sie direkt an die Pforte von Fjalli pochen oder zuerst den Umweg zur Segensreichen Mutter, Lady Kymra, nehmen sollte. Sie musste zwei Dinge in Erfahrung bringen: Was mit Asgell geschehen war und wo Randur sich aufhielt. Die Frage lautete nur, was dringlicher war? Wer von den beiden war mehr in Not?

Abgesehen von der Unterhaltung im ersten Gasthaus hatte Valnir nichts weiter herausfinden können. Niemand wusste etwas über die Schwarzberge, ob dort Seltsames vor sich ging oder nicht. Verständlich, denn nur wenige Händler überhaupt reisten dorthin; meistens kamen die Zwerge und Elben und die wenigen dort siedelnden Menschen heraus, um auf den Märkten des Südreiches einzukaufen oder zu handeln. Du Bhinn war eine unwirtliche Region, in der das Wetter jede halbe Stunde umschlagen konnte, karge Berghänge, lange Winter und kurze, zumeist eher kühle Sommer luden Außenstehende auch nicht gerade zur Anreise oder gar Ansiedlung ein. Die reichen Erzvorkommen waren fest in der Hand der Bergelben und Zwerge. Es war so gut wie ausgeschlossen, einfach einen Stollen in einen Berg zu treiben und zu glauben, dass das ohne weitere Folgen bliebe. Ganz abgesehen von den Trollen, den Ogern, vor allem aber den seltenen Tieren und unheimlichen Geschöpfen, die sich vor den sich immer weiter ausbreitenden Siedlungen und Bauernhöfen mit Viehzuchten und Feldern in die Schluchten, Täler und Höhlen der Berge zurückgezogen hatten und es gar nicht mochten, wenn ihnen dieses Revier auch noch streitig gemacht wurde.

Vor Valnir lag ein Wald, danach war sie am Scheideweg angekommen – links zu Lady Kymra und ihrem idyllischen Kirschbaumtal, in dem die Tylwytheg lebten, oder geradeaus auf den ersten Hochweg in die Berge hinein Richtung Fjalli.

Seit Tagesanbruch hatte sie sich mit der Frage beschäftigt und war keinen Schritt weitergekommen.

Für heute hatte die Zwergenkriegerin genug. Sie würde lagern und morgen früh die Entscheidung treffen. Wählte sie Asgell, konnte das den Tod Randurs bedeuten, und umgekehrt. Sie hatte sich schon damit zu beruhigen versucht, dass eine Truppe von Peredur unterwegs war und einem der beiden beistehen konnte. Das änderte jedoch nichts daran, dass diese sich in den Bergen nicht so genau auskannten und es Zwergenland war, oder das Reich des Schönen Volkes, mit dem anders als mit allen anderen umgegangen werden musste. Es konnte also sein, dass diese Truppe längere Zeit ziellos umherirrte, während Valnir möglicherweise Spuren und Zeichen schnell erkannte.

Vielleicht kam ihr ja die Erleuchtung über Nacht, welcher der richtige Weg war.

Noch ein Stück weit in den Wald hinein, dann fand sie bestimmt ein geschütztes Plätzchen, um die Nacht in Ruhe zu verbringen.

Das hatten sich wohl auch Andere gedacht. Denn kaum war sie auf einem schmalen Pfad in den Wald geritten, der hauptsächlich aus Eichen und Schwarzkiefern bestand, da vertraten ihr zwei Bewaffnete mit gezückten Schwertern den Weg.

Valnir hielt Dökkjörp an, die ein wenig unwillig mit dem Kopf schlug. Die kleine Dunkelbraune hatte ein feines Gespür und schnell begriffen, dass keine gute Absicht in dieser Begegnung verborgen lag.

Die Zwergenkriegerin tippte zum Gruß gegen den Helm. »Guten Abend, die Herren. Ist jemand in Not, dass Ihr Verstärkung benötigt?«

»Ein Zwerg, der geschwollen daherredet«, sagte der eine Mann. Genau wie Valnir trugen sie Rüstungen, hatten allerdings das Visier an den Helmen heruntergelassen. Valnir hielt sie für Menschen, aber sie konnte sich auch täuschen. Sie hatte schon oft mit allerlei zwielichtigem Gesindel und Wegelagerern zu tun gehabt, ebenso mit Söldnern und Soldaten, und konnte normalerweise sofort jeden einteilen. Die beiden aber gehörten irgendwie zu gar keiner Gruppe. Das irritierte sie, denn solch eine merkwürdige Begegnung hatte sie tatsächlich noch nie gehabt. Schon gar nicht hier, so nah der Heimat.

»Keine Not, keine Verstärkung«, sagte der Andere. »Aber Ihr solltet diesen Weg hier meiden, da hinten hat's Trolle, die auf Brautschau sind. Da käme ein Zwerg als Geschenk gerade recht, in welchem Zustand auch immer.«

»Und mit Euch wären wir ein ganzer Strauß«, bemerkte Valnir und bewegte die Hand langsam an den Gürtel mit der Axt. Dökkjörp spannte die Muskeln an, sie war offensichtlich auch für solche Situationen ausgebildet worden. Valnir wusste, dass sie nicht einfach durchgehen würde, stattdessen war sie plötzlich sehr aufmerksam und würde notfalls ihre Reiterin verteidigen. Sie schlang gelassen den Zügel um das Sattelhorn, um beide Hände freizuhaben, und deutete mit der rechten Hand auf die gezückten Schwerter. »Mit passender Dekoration. Fürs künftige Ehegemach.«

Die beiden Wegelagerer, oder was immer sie auch waren, kamen langsam näher. Ihre Rüstungen waren gut, wenngleich alt, ebenso die Schwerter. Diese Kerle waren nicht neu ausgestattet worden, sondern aus einem alten Fundus.

»Riskier hier keine dicke Lippe«, knurrte der eine.

»Meine Herren«, wiederholte Valnir bemüht freundlich und legte langsam einen Schenkel dichter an den Bauch der Stute. Deren Ohren gingen sofort aufmerksam nach hinten. »Ich freue mich als einsamer Reisender natürlich immer über Geplauder, aber das hier ist wenig zielführend. Ladet mich an euer Lager zu einem Teller Suppe ein, gut. Bittet mich um Hilfe in einer Angelegenheit, mit der Ihr nicht allein fertig werdet, besser. Aber wenn Ihr sonst nichts zu bieten habt, so wünsche ich erneut einen guten Abend und ziehe nun meines Weges.«

Sie drückte kurz mit der Wade, und die Stute trat an. In ruhigem, aber zielgerichtetem Schritt bewegte sie sich ohne Zügelführung auf die Männer zu. Als ersichtlich wurde, dass sie nicht anhalten würde, wichen die Männer tatsächlich um einen Schritt zur Seite.

»Hast du das mit den Trollen überhört?«, schnarrte einer.

Valnir gab sich leichthin. »Aber nein. Nur, was soll ich dazu sagen? Die ziehen ihrer Wege, ich meiner. Hatten nie Probleme miteinander.«

In dem Moment, als einer der Männer nach dem Zügel greifen wollte, riss Valnir, die bereits die Axt unauffällig in ihre Hand gezogen hatte, die Zwergenwaffe hoch und schmetterte die Breitseite mit voller Wucht auf den Helm des Mannes. Der sank ächzend zu Boden, während sein Kumpan für einen Augenblick wie erstarrt war und total überrumpelt verharrte. Ja, Zwerge wurden oft als behäbig angesehen. Tödlicher Irrtum.

Nur einen Lidschlag später gab sie der Braunen die Sporen, die sofort aus dem Schritt angaloppierte. Valnir nahm jetzt mit der freien Hand den Zügel auf und lenkte die Stute abseits des Weges in den Wald hinein, denn sie vermutete, dass die beiden nicht allein unterwegs waren. Klein und wendig wie Dökkjörp war, hatte sie keine Mühe, in einigermaßen hoher Geschwindigkeit zwischen den Bäumen hindurchzupreschen. Und Valnir war als Angehörige der Fiandur eine sattelfeste Reiterin; vor allem hatte sie im vergangenen Jahr viel geübt, nachdem sie sich auf der Reise mit Fionn ein- oder zweimal gründlich blamiert hatte.

Sie hörte den zweiten, unversehrten Mann schreien; er hatte sich inzwischen offensichtlich von seinem Schrecken erholt. Es schallte nur so durch den Wald und scheuchte die Tiere auf. Häher und Krähen, sowie die eine oder andere Elster beschwerten sich lautstark, und es prasselte im Gebüsch von fliehenden Hirschen und Füchsen. Bei dem Lärm konnte man nicht mehr unterscheiden, woher die Geräusche kamen, und Valnir war einerseits froh, weil das ihre eigene Flucht überdeckte, andererseits hörte sie auch keinen Feind nahen.

Ich hätte den Kerl gleich mit der Schneide entzweihacken sollen, dachte sie, aber das war nicht ihre Art. Wenn sein Helm gut war, hatte er den Schlag überlebt, diese Chance ließ sie jedem.

Auf jeden Fall stand die Richtung nun fest: nach Fjalli, denn auf diesem Weg gab es unterwegs jede Menge Möglichkeiten, Verfolger abzuschütteln; zu den Tylwytheg würde Valnir die Kerle auf keinen Fall führen. Gewiss würde Lady Kymra mit ihnen fertig, aber das Volk lebte verborgen, und so sollte es auch bleiben.

Leider war es bis zum ersten Gebirgspfad noch weit, der war selbst in Dauertjalde erst in Stunden erreichbar, und der Wald war nicht gerade Valnirs bevorzugter Kampfplatz. Aber was blieb ihr übrig! Sie musste zusehen, dass sie so schnell wie möglich hindurchkam und dabei die Verfolger so verwirrte, dass sie die Jagd vorerst abbrachen und später erst fortsetzten, wenn sie ihrer Sache sicher waren. Sie würden natürlich nicht lange raten müssen, wohin ein Zwerg in dieser Region unterwegs wäre – wobei es in diesem großen Gebirge mehrere Zwergenbingen gab – aber in Fjalli war man normalerweise am sichersten, und es war am nächsten gelegen.

Die Stute sprang anmutig wechselnd zwischen den Bäumen hin und her, wobei Valnir darauf achtete, eine ungefähre Richtung einzuhalten.

Der Schauplatz ihres Zusammenstoßes lag ein gutes Stück hinter ihr, von dort war nichts mehr zu hören. Kein Grund, sich sicher zu fühlen, weitere Wegelagerer waren bestimmt nicht weit.

Genau in diesem Moment fiel sie etwas von einem Baum herab an. In einem geschulten Reflex schlug Valnir das rechte Bein an Dökkjörps Bauch, um sie zum Ausweichen zu bringen; die Stute wich auch sofort zur Seite, haarscharf an einer jungen Eiche vorbei.

Der Angreifer verfehlte Valnir nur knapp und stieß einen Wutschrei aus, weil er sich seiner Beute schon sicher gewesen war. Er landete allerdings geschmeidig auf allen vieren auf dem Boden, hielt dann auch nicht erst inne, sondern federte hoch und bekam den Steigbügel zu fassen.

»Los!«, schrie Valnir und gab mit dem linken Bein Druck, damit die Stute galoppierte, während die Zwergin gleichzeitig versuchte, den Mann loszuwerden, der sich eisern festhielt und mitschleifen ließ.

Das Pferd wieherte empört und keilte nach hinten aus, um das lästige zusätzliche Gewicht loszuwerden, doch ohne Erfolg. Sie preschte vorwärts, und Valnir hatte genug zu tun, um sich selbst im Sattel zu halten, sie konnte die Axt nicht im Schlag nach hinten führen.

Da sah sie eine Möglichkeit. Auf der rechten Seite rückte eine dichte Baumgruppe mit Büschen näher. Mit erneutem Druck brachte sie die Dunkelbraune dazu, die Richtung zu ändern, lenkte sie so nah wie möglich heran und zwang sie dann, durch die Lücke zu springen und scharf nach rechts zu wenden.

Es gab einen dumpfen Schlag und einen leisen Aufschrei, dann war das Gewicht plötzlich weg, und die Stute machte einen Satz nach vorn. Valnir parierte sie durch und drehte sie, um sich zu orientieren, und erkannte, dass sie eingekreist war. Diese »Wegelagerer« waren sagenhaft schnell, das musste sie anerkennen, und sie kannten sich anscheinend in diesem Wald hervorragend aus.

Einige Galoppsprünge vor sich entdeckte Valnir eine kleine Lichtung und entschied sich, den Kampf dort stattfinden zu lassen, denn eine weitere Flucht schien aussichtslos.

Mit einem Schnalzen trieb sie Dökkjörp wieder an, die umgehend losstürmte, geradewegs auf die Lichtung zu. Im Vorbeireiten schwang Valnir die Axt auf der linken Seite gegen den Angreifer, der ihr am nächsten war. Er erkannte, was sie vorhatte, und versuchte auszuweichen, doch Valnir hielt sich mit einer Hand am Knauf fest und ließ sich seitlich am Sattel heruntergleiten, wodurch sie eine größere Reichweite erhielt. Sie schlug zu, traf die Schulter des Mannes schwer, riss die Axt sofort zurück, bevor sie ihr entglitt, zog sich wieder hoch in den Sattel und setzte den Weg fort.

Der Verwundete brach mit einem schrillen Schmerzensschrei zusammen, und Valnir sah bei einem kurzen Blick zurück das Blut wie eine Fontäne aus der klaffenden Schulterwunde hochschießen, während er stürzte.

»Macht zwei«, murmelte sie grimmig. Ob das reichte, wagte sie zu bezweifeln, es mochten zwanzig oder dreißig folgen. Das hier war eine gezielte Vorgehensweise, aber aus welchem Grund man sie abfangen wollte, wäre noch herauszufinden. Sie sollte also wenigstens einen am Leben lassen.

Darüber musste sie dann doch kurz lachen.

Die Stute galoppierte zwischen den letzten Büschen hindurch, dann waren sie auf der Lichtung. Ein idyllischer Ort; die Abendsonne fächerte ihre Strahlen üppig auf, darin tanzten Eintagsfliegen, das Gras wuchs dicht, an den Rändern blühten zarte Blumen. Mächtige alte Eichen umstanden den stillen Platz, mit ausladenden Kronen knorrigen Schutz bietend.

»Tut mir leid«, sagte Valnir bedauernd. Ein so schöner Ort, wie geschaffen für eine romantische Begegnung, und gleich würde er besudelt sein von Tod und Dreck.

Sie hielt das Pferd an und sprang aus dem Sattel, packte die Axt kampfbereit mit beiden Händen. Den Rücken hielt sie Dökkjörp zugewandt, die brav stehenblieb. Es *musste* Elbenrossblut in ihren Adern fließen, denn sie begriff ganz genau, was von ihr erwartet wurde.

Langsam traten sie auf die Lichtung; alle in Rüstungen mit geschlossenen Visieren, sehr gut verarbeitet, aber alt, teilweise sogar an manchen Stellen rostig. Sie näherten sich von allen Seiten und Valnir war überzeugt, dass es sich um Menschen handelte; das sagte ihr deren Art, sich zu bewegen. Ebenso sicher war sie jetzt aber auch, dass sie im Auftrag von jemandem handelten. Denn so ein Aufwand für einen einzelnen Zwerg, das war schon erstaunlich.

»Fünf... Sieben...«, zählte Valnir und kam letztendlich auf zehn. Sie atmete mit einem tiefen Stoß aus. Da hatte sie sich etwas vorgenommen...

»Das hat doch keinen Sinn, Zwerg«, sagte einer der Männer. »Wir sind in der Überzahl, du bist uns hoffnungslos unterlegen.«

»Dann kommt und holt mich«, schlug Valnir vor. »Wer möchte als Erster sterben?«

»Ein letztes Mal: Ergib dich einfach. Dir wird nichts geschehen, wir haben nur den Auftrag, dich zum Gebirge zu bringen.«

»Dann hättet ihr doch einfach warten können, bis ich dort eingetroffen bin, denn wohin sonst sollte ich wohl von diesem Wald aus wollen?«

»In unserer Begleitung ist es sicherer. Am Ende des Waldes...«

»...sind Trolle, oder Riesen, was auch immer, ja, ich weiß schon.

Egal. Ich brauche euren Schutz nicht, und wenn ich mich dafür *ergeben* soll, erst recht nicht.«

»Du bist dumm und arrogant«, zischte es von rechts.

»Eigentlich nur dumm, denn ich habe keine Ahnung, wer ihr seid und was ihr von mir wollt. Oh, doch, stimmt – arrogant bin ich auch, denn eure Antwort interessiert mich gar nicht. Nur euer Blut, das hier gleich den wunderbaren Waldboden tränken wird.«

Das brachte den gewünschten Erfolg – der erste Mann griff an. Der Tanz begann.

Die Zwergenkriegerin ließ die Axt kreisen. So schnell kam keiner an sie heran, vor allem schafften sie es nicht von mehreren Seiten. Valnirs Rücken war nach wie vor von Dökkjörp gedeckt, und jetzt hegte sie überhaupt keinen Zweifel mehr über ihren Anteil an Elbenrossblut, und zwar einen ganz bestimmten. Die Elben verwendeten für die Hirschjagd speziell gezüchtete Rösser. Diese Pferde gingen angriffslustig und wehrhaft gegen die mächtigen, gefährlichen Hirsche vor, sobald sie von den Hunden eingekreist waren, die das Wild nicht aus dem um sie gebildeten Kreis herausließen. Die Hirsche gingen nämlich, sobald sie in die Enge getrieben waren, mit voller Gewalt gegen ihre Jäger vor, ihre Geweihe zählten zu den gefährlichsten Waffen überhaupt – und sie verstanden sie einzusetzen. Auch gegen Pferde, und folglich hatten diese gelernt, sich zu wehren.

Die kleine Dunkelbraune, sonst so ein fröhliches Pferd, bleckte nun mit eng angelegten Ohren die Zähne und schlug abwechselnd warnend mit einem Vorderhuf gegen jeden, der sich näher heranwagte.

Einer der Angreifer schien nicht zu erwarten, dass ihm von einem eher kleinen Pferd Gefahr drohen könnte. Mit wild fuchtelndem Arm stürmte er laut schreiend auf Dökkjörp zu, um sie abzulenken. Er sollte seine Dummheit schnell bereuen. Obwohl er sein Schwert in der anderen Hand hielt, drehte die Stute sich blitzschnell, schlug schrill wiehernd kraftvoll mit beiden Hinterbeinen nach hinten aus und wendete sich bereits wieder, kaum dass sie genug Halt fand, um Valnir Deckung zu geben. Ihr Kopf ruckte vor, das Maul weit aufgerissen biss sie einen anderen Angreifer, der sich gleichzeitig herangewagt hatte, in die Armschiene und schleuderte ihn mit einem kräftigen Schwenken ihres Halses zurück.

Beide Männer gingen zu Boden; der Erste, weil ihn ein eisenbeschlagener Huf mitten ins Helmvisier getroffen und es eingedrückt hatte, und der Zweite verlor den Halt. Durch den heftigen Ruck kugelte es ihm den Arm aus dem Gelenk. Die Armschiene war von dem Druck der Kiefer zusammengepresst worden und zeigte Eindrücke der großen Zähne.

Die Stute blähte laut schnaubend die Nüstern, nickte drohend mit dem Kopf und stampfte erneut mit dem Huf auf. Wild rollten ihre Augen, die Zähne waren entblößt.

Um ihre Rückendeckung brauchte Valnir sich vorerst keine Sorgen zu machen, daher konzentrierte sie sich voll und ganz auf die Angreifer von vorn und den Seiten.

Zu Beginn des Kampfes hatte sie einen Vorteil, denn die Menschen fühlten sich allzu selbstsicher in ihrer zahlenmäßigen Überlegenheit, sodass sie allzu lässig angriffen. Valnir hielt sie zunächst mit der kreisenden Axt auf Distanz, um deren Blut langsam aufzuheizen und sie ungeduldig werden zu lassen.

Sie besaßen keine Speere und keine Bogen, was die Zwergenkriegerin ein wenig verwunderte. Diese Menschen waren tatsächlich nicht darauf aus, sie zu töten. Sie wollten sie um jeden Preis gefangen nehmen.

Das sollte dann ein weiterer Nachteil für sie sein, denn Valnir würde keinerlei Rücksicht nehmen.

Schließlich hatten zwei von ihnen genug und stürmten vor. Erfahrung mit Zwergenkämpfern hatten sie wohl nicht, denn mit einer solchen Zahl nahm es eines ihrer Kinder auf. Erst recht, wenn die Axt zweischneidig war. Valnir führte ihre Hauptwaffe mit beiden Händen und wusste sie von oben nach unten und seitwärts zu schlagen – aber aus jeder Handstellung heraus. Sie vermochte die Waffe sowohl links dominant als auch rechts dominant zu drehen und zuzuschlagen.

Mit einem einzigen Schwung wehrte sie das Schwert des einen ab und prellte es ihm aus der Hand, während sie den anderen voll in die Seite traf, genau an der ungeschützten Stelle, wo Brust- und Rückenpanzerung miteinander verschnürt waren. Die Schneide schlug eine so tiefe Wunde, dass der Mann ohne Laut umfiel und noch vor dem Aufprall halb verblutet war.

Valnir gönnte sich keine Erholungspause, sondern legte einen neuen Schwung an, nun gegen den Mann, der gerade sein Schwert aufsammeln wollte. Diesmal schlug sie von oben nach unten zu. Der halbe Arm fiel neben das Schwert, und der Mann drehte sich schreiend im Kreis, während er versuchte den hervorstürzenden Blutstrom aus dem Stumpf aufzuhalten.

Valnir hatte mitgezählt und war versucht aufzulachen, aber im Kampf gab ein Zwerg abgesehen von knurrenden Lauten oder einem befreienden Schrei keinen Ton von sich. Er verhöhnte seinen Gegner nicht, er versuchte ihn nicht mit Worten einzuschläfern. Ein Zwerg ließ seine Axt sprechen.

Und das sehr schnell. Die Zwergenkriegerin stürmte los, gegen die drei nächsten herannahenden Männer. Die setzten zu einem gleichzeitigen Angriff an, doch sie rammte denjenigen, der seine Deckung offengelassen hatte, mit der Wucht ihres zwar kleineren, aber sehr viel schwereren Körpers, und schlug mit wilden Schwüngen gegen die anderen beiden Menschen. Sie konnte einen Treffer landen, doch der Mann fiel noch nicht, und nun drangen zwei Schwerter gegen Valnir vor, indessen der Angegriffene schon dabei war, sich zu fangen. Sie musste zwei Treffer hinnehmen, die jedoch nichts als Scharten in ihrem schwarz-roten Harnisch hinterließen, ohne durchzudringen, da Valnir sich bereits duckte und auswich. Einem Mann zertrümmerte sie das Knie, den zweiten stieß sie gegen den dritten, der dadurch keinen Schwung nehmen konnte und stattdessen versuchte auszuweichen, während Valnir den aus dem Gleichgewicht gebrachten Stolpernden mit der Axt erledigte, und dann sprang sie den Verbliebenen an, der gerade in Angriffstellung gehen wollte, und schlug wie mit einer Sense gegen die kleine Lücke am Hals zwischen Helm und Rüstung.

Mit der Schulter stieß sie den Fallenden zur Seite und rannte, weiterhin schweigend, auf die restlichen drei Angreifer zu.

Normalerweise, mit Ausnahme des Schlachtfeldes, hätte nun jeder die Waffen sinken lassen und wäre geflohen. Aber diese drei waren verrückt genug, nicht aufzugeben, und hielten ihre Stellung Schulter an Schulter, um Valnir aufzuhalten. Und das gelang ihnen, zumindest für den Moment, denn Valnir sah sich einem dreiarmigen Ungeheuer gegenüber, das drei Schwerter wie eines schwang und keine Lücke in seiner Deckung zuließ.

Aber sie war noch lange nicht am Ende ihrer Kräfte, sondern tanzte hin und her, führte Scheinattacken aus, zeigte Finten, blockte Schläge ab. Die drei Männer mussten aus ihrer Verteidigungshaltung heraus, wollten sie etwas erreichen, denn Valnir konnte zwar nicht zu ihnen durchdringen, sie aber auch nicht durch ihre Deckung.

Der erste griff an, und Valnir musste ihn abwehren, woraufhin sie zwei Schritte an Boden verlor. Schon war der zweite heran, und da ihr Rücken nicht mehr gedeckt war, versuchte er hinter sie zu gelangen und stach auf dem Weg dahin von der Seite zu. Valnir unterdrückte einen Schmerzenslaut, als die Schwertspitze durch Wams, Hemd und Haut auf ihrer ungeschützten Flanke bis ins Fleisch drang, doch sie konnte sich zur Seite drehen, bevor der Stich tiefer ging und lebensbedrohlich wurde.

Keuchend taumelte sie zurück; sie wusste, dass Blut aus ihrer Wunde sprudelte, doch im Gegensatz zu den Menschen, die immer reflexartig an ihre Verletzungen griffen, umklammerte sie weiterhin fest die Axt und ließ sie kreisen, um die Angreifer wieder auf Abstand zu bringen.

Die Männer stießen wütende Laute aus, weil der für sie günstige Moment zu schnell verstrichen war und sie erneut in den Rückzug gedrängt wurden.

»Dökkjörp!«, rief Valnir, deren Wunde höllisch brannte und ihr für einen Moment den Blick verschwimmen ließ. »Los!«

Die Stute fackelte nicht lange, sie stieß erneut ein schrilles Wiehern aus und stürmte los, auf einen der Männer zu. Der wurde vom Angriff des tapferen Pferdes so überrascht, dass er nicht mehr ausweichen konnte und brutal niedergetrampelt wurde.

Nun hatte Valnir den günstigen Moment der Ablenkung, auf den sie gewartet hatte und griff den Mann zur Rechten an, durchschlug zerschmetternd seine Abwehr mit dem Schwert, dass die Splitter in alle Richtungen davonflogen, und hieb ihm die Axt in die Brust. Der Schlag war so heftig, dass die Waffe steckenblieb. Valnir erkannte, ihr würde keine Zeit bleiben, sie schnell genug herauszuziehen, um sich dem Nächsten zu stellen.

Noch einer.

Es war der, der sie verwundet hatte. Den sie für einen Augenblick aus den Augen verloren hatte.

»Nein!«, schrie sie auf.

Dökkjörp.

Die Stute hatte keine Chance, denn sie war abgelenkt durch den Mann, den sie zertrampelt hatte. Der letzte noch Kampffähige stieß ihr das Schwert bis zum Anschlag in die Brust hinein und riss es wieder heraus.

Der Kopf des kleinen Pferdes ruckte hoch. »Wihi?«, machte es verwirrt, dann brach es in die Knie. »Wii«, war noch einmal leise zu vernehmen, dann sank es auf die Seite und begrub die Überreste des getöteten Mannes unter sich. Mit einem letzten Röcheln verendete das Tier.

»Nein!«, wiederholte Valnir, sie war so entsetzt, dass sie alle Regeln vergaß und ihre Gefühle offenbarte. Sie taumelte und hielt sich die vor Schmerz tobende Seite. Der Stich musste die unterste Rippe durchbohrt oder zumindest angeritzt haben. »Dökkjörp! Kleine schöne Dökkjörp...«

»Schade drum«, bemerkte der Mann und wischte die Klinge an dem dunkelbraunen Fell ab. »Das Pferd war sehr viel wert, das habe ich gleich gesehen, aber du verstehst: Irgendeinen Ausgleich muss es ja für all die toten Männer geben, und dieses tollwütige Biest hier wäre mir am Ende noch in den Rücken gefallen.«

Langsam ging er auf sie zu und öffnete dabei das Visier seines Helmes. Von dem Gesicht darunter war nicht viel zu erkennen, abgesehen von einem herablassenden, triumphierenden Lächeln.

»Gute Bluternte«, sagte er anerkennend. »Doch ohne deine Axt bist du gar nichts. Außerdem blutest du wie ein Schwein.«

Valnirs rechte Hand ruckte hoch, tastete zwischen die Schultern, und ihr Gesicht verzerrte sich.

»Es heißt zwar, *alle* Zwerge *lebend*, aber bei dir mache ich eine Ausnahme«, fuhr der Mann fort. »Und es wird mir Freude bereiten, dich abzustechen wie deinen Gaul, wehrlos... schutzlos.«

Er hob das Schwert zum Schlag und gab damit alle Deckung frei.

Valnirs linke Hand fuhr ebenfalls hoch, dann riss sie etwas vom

Rücken, das bis dahin unter ihrem dicken Zopf verborgen gewesen war, eine Klinge blitzte silbern auf, und diese rammte die Zwergenkriegerin mit voller Wucht in die Brust des Mannes. Sie durchschlug seinen Panzer mit einer Leichtigkeit, wie ein Messer durch Butter schneidet.

»Ich habe ebenfalls ein Schwert, du Blödmann«, keuchte sie mit vor Hass zitternder Stimme, ganz dicht bei ihm. Sie drückte noch einmal zu, bis zum Anschlag, bis es nicht mehr weiterging, und er ächzte auf. »Bis zum Heft ist es Spaß«, flüsterte sie. »Aber das kennst du ja schon, du hast es gerade bei meinem Pferd ausprobiert. Doch kennst du auch dies?« Kraftvoll bewegte sie das Schwert in einer Vierteldrehung zur Seite und trat zurück.

Ein Blutschwall schoss aus dem Mund des Mannes, er ertrank innerhalb seiner letzten Herzstöße darin, und gurgelnd fiel er um.

Valnir stolperte mit letzten Kräften zu dem toten Pferd und sank schluchzend daneben nieder. »Dökkjörp, verzeih mir ... hätte ich dich bloß aus dem Kampf rausgehalten. Aber ... wer tut denn so etwas! Abgesehen von Trollen und Ogern, die Pferde essen, bringt euch niemand einfach so um, dafür seid ihr zu wertvoll ...«

Ihr war schwindlig vor Schmerz und Kummer, aber sie musste sich zusammenreißen. Irgendjemand würde nach diesen Männern hier suchen. Aus den Bemerkungen der Angreifer hatte Valnir geschlossen, dass es sich anscheinend doch um Söldner handelte, wenngleich keine von der üblichen Sorte, die damit beauftragt waren, Zwerge zu fangen. Nur, zu welchem Zweck? Und wer?

Mit zitternden Fingern öffnete sie eine Packtasche und holte einen Medizinbeutel hervor. Sie löste zwei Verschnürungen ihres Harnischs – ihn ganz auszuziehen wagte sie nicht – schob mühsam Wams und Hemd hoch, tauchte ein Tuch aus dem Beutel in eine reinigende Flüssigkeit aus einem Fläschchen und presste die Lippen zusammen, als sie damit die Wunde sauberrieb. Danach strich sie eine heilende Paste darüber; der Schnitt ging zwar ein gutes Stück hinein, war aber nicht groß. Ein paar Blätter darüber, ein Stück Stoff, dann zog sie alles wieder nach unten und band die Schnüre zu. Das würde schon halten, bis sie sich richtig versorgen konnte.

Noch einmal streichelte sie kummervoll den Kopf der toten Stute, dann packte sie zusammen, was sie mit sich führen konnte, und machte sich zu Fuß auf den Weg. Der Abend nahte, und sie wusste, dass sie keine Zeit für eine Rast hatte. Sie musste vorwärts gehen, so weit es möglich war.

Randur, wo bist du?, dachte sie niedergeschlagen und voller Sorge. *Was ist mit dir geschehen, und mit allen Anderen? Komme ich überhaupt noch rechtzeitig?*

*

Fionn bedauerte den Anlass der Reise, denn der Weg durch den Frühling war wundervoll. Sie kamen bei dem milden, sonnigen Wetter geschwind voran. Überall standen die Wiesen in voller Blüte, Gelb und Zartviolett, Weiß und Blau, und an vereinzelten Stellen auch in Rot. Sie kamen an duftenden, leuchtendgelben Rapsfeldern vorbei, und an märchenhaft blauen Flachsfeldern. Wenige Tage alte Lämmer, Kälber und Fohlen sprangen auf den Weiden herum, die zusehends saftiger im Gras standen. Apfelbäume und wilde Kirschen blühten weiß und rosa, so mancher Baum zeigte das erste zaghafte Blattgrün. Das Getreide stand bereits grün, sich wiegend im darüberstreichenden sanften Wind.

Sie sprachen unterwegs nicht viel, ein jeder hing seinen Gedanken nach. Fionn dachte abwechselnd an Cady und Tiw, und dann an seine Eltern, Onkelchen Fasin, Meister Ian.

Am Abend schlugen sie abseits aller Straßen in einer kleinen Senke ihr Lager auf und verteilten die Decken um die Feuerstelle in der Mitte. Rafnag ging Holz sammeln, Hrothgar und Ingbar, den sie nicht unbeaufsichtigt losziehen lassen wollten, machten sich auf die Suche nach Kaninchen, Fionn sammelte Kräuter, Wurzeln und Blüten für die Würze und bereitete aus etwas mitgeführtem Mehl, Wasser und Salz einen Teig zu, aus dem in der Glut dann ein Brot wurde, und Peredur setzte einen Kessel mit Wasser aus einem Bach in der Nähe auf und kochte Tee.

»Tiw ist sehr wütend auf mich«, sagte Peredur zu Fionn, als sie nach dem Essen noch gemeinsam am Feuer saßen, und eröffnete überraschend von sich aus eine Unterhaltung. Rafnag und Hrothgar lümmelten auf der anderen Seite und unterhielten sich leise, Ingbar lag hingestreckt auf seinem Lager.

»Tiw ist immer wütend«, versuchte Fionn abzumildern, dem dieses Thema unangenehm war. Er konnte und wollte keine Partei ergreifen, weil er sich in der Mitte befand, aber er konnte genauso wenig neutral bleiben.

Der König rieb seinen Bart. Das Feuer spiegelte sich in seinen bernsteinfarbenen Augen und verlieh ihnen einen wölfischen Ausdruck.

»Nein, das ist anders. Es reicht tiefer, sehr viel tiefer. Es handelt sich nicht um eine seiner Launen. Es ist die reine Verbitterung.«

»Er wird trotzdem alles tun, um die Stadt zu schützen.« Fionn wand sich wie eine Schlange in den Fängen des Adlers.

»Das weiß ich. Auf ihn ist absolut Verlass, und er hat von uns allen vermutlich das größte Verantwortungsbewusstsein.« Peredur drehte den Kopf zu ihm. »Aber er hat recht, nicht wahr?«

»Ich ... ich ...«, stammelte Fionn und blickte hilflos zurück.

»Fionn. Wie lange kennen wir uns? Wie viel haben wir gemeinsam in kurzer Zeit durchgemacht? Du hast nie ein Blatt vor den Mund genommen. Was hat sich geändert?«

»*Du* hast dich geändert«, wisperte er. »Du bist der König. Ich kann dich nicht mehr so anschnauzen, als wärst du Tuagh der Söldner.«

»Das ist bedauerlich.«

»Wir beginnen diese Reise gerade erst und haben andere Sorgen«, versuchte Fionn einen Ausweg aus dieser unangenehmen Konfrontation zu finden. »Wir müssen eines nach dem anderen angehen. Zuerst müssen wir Ragna erledigen und dein Herz finden.«

»Du stellst also deine Bedürfnisse zurück?«

»Ich denke, jetzt ist nicht der richtige Zeitpunkt, darüber zu reden.«

Fionn erstarrte erschrocken, als Peredur in einer sehr schnellen, geschmeidigen Bewegung nah an ihn heranrückte und ihm eine Hand auf den Arm legte.

»Fionn«, sagte er leise. »Es gibt vielleicht keinen anderen Zeitpunkt mehr. Du weißt ebenso wie ich, dass ich zum Tode verurteilt bin, egal wie die Geschichte ausgeht. Finden wir mein Herz und ich kann es zurückbekommen, werde ich sterben, weil ich über meine Zeit hinaus gelebt habe. Wird mein Herz hingegen vernichtet, führt das zu demselben Ergebnis. Wie viel Zeit bleibt uns da wohl noch für solche Gespräche?«

Fionn schluckte. »Ich mag es nicht, wenn du so redest«, wisperte er und spürte, wie ihm die Tränen aufstiegen. »Deswegen begleite ich dich doch nicht.«

»Doch, genau deswegen. Du weißt, was mich erwartet, und willst bei mir sein, wenn es soweit ist, und dafür ... danke ich dir mehr als alles. Es ist ein großes Opfer, was du hier bringst, Freundschaft hin oder her. Denn abgesehen davon, dass du dich unnötigerweise Gefahren stellen willst, die dein Leben fordern können, muss es dich auch sehr belasten. Du trägst meine Last, obwohl du ... keinerlei Veranlassung dazu hast.«

Still rannen Fionns Tränen. »Ich lasse dich nicht allein«, stieß er brüchig hervor. »Und nicht deswegen, weil Lady Kymra mich darum gebeten hat. Sondern ...« Er wischte sich die Wangen ab. »... deswegen hat Cady nicht lockergelassen, dass ich mitgehen soll, denn sie hat es schneller begriffen als ich.«

»Cady erkennt immer die Lage der Dinge. Sie gäbe eine großartige Herrscherin ab.« Peredur lächelte kurz. Noch immer saß er dicht bei Fionn und hielt seinen Arm. »Und genau aus dem Grund, weil mein Schicksal sich nunmehr vollenden wird, habe ich Sìthbaile verlassen. Es wäre nicht gut für die Krone, wenn der Hochkönig mitten in einer Audienz vor aller Augen zu Staub zerbröselt. Darum musste ich meine Angelegenheiten regeln. Dinge, zu denen ich ohnehin schon seit der Rückkehr auf den Thron Vorbereitungen getroffen hatte, und dazu habe ich den Dreierrat berufen. Ian und die Anderen wissen, was zu tun ist, wenn ich nicht zurückkehre. Warum ich keinen Viererrat mit Tiw gebildet habe, hat einen anderen Grund.« Mit der freien Hand griff er in sein Wams und zog einen versiegelten Umschlag hervor. »Auch dies hier habe ich geregelt.« Er hielt Fionn den Umschlag hin, der ihn verwirrt nahm.

»Eine Kopie davon liegt versiegelt in Ian Wispermunds Bibliothek. Es ist ein Dekret, das von Ian, Vàkur und Cyneweard als Zeugen und Dreierrat mit unterzeichnet wurde. Damit ist es rechtskräftig und nicht anfechtbar.« Peredur sprach ruhig und ernst. »Westlich von Midhaven, im Gebiet von Dorassy, nahe der Küste, liegt ein liebliches kleines Land mit Flüsschen, Seen, lichten Auwäldern und grünen Hügeln. Ackerbau ist zwar nur in beschränktem Maße möglich, und zur Vieh- oder Pferdezucht hat sich bisher niemand entschlossen, weil die freien Flächen anscheinend nicht groß genug sind. So gibt es dort nichts weiter als Schönheit, und es ist nicht besiedelt, nicht einmal Handelsstraßen führen hindurch, sondern lediglich am nördlichen Rand entlang. Der Vorteil dabei ist, dass es zur Krone gehört. Ian hat auf meine Anweisung vor einem halben Jahr hin lange in den Archiven gegraben und tatsächlich eine uralte Besitzurkunde gefunden, die immer noch gültig ist. Urahn Vidalin selbst hat wohl einmal Anspruch auf das Gebiet erhoben und es dann einem Verwandten geschenkt. Die Burgruine müsste dort sogar noch zu finden sein. Als diese Linie ausstarb, fiel das ganze Gebiet an die Krone zurück und blieb in ihrem Besitz, ohne dass sich jemals irgendwer darum gekümmert hätte.«

Fionns Lippen zitterten, als er erkannte, welche Wendung diese Unterhaltung nahm. »Peredur...«, wisperte er. Seine Nackenhaare stellten sich auf, und er erschauerte.

»Das ist mein Vermächtnis an euch«, fuhr der König fort. »Mit der Urkunde, die ich dir anvertraue, geht dieses Gebiet, das nicht einmal einen Namen hat, an das Volk der Bogins über; uneingeschränkt, ohne Steuerpflicht und unwiderruflich. Auf der Karte wird eine Grenzlinie eingezeichnet. Cadys Wunsch soll in Erfüllung gehen. Und ebenso Tiws, und genau deswegen habe ich ihn nicht in den Rat berufen. Niemand wird euch jemals mehr ausnutzen, ihr seid frei und unabhängig, eure eigenen Herren auf eigenem Land.« Er löste seine Hand. »Es liegt noch ein Brief an Tiw dabei, in dem ich ihn um Verzeihung bitte.«

»Du hättest persönlich mit ihm darüber reden sollen«, meinte Fionn rau.

»Fionn, du trägst nun das Erbe deines Volkes mit dir«, sagte Peredur, ohne darauf einzugehen. »Damit möchte ich dir deine Last der Zwiegespaltenheit nehmen, du sollst wissen, was dich und die Bogins erwartet, wenn es mich nicht mehr gibt. Ihr habt eine Zukunft vor euch, egal wie diese Geschichte ausgehen mag.«

»Es sei denn, Ragna gewinnt.«

»Das wird sie nicht.«

Mit diesen gelassen und überzeugt vorgebrachten letzten Worten erhob der König sich und schritt zu seinem Nachtlager. Als er daran vorüberging, löschte seine mächtige Gestalt für einen kurzen Moment das Licht der Feuerstelle, bevor er sich am Rand auf der Decke niederließ.

Fionn blieb an Ort und Stelle und verbrachte eine sehr lange, durchwachte Nacht mit vielen Tränen; doch am Morgen war er gefasst und bereit weiterzugehen. Das Dokument bewahrte er in einer Innentasche des Hemdes, nahe an seinem Herzen. Er würde es genauso verteidigen wie einst das Buch, es war ein Ansporn und machte ihm Mut für alles, was da kommen mochte. Peredur hatte ihm ein Ziel gegeben; nun wusste er, wofür er kämpfte und warum er den König begleitete.

Fionn hatte es nicht vor, aber er nahm trotzdem noch einmal den Faden vom vergangenen Abend auf. Entschlossen ging er am Morgen zu Peredur, als dieser gerade dabei war, sein Pferd vorzubereiten, und niemand sonst in der Nähe war.

»Ich ... habe da noch ein paar Worte.«

Der König musterte ihn. »Du siehst furchtbar aus, mein Freund.«

»Ja, ich habe so gut wie nicht geschlafen, mir ging zu viel durch den Kopf. Vor allem habe ich mich daran erinnert, was Rafnag gestern gesagt hat, als wir losgeritten sind und vom Norden sprachen. Er sagte, wo auch immer Ragna sich versteckt, unsere kleine Zahl genügt, um sich reinzuschleichen und sie rauszuholen.«

»Ich erinnere mich. Worauf willst du hinaus?«

»Wenn wir Ragna haben, dann können wir so verfahren wie letztes Jahr, nur eben schlauer. Und setzen den ursprünglichen Plan sofort um. Wir legen sie in Ketten, von denen sie sich nicht so schnell befreien kann, wir bitten Morcant oder einen anderen seetüchtigen Elb, uns aufs Meer zu bringen, um eine Insel für sie zu suchen und sie dort auszusetzen. Und dein Herz lassen wir dort, wo es ist, und ... und ... du kannst nach Hause.«

Peredur verharrte schweigend, wie ein Berg überragte er den Bogin. Dann legte er behutsam seine Hand auf dessen Schulter. »Wer sagt, dass ich das will?«, fragte er leise.

»Es ist deine Entscheidung«, antwortete Fionn langsam und so gefasst wie möglich, da er mit dieser Antwort gerechnet hatte, so gut kannte er seinen Freund. »Aber ich wollte dir diese Möglichkeit aufzeigen, denn das war schließlich der ursprüngliche Plan. Und ich bitte dich, darüber nachzudenken.«

»Hältst du das wirklich für eine Lösung?«

»Die beste, Peredur. Asgell hat die Möglichkeit, nach deinem Herzen zu suchen, und da ist noch Lady Kymra. Wir können es auch ohne Ragna finden, da bin ich sicher. Und dazu einen Weg, wie dein Leben erhalten bleiben kann. Zumindest für ein paar weitere Jahre.«

»Manchmal ängstigt mich deine Weisheit, Fionn.« Peredur wandte sich dem Pferd zu und zog den Sattelgurt an. »Lassen wir die Zeit entscheiden. Wir wissen nicht, was uns erwartet, und ob wir Ragnas habhaft werden. Aber ich verspreche dir: Wenn es so weit ist, werde ich *alle* Möglichkeiten abwägen und dann entscheiden, was zu tun ist. Genügt dir das?«

»Das muss es wohl. Danke.« Fionn ging zu seinem Pferd; er wusste nicht, was er als Antwort wirklich erhofft hatte. Er konnte Peredur einerseits verstehen, andererseits ... Vermutlich war es wirklich das Beste, den Zeitpunkt abzuwarten, denn es konnte noch sehr viel dazwischenkommen und sich alles ändern. Im Augenblick wussten sie noch nicht einmal annähernd, was Ragna plante ...

*

Meister Ian Wispermund gähnte herzhaft, als er spätabends sein Anwesen betrat. Es war ein langer Tag im Palast gewesen; das Amt des Obersten Haushofmeisters war mit sehr vielen Pflichten verbunden. Genau deswegen hatte er es nie haben wollen, er diente lieber als beratender Gelehrter und vertiefte sich in Forschungen.

In Sithbaile war der Alltag eingekehrt. Noch niemandem war die Abwesenheit des Königs aufgefallen. Das bürgerliche Volk bekam ihn ohnehin so gut wie nie zu sehen, und von den Adligen der südlichen Reiche wurde momentan niemand persönlich vorstellig. Die Briefe, die sie schickten, hatten Zeit mit der Bearbeitung oder konnten auch in Vertretung unterzeichnet werden.

Im Palast selbst ging alles seinen gewohnten Gang. Tiw sorgte zusammen mit Fionns Eltern dafür, dass niemand auf die Idee kam, Fragen zu stellen. So arbeiteten alle zufrieden vor sich hin.

»Ich hasse euch alle«, betonte Tiw jeden Tag aufs Neue und tat es trotzdem, weil er keine bessere Lösung wusste. Immerhin mussten sie ihre Anstrengungen noch nicht auf die ganze Stadt ausweiten. Alle waren noch erfüllt von dem schönen Fest, außerdem gab es im Frühling immer eine besondere Konzentration auf den Handel. Die Felder mussten bestellt werden, dazu brauchte es Werkzeug und derlei mehr, sodass der Markt gut besucht und die Handwerker reichlich ausgelastet waren. Wer dachte da schon darüber nach, dass so manches im Argen lag, oder zeigte sich unzufrieden. Auch die scharenweise eintreffenden Tagelöhner fanden schnell Arbeit; wenn schon nicht auf dem Land, so in jedem Fall in der Stadt, denn es war die Zeit der Erneuerung. Fassaden wurden neu herausgeputzt, Häuser umgebaut oder Zusammengefallenes neu errichtet, die Straßen mussten ausgebessert und in Ordnung gebracht werden.

Es gab keine Verhaftungen und Gerichtsverhandlungen mehr wegen der vorherigen Herrscherin, das war abgeschlossen und keiner wollte mehr etwas darüber hören. All dies sollte endlich der Vergangenheit angehören. Die hier ansässigen Elben waren mit den Menschen darin ganz einer Meinung. Umso wichtiger war es, dass niemand von der Flucht der Gefangenen erfuhr.

Insofern hatte der Dreierrat es leicht mit den Regierungsgeschäften, was aber nicht weniger Arbeit bedeutete.

Der alte Gelehrte hoffte trotzdem, dass er in der nächsten Zeit einmal einen Abend zusammen mit Onkelchen Fasin in der Bibliothek bei einem guten Brandy und anregenden Gesprächen verbringen konnte. Er vermisste es, seine Bücher zu durchstöbern, nach einem Rätsel zu forschen, oder auch einfach nur zu sinnieren.

Onkelchen Fasin schien es ebenfalls zu vermissen, denn er war dieser Tage nicht so richtig wohlauf, verbrachte die meiste Zeit in seinem Bett und schlummerte oder las. Wenn er nicht gebraucht wurde, kroch ihm das Alter überall ins Gebein, krallte sich auch in seinen Verstand und ließ ihn schläfrig und träge werden.

Cady war damit beschäftigt, das Anwesen an Alanas Stelle in Ordnung zu halten; sie war zurückhaltend und lächelte nicht so viel wie sonst, aber das war in diesen ersten Tagen nach Fionns Abreise nicht anders zu erwarten.

Im Haus war es still und dunkel; kein Wunder, draußen brannten schon lange die Laternen, und in der Stadt war Ruhe eingekehrt. Ridirean würde bald seinen letzten Posaunenruf geben. *Und morgen wieder früh raus*, dachte Ian Wispermund brummig. *Das ist doch nichts für einen alten Mann, ich brauche einen Assistenten. Und zwar sofort! Wer könnte dafür herhalten? Ich werde mir morgen einen aussuchen, einen jungen, strebsamen Mann mit Köpfchen. Das wird gleich meine erste Amtshandlung sein! Von morgens bis abends bin ich auf den Beinen, und das mit meinem verletzten Fuß, das geht nun wirklich nicht.* Dabei hinkte er kaum mehr, und den Stock hatte er an und für sich nur noch zum Vorzeigen dabei.

Er legte den Umhang, die Weste und den Hut ab, griff nach einem bequemen bodenlangen Hausmantel, schlüpfte in seine geliebten Pantoffeln und setzte die Gelehrtenkappe aus feiner Seide auf. Schon ein wenig ausgeglichener machte er sich auf den Weg zur Bibliothek, wo Cady ihm bestimmt wie jeden Abend eine kleine Mahlzeit und eine Karaffe Roten bereitgestellt hatte, bevor sie zu Bett gegangen war. Sie war vielleicht allzu fürsorglich, doch der alte Gelehrte war ihr dafür dankbar.

Bei der Gelegenheit könnte er auch einen Brief an seine Tochter schreiben, von der er schon lange nichts mehr gehört hatte. Immer so viel zu tun, er hatte ja nie die Zeit, mal seine Enkel zu besuchen, geschweige denn, dass sie zu ihm kämen.

»Du arbeitest dich für die Krone auf«, hatte seine Tochter ihn getadelt. »Wo bleibt da deine Familie?«

Sie hatte ja recht. Trotzdem... es war seine Pflicht und Aufgabe, und je besser er sie jetzt wahrnahm, umso schneller konnte er in den verdienten Ruhestand gehen. »Ich weiß, dass du es nicht verstehen kannst, aber ich habe das Erbe meines Vaters angetreten und werde es bis zur letzten Konsequenz erfüllen. Ich tue das auch für deine Sicherheit und die deiner Familie.«

Sie hatte daraufhin erzürnt geschwiegen, und so musste er jetzt einen versöhnlichen Brief schreiben und ihn zusammen mit einem Geschenk schicken. Wenigstens eine kleine Geste, dass sie wusste, ihr Vater hatte sie nicht vergessen. Dann würde er zufrieden schlafen und morgen munter erwachen.

Heiter öffnete er die Tür zur Bibliothek und war für einen Moment erstaunt, dass nicht einmal das Nachtlämpchen brannte; sonst ließ Cady ihn doch nie in die Dunkelheit treten ...

Da flammte ein Kienspan auf, oder etwas Ähnliches, denn irgendwie roch es auf einmal leicht nach Schwefel, und eine der großen Standkerzen wurde entzündet. Meister Ian Wispermund blinzelte, bis seine Augen sich an das Licht gewöhnt hatten, und trat näher, obwohl er das vielleicht nicht sollte, denn ein ungutes Gefühl ließ seine Nackenhärchen sich aufstellen, und ihm war, als wehte ihm ein eisiger Hauch entgegen.

»Onkelchen Fasin ...?«, begann er, obwohl er bereits ahnte, dass der alte Bogin nicht dafür verantwortlich und gar nicht anwesend war.

»Tritt ein und schließ die Tür«, antwortete ihm eine fremde Stimme. Nicht allzu laut, nicht allzu hart, aber nachdrücklich.

Der alte Gelehrte kam der Aufforderung nach, weil er wusste, dass ihm nichts anderes übrig blieb, und er wollte niemanden sonst in diesem Haus gefährden. Vielleicht konnte er alles gütlich regeln, wer auch immer der fremde, ungeladene Gast sein mochte.

Jemand saß in seinem Lieblingssessel, hatte von seinem Teller gegessen und von seinem Wein getrunken. Nun beugte der Eindringling sich leicht vor, dass sein Gesicht vom Kerzenschein erhellt wurde.

Meister Ian Wispermund stand wie vom Donner gerührt, und Furcht kroch wie Bodenfrost durch seine Zehen in ihm hoch. »*Du* ...«, flüsterte er.

*

Am Abend erreichten sie Uskafeld, das sich diesmal freundlich und frühlingshaft zeigte. Bei seinem ersten Besuch, als er auf der Flucht gewesen war, hatte es stark geregnet, und Fionn hatte kaum etwas erkennen können und sich durch tiefen Schlamm kämpfen müssen. Er war sehr erschöpft gewesen mit wunden Füßen; heute allerdings nach dem stundenlangen strammen Ritt fühlte er sich kaum munterer, und ein aufgeriebener Hintern und Muskelkater in den Beinen waren auch nicht viel besser.

Allerdings erfreute ihn die Aussicht auf ein baldiges kühles Bier und eine anständige Mahlzeit nach Zwergenart.

Sie brachten die Pferde in einem Mietstall unter. Falls der Besitzer erstaunt war über die ungewöhnliche Gruppe Reisender, so zeigte er es nicht, und er würde auch den König nicht verraten, sollte er ihn denn erkennen. Diskretion war in Uskafeld oberstes Gebot, und dazu gehörte die Sicherheit, dass nicht jemand »zufällig« das verkehrte Pferd mitnahm. Sattel, Zaumzeug und nicht benötigtes Gepäck wurden in einem Raum untergebracht, in dem große, abschließbare Schränke und Truhen standen.

Zu Fuß mit leichtem Gepäck (hauptsächlich den Waffen) ging es weiter. Zu Dagrim Kupferfeuers Haus hätte Fionn nicht mehr gefunden, aber er erkannte es sogleich wieder und empfand Nervosität, als er die Stufen hinaufging, Peredur durch die geöffnete Tür folgte und sich im Windfang wiederfand. Allerdings versperrten diesmal keine dicken Vorhänge die Sicht auf den unverändert gemütlichen Wohnraum aus Holz und Stein, von dem aus eine Treppe nach oben führte und weiter hinten ein Gang zu anderen Zimmern.

»Schuhe ausziehen!«, keifte eine Stimme, an die Fionn sich ebenfalls erinnerte, und gleich darauf kam der kräftige Zwerg mit dem kupferroten Haar, der Knubbelnase und den listigen blauen Augen angewatschelt. Seit der letzten Begegnung hatte er auf beachtliche Weise zugenommen. Er bemerkte Fionns Blick und legte die Hände an seinen voluminösen Bauch. »Zu viele Geschäftsessen«, tönte er, klang aber nicht gerade kummervoll deswegen. »Seit der König zurück ist, bahnt sich viel mehr an, und meine Vermittlungstätigkeit ist häufig gefragt.«

»Dann hast du ja jede Menge Nachrichten für mich«, meinte Peredur, während er sich aus seinen Stiefeln kämpfte und dann auf das bequeme Sofa in der Nähe des Kamins zusteuerte. »Wie geht es Ziba?«

»Ausgezeichnet, vielen Dank der Nachfrage. Wie kommst du bitte auf die Idee, ich hätte Neuigkeiten, welche die deinen übertreffen?«

»Wenigstens Briefe sollten eingetroffen sein.«

»Ja, das schon, aber mehr als das übliche Gefasel von wegen ›ich habe keine Ahnung, ich weiß nichts, ich finde nichts‹ steht da nicht drin. Reine Verschwendung von Tinte, Papier, Reiter und Pferd, wenn du mich fragst. Ach ja, und eine Taube war auch dabei. Hat gut geschmeckt. Kleiner Scherz.«

Dagrim Kupferfeuer achtete mit kritisch verengten Augen darauf, dass auch jeder seine Stiefel auszog und bemerkte zu Fionn: »Deine Riesenhaxen könnten auch mal wieder eine Rasur vertragen.«

Fionn grinste und schüttelte den Kopf. »Zu dir der Bauch, zu mir die Fußhaare.«

»Dir scheint's ja gut zu gehen, so wie die wuchern«, brummte der Zwerg. »Sind das denn nun alle?«

»Ja«, bestätigte Rafnag, der als Letzter zu der Sitzgruppe steuerte.

»Ein Glück, so werde ich nicht meine gesamte Alterssicherung verlieren, denn ihr werdet ja wie üblich nichts bezahlen, nehme ich an?« Dann stutzte er plötzlich und richtete den funkelnden Blick sowie einen wulstigen Zeigefinger auf Ingbar, als bemerkte er ihn jetzt erst. »Und was genau macht *der* hier?«

»Ingbar hilft uns«, antwortete Peredur gleichmütig.

»Und soll ich ihn etwa auch noch bewirten?«

»So wie uns.«

»Aber er ist doch keiner mehr von uns!«

»Das war ich damals auch nicht, als ich zum ersten Mal in dein Haus eintrat«, warf Fionn ein.

»Hrmp. Na, soll mir recht sein. Kommt mit, ich zeige euch eure Zimmer, dass ihr euch saubermachen könnt. Derweil richte ich eine kleine Mahlzeit her. Ihr bleibt doch wohl nur eine Nacht?«

»Keine Sorge.«

»Na, wenigstens etwas.«

Fionn bekam ein Zimmer im Erdgeschoss und ließ sich als Erstes ins weiche Bett fallen. Er würde es ausgiebig genießen, denn das war das letzte Mal für eine lange Zeit.

Später trafen sie sich gewaschen und bequemer gekleidet (hatte Fionn doch recht gehabt mit seinen leichteren Sachen) im Wohnraum, wo bereits Bierkrüge und volle Platten auf sie warteten.

Während des Essens unterhielten sie sich über die allgemeine Lage, und tatsächlich hatten die Reisenden mehr zu berichten als der sonst stets so gut informierte Zwerg. »Ja, seltsam, aber es gibt nicht einmal Gerüchte«, erklärte Dagrim. »Kommt mir fast wie die Einlullerei von damals vor, nur diesmal auf das ganze Südreich ausgeweitet. War mir schon klar, dass da was nicht stimmen konnte. Ich hatte mich entsprechend auf euren Besuch eingestellt.«

»Gut. Wir werden uns später noch ausführlich unterhalten, mein Freund, darüber, was du für mich tun kannst und worauf du achten musst«, sagte Peredur. »Wir müssen auch die Briefe besprechen, und wie wir verfahren.«

»Ist dabei unsere Anwesenheit vonnöten?«, erkundigte sich Rafnag, und Hrothgar nickte.

»Nein.«

»Sehr gut!« Die beiden Männer rieben sich die Hände. »Unsere letzte freie Nacht, sozusagen. Hast du etwas dagegen, Peredur, wenn wir ein wenig um die Wirtshäuser ziehen?«

Der König schüttelte den Kopf. »Kein Problem.« So gut wie niemand wusste hier von der Fiandur, und die beiden Männer waren der Öffentlichkeit nicht bekannt. Sie hatten alle stets darauf geachtet, dass der Geheimbund auch nach Ragnas Verhaftung geheim blieb. Um öffentliches Heldentum ging es bei der Fiandur nicht.

»Eigentlich könntest du doch auch für eine oder zwei Stunden mitkommen«, schlug Hrothgar vor. »Fionn kann ja nicht, er ist frisch verheiratet. Aber wie sieht es mit dir aus, Peredur? Ein wenig Abwechslung, bevor wir keine Gelegenheit mehr dazu haben? Deine Unterredung kann ja noch ein bisschen warten, wenn wir gleich aufbrechen.«

Der König schüttelte den Kopf. »Geht nur. Ich mache es mir lieber am Kamin gemütlich, lese die Briefe und bespreche mich ausführlich.«

Die beiden Männer zuckten die Achseln und machten sich kurz darauf auf den Weg. Obwohl Peredur es erlaubt hatte, wollte Ingbar sich nicht beteiligen, sondern ging auf sein Zimmer.

»Du solltest dir wirklich einmal etwas gönnen«, bemerkte der rothaarige Zwerg, während er an der Pfeife zog und in kleinen Wölkchen paffte. »Selbst wenn dein Körper so gut wie nicht ermüden kann – du arbeitest zu viel. Auch dein Geist muss ab und zu frei werden.«

»Und worauf genau beziehst du dich?«, wollte Peredur wissen, während er sich selbst eine Pfeife ansteckte und sich in dem bequemen Sessel beim Kamin zurücklehnte, die langen Beine übereinander geschlagen.

Fionns Ansicht nach machte er momentan keinen überanstrengten, sondern vielmehr einen recht entspannten Eindruck. Fast vergnügt sogar. Es schien, als würde die Last, dass sein Schicksal sich dem Ende näherte, eher geringer werden als schwerer. Er konzentrierte sich auf die Rettung von Albalon und wirkte überzeugt, dass ihm die gelingen würde.

»Wein, Weib und Gesang, natürlich«, antwortete Dagrim prompt, sah sich dabei aber vorsichtig um, ob seine Frau etwa mithörte. »Wie es sich gehört.«

Peredur zeigte ein seltsames Lächeln. »Betrunken zu werden, schaffe ich nicht, hab's, um mich zu betäuben, jahrelang versucht, aber vergeblich. Gesang? Um Himmels willen. Vergessen wir das. Und Weib? Das ist mir nicht mehr möglich. Mein Blut kreist zwar auf irgendeine Weise, aber es versammelt sich nicht mehr an einem bestimmten Ort, um Frauen damit Freude zu spenden.«

Der sonst so selbstbewusste Zwerg hustete verlegen. »Entschuldige, ich ... Das habe ich gar nicht bedacht«, murmelte er.

»Es macht mir nichts aus«, erklärte Peredur gleichmütig. »Da ich keinerlei Verlangen fühlen kann, fehlt mir auch nichts. Immerhin, die Erinnerungen daran sind angenehm und bereiten mir keinen Schmerz, das wenigstens hat Ragna mir nicht nehmen können. Und das ist ausreichend.«

Fionn wusste, dass er mit hochrotem Kopf dasaß, eine derartige Offenheit war er nicht gewohnt. Es erging ihm da nicht anders als Dagrim. Peredur hingegen zuckte fast gelangweilt die Achseln und hüllte sich in eine Rauchwolke.

»Werde ich noch gebraucht?«, fragte der Bogin in die entstandene Stille.

»Du bist in dieser Runde willkommen, denn du weißt, ich schätze deine klare Sicht auf die Dinge«, antwortete Peredur. »Doch wenn du dich zurückziehen möchtest, spricht nichts dagegen.«

Fionn nickte. »Es ist so ... Dagrim, wenn ich Cady einen Brief schreibe, kannst du dafür sorgen, dass sie ihn bekommt?«

»Gewiss. Und zwar auf diskretem Wege, damit niemand erfährt, wo du dich herumtreibst.«

»Dann werde ich das tun. Sie fehlt mir so, und ich muss mich irgendwie beschäftigen. Natürlich werde ich nicht zu viel verraten«, fügte er schnell mit einem Blick auf Peredur hinzu. »Ich teile ihr nur meine Gedanken mit, und dass ich sie vermisse.« Er stand auf, wünschte eine gute Nacht und ging auf sein Zimmer.

Der Griff nach Papier, Feder und Tinte war leicht, das leere Blatt anzustarren ebenfalls, es aber mit Worten zu füllen, schon schwieriger. Wo sollte er anfangen? Was sollte er überhaupt schreiben, ohne zu sentimental zu wirken? Was schrieb denn ein junger Mann an seine Gemahlin, vor allem, wenn die Ehe erst seit wenigen Tagen bestand? Ihn beschäftigte so vieles, und das Schlimme daran war, er durfte nicht zu konkret werden, falls der Brief doch in die falschen Hände geraten sollte.

Andererseits – sie hatten als Kinder auch einen Weg gefunden sich zu verständigen, ohne dass die Erwachsenen dahinterkamen, worüber sie redeten. Darauf sollte er zurückgreifen. Cady erinnerte sich bestimmt daran, so lange lag ihrer beider Kindheit ja nun nicht zurück. So konnte er »zwischen den Zeilen« ein bisschen mehr erzählen.

Und auf einmal wusste er, wie er beginnen musste.
Liebe Cady, meine Herzensseele!
Ich hoffe, es geht dir gut ...

KAPITEL 5

DIE AUS DEM ABGRUND

Meister Ian kannte ihn nur aus Cadys Erzählungen, und nun verstand er den Schauder, der sie jedes Mal ergriffen hatte, wenn sie nur im Ansatz von ihm sprach. Es war ein Wunder, dass er diese grauenvolle Aura nicht sofort beim Eintreten bemerkt hatte, aber das mochte an der Besonderheit der Bibliothek liegen, vielleicht auch an der Macht dieses unheimlichen Geschöpfes, das nur aus einem Albtraum geboren sein konnte.

Cady hatte sein Gesicht nie gesehen, weil er einen schwarzen Kapuzenmantel getragen hatte. Sie hatte ihn aber unverwechselbar als sehr groß und sehr hager beschrieben, mit schwarzgrauer Haut an den Händen, und Krallennägeln. Das traf alles zu.

Nun zeigte er sich noch dazu völlig offen. Ian erblickte ein langes, hageres, bartloses Gesicht mit spitzem Kinn. Dünne, lange und spitze Ohren reichten bis zum Scheitel hinauf. Die schräg nach oben gestellten Augen waren sehr schmal und glühten rubinrot, katzenartige Pupillen zogen sich zusammen und weiteten sich ... *weideten* sich an Meister Ians Entsetzen. Seine lang herabfallenden Haare waren schlohweiß, und die ebenfalls weißen Augenbrauen waren dünn, aber sehr lang und zogen sich bis zur Schläfe hinauf.

»Der Myrkalfr«, wisperte der alte Gelehrte und taumelte, mit einer Hand tastend, zu dem zweiten Sessel, er musste sich aufstützen.

»Ich bin Malachit«, stellte der schaurige Schwarzalb sich vor. Ian wusste nicht viel über diese Geschöpfe, aber weiße Haare hatte wohl nur dieser eine. Mit einer Handbewegung fing der Eindringling die Flamme der Standkerze ein und warf sie in einer Kreisbewegung durch den Raum, woraufhin die meisten Kerzen sich entzündeten. Dann lehnte er sich entspannt zurück, schlug ein Bein über das andere und griff nach dem Weinpokal.

»Bitte, bedien dich doch, es ist noch genug da«, lud er den Gelehrten in dessen eigenem Zimmer zu dessen eigener, nur noch aus Überresten bestehender Mahlzeit ein. »Und nimm Platz.«

Der zweiten Aufforderung kam der Meister unverzüglich nach, denn er hatte keine Kraft mehr zu stehen. »Was willst du hier?«

»Geht es der Kleinen gut?«, stellte Malachit eine Gegenfrage anstatt eine Antwort zu geben. »Dem Boginmädchen, das geglaubt hat, mich herausfordern zu müssen.«

»Cady? Natürlich geht es ihr gut. Aber sie ist unerreichbar für dich!«

»Tsk, tsk.« Der Myrkalfr bewegte mahnend den ausgestreckten Zeigefinger, bevor er einen Schluck trank. »Keine Lügen, alter Mann, das kann ich nicht leiden.«

»Ich lüge nicht.« Ian war erleichtert, dass Malachit seit Betreten des Hauses offenbar nur auf ihn gewartet hatte, ohne dass die übrigen Bewohner seine Anwesenheit mitbekommen hatten. Sie waren demnach wohlauf.

Noch.

»Sie ist eine Bogin.«

»Hat sie dir nicht erzählt, dass ihre Gabe bei mir nicht wirkt?« Der Finstere zog die dünnen roten Lippen auseinander und entblößte messerscharfe Zähne. Falls Schwarzalben tatsächlich entfernte Verwandte der Elben waren, wie gemunkelt wurde, so boten sie das absolut dunkle Gegenteil der Unsterblichen, das war gewiss.

Der alte Gelehrte hatte noch nie in seinem Leben vor etwas oder jemandem Furcht empfunden. Doch das hatte sich hiermit geändert. Auf seine alten Tage noch diese Erfahrung machen zu müssen, darauf hätte er gern verzichtet.

Die Finsternis dieses Geschöpfes kroch in jeden Winkel seiner geliebten, hellen, freundlichen, gemütlichen Bibliothek, beschmutzte sie, besudelte sie, verklebte die Regale wie mit Teer, dämpfte das Kerzenlicht zu mattem, bläulichem Schein, der den Flämmchen jegliche anheimelnde Wärme entzog.

»Dennoch ist sie dir damals entkommen.«

»Nur einmal.«

»Sie wurde im Palast gefangen gehalten, nicht von dir. Aber du bist doch nicht ihretwegen hier, oder?«

»Gewiss nicht. Es war nichts als die höfliche Nachfrage eines Gastes.«

»Eines Eindringlings!«

»Nur eine Frage des Standpunkts.« Malachit schien sich zu amüsieren, dass der alte Gelehrte sich trotz seiner Furcht und Sorge nicht so schnell den Schneid abkaufen ließ. »Zugegeben, ich habe mich selbst eingeladen, da ich wohl anders keinen Besuch hätte abstatten können.«

»Allerdings. Was willst du?«, wiederholte der Meister, und sein Mund war nunmehr so trocken, dass er unbedingt einen Schluck brauchte. Mit leicht zittriger Hand goss er sich aus der Karaffe in den zweiten Pokal, der immer für Onkelchen Fasin bereitstand, und trank stockend. Er hatte gehofft, der Wein würde ihn ein wenig von innen wärmen, doch in Malachits Nähe gab es offenbar keine Wärme; nicht von innen, nicht von außen.

»Na schön, kommen wir zur Sache.« Der Myrkalfr setzte sich auf. »Ich werde die Regierung übernehmen, und ihr werdet nach meiner Pfeife tanzen.«

»... Pfeife tanzen?«

»Altes magisches Spiel vom Kontinent im Osten. Man fängt damit Ratten, Menschen und eigentlich jeden, den man will. Stammt aus einer lange vergangenen Zeit, so wie ich.«

Der alte Gelehrte schluckte. »Du ... du wirst keinesfalls in Sìthbaile herrschen!«

»Natürlich nicht. Ich werde das *gesamte* Südreich übernehmen. Doch eins nach dem anderen, zunächst einmal interessiert mich nur der Thron an sich und meine Legitimation. Alles Weitere organisiere ich dann von hier aus. Es wird ganz schnell und weitgehend schmerzlos gehen, insofern sich alle brav fügen.«

»Es gibt keine ... Legitimation«, widersprach Ian heiser.

»Doch, denn ihr werdet sie mir ausstellen.« Malachit stand auf und zog einen dünnen Silberreif mit Zacken hervor. Einer der Zacken war länger und dicker als die anderen und trug einen leuchtendroten Kristall in der Mitte. »Ich bin kein dahergelaufener Wegelagerer, sondern des Thrones durchaus würdig, denn ich bin hohen Geblüts und Herrscher meines Volkes.« Er setzte sich die Krone auf und präsentierte sich lächelnd in königlicher Pose. Keine Frage, er wusste sich als eleganter Herrscher darzustellen. Seine Kleidung passte dazu, schwarz, aber aus kostbaren Stoffen, mit glänzenden Applikationen in geheimnisvollen verschlungenen Mustern, und perfekt auf Maß gearbeitet. Dazu kniehohe Stiefel und glänzende Manschettenknöpfe an breiten Armstulpen. »Muss ich erwähnen, dass mein hohes Alter, wie auch meine Macht einen Anteil an diesem Rang tragen? Jedenfalls werden wir beide, du und ich, morgen in den Palast gehen, du wirst deinen beiden Freunden eures Triumvirats mitteilen, welche Änderungen eingetreten sind, und dann arbeitet ihr ab sofort für mich.

Für euch wird sich zunächst nicht viel ändern, ihr tut einfach nur das, was ich sage, und geht ansonsten den Tagesgeschäften nach. Selbstverständlich bleibe ich im Hintergrund, ich will das Volk nicht unnötig erschrecken.« Er winkte ab und kehrte in den Sessel zurück. »Man kennt das ja, diese Schauergeschichten. Nichts hält sich so lange wie der Aberglaube daran.«

»Das heißt, du wirst das Volk in Peredurs Namen unterdrücken«, stieß Ian hervor.

»Ja, eine gute Idee, nicht wahr? Da habt ihr so hoffnungsvoll das Drama geheim gehalten, und nun habt ihr damit genau das Gegenteil erreicht und mir praktischerweise in die Hände gespielt. Niemand wird euch mehr glauben, solltet ihr jetzt verkünden wollen, dass König Peredur gar nicht mehr da und deshalb nicht verantwortlich ist. Aber das Volk wird mein Joch ohnehin nicht so schnell erkennen, denn der gute Tiw und seine Artgenossen werden schön das tun, wozu sie am besten in der Lage sind. Was sie ohnehin schon die ganze Zeit tun. Wie unfein von angeblich so noblen Herrschaften wie euch! Gefällt mir.« Malachit bleckte erneut die Zähne. »Ragnas Strategie war nicht schlecht, also werde ich sie übernehmen und erst einmal die Stadt gründlich einlullen. Zu Folter und Metzelei wird noch genug Gelegenheit sein, sobald mein Heer erst eintrifft.«

»D...dein *Heer*...«

»Mein Bester, glaubst du ernsthaft, das hier ist eine spontane Handlung?«

Dem alten Gelehrten wurde schwindlig. »Und...und Ragna?«

»Nun, sobald sie ihre eigenen Angelegenheiten im Nordreich erledigt hat, wird sie im Triumph hierherkommen. Sie wird über allen stehen und sich wie eine Göttin anbeten lassen, so sieht es unser Pakt vor. Aber der Regierende bin *ich*. Das ist alles schon lange geregelt. Wir planen eventuell sogar zu heiraten und das Bett zu teilen, denn wir finden über das Bündnis hinaus durchaus Gefallen aneinander. So eine lächerliche Verhaftung und Gerichtsverhandlung wirft uns doch nicht aus der Bahn. Wir haben seither im Stillen weiter unsere Vorbereitungen getroffen; ich übrigens die ganze Zeit von hier unten aus. Nun ist es an der Zeit zu handeln.«

»Von hier ... Was ist im Verlies ... mit dem Elb und dem Zwerg ...«

»Hatten einen bedauerlichen Unfall, als sie versuchten, euch zu warnen. Sie stellten fest, dass ich nie fort war, und nahmen es nicht sonderlich erfreut auf. Schade, die beiden hätten gut in meine Reihen gepasst. Aber sie waren leider unbelehrbar. Und ich bin ein strenger, *unnachgiebiger* Lehrer ...«

Ian fuhr sich mit der Hand über seine eiskalte Stirn. »Ich kann das nicht tun«, flüsterte er.

Die Mundwinkel des Myrkalfren sanken herab. »Aber du *wirst*«, grollte er mit eisiger, nachhallender Stimme, die klang, als schalle sie direkt aus einer Gruft. »Du hast keine Wahl. Bereits in diesem Moment übernehmen meine Schattenkrieger und deren Handlanger dein Anwesen, und sie werden sich noch in dieser Nacht unauffällig im Palast verteilen, um im geeigneten Moment, sobald sie Morgen das Zeichen erhalten, zuzuschlagen.« Er hob die Hände, und seine Stimme wurde wieder heller, leutseliger, wobei sie kaum an Autorität verlor. »Du kannst dich weigern, gewiss. Dann werde ich euch alle eigenhändig und mit viel Vergnügen auf sehr grausame Weise töten und Andere an eure Stelle setzen. Die Einzigen, die ich unversehrt lasse, sind die Bogins, da ich ihrer Dienste bedarf. Du aber und alle Anderen eurer traurigen Schar seid entbehrlich.«

»Warum dann überhaupt die Mühe mit uns?«

»Weil es so viel einfacher ist. Ihr seid Vertrauenspersonen, ihr kennt euch mit dem Hofstaat und der ganzen Verwaltung aus. Ich wäre ein Narr, auf eure Dienste zu verzichten, doch ich kann das durchaus tun, wenn es nicht anders geht.«

Tränen rollten über die Wangen des alten Mannes. »Wir hatten nie eine Chance, nicht wahr?«, sagte er gebrochen.

»Um ehrlich zu sein – nein.«

Malachit erhob sich erneut, dünn wie ein Schatten, finsterer als ein lichtloser Abgrund. Langsam trat er vor ein Buchregal, das bis zur Decke reichte. »Während ihr noch im Dunkel der Vergessenheit umhergetappt seid, haben Ragna und ich längst die Vorbereitungen für die endgültige Übernahme getroffen. Ob es nun Jahrzehnte, Jahrhunderte oder Jahrtausende dauert ... Was spielt das schon für eine Rolle für Wesen wie uns?«

Er streckte die Hand aus, seine Krallennägel glitten über einige der Buchrücken.

»Bevor ich dich der verdienten Nachtruhe überlasse, wünsche ich nur noch eines. Wo ist das Buch?«

»Welches Buch? Hier sind Tausende.«

»Verärgere mich nicht!«, warnte Malachit ungehalten. »Das Buch der Bogins. Für das, was ich vorhabe, benötige ich seine Macht. Das ganze Volk ist daran gebunden, wusstest du das? Es ist seine Seele.«

»Darin irrst du. Es ist seine Geschichte, seine Erinnerung.« Der alte Gelehrte gewann seine Würde zurück. »Ich liefere dir die Bogins nicht aus.«

Malachit vollzog eine schnelle Handbewegung, Ians Kopf ruckte wie unter einem heftigen Schlag zur Seite, und er sank stöhnend im Sessel zusammen. Mit einem einzigen, geschmeidigen Schritt war der Myrkalfr bei ihm und beugte sich über ihn. »*Ich. Scherze. Nicht.*« Ein Schlag von der anderen Seite, diesmal eigenhändig ausgeführt. Rote Striemen zeichneten sich auf dem faltigen, gütigen Gesicht ab. Die Oberlippe platzte auf, und ein feiner Blutfaden rann über Meister Ians Kinn. Aber das brachte den Gelehrten keineswegs aus der Fassung. Rohe Gewalt konnte ihm keine Angst einjagen; mehr und mehr gewann er seine Selbstachtung zurück.

»Such es doch«, stieß Meister Ian Wispermund fast kichernd hervor. »Du wirst es nicht finden. Niemand kann das. Nicht einmal ich. Es ist das Buch der Bogins, und nur ihnen steht es zu. Also haben sie es auch versteckt. Hier drin oder anderswo, ich habe keine Ahnung. Das ist der Trick bei diesen Dingen ...«

Malachit schien versucht, ein drittes Mal zuzuschlagen, doch dann richtete er sich auf und tippte nachdenklich mit dem Finger gegen das

Kinn, während er den anderen Arm an den Rücken legte. »Niemand ... außer den Bogins. Na schön. Wo ist das Mädchen?«

Der Gelehrte gab keine Antwort, aber die wurde von ihm offenbar auch gar nicht erwartet.

Malachit drehte sich zur Tür, die sich gleich darauf öffnete, und ein Geschöpf, das aus den tiefsten Tiefen hervorgekrochen sein mochte, kam herein. Es war haarlos, starrte vor Zähnen, war aber ansonsten schwer zu beschreiben, weil nichts an ihm zusammenzupassen schien, und es bewegte sich halb kriechend, halb hüpfend. »Mrmblmpfrm«, machte es.

Malachits Brauen zogen sich zusammen, die Spitzen seiner Ohren bebten. »Was sagst du da?«, fragte er gefährlich ruhig.

»Blmmfpgghhgtt.«

»*Wo. Ist. Das. MÄDCHEN?*«, schrillte Malachit daraufhin, dass die Karaffe in tausend Trümmer zersprang und den restlichen Wein wie Blut verspritzte.

Cady vermochte nicht zu sagen, wovon sie wach geworden war, aber etwas stimmte nicht mehr im Haus, sie konnte es schlagartig spüren. Sie war hier aufgewachsen, mit dem Haus und seinen Bewohnern eng verbunden und bemerkte jede Veränderung.

Hoffentlich ist nichts mit Meister Ian, dachte sie besorgt und sprang aus dem Bett, schlüpfte in Hausschuhe, griff nach dem Morgenmantel, gürtete ihn fest und steckte ihren Urram hinein; von dem trennte sich ein Bogin nicht einmal, wenn er nur schnell mal hinausmusste. Sie war früh zu Bett gegangen, weil sie ohnehin immer die halbe Nacht wachlag und deswegen jede Stunde nutzte, die sie schlafen konnte. Dafür stand sie dann früh auf, sobald an Schlaf überhaupt nicht mehr zu denken war und die Sonne ihren ersten rosigen Finger über die Hausdächer schob.

Lautlos öffnete sie die Tür, sah sich um und schlich sich hinaus. Das Haus lag in nächtlicher Ruhe, im Gang spendeten die heruntergedrehten Öllämpchen ein sanftes Licht, wie für Schlafwandler gemacht.

Instinktiv umhüllte Cady sich mit der Gabe, nicht gesehen zu werden, obwohl das abstrus erschien in diesem ehrwürdigen, freundlichen

Haus, doch ... alles konnte sich ändern. Das hatte sie durch die Schrecken der Lügenherrscherin und die Gefangenschaft gelernt.

Sie bog vor dem Haupteingang nach rechts ab, um zur Bibliothek zu gelangen, dann blieb sie abrupt stehen. Ihr Herzschlag verlangsamte sich noch mehr, und sie stellte sich vor, mit der Wand neben sich zu verschmelzen und eins zu werden. Nun sollte sie völlig unsichtbar sein.

Da waren ... Wesen. Namenlose Kreaturen, die leise schnatternd und zischend durch die Gänge huschten, und von Tür zu Tür hüpften. *Sie kommen aus dem Labyrinth*, war Cadys spontaner Gedanke, und eine eisige Klaue krallte sich um ihr Herz, weil sie ahnte, was das zu bedeuten hatte. *Wir haben alles falsch gemacht. Und jetzt ... ist es zu spät.*

Die Kreaturen bemerkten sie immerhin nicht, und Cady wagte sich weiter zur Bibliothek. Sie konzentrierte sich auf ihr feines Gehör, und konnte es nicht vermeiden, dass sich all ihre Haare aufstellten, als sie die beiden Stimmen leise durch die nicht ganz geschlossene Tür hörte. Meister Ian hatte sie anscheinend bewusst einen winzigen Spalt offenstehen gelassen, denn das dicke Holz verhinderte es für gewöhnlich, dass irgendein Laut nach draußen drang.

Sie erkannte die eine Stimme als die des Gelehrten. Sie klang ungewohnt zittrig, was schon erschreckend genug war, aber die andere ... kannte sie *auch*. Diese zweite Stimme würde sie niemals vergessen. Sie verfolgte sie noch heute bis in ihre Träume hinein, und dann sah sie jedes Mal Godas, den armen kleinen Covkobe, sterben. Der Myrkalfr hatte ihn mit nur einer Hand erwürgt, ihm das Genick gebrochen wie einen trockenen Ast.

Sie hatte so sehr gehofft, dass er verschwunden wäre, nachdem Ragna verhaftet worden war.

Weit gefehlt.

Und nun war er *hier*.

Cady hielt sich die Hände vor den Mund, damit kein verräterischer Laut entwich, und eilte lautlos den Gang zurück, wobei sie kaum die Disziplin aufzubringen vermochte, ihren Schutz aufrechtzuerhalten. Atemlos, den Tränen nah, erreichte sie ihres und Fionns Schlafzimmer, stürzte hinein und riss den Schrank auf, von einem einzigen Gedanken besessen. Hektisch, panisch wühlte sie, bis sie einen geeigneten Beutel fand, der einigermaßen wind- und wetterfest wirkte, dann machte sie sich am Bettkasten zu schaffen.

Sie hätte vielleicht die Anderen warnen müssen, aber eines hatte Cady in der Gefangenschaft und durch die Erlebnisse danach gelernt – Prioritäten zu setzen. Es gab zweifellos nichts Wichtigeres als das, was sie hier nun in den Beutel steckte, den sie sodann mit zitternden Fingern verschloss.

Als sich die Tür öffnete, setzte ihr Herzschlag für einen Moment aus, und es überlief sie siedendheiß. Sie hatte vergessen zu verriegeln, und nun waren sie hier und ...

Aber da kam Draca herein, verriegelte an ihrer Stelle die Tür und nicht nur das, er versperrte den Griff mit einer Stuhllehne, schob dann eine Kommode davor und eine Kleidertruhe, stapelte darauf noch eine zweite Kommode und wandte sich eilig zu Cady um, der erst jetzt einfiel, dass sie wieder atmen konnte.

»Du musst fliehen, Cady!«, sagte Draca und packte sie an den Schultern. Wie es aussah, blieb ihr keine Zeit mehr, eine Ausrüstung zusammenzupacken. Sie hatte sich noch nicht einmal umziehen können – aber das war nicht so wichtig. Sie raffte gerade noch den Beutel mit dem geheimen Inhalt an sich, während ihr Beschützer sie zum Fenster schob und es öffnete. Wie ein Blitz durchfuhr es sie, dass Fionn damals genauso geflohen war, ohne passende Kleidung, ohne Ausrüstung, ohne alles.

»Draca ...«

»Der Myrkalfr ist hier, und das kann nur eines bedeuten, er sucht nach dir. Und nicht nur das, er hat jede Menge Gesindel mitgebracht, das gerade alle Räume erstürmt. Ich bin so schnell ich konnte hergerannt. Du musst weg, Cady!«

»Wie soll ich denn ... Wo soll ich ...«

»Geh nach Midhaven«, antwortete er. »Dort findest du die Zwillinge. Und wenn nicht, wirst du ein Schiff auftreiben müssen, das dich nach Gríancu bringt, denn dorthin wollten sie.« Er zog einen Beutel hervor, den er ihr in die Manteltasche steckte. »Es ist nicht viel Geld, nichts als das, was ich gerade bei mir trage, aber wenigstens etwas ...«

»Woher weißt du das mit den Zwillingen?«, stammelte sie.

Draca seufzte. »Einer wie ich, entstellt und einsam, ist oft ein Vertrauter für diejenigen, die schön und traurig sind. Ich ... äh ... Màni ist ... Wie auch immer, ich habe ihren Aufbruch mitbekommen und sie aufgehalten. Wir hatten in letzter Zeit über vieles gesprochen, und so haben sie mir gesagt, wohin sie gehen und mich vor einer schlimmen Bedrohung gewarnt. Sie wussten nur nicht, was das sein sollte. Màr sah nicht gut aus, und ich machte mir große Sorgen. Ich wollte mit Peredur reden, aber er ... er wusste es schon, oder zumindest zum Teil, und verschob alles, weil er eure Hochzeit nicht trüben wollte. Er glaubte, wir hätten noch Zeit, aber ich denke, die stand uns nie zur Verfügung.« Er rieb sich die schuppige Gesichtshaut. »Ich bin ein sehr misstrauischer Mensch, Cady. Das ist unweigerlich der Fall, wenn man so geboren und aufgewachsen ist wie ich, deswegen habe ich seither Augen und Ohren offengehalten und mich auf einen Angriff vorbereitet. Aber wer wäre je auf diesen Finsterkerl gekommen ...«

Cady fuhr zusammen, als jemand versuchte, hereinzukommen, zusehends ungeduldiger am Griff rüttelte und schließlich mit der Faust gegen das Holz schlug.

»Draca ...«

»Still, Cady, wir haben nur noch wenige hastige Augenblicke.«

Damit hatte er recht. Das Dröhnen gegen die Tür wurde lauter, und das Holz knirschte und stöhnte. Lange würde es nicht mehr halten, es war schließlich nicht zum Schutz gegen Angriffe gedacht.

Cady warf einen Blick in die Dunkelheit hinaus; ihre der Nachtsicht fähigen Augen konnten erkennen, dass die Kreaturen sich noch nicht im Garten herumtrieben, weil sie anscheinend zu beschäftigt waren, das Haus zu durchstöbern. Da alle Bewohner bis dahin friedlich in ihren Betten gelegen hatten, hatten sie keinen Grund anzunehmen, dass jemand draußen unterwegs war.

»Ich habe vorgesorgt, falls ihr Bogins ... fort müsst«, fuhr Draca in aller gebotenen Eile fort. »Ich habe mir seit der Abreise der Zwillinge gedacht, dass diese verfluchte Elbenschlampe eine Riesenschweinerei vorhat, und deswegen hör mir jetzt gut zu.« Er hielt ihre Schultern immer noch fest und sah sie eindringlich an. »Findest du den Weg zum Westtor?«

Cady dachte an die Stadtkarten von Meister Ian, die sie häufig studiert und mit ihrem guten Gedächtnis verinnerlicht hatte. »Ja ...«

»Sieh zu, dass du möglichst schnell und möglichst unerkannt dorthin gelangst. Neben dem Wächterhaus, auf der linken Seite, steht ein kleines windschiefes Häuschen. Dort klopfst du an und sagst ›Draca schickt mich‹. Erschrick nicht, der Mann, der dir öffnet, ist gewissermaßen noch hässlicher als ich. Sag ihm, wer du bist, und dass du ›die Schuld‹ einforderst. Er wird natürlich von nichts wissen wollen, aber du wirst nicht locker lassen. Der Mann weiß, dass ich diese Schuld eines Tages eintreibe, und der Preis ist ohnehin gering genug für sein Leben, das er mir zu verdanken hat. Du wirst darauf bestehen, und er wird dich fragen, wohin du willst. Du antwortest Midhaven. Er wird sich vehement sträuben, aber ich vertraue weiterhin auf deine Durchsetzungskraft. Lass dich nicht einschüchtern! Er schuldet es mir, das ist unsere Abmachung, und da kommt er nicht aus. Er wird dich also dorthin bringen. Anschließend suchst du die Zwillinge und erzählst ihnen alles, und dann ... mögen Hafrens Lilien euch behüten, dass ihr Sìthbaile befreit.«

Cady verstand, was er damit meinte. Fionn war damals in das größte Abenteuer seines Lebens gestolpert und hatte für die Befreiung des Volkes der Bogins gekämpft. Nun war es an ihr, das zu bewahren. Und außerdem die übrigen Völker ebenfalls vor dem Unglück der Tyrannei zu schützen. Nur Draca würde nicht mehr dabei sein.

»Aber was willst du ...«

»Cady.« Er ergriff ihre Hand, seine Augen blickten sie liebevoll an, und er küsste sie zart auf die Stirn. »Ich habe den Eid geleistet, euch zu beschützen, und ich werde ihn jetzt erfüllen. Die Bogins und der Hochkönig, ihr seid es, die Albalon zusammenhalten. Ihr müsst das Reich retten und bewahren. Macht das Weiße Reich zur Insel der Glückseligkeit, wie es sein soll!«

Die ersten Splitter flogen in den Raum, und die Spitze einer Axt ragte durch das Türblatt. Triumphierende Schreie drangen herein.

»Es sind so viele ...«, stammelte Cady zitternd.

Er lächelte ein letztes Mal, in dem Bewusstsein, was ihn erwartete. »Bis zum allerletzten Blutstropfen. Das sind nun einmal die Regeln. Aber, Cady, was die nicht wissen – die Fiandur besteht fort. *Du* trittst nun an meine Stelle als eine von uns. So lange auch nur ein Einziger der Fiandur am Leben ist, so lange wird Albalon bestehen. Vergiss das nie! Die Große Arca der Bogins, die Fiandur, das alles ist *Eins*. Sobald einer stirbt, rückt der Nächste nach. Wer auch immer es sein mag, und wann auch immer. Wir sind stets Zweiundzwanzig, nicht unbedingt zur selben Zeit, aber früher oder später innerhalb eines Jahres. Das ist unsere Macht, auch wenn wir nicht über die magischen Kräfte unserer Feinde verfügen. Sie können uns nicht besiegen, solange wir das aufrechterhalten. Hast du das begriffen?«

Ihre Augen waren groß, und die Morgensonne erblühte in ihnen. »Ja.« Sie klang erstaunt. Er hatte sie auf den Fenstersims gehoben, sodass sie nun Auge in Auge waren. Sie umklammerte den Beutel, denn das war der geheime Triumph eines kleinen, unbedeutenden Volkes, das sich seine Identität niemals mehr stehlen lassen würde, egal was geschah. Es spielte keine Rolle, dass sie in Bademantel und Pantoffeln unterwegs war. Sie wäre auch nackt geflohen, solange sie nur diesen Schatz bei sich hatte und behütete.

Sie neigte sich und küsste ihn auf den Mund. »Dein Opfer wird unvergessen bleiben«, wisperte sie, dann war sie draußen und huschte in Anwendung ihrer Gabe, nicht gesehen zu werden, auf den kindlichen Geheimpfaden durch den Garten davon. Was auch immer an merkwürdigen Geschöpfen herumkrauchte – der grausige Myrkalfr war nicht dabei, und seine Gehilfen waren leicht zu übertölpeln. Es dauerte nicht einmal hundert Herzschläge, dann war sie schon draußen.

Und während Cady auf die Gasse hinaus schlüpfte und gleich den nächsten Seitengang nahm, hörte sie hinter sich den markerschütternd schrillen Wutschrei ihres Feindes; ihres *persönlichen* Feindes, der über so viel Magie verfügte und trotzdem nicht in der Lage war, einer unschuldigen jungen Bogin habhaft zu werden. Sie grinste grimmig. *Fionn und ich gehören damit zu den meistgehassten Personen von zwei der mächtigsten Wesen Albalons, und das ist doch etwas, worauf wir Kleinen uns etwas einbilden können.*

Bogins wurden übersehen? Dass sie nicht lachte!
Nur war ihr leider ganz und gar nicht nach Lachen zumute.

Draca verschloss das Fenster, zog das Schwert und stellte sich neben die Tür. Sobald sie endgültig durchbrochen war und sich der erste Arm hindurchstreckte, um die Hindernisse zu beseitigen, schlug er zu.

Das Geschöpf auf der anderen Seite stieß ein winselndes Geräusch aus und zog sich zurück. Sein Arm blieb allerdings hier, rutschte mit zuckenden Krallenfingern, als wolle er sich noch irgendwo festhalten, über die Kommode nach unten und hinterließ eine blutige Spur.

Die Reaktion erfolgte umgehend und sehr wütend. Die Eindringlinge hackten und schlugen nun mit allem auf die Tür ein, was ihnen zur Verfügung stan. Als oben nichts mehr von ihr übrig war, rissen sie die unteren Reste heraus und stürmten dann in den Raum; die einen über die Möbel, die anderen rannten gegen die Hindernisse an, um sie durch ihren bloßen Aufprall aus dem Weg zu räumen.

Dieses Durcheinander verschaffte Draca noch ein wenig Zeit, und er hatte ausreichend Gelegenheit, mit dem Schwert zuzuschlagen. Doch die Nachdrängenden ließen sich davon nicht beeindrucken, sie zerrten die Leichen ihrer Artgenossen einfach beiseite und drängelten nach.

Draca stellte sich nun vor den Rahmen und begegnete ihnen frontal. Er ließ das Schwert so schnell herumwirbeln, dass er die Eindringlinge tatsächlich für eine Weile aufhielt und ein furchtbares Blutbad unter ihnen anrichtete.

Doch dann hielten sie plötzlich inne und wichen zurück, und Draca nutzte die Gelegenheit, um Luft zu holen. Gleichzeitig spürte er das Nahen einer grauenvollen Aura, einer furchtbaren Präsenz, die ihre mit Frostfingern ausgestattete Dunkelheit vorausschickte. Er wusste, wer da kam.

Malachit erschien auf der anderen Seite, außer Reichweite des Schwertes, doch Draca hätte ihn sicherlich auch auf geringerer Distanz niemals erreichen können.

»Ich bin nicht erfreut«, sagte der weißhaarige Herrscher der Myrkalfren und bewegte die Hand.

Draca spürte, wie lähmende Schwere ihn niederdrückte. Seine Hände verkrampften sich um das Schwert, und seine Muskeln schwollen gewaltig an, als er dem Druck verzweifelt standhielt. Schweiß lief ihm in Bächen den Körper herab, während seine Haltung sich allmählich beugte.

Die ihren Herrn umringenden schauerlichen Diener des Schwarzalben schauten dem Menschen neugierig bei seinem Widerstand zu.

»Feigling«, stieß Draca keuchend hervor. »Nicht einmal zu einem Kampf Mann gegen Mann bringst du es.«

»Wo ist das Mädchen?«, fragte Malachit.

»Fort, weg, und das schon lange. Du wirst, du kannst sie nicht finden. Ich habe deine dummen Rattenmonster absichtlich hierher gelockt, obwohl sie die ganze Zeit nicht hier war.«

»Ablenkung also.«

»Hör zu«, Draca ging immer weiter in die Knie. »Was du da mit mir anstellst, ist würdelos. Lass mich wenigstens wie ein Krieger sterben. Schick deine Rattigen hier herein, mal sehen, wie viele ich noch mitnehmen kann.«

Malachit musterte ihn. »Einer wie du könnte der Anführer meiner neuen Garde werden.«

»Mein Aussehen täuscht. So hässlich kann ich gar nicht werden, dass ich mich dir anschließe. Lass es mich auf meine Weise beenden!«

»Nun gut. Es sei.«

Malachit wandte sich ab und verschwand.

Seine Kreaturen stürmten schnatternd und kreischend in den Raum.

*

Am Morgen, als sie gemeinsam beim Frühstück saßen, blickte Fionn sich immer wieder um.

Dagrim Kupferfeuer wurde schließlich darauf aufmerksam und seine wild wuchernden Augenbrauen sträubten sich. »Wonach suchst du denn, Junge? Wenn ich noch alle Sinne beisammen und das Rechnen nicht völlig verlernt habe, sitzen wir vollzählig am Tisch, und den gestrigen Tag habe ich hier auch nirgends versteckt.«

»Es ist nur...« Fionn merkte, dass er rot wurde. »Ach, nichts.« Verlegen richtete er die Augen auf seinen Teller und schnitt sich das Brot mundgerecht zu.

»Meine Güte, was für eine traurige Tischgesellschaft. Ihr seid schon ein Jammerhaufen«, stellte Dagrim auf seine knurrige Weise fest. Mit dem Daumen wies er nacheinander auf die Angesprochenen. »Der hier«, er meinte Ingbar, »ist ein ewig Leidender. Die anderen zwei«, das betraf Hrothgar und Rafnag, »sind total verkatert und immer noch so besoffen, dass sie nicht geradeaus schauen können. Der Junge ist ein romantischer Wirrkopf, und für dich, Peredur, muss die Beschreibung erst erfunden werden, was du bist.«

»Wie wär's mit ›Hochkönig‹?«, schlug der Angesprochene vor, und für einen Moment schauten ihn alle am Tisch verunsichert an, ob das etwa der Versuch eines Scherzes gewesen sein sollte.

Peredur trank in aller Seelenruhe seinen Tee und widmete sich weiter seiner Mahlzeit.

Die Anderen zogen vor, es ihm gleichzutun.

Fionn hatte seine Sachen schnell gepackt und war reisebereit. Als er in den Wohnraum kam, waren alle Anderen aber schon vor ihm fertig gewesen. Rafnag und Hrothgar waren unterwegs zum Mietstall, um die Pferde zu holen; vermutlich mussten sie ihr alkoholbenebeltes Gehirn ein wenig lüften, bevor es losging. Peredur, Ingbar und Dagrim gingen gerade vor die Tür; anscheinend wollte der Zwerg ihnen etwas zeigen.

Fionn blieb unschlüssig stehen, dann zuckte er die Achseln und ging auf die Tür zu, als er eine Bewegung an der Wand zur rechten Seite bemerkte, wo es zur Küche ging.

Und da stand sie. Eine kleine, rosige, rundliche Frau mit hüftlangen schwarzen Haaren, die zu einem dicken Zopf geflochten waren. Sie trug ein buntkariertes Kleid mit Schürze, die Füße steckten in Holzpantinen. In der einen Hand hielt sie eine Rührkelle, in der anderen einen Kräuterbund. Sie zwinkerte ihm aus warmen braunen Augen zu und lächelte heiter, dann war sie im düsteren Gang Richtung Küche verschwunden.

Strahlend trat Fionn auf die Straße hinaus, wo die drei Männer immer noch diskutierten, doch sie unterbrachen das Gespräch, als sie seinen Gesichtsausdruck bemerkten.

»Warst du an meinen Honigweinvorräten?«, fragte Dagrim misstrauisch.

»Ich glaube eher«, äußerte Ingbar langsam und zur Überraschung der Anderen, »er hat soeben ein Rätsel gelöst.«

»So etwas in der Art.« Fionn lachte, er konnte nicht anders, und war froh, dass in diesem Moment die übrigen Gefährten mit den Pferden eintrafen. Er würde dieses Geheimnis gut für sich bewahren. Denn er kannte zwar eine Zwergenfrau, aber er hatte Valnir noch nie ohne Bart gesehen, und auch nicht ohne stark verhüllende Kleidung. Er hatte sie einmal *gefühlt*, weswegen er überhaupt erst darauf gekommen war, dass sie eine Frau und kein Mann war, aber das war auch schon alles. Und nun hatte er endlich eine Vorstellung, die er fest in seine Erinnerung einschließen würde.

»Alle bereit?«, fragte Peredur mit tiefer Stimme, und seine Begleiter beeilten sich, in die Sättel zu kommen.

Weiter ging es nach Brandfurt, auf dem schnellsten Wege.

*

Der Weg durch die große Stadt war weit, und Cady musste immer wieder innehalten, um zu verschnaufen. Sie war keine geübte Läuferin, wie es Bogins im Allgemeinen nicht waren, trotz ihrer großen Füße, und die Angst schnürte ihr die Kehle zu. Angst, dass sie verfolgt und geschnappt würde, aber auch um Meister Ian und alle Anderen im Haus. Immerhin, es war mitten in der Nacht, und die Gefahr, entdeckt zu werden, war gering. Es gab zwar Nachtpatrouillen, wie von Peredur verfügt, doch die sollten den Bürgern Sicherheit vermitteln, dass Räuber nur geringe Chancen auf Beutefang hatten.

Trotzdem hielt Cady sich an Dracas Rat, möglichst stille Wege zu benutzen. Bogins waren zwar frei und unterstanden dem persönlichen Schutz des Königs, aber ihr Anblick auf den Straßen abseits der Märkte und Geschäfte war immer noch eine Seltenheit.

Also huschte sie von Schatten zu Schatten, ohne die Richtung, Westen, aus den Augen zu verlieren.

Am Ende der Stillen Stunden, als Kıdırean gerade zum ersten Mal posaunte, erreichte Cady das beschriebene Haus in der Nähe des Westtores. Sie war allen Begegnungen unterwegs ausgewichen, und wo es nicht anders ging, hatte sie ihre Gabe eingesetzt. Aber zumeist traf sie nur auf andere Kleine Völker, die aus vielerlei Gründen die Nacht bevorzugten, und vor diesen brauchte sie sich nicht zu verstecken. Man übersah sich gegenseitig und stellte keine Fragen, das war bei ihnen so üblich. Vor allem waren die Bogins bei ihnen gar nicht so sehr beliebt, sie gehörten schon fast zu den »Großen«.

Sie zögerte kurz, aber dann dachte sie an die schaurige Stimme des Myrkalfren und überwand ihre Scheu, einen Fremden um diese nachtschlafende Zeit aus dem Bett zu holen. Sie nahm den Türöffner, der den besten Zustand der gesamten Hütte aufwies, und klopfte kräftig an.

Zuerst geschah nichts.

Sie klopfte erneut.

Ein leises Geräusch wie ein Scharren erklang, dann wieder Stille.

Cady klopfte ein drittes Mal energisch, und die morsche Tür ächzte bedenklich.

»Verdammt!«, drang eine wütende, verschlafene Stimme nach draußen. »Brich nicht gleich durch die Tür, ich bin ja schon da! Nur Geduld, nur Geduld.«

Schlurfende Schritte über Holzboden, ein Riegel, der zurückgeschoben wurde. Die Tür öffnete sich einen Spaltbreit, und dahinter wurde ein Kopf mit Schlafmütze sichtbar. Eine Hand hielt einen Kerzenleuchter; das kleine Licht beleuchtete das Gesicht von unten und offenbarte so schon eine bizarre Hässlichkeit. Cady war gewarnt worden, dennoch schluckte sie. Pockennarben, ein Auge fehlte, soweit sie sehen konnte waren da nur noch zwei Zähne im runzligen Mund, darunter ein vorgewölbtes, unrasiertes Kinn.

»Ich gebe nichts und ich habe nichts«, schnarrte der Mann wütend, als er eine junge Boginfrau in Hausmantel und Pantoffeln erkannte. »Such dir ein anderes Lager.«

Er wollte die Tür schließen, doch Cady drückte schnell dagegen. »Draca schickt mich«, sagte sie, genau wie aufgetragen.

Der Mann hielt inne. Er mochte auf die sechzig zugehen. »Wen? Dich? Dass ich nicht lache.« Er schnaubte abfällig.

»Lass mich rein, dann erkläre ich dir alles.« Cady drückte unerbittlich gegen die Tür und hatte den Fuß in den Spalt geschoben. »Oder sollen wir das auf offener Straße besprechen?«

Der Mann zögerte, schließlich ließ er die Tür los und wandte sich ab. »Meinethalben«, knurrte er. »Bin sowieso schon wach.«

Cady schlüpfte hinein und schloss die Tür hinter sich. Ganz geheuer war ihr nicht mit diesem Mann, der äußerst schmuddelig wirkte und ein wenig unheimlich aussah mit seinem Buckel und dem krummen Bein. Auch das Innere seiner ebenfalls schiefen kleinen Hütte war alles andere als einladend. Wahrscheinlich hatte sie seit der Fertigstellung keinen Putzlappen mehr gesehen. Unwillkürlich legte sie ihre Hand an den Urram vorn im Gürtel; sie würde sich zu verteidigen wissen. Hoffte sie.

»Also was soll das Gerede mit diesem Draca?« Der Mann drehte sich zu ihr um. »Kenne keinen, der so heißt.«

»Lüge«, stellte Cady ihn gelassen bloß. »Er hat mir schon gesagt, dass du dich herausreden willst.«

»So, hat er das? Nun, wenn's da nichts gibt, worauf sollte ich mich wohl herausreden?«

Cady wagte sich einen Schritt näher in die Hütte und sah sich im spärlichen Schein der einzigen Kerze um. Sie wollte lieber nicht wissen, wie es hier bei Tageslicht aussah. Wie sehr zudem ihre Nase beleidigt wurde, davon wollte sie erst gar nicht reden. »Nun, wenn man eine Ehrenschuld hat, so gilt es, sie abzutragen.«

»Ehrenschuld?«, gab er spöttisch zurück.

»Dass jemand in Armut lebt, daran mag er unschuldig sein. Aber kein Ehrenmann zu sein, das ist ...«

»Wer sagt, dass ich kein Ehrenmann bin?«, brüllte der Bucklige los und schlurfte auf Cady zu, die einen Schritt zurückwich und die Hand um den Griff des Urram schloss.

»Na, du«, antwortete sie forsch und war stolz auf sich, wie gut ihr das gelang, denn innerlich schlotterte sie vor Angst. Doch dann dachte sie wieder an *ihn* und dass es nichts Schlimmeres geben konnte, als in *seine* Fänge zu geraten. Da war das hier nichts weiter als ein Fliegenschiss an der Scheibe, der schnell weggeputzt war. »Du hast gerade bestritten, eine Ehrenschuld gegenüber Draca zu haben. Er hat mir alles erzählt, ich bin also im Bilde. Und wenn du nicht willst, dass ich herumerzähle, du würdest deine Schulden nicht bezahlen, solltest du besser gleich alles zugeben.«

Der Bucklige starrte sie hasserfüllt aus dem verbliebenen Auge an. »Hätte nie gedacht, dass er mal damit ankommt.«

»Ehrenschulden *müssen* beglichen werden, so sind die Regeln. Menschen mögen keine magischen Wesen sein, aber das heißt nicht, dass gewisse Gesetze nicht zuträfen und keine Flüche nach sich zögen. Blutschuld, Ehrenschuld – davon ist niemand ausgenommen.«

Sie hatte es geschafft, er bekam es mit der Angst. »Ist ja schon gut, na schön, da besteht eine gewisse … Verpflichtung. Ein Versprechen, das ich Draca gegeben habe.«

»Nenn es wie du willst. Ich bin hier, um diese Verpflichtung einzufordern.«

Der Bucklige gewann sein Selbstbewusstsein zurück. »Ach ja? Und was genau forderst du?«

»Dass du mich auf der Stelle, noch in dieser Stunde, nach Midhaven bringst.«

Er stockte, dann lachte er los. »Was soll ich? Hör zu, Kleine, wenn Draca seine Schuld einfordert, mir recht, soll er vorbeikommen. Aber für *dich*, *Bucca*, tue ich *gar nichts*.« Abschätzig musterte er sie. »Ich frage mich eher, was wohl für mich rausspringt, wenn ich dich den Behörden übergebe.«

»Mindestens drei Tage Aufenthalt im Gefängnis«, schoss Cady zurück. »Ich bin eine freie Boginfrau und stehe unter dem Schutz des Hochkönigs. Er ist wenig nachsichtig, wenn einem von uns etwas widerfährt.« Ihr war klar, dass sie jetzt Haltung bewahren musste, sonst hatte sie verloren. »Aber gut!«, fügte sie hinzu. »Mir egal – gehe ich eben zu Draca zurück und erzähle ihm alles, und dann wird er deinen Wunsch erfüllen und selbst vorbeikommen. Bin allerdings nicht sicher, ob er gute Laune haben wird. Und ich werde mir auf dem Heimweg einen kleinen Fluch überlegen; nichts Schlimmes, aber doch so, dass du es spüren wirst.«

Der Bucklige schwankte unsicher zwischen Zorn und Aberglaube. »Und wie willst du das anstellen?«

»Pass mal auf.« Cady wusste, dass sie bei ihm leichtes Spiel hatte, denn sein Gemüt war schlicht und ließ sich leicht übertölpeln. Sie verlangsamte den Herzschlag, verharrte völlig reglos und stellte sich vor – auch wenn dies ein grässliches Bild war –, mit der Wand hinter ihm zu verschmelzen.

Damit rückte sie aus dem Blickfeld des Buckligen, der gleich darauf blinzelte und rief: »He, wo bist du?« Suchend drehte er sich um, stapfte deutlich verwirrt durch die Hütte. Er hatte keine Tür aufgehen sehen, er hatte keine Bewegung mitbekommen. »Ja, gut, ich glaube dir! Zeig dich mir wieder, das ist gruslig!«

Cady bewegte sich ein paar Schritte nach links und »kehrte zurück«, wie sie es nannte. »Also, wirst du mich nun nach Midhaven bringen?«

»Das ist alles? Mehr verlangst du nicht?«

»Nein, ich verspreche es dir. Ich komme dort allein zurecht. Ich brauche dich nur, um so schnell wie möglich dorthin zu gelangen.«

Er hob eine Braue. »In *dem* Aufzug?«

»Ja, stimmt.« Sie schnippte mit dem Finger. »Da hinten habe ich eine Kleidertruhe gesehen, werde mal nachschauen, ob sich da etwas für mich findet, zumindest bis nach Midhaven.«

»Muss ja eine interessante Geschichte sein.«

»Nicht halb so interessant wie du annimmst. Belassen wir es dabei, dass ich dich Buckliger nenne und du mich Bogin, und wir schließen ein kurzes Bündnis, indem du mich auf dem schnellsten Wege sicher zum Hafen bringst und wohlbehalten dort absetzt, wo ich es wünsche. Keine Fragen, keine Lügen. Einverstanden?«

»Mrm.«

»Hast du denn überhaupt Pferd und Karren?«

»Mhm.«

»Na schön, dann spann an, während ich mich umziehe. Wir treffen uns in einer Viertelstunde draußen.«

»Drei Tage werden wir bis dahin schon brauchen«, wandte der Bucklige ein.

Cady zuckte die Achseln. »Ich bin sicher, du kennst einen schnellen Schmuggelpfad und bist an Nächte unter freiem Himmel gewöhnt.«

»Und wovon leben wir?«

»Ich kann Fische fangen und weiß, welche Wurzeln nahrhaft sind, vielleicht gibt es auch noch ein paar Pilze. Wenn du Mehl und Salz hast und mitnimmst, kann ich uns zudem ein Zehrbrot backen.« Vom Fischfang verstand sie überhaupt nichts, aber es gab für alles ein erstes Mal. Immerhin, beim Rest hatte sie nicht gelogen.

Der Bucklige dachte nach. »Es scheint dir wirklich ernst zu sein.«

Cady nickte. »Und ich habe nicht vor, meine Zeit noch länger zu vertrödeln. Gilt die Abmachung oder nicht?« Sie hielt ihm die Hand hin, auch wenn ihr jetzt schon vor seiner Berührung grauste.

»Sie gilt.« Er schlug ein, dann ging er nach draußen, um den Karren anzuspannen, und Cady durchwühlte in aller Eile die Kleidertruhe.

Sie fand tatsächlich ein altes Paar Hosen, das dem Buckligen vor Jahren gepasst haben mochte, ein Hemd mit alten Flecken, und eine mitgenommene Lederjacke. Dazu eine Mütze, wie sie von Fischern getragen wurde. Es war alles nicht sonderlich schön, aber wenigstens damals, bevor es in der Truhe abgelegt worden war, gewaschen worden. Ganz unten fand sie sogar noch ein paar Holzpantinen, in die sie ihre Füße gerade noch so hineinzwängen konnte.

Ihre alten Sachen verstaute sie in dem Beutel; sie würde keine Spuren hinterlassen, nicht einmal an diesem Ort.

Sie stopfte ihr Haar unter die Mütze und benutzte den Gürtel des Morgenmantels, um das Rutschen der Hose zu verhindern. Das Hemd war so weit, dass man auf den ersten, flüchtigen Blick annehmen konnte, einen zu füllig geratenen Menschenjungen vor sich zu sehen.

Der Bucklige stutzte auch tatsächlich kurz, als er hereinkam. »Gar nicht mal übel«, brummte er. »Aber wir werden trotzdem kein Risiko eingehen. Bis wir aus der Stadt sind, versteckst du dich im Kutschbock, da müsstest du gerade so reinpassen. Hab alles Nötige gepackt. Wir gehen hinten raus, von da aus führt eine kurze Gasse zum Nachttor, denn das große ist nachts natürlich geschlossen. Diese Pforte nehmen Milch- und Fleischhändler, die zu dieser Zeit schon unterwegs sind, wir werden also nicht auffallen. Die Nachtwache kennt mich ohnehin und wird sich nicht wundern. Übrigens kenne ich tatsächlich Schmuggelwege, aber ich transportiere Eis von Midhaven nach Sìthbaile, nur um das klarzustellen.«

»Es interessiert mich gar nicht«, versetzte Cady.

Sie folgte dem Buckligen durch die Hintertür, wo tatsächlich ein mageres Pferd vor einen Karren gespannt stand, der bestens zu der Hütte passte. Aber so wie er innen ausgekleidet war und befüllt mit Stroh und Decken, glaubte Cady dem Buckligen, dass hier Eis transportiert wurde, das die Wirte ihm sicher gern für ihre Keller abnahmen.

Bestimmt hätte der Bucklige es damit zu bescheidenem Wohlstand bringen können, aber er gehörte wohl zu der Sorte, die aus ihrem Elend nicht herausfanden und vor allem jeden Erlös sofort vertranken, verspielten oder verhurten, vielleicht auch alles zusammen. Und die dann in Schwierigkeiten gerieten, aus denen Leute wie Draca sie retteten und dafür eine Ehrenschuld erhielten.

Für einen Moment empfand Cady Mitleid. Dieses Elend kannte sie bisher nur aus Geschichten, sie hatte es noch nie miterlebt.

Sie fragte sich in diesem Augenblick nicht, ob sie dem Buckligen trauen konnte, denn sie hatte keine Wahl. Nur mit seiner Hilfe hatte sie überhaupt eine Chance, in absehbarer Zeit nach Midhaven zu kommen – und dabei ihre Spuren so gut wie möglich verwischt zu haben.

Umständlich kletterte sie in den engen Verschlag des Kutschbocks, der auf den ersten Blick nicht als Hohlraum ersichtlich war. Sie konnte sich kaum rühren und hoffte, dass sie bald wieder befreit würde.

Mit einem Ruck ging es los, und dann schaukelte es so stark, dass Cady unwillkürlich übel wurde. Sie zwang den sauren Geschmack im Mund hinunter; jetzt durfte sie sich keinen Patzer erlauben. Durch eine kleine Lücke zwischen zwei Holzbalken konnte sie hindurchblicken und lenkte sich damit ab.

Nun, da sie stillhalten musste und keinen Einfluss mehr auf die Geschehnisse hatte, waren ihre Knie weich, und ihr Herz raste. Sie konnte kaum glauben, wie sie dem Buckligen die Stirn geboten hatte und nun auch noch in seiner abgetragenen alten Kleidung versteckt war.

Genau wie Fionn damals war sie jetzt endgültig auf der Flucht, doch im Gegensatz zu ihm hatte sie ein Ziel. Wobei nicht sicher war, dass sie in Midhaven tatsächlich ihre Elbenfreunde finden würde. Wenn nicht, dann wäre sie auf sich allein gestellt, in einer für sie völlig fremden Welt. Sie hatte Sithbaile bisher nie verlassen. Ihre Welt hatte im vergangenen Jahr aus Meister Ian Wispermunds Anwesen, dem Palast und dem Weg dorthin und zurück bestanden. Und ab und zu war sie mit Fionn zum großen Markt gegangen, wo sie eingekauft hatten, was ihnen gerade gefallen hatte, bevor sie sich zur Rast in einem Wirtshaus niederließen, um als freie Bogins ein Bier und eine kleine Mahlzeit zu genießen.

Fionn, dachte sie und schluckte die aufsteigenden Tränen hinunter. Sie dachte an seine Zärtlichkeit, seine Hände auf ihrer Haut, seine Nähe, seinen Duft, seine Umarmung.

Cady liebte viele Personen: ihre Eltern, Meister Ian, Fionns Eltern, Draca, Peredur ... Aber Fionn, das war wie die zweite Hälfte ihrer Seele, ihres Herzens. Und nicht nur, weil sie als Kinder zusammen aufgewachsen waren. Aus der Kinderfreundschaft war schon früh mehr geworden, und seit den Ereignissen um die Befreiung der Bogins aus der Sklaverei und dem anschließenden Jahr hatte sich in Cady die Gewissheit immer stärker gefestigt, dass sie Fionn mehr als alles liebte, was für sie vorstellbar war, ja, dass sie selbst den Tod überwinden würde, um zu ihm zurückzukehren. Und sie wusste, er würde es ebenso tun.

Sie waren getrennt, und doch auch wieder nicht. Da bestand lediglich ein bisschen räumliche Entfernung zwischen ihnen, aber niemals mentale. Sie gehörten zusammen, auf immer, mochte dieses »Immer« nun einen Tag dauern oder die Ewigkeit. Fionn war dort draußen und kämpfte für das Volk und das Reich, und nun war sie ebenfalls *draußen* und würde dasselbe tun.

Ich schaffe es. Ich bin schon einmal durch die Dunkelheit gewandert und ins Licht getreten. Das wird mir auch ein zweites Mal gelingen.

Dann ballte sie grimmig die Hände zu Fäusten. *Und ich trete diesem verdammten Myrkalfren-Aas in den Hintern, dass er sein Gesäß fortan von vorn betrachten kann!*

Wie der Bucklige es versprochen hatte, passierten sie das Nachttor ohne Aufenthalt, der Karren verlangsamte nicht einmal die Geschwindigkeit. Kaum lag die Mauer hinter ihnen, schwang der Bucklige die Peitsche, und das Pferd trabte los. Nun schüttelte es Cady noch mehr durch, und sie konnte nicht mehr anders, sie jammerte verzweifelt; nur das hielt sie davon ab, sich zu übergeben.

Damit war es vorbei, als der Karren endlich anhielt und der Bucklige den Verschlag öffnete. Cady saugte gierig die frische Luft ein, dann sah sie zu, dass sie ins Freie kam, rannte ein Stück und leerte ihren Mageninhalt in die Wiese.

»Na, das kann ja eine heitere Reise werden«, meinte der Bucklige, als sie verschwitzt und immer noch grün im Gesicht zurückkam. Er reichte ihr ein Stück trockenes Brot und einen Beutel Wasser. »Hier, das beruhigt.«

Anscheinend hatte er schon mit so etwas gerechnet. Also transportierte er ab und zu wohl doch ein bisschen mehr als nur Eis.

»Du kannst dich jetzt neben mich setzen«, fuhr er fort, nachdem er sich selbst aus einem flachen Metallbehälter bedient hatte. »Aber tagsüber solltest du dich im Wagen hinten verstecken, sicher ist sicher. Wird zwar keine Kontrollen geben, dank Peredur, seine Tage als König mögen von Sonne beschienen sein, aber es muss ja nicht jeder gleich sehen, dass wir zu zweit sind.«

Damit war Cady einverstanden. Es war wichtig, unsichtbar zu sein und zu bleiben.

Obwohl sie froh war, die Strecke nicht zu Fuß gehen zu müssen, verflog Cadys Mitleid mit dem Buckligen mit Fortdauer der Reise. Er war ein ungehobelter, launischer, miesepetriger Mann, der den Begriff »Waschen« nicht kannte. Er stank, trank, fluchte, furzte und rülpste lautstark, wie es ihm gerade passte. Er kratzte sich am Hintern und bot ihr dann mit derselben Hand ein Stück Brot an. Des Nachts unternahm er tatsächlich immer wieder den Versuch, »nur ein bisschen zu tätscheln«, fing sich dabei jedes Mal zwei schallende Ohrfeigen ein und sah sich anschließend dem drohend auf ihn gerichteten Urram gegenüber. Den schlimmsten Streit hatten sie, als sie ihn während einer Rast dabei erwischte, wie er gerade im Begriff war ihren Beutel zu durchwühlen, und ihn wütend zur Rede stellte, woraufhin er ausfällig wurde. Er hatte sie ohnehin die ganze Zeit nie »Bogin« genannt, sondern immer nur abfällig als »Bucca« beschimpft, und nun schien er ernsthaft handgreiflich werden zu wollen. Cady rutschte für einen Moment das Herz in die Hose. Aber dann erinnerte sie sich, dass sie nicht zum ersten Mal Gewalt erfuhr, dass sie schon damals während ihrer Gefangenschaft im Palast geschlagen worden war, und dass sie sich geschworen hatte, das nie wieder zuzulassen.

Sie trat dem Buckligen heftig auf den schlimmen Fuß, sodass er kreischend aufjaulte. Als er sich nach dem verletzten Fuß bückte, verschränkte sie die Finger beider Hände zu einer großen Faust und schlug ihm mit voller Wucht ins ohnehin schon schiefe Gesicht. Dann zog sie den Urram und richtete ihn auf sein verbliebenes Auge.

»Nie wieder!«, schrie sie, und alle Sanftheit war aus ihrem sonst rosigen, nun aber zornesroten Gesicht gewichen. »Nie wieder kommst du schmutziger, widerlicher, abstoßender Ogerdreck in meine Nähe und wagst es, die Hand gegen mich zu erheben! Ich werde dich töten, in deinen Karren legen, dich dort verrotten lassen und auf dem Pferd nach Midhaven reiten, wenn du dich jetzt nicht endlich an die Vereinbarung hältst!«

Der Bucklige blutete aus der Nase, und ihm war anzusehen, dass der misshandelte Fuß ihn schmerzte. Stumm nickte er und kletterte auf den Kutschbock. Cady steckte den Urram ein, packte den Beutel und verschwand damit hinten im Wagen. Sie kuschelte sich am ganzen Körper zitternd ins Heu und ließ den Tränen freien Lauf, aber völlig still, darauf bedacht, dass der Mann da vorne nichts davon bemerkte. Sie kannte sich nicht mehr wieder und hasste sich selbst für das, wozu sie inzwischen in der Lage war, ohne lange nachzudenken oder zu fackeln. *Verdammter Myrkalfr, das hast du aus mir gemacht!*

Für den nunmehr kurzen Rest der Reise sprach der Bucklige kein Wort mehr mit ihr und hielt sich auch ansonsten in allem zurück. So wurde es doch noch fast angenehm zu reisen, wenngleich Cady es vorzog, von nun an im Karren zu schlafen; den Urram stets griffbereit und den Beutel immer an ihren Körper gepresst.

Der Bucklige hielt sich an die Vereinbarung, aber sobald sie Midhaven vor sich sahen, hielt er vor der mit einem Schild gekennzeichneten Stadtgrenze an und wies nach vorn. »Du hast nur noch ein paar Schritte. Weiter bringe ich dich nicht.« Es waren die ersten Worte seit dem Streit.

»In Ordnung.« Es kam nicht darauf an, ob er sie bis zum Hafen brachte oder nicht. Midhaven war eine unbefestigte Stadt, hier konnte sich jeder frei bewegen. Die Lagerhäuser am Wasser wurden von den Schiffseignern scharf bewacht, und die hatten ihre eigenen Gesetze, mit Dieben und Räubern umzugehen. Cady kletterte aus dem Karren und tätschelte kurz das brave Pferd. Immerhin, das Tier hatte der Bucklige die ganze Zeit über gut behandelt, und durch das frische Gras unterwegs hatte es sogar zugenommen und sah nun viel runder aus.

»Sag Draca, dass wir jetzt quitt sind!«, schnarrte der Bucklige vom Kutschbock herunter.

»Keine Sorge«, sagte sie ruhig. »Das seid ihr gewiss, denn ich glaube nicht, dass Draca noch am Leben ist. Er hatte niemanden, der ihm beistand, so wie er einst dir. Und ich gebe dir zum Abschluss den guten Rat, halte dich besser von Sithbaile so fern wie nur möglich.«

Damit ließ sie ihn stehen, schulterte den Beutel und machte, ohne sich noch einmal umzudrehen, dass sie in die Stadt hinein und dann zum Hafen kam. Dort würde sie am ehesten in Erfahrung bringen können, wo sich die Elbenzwillinge aufhielten.

In Midhaven herrschte lebhaftes Treiben. Alle – ausgebauten – Straßen strebten zum Hafen hinunter, insofern war es nicht schwierig, den Weg zu finden. Übersichtlich und funktional, man konnte es nicht anders sagen. Die Gebäude aus Ziegel und buntem Putz standen dicht an dicht, mehr in die Höhe als in die Breite errichtet, mit spitzen Giebeln und bunten Butzenscheiben in den Fenstern. Zumeist befanden sich unten ein Laden, im ersten Stock die Wohnung des Betreibers und darüber teilweise weitere Wohnungen zum Mieten.

Je näher man dem Hafen kam, umso größer wurde die Anzahl der Verkaufsstände, die sich entlang des Straßenrands aufreihten; einen zentralen Markt schien es nicht zu geben, alles bildete eine Einheit. Am höchsten Punkt der Stadt blieb Cady stehen, vergaß für einen Moment den Grund, warum sie hier war, und gab sich dem Staunen eines Kindes hin.

Der Weg führte hinab zum Hafen, der durch eine große Mole befestigt war. Mächtige dickbauchige Segler lagen hier vor Anker, deren Ladung gelöscht oder die neu beladen wurden. Das reichte von der Galeone über den Schoner bis zur Karavelle und hin zu Fischerbooten und speziellen Viermastbarken, die nur für Passagiere gedacht waren. Cady kannte die Begriffe von einem nautischen Schriftwerk aus Meister Ian Wispermunds Bibliothek. Sie war zufällig anwesend gewesen, als Tiw mit dem Gelehrten eine Auseinandersetzung wegen der Schiffstypen geführt hatte, und Cady hatte fasziniert zugehört und in dem bebilderten Buch geblättert. Nun sah sie all diese Wunderwerke mit eigenen Augen.

Allein die Wucht dieses Anblicks überwältigte Cady schon, aber dahinter sah sie dann etwas, das alles andere in den Schatten stellte: Zum ersten Mal erblickte sie das Meer. Wogen, so weit das Auge reichte, sie roch den salzigen, fischigen Dunst und hörte das Geschrei der Möwen, die in Scharen an den Kais entlang spazierten oder wild streitend umherflatterten.

Ihr wurde schwindlig, und sie merkte, dass sie leicht schwankte, als sie den Horizont in den heranrollenden Wellen, deren Spitzen gischtgekrönt waren, auf und ab schwingen sah. Die Nachmittagssonne schickte funkelnde und gleißende Lichter auf die sanfte Dünung, und Cady sah Fische aus dem Wasser springen, sah große Seevögel, die darüber kreisten und sofort zustießen, um die offenbar lebensmüden Abenteurer zu schnappen und zu verschlingen. Weit hinten hob sich eine mächtige Fluke aus dem Wasser, schlug einmal kräftig darauf, dass eine hohe Gischt hochspritzte, und verschwand wieder.

»Es ist so groß...«, wisperte Cady und merkte gar nicht, wie ihr Tränen über die Wangen rannen. Ein alltäglicher Anblick für alle, die hier lebten und arbeiteten, doch für sie war es wie der Aufbruch in eine neue, fremde Welt. Sie konnte nicht begreifen, wie etwas so riesig sein konnte, dass es von Horizont zu Horizont reichte, ohne irgendeine Unterbrechung dazwischen, ohne Balken und Boden. Und darauf sollten diese im Vergleich nunmehr *winzigen* Nussschalen dahintanzen und ihren Weg finden durch Strömungen, Stürme, Flauten und Ungeheuer?

Fionn hatte schon einmal eine kurze Reise zu Schiff unternommen. Doch er konnte nicht viel darüber erzählen, weil er die ganze Zeit so seekrank gewesen war, dass ihm nach Sterben zumute gewesen war und er beim besten Willen keinerlei Erinnerung mehr an das Meer oder das Schiff darauf besaß. Er hatte sich jedenfalls geschworen, nie wieder ein Schiff zu besteigen, was allerdings kaum zu halten war, nachdem er nun über eine wasserreiche und große Insel reiste und möglicherweise den einen oder anderen Fluss- oder Seeweg nehmen musste.

Cady stand und schaute, sie bekam gar nicht genug. Solch ein Wunder hatte sie noch nie gesehen und hätte auch nie erwartet, dass etwas sie derart überwältigen könnte: Nun kam ihr die vertraute Welt erst recht beengt und farblos vor. Sie fühlte sich so winzig, kleiner als eine Ameise in dieser Welt. Und dabei war Albalon nur eine Insel...

Schließlich fasste sie sich wieder und wanderte geradewegs hinunter zum Hafen, der in einer ausladenden Bucht gelegen war, in der kleine Fischerboote und Segler kreuzten.

Die Leute schienen aus allen Teilen Albalons zu kommen. In Sithbaile hatte Cady nie so viele verschiedene Kleidungsstile gesehen wie hier. Es schienen auch alle Völker versammelt zu sein; mit Ausnahme der Trolle, aber das konnte sich nachts ja ändern. Selbst Oger stampften zwischen den Massen hindurch, und keiner kümmerte sich dabei um den anderen.

Cady sah zu, dass sie nicht unterging, doch irgendwie war immer genug Platz vorhanden. Selbst der Fuhrwerksverkehr floss ruhig dahin. Das lag an den gut ausgebauten und geradlinigen Straßen, dessen war sich die junge Boginfrau sicher, und an den ebenfalls gut befahrbaren Querverbindungen.

An der gewaltigen, sich durch die gesamte Bucht ziehenden Kaimauer angekommen sah Cady sich nach einem Wirtshaus um. Hier lagen allein mindestens fünfzig große Schiffe vor Anker, die in der Lage wären, die Insel zu umsegeln. Sich hier nach den Elbenzwillingen durchzufragen, würde viel zu lange dauern. Also sollte sie zunächst besser die Wirtshäuser aufsuchen und dort Fragen stellen. Sie hatte sich schon etwas zurechtgelegt, um ihre Geschichte glaubhaft klingen zu lassen, damit keine allzu intensiven Fragen gestellt wurden oder gar Misstrauen hervorgerufen wurde.

In Sithbaile wäre sie in ihrem Aufzug mit seltsamen Blicken bedacht worden, hier in Midhaven aber passte die Kleidung hervorragend, denn es gab bedeutend Skurrileres zu sehen, auch bei Frauen. Wanderer, Krieger, Söldner, Reisende, Seefahrer, Händler, Kaufleute, Handwerker, Dienstboten, Adlige – alles fand sich hier zusammen, Mann oder Frau, Elb oder Mensch. Zwerge waren eher die Ausnahme, aber das war kein Wunder, sie hassten die Seefahrt und alles, was damit zu tun hatte, noch mehr als Fionn. Sie waren bodenständige Gebirgsleute und konnten mit scheinbar grenzenloser Weite nichts anfangen. Allerdings gab es viele Angehörige der Kleinen Völker, die geschäftig dahineilten, und einige führten auch Ladengeschäfte oder boten in offenen Werkstätten ihre Handwerkerdienste an.

Einige winkten Cady zu und luden sie auf eine Tasse Tee ein, aber dazu war sie zu nervös und gab jedes Mal zur Antwort »ein andermal gern«. Aber sie war fasziniert von der allgemeinen Stimmung hier, die so ganz anders war als in Sìthbaile. Die Kleinen Völker ignorierten sich nicht, und niemand schaute im Vorbeigehen indigniert auf einen Anderen herab. Es fühlte sich auch keiner sofort beleidigt, wenn man ihm versehentlich auf den Fuß trat. Wie es gerade geschah: Zwei Männer rannten ineinander, weil jeder den Blick woanders gehabt hatte – der Eine an einem Brotstand, der Andere hatte einer jungen Frau nachgeschaut. Sie stutzten, lachten, klopften sich gegenseitig kräftig auf die Schultern und setzten den Weg fort.

Leider drängten sich die Bierstuben und Wirtshäuser fast genauso dicht an dicht wie die Schiffe. Ihr Reigen zog sich bis zu den Ausläufern zu beiden Seiten des Kais, wo sich die riesigen Lagerhäuser erhoben. Auf dem breiten Anleger verteilten sich überall Marktstände und Handwerker, die Reparaturen für Kleidung, Schuhwerk, Fischnetze und dergleichen mehr anboten.

Beherzt ging Cady auf einen Stand zu und fragte: »Verzeihung, wo geht man hier hin, wenn man jemanden sucht?«

Die Frau, die gerade einen Korb flocht, wies mit einer Kopfbewegung zu einem großen Wirtshaus namens *Singender Wal* und setzte ihre Arbeit schweigend fort.

Die Doppeltür zum Eingang des *Singenden Wals* stand offen, draußen gab es einige voll besetzte Tische und Bänke und von innen schallte eine Menge Lärm nach draußen. Cady merkte, wie ihr Magen knurrte; nach den kargen und anstrengenden Reisetagen hatte sie ordentlich abgenommen und brauchte dringend mal wieder eine anständige Mahlzeit. Sie war froh, dass Draca ihr ein paar Münzen mitgegeben hatte, dann konnte sie sich eine Stärkung leisten, bevor sie die Suche nach den Zwillingen begann.

Draca..., dachte sie schmerzlich und schob den Gedanken beiseite.

Sie straffte ihre Haltung und trat hinein – und wäre beinahe wieder hinausgeweht worden, angesichts der dicken Luft, die ihr mit Wucht entgegenschlug, dem Lärm und überhaupt, wie voll es war. Überall standen, saßen, kauerten Leute, aßen, tranken oder unterhielten sich. Auf einer Empore spielten drei Menschen und zwei Elben zusammen schwungvolle Musik. Zwischen den Tischen sausten Schankmaiden und Schankburschen durch schmale Gänge, und Cady fragte sich, wie sie den Überblick behalten konnten bei diesem Durcheinander.

Dennoch hielt sie eine Schankmaid auf und begann: »Verzeihung, wo kann ich...«

»Arbeit? Zum Haupttresen! Du kannst gleich anfangen!«, sagte die junge Frau und hastete weiter.

Neuer Versuch, dieses Mal bei einem Schankburschen. »Verzeihung, wo kann ich...«

»Wenn du Arbeit suchst, geh zum Haupttresen«, er wies in dieselbe Richtung wie die Frau zuvor, »binde dir eine Schürze um und fang an.«

»Aber nein, ich...« Cady gab es auf. Also dann, sie konnte auch beim Haupttresen ihre Fragen stellen. Hoffentlich ging es da nicht ganz so hektisch zu.

Während sie zwischen den Tischen entlang ging, zupfte sie jemand hinten am Hemd. »He, wo bleibt mein Bier?« Sogleich schrie es von der anderen Seite: »Mein Eintopf, ich habe zuerst bestellt!«

Cady schüttelte nur stumm den Kopf und hastete vorwärts, begleitet von wütenden Beschwerden über die schlechte Bedienung.

Endlich erreichte sie den »Haupttresen«, der sich tatsächlich weit durch das Lokal zog. Viele Leuten wuselten dahinter und zapften aus mächtigen Fässern, schenkten Gläser aus bauchigen Flaschen voll und nahmen Gerichte aus der Küche in Empfang, die sie sofort an nicht minder geschäftige Bedienkräfte weiterreichten.

Cady schwirrte bereits der Kopf, und ihr wurde schwindlig. Das war so ganz anders als ihr ruhiges und beschauliches Leben. Selbst im Palast ging es eher gediegen zu.

»He du!«, erklang eine helle Stimme, und jemand steuerte auf sie zu. Eine kleine, schmale Frau mit schulterlangen von einem Tuch zusammengehaltenen Haaren. Sie trug die übliche Schankkleidung mit gerüschter Bluse, Mieder, Rock und Schürze. An den Füßen hatte sie große, klobige Schuhe.

Eine Bogin!

Cady war über alle Maßen erleichtert, eine Angehörige ihres Volkes vorzufinden. Nun würde sich alles leichter regeln lassen.

»Was machst du denn hier?«, fragte die junge Frau, die nur wenige Jahre älter sein mochte. »Ich bin Ausa.«

»Cady. Und ich bin sehr froh, dich zu treffen.«

»Ja, nach der Befreiung blieb mir nicht viel, wobei es gar nicht schlecht ist, hier zu arbeiten.« Ausa wies mit einer Kopfbewegung nach hinten. »Die darf ich alle rumscheuchen, weil ich so gut organisieren kann. Und du? Suchst du Arbeit? Ich brauche dringend Verstärkung.«

»Nein, ich ... stehe bei Elben in Dienst, und mein Herr hat mich geschickt.«

»Dein *Herr?*«

»Naja, du kennst ja die Elben, die mögen das, und ich ... bekomme Geld dafür. Also, er hat mich hergeschickt, um seine Schwestern zu suchen, die ... ach, darüber darf ich nicht reden.« Sie blickte verschämt zu Boden.

»Die sollen hier sein? Wieso das?«, wollte Ausa wissen. Mehrfach wurde nach ihr gerufen, aber sie winkte nur ab.

»Also gut, sie sind Hochelben und haben sich zerstritten, und nun wollen sie mit einem Schiff nach Gríancu fahren, und das soll ich verhindern.« Cady fiel es nicht schwer, in Tränen auszubrechen, denn nun, da alles zum Stillstand gekommen war, fühlte sie ihre Müdigkeit, alle Muskeln taten ihr weh, und sie hatte erbärmlichen Hunger. »Aber wie, frage ich dich? Ich war doch noch nie von zu Hause weg, auch nach der Befreiung bin ich da geblieben und habe einen Lohn ausgehandelt.«

»Wie so viele«, stellte Ausa fest. »So wirklich verändert hat sich für uns nichts, und darüber sollten wir mit dem König mal ein ernstes Wörtchen reden.«

Cady verzichtete auf den Hinweis, dass die Bogins selbst diese Entscheidung getroffen hatten, sich nicht helfen zu lassen. Sie hatten sich eben keinen Begriff von der »Freiheit« und ihren Konsequenzen machen können. Schniefend wischte sie sich die Tränen von der Wange. »Mein Herr gibt mir die Mitschuld an dem Streit, deswegen hat er mich allein hergeschickt, in dieser furchtbaren Kleidung, die zugleich mein Schutz und meine Schande sei, wie er sagte ...«

»Was für ein abscheulicher ... Na gut, ich will nichts gesagt haben über den hohen Herrn.« Ausa knirschte kurz mit den Zähnen. »Wie lange warst du denn unterwegs?«

»Einige Tage, ich konnte bei einem Händler mitfahren, aber wir haben nur draußen genächtigt, und ... ach ...« Die Tränen flossen erneut, und Cady ließ es zu, denn es tat gut, auf diese Weise den ganzen Kummer und die Anspannung der vergangenen Tage loszuwerden.

»Na, dann komm erst mal mit.« Ausa klappte seitlich ein Stück der Theke hoch, kam herum, ergriff Cady am Arm und zog sie energisch mit sich. »Ich mache Pause«, rief sie in die Runde. »Meine Gevatterin ist gerade eingetroffen, ich muss sie begrüßen.«

»Du hast ja eine fruchtbare Familie, das muss doch die zehnte Gevatterin sein!«, kam es zurück.

»Ich bin wohl nicht die Erste«, stellte Cady fest, während Ausa sie hinten hinausführte in einen schmalen Gang und die zweite Tür zur rechten Seite öffnete. Es ging eine Stiege hoch, von dort wieder in einen schmalen, düsteren Gang, und dann durch die dritte Tür auf der linken Seite in eine kleine Kammer mit Bett, Stuhl und Truhe, auf der eine Waschschüssel stand.

»Nein.« Ausa lachte. »Die Leute am Hafen schicken inzwischen alle hilflos umherirrenden Bogins zu mir.«

»Ich ... ich kann bezahlen«, stieß Cady hervor und nestelte einige Münzen hervor.

Ausa suchte sich drei aus und nickte. »Das reicht für eine Nacht, das Abendessen und das Frühstück. Mach dir keine Gedanken, wir halten alle zusammen, so war es und so wird es immer sein. Jetzt ruh dich erst mal aus, und ich«, sie ging einen Schritt zurück und musterte Cady von oben bis unten, »werde dir ein paar ordentliche Kleidungsstücke zusammensuchen – und nein, die brauchst du nicht zu bezahlen.« Sie schob Cadys ausgestreckte Hand weg. »Häufig lassen Gäste Sachen liegen, aber auch Schankmaiden und Knechte vergessen oft etwas. Ich sammle alles und gebe es weiter an Leute wie dich.«

»Es ist großartig, wie du dich zurechtgefunden hast«, meinte Cady bewundernd. Diese junge Frau war genauso energisch wie Alana, nur viel jünger.

»Mir hat einst auch ein Bogin geholfen, und ich gebe das weiter. So ist das eben bei uns Kleinen.« Ausa zupfte ihr die Mütze herunter und lachte über die Haarflut, die sich daraufhin ergoss. »Sperr die nie wieder ein!« Behutsam ließ sie ihre Finger hindurchgleiten. »So wunderschön.

Also: Den Gang weiter, die Tür geradeaus, da gibt es ein kleines Badehaus. Irgendwo findet sich immer ein freier Zuber mit warmem Wasser. Duftseife und alles gibt es dort auch. Wasch dich erst mal gründlich, und derweil schicke ich dir ein Essen herauf. Ich höre mich inzwischen nach deinen Elben um. Wie heißen sie denn?«

Cady konnte ihr Glück kaum fassen, aber das gehörte eben dazu. Bogins fanden einander ohnehin auf die eine oder andere Weise. »Sie reisen bestimmt unter falschem Namen. Sie sind Zwillinge, und ihre Augen sind efeufarben. Sie haben weißschwarze Haare und sind wunderschön.«

»Wunderschön trifft auf ziemlich jeden Elben zu. Aber da sie Hochelben sind – von denen gibt es hier nicht so viele –, sollte es nicht so schwierig sein. *Falls* sie sich noch in der Stadt aufhalten; als Reisende verweilen die Hochelben normalerweise nur kurz. Mit der Beschreibung sollte sich jedoch eine Spur finden lassen, auch wenn sie schon fort sind. Unser Informationssystem hier ist recht gut. Gib mir nur bis Morgen Zeit.«

»Wie soll ich dir danken?«

Ausa zeigte auf den Beutel, den Cady nach wie vor an sich gepresst hielt. »Lass mich einen kurzen Blick auf das werfen, was darin ist«, bat sie.

»Aber ...« Cady merkte, wie sie blass wurde.

»Ich kann es spüren, verehrte Cady. Ich will gar nicht mehr wissen, denn ich fürchte, deine Geschichte ist viel zu weitreichend und gefährlich für eine bierzapfende Bogin wie mich.« Ausa grinste. »Abgesehen davon, dass du mir deinen richtigen Namen verraten hast, und es kaum ein Zufall sein kann, dass du genauso wie unsere derzeit bekannteste und größte Heldin heißt, die gerade den Helden der Befreiung geheiratet hat, der wiederum das gefunden hat, was zu unserem Volk gehört.« Sie deutete erneut und diesmal nachdrücklicher auf den Beutel.

»Oh ... verflixt.« Cady hatte nicht nachgedacht. Kaum traf sie auf eine Bogin, schon vergaß sie sämtliche Schutzvorkehrungen. Richtig gut war sie im Spurenverwischen!

»Ich werde deshalb keine weiteren Fragen stellen, denn das macht mich viel zu nervös. Aber ... deine Anwesenheit *damit* bedeutet nichts Gutes, nicht wahr?«

»Leider.«

»Sehr ... schlimm?«

»Ja.«

Cady öffnete den Beutel ein wenig und ließ Ausa hineinschauen. Deren Augen begannen zu glänzen, und sie streckte eine Hand aus, fasste hinein und berührte scheu den Schatz. Tränen blinkten auf ihren Wimpern. »Schön«, flüsterte sie. »Du wirst uns befreien, nicht wahr? Ich meine ... *wirklich* befreien.«

»Ich versuche es«, antwortete Cady langsam. »Sieht so aus, als wäre ich gerade wieder in so eine dumme Geschichte gestolpert, und diesmal ... ja, diesmal erscheint sie mir noch gefährlicher und schlimmer. Bitte sei sehr diskret bei deiner Suche und ... vorsichtig.«

Ausa nickte. »Ja. Natürlich. Verlass dich auf mich.«

Cady wusch sich, probierte die neue Kleidung an, die Ausa ihr hingelegt hatte – praktische Reisekleidung, nur ein bisschen zu groß, vermutlich von einem Menschenjungen –, dann aß und trank sie, bis alles leer war, und schlief anschließend tief und traumlos.

Sie saß gerade beim Frühstück, als Ausa am Morgen hereinkam und verkündete, sie habe die Zwillinge gefunden. »Zum Glück arbeite ich hier schon lange genug, dass ich alle wichtigen Leute kenne, denn diese beiden verstehen es wohl, sich zu verbergen.«

»Sie sind tatsächlich hier?«, sagte Cady verblüfft. Damit hätte sie zuletzt gerechnet. Sie war davon ausgegangen, dass sie sich irgendeine Passage nach Gríancu verschaffen musste, sobald sie sicher wusste, dass die Zwillinge sich dorthin eingeschifft hatten. Aber dass sie sich noch in Midhaven befanden ... bei der Eile ihres Aufbruchs? Das verhieß nichts Gutes. »Hast du etwas über sie erfahren?«

»Nein, ich habe nur die Information erhalten, wo sich zwei Frauen deiner Beschreibung nach aufhalten *könnten*. Sie müssen es nicht sein, aber sie sehen einander sehr ähnlich. Eine wie ein Spiegelbild der Anderen, sagte mir einer. Ich bin sicher, niemand hat mitbekommen, dass ich nach ihnen suche, denn wir Hafenleute halten alle zusammen und haben unsere eigenen Gesetze. Vor allem wir vom Kleinen Volk, denn wir werden ja gern übersehen.«

Sie beschrieb Cady den Weg zu einem Haus in einer Seitengasse des Hafens, umarmte sie und wünschte ihr Glück.

Mit gemischten Gefühlen stand Cady kurze Zeit später vor dem Haus und schaute nach oben. Angeblich hatten sie im obersten Stockwerk ein Zimmer genommen.

Es half nichts, sie musste es herausfinden. Auf eine große Enttäuschung gefasst stieg sie die vielstufige Treppe hinauf und pochte zaghaft an die Tür.

Als sich nichts regte, klopfte sie ein zweites Mal, und kräftiger.

Diesmal kam Antwort, und Cady erkannte trotz der Tür dazwischen sofort die Stimme. »Ja?«

»Màni, ich bin's!«, flüsterte sie aufgeregt dicht am Türspalt. »Mach auf!«

Zögernd kam zurück: »Cady...?«

Bevor sie antworten konnte, wurde die Tür geöffnet, und die Bogin sah zu der hochgewachsenen, ätherischen Gestalt dahinter auf, deren efeufarbene Augen in Tränen schwammen.

Alles krampfte sich in Cady zusammen. »Hafrens Lilien«, stieß sie angstvoll hervor. »Màr...?«

Màni nickte.

*

Valnir wanderte noch ein gutes Stück durch die Nacht, ignorierte dabei den Schmerz der Wunde und konzentrierte sich völlig auf den Wald um sie herum. Zwerge hatten keine sonderlich guten Augen, aber für Hindernisse in enger Umgebung, wie in Bergstollen, einen hochfeinen Sinn. Deshalb fand Valnir sich gut in dem dichten Wald zurecht und verlor nicht die Orientierung, denn untertage gab es keine Sterne oder sonstige Konstellationen, die der Wegweisung dienten. Auch dafür brauchte es einen gut entwickelten Sinn. Zwerge standen den Trollen kaum darin nach, noch in dem unscheinbarsten Stein »lesen« zu können und dessen feine Eigenheiten zu erkennen. Zwergenkinder lernten von frühauf, sich ohne Licht zurechtzufinden, denn man wusste nie, welche Unfälle geschehen mochten, wenn gerade keinerlei noch so zarter Schein zur Verfügung stand.

Als Valnir merkte, dass die Bäume allmählich zurückwichen und es freier um sie herum wurde, zog sie sich in den Wald zurück, um zu lagern. Im offenen Land hatte sie so gut wie keine Chance, sich zurechtzufinden, abgesehen von der Richtung. Doch wie es aussah, hatte sie es ein gutes Stück weit geschafft, und sie war froh, sich im letzten Moment dazu entschieden zu haben, die Rüstung bei dem toten Pferd liegen zu lassen. Statt ihrer hatte sie den leichteren Lederschutz übergezogen, auf dass sie zu Fuß besser vorankäme. Es war ein großer Verlust, aber sie würde sich Ersatz beschaffen; manchmal war so etwas eben nicht zu ändern.

Um sie herum herrschte das übliche nächtliche Treiben; Räuber waren unterwegs, Beutetiere versteckten sich vor ihnen. Eulen gaben ihre unheimlichen Laute von sich, und es raschelte leise, wenn sie über Valnir hinwegglitten, manchmal gefolgt von einem schrillen Piepsen, das kurz darauf abrupt abbrach. Vor den Wölfen hatte Valnir keine Angst, sie hielten sich von wehrhaften Wesen fern, ebenso die Luchse. Gefährlicher wäre da schon eine Begegnung mit einem Hirsch gewesen, aber da diese ihre wehrhaften Geweihe gerade erst schoben, waren sie zurückhaltender.

An und für sich hatten Zwerge ohnehin so gut wie keine Schwierigkeiten mit den Tieren der Berge und Wälder, man ging sich einfach gegenseitig aus dem Weg.

Die Zwergenkriegerin legte die Sachen ab, suchte sich einen einigermaßen bequemen Lagerplatz, hielt Schwert und Axt bereit und schlummerte in halb sitzender Stellung an einen Baum gelehnt ein.

Mit dem ersten aufdämmernden Licht erwachte Valnir und fühlte sich wie gerädert. Der Kampf gestern hatte jede Menge Kraft gefordert, der Schlaf war zu kurz und zu wenig erholsam gewesen, zudem brannte die Verletzung höllisch, und sie hatte wohl leichtes Fieber.

Sie versorgte ihre Wunde so gut es ging, aß ein Stück Dauerbrot mit ein paar Streifen Trockenfleisch und trank etwas Wasser dazu. Dann kämpfte sie sich auf die bleischweren Beine, schulterte das Gepäck, hielt Schwert und Axt weiterhin griffbereit und ging weiter. Nicht schnell, aber stetig.

Die Vögel begrüßten den Tag mit lärmendem Gesang. Valnir hob den Kopf, als sie ein wütendes Fauchen hörte; eine Wildkatze, die sich bei der Pirsch gestört fühlte, schlug mit ausgefahrenen Krallen nach den um sie flatternden Schnäppern.

Alle miteinander hielten sie inne, als in der Nähe ein tiefes Brummen erklang. Ein Bär war wohl gerade erwacht und machte sich auf die Suche nach etwas Essbarem. Er gab sich dabei keine Mühe, seine Anwesenheit zu verbergen, sondern stampfte knacksend und raschelnd durchs Gebüsch. Durch das noch nicht vollends zugewucherte Dickicht sah Valnir kurzzeitig einen großen braunen Körper vorbeiziehen, und setzte ihren Weg fort, sobald er verschwunden war.

Ihr fiel ein, dass es in der Nacht keinerlei Trollbewegungen gegeben hatte, also war die Warnung vor ihnen wohl eine Lüge gewesen, um harmlose, nicht-kriegerische Zwerge dazu zu verleiten, den angebotenen Schutz anzunehmen.

Warum nur war jemand erpicht darauf, Zwerge in seine Gewalt zu bekommen? Sie konnten nicht so leicht unterjocht werden wie Bogins, die von Grund auf friedliche und friedliebende Geschöpfe waren. Die Halblinge kannten weder Arg noch Bosheit und waren kaum in der Lage, sich zur Wehr zu setzen. Bei Zwergen sah das ganz und gar anders aus.

Ich fürchte, ich werde es bald herausfinden, dachte Valnir. Sie fühlte sich allmählich ein bisschen besser, die heilende Wirkung der Salben setzte ein, und ihr Fieber ging zurück. Zwerge waren von Natur aus zäh, so eine Fleischwunde brachte keinen um. Trotzdem schmerzte die Verletzung nicht weniger, aber dem konnte sie jetzt keine Aufmerksamkeit schenken.

Am Vormittag erreichte sie den Waldrand und war den Bergen nun schon ganz nah. Noch ungefähr eine Stunde durch offenes Land trennte sie vom ersten Gebirgspfad mit seinen vielen Möglichkeiten zur Deckung.

Diese Strecke musste sie also bewältigen, dann war sie nahezu in Sicherheit. Ortsunkundige würden sich auf dem Berg schwertun, ihr zu folgen, ohne das Pferd war sie zudem beweglicher.

Sie sah sich um. Alles schien friedlich; keine Warnrufe, aber auch keine ängstliche Stille.

Wenn ich mich beeile...

So im freien Land draußen fühlte sich ein Zwerg nicht sonderlich wohl. Er hatte Schwierigkeiten, die Weite zu erfassen und war froh um jede Abwechslung, etwa einen Baum, einen Hügel.

Hier allerdings gab es keinen Hügel bis zum Fuß des ersten Schwarzberges, und die größeren Pflanzen zogen sich ebenfalls zurück. Der schwarze Schiefer glänzte bis hierher und wirkte gleichzeitig bedrückend und abweisend. Da mochte kein Baum mehr wurzeln.

Ach was, halb so wild. Sie war Fiandur, sie war daran gewöhnt. Was sollte jetzt anders sein? Möglicherweise war sie ein wenig langsamer wegen der Wunde, die sie allerdings kaum noch spürte. Also alle Kräfte versammelt und los!

Entschlossen schritt Valnir aus, probierte dann, ob sie dahintraben konnte, und legte zufrieden an Geschwindigkeit zu. Je schneller sie die andere Seite erreichte, umso besser.

Sie hatte ungefähr die Hälfte des Weges zurückgelegt, abwechselnd trabend und schreitend, als die Reiter nahten. Sie kamen von links, von irgendwo aus den Bergen, und sie hielten genau auf Valnir zu. Das war keine zufällige Begegnung, sie wollten sie fangen. Hatten von ihr erfahren oder lagen einfach ständig auf der Lauer und schnappten sich jeden Zwerg, der hier entlangkam.

Valnir entfloh ein Stoßseufzer. Es waren zwar nur sechs Krieger, aber sie hatte einen harten Kampf hinter sich, war verwundet und erschöpft. Hier draußen hatte sie keine Rückendeckung, und sie waren auch noch zu Pferde.

Für einen Moment war sie hin- und hergerissen, was sie tun sollte, und entschloss sich doch zur Flucht, obwohl das im Grunde lächerlich war. So käme sie nur außer Atem und könnte erst recht nicht mehr laufen.

Ihre Füße hingegen sagten: *Renn!*

Also rannte sie.

Valnir hoffte, das Feld auseinanderziehen und sich dann einzeln mit den Reitern beschäftigen zu können. Sie schlug daher Haken, um es den Verfolgern schwerer zu machen, sie einzukreisen. Einmal blieb sie stehen und sammelte einige größere Steine auf, nur um anschließend in eine andere Richtung weiterzulaufen.

Die Hasentaktik zeichnete sich vor allem dadurch aus, unberechenbar zu sein. Randur hatte milde gelacht, als Valnir einmal stolz getönt hatte »ein Zwerg weicht niemals!«, und geantwortet: »Wie denn auch, wenn er im Berg nur von Felsen umgeben ist. Aber was machst du auf dem freien Feld?« Er hatte ihr schnell die Vorstellungen eines hehren Heldendaseins genommen, und das lange bevor sie in die Fiandur aufgenommen worden war. »Heldenlieder sind eine Sache, die Wirklichkeit eine andere. Willst du leben, dann hör auf meine Lehren.«

Es war eine lange, harte Schule gewesen, aber Valnir hatte sich schließlich zu Randurs bester Schülerin entwickelt. Wann er herausbekommen hatte, dass sie eine Frau war, hatte er nie gesagt. Vielleicht hatte er es schon von Anfang an gewusst. Es hatte sie sehr stolz gemacht, dass er es nie erwähnte oder sie deswegen zur Rede stellte, er behandelte sie wie jeden Anderen ... beinahe. Ein bisschen eben wie einen Lieblingsschüler, und dagegen hatte sie ganz und gar nichts.

Randurs Lehren waren Valnir in Fleisch und Blut übergegangen, und sie entwickelte sie weiter und verfeinerte sie, wo sie nur konnte.

Nun aber gab sie Hasenpanier. Sie hatte keine andere Wahl und wollte wenigstens die Hälfte von diesen Kerlen mitnehmen, bevor sie überwältigt würde.

Der Erste war schon fast heran, und Valnir sah, wie zur gleichen Zeit zwei andere versuchten, sie in die Zange zu nehmen. Sie warf sich herum und hielt direkt auf das heranstürmende Pferd zu. Es war gut ausgebildet und ließ sich davon nicht beeindrucken; ein Wildpferd hätte längst kehrtgemacht und die Flucht ergriffen. Zu diesem Zweck hatte Valnir vorhin die Steine aufgesammelt; sie nahm jetzt einen in die rechte Hand, holte Schwung und schleuderte den Brocken mit aller Kraft auf das Pferd. Wo sie es traf, war ihr gleich, doch es sollte ordentlich klatschen.

Und das funktionierte. Noch dazu, da das Pferd genau am ungeschützten Kopf getroffen wurde. Es bremste abrupt und stieg sofort wiehernd auf, was den überraschten Reiter in hohem Bogen aus dem Sattel schleuderte.

Valnir unterdrückte ein Lachen, eingedenk Randurs Ermahnung, im Kampf niemals einen Laut von sich zu geben oder eine Emotion zu zeigen. Viel Zeit blieb ihr nicht mehr, und sie würde keinesfalls das rettende Gebirge erreichen, darüber war sie sich im Klaren. Vermutlich würden diese Kerle auch nicht lange fackeln, sondern sie kurzerhand erschlagen, nachdem sie sich derart zur Wehr setzte. Das wäre zwar schade, Furcht empfand sie jedoch keine. Wenn es soweit war, dann war es eben so, darin war ein Zwerg sehr pragmatisch. Valnir bedauerte nur eines, aber gut, das konnte sie in dem Fall eben nicht mehr »erledigen«.

Sie schlug einen Haken, und gleich noch einen, und nahm sich das nächste Pferd vor, schleuderte die Steine im Laufen, und erzielte einen weiteren Erfolg, denn das Tier scheute und sprang seitwärts bockend davon, trotz der Versuche seines Reiters, es unter Kontrolle zu halten.

Valnir griff jetzt nach Axt und Schwert und machte sich bereit. »Kommt nur her!«, schrie sie und schlug herausfordernd die Waffen gegeneinander. »Habt keine Furcht, dazu besteht kein Grund. Ich bin barmherzig und töte schnell!«

Der Mann war inzwischen von dem buckelnden Pferd heruntergefallen und genauso wie sein Mitstreiter humpelnd und fluchend zu Fuß unterwegs, um die kopfscheuen Tiere wieder einzufangen. Zwei Reiter stürmten gegen Valnir vor, die anderen befanden sich noch im Bogen und mussten erst zurück. Sie hatten die Schwerter ebenfalls gezückt, und Valnir klappte das Visier ihres Helmes herunter. Die schwere Rüstung wäre jetzt besser gewesen, aber mit dem Leder war sie andererseits beweglicher. Der Kopf wenigstens war ausreichend geschützt, und auch der Lederharnisch würde einiges aushalten.

Sie kamen von links und rechts heran, und Valnir lachte. So leicht würde sie es ihnen nicht machen. Kaum waren sie in Reichweite, ließ sie sich schlagartig fallen und sprang gleichzeitig nach vorn, durch die große Lücke zwischen den Pferden hindurch. Sie bewegte sich schnell und geschmeidig, und die sausenden Schwerter hinter ihr trafen anstatt ihres Hauptes nur die jeweils andere Klinge und stießen klirrend und funkensprühend zusammen. Die Pferde rannten ins Leere und schnaubten wütend, als die Reiter an der Kandare rissen, um sie zum Halten und dann zum Wenden zu zwingen.

Das war sicherlich eine Strategie, die diese Männer nicht von einem Zwerg kannten. Valnir drehte sich um und schleuderte die letzten Steine mit aller Kraft auf die Hinterteile der sich gerade drehenden Pferde, woraufhin diese erst recht kopfscheu wurden und wie die beiden zuvor zu bocken anfingen.

Es war Zeit, zu verschwinden. Valnir schöpfte tief Atem und rannte los. Zwei Reiter waren noch übrig, die sie verfolgen würden, und bei denen würde sie Ernst machen und sie nicht nur von den Pferden holen, sondern auch töten. Vielleicht gelang es ihr anschließend, eines der Pferde einzufangen. Dann könnte sie es doch noch schaffen, bis die Anderen sich wieder gefangen hatten und die Verfolgung aufnehmen konnten.

Hatte die Zwergenkriegerin zuvor schon mit dem Leben abgeschlossen, sah sie nun den Bruchteil einer Chance, zu entkommen. Die Wunde in ihrer Seite war so gut wie vergessen, ihr würde sie sich später wieder widmen.

Sie rannte so schnell wie nie zuvor in ihrem Leben, aber es dauerte nicht lang, da hörte sie rasch näherkommendes Hufgetrappel in ihrem Rücken. Also war es Zeit, sich zu stellen.

Da hörte sie auf einmal ein merkwürdiges Pfeifen und Sirren. Im nächsten Moment schlang sich etwas um ihre Beine, und sie stürzte im vollen Lauf, überschlug sich, und noch während sie versuchte, nach dem bleischweren Hindernis an ihren Beinen zu greifen, war der erste Reiter heran und warf ein Netz über sie. Bevor Valnir überhaupt nach Luft schnappen konnte, traf sie ein heftiger Schlag am Kopf, der sie außer Gefecht setzte.

Stimmen aus der Ferne. Jemand schlug ihr ins Gesicht, dann folgte ein eiskalter Wasserschwall. Valnir hustete und keuchte und fuhr hoch – allerdings nicht sehr weit. Sie war vollständig verschnürt und gefesselt und konnte sich kaum bewegen. So musste sich eine Raupe fühlen, bevor ihre Haut platzte und sie als Schmetterling wiedergeboren wurde.

Nur, dass Valnir wohl in diesem Stadium verbleiben musste und ihre Flügel vermutlich nie ausbreiten würde.

Sie musste einige Stunden lang bewusstlos gewesen sein, denn sie befand sich nun in den Bergen, hinter denen die Sonne gerade unterging, während es im Tal unten sicherlich noch zwei Stunden länger Tag blieb.

Also nicht getötet, sondern mitgenommen. Das war erfreulich, denn auf diese Weise würde Valnir hoffentlich auch dahin kommen, wo Randur sich aufhielt. Ihre Hoffnung, dass er lebte, war gestiegen. Wenn diese Söldner sie am Leben gelassen hatten, warum nicht auch ihn?

»Was bist du für einer?«, sagte einer der Männer. »So einen haben wir noch nie getroffen.«

»Das freut mich«, bemerkte Valnir rau und krächzend. »Danke für die Erfrischung, aber könnte ich etwas zu trinken bekommen, das meiner Kehle besser bekommt? Vom Wasser kriege ich immer Ausschlag.«

Die Männer stutzten, dann lachten sie grölend. »Lustiger kleiner Kerl.«

Sie hatten ein Lager aufgeschlagen. Das Feuer brannte schon, und die Häscher waren gerade dabei, es sich gemütlich zu machen. Die Helme waren abgelegt, ebenso die Rüstungen. Sie sahen aus wie die meisten Menschen, blond, braun, schwarzbraun, mit ungepflegten Haaren und stoppeligen Bärten. Einer war rothaarig, Valnir erkannte ihn als den Anführer. Sie hatten sich alle sechs eingefunden, ebenso ihre Pferde. Schade, dass Valnir ihnen keine Lektion im Kampf mehr hatte erteilen können. Andererseits hätte sie das noch mehr Kräfte gekostet und es war gar nicht sicher, dass sie gewonnen hätte. Dann wäre sie jetzt vielleicht nicht mehr am Leben.

»Eine seltsame Überheblichkeit für einen, der nicht mal in der Lage ist, ein Pferd geradeaus zu reiten«, gab Valnir zurück und erhielt dafür einen Fausthieb ins Gesicht, den der Helm jedoch zum Großteil aufhielt. Unbeherrscht und dumm – das sprach gegen ihre Qualitäten als Kämpfer.

Der Mann erkannte seinen Fehler und riss ihr wütend den Helm herunter. »Große Töne spucken! Das wird dir noch vergehen, wenn wir dich erst mal ans Ziel gebracht und abgegeben haben.«

»Wo sollte das wohl sein?«, gab Valnir gelangweilt zurück. »Ich bin hier zu Hause. Ihr auch?«

»Ganz recht, wir bringen dich nach Fjalli«, der Blonde bleckte die Zähne, »aber dein Zuhause ist es nicht mehr.«

Das verwirrte Valnir nun doch. »Was meinst du damit? Der König...«

»... tut das, was man ihm aufträgt.«

»Niemals! Nicht Fjölnir, ich kenne ihn!«

»*Jeder* hat seine Schwachstelle. Welche ist die deine?« Der Mann musterte Valnirs Gesicht. »Was hast du hier verloren, in deiner Kriegerausstattung, so ganz allein? Ihr seid normalerweise nicht als Einzelkämpfer unterwegs.«

»Ich wollte meine Heimat besuchen, ist das so abwegig?«

»In voller Rüstung, anstatt als normaler Reisender? Und du bist durch den Wald gekommen.«

»Ja, und?«

Zwei Braunhaarige näherten sich nun ebenfalls und richteten Valnir auf, denn an der Befragung waren sie auch interessiert und wollten den Zwerg genauer in Augenschein nehmen, der ihnen derart zugesetzt hatte.

Der Blonde setzte das Verhör fort. »Du hattest dort keine Begegnung?«

»Nur mit werbenden Trollen.« Valnir erhielt dafür eine Ohrfeige und lachte auf, denn damit hatte sie gerechnet.

»Einen Moment mal«, sagte der Braunhaarige zu ihrer Linken. »Da ist Blut! Los, runter mit dem Lederzeugs.«

Valnir konnte es nicht verhindern, und sie wusste, dass sie nun aufflog. Eines Tages musste das ja mal der Fall sein, es hatte ohnehin sehr lange gedauert. Das würde für eine erhebliche Überraschung sorgen!

Obwohl sie so viele Jahre geradezu ängstlich darauf bedacht gewesen war, ihr Geheimnis zu wahren, fand sie den Augenblick der Wahrheit, ausgerechnet an diesem Ort und zu diesem Zeitpunkt, auf bizarre Weise erheiternd.

Doch diese Söldner waren erstaunlich behäbig, so schnell kapierten sie es nicht, da sie zunächst einmal nur die Wunde in der Seite begutachteten. Daran herumdrückten, was ordentlich wehtat, aber Valnir konnte sich beherrschen. Zum Glück heilte die Verletzung bereits, und die Salben würden verhindern, dass diese Dreckfinger Entzündungen auslösten.

»Wo hast du die her?«

Valnir zuckte die Achseln. Noch eine Ohrfeige, auf die andere Wange. Sie spürte es kaum, der Bart dämpfte alles.

»Rede!«

»Frag doch deine Freunde«, gab sie gelassen zur Antwort und blickte dem Fragenden direkt in die Augen.

Kein Schlag, sondern Zögern. »Was ... willst du damit andeuten?«

»Wie ich es sage. Verstehst du meine Sprache nicht?«

Die Männer sahen sich an. »Da im Wald waren zwölf Männer«, sagte der Blonde langsam. »Erfahrene Kämpfer wie wir.«

»Und?«

Für einen Moment wirkten sie sprachlos.

»Wo ... was ... ist geschehen?«, fragte der Blonde konsterniert.

Valnir schaute weiter zu ihm hoch. »Frag das den, der überlebt hat«, gab sie ruhig Auskunft. »Er muss noch irgendwo da drin rumstolpern, falls er nicht abgehauen ist.«

Stille.

Einer der Braunhaarigen rief: »Das glaube ich nicht! Das ist unmöglich!« Er schüttelte Valnir. »Das kannst du nicht getan haben!«

Sie zuckte erneut gleichgültig die Schultern. »Such sie doch und frag sie. Auch tot können ihre Kadaver Antwort geben.«

Die Söldner fuhren zurück, verwirrt, verständnislos. »Es gibt nur einen Zwerg, der das vermag«, sagte einer schließlich. »Und der bist du nicht.«

Valnir lachte trocken auf. »Gewiss nicht. Niemand ist wie er. Aber ich bin auch nicht schlecht. Du warst ja nur leider zu feige, das herauszufinden!«

Der Mann wollte mit geballter Faust auf sie losgehen, doch sein Freund hielt ihn zurück. »Warte. Das ist ...«

»Unglaublich? Allerdings.« Der Blonde trat nun wieder nach vorn. »Mit dem stimmt etwas ganz und gar nicht, habt ihr euch ihn mal genauer angeschaut?« Er zückte das Messer und trat dicht zu Valnir, setzte es am Bauch an und schlitzte nach oben – die Knöpfe am Wams auf. Dann zerrte er das Wams beiseite und riss das Hemd hoch.

»Das ist eine *Frau*, verdammt noch mal!«

Valnir verharrte ruhig, es blieb ihr aufgrund der Fesseln ohnehin nichts anderes übrig. Die Söldner starrten sie völlig entgeistert an, konnten es nicht fassen. Das vollendete ihre Demütigung, doch sie brauchten Zeit, um das vollends zu begreifen.

»Eine . . . eine Zwergen*frau?*«, hauchte einer.

»Also stimmt das mit den Bärten«, meinte ein Anderer.

»Unsinn.« Der Blonde griff in Valnirs Bart und riss heftig daran. Es schmerzte, denn sie hatte ihn erst vor kurzem frisch nachgeklebt, aber schließlich hielt der Mann die Haare in den Händen. Und dann riss er weiter und weiter, bis nichts mehr da war. »Das Gerücht trifft nicht zu! Das ist alles nur Selbstschutz!« Er holte aus und schlug Valnir so heftig ins Gesicht, dass sie zur Seite fiel. Wenigstens rutschte dadurch ihr Hemd herunter und bedeckte ihre Brüste, die das verschobene Brustband freigegeben hatte.

Der Blonde packte sie am Zopf und riss sie daran wieder hoch. »Du von allen Göttern, Geistern und Himmelsscharen verlassene Hexe! Wir werden dich verbrennen für das, was du unseren Freunden angetan hast!«

Die anderen schlugen und traten auf sie ein, und Valnir hatte keine Möglichkeit, sich zu schützen. Sie spürte, wie ihre Lippen aufplatzten, wie ein Auge zuschwoll, wie ihr Blut von der Schläfe rann, aber sie lachte und lachte, sie konnte sich nicht mehr zurückhalten. Alles hätten diese Männer ertragen können, aber dass Valnir als *Frau* zwölf von ihnen erledigt hatte, und sie sechs beinahe auch noch, wenn sie das Netz nicht gehabt hätten, das verkrafteten sie nicht. Von einer Elbenfrau hätten sie es hinnehmen können, nicht aber von Mensch, und erst recht nicht von Zwerg.

Hochmut kommt vor dem Fall, hatte Randur zu sagen gepflegt, aber Valnir spürte keinerlei schlechtes Gewissen und empfand nicht die geringste Reue, dass solche Art Stolz einer Fiandur womöglich nicht anstand – das hier war trotz allem schlichtweg ihr größter persönlicher Triumph und ein lohnenswerter Grund zu sterben.

»He«, sagte ein weiterer Blondschopf, der sich bisher im Hintergrund gehalten hatte. Er kam näher, während er seinen Gürtel löste. »Lasst noch was von ihr übrig. Will doch mal sehen, was 'ne Zwergenfrau so drauf hat.« Er grinste mit schiefen Zähnen.

Die anderen ließen von Valnir ab und dachten nach.

Sie hatte Gelegenheit, den Kopf zu schütteln, um die Augen vom Blutschleier zu befreien, und pustete das Blut von den Lippen. Sie spürte keinerlei Schmerz, dafür war immer noch viel zu viel Lachen in ihr.

»Nur zu«, sagte sie. »Einer nach dem anderen. Ihr wisst ja sicher, was euch erwartet. Kennt euch mit Zwergensachen aus.«

Sie wusste nicht, ob ein solcher warnender Hinweis die Männer abhalten könnte, aber im Grunde war es ihr egal. Sie hatte keinerlei Angst, denn ein Mensch war im Vergleich zu einem Zwergenmann nichts als ein unreifer achtjähriger Junge zu einem Erwachsenen. Das würde sie nicht mal ansatzweise spüren. Die Menschen glaubten, wenig über die Elben zu wissen, aber sie wussten noch viel weniger über die Zwerge und ihre Fähigkeiten ...

»Also, wenn sie mich schon so einlädt ...«, freute sich der zweite Blonde und wollte auf sie zukommen, doch der erste Blonde hielt ihn auf.

»Warte mal, nicht so schnell.«

»Wieso denn? Das ist 'ne Frau, ich bin 'n Mann, passt doch alles.«

»Jetzt schick erst mal ein bisschen Blut in dein Gehirn zurück!«, schrie der Mann ihn an. »Hast du je vorher eine Zwergenfrau gesehen? Irgendwo?«

»Nee. Und?«

»Im Bordell? Da gibt's sonst alles. Menschen, Elben, Kleine Völker. Jede Hure, die du dir vorstellen kannst, auch Lahme und Bucklige. Aber eine Zwergenfrau?«

Der Lüsterne verharrte und kratzte sich am Kopf. Mit der anderen Hand hielt er gerade noch seine rutschende Hose fest. »Nun ... jetzt, wo du es sagst.«

»Und ihr?«, wandte sich der Blonde an die Umstehenden. »Irgendeiner?«

Sie schüttelten alle die Köpfe. Und wichen einen Schritt zurück.

»Dann ist das doch eine tolle Gelegenheit«, meinte der zweite Blonde und strahlte. »Ihr könnt ja zugucken, das mag ich ohnehin.«

In diesem Moment trat der Rothaarige dazwischen. »*Schluss* jetzt.«

Murrend zerstreuten die Männer sich, gingen zum Feuer und konzentrierten sich auf das bevorstehende Essen; Kesseleintopf, der bald gar sein dürfte, dem Geruch nach zu urteilen.

Der Rothaarige half Valnir, sich wieder aufzusetzen. Er löste die meisten Fesseln, sodass sie sich wenigstens ein bisschen bewegen konnte. Er holte eine Schüssel mit Wasser und ein Tuch, löste dann auch ihre Handfesseln und gestattete ihr, sich im Gesicht notdürftig zu reinigen.

»Morgen wirst du wahrscheinlich kaum mehr aus den Augen schauen können.«

»Und ihr müsst mich tragen, mir tut jetzt schon alles weh, und ich glaube, eine Rippe ist gebrochen – die ohnehin bereits verletzt war.«

»Ich bringe dir etwas zu essen, Kräutertee und ein paar Salben. Der Befehl lautet, gute Kämpfer keinesfalls zu opfern.«

»Hab ich ein Glück.« Valnir grinste schief.

Der Rothaarige grinste zurück. »Du hast ordentlich Mumm«, stellte er anerkennend fest. »Ehrliche Antwort: Hast du unsere Leute im Wald wirklich alle kaltgemacht?«

»Bis auf den Einen. Oder Anderen. Ja«, antwortete sie. »Aber da sich noch keiner hat blicken lassen, um euch zu warnen, sehe ich kaum Chancen für die Verletzten. Und derjenige, den ich nicht angerührt habe, hat wohl das Weite gesucht.«

Er pfiff leise. »Alle Achtung, das hätte kaum ein Mann fertiggebracht. Eine Frage. Und es spielt keine Rolle, ob du mir jetzt antwortest, da ich dich ohnehin zu all den Anderen bringen werde und du aus meiner Verantwortung bist. Es interessiert mich nur persönlich: Wer bist du?«

»Du kennst mich nicht.«

»Habe ich wirklich nie von dir gehört? Das ist kaum zu glauben.«

Warum sollte sie es ihm nicht sagen. »Ich bin Valnir.«

Der Rothaarige starrte sie an, dann nickte er. »Aber natürlich. Valnir

Eisenblut, Randur Felsdonners bester Schüler. Und eine Frau. Eine unglaubliche Geschichte.«

»Woher weißt du, dass ich sein bester Schüler ...«

»Das lässt sich leicht erklären. Ich bin auch ein Schüler gewesen.« Der Rothaarige hielt die rechte Faust vor seine Brust, wölbte die linke Hand darüber und drückte sein Kinn darauf. »Meine Verehrung, Valnir Eisenblut. Ich werde dafür sorgen, dass dich niemand mehr anrührt, und ich werde dich zu Randur bringen.«

Valnirs Herz schlug schneller. »Dann ... lebt er?«

»Ja. Aber ich bin sicher, er wünscht sich, tot zu sein.«

KAPITEL 6

DER ERSTE RITTER

Der Rothaarige, der sich Mernius nannte, hielt Wort. Valnir erhielt zu Essen und zu Trinken, und ihre Wunden, einschließlich der Verletzung an ihrer Seite, wurden versorgt. Sie bekam die gesamte Kleidung wieder angelegt, und sie durfte sich auf ein Lager beim Feuer legen, die Hände vorn gefesselt, und nur noch die Füße verschnürt. Das war sehr gut. Sie würde eine einigermaßen ordentliche Nacht haben und Kräfte sammeln können. Momentan fühlte sie sich unendlich erschöpft.

Die Männer gehorchten der Anweisung einerseits widerwillig, andererseits verwirrt. Die meisten von ihnen waren irgendwelche irgendwo aufgesammelte Verlierer von der Straße; kräftig, aber kaum in der Lage, ihren eigenen Namen zu schreiben. Sie hatten eine gute Ausbildung erhalten, ganz ohne Frage, aber sie verstanden nichts vom Ehrenkodex eines Kriegers und waren trotz aller Übung doch nicht viel mehr als primitive Schläger, die sich an Gewalt erfreuten, und denen ansonsten alles ziemlich egal war.

Valnir war überrascht, in ihrem Anführer einen Schüler Randurs zu finden, er zuckte dazu nur die Achseln. »Ich werde gut bezahlt, und letztendlich ist es mir egal, welchem Herrn ich diene. Er war da, er hatte Arbeit, also habe ich sie angenommen. Ich habe mit den Elben nicht viel am Hut, die Zwerge sind mir egal, und dieser untote König auf dem Thron ist mir unheimlicher als alle Albträume zusammen.«

»Was wünschst du dir denn für die Menschen?«, fragte Valnir, während er ihr auf das Pferd half und sie dann verschnürte, damit sie nicht einfach fliehen konnte. Es ging ihr nicht gut, aber dank der Versorgung von letzter Nacht keineswegs so schlecht, wie sie erwartet hätte. Was ihr noch am meisten zusetzte war der fehlende Bart. Sie fühlte sich nackt und schutzlos ohne den Gesichtsbewuchs, sie war es nicht gewohnt. Vor allem konnte sie sich nicht mehr dahinter verstecken. Sie wusste, dass sie ein bizarres Bild abgab – in Kriegsrüstung, grün und blau geprügelt, und dazu noch eine Frau. Eine Zwergenfrau. Zum Glück war sie bald zu Hause; auch wenn es nicht mehr den Zwergen gehören mochte. Das wäre nur vorübergehend. Allerdings konnte sie sich vorstellen, dass sich die Begeisterung ihres Volkes darüber, dass eine Frau sich als Krieger ausgab und noch dazu Randurs bester Schüler war, in Grenzen halten würde. Sie würden Valnir vermutlich ins Gesicht spucken für das, was sie getan hatte – aber sie wäre trotzdem unter ihresgleichen und musste sich nicht mehr verstellen.

»Für die Menschen?« Mernius blinzelte erstaunt. »Erwischt. Habe nie darüber nachgedacht.«

»Also denkst du nicht an eine eigene Familie?«

»Nein. Ich bin Krieger, durch und durch. Kämpfe, solange ich kann, und dann falle ich.«

»Bedauerlich.«

Mernius musterte sie kritisch. »Denkst *du* etwa an eine eigene Familie? Du, die wahrhaft *alles* aufgegeben hat, um Randurs bester Schüler und zur Legende zu werden?«

Zum Glück wusste er nichts von der Fiandur, andernfalls wäre ihm wahrscheinlich der Kopf geplatzt vor lauter Fragen.

»Ja«, antwortete Valnir aufrichtig, »das tue ich. Wirklich.«

Er wirkte für einen Moment betroffen, dann stand er auf und ging.

Valnir hegte keinerlei rachsüchtige Gefühle gegen ihn. Er hatte Randurs Lehren verinnerlicht und verhielt sich entsprechend, und vor allem behandelte er sie zuvorkommend. Für Krieger wie sie spielte es keine Rolle, wer auf welcher Seite war. Jeder musste sich entscheiden, für wen er arbeitete oder wem er diente. Dementsprechend musste Mernius Valnir als Gefangene dorthin bringen, wohin ihn sein Auftrag führte. Dafür konnte sie ihm keinen Vorwurf machen, genauso wenig wegen seiner Wahl. Jeder entschied so, wie er es für richtig hielt. Und wenn Mernius dadurch Sicherheit und ein gutes Auskommen bekam, war es nachvollziehbar.

Solange es sich nicht weiter auswirkte. Valnir fragte sich, wie sich Mernius' Einstellung wohl verändern würde, wenn er mitbekam, dass derjenige, für den er arbeitete, anfing, Albalon zu erobern und ein Reich des Schreckens aufzubauen …

Gewiss, Randur predigte Loyalität, keine Frage. Aber wie war Loyalität mit einem tyrannischen Regime vereinbar? Gleichzeitig predigte ihr Freund und Lehrer schließlich auch die Freiheit, die beschützt werden musste, *und* von der Sicherheit der Völker, vom Schutz der Wehrlosen und Unschuldigen. Da passte es nicht zusammen, wenn derjenige, dem man Loyalität schuldete, sich als Alleinherrscher aufschwang, alle unterdrückte und willkürlich verhaftete, folterte und tötete.

Valnir erinnerte sich an nächtelange Diskussionen und diesbezüglichen Streit mit Randur. Sie hatte es gewagt, ihn zu kritisieren, und er hatte, nach der ersten Empörung – ganz Weiser, der er nun einmal war – tatsächlich nach passenden Argumenten gesucht, um Valnirs Einwände zu entkräften.

Teils war es ihm gelungen, aber dann auch wieder nicht.

Jener Moment, als der Disput zwischen ihnen völlig verfahren gewesen war und Valnir deutlich gemacht hatte, dass sie unter keinen Umständen nachgeben würde, hatte ihn veranlasst, sie der Fiandur vorzustellen.

Valnir würde es im Leben nicht einfallen, Einfluss auf Mernius nehmen zu wollen. Sie hatte ihn bereits nachdenklich genug gemacht. Die wenigen Gespräche mit ihm hatten gezeigt, dass er nicht alles fraglos hinnahm und auch kein brutaler Schläger war. Wenn der geeignete Moment gekommen war, würde er von selbst seine Wahl treffen. Es war nicht ihre Aufgabe, ihn zu bekehren. Das würde ein Zwerg niemals tun, und abgesehen davon *wollte* sie, dass er sie zu Randur brachte, und da er ganz offenbar ein Gefangener war, konnte sie nicht anders zu ihm gelangen.

Sie verbanden Valnir die Augen. Hervorragende Idee – auf einen Menschen bezogen. Sie nahm es schmunzelnd hin; es zeigte ihr einmal mehr, dass diese Menschen keine Ahnung von Zwergen hatten, und dass anscheinend auch deren ominöser Auftraggeber nicht alles über dieses so laut wirkende und doch so verschwiegene Volk wusste, andernfalls hätte er so einen Unsinn nicht angeordnet.

Trotzdem ... es war ihm offenbar gelungen, Fjalli zu übernehmen. Fjalli! Die Urheimat, das größte aller Reiche, mit diesem stolzen und mächtigen König und seiner nicht minder einflussreichen Frau. Wie hatte er das nur bewerkstelligt? Valnirs Selbstbewusstsein bröckelte. Diese einfachen Söldner hier wussten nichts. Ihr Herr hingegen wohl gerade eben genug, um interessiert zu sein, denn warum sonst unternahm er diese Anstrengung?

Wer war er?

Warum tat er das?

Valnir hatte nicht vorgehabt, die Antworten herauszufinden, indem sie als Gefangene vorgeführt wurde, aber sie war anpassungsfähig. Eine vorübergehende Gefangenschaft konnte einen Fiandur nicht aus der Ruhe bringen.

Sie empfand es sogar als recht angenehm, sich um nichts kümmern zu müssen. Sie saß auf einem Pferd, und die Anderen mussten darauf achten, dass ihr nichts geschah. Kreuz und quer ging es hinauf in die Berge, und es stimmte, dies war der direkte Weg nach Fjalli. Es gab also tatsächlich keinen Grund für diese Menschen, verschlungenere Wege zu wählen, sie bewegten sich völlig offen.

Weil sie nichts zu fürchten haben. Sie haben Du Bhinn besetzt.

Mit Fjalli besaßen sie das größte und einflussreichste Herrschaftsgebiet, alles andere waren im Vergleich zwar unabhängige, aber doch unbedeutende und kleine Regionen.

Das brachte Valnir zu der Frage, inwieweit das auch Lady Kymra und die Tylwytheg betraf.

Und ... Asgell.

Und wo mochte Peredurs Truppe sein, die er in die Schwarzberge geschickt hatte, um nach dem Rechten zu sehen und herauszufinden, ob Ragna hierher geflohen war?

Valnir konnte es natürlich nicht mit Gewissheit sagen, aber sie hatte nicht den Eindruck, dass diese Söldner in Ragnas Auftrag handelten. Dass die erst vor kurzem Entflohene so schnell Fjalli unterworfen hatte, wollte sie nicht glauben. Sie mochte sicherlich über Erfüllungsgehilfen verfügen, aber ... nein. Da passte einiges nicht zusammen.

Schwarzauge zog sich in eine Zwergenbinge zurück? Undenkbar. Und da war Peredurs Herz. Sie hatte es ihm aus grenzenlosem Hass gestohlen, sie würde es jetzt doch nicht einfach in seinem Versteck belassen, ohne es zu verwenden. Nach all dem, was geschehen war, wollte sie den Mann, den sie einst verzehrend geliebt hatte, inzwischen ganz bestimmt nur noch tot sehen. Tausend Jahre hatte er gelitten, tausend Jahre war er außerhalb ihrer Reichweite gewesen, und dann hatte ausgerechnet er sie gefangen genommen – sie musste genug haben von ihrer langen, aber letztendlich aussichtslosen Rache und wollte bestimmt einen endgültigen Schlussstrich ziehen: ihn ein für alle Mal loswerden, bevor er ihr noch mehr Ärger bereitete.

Also: Ragna war unterwegs, Peredurs Herz zu vernichten, und das befand sich ganz bestimmt nicht in Du Bhinn, in der Nähe des Zauberers und der Patin. Sie hätten es sonst inzwischen gefunden, keine Frage.

Jemand Anderer war also hier zugange. Ein Verbündeter Schwarzauges? Oder jemand, der sich dereinst als ihr Feind herausstellen würde, weil er nach genau demselben Ziel strebte wie sie – die Eroberung Albalons?

Ich sehe es kommen, dass unsere Insel zerrissen wird von dem Kampf der finsteren Mächte untereinander, dachte Valnir düster. *Da steckt doch noch sehr viel mehr dahinter, als ich mit meinen kurzsichtigen Augen zu erkennen vermag...*

Zu Valnirs Überraschung bogen sie kurz vor dem Tor ins Zwergenreich ab und nahmen einen anderen Weg.

Sie kannte diesen Weg natürlich auch. Er führte weit nach hinten, in die endlosen Gruben, Höhlen, Stollen und Kavernen, wo sich die Fertigungsstätten befanden. Für Krieger wie sie völlig uninteressante Orte; sie erfreute sich zwar an einer hervorragend gearbeiteten Rüstung und ebenso an einer guten Axt und einem scharfen Schwert, aber den Herstellungsprozess musste sie nicht unbedingt persönlich überwachen.

In den riesigen Werkstätten tief im Berg war es gnadenlos heiß, man konnte kaum atmen. Die Funken schlugen, und jeden Moment konnte alles in die Luft fliegen, wie bei einem Vulkan, der sich zu sehr aufgebläht hatte und nun ein Ventil brauchte. Wer tief drin in diesen Fabriken arbeitete, war von besonders harter Statur. Valnir war das auch, wenn auch in anderer Hinsicht. Jeder, wohin er gehörte. Sie trug die Ausrüstung, die Schmiede für sie hier fertigten.

Dies war nicht der Bereich, wo es Gold und Silber und Kristalle gab, nein, sie steuerten wirklich auf diese schlimmste und härteste aller Arbeitsstätten zu. Obwohl Valnir als Kämpferin mindestens so stark war wie ein gestählter Mann, fühlte sie sofort, wie ihr die Kräfte schwanden, als sie in den ersten Stollen hineinritten.

Am Ende, als der Pfad tief in den Berg hinein führte, mussten sie absteigen. Von nun an ging es nur noch zu Fuß weiter.

Valnir verzichtete darauf hinzuweisen, dass sie keine Hilfe zu ihrer Führung benötigte; ab jetzt fand sie sich auch blind problemlos zurecht. Ihre angeborenen Sinne waren hellwach, sie wusste genau, wo sie sich befanden, wie weit der Gang reichte, wie eng er war, und vor allem wusste sie, dass sie nicht gern weitergehen wollte.

Sie stellte keine Fragen. Sie ließ sich führen, und sie ließ sich stützen, weil sie sich wirklich schwach fühlte. Schwach, weil es sie niederschmetterte, dass dieses riesige, stolze, einzigartige, *freie* Reich in fremde Hände gefallen sein sollte, und dass jemand über Zwerge *befahl*.

Ganz abgesehen von den üblen Dünsten, die ihr entgegenschlugen, und der Hitze, und ... dem, was sie hörte. Ein *metallisches* Scheppern, Klappern, Rappeln, begleitet von deutlichem *Dampfen und Zischen*.

»Was ist das?«, flüsterte sie, und zum ersten Mal fühlte sie Furcht ihre Wirbelsäule hochkriechen. »So etwas habe ich noch nie gehört ...«

»Du wirst es erfahren«, hörte sie eine ganz nahe Stimme. »Falls er dich am Leben lässt ...«

Es ging hinein und dann hinab. Hier war Valnir noch nie gewesen, aber sie hätte sich dennoch zurechtgefunden, weil ihre Sinne trotz der ungemein schlechten Bedingungen in dieser Umgebung funktionierten. Ein Zwerg war anpassungsfähig (solange er es nicht mit Weite zu tun hatte) und sie stellte sich bald um. Vor allem merkte sie sich den Weg auf eine Weise, wie sie es schon mit der Muttermilch aufgenommen hatte. Eigene Bedürfnisse und Befindlichkeiten hatten jetzt zurückzustehen. Sie war hier als Fiandur. Sie hatte einen Auftrag, und den würde sie erfüllen.

Schließlich begriff sie, dass sie in einen Höhlengang abbogen, der umfunktioniert worden war – zu Verliesen. So etwas gab es bei Zwergen sonst überhaupt nicht. Überführte Verbrecher, *wenn* es denn solche gab, wurden verbannt, aber nicht eingesperrt. Sie auch noch durchfüttern, wo käme man da hin! Und der vergeudete Platz für die Zellen konnte viel besser genutzt werden.

Also war das alles tatsächlich schon länger vorbereitet worden. Wahrscheinlich schon, noch bevor Ragna verhaftet worden war.

Valnir wurde schwindlig angesichts der Erkenntnis, *wie* naiv sie sich alle miteinander angestellt hatten. Selbst in dem Jahr nach Ragnas Verhaftung waren sie immer noch nicht in der Lage gewesen, sich ein solches Szenario vorzustellen. Sie hatten geglaubt, alles wäre von Dubh Sùil ausgegangen, und mit ihrem Fall hätte sich der Rest erledigt. Wie dumm von ihnen allen, wie kurzsichtig, schlimmer als es je ein Zwerg gewesen war! Nicht einmal Peredur hatte es begriffen. Oder hatte er es nur nicht glauben wollen? Gewiss, er hatte nach Anhängern Ragnas suchen und verhaften lassen, wessen man habhaft werden konnte. Aber das hatte bei weitem nicht gereicht!

Und wir Zwerge vorn dran, dachte Valnir resigniert und zornig auf sich und die Fiandur, weil sie alle miteinander versagt hatten, einschließlich Randur, einschließlich Peredur. *Wie dumm und arrogant sind Randur und ich bloß gewesen. Diese Kerle im Wald hatten ganz recht ...*

»Ich weiß, wer da kommt«, erklang eine Stimme, die Valnir nur allzu bekannt war, und die ihr einen heißen und kalten Schauer zugleich den Rücken hinunterjagte, und auf einmal war sie wieder von Hoffnung erfüllt. Mernius hatte Wort gehalten, und dafür war sie ihm dankbar. Wenigstens dieses Ziel hatte sie erreicht!

»Diese lauten Gedanken, diese Schuldgefühle, dieser Stolz zugleich und die Widerspenstigkeit. Es kann nur eine geben!« Ein raues, vertrautes Lachen, nicht gebrochen.

»Randur!«, rief Valnir, in diesem Moment tatsächlich glücklich. »Du lebst! Ich bin hier, um dich herauszuholen!«

Wieder Gelächter, aber diesmal lachten die Menschen um sie herum. »Das mag ich an euch Zwergen: Euer Humor ist unschlagbar!«

»Ich bringe euch alle um«, schnaubte Valnir und riss an ihren Fesseln. »Stellt euch mir, ihr Feiglinge!«

»Ja, das ist Valnir«, erklang Randurs Stimme erneut. »Niemand sonst. Welch ein Licht in diesen dunklen Tagen!«

Valnir wurde die Augenbinde abgenommen, und sie erkannte Mernius neben sich. »Ich habe mein Versprechen gehalten«, flüsterte er ihr zu. »Und noch ein bisschen mehr getan. So wird die Waage ein wenig ausgeglichen. Es ist an euch, was ihr daraus macht. Lebt wohl.«

Valnir erblickte einen von Fackeln mäßig erhellten, grob ausgeschlagenen Gang, mit vielen Gittern links und rechts. Zu einem wurde sie nun geführt. Ein grobschlächtiger Wärter mit der Anmutung eines zu klein geratenen Ogers, öffnete das Gitter vor ihr, und dann wurde sie hineingeschubst.

Nun verstand sie, was Mernius gemeint hatte – sie hatte keine Einzelzelle erhalten. Ihre Dankbarkeit wuchs. So weit also reichte die Loyalität eines ehemaligen Schülers, der die Lehren Randurs verinnerlicht hatte. Mehr würde er nicht für sie tun, aber das brauchte er auch nicht. Sie hatte nun alles, was sie benötigte.

»Du siehst furchtbar aus«, begrüßte Randur sie und befreite die Zwergin von den Fesseln. Ihre Nasenflügel blähten sich kurz, um seinen Geruch unter all dem stickigen Dunst des Verlieses, dem Schmerz, dem Schmutz aufzunehmen, und sie erkannte, er war es noch, nicht nur die Stimme ungebrochen, auch er selbst.

»Ich weiß«, murmelte sie und musterte ihn in dem trüben Zwielicht. »Aber du nicht minder.«

Randur Felsdonner grinste. »Haben mir fast den Schädel eingeschlagen. Bin selbst erst seit ein oder zwei Tagen wieder wach.« Seine Hände glitten über einen beklagenswert eingeschrumpften Bauch. »Dabei geht es mir viel besser als ihm.« Er wies mit dem Kopf auf jemand Anderen.

Valnirs Atem stockte.

An der Wand. Wie gekreuzigt hing der Gefangene dort in Ketten, Arme und Beine von den im Gestein verankerten Ketten straff gestreckt. Es war nicht erkennbar, ob er noch lebte. Sein Kopf war nach unten auf die Brust gesunken, langes dunkles Haar bedeckte das Gesicht.

Valnir hegte dennoch keinerlei Zweifel. Nicht nur daran, dass der Mann lebte, sondern auch wer dieser Misshandelte war. Alles Blut wich aus ihrem Gesicht, und ihre Beine wurden durch den Schock so schwach, dass sie sich auf dem Boden niederlassen musste.

»Asgell!«, keuchte sie, und zum ersten Mal verließ sie aller Zwergenmut.

*

»Also«, sagte Gru Einzahn und zog geräuschvoll die Nase hoch, »bis jetz' isses ja ziemlich langweilig, meinste nich' auch?«

»Mhm«, stimmte Blaufrost zu. »Aber einen Vorteil hat's, wir kommen schneller voran. Vor allem, weil keine hinderlichen Menschen, viel zu langsame Elben und nutzlose Bogins dabei sind.«

»Na *jaaa*.«

»Du hast weniger Hunger.«

»Schon.«

»Ich... na schön, hab weniger davon, am Tag rumzustolzieren, weil's so schnell geht.«

»Is trotzdem kein Spaziergang inner Sonne.«

»Nee.«

»Und... eigentlich sindse ja alle ganz nett.«

»Ich vermiss'se.«

»Jau.«

»Vor all'm den Kleinen.«

»Vor all'm den.«

»Geht ei'm immer viel besser, wenner dabei is.«

»Jau.«

»Nich mehr als 'n Maulvoll, aber ich hätt nie nich' Lust auf den, Pflanzenfresser hin oder her«, bekräftigte Gru Einzahn und nickte heftig.

»Ich auch nich'«, gab Blaufrost zu. »Hatte nie Verlangen danach, an ihm zu knabbern. Obwohl er geröstet bestimmt recht knusprig und saftig wär, so zart und jung wie der is. Aber bei ihm krich ich Gefühle, als wenn ich 'n Vater wär.«

»Sowas Zerbrechliches musste doch auch einfach beschütz'n.« Der Oger rubbelte in seinem Ohr. »Und Peredur, das is ohnehin einer, den...«

»Den muss man verehrn, jawoll.« Der Troll donnerte seine Faust auf einen Felsbrocken am Wegesrand, sammelte die Krümel ein, steckte sie sich in den Mund, mahlte sie geräuschvoll klein und schluckte sie hinunter. »Dassis 'n Könich aus alter Zeit, so wie er sich gehört.«

»Un' der Morcant, also wenn der singt, das klingt doch recht hübsch. Ich mag's, wennde mich fragst.«

»Die Mädels sin' hübsch. Und schlagkräftich, bei allen Trollwarzen, wo die zuhaun, da wächst so schnell nix mehr.«

»Na und die Zwerche erst, und dann is da auch noch ne Zwerchenfrau dabei...« Gru lachte meckernd. »Ich hätt' gern damals mein Gesicht gesehn, bis ich das endlich mal kapiert hatt'... Man hat ja immer so dies und das gehört und dann stimmt alles gar nich'.«

Blaufrost klang entschieden. »Aber 's trotzdem gut, wennse nich alle dabei sin', weil die halten uns nur auf.«

»Stimmt! Aber's is halt auch elends langweilich.«

»Schon.«

Einträchtig seufzend setzten sie den Weg fort. Sie trabten nahezu ununterbrochen in dem ausgetrockneten Flussbett Richtung Plowoni, so war die zerstörte Stadt nicht zu verfehlen. Wobei »Trab« in dem Fall einen Renngalopp beim Pferd bedeutet hätte, und die beiden Riesen kamen nach einem halben Tag noch nicht außer Atem.

Wie lange sie unterwegs waren, war schwer zu schätzen, doch es dürfte einen Bruchteil der Zeit ausmachen, die Menschen und Elben unter normalen Umständen benötigt hätten. Von Zwergen oder Bogins ganz zu schweigen.

Hinzu kamen aber die besonderen Gegebenheiten der als verflucht geltenden Einöde. Durch den Krieg vor tausend Jahren war in dieser weit ausgedehnten Region alles aus den Fugen geraten und hatte sich nie mehr davon erholt. Es gab kein natürliches Leben mehr, nicht einmal einen Sandfloh, und niemals fiel auch nur ein Tropfen Regen. Der teils kiesige, teils sandige Boden war in einem nahezu schattierungslosen Fahlgelb gehalten, und der tief darüberhängende, von ewigem Dunst bedeckte Himmel, der keinen Sonnenstrahl je hindurchließ, hob sich kaum von ihm ab. Es war ein »unnatürlicher« Ort, in dem die normalen Gesetze der Natur aufgehoben waren, in dem eine ungesunde Magie herrschte und Erinnerungen als Schattenbilder festgebannt waren, die Reisende wie Albträume überfielen, sie auszehrten oder in den Wahnsinn trieben. Für die naturverbundenen Elben war es ein absolut tödlicher Ort, da sie von allem abgeschnitten wurden, was lebendig war. Nicht einmal ihre Unsterblichkeit konnte sie hier retten, und ihre Lebenskraft sickerte unaufhaltsam wie aus einer unverschließbaren Wunde aus ihnen heraus und versiegte wie ein Tropfen Wasser in heißem Sand. Die Menschen nannten so einen Ort, der nicht nur den Lebenden alle Kräfte raubte, sondern in dem auch die Seelen der Toten umherirrten und ewige Qualen litten, »Hölle«, die Elben etwa gleichbedeutend »Níurin«, und die Zwerge »Kulnagual«, was in etwa »erloschene Glut«, bedeutete. Das waren Orte, die sie alle fürchteten, und die die Wenigsten von ihnen jemals freiwillig betreten würden.

Oger und Trolle interessierte das nicht im mindesten, sie hatten keine besondere Bezeichnung dafür. Sie nannten solche Orte schlicht »Trockenland«, »blöde Ödnis« oder »Nixzufuttern« und sahen deshalb keinen Grund, sich hier aufzuhalten. Keinesfalls fürchteten sie sich davor.

Auch Gru Einzahn und Blaufrost wären nie auf den Gedanken gekommen, noch einmal hierherzukommen, aber Auftrag war nun einmal Auftrag, und den führten sie aus, komme, was da wolle.

Ungeheuer hatten die beiden Riesen unterwegs keine getroffen, deswegen fanden sie die Reise ja so langweilig. In dem Flussbett war die Irrmagie besonders unangenehm, selbst für die aus ihr und dem Blut der Gefallenen entstandenen Kreaturen. Die ständig summenden Strömungen schienen die beiden Riesen wegschieben zu wollen, wie Fremdkörper, die nicht in die Lebensader gehörten, auch wenn diese längst vertrocknet war; außerdem lösten sie ein unangenehmes Kribbeln und Jucken auf der Haut aus, selbst bei dem Troll. Und wenn Blaufrost versuchte sich zu kratzen, explodierten Funken mit leisem Knall.

Schließlich ging es eine leichte Steigung hoch, und auf der Kuppe oben erblickten die Freunde ein Trümmerfeld in der Ferne: die Ruinen von Plowoni. Davor lagen immer noch die Überreste der letzten Schlacht, in der Peredur sein Herz verloren hatte, bestehend aus Waffen, Rüstungen, Gerippen, versteinertem Holz und eingetrocknetem Leder, das bei der sanftesten Berührung brach und zerbröselte.

»Wird auch Zeit«, brummte Blaufrost. Seine Haut war zwar nicht ganz so blau wie sonst, und er schlotterte weniger, aber selbst ihm schlugen die Traurigkeit und der Wahnsinn des Landes allmählich aufs Gemüt.

»Ja!«, schrie Gru. »Wird Zeit! Endlich was zum Metzeln, bin schon völlig schwermütig!« Aufgeregt deutete der behaarte, grünhäutige Oger links zu den Ruinen, von wo aus sich eine Staubwolke näherte, so groß, dass es sich keinesfalls um einen Reiter oder ein einzelnes großes, schnelles Wesen handeln konnte, es sei denn, es wäre ein Drache. Doch es war schwer vorstellbar, dass sich in der trostlosesten aller Gegenden, wo es absolut nichts zu holen gab, einer der normalerweise anspruchsvollen Drachen aufhielt.

»Was denkste, wer die sin'?«

Blaufrost kniff die rotglühenden Augen zusammen und streckte seinen klobigen Körper, bis er wie eine schmale Felsstele von über zwei Mannslängen aussah. »Na so was«, sagte er. »Das sin' Schattenkrieger und dort auf'm Hügel stehn 'n paar Myrkalfren.«

»Hier? Wie halten die das aus?«

»Die sin' nich wie Elben, vergiss das nich, auch wennse wahrscheinlich verwandt sin'. Ich glaub', die fühl'n sich hier sogar sehr wohl, weil's genauso trostlos is wie ihre finsteren Gruben inne Bergen drin. Und hier könnse genauso wie ich problemlos tagsüber rumlaufen.«

»Die ham uns erwartet.«

»Oder jemanden wie uns. Hoffentlich is der Lady Kymra nix passiert.«

Gru stieß einen Fluch aus. »Da is dann aber 'n ganzer frischer Drachenhaufen am Dampfen, um beim Thema zu bleiben, nä.«

»Scheint mir auch so. Aber lassma das. Jetz' haun wir die ers' ma platt.« Blaufrost zückte seine Stachelkeule und grinste grimmig.

Gru hielt seine Axt bereit, und seine eigene Keule war auch nicht weit. »Wir wiss'n ja schon, wie das geht.«

Sie nickten sich zu und rannten dann den kleinen Hügel hinab, der Staubwolke entgegen.

Es dauerte trotz aller Geschwindigkeit auf beiden Seiten noch eine gute halbe Stunde, bis Fiandur und Schattenkrieger aufeinandertrafen. An der rechten Seite ragten die Ruinen von Plowoni empor, und auch Pellinorcs schiefer, aus Trümmern errichteter Wohnturm stach gut sichtbar heraus.

Die Riesen hielten sich nicht lange auf; ohne die Geschwindigkeit zu verringern, ohne anzuhalten oder sich zuerst mit dem Feind auszutauschen, stürzten sie sich, ganz nach Art beider Völker, mitten hinein und eröffneten den Kampf mit den ersten schmetternden Axt- und Keulenschlägen.

Die Menge der Schattenkrieger wogte auseinander, als die ersten zehn im Verlauf weniger Herzschläge wie niedergemäht fielen, doch sie hatten ihre tödlichen Hakenschwerter bereits gezückt und gingen noch im Bogen zum Angriff über. Nicht einzeln, nicht in Gruppen, sondern wie ein riesiges Rudel Wölfe stürzten sie sich auf die beiden Fiandur, und das von allen Seiten.

Einige der Gestürzten standen ebenfalls wieder auf; sie waren sehr zähe Geschöpfe, die nicht leicht zu überwinden waren. Zudem waren sie gut gerüstet und konnten mehrere Schläge einstecken, bevor eine Schneide hindurchdrang. Zumindest, was die Waffen von Menschen, Elben und Zwergen betraf – bei Ogern und Trollen sah das anders aus, die durchschlugen selbst dicke Steinmauern. Trotzdem waren die Riesen erstaunt, sie hatten mit einem leichteren Spiel gerechnet. Aber natürlich konnten sie auch noch größere Kräfte einsetzen, hatten sie doch mit den ersten Schlägen längst nicht alles gegeben.

Seite an Seite, bemüht darum, keine Deckung offenzulassen, bewegten sie sich wie Feldwalzen vorwärts, um keine Lücke, keine Möglichkeit offenzulassen, und konzentrierten sich nur auf die unmittelbar erreichbaren Feinde.

Blaufrost vergrößerte den Radius nach und nach, indem er einen Krieger, der soeben stürzte, am Bein packte, und mit ihm zusätzlich in der einen, die Keule in der anderen Hand, auf die Heranstürmenden eindrosch. Gru ging ebenfalls auf Distanz, setzte die Axt wie eine Sense ein und drehte sich dabei im Kreis. »Der Schnitter im Kornfeld!«, lachte er. »Dammich, da krieg ich gleich Hunger. Wie steht's mit dir?«

»Ähnlich«, gab Blaufrost zurück. »Das Zeug hier is ungenießbar, und Steine sin' auf Dauer unbefriedigend.«

»Wie, du rührst das Frischfleisch nich' an?«

»Nee, die sin' ekelhaft.«

Die Schattenkrieger sprachen nicht, und das war unheimlich. Sie gingen einheitlich vor, als könnten sie sich ohne Worte verständigen, und von ihren Gesichtern war wegen der geschlossenen Visiere nichts zu erkennen, abgesehen von einem orangeroten Glühen hinter den Sehschlitzen.

»Wie viele sin' das eign'tlich?«, rief Gru, als es kein Ende nahm, obwohl sie sich immer weiter voranschoben und dabei Plowoni stetig näher kamen. »Vermehr'n die sich, während wir kämpfen?«

»Moment.« Blaufrost verschaffte sich Platz und streckte sich noch mehr als zuvor in die Höhe, bis er annähernd drei Mannslängen erreichte, das war das Äußerste, wozu er fähig war. »Doch, da hinten kann ich 'n Ende sehn.«

»Und was is mit denen auf'm Hügel?«

»Weiß nich. Gefällt mir nich.«

Blaufrost schrie zornig auf, als ihm ein Schattenkrieger die Lanze in die Seite rammte, packte den Speer, riss den Finsteren zu sich heran und zerquetschte ihn mit dem Arm an seinem nahezu felsharten Körper.

Auch Gru fuhr herum, als gleich drei der Dunklen ihn ansprangen; er ging bei dem Ansturm unter, doch nur kurz, dann schleuderte er sie wie welke Blätter von sich und sprang wieder auf. »Dammich, das hat wehgetan!«, fluchte er und zog einige Messer aus sich heraus.

Hinter ihnen türmten sich die blutigen Leichen, verstümmelt und mit verrenkten und zertrümmerten Gliedmaßen. Kein Grund für die Schattenkrieger, sich zurückzuziehen, anscheinend verfügten sie über ausreichend Nachschub.

Dadurch gelang es ihnen, den Riesen allmählich schwer zuzusetzen, je länger die Schlacht dauerte. Die Freunde schlugen zwar eine Bresche hindurch, doch die Lücken füllten sich rasch. Beide waren inzwischen verletzt; Gru blutete aus mehreren Wunden, und auch Blaufrost hatte eine Menge Pfeile und abgebrochene Schwertspitzen in sich stecken. Sie wurden langsamer, dachten aber noch lange nicht daran, »den Spaß« aufzugeben, sie würden erst innehalten, bis keiner der Finsteren mehr lebte oder sie alle die Flucht ergriffen hatten.

Zuletzt, als die Zahl der Gefallenen immer noch weiter und weiter stieg und kein Ende der Kampfkraft der beiden Fiandur abzusehen war, erklang plötzlich der Schall eines Horns, von dem Hügel herab, auf dem die Myrkalfren Posten bezogen hatten. Die Schattenkrieger reagierten sofort. Ohne Laut kehrten sie um und trabten zurück auf dem Weg, den sie gekommen waren. Bald waren sie in der Staubwolke nicht mehr zu erkennen, und es war nunmehr ersichtlich, dass sie sich auf magische Weise damit umgaben, um sich den Blicken zu entziehen, denn so viele waren nicht übrig, um derart viel aufzuwirbeln.

Aber damit war der Kampf an sich noch nicht beendet. Noch während die beiden Riesen sich dem Hügel zuwandten, legten die Myrkalfren dort oben Pfeile an, und nur wenige Herzschläge später schwirrten sie singend und pfeifend durch die Luft bis zu ihnen, trotz der weiten Distanz.

»Achtung!«, rief der Oger überflüssigerweise, und sie versuchten eilig auszuweichen, was jedoch nur bei wenigen Pfeilen gelang, die ihnen auf unheimliche Weise noch zu folgen schienen. Sie wurden regelrecht gespickt, und die Wucht des gesammelten Aufpralls schleuderte sie zurück, dass sie dröhnend zu Boden stürzten und eine Kuhle ins Geröll schlugen.

»Was is denn mit denen los?«, donnerte Blaufrost, während er sich wieder hochrappelte, dann blinzelte er verwirrt. »He ... wo sindse hin?«

Nach diesem letzten Angriff hatten die Myrkalfren offenbar genug, denn der Hügel war leer und verlassen.

»Das sin' schon grusliche Gesellen«, bemerkte Gru, klopfte sich ab und untersuchte seine Wunden. »Hab ich da was am Rücken?«

»Ja, 'n bisschen.« Blaufrost machte sich am Rücken des Ogers zu schaffen.

»Is das etwa deine Spucke, was ich da spür?«

»Nein, nein. Ich mach's nur sauber mit so Zeugs, das ich dabei hab.«

»Wenn das deine Spucke is, reiß ich dir die Zunge raus.«

»Isses nich'.«

Grus grünglühende Augen funkelten böse, er glaubte den Versicherungen des Freundes kein Wort, aber andererseits tat die Behandlung gut, also zuckte er schließlich die Achseln und ließ es geschehen.

»Fertich. Hilfste jetz' mir?«

»Dassis mir 'ne Freude. Du siehs' aus wie'n gespickter Hirschrücken.«
Seufzend machte Gru sich an die Arbeit, begleitet von gelegentlichen Klagelauten des Trolls. »Stell dich nich so an, du Jammerlappen! Schwer genug, das Zeuch aus dir rauszukriegen, du bist hart wie'n Felsbrocken. Wie haben die nur so viel in dich reingekriegt?«
»Das kapier ich ja auch nich. Vor allem diese Pfeile zuletzt war'n komisch, viel zu weit geflogen un' so treffsicher in mich rein. Diese Kerle sin' anders als alles, was mir je begechnet is.«
»Und jetzt sindse wech, einfach so. Glaubste, die komm'n wieder?«
»Keine Ahnung nich'.«
Als der Oger endlich fertig war, lag neben dem Troll ein Haufen metallischer Überreste, aus dem man vermutlich eine ganze Rüstung neu schmieden konnte. Sie besahen sich die Pfeil- und Schwertspitzen näher.
»Muss so 'ne Speziallegierung sein«, stellte Gru fest und strich mit dem Finger über einen Klingenrand. »Au!« Ein Schnitt zog sich quer über die Kuppe, er lutschte unwillkürlich daran und spuckte angeekelt das Blut aus. »Ist das scharf! Als wenn ich aus Butter wär.«
»Ja, 's glitzert komisch. Sollte da Diamantenstaub mit verarbeitet sein? Als wir damals in der Bibliothek war'n, hat 'n Bücherlindwurm irgendwas darüber geplappert. Beim Essen, aus 'nem Buch, mit dem er sich grad beschäftigen tat.«
»Gutes Gedächtnis, Freund.«
»'n Troll vergisst nix, genau wie 'n Fels. Gräbt sich alles ein.«
»Ich nehm mal 'n paar von den Dingern mit, vielleicht kann Peredur was damit anfangen. Wir brauch'n bessere Rüstungen, wenn die vorham, uns so anzugreifen.«
Blaufrost nickte. »Sieht ganz und gar nich' gut aus für uns, Kumpel.«

Bis zu der Trümmerhütte in Plowoni war es nun nicht mehr weit, das würden sie in einer halben Stunde oder weniger schaffen. Die beiden Riesen machten sich auf den Weg, doch auf halber Strecke mussten sie feststellen, dass ihnen die Puste ausging.
»Was is'n jetz' los?«, brummte Gru und schüttelte den Kopf, dass sein schwarzer Zopf hin- und herflog. »Mir is irgendwie komisch ...«

»Mir auch«, gab Blaufrost schweratmend zu. »So schlimm können die Wunden doch nich scin ...«

Sie wurden immer langsamer und mussten sich schließlich gegenseitig stützen. Ihre Sicht wurde verschwommen, doch sie behielten die Richtung bei und kämpften sich stur vorwärts.

»Dummbatz, die ham uns sauber reingelegt ...«, keuchte der Oger plötzlich.

»Ich kann nich mehr ...«, ächzte der Troll. Bei jedem Schritt knirschten seine Gelenke, als würde er versteinern. Schließlich konnte er nicht mehr weiter, blieb stocksteif stehen, und bei dem Versuch, eine Hand zu heben, stürzte er wie ein gefällter Baum um. Es klang wie ein Steinschlag, als er aufprallte, doch zum Glück blieb sein Körper intakt und zerschellte nicht.

Gru Einzahn wollte noch etwas sagen, streckte die Hand nach dem Freund aus. Dabei verlor er das Gleichgewicht und stürzte ebenfalls.

*

Malachit wanderte unzufrieden mit auf dem Rücken verschränkten Armen in der Thronhalle umher. Meister Ian, Cenhelm, Vàkur und Cyneweard waren auf sein Geheiß hin anwesend, um ihre Befehle zu empfangen. Neben dem Thron war ein Tisch mit Stühlen aufgestellt worden, auf denen die Bogins saßen: Tiw, Fionns und Cadys Eltern, auch Onkelchen Fasin war nicht ausgenommen. An jeweils einem Fuß war eine Kette befestigt, die zu einem im Boden verankerten Ring führte. Sie saßen teilnahmslos da, obwohl auf dem Tisch die erlesensten Genüsse und Getränke aufgestellt waren. Malachit sorgte dafür, dass ihre Körper nicht zu schwach wurden, während sie für ihn die Stadt *befriedet* hielten. Und sie waren gut darin: In Sìthbaile herrschte Ruhe. Zwar gab es Markt und Handel, aber alles war gedämpft, und nach Einbruch der Dunkelheit niemand mehr auf den Straßen zu sehen. Die Kontrollen an den Toren waren sehr streng, und jeder Karren wurde genau durchsucht. Wer noch keinen Passierschein hatte, musste einen beantragen und dafür eine ordentliche Gebühr entrichten. Ebenso waren Zölle und Steuern angehoben worden.

Die neuen Regeln sprachen sich im Umland schnell herum, und leises Murren kam auf. Das störte Malachit nicht, denn er wusste, dass die Leute nicht auf die Stadt verzichten konnten, in der sie ihre Erzeugnisse und Handelswaren verkauften oder sich versorgten. Vor allem gingen alle davon aus, dass es sich um einen neuen Erlass des Hochkönigs handelte, der nach der Hochzeit wohl endlich sein wahres Gesicht zeigte und die Bandagen nun ordentlich anzog.

Der wahre neue Herrscher Sìthbailes blieb vor Cenhelm stehen. »Also«, sagte er. »Verstehe ich das richtig? Du giltst als der Beste, weswegen du diesen Posten erhalten hast, und die Stadtgarde ist ja auch hervorragend ausgebildet. Und da sagst du mir, dass ihr alle Hebel in Bewegung gesetzt habt, und trotzdem nicht in der Lage seid, eine einzelne junge Boginfrau zu finden?«

Cenhelm konnte dem rubinroten Blick nicht standhalten, deshalb richtete er die Augen auf das bleiche spitze Kinn des Weißhaarigen. »Es ist, wie ich es sagte. Aber das ist nicht ungewöhnlich, Eure Hoheit, wenn man bedenkt, wie Tiw und Fionn letztes Jahr entkommen sind. Ihr setzt die Gabe der Bogins für die ganze Stadt ein, und im Kleinen wirkt sie genauso. Es sind nicht alle dagegen immun, so wie Ihr. Da kann ein kleiner Bogin flugs entschwinden.«

»Gewiss.« Malachit wandte den Kopf ab und starrte aus einem der großen Bogenfenster. »Trotzdem will es mir nicht in den Sinn, wie Cady neuerlich die Flucht gelingen konnte, nachdem ich die Stadt bereits besetzt hielt.«

»Sollen wir außerhalb der Stadtmauern nach ihr forschen? Es gibt ja nicht viele Möglichkeiten, wo sie hingehen kann.« Es war Cenhelm anzusehen, wie sehr es ihn bei diesen Worten würgte, aber er hatte keine Wahl. Malachit zwang ihn auf magische Weise zum Gehorsam. Zuwiderhandlungen bestrafte er umgehend und grausam. Auspeitschen war dabei noch das Harmloseste.

»Warum sollte sie die Stadt verlassen? Glaubst du, sie folgt ihrem Ehemann, um ihn und den König zu warnen und sie zurückzuholen?«

»Das wäre naheliegend.«

Malachits dünne Lippen umspielte ein Lächeln. Er schüttelte den Kopf. »Nein. Das würde sie nicht tun. Sie wird auf andere Weise versuchen, die Stadt freizubekommen. Schließlich weiß sie Unterstützung in diesen Mauern, auf die sie zählen kann.« Er warf dem Dreierrat einen bezeichnenden Blick zu und lachte.

»Worauf *Ihr* Euch verlassen könnt«, knurrte Cyneweard.

»Ah, der Königstreue, der Wächter des Throns. Glaubt immer noch an die alten Ideale, die bereits damals keine solchen waren.« Malachit amüsierte sich. Er ging zu den Bogins, beugte sich über Tiw und strich ihm über den dunkelhaarigen Kopf. Die Lider des Bogins flatterten, doch er konnte sich nicht zur Wehr setzen. »Es freut mich, dass gerade du mir so sehr zu Diensten bist«, wisperte er Tiw zu, dessen Lippen in dem vergeblichen Versuch zitterten, dem Tyrannen eine passende Erwiderung entgegenzuschleudern. Oder ihn vielleicht auch anzuspucken. Der Myrkalfr richtete sich auf und breitete die Arme aus. »Esst, meine Schützlinge, ich brauche euch bei Kräften, es darf euch an nichts mangeln! Danach gönne ich euch eine kleine Ruhepause. Wir wollen diesen Zustand schließlich noch lange wahren. Also sollten wir doch sorgsam mit eurer Gabe umgehen. Es gibt zu wenige von euch, um euch so schnell auszuzehren, wie Dubh Sùil es getan hat.«

In herrschaftlicher Pose schritt er zurück zu den Männern. »Nun, ich denke, wir sehen von einer Verfolgung oder groß angelegten Suche ab«, verkündete er. »Ich mache mich ja lächerlich mit einem derartigen Aufwand für ein kleines Mädchen. Und vor allem«, er lächelte breiter und bösartiger, »da Cady ja von ganz allein zu mir kommen wird. Nicht heute, nicht morgen, aber sie *wird* zurückkehren. Bogins sind schwach, aber sehr tapfer, und diese Kleine verfügt über ein großes Herz und einen starken Willen. Sie wird ihre Niederlage nicht hinnehmen und persönlich den Widerstand hierher führen. So bekomme ich dann gleich alle auf dem Tablett serviert.«

»So dumm ist Cady nicht«, sagte Meister Ian Wispermund ruhig.

»Natürlich nicht«, stimmte Malachit zu. »Sie weiß genau, was sie erwartet, spätestens in dem Moment, wenn sie erkennt, dass ich sie nicht verfolgen lasse. Und doch wird sie es tun.«

»Und wir werden sie unterstützen«, erklärte Vàkur.

»Der sonst so beredte Mann, ganz gerade heraus.« Malachit lachte. »Aber gewiss doch, und es stört mich nicht im Geringsten. Denn was wollt ihr tun, und wo wollt ihr hin? Während wir uns hier unterhalten, übernehmen meine Myrkalfren Albalon Stück um Stück. Das hier ist eine Insel! Ihr könnt nicht entkommen, solange ihr hier bleibt. Flieht ruhig, nehmt ein Schiff und kehrt nie zurück. Aber das Land von mir befreien? Das ist vorbei.« Seine Miene wurde hart und finster. »Findet euch damit ab!«

»Niemals«, flüsterte Cyneweard und ballte die Hand zur Faust.

Malachit winkte ab. »Genug des Geplauders, an die Arbeit! Meister Ian, es gibt eine Menge Briefe zu schreiben, denn ich habe etwas Großartiges vor. Das wird euch allen gefallen!«

Ein Hall war in seiner Stimme, ein Nachklang, der die Luft in dem großen Raum eisig werden ließ, und Menschen wie Bogins wurden bleicher als ihr Unterdrücker es war.

*

Jemand schüttete ihnen etwas ins Gesicht, das scheußlich brannte und damit ganz gewiss kein Wasser war, auch wenn Troll und Oger dem Element nicht viel abgewinnen konnten und es vermutlich ähnlich unangenehm empfunden hätten. Der Guss erfüllte allerdings seinen Zweck, denn die Flüssigkeit neutralisierte das Gift; Oger und Troll kamen zu sich und fuhren hoch. Blinzelnd starrten sie auf ein Hutzelmännlein, das sie selbst im Sitzen noch weit überragten. Krumme, dürre Beine endeten in roten Schuhen mit lang auslaufender Spitze, die restliche Kleidung bestand aus mehreren übereinandergelegten Lederstreifen. Unter einem Brauengestrüpp funkelten hellwache blaue Augen, die Nase ragte schmal und gebogen aus einem faltenreichen Kartoffelgesicht hervor, und im Mund saß nur noch ein einziger Zahn.

»Na, ihr seid mir ja schöne Retter!«, keifte der Gnom sie an. »Erst blast ihr mir mit eurem Pestatem mein Haus zusammen, und dann kreuzt ihr *noch mal* auf, um genau *was* zu machen? Mit Schwefelwolken aus dem Hintern euer Werk vollenden?«

Gru rappelte sich hoch. »Pellinore? Mann, was bin ich froh, dich zu sehn! Bei all dem Gesocks, das sich hier rumtreibt, hätt' ich nich' gedacht, dassde noch lebst.« Er stutzte. »Ja, genau! Wieso eigentlich?«

»Wer von euch ist noch mal der Dummbatz?«, fragte der Gnom.

»Das is er.« Gru deutete auf Blaufrost. »Ich bin . . .«

Der Gnom trommelte mit dem Stock auf seine Stirn. »Der Windbeutel, schon klar. In dem Fall bist du aber genauso ein Dummbatz, da hilft alles nichts, mein Bester. Die Kerle haben nicht mich angegriffen, sondern *euch!* Ich diente dazu als Köder. Mich können die nämlich gar nicht angreifen, wegen des Fluches.«

»Hä?« Endlich hatte Gru wieder die Gelegenheit, sein Lieblingswort anzubringen.

»Das kapier ich auch nich'«, gestand der Troll. »Hat Lady Kymra uns etwa reingelegt?«

Nun blinzelte der Gnom verwirrt. »Moment ... die *Schöne Frau* hat euch *geschickt?*«

»Ja«, antwortete Gru. »Wieso, haste das nich' gewusst?«

»Nein. Die Verbindung ist schon lange abgerissen, auch zu Asgell. Also ist alles noch viel schlimmer als angenommen ...« Pellinore wirkte jetzt sehr besorgt. »Das bedeutet, diese Myrkalfren waren hier ... aus welchem Grund noch mal, denkt ihr?«

»Na, um auf uns zu warten«, folgerte Gru.

»Und woher wussten die, dass ihr kommt?«

»Ähm ...«

»Ich glaub, die wollen das Gebiet hier besetzen«, äußerte der Troll seine Vermutung. »Von hier aus könnense in alle Richtungen marschieren, und das sehr schnell. Und vor all'm tagsüber. Die Irrmagie unterstützt sie dabei sogar, statt dasse sie in den Wahnsinn treibt. Und das Beste daran: Jeden, den sie hier reinschlepp'n, haben sie voll inner Gewalt, der hat keine Chance mehr. Und noch schlimmer: Ich denk mal so, die bauen das hier als Elbenfalle auf.«

»Genau. Die wollten schlichtweg an euch testen, wie gut ihre Kampfkraft inzwischen ist«, stimmte Pellinore den Schlussfolgerungen zu. »Und da es euch erwischt hat, haben sie mit den Elben leichtes Spiel.«

Das wirkte erst mal, und zwar auf alle Beteiligten, als sie über die weiteren Konsequenzen nachdachten.

»Glaubste etwa, die wollense alle vernichten?«, stammelte Gru.

»Könnte sein.« Blaufrost nickte düster.

»Aber das wird Ragna doch nich zulassen! Sie hasst die Menschen wie 'ne Warze am Hintern, aber doch nich ihr eigenes Volk, das sie ganz bestimmt lieber unterdrücken möcht'!«

Pellinore hob einen Finger, um sich bemerkbar zu machen, und lachte trocken. »Ich bin mir nicht sicher, ob Ragna sich genau darüber im Klaren ist, mit wem sie da ihr Bündnis eingegangen ist. Andererseits wird sie vielleicht schon ausgemacht haben, welche Elben überleben dürfen, genauso wie bei den Menschen. Die wird sie gewiss auch nicht alle ausrotten.« Er kratzte sich am Hinterkopf. »Übrigens, was ist mit Ragna?«

»Unser letzter Stand is, dasse in Sìthbaile gefangen sitzt«, sagte Gru und kratzte sich ebenfalls am Hinterkopf, angesteckt von dem Gnom. Er wirkte zusehends irritiert.

»Tja. Dann, so fürchte ich, seid ihr in dem Fall wohl weniger auf dem Laufenden als ich. Es gab nämlich vor einiger Zeit eine ziemliche Erschütterung hier in Clahadus und einen irrmagischen Sturm, wie ich noch nie einen erlebt habe. Und die Geister der Schlacht sind komplett durchgedreht in der Nacht. Obwohl ich aufgrund von Ragnas Fluch nicht sterben kann, hat das sogar mich in Angst und Schrecken versetzt und ich fürchtete um mein Leben.«

»Dammich«, stieß Gru hervor. »Du wills' doch nich etwa sagen ...«

Pellinore aber nickte. »Ich verspürte einen gewaltigen, rasenden, unaussprechlichen Zorn, der mir den Atem raubte und mein Herz für einige Schläge anhielt. Ich weiß nicht, wie ich das überleben konnte, vielleicht, weil der Fluch mich davor schützt – vor *ihr* selbst. Aber ich bin sicher, das alles hat nur eines zu bedeuten: Schwarzauge ist frei.«

»Hammer, Stein und Kiesel«, sagte Blaufrost. »Das hat uns grad gefehlt! Lady Kymras Befürchtungen gingen schon in die Richtung. Und noch weiter.«

»Deswegen hatse uns nämlich mit 'nem Auftrag hergeschickt«, fuhr Gru fort und stieß den Troll an. »Gib's ihm.«

Der Gnom runzelte die ohnehin schon faltige Stirn. »Mir geben? Was denn?«

»Na, das.« Blaufrost schien sich erst jetzt zu erinnern, und er zog von irgendwo eine kleine Phiole hervor und reichte sie Pellinore. »Sieht leer aus, wennste mich fragst, aber sie hat gesagt, ich soll dir das geben, und du sollst es zu dir nehmen und nix davon verschwinden.«

»Großer Stern des Nordens ...« Der Gnom wirkte erschüttert, und seine winzige Hand zitterte, als er sie nach der Phiole ausstreckte. Seine

Finger schlossen sich darum, als handelte es sich um hochzerbrechliches Glas von unschätzbarem Wert. »Sic ... sic sagte mir vor dreihundert oder vierhundert Jahren, sie stünde kurz vor dem Durchbruch. Aber dass sie es wirklich eines Tages ... Dass sie das geschafft hat ... Sie muss ihre Bemühungen im vergangenen Jahr verdoppelt haben. Bestimmt angesichts der Gefahr ...«

»Hä?«

»Wie jetz'?«

»Oh, meine Freunde, gleich werden wir es wissen.«

Der Gnom zerbrach die Phiole, hielt sie dicht an sein faltiges Gesicht und atmete mit geschlossenen Augen tief ein, obwohl nicht erkennbar war, dass irgendetwas austrat.

»Ja ...«, quetschte der Gnom mit quäkender Stimme hervor. Tränen rannen über sein Knittergesicht, die herabtropften und dabei zu Sand zerstäubten. »Das ist es, ich fühle es ...«

Die beiden Riesen traten eingeschüchtert zurück, als die winzige Gestalt des Gnoms plötzlich von einem Ehrfurcht gebietenden, glitzernden und funkelnden Nebel umhüllt wurde, der langsam in die Höhe wuchs. Die Irrmagie floh zischend von diesem Ort, und eine ganz andere Macht trat an ihre Stelle. Dies war eine die weder Oger noch Troll unbeeindruckt lassen konnte, denn sie waren urtümliche Wesen Albalons und von Stein und Erde. Sie fühlten diese Magie, die tief aus der Natur und aus der Insel selbst kam, die ein Teil von ihr war, ein Stück aus den Ursprüngen, so wie Lady Kymra ein Teil uralter Wesenheiten war, die bereits vor allem Leben dagewesen waren. Was sie hier sahen, war eine Kraft, die sich erst langsam bildete und auch nur so genutzt werden konnte. Doch dann, wenn sie erst soweit war, war sie mächtiger als alles andere.

Langsam verfestigte sich eine Gestalt in dem glitzernden Nebel, die nichts mehr mit dem Gnom gemein hatte, sondern menschliche Form annahm. Hochgewachsen war sie und mit silbern schimmernder, eleganter Rüstung angetan, komplettiert von Flügelhelm und glänzendem Schwert an der linken Hüfte.

Ein tiefes Atmen erfüllte die staubige Luft, und der Mann in der Rüstung, immer noch von einem Leuchten umgeben, öffnete strahlendblaue Augen in einem blondbärtigen Gesicht, das um die fünfzig

Jahre zählen mochte, doch keineswegs den Eindruck von Alter vermittelte.

Die beiden Riesen gafften mit offenem Mund.

Der Ritter, der so aussah, wie man sich Ritter eben vorstellte, musterte zuerst sich, dann seine Retter, und ein Lächeln zog seine vollen Lippen in die Breite. »Ich bin der Erste Ritter, und ich bin zurück«, gab er eine Erklärung auf unausgesprochene Fragen in einem starken Bariton. »Und jetzt wollen wir dieses Lumpenpack dorthin befördern, wo es hingehört!«

»Recht so!«, dröhnte Blaufrost begeistert nach einer sprachlosen Pause. »Meine Keule is bereit!«

Gru wollte da nicht hintanstehen. »Meine Axt auch. Wo geht's hin?«

»Wir müssen nach Du Bhinn. Ich spüre, dass wir dort dringend gebraucht werden.«

Die beiden zogen lange Gesichter.

»Wie jetz'«, sagte Gru. »Gehnwa echt den ganzen Wech zurück?«

Pellinore zog milde erstaunt die feinen blonden Brauen hoch. »Was dachtet ihr, wie ihr hier rauskommt? Fliegen vielleicht?«

»Na ja, wenn einer sich so flugs verwandelt wie du, dachte ich ...«

»Falsch gedacht. Ich bin kein Zauberer wie Asgell und verfüge nicht über Flügelfüße. Lasst uns gehen, je schneller wir diesen verfluchten Ort verlassen, umso besser. Nachdem der Fluch von mir genommen ist, bin ich wieder ein sterblicher Mensch und nicht dafür geeignet, mich hier allzu lange aufzuhalten.«

»Steinaxt und Keulenschwinger, ich wusste, da is'n Haken bei«, brummte Gru Einzahn wenig begeistert. »Hab den Rückwech doch glatt vergess'n. Du?« Er tippte seinen Freund mit einem dicken grünen, krallenbewehrten Zeigefinger an.

Blaufrost brummte. »Hatte eigentlich gehofft, *diesmal* von meiner Sehnsucht befreit zu werden, und wieder nix! Muss also zurück, weil hier isses selbst nem Troll zu ungemütlich, auch wenn er tagsüber rumlatschen kann.«

»Es tut mir leid, Freund Blaufrost«, bedauerte der Erste Ritter. »Lady

Kymra hat siebenhundert Jahre für die Essenz benötigt, die mich befreite. Ich fürchte, auf die Schnelle lässt sich deine Sehnsucht nicht lösen. Aber wenn wir die Schöne Frau beschützen, findet sie sicher einen Weg.«

»Weiß nich', ob ich noch siebenhundert Jahre hab«, meinte Blaufrost. »Weil, so genau weiß das keiner von mei'm Volk. Gibt wohl schon welche, die über tausend werden, aber ob *ich* dazu gehör ...«

»Wie gesagt, sie könnte es vielleicht schneller schaffen, denn es handelt sich ja nicht um einen Fluch und die Essenz könnte weniger Aufwand erfordern. Aber dazu muss die Lady vollkommen sicher und beschützt sein.«

»Mhm.« Blaufrost musterte Pellinore von oben herab. »Du treibst nich grad 'nen Scherz mit mir? Weil, das kann ich nich leiden.«

»Würde mir nie einfallen«, antwortete Pellinore ernsthaft.

Der Troll war nicht überzeugt. »Aber sag mal ... also, mit dem ganzen Verwandlungszeugs ... Du hast gesagt, du bist der Erste Ritter. Peredur hält demnach große Stücke auf dich? Dem gilt nämlich unsre Loyalität.«

Der Oger nickte bekräftigend.

»Ich diene dem einzigen und wahren Hochkönig von Albalon«, erklärte Pellinore feierlich, legte die gepanzerte Faust an seine Brust und neigte den Oberkörper. »Ich habe mich ihm aufs Leben verpflichtet.« Er richtete sich auf. »Nicht zuletzt deswegen wurde ich ja mit dem Fluch belohnt«, fügte er ironisch hinzu.

»Na schön.« Blaufrost war noch nicht fertig mit seiner Prüfung. »Und du bis' besser als Peredur?«

»Niemand ist besser als er.«

»Komm schon, wir sin' hier ganz unter uns. Erfährt auch keiner. Aber 's is mir wichtig.«

Pellinore zögerte. Dann huschte ein seltsames Schmunzeln über sein Gesicht. »Nun ... es ist, wie ich sagte. Peredur ist ein ganz außergewöhnlicher und talentierter Mann, das war er schon immer. Wie sein Bruder Asgell, der auf andere und *seine* Weise außergewöhnlich talentiert ist. Peredur ... er ist wirklich dazu geboren, König zu sein, mehr als all seine Vorfahren. Vor allem als sein Vater, das lässt sich leider nicht leugnen. Der alte Herr hat seinem Sohn ein schweres Erbe hinterlassen. Andererseits hätte er Hafren sonst vielleicht nie kennengelernt.«

»Du hast sie gekannt?«

»Natürlich. Jeder von damals, aber ich schätze, allzu viele davon dürften heutzutage abgesehen von den Elben nicht mehr übrig sein. Sie war eine Frau, die ... man erleben muss, die man nicht beschreiben kann. Sie war das Land selbst, so wie auch Peredur das Land selbst war. Die beiden waren füreinander geschaffen.« Pellinores Gesicht verzerrte sich kurz. »Dieser Giftstachel von Ragna hat einfach alles kaputt gemacht, obwohl wir auf so gutem Wege waren.«

»Zurück zum besten Ritter. Ich hab's nich vergessen.«

Pellinore schmunzelte erneut, und Blaufrost, der so lange der Fiandur angehört hatte und sich inzwischen ein gewisses Urteilsmaß in Bezug auf andere Völker angeeignet hatte, musste für sich feststellen, dass dieser Ritter für einen Menschen außergewöhnlich schön war, trotz seines beginnenden Alters. Er stellte wohl so etwas wie ein hehres Ideal dar, und an sich war Blaufrost dadurch im Grunde überzeugt, aber der Erste Ritter sollte ruhig seine Geschichte darstellen.

»Freund Blaufrost, es ist, wie ich dir sagte. Peredur war nicht der beste Ritter, er war *der* Ritter.«

»Jaja, Morcant sagte mal so was Ähnliches, hatte aber das Wort *Held* verwendet anstelle von Ritter. Trotzdem! So, wie du aussiehst und schimmerst und all das, da stimmt doch was nich'.«

»Also schön. So lernten wir uns kennen.« Pellinore holte Luft. »Ich war damals der beste Ritter, zugegeben. Peredur war noch ein Grünschnabel, denn auch wenn das heute Marginalie ist, so war er damals gut zehn Jahre jünger als ich. Er und sein Bruder wurden die *Wilden Prinzen* genannt, und sie waren wirklich schlimme Burschen. Noch dazu hochfahrend, eitel und eingebildet. Peredur schlug sich ordentlich auf den Ritterturnieren, aber auf denen war ich ja nie angetreten. An diesen Spektakeln teilzunehmen hatte mich nie interessiert, ich muss meine Männlichkeit nicht zur Schau stellen. Aber ich beobachtete alles und entschloss für mich, dem ungezügelten Erbprinzen eine kleine Lektion zu erteilen. Eines Tages erwartete ich ihn also auf einer Brücke.«

Die beiden Riesen hörten atemlos zu; sie liebten Geschichten, wie alle Trolle und Oger, so sehr man ihnen auch mangelnde Sensibilität vorwerfen mochte.

Der Erste Ritter fuhr fort. »Ich hatte ihn beobachtet und wusste, dass er diesen Weg nehmen würde. Und ja, ich war eifersüchtig und neidisch und entsprechend vollen Willens, ihn von seinem hohen Ross zu holen. Dieser junge Kerl, ihm war alles in die Wiege gelegt worden! Als Erbprinz des Hochkönigs war er aufgewachsen, hatte die besten Lehrer genossen, konnte sich alles leisten, und er stand gerade am Anfang seiner Mannwerdung. Er war charismatisch und schön, und dessen war er sich sehr wohl bewusst.«

»Du ... du hattest nich vor, ihn zu töten, oder?«, stotterte Gru.

»Doch ja, *genau* das, denn ich hatte mich so sehr in meine Wut hineingesteigert, dass ich ihn in dem Moment über alles hasste«, gab Pellinore freimütig preis. »Ich hatte mir alles schwer erarbeiten müssen, und ich ... Ja, damals wollte ich an *seiner* Stelle sein, und sei es nur für einen Tag. Ich missgönnte ihm seinen Erfolg und alles Andere.«

»Und da wollteste dann doch mal deine Männlichkeit beweisen.«

»Schuldig.« Er hob die Arme. »Da war also diese Brücke über diesen Bach, diesen sehr tief gelegenen Bach, der breit genug war, um von einem Pferd nicht einfach übersprungen werden zu können und den ein Karren gleich gar nicht zu bewältigen imstande war. Räuber hatten hier immer gern gelauert, aber das hatte ich ihnen abgewöhnt. Ich wusste also wie gesagt, Peredur käme hier entlang, und so postierte ich mich in voller Rüstung – und glaubt mir, damals war ich schäbig ausgestattet, und mein Pferd kaum mehr als ein Klepper – mit heruntergelassenem Visier und angelegter Lanze und ließ ihn nicht vorbei.«

»Hat ihn das sauer gemacht?«, fragte der Troll dazwischen. »Weil, keiner von uns kennt 'n von früher, also wo er noch Erbprinz war, nich' mal Morcant. Und ich kenn ihn ja nur als herzlosen Kerl, so isses halt. Aber stolz isser trotzdem und ich bin sicher, so was könnt er heut nich' leiden.«

Pellinore lachte. »Ich weiß, was du meinst, schließlich war ich letztes Jahr hier, als ihr vorbeigekommen seid mit diesem jungen Bogin. Er erkannte mich nicht einmal, als er noch Tuagh war, doch sein Stolz war ungebrochen. Aber lassen wir das. Um deine Frage zu beantworten, Freund Blaufrost: Er *war* sauer, und zwar äußerst, und das war noch nicht mal der Höhepunkt. Das muss man sagen, er war ein äußerst temperamentvoller Mann. Er schrie mich an, den Weg freizugeben, und ich weigerte mich. Die Pferde tänzelten herum, während wir uns immer mehr in Rage redeten und uns gegenseitig zusehends unfeinere Beschimpfungen an den Kopf warfen, und dann stürmte er mit angelegter Lanze los.«

»Und du?«

»Ich schubste ihn runter.«

»*Was?*«, schrien Gru und Blaufrost im Chor.

»Er flog in hohem Bogen vom Pferd, das über die rechte Seite von der Brücke segelte, während Peredur auf der linken sehr unprinzlich geradewegs wie ein Stein hinunter in den Bach platschte. *Da* war er erst so *richtig* sauer!« Pellinores strahlendblaue Augen glänzten bei der Erinnerung. »Ich sprang ihm hinterher. Sein Pferd war mit dem Schrecken davongekommen und erklomm schon den Hang zu meinem Ross hinauf, das ihm entgegenwieherte. Wir beide waren nun unten und standen triefnass und mit gezückten Schwertern voreinander. Weil er sich gedemütigt fühlte, war Peredur so außer sich vor Zorn, dass er wiederum mit voller Wucht auf mich losging.«

Der Ritter lachte erneut, laut und gelöst. »So etwas habt ihr noch nie erlebt! Mir wurde dabei klar, warum er aus allen Ritterturnieren unbesiegt hervorgegangen war. Nur der Umstand, dass ich gleichfalls hochbegabt, aber zudem älter und erfahrener war als er, rettete mich damals. Ich schlug schließlich sein Schwert beiseite und setzte ihm die Schwertspitze an den ungeschützten Hals. Bis zu diesem Moment war ich in meiner eigenen Wut dazu entschlossen gewesen, ihn zu töten, doch dann sah ich in seine Augen, in diesen bernsteinklaren Blick. Sein Zorn war vollständig einem Erstaunen und einer gewissen Neugier gewichen, und er war völlig ruhig und furchtlos. Und mir wurde zu meiner Scham bewusst, was ich beinahe getan hätte.«

»Das hätt' ich nie gedacht ... dass ihr Menschen so spannend sein könnt«, entfuhr es Gru. »Erzähl weiter!«

»Peredur wusste in dem Moment bereits, dass ich ihn nicht mehr töten würde – schlicht deswegen, weil ich es bis dahin nicht getan hatte. *Tu es gleich, oder lass es bleiben*, diese Lehre hatten wir beide erfahren. Er nahm seinen Helm ab, während ich das Schwert immer noch hochhielt, nach wie vor zitternd vor Zorn und Empörung, aber nicht mehr, um zu töten, sondern eher aus Verwirrung.

›Wie ist dein Name?‹, fragte er mich.

Ich antwortete ihm, und er nickte. Dann *lächelte* er und war auf einmal völlig entspannt. Mein Schwert interessierte ihn überhaupt nicht, als wäre es gar nicht da.

›Pellinore, du hast mich besiegt – aber nur für den Moment‹, sagte er. ›Ein zweites Mal wird dir das nicht gelingen.‹«

»Hatte er recht damit?«, unterbrach Blaufrost, denn das interessierte ihn am meisten.

»Oh ja«, antwortete Pellinore prompt. »Das war mir bereits damals klar. Sein Talent war noch größer als meines.«

»Aber ... das müsste ja dann schon fast göttlich sein!«, stotterte der Troll.

»Danke – das trifft es sogar ziemlich genau. Ich glaube, so wie ich, ist auch Peredur eine immer wiedergeborene Seele als Ideal, damit die Hoffnung niemals stirbt.«

»Un' was geschah dann?«, drängelte Gru, den mehr harte Fakten als Romantik interessierten.

Pellinores Lächeln vertiefte sich. »Er sagte das also, und ich nickte. ›Dessen bin ich mir bewusst‹, antwortete ich, ›aber das macht dich noch lange nicht zum König.‹ Das saß!

Er sah mich schweigend und nachdenklich an, so, wie ich den Wilden Prinzen all die Turniere über nie erlebt hatte, wo er ausschließlich prahlerisch, raufend, saufend und hurend hervorgetreten war. Nun aber wirkte er ernsthaft und ... ja, *königlich*. Er war gerade mal siebzehn Jahre alt! ›Gut, dann, Pellinore‹, sagte er ruhig. ›Wenn ich einst König bin, willst du mein Erster Ritter sein? Denn es gibt keinen, der besser und würdiger wäre als du, das Ideal des Rittertums. Ich brauche jemanden an meiner Seite, dem ich vollauf vertrauen kann. Und ich weiß, du bist dieser Mann und der Beste von allen.‹ Ich erwiderte seinen Blick. Und dann ließ ich mich in diesem Bach, tropfnass bis ins Innerste, auf mein linkes Knie vor diesem Mann, der fast noch ein Knabe war, nieder, packte den Knauf seines Schwertes und küsste ihn. ›Auf Gedeih und Verderb, ich schwöre, mein König, hier und jetzt, Treue auf Lebenszeit.‹

Bei allen Göttern, meine Freunde, ihr hättet ihn sehen sollen, diesen jungen Mann mit diesem ungeheuren Mut, diesem Stolz und dem Wissen um seine künftige Verantwortung! Wer hätte ihn da nicht geliebt? Ich jedenfalls schwor mir, sein bester Freund zu sein, komme, was da wolle, und ihm zu folgen, wohin auch immer.« Pellinores Blick wurde wehmütig. »Er muss damals schon geahnt haben, wie alles kommen würde ... Er hat seine schwere Last so früh übernehmen müssen.«

»Und deswegen hat dich der Fluch auch getroffen«, bemerkte Blaufrost und war gerührt. »Fels, Stein und Donner, welch eine Geschichte!«

»Dammich«, maulte Gru Einzahn nüchtern dazwischen, »ich bin aber sicher verhungert, bevor wir die Grenze erreichen, wenn wir hier noch länger rumlabern.«

Pellinore wusste auch dafür Rat. Er hielt ein gläsernes Fläschchen hoch, in dem ein winziger Rest einer durchsichtigen Flüssigkeit schwappte. »Hat mir durch die Jahrhunderte geholfen. Jetzt brauche ich ihn ja nicht mehr. Ein bisschen Trugsaft ist also noch übrig.«

»Was?«, schrie der Oger. »Der herrliche, wunderbare Saft? Beim Schädel meines Opas, dafür nehm ich dich Huckepack und wir sin' in Nullkommanix anner Grenze!«

Pellinore warf einen zweifelnden Blick zu Blaufrost. »Meint er das ernst?«

»Ich glaub, Gru weiß gar nich, was'n Scherz is«, antwortete der.

»Ich mein das genau so, wie ich's sag!«, rief Gru, die dicke rote Zunge hing ihm schon heraus, so sehr lechzte er nach dem seligmachenden Tropfen.

Pellinore zögerte deutlich, aber weniger wegen des Saftes.

»Sieht schon keiner«, meinte Blaufrost tröstend. »Und is 'ne gute Idee. Aber wennste Probleme damit hast, geh *ich* halt auf alle viere, und du kannst dich auf mein' Rücken setzen wie auf 'n Pferd. Ich kann so auch gut laufen, wenn nich' sogar schneller.«

»Das würde ich ehrlich gesagt bevorzugen«, gab der Erste Ritter erleichtert zu. »Wenn es dir nichts ausmacht, Freund Blaufrost.«

»Nee, warum denn, merk das Gewicht von so 'nem Menschenbürschlein wie dir doch nich' mal. Auch nich' in Rüstung. Allerdings merk ich's auch nich', wenn's dich runterhaut, also halt dich lieber gut fest.«

»Das schaffe ich schon.«

»Mir recht«, meinte Gru und streckte die grünhäutige, behaarte Pranke aus. »Und jetz' rück raus, das Zeug!«

*

Randur hielt Valnir fest, als sie zu dem Zauberer eilen wollte. »Lass ihn. Er wird schon zu sich finden. Das tut er immer.«

»Aber ... er ...«

»Sie *können* ihn nicht töten, verstehst du? Der Fluch verhindert es. Also benutzen sie ihn lieber. Und davon verstehen sie etwas, oh ja.«

Valnir fuhr sich durch die Haare und den Bart ... der nicht mehr da war. Siedendheißer Schreck durchfuhr sie. Randur bemerkte ihren Blick, und sie geriet ins Stottern. »Es ... es tut mir so leid, ich bereite dir Schande.«

»Was redest du da?«, erwiderte er. »Du hast mir nie Schande bereitet. Ich befinde mich in jämmerlicher Lage und bin auf Hilfe angewiesen, *das* kann man wohl eine Schande nennen. Du wärst nie in Gefangenschaft geraten, hättest du nicht nach mir gesucht. Was übrigens ziemlich dumm war.«

»Aber trotzdem ...« Sie rieb sich das kahle Kinn. »Ich schäme mich.«

»Vor mir?«

»Auch.«

Der rothaarige Zwergenkämpe schüttelte den Kopf. »Manchmal benimmst du dich recht närrisch. Setzen wir uns und tauschen uns aus. Berichte mir, was draußen vor sich geht. Das meiste ahne ich wohl schon, doch ich brauche Gewissheit.«

»Ich befürchte, die Dinge haben sich bereits rasend schnell weiterentwickelt, während ich auf der Suche nach dir war«, meinte Valnir und ließ sich auf dem Boden nieder. »Deshalb das Wichtigste zuerst – Dubh Sùil ist geflohen, was keine Überraschung mehr sein dürfte.« Sie berichtete von den Ereignissen bis zu ihrem Aufbruch und von den Eindrücken, die sie unterwegs gesammelt hatte. »Jetzt bist du dran«, sagte sie zum Abschluss. »Wie konnte das alles hier geschehen? Und was höre ich da für merkwürdige Geräusche, die ich nicht zuordnen kann?«

»Das sind Maschinen«, antwortete Randur düster. »Mit Kohle und Dampf betriebenes Kriegsgerät, das eine Stadt in wenigen Stunden vollständig dem Erdboden gleichmachen kann.«

Alles hatte schon bald nach Ragnas Verhaftung begonnen. Die Vorbereitungen dazu waren natürlich viel früher getroffen worden, und die Gefangennahme Schwarzauges hatte nichts an dem ursprünglichen Plan geändert. Im Gegenteil, dadurch wurde alles sogar eher noch beschleunigt.
Nachdem die Bogins und mit ihnen das ganze Land befreit worden waren, änderte sich auch in der geheimen Bibliothek vieles. So mancher erfuhr nun von ihrer Existenz und interessierte sich dafür. Da ein Teil des Fluches aufgehoben war, konnte die Bibliothek nun leichter – mit Wegweisungen – gefunden und auch betreten werden. Vor allem bei den Bogins änderte sich viel. Nicht alle blieben, denn so manche wollten ihrem Volk dabei helfen, sich eine neue Existenz aufzubauen oder sich überhaupt zurechtzufinden in einer Welt ohne ständigen Schutz. Dafür kamen andere, die nach Bildung strebten und mehr über die Vergangenheit erfahren wollten.
Und das waren nicht nur Bogins, sondern auch Elben, aus den Bergen, den Wäldern, auch von den im Norden lebenden Hochelben. Ein reger Austausch begann, wenngleich Asgell darauf achtete, dass nicht jedem jedes Buch zugänglich war. Die Aufklärung musste behutsam vonstatten gehen, und vor allem gab es hunderte, ja tausende Bücher aus der alten Zeit, die noch nie aufgeschlagen worden waren, oder die nur kurz begutachtet werden konnten, weil das Verständnis für sie fehlte.
Doch die Diskussionen waren interessant und brachten Asgell ein gutes Stück weiter in der Aufklärung über die Vergangenheit.
Und bei all den Forschungen waren eben auch fleckige, vergilbte, teils ledergebundene Hinterlassenschaften entdeckt worden, in denen anschaulich mit leicht verblasster Tinte märchenhaft anmutende Dampfmaschinen beschrieben und bebildert wurden.
Leider konnten sie auch als Kriegsgeräte ausgebaut werden, mit Speerwerfern in der Art von Armbrüsten, mit Schleudern und schwe-

ren Kugeln, die durch die Explosion von Knallpulver vorwärtsgetrieben wurden.

»Asgell nahm diese Bücher unter Verschluss«, erzählte Randur. »Aber der Schaden war schon geschehen. Es waren bereits heimlich Kopien angefertigt worden. Doch wo würde man solche Maschinen herstellen? Da kam natürlich nur Fjalli in Frage.«

»Sind es die ... Myrkalfren?«, fragte Valnir zitternd.

»Allerdings. Massen von ihnen, es muss einige Hundert, wenn nicht ein paar Tausend geben. Ich erspare es dir und mir näher auf die Schande einzugehen, wie es ihnen gelang, unser stolzes Zwergenreich zu übernehmen. Es ist geschehen. Und ich habe es bei meinem Besuch nicht bemerkt, obwohl jeder versuchte, mich darauf aufmerksam zu machen und vor ihnen zu warnen. Sei's drum. Sie zwangen unser Volk dazu, für sie zu arbeiten und diese Maschinenteile herzustellen. Irgendwann stießen sie an ihre Grenzen, wir Zwerge konnten ihnen auch nicht weiterhelfen. Also holten sie sich Asgell.«

»Wie kann das möglich sein?«, fragte Valnir. »Er untersteht doch dem Fluch ...«

»Oberirdisch. Aber nicht unterirdisch. Das hier ist immer noch der Carradu, ein Ausläufer davon. Die Myrkalfren haben einen Durchgang entdeckt, und wo es nicht weiterging, haben sie sich eine Passage verschafft. Mit großer Geduld haben sie eine Verbindung zwischen der Bibliothek und dieser Binge hergestellt. Sie überwältigten Asgell und schleppten ihn hierher. Seither quälen und foltern sie ihn und holen sein Wissen aus ihm heraus; sie haben auch die Bücher gestohlen und zwingen ihn, sie zu entschlüsseln.«

»Und ... und die Bibliothek?« Valnir wagte kaum, die Frage zu stellen.

Randur stieß einen trockenen Laut aus. »Natürlich wollten sie Feuer legen, wie du dir denken kannst, und ich sage, das wäre eine gute Sache gewesen. Dieses ganze Zeug bringt nur Unglück, das muss *damals* schon so gewesen sein. Warum wohl sind diejenigen, die dieses Wissen aufgezeichnet haben, wie vom Erdboden verschluckt, warum ist Plowoni untergegangen? Aber der Anführer der Myrkalfren ist schlau, viel zu schlau. Er weiß, welch ein kostbarer Schatz das ist, und hat seinen Leuten befohlen, nichts anzurühren. Zwar liegt trotzdem vieles in

Trümmern und manches ist auch verloren gegangen, doch im Großen und Ganzen dürfte die Bibliothek noch da sein. Er hat gesagt, wie sehr er sich darauf freut, mit Asgell zusammen ein paar Jahrhunderte lang die Forschungen fortzusetzen...«

»Was ist mit den Bogins? Den Elben? Den Bücherlindwürmern?«

»Geflohen, nehme ich an. Es gab natürlich Tote, und ein paar wurden gefangen genommen. Aber längst nicht alle.«

Nun blieb Valnir nur eine Frage, jedoch in diesem Moment wurden sie unterbrochen.

Unruhe kam um sie herum auf, das Hämmern und Klopfen wurde eingestellt, und Valnir spürte das Nahen einer mächtigen, unheilvollen Präsenz. War er das? Der Anführer? Sie kroch zum Gitter und starrte hinaus, und da sah sie ihn auch schon nahen, und seine Untergebenen warfen sich vor ihm in den Staub.

Er trug eine Kleidung, wie Valnir sie noch nie gesehen hatte. Es war eine Rüstung, aber äußerst geschmeidig und perfekt angepasst wie ein Anzug vom besten Schneider. Der Schutz des Oberkörpers war rot und dunkelbraun gefärbt und bestand aus Leder und Metall, wie geflochten. Das Material bot so gut wie keine Angriffsfläche, weil es raffiniert geschnürt war. Mit den Beinverlängerungen bis fast zum Knie wurden die Oberschenkel geschützt. Auf den Schultern waren stoffbesetzte Aufsätze aufgebracht, die wie Stierhörner nach oben wiesen, wohl um seinen hohen Rang zu kennzeichnen. Er trug eine weite schwarze Hose mit Beinschienen aus Leder, in die Metallverstärkungen eingeflochten waren, wie auch in die Armschienen. Das schwarze, seidenglänzende Hemd verfügte über weite Ärmel. Die Füße steckten in weichen, aufgerauten schwarzen Lederstiefeln mit roter Sohle, deren Spitzen leicht nach oben gebogen waren, um die Hüften trug er einen breiten Gürtel mit einem sanft gebogenen schmalen Schwert und einem ähnlich geschmiedeten Dolch darin. Seine violett glänzenden glatten Haare waren streng aus dem Gesicht gekämmt, am Hinterkopf zu einem Knoten zusammengefasst, und fielen dann offen bis zu den Lendenwirbeln hinab. Das schmale, hochwangige, ein wenig weiche Gesicht selbst war sehr blass, mit einem kleinen, roten Mund, einer schmalen, geraden Nase, und mit mandelförmigen blauglühenden Augen. Die Brauenlinie darüber war sehr dünn gezeichnet und nach oben gebogen, und seine Ohren besaßen einen eleganten Schwung bis zur Spitze, schmaler und länger als bei Elben üblich, aber nicht so lang wie bei den Myrkalfren.

Langsam schritt er die Reihen ab, eine Hand auf den Schwertknauf gelegt. Seine Bewegungen waren geschmeidig und anmutig, in ihrer Weise völlig anders als bei jedem Volk, das Valnir kannte.

Als er sprach, klang seine Stimme ebenfalls erstaunlich hoch und eher weich, doch das täuschte die Zwergenkriegerin keineswegs. Hier handelte es sich eindeutig um den Anführer, denjenigen, der verantwortlich war für ihre Gefangenschaft, und die Asgells, und überhaupt für alles, was hier unter dem Berg geschah.

Valnir stieß Randur an. »Wer ist das?«, wisperte sie.

»Das? Das ist Jaderose.«

»Jaderose?«

»Der Anführer, von dem ich dir erzählte. Der Hermaphrodit.«

Valnir grübelte, dann fiel ihr ein, was das war. Zugleich Mann und Frau. Es gab solche wohl auf Albalon nur ganz vereinzelt, und sie galten bei manchen Völkern, unter anderem den Tylwytheg, als heilig. »Ist er ... sie ... was auch immer ... kein Myrkalfr?«

»So etwas Ähnliches. Sie sind wohl eng verwandt, aber Jaderose stammt von jenseits des Meeres, von sehr weit aus dem Osten, noch weiter als der Ort, wo Malachit ...«

»Malachit?«

»Der Mistkerl, der damals im Labyrinth Cady zu schaffen gemacht hat, und der jetzt auf dem Thron von Sithbaile sitzt.«

»*Was?*« Valnir schwindelte, und sie musste sich am Gitter festhalten. »Was redest du da ... Woher ...«

»Asgell weiß über ziemlich alles Bescheid. Er ist trotz seiner misslichen Lage immer noch ein Zauberer und weiß, wie er Dinge herausbekommt. Abgesehen davon hat Jaderose es sich nicht nehmen lassen, ihm die Nachricht höchstselbst genüsslich zu überbringen, dass Malachit sich im Palast ausgebreitet hat und nun der heimliche Herrscher dort ist. Und sein Verbündeter Jaderose, um auf deine ursprüngliche Frage zurückzukommen, ist von noch weiter angereist als von dort, wo Malachit einst hergekommen ist, und der wiederum ist schon seit einigen Jahrtausenden hier und hat geduldig auf seine Stunde gewartet.«

»Und Jaderose hat sich ausgerechnet hierher verirrt?«

»Ja, aus welchen Gründen auch immer. Aber nicht nur das«, ertönte es plötzlich in Valnirs Rücken.

Valnir sprang auf, als sie die Stimme hinter sich hörte, und fuhr herum. Freude huschte über ihr Gesicht, und sie empfand neue Hoffnung.

Asgell war zu sich gekommen; seine Stimme klang müde, aber ungebrochen. »Er ist, wie Randur gesagt hat, ein Bündnis mit Malachit eingegangen, hat Fjalli eingenommen und ist nun der Anführer von all den Myrkalfren und sonstigen Kreaturen hier unten geworden. Jaderose und Malachit verstehen sich prächtig miteinander. Ragna wird garantiert eifersüchtig reagieren, wenn sie das erfährt...«

»Du denkst, sie weiß es nicht?«

»Noch nicht. Ragna bestimmt nicht über Malachit, obwohl sie das gern täte. Aber der wird sie zumindest nicht hintergehen, solange sie es sich nicht mit ihm verscherzt, denn er ist scharf auf sie und ihre Macht. Malachit treibt es so ziemlich mit jedem, der mächtig und attraktiv ist. Er ist ein grausames Arschloch, aber er versteht etwas von Genuss.«

»Und wir haben es hier mit Jaderose zu tun, der...«

»... mindestens ebenso schlimm wie Malachit ist, und zwar in allen genannten Punkten. Korrekt.«

»Ich dachte eigentlich an Ragna.«

Asgell lachte und musste dann husten. »Die ist Peredurs Problem, liebe Freundin. Wir dagegen müssen uns mit *diesen* beiden aus dem Abgrund hervorgekrochenen miesen Kreaturen herumschlagen...«

Valnir riss sich einen Fetzen Stoff aus dem Hemd, tränkte ihn mit Wasser aus dem Krug neben dem Gitter und ging zu Asgell. Behutsam tupfte sie sein erschöpftes Gesicht ab, was ihm sichtlich wohltat, und hielt ihm dann den Krug an die rissigen Lippen.

»Hat *er* dich hereingelegt?«, wisperte sie.

Der Zauberer nickte. »Wenn er sich entsprechend kleidet, bewegt und spricht, geht er gut als Hochelb durch. Ein wohlklingender, vor allem *echter* Name, denn er heißt wirklich so, und er kann sehr charmant sein. Da denkt man sich dann nichts dabei. Ich lud ihn persönlich in die Bibliothek ein, ich schwachsinniger Idiot, und gab ihm damit die Macht, mich anzugreifen. Und da er mich durch die Höhlen innerhalb des Berges hierher verschleppte, verstieß er nicht gegen den Fluch. Diese verdammten Spitzohren haben alles wohl bedacht, und ich glaube, Malachit wusste schon sehr lange, wo ich bin und was ich tue, nur hat er es Ragna nicht verraten. Vielleicht hatte er es noch vor, als Überraschung zu ihrer beider Hochzeit...«

»Na, das werden wir ihnen vergällen«, stellte Valnir grimmig fest. »Jemand, der gelernt hat, was Loyalität bedeutet, hat den ersten Schritt getan, uns alle zusammenzubringen, und nun ist es an uns, den Kampf aufzunehmen!«

KAPITEL 7

VERDORRTE BLÜTEN

Cady stürzte zu dem schmalen Bett, in dem Màr lag. An der anderen Wand stand eine zweite Liegestatt, dann gab es vor dem winzigen Fenster noch ein Tischchen mit Waschschale und einem zusammengeflickten Stuhl, und in einer Ecke eine wurmstichige Kleidertruhe. Das Holz der Wände war altersdunkel und rissig. Eine wahrhaft schäbige kleine Dachstube für edle Elbenfrauen, doch es musste seinen guten Grund oder sogar mehrere haben, dass sie sich ausgerechnet hier aufhielten. Einer davon war sicherlich, dass niemand sie hier vermuten würde. Würden die Zwillinge nicht der Fiandur angehören, wäre das auch niemals in Frage gekommen.

Die Elbenkriegerin mit den weißen, schwarzgesträhnten Haaren lag mit geschlossenen Augen unter der Decke und es war nicht erkennbar, ob sie noch atmete. Der goldene Schimmer ihrer samtfarbenen Haut war erloschen und einer ungesunden Fahlbleiche gewichen, ein Vorbote baldigen Dahinschwindens.

Cady setzte sich an den Bettrand und ergriff Màrs schmale Hand. Sie war so kalt, *so kalt*... »Was ist denn nur geschehen?«, fragte sie zitternd. »Was hat sie?«

»Sie stirbt«, antwortete Màni trocken, doch das konnte die Boginfrau nicht darüber hinwegtäuschen, wie bewegt und innerlich zerrissen sie war. Dennoch wahrte sie elbentypisch nach außen hin Haltung. »Und ich kann nichts dagegen tun.«

»*Warum* stirbt sie, Màni? Und was soll das heißen, du kannst nichts tun? Du verfügst doch über die Mondkraft, und du bist ihr Zwilling!«

»Ich versage.« Müde ließ sich die sonst so stolze Elbenfrau auf dem Stuhl nieder. »Erzähl mir erst deine Geschichte, Cady. Wie kann es sein, dass du als Jungvermählte hier bist? Und ganz allein?«

»Ich habe nach euch gesucht.« Cady streichelte Màrs Hand und versuchte sie zu wärmen. Die Sterbende zeigte keinerlei Reaktion. Sie schien schon auf halbem Wege ins Todesreich zu sein und nicht mehr zu bemerken, was in der Welt der Lebenden geschah. »Es sind so viele schreckliche Dinge geschehen, Màni...« In stockenden Worten berichtete Cady von Ragnas Flucht und Malachits Machtübernahme, und wie es ihr dank Dracas Opfer gelungen war zu fliehen und hierher zu gelangen. »Fionn und Peredur sind vermutlich irgendwo Richtung Norden unterwegs, und von Asgell hören wir auch nichts mehr. Und ob Valnir Randur gefunden hat? Wer weiß...«

»Es ist alles viel schlimmer gekommen, als wir je befürchtet haben«, sagte Màni leise. »Was sind wir nur für überhebliche Närrinnen gewesen, zu glauben, mit Ragnas Gefangenschaft wäre die Gefahr vorüber.«

»Sag mir jetzt, was mit Màr ist«, bat Cady.

Màni konnte für einen Moment nicht sprechen, sie rang um Fassung und presste die Faust gegen den Mund. »Sie hat es mir nicht gesagt, also den wahren Beweggrund unserer Flucht, und weswegen eine solch große Eile geboten war«, flüsterte sie. »Ich verstehe nicht, wie sie diese Gedanken vor mir geheim halten konnte. Sie sagte zu mir, sie müsse gehen, und das entsprach ja auch der Wahrheit. Sie konnte es nicht mehr ertragen, in Peredurs Nähe zu leben, ohne jemals Hoffnung auf Erfüllung zu haben. Nachdem der Kampf vorüber war, hatte sie zu viel Ruhe und Muße nachzudenken, und das bekam ihr nicht gut. Sie wollte von hier aus mit einem Schiff nach Gríancu, um sich dort zu erholen und darüber nachzudenken, wie es weitergehen sollte. Vor allem spielte sie mit Überlegungen, die Fiandur zu verlassen. Ihr zuliebe hätte ich das auch getan, denn der Gedanke, ohne meine Schwester da draußen im Kampf zu stehen, ist wiederum für mich unerträglich. Also versprach ich, an ihrer Seite zu bleiben, sagte ihr aber auf den Kopf zu, dass das nicht alles sein könne. Oh, wie recht ich damit hatte, doch ich Närrin gab mich mit der Antwort zufrieden, die sie mir gab! Sie erklärte mir, sie fürchte Ragnas zunehmenden Einfluss, der sich im Schloss ausbreitete, und der anfing, von ihr Besitz zu ergreifen. Ich empfand es nicht so stark, konnte das wie eine leichte Strömung allerdings auch spüren. Ich dachte mir nichts weiter dabei und glaubte ihren Worten. Sie war schon immer die Empfindsamere von uns beiden. Kurz vor dem Aufbruch wollte sie Peredur vor Ragnas wachsender Willenslenkung warnen, aber ... Sie war gar nicht mehr in der Lage, nachdrücklich genug aufzutreten, und so nahm er die Warnung zwar ernst, hielt sie nur für nicht derart dringlich. Das ist mir jetzt klar nach dem, was du mir berichtest, Cady. Ich ... war nachlässig. Es ging alles so schnell, und ich folgte voller Verwirrung meiner Schwester, während die überstürzt floh. Ich konnte nur noch kurz mit Draca sprechen – wenigstens *das* habe ich getan.«

»Und das war meine Rettung«, unterbrach Cady. »Aber wohl nicht Màrs ...«

Màni schüttelte den Kopf. »Wir hatten Sìthbaile erst einen Tag hinter uns gelassen, da brach Màr zusammen. Sie stammelte unzusammenhängend, dass es daran läge, dass *er* ihr verboten habe zu fliehen.«

Cady spürte, wie ihr sämtliches Blut aus dem Gesicht wich. »*Er*«, wiederholte sie mit zugeschnürter Kehle. Es konnte nur Einen geben. »Malachit.«

»So ist es. Aber sie hatte es mir weder in Sìthbaile noch bei Ausbruch ihrer Schwäche sagen können, da er sie längst unter seiner Kontrolle hatte. Ihre Flucht war ein letztes Aufbäumen, um ihren freien Willen zurückzuerlangen. Das konnte sie schon gar nicht mehr alles erklären; die Worte konnten einfach nicht aus ihrem Mund heraus.«

»Nur wie ... wie ist das alles ...«

»Màr hatte unterwegs immer wieder Wachphasen, in denen sie mir so viel erzählte, wie sie gerade schaffte, denn ihre Zunge war durch die Distanz nicht mehr gebunden. Es war nicht allein der zunehmende Abstand aus seinem Einflussbereich ... Malachit hatte sie zum Tode verurteilt, sobald sie aus seiner Reichweite käme.«

»Welch ein abscheulicher Unhold«, stieß Cady, von Grauen geschüttelt, hervor. »Er hat es ihr auch noch gesagt?«

»Ja, um sie gefügig zu machen. Sie wählte jedoch lieber den Tod als seinen Willen zu erfüllen. Ich habe ... das Unvermeidliche bis jetzt hinauszögern können, aber nun übersteigt es meine Kräfte. Malachit ist zu mächtig für mich.«

Cady blickte zu der wunderschönen Elbenfrau, deren hüftlange Haare wie flüssiges Silber glänzten. Die Zwillinge waren sich so ähnlich und doch verschieden. Beide waren gleichermaßen gnadenlos im

Kampf; außerhalb des Schlachtfelds war Màni die Ätherische, Magische, und Màr die Zarte, Erdverbundene. »Was hat er ihr angetan?«

Màni holte Luft, musste um jedes Wort der Offenbarung kämpfen. »Màr ging in der letzten Zeit oft eigene Wege. Sie war nachdenklich und still geworden, doch sie wollte nicht mit mir darüber reden. Ich kannte natürlich den Grund ihres Verhaltens und wollte ihr zumindest durch mein Zuhören helfen, denn ich wäre zugegebenermaßen ein schlechter Ratgeber gewesen; mir widerfuhr nie, was sie durchmachte. Ich wollte sie wenigstens stützen und ihren Kummer teilen. Sie schaffte es aber nicht, sich mir wirklich zu offenbaren; es fällt uns Elben allgemein schwer, über unsere Herzensangelegenheiten zu sprechen. Also setzte sie sich allein damit auseinander. Màr hoffte, es würde mit der Zeit leichter werden, wenn sie nur ihren Verstand einsetzte. Das Gegenteil war der Fall. Ihr Herz schmerzte in jedem Moment, da sie ihn sah, und noch mehr, wenn sie ihn nicht sah.«

»Ich kann das ein bisschen verstehen«, murmelte Cady. »Mir ist auch elend, sobald Fionn nicht bei mir ist. Immerhin ... ich weiß ja immer, dass er mich liebt.«

»Und Peredur tut das eben nicht.«

»Da bin ich nicht so sicher.«

»Was meinst du damit?«, fragte Màni erstaunt.

»Er kann zwar nicht auf normale Weise empfinden, weil er kein Herz mehr hat«, antwortete Cady. »Aber wenn er ein Herz hätte, so würde er Màr lieben.«

»Woher willst du das nur wissen?«

»Ich stehe ihm nahe und kenne ihn gut. Màr gegenüber verhält er sich völlig anders als zu uns. Und zwar *jedem* von uns. Er ist ihr gegenüber aufmerksamer, er redet mit ihr auf eine bestimmte Weise, sein Gesicht, seine Augen werden weicher, er sieht ihr nach, wenn sie sich von ihm entfernt. Und er sucht ihre Nähe, sobald wir alle zusammen sind. Was sich tief in Peredur noch an wahre Zuneigung erinnert, das hat sich für deine Schwester entschieden, Màni, da bin ich sicher.«

Die Elbenfrau schloss kurz die Augen und kämpfte erneut mit den Tränen. »Hätte sie doch nur einmal mit dir darüber gesprochen.«

»Ich glaube, das hätte ihren Schmerz nur verschlimmert. Es würde für sie alles hoffnungsloser machen, denn Peredur ist unfähig dazu, ihr das zu geben, was sie sich wünscht und braucht. Was er noch fähig ist zu schenken, das ist zu wenig, um glücklich an seiner Seite leben zu können.« Cady wandte sich wieder zu Màr und ergriff erneut ihre Hand. »Und wie konnte Malachit ihr Leid für seine Zwecke benutzen?«

»Es hat lange gedauert, bis sie mir alles offenbart hatte, und danach ... Danach ist sie dann in diesen todesähnlichen Schlaf gefallen und schwindet seither dahin.« Màni rieb sich die Stirn. »In Sìthbaile, während eines ihrer nächtlichen Spaziergänge, kreuzte er ihren Weg. Er hatte sie wohl schon lange beobachtet und vermutet, dass der Grund für dieses Verhalten eine Herzensangelegenheit sein musste.«

»Dieser grässliche ... Albtraum ist fähig, das zu erkennen?«, stieß Cady hervor. »Einer, der dort unten in den Abfallgruben herumkraucht?«

»Er ist uralt, das hast du doch selbst mitangehört«, sagte Màni. »Du kannst dir nicht vorstellen, *wie* alt, Cady. Das erfuhr ich von Màr. Er hatte alle Zeit, die in Dunkelheit ebenso wie die im Licht lebenden Völker zu studieren, und er hat sie genutzt. Er kennt uns alle genau, vor allem unsere Schwächen.«

Die junge Boginfrau schüttelte es. Ihr Entsetzen vor diesem finsteren Mann wuchs.

»Màr weiß sich normalerweise zu wehren, doch in dem Moment war sie schutzlos, und ich meine nicht hinsichtlich der körperlichen Abwehr. Malachit griff ihren Geist an, bekam sie in seine Gewalt und zwang sie dazu, ihm ihr Herz zu offenbaren. Und dann ... *vergiftete* er sie.«

Cady hob die Hand zum Mund. »Oh nein!«

»Màr konnte mir nicht mehr sagen, wie es geschah. Doch er wollte sie dazu zwingen, dass sie zu Peredur geht und ihn mit einem Kuss ebenfalls vergiftet.«

»Aber ... das könnte ihn doch nicht töten.«

»Nein, aber Malachit ausliefern. Und ihn möglicherweise sogar völlig handlungsunfähig machen – so wie Màr jetzt. Nur mit dem Unterschied, *sie* wird bald daran sterben. Malachit glaubte sich seiner Sache sicher, denn Màr ging tatsächlich zu Peredur. Aber eben, um sich zu verabschieden.«

»Deswegen also ihre plötzliche Eile.«

»Ja. Sie wusste, ihre Zeit lief ab, und sie wusste ebenso, dass sie ihren freien Willen zusehends verlor. Sie schaffte es gerade noch im letzten Moment, den als Abschied gedachten verhängnisvollen Kuss zu vermeiden, und dann brachen wir auf. Den Rest kennst du.«

»Màr bezahlt für ihren Ungehorsam. Was für eine mutige, starke Frau.« Cady sprang auf. »Wir müssen etwas tun, Màni!«

»Ich sagte dir doch, meine Kräfte versagen...«

»Das glaube ich nicht. Du brauchst nur ein wenig Unterstützung. Verstärkung. Und ich denke, ich kann dir helfen.« Sie öffnete ihren Beutel und zog das versiegelte Buch der Bogins hervor. »Malachit wollte es unbedingt in seine Gewalt bekommen, und vor ihm verlangte es Ragna ebenso dringend danach. Es muss demnach zu mehr gut sein als zum Geschichtsunterricht.«

»Du... *Du* hast es?« Die Elbenkriegerin wirkte völlig überrascht.

Cady nickte. »Zuerst war es in Meister Ians Bibliothek verwahrt, doch er war der Ansicht, dass er nicht dazu berechtigt sei, es dort aufzubewahren. Also sagte er zu Fionn, er solle sich das Buch eines Tages holen, wenn er es nicht mitbekäme, und verstecken, ohne dass irgendjemand wüsste, wo. Fionn wollte die Verantwortung nicht allein tragen, und so versteckten wir es gemeinsam. Bei *uns*. Ein wenig naiv, ich weiß, aber wir rechneten ja auch nicht damit, dass ein Finsterwesen danach suchen würde. Andererseits war es eine glückliche Fügung, denn so konnte ich es mitnehmen.« Cady hielt Màni den Band hin. Das Buch der Bogins war in grünen Samt eingeschlagen, verfügte über silberne Beschläge, und wurde von einem Siegel zusammengehalten, das bis heute ungebrochen war. »Wir haben es nie geöffnet, denn es ist die Entscheidung des Buches, wann es geschieht. Unseren Artgenossen genügte es bisher, Fionn danach zu befragen, denn er kann den Inhalt des Buches durch die besondere Gabe seiner Familie *spüren*. Die ganze Geschichte ist damit ebenso in ihm. Aber in dem Buch steckt noch viel mehr, das hat er mir anvertraut, und ich glaube, um das zu nutzen, müssen wir es nicht öffnen. Ich kann es nämlich inzwischen ebenfalls *spüren*, Màni, seit auch ich es hüte. Es ist die Essenz unseres Volkes. Es birgt pure Lebenskraft für die Dinge, die wir zum Wachsen bringen.«

»Du ... meinst, wir könnten Màr dadurch *Lebenskraft* zukommen lassen?« Màni zögerte.

Cady nickte. »Lass es uns versuchen! Verbinden wir deine Mondmagie und das Buch, vielleicht kann es Malachits Gift neutralisieren oder ihr zumindest so viel Kraft spenden, dass sie den Kampf gegen die Verzauberung aufnehmen kann. Wenn er so hinter dem Buch her ist, kann man es bestimmt auch gegen ihn einsetzen.«

»Es wird dich eine Menge Kraft kosten, Cady. Ich weiß nicht, ob ich verlangen kann, dass du das Risiko eingehst.«

»Die Kraft des Buches fließt durch mich hindurch«, erwiderte Cady leichthin. »Mir wird schon nichts geschehen.«

Màni dachte nach. Dann nickte sie. »Also schön. Aber ich werde abbrechen, sollte ich einer Gefahr für dich gewahr werden.« Plötzlich berührte sie Cadys Arm. »Ihr seid das mächtigste Volk von allen«, sagte sie leise. »Alskár hat es immer gewusst, und deswegen hat er so sehr daran gearbeitet, euch aus der Sklaverei zu befreien.«

»Wir sind klein«, wehrte Cady ab. »Niemand bemerkt uns, und das ist gut so.«

»Ihr seid innerlich Riesen. Hafren wusste genau, weswegen sie euren Schutz übernahm, und nun ... kaum bist du hier, bin ich plötzlich von neuer Hoffnung erfüllt. Ihr seid immer da, wo ihr gebraucht werdet. Es zieht euch unweigerlich dorthin, wo Dinge Hilfe beim Wachsen und Gedeihen benötigen oder Leben erhalten werden muss.« Die stolze Hochelbe beugte das Haupt vor ihr.

»Lass uns beginnen«, flüsterte Cady eingeschüchtert.

Sie verloren keine weiteren Worte, sondern machten sich an die Arbeit.

Da Cady sich in solchen Dingen nicht auskannte, folgte sie Mànis Anweisungen. Sie verstand nicht viel von dem, was die Mondin da tat, denn sie führte keinen Hokuspokus durch wie die Menschen. Sie saßen einfach gemeinsam an Màrs Bett, Cady hielt mit einer Hand das Buch auf ihrem Schoß, ihre andere Hand lag auf dem Bauch der Todgeweihten. Mànis Rechte lag darüber, und sie vollzog mit der Linken unverständliche Gesten, hielt ansonsten die Augen geschlossen und verhielt sich völlig still, nicht einmal die Lippen bewegten sich.

Nach einer Weile konnte Cady eine zunehmende Spannung spüren.

Die Luft begann zu knistern und metallisch zu schmecken. Und dann fühlte die junge Boginfrau, wie plötzlich etwas aus dem Buch zu ihr hinüber- und dann aus ihr hinausfloss, in Màr hinein.

Dieses Gefühl verstärkte sich rasch. Es wurde ein unangenehmes Ziehen und Zerren daraus, und Cady keuchte auf.

*

Sie erreichten Brandfurt einen Tag vor der veranschlagten Zeit. Wie Peredur es geplant hatte, waren sie zunächst immer in Sichtweite des Noroyne geritten, und nach der Passage von Hnagni in den Bergen und entlang des zweiten Quellflusses nordwärts, der ebenfalls Noroyne hieß. An der Stelle, wo sich der Norwi Richtung Osten vom Hauptstrom abspaltete, fanden sie in einer kleinen Hafensiedlung ein Schiff, das vorhatte auf dem Fluss nach Norden zu fahren und sie alle aufnehmen konnte. Die Verhandlungen dazu übernahm hauptsächlich Rafnag, Peredur und Ingbar hielten sich vorsorglich im Hintergrund.

Die Pferde waren im hinteren Teil des Schiffes in einer speziellen, abgesenkten Vorrichtung untergebracht, und die Männer konnten ihr Lager vorn an Deck unter einer Plane aufschlagen, während im Bauch des Schiffes jede Menge Ware darauf wartete, Abnehmer zu finden. Herrschte nicht genügend Wind oder war die Strömung gering, wurde gerudert; zum Glück wurden nicht die Passagiere dafür eingeteilt. Es war zwar nicht allzu komfortabel, aber preisgünstig und angenehm, so zu reisen, das Ufer an sich vorbeiziehen zu sehen und vorwärts zu kommen, ohne sich bewegen zu müssen. Und das gar nicht einmal so langsam wie gedacht – und auf kürzestem Wege; zu Pferde hätten sie einige Umwege nehmen müssen, um auf passierbaren Straßen zu bleiben.

Fionn war zunächst ein wenig nervös gewesen, wieder ein Schiff besteigen zu müssen. Doch schnell stellte er angenehm überrascht fest, dass so eine Flussfahrt etwas ganz anderes war als das wilde, stürmische Meer, das ein Schiff wie einen Ball herumwarf.

Ab und zu legte das Schiff an, um noch mehr Waren und Reisende aufzunehmen, während andere ausstiegen. Die Verpflegung an Bord war nicht sehr vielfältig, aber sie machte satt und war genießbar.

Abends machte öfter mal der eine oder andere von Reisenden mitgeführte Schnappes die Runde, und es gab Erzählungen und Lieder.

Niemand stellte neugierige Fragen, das schien ein ungeschriebenes Gesetz der Straße zu sein, und dafür war Fionn dankbar. Ab und zu wurde er zwar mit einem längeren Blick gemustert, das war auch schon alles. Peredur gab sich als Pilger aus, sodass niemand Anstoß daran nahm, dass er die meiste Zeit schweigend mit übergeschlagener, tief in die Stirn gezogener Kapuze am Rand saß.

Damit war er übrigens nicht der Einzige. Fionn hörte aufmerksam zu, was die Reisenden so zu berichten hatten, doch wie es aussah, machte Ragnas Flucht nicht die Runde, und sonst schien alles in Ordnung zu sein. Lediglich eine Bemerkung über Sìthbaile ließ ihn aufhorchen. Jemand betonte, wie »angenehm friedlich, sicher und sauber« es dort sei, und er ahnte, dass das nichts Gutes zu bedeuten hatte. Er wollte die Anderen nicht beunruhigen und erzählte ihnen nichts davon. Sie konnten schließlich nicht umkehren, um nach dem Rechten zu sehen. Und auf die Fiandur in der Emperata war nicht zuletzt auch Verlass; die Vertreter des Königs waren durchaus in der Lage, allein zurechtzukommen.

Jeglichen bangen Gedanken an Cady schob Fionn energisch beiseite. Seine Aufgabe war es, sich an Ragnas Verfolgung und der Suche nach Peredurs Herzen zu beteiligen und dafür zu sorgen, dass der Hochkönig überlebte und Schwarzauge ein für alle Mal das Handwerk gelegt wurde. Was zu Hause geschah, darauf hatte er keinen Einfluss; es half nichts, sich den Kopf zu zermartern, sondern raubte im Gegenteil Kräfte, die er unbedingt benötigte. Und vor allem brauchte er Zuversicht.

Bei der nächsten Flussteilung waren sie es, die ausstiegen, um westlich Richtung Brandfurt weiterzureiten; hier begann bereits der riesige Wald, auch wenn er noch kaum als solcher erkennbar war, denn die Bäume standen in weitem Abstand zueinander. Die Reisenden durchquerten lichte Auen und sahen ab und zu abseits der gut ausgebauten Hauptstraße typische Elbensiedlungen. Man konnte gut erkennen, dass sie mit viel lebendem Holz und im Verbund mit haltbaren Materialien aufgebaut waren. Menschendörfer und Höfe gab es in dieser Richtung immer seltener. Hin und wieder begegneten sie Händlern oder Reisenden zu Fuß, und man grüßte sich höflich, verweilte aber nicht.

Bisher war das Wetter ihnen freundlich gesinnt gewesen, doch dann gab es einen Umschwung. Zwei Tage lang regnete es nicht nur, sondern schüttete pausenlos, und sie fanden kaum Deckung. Selbst die besten Stoffe konnten der Dauernässe irgendwann nicht mehr standhalten, und so kamen sie völlig durchweicht und vor Kälte schlotternd an der Grenze zum Kerngebiet des Waldelbenreiches an. Fionn war dankbar, dass sein Volk nicht anfällig war für Erkältungen, ansonsten wäre er vermutlich sterbenskrank geworden. Peredur machte das natürlich nichts aus, aber Hrothgar und Rafnag niesten ordentlich und murrten leise vor sich hin, wohingegen Ingbar sich ebenfalls unbeeindruckt zeigte. Wahrscheinlich ließ seine Elbenseite keine Klage über das Wetter zu, und seine menschliche Hälfte war robust genug.

An der Grenze zum dichteren Wald zeigte die Sonne sich dann endlich wieder, und Peredur veranlasste eine Rast, auf dass sie sich und die Sachen säubern und trocknen konnten, damit sie angemessen vor die Elben treten würden. Außerdem hatten sie alle ordentlich Hunger, denn bei einem solchen Regen hatten auch die Tiere des Waldes lieber Deckung gesucht, und das Jagen war ausgeschlossen gewesen. Und über welchem Feuer hätten sie auch Fleisch garen sollen?

»Kennst du denn den Weg zur Versammlung?«, fragte Rafnag den König, während er seinen Mantel auswrang, ausschüttelte und erneut auswrang, bevor er ihn dann an einem Ast befestigte, um ihn von Wind und Sonne trocknen zu lassen. Ebenso verfuhr er mit den gesäuberten Kleidungsstücken seiner Reisegefährten, einschließlich Fionns, dem es merkwürdig vorkam, einmal von anderen bedient zu werden. Doch er ließ es sich gefallen, denn er war sehr müde und konnte kaum mehr die Augen offenhalten. Die Erholung von der Schiffsreise war mit dem scharfen Ritt und dem scheußlichen Regen schnell dahingewesen.

Sie trugen alle nur noch ihren Lendenschutz, und Fionn spürte dankbar die Wärme der Frühlingsstrahlen auf der Haut. Er lag bäuchlings im Gras, denn die ausnahmslos gestählten, schön gewachsenen Körper seiner Mitreiter, ob nun eher schmal und sehnig wie bei Rafnag und Ingbar oder schwer und muskulös wie bei Peredur und Hrothgar, schüchterten ihn ein, und er machte sich so unauffällig wie möglich. Kleidung kaschierte eben viel, gestand er sich ein, darin konnte ein Bogin durchaus adrett aussehen, aber ohne ... machte er im Vergleich zu Menschen nicht allzu viel her.

Er genoss die ausgiebige Pause, denn sie waren in den letzten zwei Tagen durchgehend geritten, da bei dem Wetter an ein Lager oder gar Schlaf ohnehin nicht zu denken gewesen war. Er hatte sich Blasen zugezogen, einen wundgerittenen Hintern und ihm tat überhaupt alles weh.

Auch die Pferde freuten sich und wälzten sich ausgiebig, nachdem sie von Sattel und Zaumzeug befreit waren, bevor sie damit anfingen zu grasen.

Hrothgar kam von der Jagd. Er hatte zwei Hasen erwischt, die er fachmännisch in kurzer Zeit zerlegte. Die einzelnen Stücke gab er in einen Kessel, zusammen mit Kräutern, Pilzen und Wurzeln. Zuletzt streute er ein wenig Salz dazu und ließ alles in der Brühe vor sich hinköcheln, während er in einem zweiten Topf Kräutertee mit Fenchel, Thymian und Anis aufsetzte; vor allem für sich und Rafnag, um den Schnupfen loszuwerden.

»Ich kenne den Weg«, antwortete Peredur auf Rafnags Frage, während er sich eine Pfeife entzündete. »Und keine Sorge, wir werden nicht zu spät kommen.«

Hrothgar und Rafnag waren sofort alarmiert durch diese für jeden anderen, der kein Fiandur war, scheinbar harmlose Auskunft. Sie gingen in Wachstellung und ließen die Blicke schweifen. »Wo sind sie?«

Ein Mundwinkel des Königs zuckte. »Sie sind längst wieder fort. Ich erhielt das Signal bereits, bevor wir abgestiegen sind.«

»Aber wie ... was ...«, stammelten sie. Auch Fionn war verblüfft, denn er hatte überhaupt nichts bemerkt.

»Vergesst nicht, ich war mit einer Elbenkönigin verheiratet. Da lernt man dies und das. Und ich bin nach meinem Tod lange mit Morcant und Alskár gereist.« Peredur grinste nun offen, was selten genug vorkam, und lehnte sich bequem an einen Baumstamm. »Sie wissen nicht nur, dass wir kommen, sie werden uns auch empfangen.«

»Und wie willst du das alles auf einmal erfahren haben, verflixt?«, rief Hrothgar.

»Lass einem alten König seine kleinen Geheimnisse, das erhält ihm den Thron ein wenig länger.« Peredur rauchte zufrieden.

Fionn hätte es gern gewusst, doch er kannte den Mann ohne Herzen gut genug, um zu wissen, dass er keine weitere Auskunft geben würde, egal wie hartnäckig die Fragen gestellt wurden. Einmal mehr fiel ihm auf, dass sein Freund mit Fortgang der Reise zusehends gelöster wurde, ganz anders, als er ihn sonst kannte. Bereitete er sich wirklich auf seinen nahenden Tod vor? Freute er sich etwa darauf?

»Wann reiten wir weiter?«, erkundigte sich Rafnag.

»Nicht vor heute Nachmittag. Die Sachen sollen trocknen, ihr braucht Schlaf, und wir müssen etwas essen. Bei den Elben werden wir nichts kriegen, so weit geht ihre Gastfreundschaft denn doch nicht. Falls sie dazu überhaupt in der Lage sind.«

»Wie meinst du das nun wieder?«, fragte Hrothgar.

»Ich fürchte, meine Freunde, uns werden keine guten Nachrichten empfangen.«

»Und das sagst du so seelenruhig und heiter? Woher willst du das überhaupt wissen?«

»Ich kann es spüren, und ich sehe es an Ingbars Gesicht. Und ja, ich sage es seelenruhig, denn dieser Wald hat nun einmal eine solche Wirkung auf mich. Die Heilkraft dieses Ortes ist enorm. Fionns Anwesenheit hat ebenfalls ihren Anteil daran. Selbst *mein* Gemüt lichtet sich dadurch ein wenig, und das werde ich mir nicht nehmen lassen.«

»Ich glaube, es ist sowieso besser, wenn ihr mich fesselt«, sprach Ingbar unvermittelt dazwischen, und es klang wie eine Bitte.

Peredur richtete sich auf. »Ich lege keinen Fiandur in Ketten, solange er keinen Verrat übt«, lehnte er die Aufforderung stirnrunzelnd ab.

»Es ist nicht allein deswegen«, versetzte Ingbar. »Auch wenn sie dich erwarten, Peredur, sie werden euch den Herzwald nicht betreten lassen mit mir als freiem Mann. Tu mir den Gefallen, o König – und tu dir selbst den Gefallen. Du erinnerst dich wohl noch an die Signale, aber vielleicht nicht mehr daran, wie streng die Elben sind in ihren Sitten und Gebräuchen. Unser Status ist ohnehin schwierig genug, da wir als Bittsteller auftreten.«

Der König musterte den Zweifler kritisch. »Und das ist alles?«

Ingbar schüttelte den Kopf. »Nein«, flüsterte er. »*Sie* ist in meinem Geist.«

Die Köpfe der Anderen fuhren zu ihm herum, und Fionn, der schon halb eingeschlafen war, war mit einem Schlag hellwach, sein Herz pochte heftig.

»Seit wann?«, fragte Peredur knapp.

»Seit gestern Abend. Das ist Elbengebiet, hier sind die Schwingungen anders. Wir können uns nicht mehr voreinander verbergen. Ich habe sie aufgespürt, umgekehrt dadurch sie auch mich.« Ingbars Miene verdüsterte sich noch mehr als sonst. »Sie will, dass ich zu ihr komme.«

»Das kann sie haben«, bemerkte Hrothgar grimmig.

Der Halbelb schüttelte den Kopf. »Ihr versteht das Problem nicht. Es könnte sein, dass ihr das gelingt. Noch bin ich Herr meines Willens, aber ich weiß nicht, wie lange ich mich gegen sie zur Wehr setzen kann. Sie ... ist *anders*. Unheilvoller als jemals zuvor. Sie muss sich irgendwie gestärkt haben. Oder es genügt ihr schon, sich aus den hier vorhandenen Strömungen aufzuladen.«

Peredur nickte und gab dem Raben ein Zeichen. »Du hast mich überzeugt, ich werde deiner Bitte nachkommen. Wohin werden wir demnach von hier aus reisen?«

»Nach Norden, wie von dir vermutet. Den Grund hält sie vor mir noch verborgen.«

»Das glaube ich dir nicht«, entfuhr es Fionn spontan. Erschrocken hielt er sich die Hand vor den Mund. »Entschuldigung.«

Ingbar schlug die Augen nieder. »Bin ich nicht schon gedemütigt genug?«

Peredur erhob sich, nahm Rafnag die Ketten ab, die der Rabe auf seinen Wink hin geholt hatte, ging zu Ingbar, beugte sich über ihn und fing an, sie ihm anzulegen. »Hat Fionn recht?«

»Natürlich hat er recht! Wann hat Fionn sich jemals geirrt? Aber ich ... Ich *kann* es nicht sagen. Es ist ...« Der Halbelb hob den Kopf, und in seinen grünen Augen lag wie ein zäher, alles erstickender Teerteppich ein so abgrundtiefes Grauen, dass es die Anderen entsetzt zurückweichen ließ. Im nächsten Augenblick neigte er sich zur Seite und übergab sich würgend.

Peredur stand vor ihm und sah ihm reglos dabei zu.

Rafnag reichte ihm ein Tuch, als es vorbei war, und Hrothgar brachte ihm einen Becher Würzwein, der Rest, den sie noch hatten. Tee erschien ihm für diese Situation offenbar nicht angebracht. Die beiden Männer wirkten betroffen und wütend. Längst betrachteten sie Ingbar wieder als Mitglied der Fiandur und hatten ihn wie Ihresgleichen behandelt.

»Sie wird bezahlen«, knurrte der Rabe. »Für alles, was sie dir und Anderen angetan hat.«

»Wir werden dir helfen, soweit wir es vermögen«, versprach Hrothgar. »Aber du solltest durchhalten, damit du nicht versäumst, wie wir sie fertigmachen.«

Zum ersten Mal seit über einem Jahr lächelte Ingbar. Schwach zwar nur, weil er darin keine Übung hatte, jedoch voller Dankbarkeit. »Ehre für euren Mut, meine Freunde, doch ich fürchte, das wird uns nicht gelingen. Zumindest nicht so, wie ihr es euch vorstellt.«

»Und wie stellst *du* es dir vor?«, fragte Fionn langsam.

Die Antwort kam prompt. »Ich nehme an, dass ich zum Muttermörder werden muss, denn ich bin der Einzige, der nah genug an sie herankommt.«

»Da hast du dir hoffentlich nicht zu viel vorgenommen«, meinte Peredur.

Ingbar verzog keine Miene. »Wenn du eine bessere Idee hast, so wäre ich dir äußerst dankbar darum. Ich strebe keinesfalls als höchstes Lebensziel an, eine derartige Blutschuld auf mich zu laden.«

Keiner sagte daraufhin mehr etwas zu diesem Thema.

Sie aßen, dann schliefen sie, und am Nachmittag ritten sie weiter und erreichten kurz vor der Abenddämmerung den inneren Wald.

An einer Gabelung sagte Peredur, nach Nordwesten weisend: »Auf diesem Wege würden wir nach Brandfurt gelangen. Eine schöne Stadt, wie ich finde, mit einem ganz eigenen Reiz. Man muss allerdings schwindelfrei sein, denn viele Stege und Hängebrücken hoch in den Bäumen verbinden die Bereiche miteinander, wohingegen es auf dem Boden unten kaum Wege gibt.«

»Wie sind denn die Waldelben so?« Fionn konnte sich an eine kurze Begegnung damals während seiner Flucht erinnern, aber er war viel zu verängstigt gewesen, um auf Besonderheiten zu achten.

»Sie sind recht zugänglich, wenn man das über Elben so sagen kann«, erteilte Peredur Auskunft. »Brandfurt steht jedem Reisenden, vor allem Händlern und Handwerkern, offen. Wenn man sich gut zu benehmen weiß, gibt es keinerlei Schwierigkeiten. Sie hegen auch keine sonderlichen Vorurteile, also nicht mehr als Menschen beispielsweise.«

»Stammen nicht Dandelion und Hyazinthe von hier?«, warf Rafnag dazwischen und antwortete selbst: »Richtig – wo sind die beiden eigentlich abgeblieben? Warum haben sie uns hier nicht erwartet oder sind uns unterwegs begegnet? Sie haben nicht mal eine Botschaft geschickt, oder?«

»Sie stammen nicht aus Brandfurt, sondern aus dem Grenzgebiet kurz vor dem Fluss«, erwiderte Peredur. »Und mich nach ihrem Verbleib zu erkundigen, ist ein weiteres Anliegen, hierher zu reisen. Was Dandelion und Hyazinthe angeht befürchte ich leider schon die schlechtesten Nachrichten, denn die beiden sind absolut zuverlässig und lassen sich nicht so schnell aufhalten.« Er wies auf den zweiten Weg. »Wir reiten jetzt im gemächlichen Schritt weiter, bis wir empfangen werden. Es wird wohl nicht mehr lange dauern.«

Hinein ging es in einen mächtigen, alten Laubwald. Fionn nahm die vielen unterschiedlichen Gerüche tief in sich auf: nach welkendem und jungem Laub, nach Borke, nach umgegrabener Erde, nach Pilzen und Kräutern und Frühblühern. Und da gab es noch so viel mehr, was er nicht zuordnen konnte, aber als faszinierend und wohltuend empfand. Er hatte eine fremde Welt betreten, und ihm gefiel, was er sah und hörte und roch. Hier schien alles intensiver zu sein, als er es bisher erlebt hatte. Die Sonnenstrahlen, die zwischen den im sanften Wind tanzenden Blättern ihren Weg zum Boden fanden und ein warmes, goldenes Licht verbreiteten, die Farbe von Rinde und Moos, Vorhängen gleich von hohen Ästen herabhängendes Flechtwerk, auf dem Käfer mit mächtigen Zangen schillerten. Bienen und Hummeln umwarben eifrig Blumen um ihre geheimen Schätze, und im Geäst sangen die Vögel.

Fionns Herz ging auf, als er an einem kleinen Bachlauf die Stängel von Lilien entdeckte, die gerade ihre ersten Blüten ausbildeten. Hierher sollte er einmal mit Cady reisen und in aller Stille Hand in Hand durch den Wald wandern, barfuß auf dem weichen Moosteppich, zwischen Farngewächsen hindurch, an Bachläufen entlang, Licht und Wärme spüren, und die schützende Nähe der alten Bäume.

Er seufzte.

Und fuhr zusammen, als er feststellen musste, dass alle angehalten hatten und sein Pferd ebenfalls.

Jemand stand auf dem Weg und erwartete sie, auf einen langen, mit Symbolen verzierten Stab gestützt, dessen oberes Ende in sich verdreht war. Er war alt, mit hüftlangen weißen Haaren, vielleicht größer noch als Alskár, und gekleidet in Gewänder, die der Wald selbst zu sein schienen. Auf dem Haupt trug er ein Hirschgeweih wie eine Krone – oder war es ein Teil von ihm? Das war schwer zu erkennen. In seinen Augen gab es kein Weiß, sie waren braun schattiert wie der Wald, mit vereinzelten goldenen Lichtern darin. Sein faltiges, schmales, wie Baumrinde bräunliches Gesicht sah gütig aus, doch seine Aura war Ehrfurcht gebietend, und sie ließ spüren, dass er Jahrtausende alt sein musste. Mindestens.

Einer von den ganz Alten, dachte Fionn erschauernd. Asgell hatte sie einmal erwähnt, damals in seiner Bibliothek, bevor er Fionn das Buch der Bogins überreicht hatte.

Peredur stieg ab und verneigte sich tief vor dem Ehrwürdigen, und alle Anderen folgten eilig seinem Beispiel.

»Großer Cervus, welch eine Ehre«, sagte der König und klang tatsächlich ergriffen.

»Es ist leider kein Freudentag«, antwortete der Uralte mit rauer, borkiger Stimme und hob einladend einen Arm. »Komm, mein Junge, geh ein paar Schritte mit mir, und deine Getreuen sollen dir folgen. Lasst eure Pferde hier, sie werden gut versorgt sein.« Er richtete den Blick auf Ingbar und bewegte sacht den Zeigefinger. »Die brauchst du hier nicht unter meiner Obhut.« Und die Ketten fielen.

Ingbars Lippen bebten, während er sich unter die Anderen reihte.

Niemand stellte Fragen, alle gehorchten. Peredur gab Fionn einen Wink, an seine Seite zu kommen, und der Bogin sah zu, dass er ihn einholte, ohne zu hastig zu wirken.

»Ich habe euch erwartet«, begann Cervus die Unterhaltung, während sie langsam auf verschlungenen Pfaden, die nur ihm bekannt waren, durch den Wald wanderten. Fionn hatte schon nach wenigen Schritten völlig die Orientierung verloren, und er nahm an, dass es den Anderen ebenso erging.

»Es steht also alles schlimmer als gedacht, wenn Ihr uns persönlich aufsucht«, sagte Peredur.

»Allerdings.« Cervus ließ die feinen weißen, langen Haare seines Kinnbarts durch die Finger gleiten. »Schreckliche Dinge sind geschehen, auch bei uns.«

»Etwa während des Neujahrsfestes? Der Versammlung?«

»So ist es. Und leider muss ich dir mitteilen, dass Sithbaile gefallen ist.«

Das versetzte alle gleichermaßen in Schrecken, doch sie konnten sich gerade noch zurückhalten, den Uralten nicht mit Fragen zu bestürmen.

Peredur sagte langsam: »Aber ich bin nicht einmal einen Vollmond fort...«

»Malachit hat den Moment deiner Abreise abgewartet und ist dann tätig geworden.«

»Malachit?«

»Jener Myrkalfr, dem die junge Cady damals unten im Labyrinth begegnete.«

»Cady!«, schrie Fionn auf, er konnte es nicht verhindern. »Was ist mit ihr?« Er fühlte Peredurs strengen Blick auf sich, aber in diesem Augenblick war ihm die Unangemessenheit seines Verhaltens egal. Er musste Gewissheit erlangen, dass seine Frau nicht in Gefahr war.

Cervus rügte ihn nicht. »Ihr ist es gelungen, zu fliehen«, klärte er Fionn in mildem Tonfall auf. »Niemand weiß, wo sie ist, auch ich nicht.«

Das beruhigte Fionn halbwegs, denn er vertraute auf Cadys Gewitztheit.

»Wer ist Malachit genau?«, fragte Peredur und legte gleichzeitig eine schwere Hand auf Fionns Schulter, um ihn am Reden zu hindern.

»Ein Uralter, wie ich, jedoch stammt er nicht von Albalon. Er ist einst mit einem Teil seines Volkes mit einem Schiff gelandet und hat seither im Stillen gewirkt. Wie es aussieht, hat er sich nicht nur mit Ragna verbündet, um ihr Heerscharen zu liefern, sondern um selbst Macht auszuüben. Es dauert nicht mehr lange, und er wird sich zum König Sìthbailes ausloben und zum Regenten über Albalon, mit Ragna als oberster Herrscherin.«

»Und das wird ihm genügen?«

»Wer weiß. Er ist unsterblich, er hat keine Eile. Ein Schritt nach dem Anderen, so schreiten wir vorwärts. Wir springen nicht, und wir eilen nicht.«

Peredur nickte. »Ehrwürdiger Cervus, Ihr wisst dann auch, weswegen ich hierhergekommen bin ...«

»Um Hilfe zu erbitten.« Der Uralte nickte. »Und sie wird bereits gewährt. Sìthbaile ist genauso eine Elben- wie eine Menschenstadt. Wir werden die Herrschaft eines Myrkalfren nicht dulden. Diese Entscheidung wurde uns leicht gemacht, nachdem Malachits Schergen es bedauerlicherweise wagten, unseren Wald anzugreifen und den Platz der Versammlung zu entweihen. Sie glaubten, wenn sie uns alle beisammen hätten, leichtes Spiel zu haben, doch darüber haben wir sie eines Besseren belehrt. Dennoch haben wir Verluste zu verzeichnen, darunter auch Dandelion und Hyazinthe, deine Emissäre, junger Peredur, die ihr Leben opferten, um uns zu warnen.«

Alle schwiegen, von Trauer erfüllt, und versuchten die Tragweite dessen zu erfassen, was Cervus soeben auf unbewegt scheinende Weise offenbart hatte. Doch Fionn sah sehr wohl die einzelne Träne, die sich aus dem Augenwinkel stahl und über seine Wange hinabrann.

»Ich hatte es befürchtet«, bemerkte Peredur nüchtern. »Wie viele Verluste hattet Ihr sonst noch?«

»Sie halten sich in Grenzen, doch jeder Verlust ist unersetzlich. Der Rest ist dabei, den Versammlungsplatz von der Beschmutzung zu reinigen und wieder aufzubauen. Wir können deshalb nicht dorthin gehen.«

»Ich bedaure das Leid, das ich über euch gebracht habe ...«

»Das Leid geht von den Hochelben aus, mein Sohn, denn sie haben Ragna einst erlaubt, mit ihren Schiffen hierher zu reisen, und nur durch sie konnte Malachit diesen Plan fassen.«

So distanziert wie Cervus das sagte, war Fionn nunmehr endgültig überzeugt davon, dass es sich bei ihm nicht um einen Elben handelte, sondern um ein kreatürliches Wesen Albalons, einen gestaltgewordenen mächtigen Geist des Waldes.

»Hafren... Hafren hat ihre Schwester geliebt«, sagte Peredur. Cervus nickte. »Das war kein Fehler. Wir sind, die wir sind. Es steht uns nicht zu, ein Urteil darüber zu fällen, wer gut oder böse ist, denn das kommt immer auf den Standpunkt an.«

»Ragnas Standpunkt *ist* böse«, entfuhr es Fionn und er wiederholte damit Tiws Worte von damals. »Verzeiht, Hochedler, mein neuerlich ungebührliches Benehmen«, fügte er leise hinzu, den Blick auf seine gleichmütig dahinschreitenden Füße gerichtet. »Ich beschäme den Hochkönig, der mir in dieser Hinsicht vertraut hat. Aber das ist meine Einstellung, und Malachit gegenüber hege ich keine andere, nach allem, was Ihr uns berichtet habt.«

»Ich stimme dir zu«, beruhigte Cervus ihn gütig. »Es gibt gewisse Grenzen, und die hat Ragna eindeutig überschritten. Und sie ist dabei, noch mehr zu tun und uns alle zu bedrohen. Da wird selbst Malachit zu einem geringeren Problem.«

»Was uns kaum erleichtern wird«, bemerkte Peredur trocken. »Zusammengefasst ist also alles wie beim Ausbruch des Großen Krieges – nur schlimmer.«

Schon wieder dieser seltsame Anflug von... Galgenhumor. Fionn vermutete, dass es an diesem Ort lag, an Peredurs Erinnerungen daran und an die Zeit, die er mit Hafren, vielleicht auch seiner Tochter, hier verbracht hatte.

Cervus nickte. »Wir haben bereits ein Schiff in den Süden entsandt, um Malachit zu stürzen. In Midhaven werden wir uns organisieren und planen, wie wir in den Palast gelangen und ihn angreifen können, ohne dass er es vorab bemerkt und sich vorbereiten kann.«

Fionns Finger umklammerten das Medaillon mit Cadys Porträt. Er schickte ihr alle seine besten Wünsche und Gedanken; ob es nun half oder nicht, es beruhigte ihn.

»Wird Morcant dabei sein?«, fragte Peredur mit leiser Hoffnung in der Stimme.

»Nein. Morcant befindet sich seit einiger Zeit auf der Suche nach Alskár, der seit noch längerer Zeit als verschollen gilt. Von beiden haben wir keine Nachricht. Und hier ... Nun, hier kommst du ins Spiel.« Der Geweihgekrönte wandte sich Peredur zu. »Ich gehe davon aus, dass Ragna auf dem Weg in den Norden ist, und ich denke, dort werden wir auch unsere vermissten Freunde finden. Nicht wahr, Sohn der Elbenhexe?« Er richtete die Augen auf den schwarzhaarigen Halbelb.

Ingbar nickte langsam. »Sie ... sagte es mir, dass sie dorthin will. Ich glaube, sie will Peredur *dort* erwarten.«

»Kannst du sie jetzt spüren?«

»Nein.«

»Gut. Das hatte ich beabsichtigt, denn natürlich entgeht ihre Präsenz auch mir nicht. Ihr könnt eine Weile in Ruhe reisen, ohne dass sie euch beobachten kann. Und ich gebe euch dazu *Gaoluathi*.«

Bevor Fionn die Frage stellen konnte, sagte Peredur: »Die *Windschnellen*? Und für uns alle? Ihr ehrt uns allzu sehr, Hochwürdiger«, und er verneigte sich tief. »So weit wird unsere Reise sein?«

»Ich befürchte, bis ganz nach *oben*«, erklärte Cervus. »Ihr benötigt an sich ein halbes Jahr dafür, habt aber nicht so viel Zeit für diesen Weg. Ihr müsst die Strecke in zwei Vollmonden bewältigen. Vom Rückweg ganz zu schweigen. Sìthbaile braucht seinen König.«

Fionn schluckte über den letzten Satz und merkte, wie seine Augen auf einmal brannten. Er warf einen hilflosen Blick zu dem Geweihgekrönten. Er war so weise – ahnte er denn nicht die Wahrheit? Oder wollte er sie nicht wahrhaben? Peredur verzog natürlich keine Miene.

Das alles ist doch absurd, dachte der junge Bogin in einer kurzen zornigen Aufwallung. *Wie soll ich diese Geschichte nennen? Von einem, der auszog, das Sterben zu lernen?*

»Was erwartet uns im Norden?«, fragte Peredur ruhig, und irgendwie klang es so, als wüsste er es längst. Er suchte wohl nach Bestätigung.

»Ich kann es nicht mit Bestimmtheit sagen, denn es sind alles nur Vermutungen«, antwortete Cervus und hielt sich damit genauso vage wie Ingbar schon die ganze Zeit über. »Es gibt dort oben eine sehr finstere Macht, die noch älter ist als ich, und die ich über alles fürchten muss ...«

Zuerst war es nur ein merkwürdiges Knistern. Das sich bald zu Pfeifen und Summen steigerte. Fionn rieb sich die Ohren und versuchte, weiter den Worten zu lauschen, doch nun setzte ein Rauschen ein, das immer lauter und lauter wurde. Es rollte wie eine Sturmwelle langsam heran, sich immer mächtiger auftürmend und schließlich sich in einem sturzflutartigen Brecher über ihn ergießend, so gewaltig, dass es ihm zuerst den Atem raubte und dann die Sinne. Fionn schnappte nach Luft, als würde er ertrinken. Er wollte um Hilfe schreien, aber mehr als ein erstickter Laut konnte seiner verkrampften Kehle nicht mehr entrinnen, und dann sackte er, wie er gerade stand, in sich zusammen.

*

»Ich breche jetzt ab!«, erklang Mànis Stimme in Cadys Stöhnen hinein, und sie merkte, wie sie hin und her schwankte wie Riedgras im Wind. »Cady, bleib bei mir, du darfst nicht das Bewusstsein verlieren!«

Die Boginfrau merkte, wie der magische Fluss abrupt versiegte, und hielt Mànis Hand fest, als sie diese von Màrs Bauch zurückziehen wollte.

»Nein . . .«, stieß sie ächzend hervor. Sie merkte, wie ihr der Schweiß in Strömen hinabrann. Ihr Blick war verschwommen, doch ihr Wille war noch lange nicht erloschen. »Ich spüre es. Mach weiter! Wir . . . lassen Malachit nicht gewinnen und Màr . . . nicht sterben.«

»Ich kann das nicht verantworten.«

»Du musst, denn ich zwinge dich dazu. Du bist nicht immun gegen meine Gabe. Also tu, was ich dir sage!«

Die Mondin schwieg verblüfft, und Cady lächelte verkrampft. *Sie gab einer Elbenfrau Befehle, das wurde ja immer schöner.* Doch sie dachte an Màr, und sie würde alles einsetzen, was sie hatte, nur damit Malachit nicht gewann. Cady hätte es niemals für möglich gehalten, dereinst ein so schreckliches, verabscheuungswürdiges Gefühl entwickeln zu können. Aber während der Reise hierher war ein bohrender Hass auf den Herrscher der Myrkalfren in ihr erwacht, ein loderndes Feuer. Und gerade weil sie so etwas Furchtbares empfinden konnte, weil er sie dazu gebracht hatte, hasste sie ihn umso mehr. Sie war beschmutzt, besudelt durch ihn, und dabei war er noch nicht einmal in ihrer unmittelbaren Nähe gewesen. Sie konnte nachfühlen, was Màr durchgemacht hatte, und umso entschlossener wurde sie. Wenigstens die Reinheit der Elben musste gewahrt bleiben; was aus ihr selbst wurde, war Cady egal, sie war ohnehin schon verdorben.

Sie hatte das Buch und sie würde es nutzen. Welchen Sinn hatte es denn sonst?

Màni setzte die Beschwörung fort, und Cady merkte, wie die Strömung wieder einsetzte, die aus dem Buch durch sie hindurch floss, und etwas von ihr mitnahm. Sie spürte, wie sie schwächer wurde, aber sie erkannte zur gleichen Zeit, dass es sie nicht das Leben kosten würde. Dafür waren die Kräfte der Elbe zu stark, denn den Hauptteil übernahm sie. Ein leuchtendes Schimmern umgab sie dabei, wie Mondlicht in finsterer Nacht, und Sterne glitzerten in ihrem Haar. Als wäre sie nicht von dieser Welt, und doch war sie greifbar, festgebannt auf den Erdboden.

Cady wusste nicht, wie viel Zeit verging, doch auf einmal bemerkte sie eine Veränderung. Die tödliche Kälte wich von Màr, und ein leichter Schimmer kehrte auf ihre Haut zurück. Ihre Lider flatterten.

Màni riss Cadys Hand von Màrs Brust und löste gleichzeitig ihren verkrampften Griff um das Buch. »Genug jetzt!«, sagte sie. »Du hast mehr als ausreichend gegeben.«

»Ein Glück«, seufzte Cady erleichtert. »Ich habe Hunger, und Durst, und...« Sie verlor den Halt und rutschte von der Bettkante langsam zu Boden. »Und ich fühle mich ein bisschen schwach...« Sie kicherte, dann war sie eingeschlafen.

*

Fionn war erstaunt, als er zu sich kam, denn er hatte keinerlei Erinnerung daran, das Bewusstsein verloren zu haben. Verwirrt setzte er sich auf, und erst jetzt kehrte alles zurück – das Rauschen, das Gefühl zu ertrinken, die panische Angst.

Er sah sich nach seinen Freunden um, doch sie waren nicht da. Der Wald um ihn herum kam ihm in seinen Umrissen vertraut vor, er befand sich also immer noch an Ort und Stelle. Doch... die Farben stimmten nicht. Statt Grün und Hell war es wie in der Dämmerung, und es gab nur braune Töne, vom Beige zarter Triebe bis zu fast völligem Schwarz alten Laubs. Die Luft lastete schwer und drückend darüber.

»Was ist passiert?«, flüsterte er.

»Fürchte dich nicht«, erklang eine ruhige Stimme, und er erkannte Cervus, der einfach hervorgetreten schien, von wo auch immer. »Mit dir ist alles in Ordnung.«

»Aber ... wo bin ich hier?«

»In einem Zwischenreich. Du bist hineingestürzt, als dich eine Vision überfiel, in der du dich immer noch befindest. Das ist ungewöhnlich für einen Bogin, jedoch nicht für jemanden, der sehr verbunden ist mit der Insel.«

Der alte Mann winkte auffordernd. »Komm mit mir, wenn du schon einmal hier bist. Unterhalten wir uns ein wenig.«

Fionn stand auf. Verstört blickte er sich wieder um, weil er nicht begreifen konnte, was mit ihm geschehen war. »Wo sind die Anderen? Was tun sie?«

»Dies alles geschieht im Verlauf eines Augenblicks«, antwortete Cervus. »Sie bekommen nichts hiervon mit.«

»Ist das Euer wahres Reich?«

»Ich bewege mich stets gleichzeitig auf beiden Ebenen, deswegen mag ich für die Blicke Anderer plötzlich verschwinden oder auftauchen.«

Sie gingen – nein, sie *glitten* dahin. Fionn bewegte kaum die Füße, und doch legte er erstaunliche Entfernungen zurück; die Bäume zogen nur so an ihm vorbei, wie vor kurzer Zeit das Flussufer am Schiff. Seine Finger tasteten über die Haut, und er musste feststellen, dass er nichts fühlte. Er spürte auch seinen eigenen Atem nicht, oder seinen Herzschlag. Die Welt um ihn herum war still, das Leben hielt sich dort auf, wo auch Fionn hingehörte. Es war wie eine Art Schattenriss, in dem er sich befand.

Dass Cervus das ertrug und sich vor allem gleichzeitig in beiden Ebenen aufhalten konnte, machte ihn umso geheimnisvoller.

Schließlich verhielt der Uralte vor einer gewaltigen Eiche, die sicherlich schon tausend Jahresringe zählte. Fionn erkannte zwischen zwei großen Wurzelarmen frisch umgegrabene Erde, daneben einige verblühte, getrocknete Blumen, und sein Magen zog sich zusammen.

»Hier ruhen Dandelion und Hyazinthe, im Tode vereint, wie sie es auch im Leben gewesen sind«, erklärte Cervus. »Dieser Ehrenplatz steht ihnen zu.«

Er nahm Fionns Hand, und der Bogin wurde erneut versetzt, diesmal in die Vergangenheit. Er sah, wie finstere Schatten durch den Wald flossen, sich verdichteten und zu Myrkalfren und Schattenkriegern wurden, die blitzende, schmale, lange Schwerter zogen und das Elbenpaar angriffen. Fionn zuckte zusammen, denn er stand mittendrin, doch es waren nur Bilder der Erinnerung, die ihn nicht berühren konnten; dennoch war er dankbar, dass Cervus ihn stützte. Er sah, wie Dandelion und Hyazinthe den Angriff augenblicklich beantworteten, sich Rücken an Rücken stellten und harmonisch wie Tänzer ihre Bewegungen einander anglichen. Sie waren so schnell, dass es tatsächlich schien, als kämpfte da ein einziger Körper mit vier Armen und vier Beinen. Die Finsteren bezahlten teuer für ihren Angriff, die Zahl ihrer Leichen vergrößerte sich von Herzschlag zu Herzschlag, und so wandten sie Heimtücke an. Von den Bäumen herab verschossen Schützen Pfeile, die von dem Paar zunächst abgewehrt werden konnten, doch es wurden zu viele. Als das Paar erkannte, dass es keinen Sieg mehr erringen konnte, trennte es sich. Nun wirbelten sie auf zwei Seiten durch die Feinde, bemächtigten sich der Bogen von Gefallenen und beantworteten den Pfeilhagel nicht minder schnell. Jeder Schuss traf, und die Feinde stürzten aus den Bäumen.

Da wurde Hyazinthe von einem Speer durchbohrt, und es war ersichtlich, der Kampf war gleich vorüber – für das Paar, nicht aber für die Versammlung. Noch während die Frau fiel, stürmte Dandelion los, den Weg zurück, um eine Warnung zu geben.

Den Versammlungsplatz erreichte er nicht mehr, doch seine Warnung wurde noch gehört, als auch ihn ein Speer einholte und mit Wucht gegen einen Baum nagelte.

So starb das Paar, wenigstens die anderen Elben waren dadurch auf der Hut und griffen zu den Waffen und der Kampf weitete sich aus.

Fionn blinzelte, als Cervus seine Hand losließ, und das Bild verblasste. »Ehre sei ihnen«, flüsterte er erschüttert. »Aber sagt mir, Hoher Herr, warum bin ich bei Euren Worten überhaupt umgefallen? Weshalb bin ich in dieser Vision gefangen?«

»Ich sprach von der alten Macht im Norden«, antwortete der Geweihgekrönte.

»Oh ... nein!«

Erneut wurde Fionn von der Vision überwältigt, ohne dass er eine Erklärung dafür hatte, und er wäre gestürzt, hätte der Uralte ihn nicht aufgefangen.

Ein gewaltiges Gebirge raste aus weiter, sehr weiter Ferne in hoher Geschwindigkeit heran, auf den Bogin zu, der sich davor nicht größer als ein Staubkorn wähnte und völlig erstarrt verharrte. Aber es kam noch schlimmer, aus den höchsten Gipfeln heraus erhob sich etwas, das loderte und brannte, doch es war kein Vulkanausbruch. Es war eine menschenähnliche Gestalt, größer als alles, von dem Fionn je gehört hatte, ja, was er sich überhaupt hätte vorstellen können, und sie setzte das Gebirge in Brand, und das Land, und alles darüber hinaus. Fionn konnte kein Gesicht in den Flammen erkennen, es hielt sich vor ihm verborgen, aber er hatte das Gefühl, der Name dieses Titanen würde sich in ihn hineinbrennen, aber ohne dass er ihn tatsächlich wahrnehmen oder verstehen konnte.

»Aufhören ... bitte ...«, wimmerte er, denn er konnte den Anblick der wimmelnden, wuselnden Finsternis in den Flammen nicht ertragen. Er vermochte den brennenden Namen in sich nicht zu tilgen, und erst recht nicht das geistige Bild dieses unvorstellbar großen Geschöpfes, das vermutlich in der Lage war, Albalon mit einem einzigen Tritt auf den Grund des Meeres zu befördern, und von dem Tod und Pestilenz ausging, nichts als gnadenlose Vernichtung.

»Es tut mir leid, mein kleiner Freund«, erklang Cervus' Stimme in den Donner seiner Gedanken. »Es ist etwas in dir, das dich dazu zwingt, das alles anzusehen. Ich habe keine Erklärung dafür.«

»Es ist das Buch«, keuchte Fionn. »Meine Verbindung dazu, die besondere Gabe meiner Familie. Aber bitte, nehmt es von mir. Helft mir ... ich kann diesen Schmerz nicht ertragen.«

»Das solltest du auch nicht, denn das ist nicht die Art der Bogins. Ihr bewahrt das Leben, ihr vernichtet es nicht. Lass mich sehen, was ich tun kann. Vertrau mir und lass dich fallen.«

Fionn war alles recht, solange der Sturm in seinem Kopf nur aufhörte. Er schloss die Augen, ließ seine Gedanken in den Abgrund seines Inneren fallen und seinen Körper los.

»Fionn! Bei allen Trinkhörnern, hast du uns einen Schrecken eingejagt!«

Es tat gut, diese polternde Stimme zu hören. Fionn öffnete blinzelnd die Augen und erkannte Rafnags und Hrothgars besorgte Gesichter über sich.

»Was ist denn nur geschehen?«

»Ich weiß es nicht.« Langsam setzte er sich auf und sah Peredur und Cervus ein wenig abseits stehen, in ein Gespräch vertieft. »Wohl ein Schwächeanfall, vielleicht haben mich die Strömungen dieses Waldes überwältigt. Aber jetzt ist alles wieder gut.« Er zwang sich zu einem Lächeln, obwohl er innerlich immer noch schlotterte.

»Können wir dich für einen Moment allein lassen?«, fragte Rafnag. »Unsere neuen Reittiere sind eingetroffen, schau.« Er wies hinter sich, und da sah Fionn sie, und ein weiterer Schauder ergriff ihn.

Die *Windschnellen* erinnerten an Pferde, doch sie waren größer und sehr viel dünner, knochiger. Ihre Augen waren bleich wie der Mond und hatten keine Pupillen, aus dem Oberkiefer ragten zwei scharfe Fangzähne aus dem geschlossenen Maul, ihre Hufe waren gespalten, und statt eines Schweifes besaßen sie einen langen Schwanz mit Quaste. Der Mähnenbehang bestand aus Hautfäden, die mit kleinen Widerhaken besetzt waren. Das Fell, wenn es überhaupt so bezeichnet werden konnte, war sehr kurz und dünn und von rauchgrauer Farbe.

»Ja, sehen etwas gruselig aus«, sagte Hrothgar, der Fionns Gesichtsausdruck richtig deutete, und drückte seinen Arm. »Aber sie scheinen gutmütig zu sein. Wir werden sie jetzt bepacken und unsere Pferde dafür hierlassen. Freundlicherweise haben die Elben uns neue Vorräte gegeben.«

»Da komme ich doch gar nicht rauf«, murmelte Fionn. Das war wohl ohnehin nicht vorgesehen, denn er zählte nur vier, nicht fünf Reittiere.

»Wird für uns auch nicht einfach, abgesehen von dem sprunghaften Rafnag vielleicht. Wenn du einverstanden bist, Fionn, nehme ich dich zu mir mit aufs Pferd, denn dieses zusätzliche Gewicht wird es nicht spüren, und Platz ist genug, so groß wie diese Viecher sind. Ich kann hinter dem Sattel eine Reitdecke mit eingegurteten Bügeln auflegen, das dürfte nicht unbequemer als ein Sattel sein. Wir können uns natürlich auch abwechseln.«

Fionn nickte. Das war ihm sehr recht. Diese Geisterwesen mochten möglicherweise gutmütig sein, aber sie waren ganz gewiss nicht sein Fall.

»Außerdem wird es bald gefährlicher, und du solltest in Reichweite sein, damit du geschützt werden kannst.«

»Ich ... ich kann schon auf mich aufpassen.«

Rafnag wedelte mit dem Finger. »He, Freund, bei der Fiandur ist Einer für den Anderen da, und jeder hat seine besonderen Fähigkeiten. Du bist nun einmal kein Kämpfer, und das ist kein Grund, sich zu schämen. Im Gegenteil. Im Grunde beneiden wir dich alle.«

Die beiden Männer gingen zu den Gaoluathi, die unangebunden völlig ruhig und gelassen dastanden.

Peredur nickte Cervus zu und näherte sich dem Bogin. »Alles in Ordnung?«

»Ja, danke. Ich war unpässlich, tut mir leid.«

»Es gibt keinen Grund, sich zu entschuldigen. Ist da etwas, von dem du mir erzählen musst?«

»Hat Cervus mit dir gesprochen?« Fionn bemerkte plötzlich, dass der Uralte nicht mehr da war. Gerade eben hatte er ihn noch gesehen, und nun war er fort. Auch eine Art von Abschied.

»Eben nicht.«

»*Er* sollte es dir sagen, und wenn nicht, so hat das seinen Grund.«

Fionn stand auf, mit noch ein wenig wackligen Beinen. Er klopfte sich ab, da trat Ingbar hinzu.

»Du weißt es jetzt?«, fragte er leise.

Fionn sah sich ertappt und nickte. »Aber ich kann auch nicht darüber sprechen, genau wie du.« Er schaute zu Peredur hoch. »Mach dich auf etwas gefasst, das alles bisher Dagewesene um ein Vielfaches übertrifft. Im körperlichen wie im magischen Maße. Mehr habe ich nicht verstanden und mehr kann ich nicht sagen. Außer, da ... da gibt es ein Gebirge. Und das ist wohl unser Ziel.«

Der König verharrte nachdenklich. Dann klopfte er Fionn leicht auf die Schulter. »Das war sogar schon viel gesagt. Also ist Alskár *dort* und Morcant auf dem Wege, um ihn zu finden. Wir werden uns demnach alle bei diesem Gebirge begegnen. Einschließlich Ragna.«

»Glaubst du, dass dein Herz dort ist, Peredur?«

»Das nehme ich an, mein Freund Fionn. Wenn es sich um den Ort handelt, von dem ich annehme, dass er es ist, dann würde das ganz ausgezeichnet passen.«

»Schön, dass ihr alle in Rätseln sprecht«, beschwerte sich Rafnag, der mit langen Ohren zugehört hatte.

Fionn sah zu ihm. »Es genügt, wenn du es dort erfährst, glaub mir. Ich wünschte, ich hätte es nicht gesehen. Das würde alles leichter machen.«

Hrothgar drehte sich zu ihnen um. »So hoffnungslos?«

»Es ändert nichts«, sagte der König. »Es sei denn, ihr wollt aussteigen. Das steht euch frei.«

Der etwa vierzigjährige Mann mit den kurz geschorenen braunen Haaren und den braunen Augen zog unwillig die Brauen zusammen. »Mit Verlaub, o König«, sagte er nachdrücklich, »aber so eine dumme Bemerkung ist deiner unwürdig. Ich habe sie deshalb überhört.«

Rafnag hob die Hände. »Hrothgar sagt, wie es ist. Und jetzt lasst uns losreiten, die Zeit läuft uns davon.«

Hrothgar half Fionn hinauf, der feststellen musste, dass er trotz des knochigen Körperbaus seines Reittiers recht bequem saß, und stieg dann selbst auf. Sobald Peredur das Zeichen gab, setzten sich die Windschnellen in Bewegung, und schon nach wenigen Schritten wurde erkennbar, weswegen sie so genannt wurden. Sie fielen übergangslos in Galopp, und der bestand aus weiten, fliegenden Sätzen; die Spalthufe schienen den Boden höchstens noch zu streifen. So ging es geschwind, in fließenden, ruhigen Bewegungen, dahin.

Der Name, dachte Fionn. *Wenn mir doch nur der Name einfallen würde. Ich muss Peredur warnen. Aber ich kann es nicht.*

*

Cady war glücklich. Ihr schien, als wäre ein Teil des Schmutzes von ihr abgewaschen. Sie hatte Malachit hereingelegt! Und er hatte nicht die geringste Ahnung!

Màr hatte es tatsächlich überstanden. Ihr Körper kämpfte erfolgreich gegen Malachits Gift, und ihre Zwillingsschwester half ihr dabei, nach und nach alles aus sich herauszuspülen. Sie war zusehends auf dem

Wege der Besserung und konnte sicherlich in einigen Tagen aufstehen, sodass sie nach und nach zur alten Form finden würde.

Nachdem Cady sich von der Strapaze erholt hatte, ging sie noch einmal in den *Singenden Wal* zu Ausa; zum einen, um sich bei ihr zu bedanken, zum anderen, um zu fragen, ob es etwas Neues gab.

In aller Vorsicht nahm die junge Boginfrau den nicht allseits bekannten Seiteneingang, den Ausa ihr damals beim Abschied gezeigt hatte, und machte im passenden Moment auf sich aufmerksam.

Ausa hatte offenbar schon auf sie gewartet, denn sie reagierte nicht überrascht, verkündete, dass sie kurz nach hinten gehen würde, und kam umgehend zu ihr nach hinten. Die Bogin zog Cady in eine Kammer neben der Küche, wo das Personal eine Pause einlegen und etwas zu sich nehmen konnte, und tischte ihr auf. »Ich habe mir schon gedacht, dass du noch hier bist«, eröffnete sie. »Hast du von Sìthbaile gehört?«

»Was meinst du?«

»Wie es aussieht, soll dort demnächst eine große Versammlung stattfinden. Zum nächsten oder übernächsten Vollmond, so genau weiß ich das nicht. Finde ich aber noch heraus. Was ich sagen will, stell dir vor: Alle Adligen und Herrscher, selbst die Bürgermeister der großen Städte sind zu eben dieser Versammlung und Feier im Thronsaal des Palastes eingeladen!«

Cady wurde bleich. »Und ... der Grund?«

»Der Frieden soll öffentlich beschlossen werden. Jeder soll seine Vorstellungen vortragen, und dann will man einen Vertrag aufsetzen, in dem alle Rechte und Pflichten festgehalten werden, und alle sollen unterschreiben. Es heißt sogar, von den Ogern und Trollen wäre eine Delegation angefordert worden, aber sie haben die Boten wohl verspeist. Trotzdem wird die Einladung aufrecht erhalten.« Ausa schlug die Hände zusammen. »Ist das nicht großartig? Sicherlich wendet sich jetzt alles zum Guten, und du kannst nach Hause!«

»Ja...«, sagte Cady nur. »Ja.«

»Aber ... du freust dich gar nicht? Wahrscheinlich, weil du zu wenig isst. Du bist ja ganz dünn geworden. Komm, nimm etwas zu dir!« Ausa gab sich alle Mühe, ihr das Essen nahe zu bringen, und Cady tat ihr den Gefallen, auch wenn sie kaum einen Bissen hinunterbrachte.

»Und da ist noch etwas.« Ausa setzte eine triumphierende Miene auf. »Das ist aber ganz geheim und stammt nicht aus offizieller Quelle, sondern von unseren Kleinen Freunden. Die Großen haben davon keine Ahnung, weder in Sìthbaile noch hier. Angeblich ist ein Elbenschiff auf dem Weg hierher! Wenn sie auch an der Versammlung teilnähmen, dann ... Ach, das wäre wunderbar. Ein Bund aller Völker!«

Cady würgte das Brot und den Käse hinunter, wobei sie *diese* Nachricht tatsächlich ein wenig aufheiterte. Wenn auch aus anderen Gründen.

»Aber ich rede dauernd von mir, sag, wie ist es dir ergangen? Du siehst schrecklich aus. Warum bleibst du nicht hier? Ich habe immer ein Zimmer für dich. Was ist mit den Elbenzwillingen? Konntest du sie finden?« Ausa holte nicht einmal Luft zwischen ihren vielen Fragen.

»Sie sind abgereist«, stieß Cady mühsam hervor. »Ich ... ich hatte zu tun, deswegen blieb ich. Ich weiß noch nicht, was ich machen werde.«

»Na, was schon? Nach Hause gehen, natürlich!«

»Ja ... das wäre vermutlich das Beste.«

»Du wirst dort gebraucht, als Symbol für Freiheit und Frieden. Sprich für die Bogins, unterschreibe für sie! Nie wieder darf uns jemand versklaven. Wir haben unseren Platz an der Seite der Großen verdient und gehören zu diesem Bund. Als Gleichberechtigte! Und wer könnte das besser vertreten als du?« Ausa zupfte ihr liebevoll eine Haarsträhne zurecht. Sie war so erfüllt von Zuversicht, dass es Cady allzu sehr schmerzte. Sie brachte es nicht übers Herz, ihr die Wahrheit zu sagen. Es war an der Zeit zu verschwinden und diese Freundin nicht in Gefahr zu bringen.

»Ich danke dir.« Sie umarmte Ausa und küsste sie auf die Wange. »Für alles. Ich weiß nicht, ob ich vor der Abreise noch einmal wiederkommen kann, aber wir werden uns dann eben später einmal wiedersehen. Und das ganz bestimmt, ich verspreche es.«

»Ach, hör auf damit, ich zerfließe gleich«, schniefte die Bogin und löste sich von ihr. »Warte noch einen Moment, so lasse ich dich nicht gehen.« In Windeseile packte sie einen Korb voller Leckereien, dazu zwei Flaschen Wein, und drückte ihn Cady in die Arme. »So, und jetzt gehst du, bevor ich mich lächerlich mache.« Sie schob die junge Frau schluchzend vor sich her nach draußen und schloss rasch die Tür.

Cady stand für einen Moment verdattert auf der Straße, dann eilte sie auf verschlungenen Wegen zurück zu den Zwillingen.
Dennoch folgte ihr jemand, doch das bemerkte sie nicht.

Außer Atem kam Cady in der Dachkammer an, und ihr Korb war hoch willkommen. Màr saß auf dem Stuhl, noch recht bleich, aber ihre Aura gewann zusehends an Kraft. Sie hatte einiges nachzuholen und war fast ständig hungrig.

»Ich muss euch was erzählen«, stieß die Bogin hervor und ließ sich auf das zweite Bett fallen. In hastigen Worten berichtete sie, was sie soeben erfahren hatte.

»Ich verstehe nicht, was M-«

Bevor sie weiterreden konnte, legte Màni plötzlich den Finger an die Lippen, zog das Schwert und näherte sich lautlos der Tür.

Cady begriff sofort und erzählte weiter, was ihr gerade einfiel, harmlose Dinge, die ihr unterwegs aufgefallen sein wollten. Eine hoffentlich gelungene Ablenkung, die jedem Lauscher zeigen sollte, dass sie scheinbar keinen Schimmer von einer Bedrohung hatten.

Unerwartet riss Màni die Tür auf, packte zu, zerrte den Lauscher herein, schleuderte ihn mit dem gleichen Schwung zu Boden, postierte sich über ihn und setzte ihm die Schwertspitze an die Kehle.

Dann zeichnete sich Überraschung auf ihrem Gesicht ab, und sie trat zurück. »Falling!«

Der Angesprochene rappelte sich hoch, er war kreidebleich, und griff sich an die Kehle. Cady erkannte einen Elben mit auffallend ausgeprägter Ohrenspitze, sowie verstrubbelten weißblonden Haaren und fröhlichen, doch jetzt erschrocken dreinblickenden blauen Augen. Er sah sehr jung aus, und er trug die robuste, dabei leichte Kleidung eines Läufers. Ein Bote?

»Wie hast du uns gefunden?«, herrschte Màni ihn an.

»Ich bin ihr gefolgt.« Er wies auf Cady.

»Ich habe aufgepasst!«, wehrte sie bestürzt ab.

Màni steckte das Schwert ein. »Schon gut, Cady, Falling ist Fährtenleser und Spurensucher. Er ist besser als alle Elbenhunde zusammen.«

»Ich komme direkt aus Uskafeld, von Dagrim«, erklärte der junge Mann und blieb auf dem Boden sitzen. »Ich fürchte, ich bin jetzt auch ein Fiandur. Momentan sterben alle wie die Fliegen, so scheint es, und es ist kaum mehr möglich, die Zweiundzwanzig zu halten. Da wird man kurzerhand rangezogen, ob man will oder nicht.«

»Dann gib deinen Bericht«, bat Màr mit schwacher Stimme.

Falling blickte sie besorgt an. »Du ... du bist so verändert ...«

»Noch bin ich Fiandur«, gab sie sacht lächelnd zurück.

Der junge Elb nickte und erzählte, was Cady im Wesentlichen auch schon erfahren hatte, und bestätigte damit Ausas Informationen. Er wusste auch, wann die große Zusammenkunft stattfinden sollte: in zwei Vollmonden.

»Was ist mit dem Schiff, von dem die Kleinen Völker wissen wollen?« stellte Màni die erste Frage. »Ist es tatsächlich hierher unterwegs?«

»Ja, denn es hat ein Massaker auf der Versammlung von Brandfurt gegeben, noch zum Neujahrsfest. Das lässt unser Volk nicht auf sich sitzen, es wird Sìthbaile nicht diesem Kerl überlassen. Sie haben sofort einen fliegenden Boten nach Luvhafen ausgesandt, um die *Seeschwalbe* zu mobilisieren und mit gut fünfzig Kriegern zu besetzen. Es wird hier anlegen. Ich soll die Elben empfangen, und da ... Nun, ich hatte seit Tagen im *Singenden Wal* Stellung bezogen, alles beobachtet und als Ausa gerade so plötzlich verschwand, wurde ich neugierig. So entdeckte ich Cady und fiel fast aus allen Wolken.«

»Du kennst mich?«, fragte sie erstaunt.

»Kleines, *jeder* kennt dich, der mit der Fiandur zu tun hat, und ich verdiene mein Auskommen damit, Dagrim *alles* zu beschaffen, was wissenswert ist. Ich war ein stiller Beteiligter bisher, so wie Meister Keith Sonnenwein, dem die *Seeschwalbe* gehört, und nun stecke ich voll mit drin, und er wahrscheinlich genauso.« Er grinste schief.

Cady gefiel dieser unbeschwerte junge Mann auf Anhieb, und mit seinem Talent war er eine große Hilfe. »Und ... und hast du etwas von Fionn erfahren?« Ihre Finger nestelten nervös an dem Medaillon.

»Nein. Aber sie sollten Brandfurt inzwischen erreicht und sowohl von Malachit als auch dem Angriff dort erfahren haben.« Falling zwinkerte. »Bei Dagrim waren sie jedenfalls alle wohlbehalten eingetroffen und haben ihm die ganze Speisekammer gelehrt, wie er sich beklagte.«

Cady nickte, aber ihr Lächeln missglückte.

»Fünfzig Krieger sind wenig«, überlegte Màr.

»Sie werden natürlich nicht mehr als eine Unterstützung sein, aber sie müssen genügen, um den Palast im Handstreich zurückzugewinnen. Ein Angriff von außen wäre nicht einmal mit tausend oder mehr möglich«, erwiderte Falling. »Das wäre ein offener Krieg, und wie wollte man den Angriff eines Elbenheeres auf Sìthbaile erklären?«

»Trotzdem sollten sofort alle Elben, die eine Waffe halten können, zusammengezogen werden«, erklärte Màni. »Das musst du in die Wege leiten, Falling, denn nach all dem erkenne ich nur eine Schlussfolgerung: Malachit plant einen groß angelegten Angriff.«

»Ich dachte, er wollte die eingeladenen Herrscher als Geiseln festsetzen und sie dazu erpressen, ihre Unterwerfung zu besiegeln?«

»Das würde jemand tun, der zivilisiert ist wie Peredur, Cady.« Mànis Augen verdunkelten sich. »Aber Menschen haben so etwas früher schon getan, und du hast es hier auch noch mit Myrkalfren zu tun. Mehr und mehr setzt sich das Bild zusammen. Dadurch, dass Asgell nicht mehr erreichbar ist, müssen wir davon ausgehen, dass Du Bhinn von den Schwarzalben besetzt wurde, und damit auch Fjalli, nachdem wir von Randur nichts mehr gehört haben. Malachit baut dort vermutlich eine riesige Armee auf, die sich bald in Bewegung setzen und das gesamte Südreich besetzen wird. Sie wird jeglichen Widerstand von vornherein im Keim ersticken und leichtes Spiel damit haben, die Zivilbevölkerung unters Joch zu zwingen. Und dann werden diese Truppen gleich weiter nach Norden marschieren, mit dem Segen Ragnas, die von ihrer Seite aus den Weg bereitet, um alle mächtigen Elben, die ihr zusetzen könnten, aus dem Weg zu räumen.«

Cady schluckte. »Und ... und was ist denn nun geplant bei ... der Einladung der Herrscher?«

Sie sah ihre Elbenfreunde der Reihe nach an, und Màr und Falling wichen ihrem Blick aus. Sie wussten es also auch. Màni gab wie zuvor die Antwort. »Diese Versammlung nimmt Malachit zum Anlass, sich dem Volk als neuer Herrscher in Sìthbaile zu offenbaren, Menschen wie Elben. Und er wird dazu ein Zeichen setzen.«

Cady fühlte ein schauderndes Kribbeln aufsteigen. Kälte kroch von den Zehen immer weiter hinauf, bis ihre Fingerspitzen taub wurden. »Nein ...«, flüsterte sie. »Nein, das wird er nicht ...«

Màni aber nickte. »Doch. Sie werden sich zum Bankett niedersetzen, werden dabei ihre Waffen abgelegt haben, um fröhlich zu feiern, und dann wird er sie niedermetzeln lassen. Man wird ihnen die Köpfe abschlagen und sie anschließend auf Pfähle stecken und der Königsallee entlang aufreihen, bis zum Nordtor, und wenn es reicht, auch noch an den anderen Straßen entlang bis zu den übrigen Toren. Und darüber hinaus, um jedem Reisenden unmissverständlich anzukündigen, was ihn in der Stadt erwartet.«

Cady stand auf. »Entschuldigung«, wisperte sie. »Mir ist schlecht ...« Würgend stürzte sie hinaus.

Nur wenige Augenblicke später kehrte sie zurück, bleich, aber gefasst. Ihre Hände strichen ihre Schürze glatt, und sie straffte ihre Haltung. »Entschuldigt«, sagte sie. »Das wird nicht wieder vorkommen.«

Die drei Elben betrachteten sie mitfühlend, aber auch bewundernd.

»Die Aussichten mögen nicht gut sein«, fuhr Màni fort; sie hatten mit der weiteren Besprechung auf Cadys Rückkehr gewartet. »Jedoch ist das die Chance für uns, in den Palast zu gelangen. Wir verkleiden uns als Sippenherrscher und folgen der Einladung. Die Fünfzig warten günstige Momente ab, um einer nach dem anderen ebenfalls hineinzukommen; dazu können sie sich als Leibdiener, Berater und dergleichen ausgeben. Es werden noch weitere Elben da sein, also werden sie nicht auffallen. Dann postieren sie sich und warten auf das Zeichen, um zuzuschlagen.«

»Das klingt zu einfach«, wandte Falling ein.

Cady schüttelte den Kopf. »Im Gegenteil. Malachit wird sich freuen. So bekommt er uns in seine Hand. Er wartet ja nur darauf.«

»Sie hat recht«, sagte Màr langsam. »Sein besonderes Augenmerk gilt Cady. Es wird ihm nicht entgehen, wenn sie in die Stadt zurückkehrt und sich dann auch noch zum Palast begibt. Wahrscheinlich hält er ihr persönlich die Tür auf.«

Falling hob die Brauen. »Und wie kommst du darauf?«

»Er lässt mich nicht suchen«, antwortete Cady an Màrs Stelle. »Er will, dass ich zu ihm komme, und er weiß, dass ich es tun werde. Und er weiß natürlich auch, wann.«

Màni nickte. »Nur mit einem Unterschied: Er weiß nicht, dass meine Schwester noch lebt, und er weiß nicht, welche Unterstützung du mitbringst. Mit einer Elbenschar wird er nicht rechnen, sondern mit der Fiandur, und die können ja seiner Ansicht nach nicht mehr viele sein, nachdem er sie der Reihe nach ausmerzt.«

Màr zögerte. »Aber er wird doch erfahren, dass der Angriff in Brandfurt fehlgeschlagen ist, wenn er keine Nachricht von seinen Anhängern bekommt.«

»Er wird eine Nachricht erhalten«, erwiderte Falling. »*Fith-fàth.*«

Cady legte den Kopf leicht schief. »Was ist das?«

»Ein Wandelzauber, durch den Malachit die Nachricht erhält, die wir ihm zusenden. Das ist Magie, die wir auch zum Eindringen in den Palast anwenden werden«, antwortete der junge Elb vergnügt. »Den Zauber hat Ragna übrigens zu ihrer Flucht benutzt. Er hält nicht lange vor, ist aber sehr wirkungsvoll. Man verwandelt sich in etwas völlig Anderes, selbst in eine Maus, oder ... macht sich unsichtbar.«

»Das beherrschen nicht alle«, meinte Màni. »Màr und ich nämlich nicht.«

»Aber ich. Und ich kann euch dabei helfen, euch zumindest so zu wandeln oder unsichtbar zu machen, dass ihr unbemerkt reinkommt. Cady ...«

Sie wehrte ab. »Ich habe meine eigene Gabe. Die hilft zwar nicht gegen Malachit, sondern wird ihn sogar erst recht auf mich aufmerksam machen, aber seine Untergebenen merken und wissen das nicht. Da ist nur eine Sache ...«

Die Elben sahen sie gespannt an.

»Tiw, Fionns und meine Eltern und wer weiß noch, werden dazu benutzt, alle einzulullen. Ich habe das vor meiner Flucht von Malachit selbst erfahren. Deshalb wollte er ja auch das Buch in seine Hände bekommen. Der Einfluss der Bogins würde im Prinzip euren ganzen schönen Plan vollständig zerstören. Ihr würdet brav wie die Schafe zur Schlachtbank schreiten, wie alle anderen, und vergessen, was ihr vorhattet.« Sie hob den Finger, um die Anderen am Reden zu hindern. »Ich muss mir daher überlegen, wie ich verhindern kann, dass das auf euch wirkt. Und ... auf *mich*.«

Für einen Moment herrschte Stille.

»Na, da haben wir ja einiges vor uns«, stellte Falling fest und entkorkte den Wein.

KAPITEL 8

SCHWARZE SEELEN

Asgell wurde abgeholt. »Was geschieht mit ihm?«, fragte Valnir bang, doch Randur gab keine Antwort. Also bohrte sie nicht weiter nach.

Ihrem Zeitgefühl nach dauerte es auch nicht lange, bis sie den Zauberer zu zweit zurückbrachten und wieder anketteten.

»Könnt ihr ihn nicht wenigstens einmal für ein paar Stunden sich hinlegen lassen?«, bat sie.

»Maul halten«, sagte einer der Myrkalfren.

»Ist schon gut«, erklang Asgells schwache Stimme unter den vor seinem Gesicht strähnig herabhängenden Haaren hervor. »Das wird bald wieder.«

Nachdem die Myrkalfren gegangen waren, nahm Valnir Tuch und Wasserkrug und ging zu ihm. Sie bekamen in nahezu regelmäßigen Abständen Eintopf, Brot und Wasser zur Verfügung gestellt; daran maß Valnir auch die Zeit, die verging, denn sie vermochte nicht mehr festzustellen, wann Tag oder Nacht war.

»Wenn ich nur etwas für dich tun könnte«, flüsterte sie, gab Asgell zu trinken und säuberte dann sein Gesicht, den Hals und die Brust.

Bisher hatte sie noch keine Idee entwickelt, wie sie hier herauskommen sollten. Und wie sie dann anschließend Jaderose außer Gefecht setzen, die Maschinen zerstören und die Myrkalfren vernichten wollten.

»Ich brauche nichts«, sagte der Zauberer sanft.

»Aber so kann es doch nicht ewig weitergehen...«

»Wird es nicht. Die Maschinen sind bald fertig. Ich glaube nicht, dass sie funktionieren werden, deshalb bin ich recht zuversichtlich. Um zum Einsatz zu kommen, müssen sie eine sehr weite Strecke zurücklegen, und dafür sind sie nicht ausgelegt. Es ist Kriegsgerät, kein Transportgerät.« Seine weißen Zähne blitzten kurz auf, als er grinste.

»Jaderose ist außer sich, weil ich ihm die Lösung dafür nicht präsentieren kann, denn ich kenne keine Transportmaschinen.«

»Dann wird er die Bibliothek durchsuchen.«

»Da drin befinden sich mehr als hunderttausend Bücher, und er kennt unser Sortiersystem nicht. Meine Erklärung hilft ihm auch nicht, da ich selbst nicht weiß, wo diese Sachen eingeordnet sind, das habe ich den Bücherlindwürmern und den Bogins überlassen. Außerdem haben seine Leute inzwischen so eine Unordnung in der Bibliothek angerichtet, dass man sich selbst dann nicht mehr zurechtfände, wenn man wüsste, wie die Bände einsortiert wurden. Er kann aber sowieso niemanden mit einer ordentlichen Suche beauftragen, weil er sich gar nicht richtig verständlich machen kann. Selbst ich begreife nicht, wonach genau er sucht und so bekommt er womöglich tausend Bücher angeschleppt, von denen keines dem entspricht, was er braucht. Und er hat bei Weitem nicht genug Zeit, um selbst zu suchen. Schönes Dilemma, nicht wahr?« Asgell kicherte, dann spuckte er Blut aus. »Er lässt seine Wut an mir aus. Aber ich stehe das durch. Ich denke immer an Peredur, wie der solche Situationen bewältigt hat und es noch tut, und ich werde ihn nicht enttäuschen. Er ist der ältere Bruder, er ist der König, er ist mein Vorbild. Das hilft mir.« Ein Schauder ging durch seinen Körper und Asgell schien in sich zusammenzufallen. »Jetzt muss ich ein wenig schlafen, um mich zu erholen...« Seine Augen schlossen sich bereits, während der Kopf nach unten sank.

Valnir kehrte an ihren Platz am Gitter zurück. Randur schlief ebenfalls; er hatte immer noch Schwierigkeiten mit seinem Kopf, ihm war oft schwindlig und übel.

So blieb der Zwergenkriegerin nichts anderes übrig als zu beobachten, so sehr sie das zermürbte. Kaum eine Stunde verging, ohne dass aus den benachbarten Verliesen klägliche Schreie zu hören waren. Von den Fertigungshallen schallte unentwegt ein dumpfes Dröhnen und Stampfen herüber, oft begleitet von metallischen, teils kreischenden Klängen. Valnir hörte auch knallende Geräusche wie von Peitschen, und dünne Schreie. Die Myrkalfren gingen rücksichtslos vor, und trieben jeden Gefangenen so lange an, bis er zusammenbrach. Wer daran starb, wurde in eine entfernte Höhle mit einer Sammelgrube gebracht und achtlos hineingeworfen, Bergelb wie Zwerg. Valnir wusste, dass sich bald Kreaturen aus den Abgründen darauf stürzen und ein Festmahl abhalten würden. Ab und zu hörte sie das Rasseln von Rüstungen und Waffen, wenn Trupps von Myrkalfren und Schattenkriegern durch die Gänge marschierten, vermutlich zu einem Versammlungsplatz. Wahrscheinlich hatte Asgell mit seiner Vermutung recht und es dauerte wirklich nicht mehr lange, bis sie Du Bhinn verließen und das Südreich mit einem verheerenden Krieg überzogen.

Es war noch längst nicht die Zeit für die nächste Mahlzeit, da wurde Asgell erneut geholt. Valnir konnte sich nicht mehr zurückhalten. Sie stürzte sich, waffenlos und nur mit Hemd und Hose bekleidet wie sie war, auf einen der beiden Myrkalfren und schlug zu. Sie hatte die Geschöpfe lange beobachtet und wusste, wie widerstandsfähig sie waren, aber sie hatte auch einige Schwachpunkte ausgemacht. Ihre Finger hielt sie steif aneinander gelegt, dass sie eine Spitze bildeten, und mit einem schnellen, exakt gezielten Schlag trieb sie die Fingerspitzen knapp unterhalb des Rippenbogens, wo die übereinanderlappenden Lamellen des Harnisches nur locker verbunden waren, durch eine der Lücken tief in den dünnen Körper des Schwarzalben hinein. Sie stieß durch die Haut, traf den unteren Rand seiner Lunge und durchstieß ihn. Mit einem Ruck riss Valnir die blutige Hand zurück. Der Myrkalfr konnte nicht einmal mehr aufkeuchen, Blut spuckend taumelte er zur Seite und knickte ein, als die Zwergenkriegerin nur einen Lidschlag später herumwirbelte und ihm so heftig gegen das Schienbein trat, dass sie ihm trotz schützender Schiene den Knochen brach, wie ein hässlich knackendes Geräusch deutlich bezeugte. Der zweite Myrkalfr ließ ihr jedoch keine Zeit, sich nun gegen ihn zu wenden, sondern schlug ihr mit voller Wucht gegen das Ohr, trat ihr in den Bauch und zwang sie so zu Boden, wo sie noch mehrere Tritte gegen Bauch, Brust und Kopf erhielt, bis sie es schaffte, sich wie ein Igel zusammenzurollen, um sich zu schützen.

Daraufhin ließ er von ihr ab, löste Asgells Ketten bis auf die gefesselten Handgelenke, und schleifte ihn wortlos hinter sich her, als er sich außerstande zeigte, auf eigenen Füßen hinauszugehen. Draußen kamen zwei Schattenkrieger zu Hilfe, die den Zauberer hochzerrten und in die Mitte nahmen, während ein dritter den zusammengebrochenen, zuckenden und unablässig Blut spuckenden Myrkalfren aus der

Zelle holte. Der zweite Myrkalfr verschloss das Gitter sorgfältig. »Du hast Glück gehabt, dass Jaderose dich unbedingt lebend erhalten will«, zischte er. »Aber du wirst dafür bezahlen, sei dessen gewiss.« Er ging, ohne sich noch einmal umzudrehen.

Valnir sah grelle Lichter vor den zuschwellenden Augen tanzen, in dem Ohr, das den Schlag eingesteckt hatte, brauste ein Höllensturm, und in ihrem restlichen Körper tobte der Schmerz. Doch sie fühlte sich besser, erleichterter. Der Schmerz würde vergehen, das interessierte sie nicht weiter, Schmerz war Bestandteil der harten Ausbildung, die sie durchlaufen hatte und machte ihr nichts aus.

Halb taub und mit verschwommener Sicht erkannte sie einen auf sie zukommenden Schemen und nahm an, dass es Randur war, denn sonst war niemand mehr in der Zelle. Er sagte etwas, und nach einer Weile konnte sie seine Worte zusammensetzen oder erraten.

»Das war sehr gut, Mädchen. Ich bin ungeheuer stolz auf dich, wie perfekt du meine Lehren umsetzt. Aber das war auch sehr, sehr dumm.«

»Mir egal«, blubberte sie mit geschwollenen Lippen, blutige Schaumbläschen ausstoßend. »Ich bringe sie alle um. Nächstes Mal bin ich schneller und erwische den zweiten auch noch.«

Randur verrichtete nun an ihr den Dienst, mit dem sie zuvor Asgell geholfen hatte. Er richtete sie auf und lehnte sie an sich, damit sie leichter atmen konnte, gab ihr zu trinken und säuberte sie.

Bald darauf wurde sie abgeholt.

Trotz ihrer Schmerzen merkte Valnir sich den Weg durch die verschlungenen Gänge und Hallen, vorbei an schwer arbeitenden Zwergen und Bergelben, vorbei an feuerglühenden Schmieden und Gruben, in denen diese monströsen Metalldinge gefertigt wurden. Sie vermutete, dass es zu Jaderoses Quartier ging, und sie lag richtig. Eine gut ausgebaute und wohnlich eingerichtete Höhle mit Lichtkristallen und Kerzen. Eine geräumige Bettstatt, eine Arbeitsstätte wie bei einem Kaufmann, Sitzgelegenheiten – alles war da.

Inklusive einer Wand mit Foltereinrichtungen und einem an vier Ketten mit gespreizten Gliedmaßen freischwebend aufgehängten Gefangenen.

»Asgell!«, rief Valnir und versuchte, sich loszureißen, um zu ihm zu eilen.

»Mach dir um ihn keine Gedanken.« Jaderose thronte hinter dem voluminösen Holztisch, auf dem Papiere und Karten lagen, Feder und Tinte, Siegel und Siegelwachs, und Messgeräte, wie sie die Seefahrer benutzten. Dazu eine Schale mit getrockneten Früchten, Nüssen und süßem Brot, ein großer Krug und ein mit Wein gefüllter edelsteinbesetzter, aus Silber gehämmerter Pokal.

Und ... das Allsehende Auge, das Asgell gehört hatte. Die Vermutung lag nahe, dass das Gegenstück sich immer noch in Sithbaile befand, in Malachits Hand.

Auf seinen Wink hin wurde Valnir auf den Stuhl vor dem Tisch gezwungen, die beiden Wachen blieben neben ihr stehen.

»Du bist also die Frau«, sagte der bleichhäutige Krieger mit dem weichen Gesicht und der ebenso weichen Stimme und nahm einen Schluck aus dem Pokal.

Valnir schwieg. Immerhin konnte sie verstehen, was er sagte, das Rauschen ließ endlich nach. Allerdings war die Ohrmuschel ordentlich angeschwollen, was hoffentlich wieder zurückging. Narben waren eine Sache, auch fehlende Gliedmaßen, aber eine solche Entstellung ... undenkbar.

Jaderose nickte einer Wache zu, und Valnir musste es zulassen, dass sie ihr das Hemd heruntergerissen, ebenso das Brustband. Eine unglaubliche Schande und Demütigung für jede Zwergenfrau, aber Valnir war Kriegerin, sie bewahrte ihre stolze Haltung, soweit es die Schmerzen ihres misshandelten Körpers zuließen. Der Hermaphrodit erhob sich, kam zu ihr, beugte sich über sie und betrachtete sie eingehend. »Erstaunlich.« Valnir konnte ein Zusammenzucken nicht vermeiden, als er sie in eine Brustwarze kniff. »Und so wohlgeformt. Der Rest ist auch weiblich?«

»Schau doch nach«, murmelte Valnir. Sie sagte sich in Gedanken unablässig ein Mantra vor; so wie sie es gelernt hatte, um Situationen wie diese durchzustehen.

Er grinste. »Mehr Mumm als so mancher Mann, der sich rühmt, ein Krieger zu sein.« Sein Finger strich über ihre glatte Wange, zupfte an ihrem Augenbrauenring. »Ich denke, ich habe genug gesehen ... für den Moment. Den Rest hebe ich mir noch auf.« Er richtete sich auf. »Gebt ihr ein Hemd, und dann verschwindet.«

Valnir durfte sich das Brustband wieder anlegen und bekam ein weißes, sauberes Hemd mit weiten Ärmeln gereicht, das sie sich überstreifte.

»Du bist ordentlich zugerichtet worden«, stellte Jaderose fest und lehnte sich mit vor der Brust verschränkten Armen lässig an den Tisch. »Es ist wohl müßig zu berichten, dass mein Untergebener deinen Angriff nicht überlebt hat. Selbstverständlich fordert der verbliebene Wächter deinen Tod für diese Schande, aber das lasse ich nicht zu. Was dir gelungen ist, nötigt Respekt. Die viel besungene Zwergenstärke scheint nicht nur Legende zu sein. Keinesfalls werde ich auf solche Kräfte verzichten.«

»Gut«, sagte sie. »Du hättest deine Wachen besser hiergelassen, denn dir wird es genauso ergehen. Dann hast du den Beweis am eigenen Leib, wie stark ich bin.«

Er lachte. »Ich denke nicht, dass ich dich fürchten muss ... im Moment zumindest. Aber du steckst ganz schön was weg. Meine Hochachtung. Bisher habe ich erst einen Zwerg erlebt, der dir das Wasser reichen könnte, und das ist dein Mitgefangener, Randur.«

»Mir fallen da noch einige mehr ein.«

»Bleiben wir bei dir.«

Jaderose nahm ein Blatt vom Tisch und studierte es, bevor er es wieder beiseitelegte. »Valnir ›das Schwert‹ Eisenblut, Randur Felsdonners bester Schüler – und sein bestgehütetes Geheimnis besteht darin, dass er eine Frau ist. Bei den Elben würde man das vermuten, möglicherweise bei den Menschen, auch den Ogern und den Trollen. Aber bei den Zwergen?« Er schlug sich lachend auf den Schenkel. »Und dazu noch so außerordentlich attraktiv, das ist selbst unter all den blauen Malen zu erkennen.«

»Komm zur Sache«, knurrte Valnir. »Mir ist ziemlich übel von den Magentritten, und es könnte passieren, dass ich dir gleich deinen schönen Seidenteppich vollkotze.«

»Das ist genau das, was ich meine. Sei unbesorgt, meine schöne Kriegerin, ich werde dir kein Leid antun.«

»Wie kommst du darauf, dass ich das wäre?«

Seine Mandelaugen wurden sehr schmal, seine Stimme sank herab. »Jeder winselt irgendwann, Kind. *Jeder.*«

»Tu dir keinen Zwang an, wenn es dir gefällt.«

»Wie dumm wäre ich! Ich werde dich zur Generalin machen, und du wirst das Zwergenheer anführen, das ich ins Feld schicken werde.«

Valnir schluckte. »Niemals«, flüsterte sie.

»Oh, ich sagte nicht, dass du eine Wahl hast«, erwiderte er leichthin. »Mir stehen unfehlbare Mittel zur Verfügung, dafür zu sorgen, dass du meinen Willen erfüllst. Und ich spreche nach wie vor nicht von körperlicher Folter, du sollst schließlich voll bei Kräften sein. Und nicht nur auf dem Feld, wir wollen doch auch die Freuden abseits davon genießen. Ich hatte noch nie eine Zwergenfrau. Aber nicht weil sie unsichtbar wären, sondern weil ich sie an sich uninteressant finde. Du jedoch – du erregst mich durchaus. Und auch für dich wird es eine unvergessliche Erfahrung sein, bedingt durch meine unvergleichlichen körperlichen Vorzüge.«

»Niemals«, wiederholte Valnir. »Du kannst einen Zwerg nicht brechen. Du kannst uns zwingen, in den Schmieden zu arbeiten, aber nicht, zu kämpfen. Was du sonst mit mir anstellen magst, ist mir gleichgültig. Ich lasse es über mich ergehen und werde es nicht einmal spüren, und hinterher spüle ich dich mit einem Eimer Wasser weg.«

»Ich weiß, wie mutig du bist, und ich weiß auch, welche Ausbildung du genossen hast. Und das nicht nur in Randurs Schule. Gib dir keine Mühe, ich weiß alles über eure kleine Verschwörergemeinschaft, angeführt von Alskár und Peredur. Ich werde so viele wie möglich von euch in meinen Dienst nehmen, denn es braucht Leute wie euch, um dieses Land zu befrieden. Ich gebe nichts auf unbedeutende Leben, aber solche wie dich und deine königstreuen Kameraden – die verschwende ich sicherlich nicht.«

Ein Stöhnen unterbrach ihn, und er hob den Kopf. »Ah, er weilt wieder unter uns. Gut! Sieh zu, meine neue Freundin, das ist eine interessante Erfahrung.«

Jaderose zog ein langes, schmales Messer aus dem Gürtel und ging zu dem in seinen Ketten schwankenden Asgell.

»Wasser«, bat er flüsternd. Sein Oberkörper war nackt, mit Schrunden und Rußflecken bedeckt, doch der Blick seiner alterslosen grünbraunen Augen war klar, als er Jaderose furchtlos entgegenblickte.

»Ja, gleich. Ich bin fast fertig.« Jaderose blieb seitlich von Asgell stehen, sodass Valnir eine gute Sicht hatte, der nichts anderes übrig blieb, als sich im Sitz umzudrehen und zuzusehen. Sie wusste, dass der Hermaphrodit sie sonst dazu zwingen würde. Mit einer zärtlich wirkenden Geste strich er Asgell die strähnigen braunen Haare aus dem Gesicht.

»Was das Erstaunliche daran ist«, sagte er, während er langsam anfing zu schneiden – angefangen beim Brustbein oben, von links oben nach rechts unten, und dann weiter unten, von rechts oben nach links unten –, »ist nicht die Folter an sich. Das ist letztendlich immer dasselbe: Ich schneide, der Gefolterte blutet und schreit, ich brenne, ich quetsche, ich steche, ich strecke, ich schraube ... immer das Gleiche. Interessant ist für mich dabei, wie lange sie es still aushalten, oder die Art ihrer Schreie, die manchmal wie ein Gesang sind. Oder ab wann sie zu betteln anfangen ... Was den zeitlichen Ablauf angeht, so ist der bei jedem ganz unterschiedlich. Das Ergebnis ändert sich jedoch nie – sie brüllen sich irgendwann die Seele aus dem Leib, und dann sind sie tot. Langweilig.« Er hielt inne, wandte sich Valnir zu und wies mit der blutigen Messerspitze auf Asgell. »Der hier nicht.«

»Hör auf!«, schrie die Zwergenkriegerin und wollte sich auf Jaderose stürzen, doch sie konnte nicht einmal mit einem Muskel zucken und musste festgebannt auf dem Stuhl verharren.

Der Hermaphrodit lächelte. »Gib dir keine Mühe. In deinem Zustand bist du keine würdige Gegnerin, deswegen schütze ich dich vor dir selbst.«

Valnirs Lippen zitterten, und sie hatte Mühe, die Tränen zurückzuhalten. Doch Asgells Blick und die sachte, verneinende Bewegung seines Kopfes ließen es nicht zu, dass sie an seiner Stelle bettelte. Ein Zwerg konnte nahezu alles aushalten – nicht aber etwas derart Grausames, was er selbst nie tun würde. Zwerge rauften, kämpften, töteten, aber sie folterten nicht.

»Er ist schon auf so vielfältige Weise gestorben«, fuhr Jaderose geradezu verklärt lächelnd fort. »Doch die Wunden heilen, und er kehrt zurück. Ich habe ihm den Bauch aufgeschlitzt, dass die Gedärme herausquollen, es vergeht eine Stunde, und er ist unversehrt wie vorher, sogar die Narbe verschwindet nach einiger Zeit. Und dann gibt es da noch Einschränkungen. Augen ausreißen, Nase oder Ohren abschnei-

den, Gliedmaßen abhacken – das alles geht nicht. Funktioniert nicht!«
Er lachte heiter. »Ich nehme Schwung, aber der Schlag wird abgelenkt und ich komme nicht einmal in die Nähe seines Auges. Und dabei wirkt es nicht wie Magie, sodass ich auch nicht weiß, wo ich einen Gegenzauber ansetzen sollte. Ist das nicht ... faszinierend? Ich werde es nie müde, niemals langweilt er mich! Das habe ich noch nie erlebt. Wenn das so weitergeht, verliebe ich mich noch in ihn.«

Valnir öffnete den Mund, doch erneut zwang Asgell sie in seinen Blick und verdammte sie zum Schweigen. Es war unglaublich, wie sehr er die Schmerzen erduldete und immer noch bei Verstand blieb. Und tatsächlich, die frisch geschnittenen Wunden schlossen sich bereits wieder und verheilten, das Blut trocknete auf der Haut.

»Das Beste daran aber ist«, fuhr Jaderose auf seine widerliche selbstgefällige Art fort, »dass ich so immer weiß, sein Bruder muss noch leben. Ich bin schon sehr gespannt darauf, was passiert, sobald Peredur stirbt. Zerfällt der hier gleich zu Asche, oder kann ich ihm vorher noch richtige Schmerzen bereiten und ihn langsam zerstückeln, ehe er nie mehr aufwacht?«

Valnir räusperte sich. »Und ist das alles, was du mit Asgell tust?«

»Schön, dass du fragst! Nein, keineswegs.« Jaderose legte das Messer auf einem kleinen Tischchen ab, auf dem verschiedene Folterinstrumente aufgereiht lagen, und kehrte zu ihr zurück. Er beugte sich über sie und flüsterte in ihr unverletztes Ohr: »Was ich mit seinem Geist anstelle, ist noch weitaus schlimmer als alle körperlichen Schmerzen, die er erduldden muss. Ich sauge ihn aus, nehme ihm die Lebenskraft, und ich hole mir alles aus seinem Gedächtnis, was ich haben will. Da schreit er dann doch, bis er heiser ist.«

Er ging um den Tisch, ließ sich in seinem bequemen Sessel nieder, goss sich Wein nach und hob den Pokal. »Nur genommen habe ich ihn bisher nicht. Obwohl er doch ein ausgesprochen gutaussehender Mann ist, aber irgendwie ... reizt mich das andere mehr.« Er trank in kleinen Schlucken. »Ich gehe davon aus, dass du diese Lücke demnächst schließen wirst.«

Die Tür öffnete sich plötzlich, und vier Wachen kamen herein. Valnir hatte nicht mitbekommen, wie Jaderose sie gerufen hatte.

»Nun, zurück in euer Verlies, meine kostbaren kleinen Schätze, wir sprechen uns bald wieder. Nur noch wenige Tage, dann marschieren wir los.«

Wir brauchen Hilfe, dachte Valnir verzweifelt, während sie hochgezerrt wurde. *Das schaffen wir nicht allein. Lady Kymra, o Schöne Frau, könnt Ihr mich hören? Kommt und helft uns! Wir brauchen jetzt alles, was Du Bhinn zu bieten hat.*

*

Am nördlichen Verlauf des Norwi ging es dann weiter Richtung Norden, dann bis zur nächsten Flussgabelung Richtung Osten und ab da um das große Mittellandgebirge herum, den Nuarun entlang. Es gab hier auch Schifffahrt, aber die Geisterpferde waren schneller. Sie benötigten vor allem so gut wie keine Rast und zeigten auch keine sonstigen Bedürfnisse, sie grasten nicht einmal. Und das Beste dabei: Nichts und niemand griff sie an. Die Tage wechselten mit Reiten vom ersten bis zum letzten Licht und wenigen Pausen für die Reiter kaum ab. Das Land wurde rauer und war immer spärlicher besiedelt, während Wildtiere aller Art an Zahl zunahmen. Große Bären, schnelle, ebenfalls große Wölfe, Raubkatzen, die gefleckt und sandfarben waren, und vielfältige Kreaturen, die nicht nur aus Blut, sondern auch aus Magie geboren sein mussten. Hinzu kamen allerlei Angehörige der Dunklen Völker, von denen die Ghule, die sich dem Reisenden ohnehin nicht zeigten, noch die harmlosesten waren.

Fionn konnte sie hören, manchmal auch ihre Schemen sehen, wenn sie nachts um das Lagerfeuer schlichen, und er roch sie tagsüber, wenn sie die Jagd aufnahmen, sich im Gestrüpp auf den Hügeln verbargen und sie beobachteten. Anfangs hatte er mit wild klopfendem Herzen wachgelegen oder sich an den Sattel geklammert, bis er erkannt hatte, dass sich kein Wesen, und sei es noch so finster und magisch, an die Gaoluathi heranwagte.

Und dabei zeigten die Windschnellen durch nichts an, dass sie irgendetwas dessen wahrnahmen, was um sie herum geschah. Sie reagierten erst, wenn sie berührt wurden, und schienen von sich aus zu wissen, was von ihnen erwartet wurde. Ansonsten, wenn niemand im Sattel saß, standen sie völlig still, reglos wie Statuen. Fionn nahm an, dass sie, genau wie Cervus, auch in zwei Ebenen existierten, und dass vermutlich die *andere* Seite diejenige war, in die sie gehörten, und in der sie dann im Gegensatz zu hier voller Leben steckten, so wie Fionn auf *ihrer* Seite nicht als mehr denn eine Geisterabbildung existierte.

So kamen sie in hoher Geschwindigkeit vorwärts und bewältigten innerhalb von Tagen, wofür sie sonst wohl Wochen benötigt hätten.

Fionn bedauerte dabei nur, dass er im Grunde wenig vom Land mitbekam, und so schnell ergab sich sicherlich keine Gelegenheit, noch einmal eine so weite Reise zu unternehmen.

Tag und Nacht, Tag und Nacht. Er konnte es bald nicht mehr mitzählen. Es wurde kühler, das Land immer karger und rauer, und die Wildnis nahm zu. Und Ingbar ... Ingbar fing an zu leiden. Seine Mutter versuchte massiv, Einfluss auf ihn zu nehmen und ihn dazu zu bringen, zu ihr zu kommen. Manchmal warf er sich nachts auf seinem Lager umher und schrie, zu anderen Zeiten sprang er auf und rannte los, und sie konnten ihn nur mit einem der Windschnellen einholen, so verzweifelt versuchte er fortzurennen.

Schließlich wurde es selbst Peredur zu viel. »Ich schicke dich zurück nach Brandfurt«, entschied er.

Aber Ingbar, der wie von Schüttelfrost gepackt war, ergriff sein Wams und flehte ihn an: »Tu das nicht, ich bitte dich! Gewähre mir meine Rache! Du hast es mir versprochen!«

Der König löste seine zitternden Hände von sich und zwang ihn sanft, aber nachdrücklich zurück aufs Lager. »Ingbar ... Du leidest unglaublich. Ich denke, dein innerer Schmerz ist noch sehr viel schlimmer als das, was du uns zeigst.«

Der Halbelb umklammerte nun schluchzend seine Hand. »Das mag sein, Peredur, aber ... ich habe eine Schuld zu begleichen.«

»Die ist längst beglichen.«

»Das will ich meinen!«, dröhnte Hrothgar, der nun hinzukam. »Rafnag, hilf mir mal.«

Der Rabe kauerte sich nun dazu und mit vereinten Kräften richteten sie ihn auf und hielten ihn fest, während Hrothgar ihm kräftigen Elbenwein eintrichterte, den sie in Brandfurt erhalten hatten. Sie hatten kaum Gelegenheit, ihn trinken zu lassen, so sehr drängte Peredur zur Eile.

Tatsächlich wurde Ingbar nach wenigen Schlucken ruhiger, der Schüttelfrost ließ nach. Tränen rannen aus seinen Augenwinkeln. »Ihr versteht das nicht«, sagte er verzweifelt. »Ihr versteht nicht, wie es war, unter ihren Augen aufzuwachsen, nachdem sie meinen Vater hatte umbringen lassen ... und ich gehöre doch nirgends hin ...«

»Du gehörst zur Fiandur«, schnitt Rafnag ihm das Wort ab. »Uns ist es doch egal, ob du nun Elb oder Mensch oder beides bist. Wir haben ja sogar einen Troll und einen Oger in unserer Truppe.«

»Und Bogins«, bekräftigte Fionn.

»Das ist es nicht«, flüsterte Ingbar gebrochen. »Ihr ... ihr wart der einzige Grund, warum ich überhaupt am Leben festhielt, und ich danke euch für eure Freundschaft. Es liegt auch nicht daran, weil ich ein Mischblut bin. Es ist, weil ich ... *Schwarzauges* Sohn bin. Sie ist wie ein Krebsgeschwür in mir, das mich langsam von innen her zerfrisst und verdaut. Ich kann das niemals abschütteln, ich kann niemals frei sein und ohne Schmerz leben. Sie ist die Herrin des Krieges, die Zerstörerin, die Ränkeschmiedin, die schlimmste Elbenhexe, die es je gab. Das alles ist in mir und lässt mich jeden Tag aufs Neue meine Existenz verfluchen. Ihr *könnt* das nicht verstehen, und ich will auch gar nicht darüber jammern, was ich bin, aber ... ich *kann niemals* so leben wie ihr. Für mich gibt es keine Zukunft.«

Seine Gefährten schwiegen betroffen, Fionn kämpfte nun selbst mit den Tränen. Er hätte Ingbar so gern geholfen, doch hier versagten seine Kräfte.

Peredur legte seine große, starke Hand auf Ingbars fieberglühende Stirn. »Ich verstehe dich«, sagte er ruhig und sehr sanft. »Schlaf jetzt, Ingbar. Der Wein tut seine Wirkung, und für den Rest werde ich sorgen.«

»Aber wie denn?«, fragte Rafnag verwirrt, doch da schloss der Halbelb bereits die Augen und entspannte sich.

Der König verharrte noch eine Weile in dieser Haltung, bis er sicher war, dass Ingbars Schlaf ungestört sein würde. Dann zog er seine Hand vorsichtig zurück, stand auf und ging ein paar Schritte abseits.

Hrothgar und Fionn blieben sprachlos sitzen, aber Rafnag sprang auf und folgte ihm. »Wie hast du das gemacht? *Was* hast du gemacht?«

»Ich sagte dir bereits, ich habe ein paar Sachen gelernt«, antwortete

Peredur, ohne sich ihm zuzuwenden. Seine mächtige Gestalt zeichnete sich schwarz vor dem Feuer ab.

»Es ist das Land«, sagte Fionn nach einer Weile. »Es schlägt im Takt seines Herzens, das ihn bereits *erwartet*. Er schöpft daraus seine Kraft.«

»Jetzt schon? Wir haben noch nicht einmal die Grenze überquert!« Rafnag fuhr zu dem Bogin herum. »Wo reiten wir hin? Was erwartet uns im Norden?«

Der Name, dachte Fionn. *Sag endlich den Namen!* Aber er konnte es nicht.

Schließlich überquerten sie die Grenze zum Nordreich, was mit einem Schlag erkennbar war. Das konnten selbst die beiden Männer spüren, obwohl Hrothgar und Rafnag über keinerlei magische Gaben verfügten oder wussten, wie die Strömungen zu nutzen waren. Doch auch ihnen war jetzt klar: Dubh Sùil war *hier*, und sie war *überall*.

Je weiter nach Norden Schwarzauge gelangte, umso mehr kehrte sie zu ihrer alten Form zurück, denn dies war die Heimat, die sie einst nach Ankunft der Elben in Albalon für sich auserkoren und in der sie sich niedergelassen hatte. Sie war zu einem Teil des Landes geworden, denn das Nordreich gehörte in großen Teilen den Hochelben, die hier mächtige Städte erbaut hatten und die größten und schönsten Häfen der ganzen Insel.

Die Zwerge hatten die Berge verlassen und waren in den Süden gegangen, nachdem die Elben sich ausbreiteten; aber Menschen lebten weiterhin hier oben, weit verstreut in Clans, auf einsamen Höfen und in Burgen. Es gab bei ihnen nur wenige Märkte und überhaupt keine Städte. Hauptsächlich fand untereinander Tauschhandel statt, und menschliche Händler waren zumeist in den Hafenstädten anzutreffen, während übers Land nur wenige Karawanen zogen. Aus dem Grund gab es auch so gut wie keine Überfälle zu befürchten. Das Nordreich gab nicht genug her für schmucke Siedlungen, es war gebirgig, selbst noch das freie Land hügelig, bewachsen nur mit stoppeligem, hartem Steppengras, der Rest beherrscht von Sumpf und Heide, Stechginster und Wacholder und finsteren Kiefernwäldern. Das Licht war hart und unterschied in scharfen Schnitten zwischen Hell und Dunkel, der Wind wehte nahezu unablässig.

Dennoch verliebte Fionn sich in diese raue, wilde Schönheit, die Albalons ureigene Seele war und niemals wirklich erobert werden konnte. Er merkte auch, dass Peredur in den Norden gehörte, der zwar stets ein Mann klarer, hierher passender Entscheidungen gewesen war, aber nun ... nach Hause kam. Besser denn je wusste er nun, wohin er wollte und was er zu tun gedachte. Und das mochte nicht nur an seinem Herzen liegen, das hier irgendwo verborgen pochend auf ihn wartete.

Obwohl es nicht zusammenzupassen schien, dass die ästhetischen, ätherischen Hochelben hier in der urtümlichen, rauen Wildnis lebten, konnte Fionn es tatsächlich begreifen, ja es erschien ihm sogar logisch. Er hatte Alskár erlebt, und Morcant, und die Zwillinge. Sie waren so fein und doch ... *hier* war es, wohin sie gehörten.

»Peredur ...«, sagte er, während er tief die würzige, leicht salzige Luft einatmete. »Die Hochelben ... sie sind in Wirklichkeit gar keine Kämpfer, nicht wahr?«

Sein Freund lächelte. Seit er sich seinem Herzen näherte, schienen die Gefühle zu ihm zurückzukehren und nicht mehr bloße Erinnerung zu sein. In all der Zeit, in der sie sich kannten, hatte er nicht derart gelächelt wie jetzt, und der Glanz vergangener Tage lag auf seinem Antlitz. In jenen Mann von damals hatte Hafren sich also verliebt, und Fionn verstand mit jedem Tag mehr, warum.

»Nein, es gibt nicht sehr viele«, antwortete er. »Dubh Sùils Anhänger bestanden zum geringsten Teil aus Hochelben. Sie sind wie Alskár, sehr friedlich und naturverbunden, den schönen Künsten zugetan, Geschöpfe des Geistes, die wunderbare Werke schaffen und große Gedanken hegen. Aber hier oben leben nicht nur Hochelben, Fionn. Außerhalb der Städte findest du viele andere Sippen mit heißerem Blut. Man nennt sie zusammengefasst und zutreffenderweise, betrachtet man die Landschaft, die *Hochländer*, und die hier lebenden Menschen ebenso. Eine Vermischung der Völker ist nicht selten.«

»Hast du das gehört, Ingbar?«, rief Fionn und drehte sich zu dem Halbelb.

»Ich bin schon hiergewesen«, antwortete der schwarzhaarige, grünäugige Mann. »Mein Vater stammte von hier, er war einst Anführer eines Clans. Ich habe unter ihnen gelebt. Ich . . . habe mich verliebt. *Sie ließ es nicht zu.*«

Fionn presste die Lippen zusammen und fühlte sich einmal mehr schuldig, derart taktlos an Ingbars Schmerz gerührt zu haben.

»Sie hat so viele Leben zerstört«, sagte Peredur leise. »Und nicht nur auf dem Schlachtfeld.«

Sie hat ihre eigene Schwester und deren kleine Tochter eigenhändig ermordet. Wer war nur dazu in der Lage, so etwas kaltblütig und ohne jegliche Reue zwei sanften, friedvollen Geschöpfen anzutun, in denen nichts Böses ruhte?

Fionn schüttelte es.

»Wir werden das beenden«, rief Hrothgar entschieden.

Sie begegneten den ersten Hochländern; Menschen, die wissen wollten, wer ihr Land durchquerte. Es war eine fruchtbarere Gegend, mit weidenden Schafen und zähen Ponys, kleinen wolligen Rindern, und Schweinen, die genauso wollig, vor allem aber mindestens genauso groß waren.

Die Männer und Frauen waren groß und stämmig gewachsen, sie trugen wetterfeste, farbenfrohe und nach Clanzugehörigkeit gefärbte Kleidung mit Umhängen, die vorne von kunstvollen Schließen zusammengehalten wurden. Breite Gürtel mit vielen Taschen und Waffenhalterungen hielten die Kleider zusammen, gefütterte kniehohe Stiefel schützten die Füße. Ihre Haare waren dick und dicht, lang und kaum durch Zöpfe gebändigt. Die Männer trugen dazu kräftige, aber kurz gehaltene Bärte, abgesehen von den Oberlippenhaaren, die sie sehr lang wachsen ließen und zu Zöpfen flochten. Sie waren zumeist blond und rothaarig, aber es gab auch ein mittleres Braun und ganz vereinzelt schwarz.

Genau wie das Land waren sie raue, aber herzliche Gesellen, die gern und laut lachten, die gern und viel tranken und die gern und ausdauernd tanzten und musizierten. Eigentlich den Zwergen gar nicht so unähnlich, fand Fionn. Sie hatten die Reiter nach der Begrüßung natürlich nicht einfach weiterziehen lassen, sondern sie aufgefordert, bei ihnen

Quartier zu nehmen, da der Tag sich ohnehin dem Ende zuneigte. Über die ungewöhnlichen Reittiere verzogen sie keinerlei Miene; diesen Anblick war man hier oben, wo man Tür an Tür mit magischen Wesen lebte, anscheinend durchaus gewöhnt.

Die Burg, zu der sie geführt wurden, bestand eigentlich nur aus einem Turm, der Wind und Wetter und eventuellen Feinden trotzte, wenn wieder einmal ein Clan mit dem anderen in Fehde lag. Doch innen war es recht gemütlich, und die Betten erwiesen sich als richtig bequem. Auch ein paar Elben der *Hochländer*-Gemeinschaft waren anwesend, die sich abgesehen von den spitzen Ohren weder in der Lautstärke noch dem derben Humor von den Menschen unterschieden. Die Gäste wurden mit honigglasiertem Schweinebraten und Wurzelgemüse sowie Kartoffeln bewirtet, und es gab kandierte Früchte und einen sehr süß schmeckenden, mit Milch vermischten Tee zum Abschluss. Dazu wurde reichlich Würzwein und Honigbier gereicht, was ausgezeichnet schmeckte, aber enorm zu Kopfe stieg. Es gab auch einen Gebrannten, wie Fionn ihn noch nie gekostet hatte. Er war aus Korn und Malz destilliert und rann warm und golden die Kehle hinunter und heiterte die Sinne auf. Viel besser als Schnappes!

Während die Hochländer mit Fionn, Hrothgar, Rafnag und Ingbar ganz zwanglos umgingen, begegneten sie Peredur mit Respekt und auf einer gewissen Distanz, obwohl sie ihn nie als König ansprachen oder zugaben, dass sie ihn erkannt hätten. Das imponierte Fionn.

»Was ist, wenn es sich herumspricht, dass du hier unterwegs bist?«, flüsterte er seinem Freund einmal zu.

»Ragna weiß doch stets, wo ich bin«, antwortete dieser, »und Malachit dürfte es kaum interessieren, was hier im hohen Norden vor sich geht. Dies hier ist Ragnas Reich, er tastet es nicht an.«

Es wurde jedenfalls ein fröhlicher, sehr lauter Abend, mit unvermeidlicher Rauferei, weil schnell eine Beleidigung die andere gab. Aber genauso schnell saßen die Kontrahenten wieder gutmütig vereint am Tisch und schlugen krachend die sinnvollerweise aus Holz bestehenden Krüge zusammen.

Am frühen Morgen ging es weiter, und am späteren Nachmittag erreichten sie Dún Fair, eine sehr große, seit langer Zeit verlassene Burgruine, von einem mächtigen Siedlungswald der Elben umgeben. Ein seenreiches Gebiet, in dem es jede Menge Fische gab, von denen die Elben sich hauptsächlich ernährten und Handel mit den übrigen Hochländern trieben.

»Das war einst der Sitz des Hochkönigs«, erklärte Peredur. »Urahn Vidalin hat diese Burg erbaut, bevor an Sithbaile überhaupt zu denken war.«

»Deswegen also bist du dem Land so sehr verbunden...«, stellte Fionn fest. »Dein Blut erinnert sich noch immer daran.«

»Mhm. Einige von den Elben, die heute hier leben, dürften sogar entfernte Verwandte von mir sein. Der Urahn war ein sehr sinnenfroher und zeugungsfreudiger Mann, bevor er sich als Pilger auf den Weg in den Süden machte und die Geheimnisse von Plowoni entdeckte, die du in Asgells Bibliothek gesehen hast. Das war lange, bevor die Wüstenei von Clahadus entstand, für die ich mit verantwortlich zeichne.«

»Aber... wo leben denn eigentlich die Hochelben? Werden wir ihnen begegnen?«

»Nein. Sie leben im Osten, an der Küste, oder weit oben in Rícathaír, Alskárs prunkvoller Königsstadt, die auch eine große Universität birgt. Doch wir lassen unsere Freunde aus all dem raus. Sie haben genug durchgemacht mit Ragnas Verrat und Massaker von damals.«

»Wird sie denn *heute* diese Orte und ihre eigenen Leute verschonen?«

»Natürlich nicht. Aber wir werden sie vorher stellen und vernichten.«

Wenn Fionn nur auch so überzeugt sein könnte. Er sah es doch an dem leidenden Ingbar, wozu die Elbenhexe in der Lage war.

Auch dieses wie immer von den Elben schön gepflegte Land vor der imponierend hoch aufragenden, sich über mehrere Hügel erstreckenden Burgruine, konnten sie nicht unbemerkt durchreiten. Sie wurden gastfreundlich empfangen und eingeladen, das Nachtlager unter einem schützenden Dach am Kaminfeuer aufzuschlagen. Da es inzwischen regnete, waren alle erfreut, dass Peredur zustimmte.

Wie am Abend zuvor auch vermischten sich an der Banketttafel

Elben und Menschen, und es ging nicht minder laut und ausgelassen zu. Höchstens mochte es sein, dass die Musik ein wenig ergreifender klang und feinere Töne und Worte aufwies. Hrothgar und Rafnag erfreuten sich der Aufmerksamkeit, die ihnen die Elbenfrauen entgegenbrachten, und nahmen sich vor, das Land noch einmal in der kommenden Zeit des Friedens zu bereisen.

Auch die Elben hatten ihren Hochkönig erkannt, doch da er sich ihnen nicht entsprechend offenbart hatte, sondern als gewöhnlicher Reisender daherkam, sprachen sie ihn nicht als Herrscher an, zeigten aber Respekt. Und Fionn musste Peredur zustimmen; hier gab es einige Bewohner mit spitzen Ohren, die durchaus eine gewisse Familienähnlichkeit aufwiesen, vor allem mit dem filigraneren Asgell.

Behutsames Ausfragen zeigte, dass Alskár hier ebenso als vermisst galt; nach Morcant fragte Peredur aber nicht, da er nicht überall bekannt war, wie er annahm. Allerdings sprachen die Elben offen aus, dass sie Dubh Sùils Rückkehr spüren konnten. Sie hatte sich offenbar noch niemandem gezeigt oder um Unterkunft gebeten, doch sie war eindeutig *da*. Und das beunruhigte sie alle gleichermaßen, denn sie fürchteten einen neuerlichen Krieg mehr als alles andere.

»Die Hochnäsigkeit der Leute im Südreich gegenüber dem Nordreich kann ich nun nicht im mindesten mehr nachvollziehen«, bemerkte Rafnag, als sie am frühen Morgen weiterritten. »Diese Leute hier sind bodenständig und ehrlich und völlig ohne Vorurteile.«

»Sie sind alle gleichermaßen arm und zu beschäftigt damit, dem Boden das Wenige abzugewinnen, was er bereit ist herzugeben«, antwortete Peredur. »Sie kümmern sich zumeist um eigene Angelegenheiten, wenn sie sich nicht gerade wegen Kleinigkeiten gegenseitig die Köpfe einschlagen.«

»Welche Kleinigkeiten denn?«, wollte Rafnag wissen.

»Schweinediebstahl beispielsweise.« Ingbar gab die Auskunft. »Und sie sind allesamt zu derben Scherzen und Streichen aufgelegt, so wie gewisse Wilde Prinzen in früherer Zeit, an die man sich noch zu meiner Jugend erinnerte. Aber andererseits sind sie auch stets füreinander da, sobald jemand Hilfe braucht.« Er starrte auf das Sattelhorn und fügte schließlich hinzu: »Aber dieses Land ist reglos und abweisend und wird sich niemals weiterentwickeln. Der Charakter des Landes war der

Grund, aus dem die Elben in den Süden gingen und mehr Land forderten.«

»Einer der Gründe«, merkte Peredur an.

*

Es war an sich nicht ungewöhnlich, dass der Carradu bewölkt war, aber diese dauerhaft dichte Wolkendecke musste etwas zu bedeuten haben. Blaufrost ging das Risiko ein, tagsüber mitzugehen, da es hier viele Höhleneingänge und Deckung durch Überhänge gab. Er hoffte nötigenfalls schnell in sie hineinspringen zu können.

»Also gehnwa davon aus, dass die Myrkalfren hier das Sagen ham, nä?«, bemerkte Gru Einzahn, während er unablässig die Umgebung beobachtete. »So ham wir das letztes Jahr nämlich erlebt, weil diese Finsterlinge die Sonne genauso wenig mögen wie Blaufrost.«

»Ich fürchte auch«, stimmte Pellinore zu. Er ließ sich von den beiden Riesen von der Ostseite aus zur Bibliothek führen, wobei sie verschlungene Wege mit viel Deckung und Kletterei nahmen, um niemanden vorzeitig auf sich aufmerksam zu machen.

Unterwegs, noch im Tal unten, waren sie zwei Patrouillen begegnet, die allerdings keine Gelegenheit mehr erhielten, Meldung zu erstatten. An diesem Hang des Carradu jedoch schien alles verwaist zu sein, und sie legten die Strecke schnell zurück.

Zu dieser Zeit blühten die Lilien in der Nähe des Eingangs noch nicht; dennoch waren die beiden Riesen besorgt, als sie sahen, dass erst gar keine zu wachsen schienen. Sie ließen höchste Aufmerksamkeit walten, als sie den Eingang unverschlossen vorfanden. Zuerst ging Blaufrost hinein, dann Gru, zuletzt Pellinore.

»Na, hier schaut's ja aus«, stellte der Troll lakonisch fest, die klobigen Hände in die Seiten gestemmt.

Pellinore hielt entsetzt den Atem an. Licht fiel nur durch den Eingang und ein paar dünne Schächte herein, doch er sah auch so genug.

Die Bibliothek war verwüstet, es würde mehrere Mondläufe, wenn nicht ein ganzes Jahr brauchen, um sie wieder aufzuräumen und bewohnbar zu machen. Zerschlagenes Mobiliar, zerstörte Galerietreppen bedeckten den Boden sowie viele, viele Haufen unachtsam durcheinandergeworfener Bücher. Bei einigen waren die Einbände durch die rohe Behandlung kaputtgegangen, bei anderen Seiten geknickt, bei weiteren die Bilder mit herumgespritzter Tinte oder anderem Dreck beschmutzt oder alles zusammen.

»Dammich«, stieß der Oger hervor. »Wer hat 'n hier gehaust? Ne Schande is das.«

Pellinore suchte sich vorsichtig seinen Weg über die vielen Hindernisse und Hürden und sah sich um. »Die haben ganze Arbeit geleistet.«

»Denkste, die sin' noch da?«

»Könnt ihr denn etwas wittern?«

»Nee, also ich nich. Du?« Gru schaute zu Blaufrost, der erschüttert das eine oder andere Buch aufhob.

»Nix, nur alten Staub und übrig gebliebener Gestank von den Finsterlingen. Und Angst, die sich in den Felsen verkrochen hat... Aber es is niemand da, Pellinore.«

»Niemand von den Bösen«, schränkte der Erste Ritter ein und durchquerte den Raum. »Der Rest wird sich noch herausstellen.«

»Die sin' doch sicher geflohen, insofern se nich' alle abgemurkst worden sin'...«

»Schaut euch nach Geheimgängen um. Da wir draußen keine Kampf- oder überhaupt Spuren entdeckt haben, müssen die Myrkalfren auf anderem Wege hereingekommen sein. Heimlich und still, sonst könnten die Asgell nicht überrascht haben. Anders ist es nicht möglich, denn mein Freund ist sehr wachsam.«

Sie verteilten sich und fingen an, nach Geheimtüren und Wegen zu suchen. Pellinore wurde schließlich als Erster fündig, hinter einem Kamin ertastete er nach einigem Suchen einen schmalen Spalt. Er griff sich eine Öllampe, zündete sie an, quetschte sich durch die Spalte, folgte dem Gang dahinter und kam schließlich in einer weiteren Höhle heraus – und da waren sie alle, von dünnem Licht schattenhaft gezeichnet.

Die Bogins kauerten eng aneinandergedrückt auf bescheidenen Stofflagern in einer Ecke; die handspannen- bis unterarmlangen Bücherlindwürmer krallten sich überall an den Wänden fest und blinzelten dem Eindringling aus wie Punkten leuchtenden Augen ängstlich entgegen.

Pellinore schwenkte das Lämpchen und erkannte, dass sich noch jemand im Raum befand, der sich ihm näherte, aber er spürte sofort, dass keine Gefahr drohte. Im Gegenteil.

»Das wird aber auch Zeit«, sagte Lady Kymra.

*

»Der große Tag naht bald.« Malachit war so aufgeräumt und gut gelaunt wie noch nie. »Alles entwickelt sich hervorragend nach Plan, meine lieben Freunde. Auch in Du Bhinn ist man bald zum Abmarsch bereit, wie ich von meinem dortigen Verbündeten über das Allsehende Auge erfahren habe, und Ragna hat den Norden erreicht. Ich vermute, Peredur dürfte nicht weit von ihr entfernt unterwegs sein. Ihrer Lockung wird er sich kaum entziehen können.« Er schritt energiegeladen mit wehendem Mantel vor dem Thron auf und ab. »Alles spitzt sich zu. Mit einem Schlag werden wir ganz Albalon übernehmen!«

»Wenn euch Dreien das mal nicht zu klein wird«, meinte Vàkur.

»Für einige hundert Jahre sicherlich nicht«, erwiderte der Weißhaarige lächelnd. »Es gibt sehr viel zu tun, bis alle gleichermaßen auf ihren Platz gestellt wurden. Außerdem haben wir noch eine ganze Reihe von Umgestaltungen vor. Und dann? Wir werden sehen. Diese Welt ist groß. Ihr ahnt nicht, *wie* groß. Aber Albalon ist ein guter Beginn; nichts lässt sich mit dieser Insel vergleichen.«

Meister Ian Wispermund bemerkte, dass Tiw zu ihm herübersah, und begriff. Er positionierte sich, auf seinen Stock gestützt, zwischen Malachit und dem Tisch, an dem die Bogins saßen, und mischte sich ein. »Also gut, der große Tag naht. In der Küche wird bereits an den Vorbereitungen für ein riesiges Bankett gewerkelt, Tischler fertigen Stühle und Tische, damit alle Platz finden, und die Ställe werden geräumt. Überall wird Ordnung geschaffen...«

»Ja, dank dir, mein treuer Haushofmeister«, lobte Malachit leutselig, stieg die Stufen hinauf und ließ sich auf dem Thron nieder.

Der alte Gelehrte trat vor die Stufen und lenkte die Aufmerksamkeit des Herrschers noch mehr auf sich. »Wie geht es weiter? Es wäre an der

Zeit, uns mitzuteilen, was von uns erwartet wird. Tretet Ihr sogleich als Gastgeber auf, oder empfangen wir die Gäste und führen Euch später in einer pompösen Zeremonie ein?«

»Letzteres würde mir gefallen«, stimmte Malachit erfreut zu. »Hast du bereits genauere Vorstellungen?«

»Selbstverständlich«, versicherte Ian Wispermund und hatte dabei nicht die geringste Ahnung, aber ihm würde schon etwas einfallen. Er holte Luft.

Tiw packte Alanas Hand fester, und so wurde der Druck reihum weitergegeben, damit sie aufmerkten. »Hört mir zu«, wisperte er hastig, während Meister Ian den Herrscher ablenkte. Bogins verfügten über ein ausgezeichnetes Gehör, sodass er kaum die Stimme zu erheben und die Lippen nur ganz wenig zu bewegen brauchte. »Ich weiß, Cady ist auf dem Weg, und sie wird nicht allein kommen. Ich kann das Buch auf einmal wieder spüren. Wir müssen ihr helfen, damit sie und ihre Begleiter nicht unserem Bann zum Opfer fallen.«

»Da weiß ich schon etwas«, raunte Onkelchen Fasin und grinste urplötzlich vergnügt. Nachdem er in der vergangenen Zeit mit jedem Tag älter, dünner und faltiger zu werden schien, mobilisierte diese Nachricht schlagartig seine verbliebenen Kräfte, und er war auf bogintypische Art sofort von unerschütterlicher Zuversicht erfüllt. »Bin ich alter Krauterer also doch noch zu etwas nutze! Der dürre Weiße wird davon nichts mitbekommen.«

Sie hielten sich fester an den Händen und rückten näher zusammen.

*

Die Boginfrau und die Elben reisten fast nur nachts, und abseits der Straßen. Elben verstanden sich nicht ganz so gut darauf wie Bogins, sich für die Blicke Anderer quasi in Luft aufzulösen, aber es genügte vollauf, um unerkannt voranzukommen.

Falling war schon Tage früher aufgebrochen, um in Sìthbaile nach dem Rechten zu sehen, damit sie entsprechend in den Palast vordringen konnten. Die drei hatten sich etwas später auf den Weg gemacht, nachdem Màr sich vollständig wiederhergestellt fühlte und ihre Rache kaum erwarten konnte.

Cady hatte keinen Weg gefunden, die Elben vor der Gabe ihres Volkes zu schützen, obwohl sie eindringlich geübt hatten. Aber zumindest hatten sie gelernt, rasch zu erkennen, wann ihre Sinne getrübt wurden, und mit heftiger innerer Gegenwehr vermochten sie auch dann noch einigermaßen handlungsfähig zu bleiben und ihren eigenen Willen durchzusetzen. Das Problem war und blieb, dass sie in ihren Bewegungen sehr viel langsamer wurden, was einen Kampf nahezu aussichtslos werden ließ. Aber das mussten sie eben in Kauf nehmen, sie hatten nur diese eine Gelegenheit.

»Ja, und dann dürfen wir auch nicht vergessen«, versuchte Cady zur Beruhigung aller beizutragen, »wer noch dort ist. Ich bin sicher, Tiw bekommt es mit, wenn ich zurückkomme, denn auch er kann das Buch *spüren*. Ihm und vor allem Onkelchen Fasin und Alana wird etwas einfallen, uns zu unterstützen.«

Die Elben, die mit dem kleinen Schiff eingetroffen waren, zeigten sich als entschlossene junge Männer und Frauen, auf die Verlass sein würde.

Während also von überall her aus dem Südreich die Adligen und Bürgermeister mit angemessenem Aufwand anreisten und für jede Menge Trubel und Aufsehen auf den Hauptstraßen sorgten, war auch eine zahlenmäßig nicht sonderlich starke Truppe zur Rettung Sithbailes unterwegs, und eine kleine Boginfrau diente ihnen als Anführerin.

*

Sie ritten durch eine feuchte, neblige Welt, die nicht viel für den herannahenden Sommer übrig hatte. Es wuchs und gedieh zwar alles, aber Fionn war an Üppigkeit gewohnt, und an die Trägheit, die sich einstellt, wenn die Sonne einen umschmeichelt. Normalerweise würde er jetzt in Meister Ian Wispermunds Garten werkeln – zusammen mit Cady – und Onkelchen Fasin würde mit einem schützenden Strohhut draußen bei ihnen sitzen und ihnen Geschichten erzählen oder etwas vorsingen, während sie in der Erde gruben.

So sehr ihn das Land zu Beginn fasziniert hatte, nun hatte er genug davon, und er konnte gar nicht verstehen, wieso jemand hier freiwillig leben wollte. Noch zu dieser Jahreszeit waren viele der sie stets umgebenden Berggipfel weiß gekrönt, und so richtig trocken war es nie.

Tiere fühlten sich allerdings wohl und waren zahlreich anzutreffen. Auf den Hochebenen sahen sie in der Entfernung oft Hirsche, Hindinnen mit ihren Kälbern, und einzelgängerisch lebende Bullen mit mächtigen Geweihen. In den Tälern, immer in der Nähe von Wäldern, zeigten sich ohne Scheu riesige Elche am helllichten Tag, staksten durch Bachläufe und suchten nach Algen und jungem Schilf. Dazu gab es eifrig beschäftigte Murmeltiere, die zwischen den Erdlöchern herumsausten und die Schneehühner und andere Bodenbrüter dabei aufscheuchten, die zeternd herumflatterten. Wilde Schafe und Ziegen mit mächtigen Bärten und Hörnern waren zu sehen, und Raubtiere, die ab und zu ihren Weg kreuzten. Bergpanther und Wölfe in ihren Familien und Rudeln gingen Jagdgeschäften nach und interessierten sich nicht weiter für die Gruppe auf ihren auffälligen Reittieren.

Die Nächte waren mit den vielfältigen Geräuschen von Tieren, aber auch denen von Angehörigen der Dunklen Völker erfüllt, und obwohl Fionn sich nicht zu fürchten brauchte, lag er oft wach und lauschte den schauerlichen Gesängen, dem Pfeifen und Heulen.

Sie teilten die Vorräte gut ein, denn die Jagd war nicht einfach und die Tiere schlau. Manches Mal saßen die Hasen noch mit frech aufgestellten Löffeln neben der leer gefutterten Falle und trommelten mit dem Hinterlauf, bevor sie davonflitzten.

So oft sie konnten, kehrten die Reisenden auf den einsamen Höfen ein, die sie vom Wegesrand aus erblickten, und sie wurden nie abgewiesen, obwohl in den windschiefen Steinhütten kaum Platz war für alle und die Vorratskammer nur wenig zum Kochen hergab. Wenn sie auf der Jagd erfolgreich waren, brachten sie Wild und Fisch mit, die über der Kochstelle zubereitet und gemeinsam verzehrt wurde.

Die Menschen, einschließlich der Kinder, waren hier ernst und schweigsam, sie stellten keine Fragen und drückten sich oft nur mit Gesten aus, um den Gästen die Nachtlager zu zeigen oder ihnen etwas von dem Selbstgebrannten anzubieten. Sie nannten das manchmal torfig schmeckende, aber immer wohltuende Gebräu »Mondwasser«, weil das Selbstbrennen ohne Erlaubnissiegel eigentlich verboten war – übrigens per Gesetz aus Sìthbaile – und deswegen heimlich erfolgen musste, selbst hier oben in der Abgeschiedenheit. Man wusste eben nie, wann ein Steuereintreiber unterwegs war, denn für diese Leute erwies sich kein Weg als zu weit, kein Tal war zu einsam. Peredur amüsierte sich im wahrsten Sinne des Wortes königlich darüber, und es war ein Glück für die Nerven der Gastgeber, dass sie keine Ahnung hatten, wer da bei ihnen einkehrte. Sie gingen davon aus, dass die Reiter unterwegs waren zu einem Hafen oder einer Elbenstadt, denn diese Siedlungen waren über ihre Wege zu erreichen. Man bekam hier oben zwar nicht oft Besuch von Reisenden, aber es war auch nicht so eine Sensation, dass man sich darüber allzu sehr wunderte.

Die Elbensiedlungen lagen zumeist unter Hügeln verborgen, und die Bewohner ließen sich nur sehen, wenn sie gerade mit der Schafschur oder auf ihren kleinen Feldern beschäftigt waren. Sie nickten höflich, wenn die Reisenden vorüberritten, winkten auch schon mal, sprachen aber im Gegensatz zu den Menschen nie eine Einladung aus.

»Wenn wir jetzt direkt nach Osten reiten würden«, erklärte Peredur eines Tages, »dann kämen wir nach Gríancu, dem Sonnenhafen der Elben. Er liegt idyllisch in einer stillen Bucht, und es ist ein heller, lichter, durchweg schöner Ort.«

»Und wohin führt unser Weg?«, wollte Rafnag wissen und bereute sogleich seine Frage, als der König mit »Stealann« antwortete.

Auch Fionn hatte davon gehört. »War das nicht einst eine Elbenstadt?«

»Eine der wenigen vollends aus Stein gebauten, ja. Die Ruinen kann man heute noch besichtigen. Aber anders als in der Gegend um Dún Fair lebt niemand mehr dort, denn Stealann gilt als unheimlicher, verfluchter Ort, den die Nachtmahre und übrigen Dunklen übernommen haben. Wer sich dorthin verirrt, stirbt im besten Falle, ansonsten wird er wahnsinnig – oder ein Gefangener schauriger Geschöpfe, die ihren bösen Schabernack mit ihm treiben, ehe sie ihn umbringen und fressen. Nicht einmal Trolle und Oger fühlen sich dort wohl.«

»Klingt sehr heimelig«, meinte Hrothgar.

»Ich habe als Kind mal da gespielt«, bekannte Ingbar freimütig. »Und da selbst diese Kreaturen Ragnas Zorn fürchten, haben sie mich geduldet.« Er zuckte zusammen und beugte sich wie unter einem Krampf vornüber. Seine Anfälle verschlimmerten sich, und manchmal murmelte er unverständliche Worte mit fremder Stimme. Doch sein Wille war immer noch stark genug – oder seine Mutter ließ seinen Widerstand zu, weil sie ihn auf ihrer Spur wusste, ebenso wie Peredur.

Seine Freunde gaben ihm Elbenwein, Fionn setzte seine Gabe ab und zu ein, und manchmal tat auch Peredur diese merkwürdige Sache mit dem Handauflegen, die funktionierte, obwohl er überhaupt keine magischen Kräfte besaß. Dafür wies Ingbar dem König den kürzesten und schnellsten Weg, und so kamen sie stetig voran.

Fionn zählte die Tage nicht mehr, und er fühlte sich inzwischen so stumpf und leer, dass er auch die Strapazen gar nicht mehr wahrnahm, als wäre er schon sein ganzes Leben lang nur unterwegs gewesen. Nicht einmal der Hunger konnte ihm noch zusetzen; immerhin Wasser gab es in Hülle und Fülle, sei es aus Bächen oder von oben.

*

Die Begrüßung des Ersten Ritters war stürmisch, und er konnte sich kaum der vielen Umarmungen und feuchten, kitzelnden Züngelküsse der aufgeregt umherflatternden Bücherlindwürmer auf seinen Wangen erwehren. Sie schnatterten alle gleichzeitig los, und es war nicht einfach, Ordnung in das Geschehen zu bringen, doch schließlich war Pellinore über die Vorgänge im Bilde. Einige der Bogins, denen die Flucht gelungen war, hatten sich zu Lady Kymra geflüchtet, die daraufhin heraufgestiegen war und nach dem Rechten gesehen hatte. Die Opfer, die der Überfall der Myrkalfren in der Bibliothek gefordert hatte, waren bestattet und betrauert worden.

»Seid ihr etwa alle?«, fragte die Schöne Frau, und Pellinore hob bedauernd die Hände.

»Ich muss das leider annehmen, meine Lady. Wir haben Hilferufe an die Oger und Trolle mit fliegenden kleinen Boten wie Krähen und Fledermäusen entsandt, aber ich fürchte, sie wurden lediglich verspeist.«

»Hörtma«, erklang da Blaufrosts Stimme hinter ihnen, der seit Stunden durch Abwesenheit geglänzt hatte. »Ich hab da was gefunden.«

Blaufrost entdeckte den Gang nur durch Zufall, der tief in den Berg hineinführte und erst vor kurzem installiert worden sein konnte. Er überlegte einen Moment lang, ob er die Anderen in Kenntnis setzen sollte, doch sie waren ebenfalls verschwunden, und so verlor er keine Zeit, sondern machte sich sofort auf den Weg, seine Entdeckung zu erkunden.

Rasch begriff er, dass tatsächlich die Myrkalfren diesen Weg durch den Berg getrieben haben mussten; teilweise hatten sie dabei immerhin natürlichen Gängen folgen können, sodass sich der Aufwand in Grenzen gehalten haben musste. Der Troll empfand Bewunderung, wie sie diese Arbeit bewerkstelligt hatten, ohne dass es Asgell oder den anderen aufgefallen war. Zwerge hätten das nicht so zustande bringen können.

Wenn ihn sein Orientierungssinn nicht täuschte, näherte er sich Fjalli, das auf der anderen Seite in einem Seitental, einem Ausläufer des Carradu gelegen war. Als Angehöriger der Fiandur war er dort einmal zu Besuch gewesen; Zwerge erholten sich im Allgemeinen schnell von einer Überraschung, so war es auch jenes Mal gewesen und sie hatten ihn umstandslos als Gast aufgenommen. Die von diesem Besuch herrührenden Ortskenntnisse kamen Blaufrost jetzt zugute.

Und auch, dass er sich als Troll im Inneren eines Berges nahezu unsichtbar machen konnte. Sobald er sich daran drückte, passte er sich einem Felsen derart an, dass man ihn sogar hätte berühren können, ohne dass demjenigen aufgefallen wäre, dass in diesem scheinbaren Steinbrocken ein warmes Herz schlug.

Also wanderte er ungeniert immer tiefer in den Gang hinein, und das in einer Geschwindigkeit, die höchstens noch ein Oger erreichen konnte. So kam er bald an den Ort des Geschehens und fand die Wahrheit über Fjalli heraus. Er hörte das Hämmern und Scheppern und Klingen von Metall, sah die vielen Soldaten der Myrkalfren und Schattenkrieger und gefangenen Elben und Zwerge, die wie Sklaven angetrieben wurden. Niemand bemerkte ihn, denn er hielt die Lider fast geschlossen. Ihm reichte ein schmaler Schlitz für eine gute Sicht vollkommen aus, und er bewegte sich nun sehr langsam und immer dicht am Gestein entlang. Trolle besaßen keine Aura, sie strahlten keine Körperwärme aus, und auch keinen Geruch. Ganz im Gegensatz zu Ogern, die daraus wiederum zu anderen Gelegenheiten ihren Vorteil zogen.

Blaufrost wusste, dass er nicht viel Zeit hatte sich umzusehen, deswegen suchte er nach einer Gelegenheit, sich einen der gefangenen Zwerge zu schnappen und mitzunehmen, um alle Informationen zu erhalten.

Dabei entdeckte er auf einmal etwas, das ihm merkwürdig vorkam.

Er sah, wie ein Zwerg plötzlich in einen Stollen huschte, nachdem er sich vorher vorsichtig umgesehen hatte. Er trug keine Ketten wie die meisten anderen und schien den Aufsehern entschlüpft zu sein. Das kam sicherlich ab und zu vor; es gab so gut wie keine Fessel, die einen Zwerg auf Dauer halten konnte, und ein jeder von ihnen würde stets versuchen zu fliehen.

Blaufrost folgte dem Zwerg und grübelte darüber nach, ob ihm nicht etwas an ihm bekannt vorgekommen war. Doch es war zu kurz gewesen, um das zu sagen.

Bisher blieb alles ruhig; die Arbeiten gingen hektisch vonstatten, die Soldatenaufmärsche brachten zusätzlich einiges durcheinander – kein Wunder, wenn niemand bemerkte, dass ein Gefangener entfloh.

Nun gut, vermutlich hätte das auch nicht für sonderliche Aufregung gesorgt, da es draußen viele Patrouillen gab (mit Ausnahme derjenigen, die von dem Dreiergespann dezimiert worden waren) und ein Flüchtling lange brauchte, bis er Deckung finden konnte. Und wer wusste schon, ob die umliegenden Wälder überhaupt Sicherheit boten, sondern nicht auch schon längst in fremder Hand waren.

Was genau hatte der Zwerg denn nun vor? Denn hier ging es in nördlicher Richtung zu einem anderen Ausläufer des Carradu, der dort vermutlich mit weiteren Bergen des Gebirges verbunden war. Allerdings war es dort so unwirtlich, dass sich in diesen Schluchten nur noch Trolle wohlfühlten, oder Oger in den tieferen Regionen. Dorthin zu fliehen, könnte vielleicht von Erfolg gekrönt sein – aber wie wollte er unbemerkt an den Riesen vorbeikommen, und wohin wollte er von da aus gehen?

Blaufrost durchlief ein Kribbeln, als er genauer darüber nachdachte.

Der Zwerg würde doch nicht etwa ... aber das war doch völlig unmöglich ...

Doch, so war es. Der Troll folgte der Spur des Zwerges kreuz und quer und erreichte schließlich eine Höhle, in der soeben eine Versammlung stattfand.

Von Ogern und Trollen und einem Zwerg.

»Fels und Donner!«, dröhnte Blaufrost und ließ alle zu sich herumfahren. »Djarfur?!«

Die Überraschung war nun entsprechend groß, als Blaufrost mit diesem unerwarteten Gefolge zurückkam.

Wie sich herausstellte, hatte Djarfur, bevor er zum Sklavendienst herangezogen worden war, die Trolle und Oger ebenfalls um Hilfe gebeten, indem er überall an exponierten Stellen, die nur den hier lebenden Völkern bekannt waren, bestimmte Zeichen hinterlassen hatte. In Du Bhinn herrschten ganz eigene Gesetze, und diese Zeichen waren wichtig, denn sie reichten von »Hau ab!« bis »Herzlich willkommen«; wobei Letzteres natürlich auch eine Einladung als Hauptgang bei einer Trollfamilie bedeuten konnte. Doch es gab immer wieder Erdbeben, Einstürze, von der Schneeschmelze anschwellende und durchbrechende Flüsse, die alle Bewohner gleichermaßen bedrohten. So hielt man sich gegenseitig in Kenntnis der Neuigkeiten.

Djarfur hatte sich nicht das erste Mal fortgeschlichen, denn er war entsprechend seinem hohen Rang auch von den neuen Herrschern als Aufseher eingesetzt worden. Die Gefangenen arbeiteten unter Zwergenkommando einfach besser als unter der Peitsche der Myrkalfren. So hatte sich immer wieder die Gelegenheit ergeben, für kurze Zeit zu verschwinden; umso einfacher, je mehr die Arbeiten und Vorbereitungen voranschritten und das Chaos zunahm. Es war unmöglich, in all diesen Höhlen und Gruben, bei zehntausenden von arbeitenden und übenden Wesen, den vollständigen Überblick zu behalten.

Doch nie waren Djarfurs Hilferufe erhört worden.

Bis heute.

Trolle und Oger erklärten, sie hätten die Botschaften von Gru Einzahn und Blaufrost erhalten, und dadurch auch von Pellinore erfahren, dem zurückgekehrten Ersten Ritter. Da sie die Heldengeschichten aus alter Zeit wertschätzten, waren elf Trolle und fünfzehn Oger, die allesamt besonders romantisch veranlagt waren, *diesem* Ruf endlich gefolgt und hatten sich genau dort versammelt, wohin wiederum Djarfur mit seinem Aufruf gebeten hatte, war dies doch der naheliegendste Punkt in der Gegend. Die Zahl von sechsundzwanzig dieser Riesen stellte schon ein kleines Heer dar, man konnte es nicht anders sagen. Besonders, wenn man die Enge in den Bergen bedachte.

»Ich dachte, ihr wolltet euch nicht einmischen?«, bemerkte Lady Kymra.

»Ja, 'nen Pakt unterzeichnen wir auch nich'. Aber wenn's doch 'ne Gelegenheit is, mal 'n bissl Spaß zu haben un' gründlich aufzuräumen unter dem Finsterpack«, antwortete ein Troll. »Die sin' uns schon lang 'n Dorn im Auge und ham hier nix verlorn. Weißte, ne ordentliche Metzelei un' anschließendes Festgelage is ja gut un' schön, aber wir unterdrücken nie nich' jemanden, dassis nich' unsre Art. Un' andererseits, Peredur is ja so schlecht nich' als Hochkönig, den wollnwa behalt'n, insofern er uns in Ruh lässt. Das wär bei diesem spitzohrigen Bleichkerl doch niemals nich' der Fall. Der hat ja schon versucht, welche von uns in sein' Dienst zu press'n. Un' der in Sìthbaile, von dem Djarfur uns inzwischen erzählt hat, scheint ja um kein' Deut besser zu sein. Nur gut, dass wir da nich' hingegangen sin' zur Versammlung. Un' die Elbenhexe is ja sowieso das Letzte, nach allem, wasse mit uns die ganze Zeit über gemacht hat. Da die drei allesamt scheint's vorham, Albalon zu erobern, müssenwa nun eben doch eingreif'n. Und haste die Eisendinger gesehn, die das Spitzohr hier baut? Die haun ja umgehend fünf gleichzeitich von uns platt. Mindestens. Geht gar nich'! Abartig is das.«

Damit war alles gesagt und die angebotene Unterstützung hochwillkommen.

»Da ist aber noch etwas«, sagte Djarfur und berichtete von der Gefangenschaft Asgells, Randurs und Valnirs.

Die Freunde waren erleichtert zu erfahren, dass die drei lebten.

»Ein ehemaliger Schüler von Randur war so freundlich, sie alle in eine Zelle zu stecken, und Jaderose hat es dabei belassen. Er lässt sie ohnehin regelmäßig zu sich holen, um sich mit ihnen zu ... befassen. Vor allem Asgell macht unbeschreibliche Qualen durch.«

»Das werden wir ändern«, erklärte Lady Kymra nachdrücklich. »Lasst uns zusammenrücken und beratschlagen, wie wir vorgehen werden.«

»Dassis mir vollständich klar, nä«, sagte Gru Einzahn, »wir gehn rein, haun alle zu Brei, mach'n die Metalldinger kaputt und gehn wieda raus mit unsern Freund'n.«

»Na eben«, bemerkte Blaufrost und klopfte seinem Freund anerkennend auf die behaarte Schulter. »Guter Plan! Was braucht's da lange Überlegungen?«

*

Peredur hatte nicht übertrieben, als er die Ruinen von Stealann als »unheimlich« beschrieben hatte. Schon auf einen Tagesritt Entfernung veränderte sich das Land, und der Boden wandelte sich zu fauligem Sumpf, in dem nur schleimige Algen und sonstiges ewig welkendes Zeug gedeihen wollte. Gelbe, stinkende Schwefelschwaden zogen hindurch, nachts tanzten überall kichernde Irrlichter, und Verwandte der Morrigan in schwarzen, löchrigen Fetzen schwebten mit sirenenartigem Schauergesang darüber.

Zum Glück hatten die Gaoluathi keine Schwierigkeiten, mit ihren Spalthufen den Weg durch den Sumpf zu finden. Es ging lediglich langsamer voran. Die Reisegefährten zogen es vor, in dieser Nacht im Sattel zu bleiben und lieber ab und zu einzunicken, denn es gab keine einzige trockene Stelle, und die Grasbuckel waren viel zu klein, um sich darauf niederzulassen.

Am Nachmittag kam die Sonne durch, und nun fielen auch noch Horden von Stechmücken über die kleine Gemeinschaft her, die sich ihrer kaum zu erwehren vermochten. Ab und zu kam Bewegung in den Schlamm, wenn sich riesige Lurche und Molche mit mächtigen zahnbewehrten Kiefern hindurchbewegten. Der Eine oder Andere näherte sich den Reitern, hielt dann jedoch beim Anblick der Windschnellen Abstand.

»Hätten wir diesen widerlichen Pfuhl nicht umreiten können?«, fragte Rafnag, dessen Gesicht schon voller entzündeter roter Pusteln war.

»Normalerweise ja«, antwortete Peredur. »Aber ich dachte, mit den Gaoluathi kommen wir gut hindurch und können mindestens zwei

Tage einsparen. Und so ein paar Albtraumkreaturen werden euch doch nicht abschrecken, oder?«

»Sagtest du nicht irgendwas davon, dass sie einen wahnsinnig machen?«

»Fionn ist bei uns. Er bewahrt uns vor diesem Einfluss.«

»Ich? Wie denn?«

»Indem du *dabei* bist, junger Freund. Das ist nun einmal das Geheimnis der Bogins.«

Fionn war davon ganz und gar nicht überzeugt, vielmehr hatte er große Angst vor diesen Geschöpfen der Dunkelheit. Aber er vertraute den Fähigkeiten der Windschnellen, und außerdem konnte er Peredurs Eile verstehen. Ragna nahm sicherlich auch diesen Weg, und je näher sie dem Ziel kamen, umso mehr kam es auf jede Stunde an.

Fionn schmiegte sich in der Nacht an Hrothgars breiten Rücken und schlief ein; abgesehen von Peredur schlummerten sie alle mehr oder minder in kurzen Abschnitten, ohne von den Gaoluathi zu fallen, die unermüdlich voranschritten.

Als Fionn in der Morgendämmerung die Augen öffnete, beherrschten die zerklüfteten schwarzen Steinruinen von Stealann das Bild. Es musste einst eine riesige Anlage gewesen sein, größer noch als Dún Fair, aber heute gänzlich tot und leer. Was einst an Pflanzen hier gewuchert hatte, war jetzt nur noch in Form schwarzer und verdorrter Überreste vorhanden, verkrümmt und elend.

Waren die Ruinen von Dún Fair ein erhabenes Zeugnis der Vergangenheit gewesen, so herrschte hier spürbares Grauen vor, und das schallende Krächzen der Krähen, die überall in den Steinnischen ihre Nester errichtet hatten, tat das übrige dazu. Es war schwer zu glauben, dass dies einmal der Stolz der Elben gewesen sein sollte. Das passte so gar nicht zu ihnen, und Fionn hatte keinerlei Bilder vor Augen, wie das Gebilde einst unzerstört ausgesehen haben mochte.

Wenigstens der Sumpf wich endlich zurück, und die Spalthufe betraten einen vergleichsweise harten Boden, der ihnen wieder eine hohe Geschwindigkeit ermöglichte.

»Jetzt können wir den Weg darum herum nehmen«, sagte Peredur.

»Ich gebe zu, hindurchreiten möchte ich nicht. Wir sollten das Schicksal nicht herausfordern.«

Da stieß Ingbar einen Schrei aus und stürzte aus dem Sattel.

*

Pellinore wollte trotz der ... Individualität ... seiner Truppen eine gewisse Ordnung in den Angriff bringen, musste aber schließlich einsehen, dass das mit Ogern und Trollen schlicht unmöglich war. »Reingehen – draufhauen – rausgehen«, war das Einzige, was sie als Plan akzeptierten, darüber hinausgehende Feinheiten interessierten sie nicht. Bevor sie ihre gute Laune verloren, riet Lady Kymra dem Ersten Ritter, sie besser ziehen zu lassen. Das Chaos, das sie anrichten würden, sollte ausreichen, um die Freunde zu befreien – und vor allem auch alle anderen Gefangenen.

»Aber die Höhlen mit den Truppen«, wandte Pellinore ein. »Da drin müssen Tausende sein, die können sie unmöglich alle besiegen.«

»Das wird nich' erforderlich sein«, sagte Blaufrost und grinste breit. »'n bissl geplant ham wir natürlich schon. Einige gehn direkt durch un' suchen nach den Höhlen mit den Soldaten, un' die werdense zum Einsturz bringen. Wer das überlebt, haut ab und verschwindet in den Gruben, aus denen er gekrochen is. Das klappt schon, wirst sehn.«

»Gar nich' so schlecht, der Dummbatz, was?«, gackerte Gru Einzahn.

»Ja, un' der Windbeutel hat's auch drauf. Er hat die Oger eingeteilt, die inner Haupthöhle vorgehen und Jaderose aus sei'm Versteck jag'n werden. Dadurch, dass da so viele Gefangene sin', können die gleich mitmischen, währendse abhaun. Un' Djarfur führt uns zu Asgell und den andren.«

Pellinore war gerührt. Sie hatten also seinen Überlegungen doch zugehört und erstaunlich schnell alles Nötige untereinander ausgemacht, noch während er geredet hatte. »Also gut, Djarfur, ich schließe mich dir an. Mein Schwert wird uns den Weg bahnen.«

»Jemand 'ne Waffe für mich?«, fragte der General in die Runde und fing gerade noch eine zweischneidige Axt auf, die ihm ein Oger statt einer Antwort zuwarf. Die Wucht des Aufpralls und das Gewicht ließen ihn zurückstolpern und beinahe in die Knie gehen, doch er fing sich schnell.

»Genau mein Ding«, stellte der stämmige, große Zwerg grinsend fest.

»Haltet Ihr hier die Stellung, Lady Kymra?«, fragte Pellinore, als er und Djarfur zusammen mit Gru und Blaufrost als Letzte aufbrachen.

»Ich beschütze die Bogins und die Bücherlindwürmer und lasse keinen Finsterling durch«, versprach die Schöne Frau, und ihr sonst gutmütiges Gesicht zeigte einen grimmigen Ausdruck. »Diesen Durchgang bin ich in der Lage, allein zu halten.«

Damit rannten sie los.

*

In der Nacht, nur noch wenige Stunden von Sìthbaile entfernt, weckte Cady Màni.

»Ich muss jetzt gehen«, wisperte sie.

Die Elbenfrau fuhr hoch. »Was soll das heißen?«

Cady drückte ihr den Beutel mit dem Buch der Bogins in die Hand, den sie sonst stets dicht bei sich trug. »Pass darauf auf, bis wir uns wiedersehen. Ich gehe jetzt los und stelle mich Malachit.«

Màni hielt ihren Arm fest. »Du bist verrückt!«

»Ganz im Gegenteil.« Die junge Boginfrau schüttelte den Kopf. »Ich schlottere vor Angst, das kannst du mir glauben. Aber das Letzte, womit er rechnen wird, ist, dass ich mich ohne Umwege direkt zu ihm begebe. Dann bin ich *drin*, bei Tiw und den Anderen, und wir können gemeinsam Malachits Leute lahmlegen. Was ihn betrifft ... Darum müsst ihr euch kümmern. Also seht zu, dass ihr morgen so schnell wie möglich nachkommt und heimlich in den Palast gelangt. Und dass ihr im richtigen Moment zuschlagt! Bring unbedingt das Buch mit, Màni, wir werden es brauchen. Wenn ich meine Kräfte mit seiner Hilfe verstärken und mit meinen Leuten bündeln kann, wird selbst Malachit nichts dagegen unternehmen können. Er behauptet zwar, immun zu sein, aber das glaube ich nicht. So etwas gibt es nicht bei magischen Wesen. Er ist nur sehr stark. Doch wir werden stärker sein.«

Die Mondin schimmerte in der Nacht, nicht nur ihre Haare, auch ihre Gestalt war vom Glanz des nächtlichen Himmels umgeben. Cady konnte sehen, dass sie nachdachte – und schließlich nickte. »Ich kann es nicht gutheißen, was du vorhast, Cady, denn wenn dir etwas zustößt, werde nicht nur ich mir das niemals verzeihen, sondern auch alle Anderen nicht. Aber ... der Plan ist gut. Sogar sehr gut. Denn du hast recht, ein Wesen wie Malachit kann eine solche Strategie, die nur Narren einfallen kann, nicht voraussehen. Doch bedenke: Er wird sich fragen, was du vorhast. Und er wird dir Schlimmes antun, wenn nicht sogar Tiw und überhaupt alle dir Nahestehenden vor deinen Augen foltern, um die Wahrheit aus dir herauszuholen.«

»Ich ... äh ... weiß.« Cady räusperte sich. »Deswegen ist das Zeitfenster auch sehr klein. Falling hat uns informiert, dass die Adligen alle eingetroffen sind und vor dem Nordtor von Sìthbaile ein großes Lager aufgeschlagen haben. Sie tauschen sich bereits untereinander aus und es finden dazu Besprechungen mit Vàkur und Cyneweard als Emissäre statt. Leider können sie die Gesandtschaften nicht warnen, dafür hat Malachit gesorgt. Alle unterliegen der Befriedung, was in diesem Fall aber nicht schlecht ist, denn durchdrehende Herrscher können wir nicht brauchen. Für morgen Nachmittag ist das große Bankett angesagt. Also müssen wir den Palast bis dahin einnehmen.« Sie hob den Finger. »Wichtig ist aber, dass ihr im richtigen Moment und nicht zu früh zuschlagt, sonst wird er euch entkommen. Denn ich bin sicher, er beherrscht den Fíth-fáth auch. Und besser als jeder von uns.«

»Verstanden«, sagte Màni. »Wir räumen im Palast auf, während du mit Malachit in der Thronhalle bist. Und dann warten wir auf dein Zeichen. Oder worauf?«

»Das, oder auf eure Intuition, Màni. Ich habe keine Ahnung, ob ich noch dazu in der Lage sein werde Zeichen zu geben, wenn es soweit ist, dass ihr ihn erwischen könnt.«

»Oh Cady.« Màni berührte in einer elbenuntypisch impulsiven Geste voller Zuneigung ihr Haar, ließ eine Strähne durch die schlanken Finger gleiten. »Wie leid mir das alles tut.«

»Es ist für uns alle, und Bogins halten sich nicht mehr heraus. Mach dir keine Gedanken, er will mich ja nicht gleich tot sehen. Also wenn ihr schnell genug seid, passiert mir nichts. Oder wenigstens nicht viel.« Sie grinste schief, dann schlich sie sich in die Nacht davon.

*

Valnir kam aus ihrer Lethargie zu sich und hob den Kopf. Noch war es Jaderose nicht gelungen, ihren Widerstand zu brechen, doch der Moment war nicht mehr weit entfernt. Körperlich tat er ihr gar nichts an, er berührte sie nicht einmal. Aber er drang in ihren Geist ein und stellte unvorstellbare Dinge mit ihrem Verstand, mit ihren Gedanken an. Sogar mit ihren Sinnen. Und trotzdem, darin waren Randur, dem dasselbe widerfuhr, und Valnir sich einig, waren sie immer noch weit entfernt von den Qualen, die Asgell erdulden musste.

Sie lauschte und war nun sicher, nicht geträumt zu haben. »Hört ihr das? Da ist so ein fernes Getöse...«

Auch Randur richtete sich auf. Er kroch zu dem Zauberer. »Asgell«, flüsterte er. »Komm zu dir!«

»Pssst«, kam es zurück. »Bin längst wach. Lady Kymra hat mir eine Botschaft geschickt, die ich empfangen konnte... nur ein ganz kurzer Impuls. Es war nicht mehr als ein Herzstechen, aber ich bin sicher, das war sie...«

Valnir zog sich am Gitter hoch. »Wir müssen bereit sein«, wisperte sie. »Randur, hoch mit dir! Wir müssen kämpfen.« Sie wusste nur nicht, wie. Es lag nicht an den fehlenden Waffen. Es war die ungeheure Schwäche, die sie lähmte. Sie war inzwischen so ausgezehrt, dass sie glaubte, ihre Muskeln würden sich verflüssigen.

Randur stand taumelnd auf. »Es geht los«, flüsterte er staunend.

Mit einem gewaltigen Donnern brach etwas in die Haupthalle ein. Es musste etwas Großes sein, etwas Gewaltiges, wie ein Ungeheuer; ein Drache etwa. Doch dann vernahmen sie unterschiedliche dröhnende und grollende Stimmen, und sie erkannten, es waren *viele*.

»T-trolle...«, stammelte Valnir. »Und...«

Sie konnte von ihrer Position einen kleinen Ausschnitt des Gangs einsehen und erkannte, dass ein grünhäutiger Riese schnaubend durch den Gang stampfte. Der Gigant schlug mit einer Keule zu, zumindest klang es so, und auf das Krachen folgte ein kurzer Aufschrei, dann nichts mehr.

»... Oger?«, vollendete sie den Satz entgeistert. »Aber ...«

Randur riss an Asgells Ketten. Er hatte zuvor nie gewagt, daran zu rühren, damit der Zauberer keine zusätzliche Bestrafung dafür erhielt, aber nun konnte der Zwergenkämpfer endlich etwas unternehmen.

»Was machst du ...«, begann Asgell.

Doch Randur grunzte nur. »Die Kette ist noch nicht geschmiedet, die einem Zwerg widersteht.«

Es war nicht erkennbar, was er da tat, aber auf einmal fiel die erste Kette von Asgells Fußgelenk.

Valnir sicherte das Gitter. Inzwischen herrschte in der gesamten Höhle Aufruhr. Es wurde heftig gekämpft, und nun fingen auch die Gefangenen an, den Aufstand zu proben, setzten sich gegen die Aufseher zur Wehr und griffen in den Kampf ein. Bei dem aus Schreien, klirrendem Metall, Stampfen und Dröhnen bestehendem Lärm, konnte man kaum mehr das eigene Wort verstehen. Dennoch glaubte Valnir einmal, Jaderoses gebieterische Stimme über dem Chaos zu vernehmen. Wahrscheinlich wollte er seinen kostbarsten Gefangenen eigenhändig wegbringen, aber dieser Wunsch war anscheinend nicht so leicht zu verwirklichen, denn bisher war nichts von ihm zu sehen.

»Beeil dich!«, rief Valnir drängend. Mit neu erwachenden Kräften rüttelte sie am Gitter, aber das war vollkommen unnachgiebig, und sie kam nicht an das Schloss heran.

»Bin gleich soweit!«, zischelte Randur, die zweite Kette fiel, und jetzt machte er sich an den Handgelenken zu schaffen.

»Du hättest etwas Weiches unterlegen können«, bemerkte Asgell, und da stürzte er auch schon.

Aber Randur war auf der Hut und fing ihn auf. »Genüge ich etwa nicht?«, raunzte er und stützte den vor Schmerz und Schwäche keuchenden Zauberer.

Die Kämpfe weiteten sich aus. Valnir hörte das Brüllen von Ogern und Trollen – wie viele mochten das nur sein? – und das Wutgeschrei der Gefangenen. Sie hörte auch die nicht minder zornigen Stimmen der Myrkalfren und Schattenkrieger und das schrille Kreischen, wenn sie starben.

Dann wurde das hereinfallende Licht plötzlich abgeschirmt, und im nächsten Moment stampften zwei allzu vertraute Riesen heran.

»Nu sieh mal einer an!«, rief Gru und wies Blaufrost einladend auf das Gitter hin. »Nach dir, mein Bester.«

»Gru! Blaufrost!«, schrie Valnir. »Schnell, schnell, beeilt euch! Sobald Jaderose sich durchgekämpft hat, haben wir keine Chance mehr, auch ihr nicht!«

»Bah, der is beschäfticht«, bemerkte Blaufrost. »'n paar Kumpels zerhaun gerade seine schönen Maschinen, das missfällt ihm mehr als alles andere.«

»Das wird nicht genügen.« Mit Randurs Hilfe kämpfte der Zauberer sich nach vorn.

»Asgell! Mann, was sinwa froh! Die Lady war ganz außer sich, als se die Bibliothek verwüstet fand und von dir keine Spur...«

»Dank gebührt der Patin, aber *jetzt holt uns hier raus!*«

»Kein Problem«, meinte Blaufrost lässig, donnerte mit der Faust auf die Verankerungen, dass das Gestein in Brocken herausflog, legte dann die klobigen Pranken ans Gitter und riss es mit einem einzigen Ruck krachend heraus.

»Das sehn welche nich' gern, was du da machs'. Um die kümmer ich mich mal«, merkte Gru an und stürmte mit erhobener Axt zum Gang zurück.

»He, lass mir auch welche!«, brüllte Blaufrost und folgte dem Freund auf dem Fuße.

Valnir spürte, wie ihr Herz einen Sprung machte, und fühlte ihre Kräfte zurückkehren, allein angesichts der nahenden Freiheit. Doch dann erlebte sie eine weitere Überraschung, denn aus dem heftig kämpfenden Pulk im Gang löste sich plötzlich jemand und kam näher; eine große, schimmernde Gestalt, und...

»Djarfur!«, rief sie überrascht und voller Freude. Sie hatten sich sehr lange nicht mehr gesehen, und ihr Herz tat einen zweiten Sprung, den Jugendfreund, für den sie damals eine heimliche Schwäche gehegt hatte, derart geschmeidig und kraftvoll zu erleben. Ihre Wege hatten sich getrennt, nachdem Valnir erklärt hatte, höhere Ziele zu verfolgen und Fjalli verlassen hatte. Sie hatte nicht darüber nachgedacht, ob es da etwas zu bereuen geben könnte. Es war ihre Entscheidung gewesen, und sie hatte sie konsequent verfolgt. Mit der Zeit war Djarfur zur Erinnerung geworden, und irgendwann nur noch ein Schatten davon. Aber ihn nun so unerwartet wiederzusehen, weckte das schlummernde Gefühl in ihr wieder.

Randur schlug dem stämmigen Zwerg lachend auf die Schulter. »Das wurde auch mal Zeit!«

»Schneller ging nicht«, erwiderte Djarfur und starrte Valnir mit einer gewissen Faszination an. Dass Randurs bester Schüler eine Frau war, hatte er gewusst, seit ihr Name bekannt geworden war, auch wenn sich sonst niemand in Fjalli etwas dabei gedacht hatte, denn Valnir war ein beliebter Zwergenname. Doch er traute ihrem Ehrgeiz zu, genau das zu erreichen, wovon sie immer geredet hatte. Er hatte Jahre gehabt, um sich damit abzufinden, was sie getan hatte, und ihr jetzt wiederzubegegnen, setzte so Einiges in Gang.

Valnir deutete auf Djarfurs Begleiter. »Aber wer ist ...«

»Ich bin Pellinore«, stellte sich der große Mensch in der schimmernden Rüstung vor, und Valnir blieb für einen Moment die Luft weg. Mit diesem Namen verband sie lediglich die Erinnerung an einen hutzligen kleinen Gnom in Clahadus.

»Du ... du bist erlöst«, stammelte sie.

»Kein Fluch hält ewig«, sagte er lächelnd und war mit einem schnellen Schritt bei dem strauchelnden Asgell, der sich dankbar an ihm festklammerte und hervorstieß: »Nie war ich erfreuter, einen Freund aus alten Tagen wiederzusehen.« Er stemmte sich hoch. »Warte, es geht gleich wieder.«

Blaufrost kam gerade mit der Bemerkung zurück »Da hinten werd' ich nich gebraucht«, und riss nacheinander die übrigen Gitter aus den Verliesen. Einige Gefangene rannten heraus, andere stützten diejenigen, die nicht dazu in der Lage waren, auf eigenen Beinen zu gehen. »Gehtma da links rum, ihr seht schon, wo's rausgeht. Und beeilt euch mal besser.«

»Blaufrost! Gru!«, rief Asgell mit zunehmend stärker werdender

Stimme. »Ihr bringt Valnir und Randur raus und helft den übrigen Gefangenen, den Weg zu finden! Schützt sie, verteidigt sie!«

»Auf keinen Fall!«, dröhnte der rothaarige Zwerg. »Wir bleiben bei dir!«

»Nein, ihr geht«, zeigte sich der Zauberer unnachgiebig. »Kümmert euch um euer Volk und die Bergelben. Führt sie an! Das ist eure Aufgabe.« Er nickte Djarfur und Pellinore zu. »Wir haben etwas anderes zu tun.«

»Und das wäre?«, wollte Gru wissen, der hinzukam.

»Nicht nur Jaderose hat sich Informationen beschafft, auch ich habe das eine oder andere erfahren. Ich weiß, wo das Schwarzpulver steht.«

»Hä?«

»Un'?«

»Er will alles in die Luft jagen«, erklärte Pellinore mit einem fast gierigen Leuchten in den blauen Augen. »Bin dabei.«

»Oh ja«, sagte Djarfur grimmig grinsend. »Valnir, Randur, tut, was der Zauberer euch befohlen habt. Ich kenne mich hier besser aus als ihr. Also beeilt euch, hier rauszukommen, und zwar auf dem kürzesten Weg. Das hier wird nicht lange dauern. Wir verlassen uns auf euch!«

Valnir wollte sich zur Wehr setzen, aber Blaufrost packte sie einfach und schleppte sie mit sich, während Gru sich um Randur kümmerte. Sie gelangten in die Haupthalle, die inzwischen in verheerendem Zustand war; Oger und Trolle leisteten ganze zerstörerische Arbeit und amüsierten sich köstlich dabei. Sie sangen Lieder in rhythmischen Reimen und legten alles im Takt in Schutt und Asche.

In Scharen ergriffen die Gefangenen jetzt die Flucht. Doch wie es aussah, traf das inzwischen auch auf die Myrkalfren und Schattenkrieger zu, die sich tiefer in den Berg zurückzogen. Ihre Verluste mussten bereits in die hunderte, wenn nicht sogar über tausend gehen, und es war ersichtlich, dass sie für den Moment keinen Boden mehr gewinnen konnten. Draußen auf dem Feld hätte es anders ausgesehen, da wären sie nicht nur zahlenmäßig hundertfach überlegen gewesen. Aber hier in der Enge des Berges konnten sie nur einer nach dem anderen antreten, ohne Aussicht darauf, durch den Wall der Verteidiger brechen zu können – nicht angesichts von Ogern und Trollen.

Valnir verlor Asgell, Pellinore und Djarfur bald aus den Augen. Sie bat Blaufrost, sie abzusetzen, und setzte sich dann dafür ein, die Gefangenen auf dem kürzesten Weg nach draußen zu führen. Irgendwann hatte sie genau wie Randur Axt und Schwert in der Hand und stand mitten im Kampf.

Blaufrost stieß schließlich einen Schrei aus, den seine Artgenossen, aber auch die Oger zu verstehen schienen, denn abrupt beendeten sie die Kämpfe und fingen an, die Halle zu räumen. Die einen sorgten dafür, dass keine Myrkalfren nachfolgen konnten, indem sie Stollen zum Einsturz brachten, die anderen sammelten Verwundete und stapelten sie regelrecht, um sie mit in die Freiheit zu nehmen.

In der Ferne war ein dumpfer Schlag zu hören, und dann erzitterte der Hallenboden. Die Decke bebte, von der daraufhin Staub und die ersten Steine abbröckelten.

Dabei würde es nicht bleiben, das war allen sehr schnell klar. Asgell würde Wort halten und alles zum Einsturz bringen, um die Maschinen unter dem Schutt zu begraben. Jaderose hatte sicherlich alles sorgfältig geplant und sich gut vorbereitet, aber genau das wurde ihm nun zum Verhängnis.

Alle, die sich noch in der Halle befanden, ob Freund oder Feind, ergriffen nun Hals über Kopf die Flucht, während das Schwanken und Zittern immer stärker wurde und sich die ersten größeren Stücke lösten.

Hoffentlich nimmt die Bibliothek keinen Schaden, dachte Valnir. *Das könnte Asgell niemals überleben.*

Gemeinsam mit Randur erreichte sie das Ende des Gangs, und auf der anderen Seite der kleinen Höhle vor dem Ausgang wurde es hell. Vergleichsweise hell, denn es herrschte dichte Bewölkung, wie sie feststellte. Doch sie war draußen, konnte endlich wieder frei atmen und sich frei bewegen.

Auch Myrkalfren und Schattenkrieger stürmten aus verschiedenen Löchern hervor, zogen sich aber eilig Richtung Norden zu den dunkleren Tälern zurück; sie würden sich in die Höhlen anderer Berge zurückziehen und ihre Wunden lecken, bevor sie weiter planen und sich neu formieren konnten. Der Rest des Heeres war überall in den Bergen versprengt.

Plötzlich entdeckte Valnir Jaderose, der aus einer Höhle schräg über ihr herauskam. Sie packte Randur am Arm, wies hinauf. Er nickte grimmig, und die beiden Zwerge stürmten Seite an Seite los, den Hügel hinan, um den Anführer zu stellen.

Jaderose bemerkte sie und lachte herablassend. »Wollt ihr etwa Rache?« In weiten Sprüngen rannte er quer zum Hang Richtung Norden. »Kommt nur her, ihr Narren!«

»Das kannst du haben!«, brüllte Randur und spurtete so schnell los, dass Valnir verblüfft hintan blieb; sie schaffte es nicht, ihn einzuholen, obwohl sie alles gab.

Jaderose trug seine volle Rüstung samt Helm und Bewaffnung sowie einen großen Beutel mit Ausrüstung, ohne dass ihn das irgendwie behinderte. Schnell und leichtfüßig lief er dahin, bis er einen Vorsprung erreichte, auf den er sprang und sich dann aufrecht hinstellte, ihnen zugewandt.

Valnir bemerkte eine Bewegung von seinem Rücken und schrie auf. »Randur! Deckung!«

Ihr Lehrmeister reagierte sofort. Während er sich nach vorn fallen ließ, hatte Jaderose gleichzeitig in unheimlicher Geschwindigkeit mit dem Arm ausgeholt, und etwas flog durch die Luft, schnell, schlank und spitz. Kräftiger als ein Pfeil, schlanker und kürzer als ein Speer.

Valnir schrie ein zweites Mal auf.

*

»Ingbar!«, rief Fionn, doch bevor Hrothgar anhalten konnte, war der Halbelb bereits wieder taumelnd auf den Beinen und griff nach dem Zügel des Gaoluathi.

»Schnell«, keuchte er, das Gesicht schmerzverzerrt und schweißüberströmt. »Sie ist in Gefahr ... in großer Gefahr ... folgt mir.« Er kämpfte sich in den Sattel hoch und stürmte voran, auf die Ruinen zu, die stetig näher rückten.

»Soll das etwa heißen, wir müssen die Elbenhexe jetzt auch noch retten?«, rief Rafnag ungläubig, und Hrothgar lachte brüllend.

Etwa eine Stunde später kamen sie am Ort des Geschehens an und wurden sofort hineingezogen.

Aus einer Kluft, die sich mitten im Land auftat, war ein Wesen heraufgestiegen, das wie aus mehreren Tieren zusammengesetzt wirkte. Es besaß einen langen Schlangenhals mit einem zahnbewehrten Schlangenkopf, der Körper war dem der Gefleckten Raubkatze ähnlich – schlank, gelb und mit dicken schwarzen Flecken –, der lange, haarlose Schwanz endete in einem gebogenen Stachel. Die Größe des Wesens mochte gut acht Mannslängen betragen, bei knapp drei Mannslängen Höhe, und entsprach damit schon der eines Drachen.

Dieses Ungeheuer musste aus der Kluft hervorgekrochen sein und hatte Ragna aus dem Sattel ihres Windschnellen geholt – es war keine Überraschung, dass auch sie einen ritt –, hatte sie mit dem Hals umringelt und schickte sich an, das mörderische Gebiss in ihrem Leib zu vergraben.

Schwarzauge wehrte sich mit magischen Feuerblitzen, doch das beeindruckte das Riesenwesen kaum, ließ es höchstens noch wütender werden.

Das Problem dabei war, es war nicht allein. Fünf, sechs weitere Kreaturen, groß wie Elbenhunde, aber eher glutäugigen Ratten gleichend, griffen zähnefletschend die Gaoluathi der Gefährten an; sie fühlten sich durch die Reittiere keineswegs auf Distanz gehalten wie alle anderen Nachtwesen bisher. Die Reiter mussten schnell abspringen, während die Mondäugigen sich schnaubend und steigend zur Wehr setzten.

»Fionn, bleib in Deckung!«, rief Hrothgar, während er mit gezücktem Schwert auf die knurrenden Kreaturen losging.

Deckung suchen, das war leicht gesagt, es gab hier nichts, und in der Nähe der Gaoluathi war es zu gefährlich, denn sie schlugen mit ihren scharfen Spalthufen in alle Richtungen aus, ihre Schwänze peitschten, und sie schnappten mit den überlangen Eckzähnen nach allem, was ihnen zu nahe kam.

Ingbar und Peredur waren am weitesten vorn und ritten gegen das Ungeheuer. »Es ist der *Glathê*«, rief der Halbelb, »ein magisches Wesen aus der Altvorderenzeit, das normalerweise nicht von sich aus angreift. Aber er ist hier einst in der Kluft in Gefangenschaft geraten und darüber wahnsinnig geworden. Ragna muss versucht haben, ihn zu befreien und auf uns zu hetzen, und nun sitzt sie selbst in der Falle.«

»Die Ironie, die mir überhaupt nicht dabei gefällt, liegt darin, dass wir sie jetzt *retten* müssen«, bemerkte Peredur zornig.

Der Glathé bemerkte die Herannahenden und wandte ihnen seine Aufmerksamkeit zu. Er ließ von Ragna ab, die stöhnend und keuchend zu Boden fiel und für einen Moment außerstande war, sich zu bewegen.

Die beiden Männer griffen das Ungeheuer gleichzeitig von zwei Seiten an, dennoch war kein Durchkommen möglich, denn sein Kopf zuckte auf langem Hals rasend schnell hin und her, und er bewegte seinen Körper in Windungen, dass der tödliche Schwanz nur so peitschte und sie knapp verfehlte.

Hinter ihnen hatten Hrothgar und Rafnag alle Hände voll zu tun, die Kreaturen zurückzutreiben; die Gaoluathi hatten erst eine von ihnen mit einem tödlichen Schlag getroffen, die anderen wichen stets geschickt aus. Beide Männer waren bereits von Bissen und den wie Peitschenhiebe wirkenden Schwanzschlägen verwundet, ließen jedoch in ihrer Entschlossenheit nicht im Mindesten nach. Seite an Seite kämpften sie, schlugen zu und trafen, doch es dauerte lang, bis die Rattenmonster das endlich spürten und ihr Blut floss.

Peredur und Ingbar setzten derweil dem Glathé zu, der blutete, aber sich noch keineswegs geschlagen gab. Unterdessen kam Ragna wieder auf die Beine und griff nun ebenfalls ein. Da sie sich am Leib des Ungeheuers befand, dessen Kopf mit den Männern beschäftigt war, konnte sie sich ihm unbemerkt weiter nähern. Sie hielt ein Seil in Händen, huschte wie ein Schemen zwischen den stampfenden Hinterbeinen hin und her, und nachdem sie einen Knoten geknüpft hatte, hob sie die Arme, rief eine Beschwörung und bewegte dann die Hände durch die Luft, als wolle sie ihn wegstoßen.

Der Glathé, gerade dabei gegen Peredurs Windschnellen zu stoßen und den König aus dem Sattel zu werfen, wurde plötzlich nach hinten gerissen und sein Hinterteil rutschte über den Abgrund. Er schlug vorn die Krallen in den Boden, doch die verschnürten Hinterbeine vermochten keinen Halt zu finden und glitten immer weiter ab. Mit einem schrillen Schrei stürzte das Ungeheuer in den Abgrund, aus dem es gekommen war, und verschwand polternd und in einer Staubwolke im Dunkeln. Als die zwei noch lebenden Rattenmonster dies mitbekamen, drehten sie ab und folgten dem Glathé in die Kluft hinab.

»So also sieht die Dankbarkeit für deine Befreiung aus!«, rief Dubh Sùil wutentbrannt und spuckte dem Glathé hinterher. »Verrotten sollst du dort unten!«

Ingbar war zu Peredur gerannt und half ihm auf, und Fionn lief nach vorn zu seinen Freunden. Hrothgar und Rafnag bluteten aus mehreren Wunden und stützten sich gegenseitig.

Zum ersten Mal seit der Verhaftung sah Fionn Schwarzauge wieder, und sie wirkte so stark und mächtig wie nur je, als sie nun mit silbergrauen Haaren, die sie wie ein Schleier umwehten, auf ihren Windschnellen stieg, und Fionn zuckte unter dem grausamen Blick ihrer schwarzen, blau spiegelnden Augen zusammen. Sie war von entsetzlicher Schönheit, eine Hochedle, doch hasserfüllt und böse bis tief in ihr Innerstes hinein. Die Wucht ihrer magischen Aura schlug ihm entgegen und riss ihn beinahe von den Beinen. Verstört taumelte der Bogin zurück.

»Bleib stehen!«, schrie Ingbar. »Gib endlich auf, Mutter, es hat keinen Sinn mehr!«

»Darüber befindest nicht du, mein Sohn, und ich werde es nicht mehr lange dulden, dass du dich mir widersetzt!«, gab sie zurück. Sie richtete den Arm mit dem ausgestreckten Finger auf Peredur. »Hol dir dein Herz, wenn dich danach verlangt, verdammter Menschenkönig! Diese eine Chance werde ich dir zugestehen, und sage nicht, das sei nicht fair!«

Peredur stieg auf und schickte sich an, sie mit gezogenem Schwert anzugreifen.

Ragna ließ sich davon nicht beeindrucken. Sie wandte sich an Peredurs Gefolgschaft. »Wie ist es denn, einen Toten zu begleiten?«, rief sie höhnisch. »Wollt ihr euch nicht lieber einer Lebenden anschließen, die euch Ruhm und Ehre bieten kann, anstatt eines namenlosen Grabes in feuchtschimmliger Erde?« Ohne eine Antwort abzuwarten, wendete sie den Gaoluathi und trieb ihn zum gestreckten Galopp an. Mit einem gewaltigen Satz sprang – *flog* – er über die Kluft und verschwand bald mit seiner Reiterin in einer Staubwolke Richtung Ruinen.

»Mit ihrem Humor kann ich nicht viel anfangen«, bemerkte Rafnag und wandte sich ab.

»Eines der wenigen Male, da sie die Wahrheit spricht«, meinte Peredur gleichmütig, stieg ab und hob sein Schwert auf, das er erfolglos nach ihr geschleudert hatte.

»Was?« Hrothgar hielt inne. »Dein Scherz ist aber auch nicht besser.«

»Seid nicht närrisch«, sagte Ingbar. »Ihr wisst es doch längst. Oder habt ihr aufgehört zu denken, seid ihr bei der Fiandur seid?«

»Fionn?«, fragte Rafnag den Bogin um Rat.

Der schüttelte den Kopf und wich seinem Blick aus, schaute zur Seite.

Die beiden Männer gingen Seite an Seite auf den König zu.

»Raus mit der Sprache. Wofür sind wir hier unterwegs?«

Peredur überragte sie beide, und er wirkte ruhig und unerschütterlich wie stets. »Um Ragnas Treiben ein Ende zu setzen. Mit geringem Erfolg bisher, was wir schleunigst ändern sollten.«

Nun trat auch Ingbar hinzu. »Sag es ihnen«, forderte er ihn auf. »Oder ich werde es tun.«

»Früh genug«, brummte Rafnag.

Peredur schwieg.

Fionn hielt es nicht mehr aus. »Sein Herz!«, rief er. »Sobald es wieder in seiner Brust schlägt, wird er sterben.«

Endlich begriffen die beiden.

»Und wenn es aufhört zu schlagen, bevor es dort wieder seinen Platz gefunden hat, stirbt er auch«, zog Hrothgar die nächste Schlussfolgerung und nickte.

»Es tut mir leid, meine Freunde«, sagte der König ruhig, wandte sich ab und ging zu seinem Gaoluathi.

»Die Fürsten der Naivität«, sagte Ingbar kopfschüttelnd und verzog sich ebenfalls.

»Wann...«, Rafnag musste schlucken, »wann bist du darauf gekommen, Fionn?«

»Zu Beginn der Reise«, gestand er leise.

»Gibt es wenigstens den Hauch einer Chance, dass es anders endet?«, fragte Hrothgar.

»Ich glaube schon.« Fionn hob die Schultern. »Ich habe mir gedacht, wenn sein Herz weiterhin irgendwo verwahrt bleibt, dann...«

»... wird er weiter so existieren wie jetzt. Und das hat er abgelehnt.«

»Ähm ... ja.«

»Verständlich.« Hrothgar hatte sich gefangen. »Ingbar hat recht, Rafnag, wir beide waren ziemliche Idioten, die sich geweigert haben, die Augen aufzumachen und der Wahrheit ins Gesicht zu blicken.«

»Weil wir es nicht wissen *wollten* ...«

»Nur, das ändert nichts. Es wird kommen, wie es muss.« Der braunhaarige Mann drückte kurz Fionns Schulter. »Sei nicht traurig, Junge. Es ist eine Ehre für uns, Peredur auf seiner letzten Reise zu begleiten und ihm als Vertraute des Hochkönigs von Albalon zur Seite zu stehen. Was auch immer geschehen wird, es ist unsere Aufgabe, dafür zu sorgen, dass er in Würde gehen kann.« Er nickte Rafnag zu, ging zu seinem Windschnellen und saß auf. Dann streckte er Fionn die Hand entgegen. »Was ist, Kleiner? Willst du mit diesen Mondbleichen hier um die Wette laufen?«

Zögernd folgte der Bogin.

Rafnag blieb kurz vor Ingbar stehen. »Welche Rolle hast du nun wirklich?«

»Genau dieselbe wie ihr«, antwortete er. »Wie Hrothgar gesagt hat. Mein Beitrag wird sein zu verhindern, dass Ragna irgendeine Hexenschweinerei durchführt oder sonst etwas mit dem Herzen anstellt. Wir werden es holen und Peredur geben, genau das und nichts anderes. Helfen wir, ihn zu erlösen.«

Fionn ergriff Hrothgars Hand und ließ sich auf den Gaoluathi ziehen, inzwischen hatte er darin schon Übung. »Das ist aber nicht meine Aufgabe«, wisperte er.

»Bist du nicht hier als sein Freund?«

»Ich kann das nicht.«

»Du bist dabei.«

»Du verstehst das nicht. Ich bin ein Bogin. Ich bewahre das Leben. Ich *kann* es nicht. Ich muss verhindern, was ihr vorhabt, und ich akzeptiere Peredurs Todessehnsucht nicht. Das ... *das* ist meine Aufgabe.«

»So wirst also *du* diesmal der Verräter?« Diese Frage war in tödlichem Ernst gestellt.

Und Fionn nickte ebenso ernst. »Wenn es sein muss, ja. Ich erwarte nicht euer Verständnis.«

»Allerdings wirst du das auch nicht erhalten.« Hrothgar trieb den Windschnellen an.

Der König war schon ein gutes Stück vorausgeritten, während sie debattiert hatten, doch nun holten sie ihn ein.
»Wie lang ist der Weg, den wir noch vor uns haben, Peredur?«, fragte Rafnag.
»Eine weite Strecke, die wir ab jetzt im gestreckten Galopp zurücklegen werden«, antwortete Peredur. »Wir werden Ragna nicht einholen können, aber wir müssen unbedingt ihren Vorsprung so gering wie möglich halten. Sie darf mein Herz gar nicht erst in die Hände bekommen.«
»Einverstanden. Und wohin geht's?«
»Nach Du Heaginn, auf der Nordhalbinsel.«
»Nie gehört.«
»Das ist gut so. Der Name bedeutet ›der Abgrund‹ und er befindet sich mitten im größten und wildesten Gebirge unter dem höchsten Gipfel. Es gibt dort tatsächlich einen Abgrund, eine Kluft, die bis tief ins Innere der Erde führt, möglicherweise bis zum Mittelpunkt. Feuer und Schwefel lauern dort unten. Es ist der unwirtlichste und gefährlichste Ort Albalons. Keine Seele lebt dort; kein Elb, kein Mensch, ganz sicher kein Zwerg, und ich glaube, nicht einmal ein Nachtmahr. Damit ist Du Heaginn zugleich der Ort, der einem Geheimnis den besten Schutz bietet. Ich wäre längst darauf gekommen, wenn Ragna es durch ihren Fluch nicht verhindert hätte, doch nun hält sie nichts mehr zurück. Sie *will*, dass ich mein Ziel kenne, dass ich weiß, wo mein Herz liegt. Ihr habt es gehört. Sie will es beenden, auf welche Weise auch immer.«
»Klingt schaurig«, meinte Rafnag und fuhr sich durch die schwarzen Haare, sein vogelartiges Gesicht zeigte jedoch keine Angst.
»Aber dort...«, stieß Fionn mühsam unter Aufbietung aller Kräfte hervor, »dort gibt es schon etwas... einen... einen *Riesen*.« Er hatte das letzte Wort kaum ausgesprochen, und obwohl es nicht einmal der Name gewesen war, sackte er nach vorn gegen Hrothgars Rücken und verlor das Bewusstsein.

*

»Verdammter Bastard!«, schrie Valnir und verdoppelte ihre Bemühungen, zu Jaderose zu gelangen. »Stell dich mir, du Feigling!«

»Ein andermal.« Der Hermaphrodit lachte nachsichtig, sprang auf der anderen Seite von dem felsigen Vorsprung und war gleich darauf nur noch ein kleiner Punkt vor einem kahlen grauen Hang.

Valnir musste aufgeben, sie zitterte vor Wut und Entsetzen. »Randur!« Sie stürzte zu der Stelle, an der ihr Lehrmeister gefallen war, von dem scharfen Kurzspeer in den Hals getroffen. Er regte sich nicht mehr.

Schluchzend stützte sie ihn und lehnte seinen Kopf an sich. Er atmete noch schwach, aber mit jedem rasselnden, gurgelnden Luftholen floss stoßweise mehr und mehr Blut aus ihm, und der Blutlache unter ihm nach zu urteilen, konnte nicht mehr viel davon in ihm sein. »Verlass mich nicht...«

»Küss mich«, bat er. Er war nie ein Mann großer Umständlichkeit gewesen.

Sie stockte, dann beugte sie sich über ihn, und ihre Lippen berührten sich zum ersten und letzten Mal. Ihre Tränen tropften dabei auf sein Gesicht. Seine schwielige Hand streichelte zart ihr haarloses Gesicht. »Wie schön du bist...«, stieß er mühsam nach Atem ringend hervor. Er nahm alles zusammen für seine letzte Ansprache. »So gern hätte ich mich dir offenbart und Pläne für uns geschmiedet, wenn all das vorüber gewesen wäre. Aber es ist uns leider nicht mehr vergönnt. Doch sei nicht traurig. Ich übergebe dir hiermit offiziell mein gesamtes Erbe, und du wirst nicht allein sein. Du und Djarfur, ihr habt noch alles vor euch, und ihr habt doch schon immer etwas füreinander empfunden. Wir beide waren in Wirklichkeit nie füreinander bestimmt. Aber Djarfur und du, ihr seid es vielleicht. Denk darüber nach, ob es nicht Zeit dafür wird, denn du hast alles erreicht.« Er versuchte zu lächeln, doch in diesem Moment brach sein Blick.

Sie konnte ihn nicht einmal ordentlich bestatten, das musste zu einem späteren Zeitpunkt stattfinden. Derweil bedeckte sie Randurs Leichnam notdürftig mit Steinen, damit er geschützt wäre, und weinte dabei die ganze Zeit. Sie war allein, sie durfte es sich gestatten. Leise sang sie ein Lied der Trauer und ehrte ihren Lehrmeister und Förderer mit einer letzten Geste. Dann machte Valnir sich auf den Weg zu den anderen.

Sie fand sie auf der gegenüberliegenden Seite des Hangs. Die Zwerge und Bergelben lagerten über fast die gesamte Tiefe des Hangs hinweg, da sie sich erst von den Qualen und Strapazen ihrer Fron erholen mussten, bevor sie sich auf den Heimweg machen konnten. Oger und Trolle waren versammelt, und irgendetwas an ihrer Haltung kam Valnir merkwürdig vor. Beklommen eilte sie los und drängte sich zwischen den Riesenleibern hindurch, die ... Gru Einzahn umstanden.

Der Oger kniete am Boden und hielt Blaufrost in den Armen.

»Oh nein ... Nein!«, stieß Valnir hervor und zwang neuerlich aufsteigende Tränen zurück. »Was ... was ist denn geschehen ...?«

»Ich glaub, das war das verdammte Gift von den Myrkalfren in Clahadus«, sagte der Oger niedergeschlagen. »Pellinore hat uns 'n Mittel gegeben, aber ich hatt' schon den Verdacht, dass es bei ihm nich so richtich gewirkt hat. Ich glaub, das hängt mit seiner dauernden Friererei zusammen, das is ja auch nich' normal. Und wie wir dann hier raus sind, is er wieder zurück, um die Restlichen zu holen, und dabei hat er was abgekriegt mit den Waffen von 'n paar Finsterkerlen, die noch da waren und sich rächen wollt'n. Das war wohl zu viel für ihn. Er hat die Kerle plattgemacht und is noch mit den Letzten rausgekommen, bevor drin alles zusammengekracht is ... und jetz' ...« Er schluckte und konnte nicht weitersprechen.

Die Trolle und Oger standen betreten ringsum.

»Das hätt's nich' gebraucht«, bemerkte ein Troll.

»Nee, ganz und gar nich'. Er is schließlich 'n Held«, stimmte ein Oger zu.

Valnir kniete sich neben Gru und legte ihre kleine Hand an die harte Wange des zitternden Trolls. Ein wenig Leben war noch in ihm, doch es war klar, dass auch er, genau wie Randur, bald die Grenze überschreiten würde.

Sie hatten immer mehr Freunde zu beweinen. Hoffentlich war es das alles wert.

Valnir spürte einen leichten Windzug und blickte hoch zum Himmel. Die Wolken rissen auf. Das bedeutete, sie hatten gesiegt und die Macht der Myrkalfren war gebrochen – vorerst. Schließlich war Jaderose entkommen. Doch um ihn würden sie sich später kümmern.

»Ihr Trolle solltet euch besser auf den Weg machen«, sagte sie mit rauer Stimme und blickte die Riesen der Reihe nach an. »Die Sonne bricht bald durch. Habt dank für eure große Hilfe, ohne euch wäre das niemals möglich geworden.«

»Is in Ordnung«, lautete die Antwort. »Ab und zu mach'n wir so was gern, und es gab ja auch gehörich was zu metzeln. Jetzt hamwa 'ne Menge zu erzählen und zwei Helden uns'rer Völker zu ehr'n, und das Beste dabei, ihr werdet das auch tun, da wettenwa drauf.«

Damit drehten sie sich um und waren bald hinter dem nächsten Hanggrat verschwunden.

»Sonne?« Die sonst so mächtig dröhnende Stimme des Trolls war nur noch ein heiseres Flüstern.

»Ja, Alter«, antwortete Gru. »Soll ich dich in 'ne Höhle bringen?«

»Nein.« Blaufrost lächelte. »Einmal wenigstens möcht' ich ...«

»Das kann ich verstehen, mein Freund. Ich bleib hier bei dir und sehe mit zu.«

»Ich auch.« Valnir legte ihre Hand jetzt auf die Schulter des sterbenden Trolls, um ihn bis zum Übergang zu begleiten.

In diesem Moment riss die Wolkendecke endgültig auf, und die Nachmittagssonne überstrahlte den Gipfel des Carradu wie eine Krone. Ihre Strahlen wanderten rasch den Hang hinab bis zu den drei Fiandur, die sie sehnsüchtig erwarteten.

Einer von ihnen ganz besonders.

»Da ...«, flüsterte Blaufrost verklärt, »da is sie ...« Seine Haut verlor die blaue Färbung, und er hörte auf zu schlottern und zu frieren. »Wie warm sie ist ... wie hell ... wie schön!«

Er lachelte ein letztes Mal, dann erstarrten seine Züge, und er versteinerte.

»Verflixt«, brummte Gru Einzahn, stand auf und wischte sich über die Augen. »Wie eim so'n Dummbatz ans Herz wachsen kann, wirklich wahr. Nie mehr wird mich einer Windbeutel nennen und dazu so lachen wie er.«

Valnir lächelte traurig.

»Randur?«

Sie schüttelte den Kopf.

»Dammich. War 'n feiner Kerl.«

Valnir sah sich suchend um. »Djarfur?«, sagte sie. »Pellinore?«

»Habse nich gesehn, bisher...«

»Und Asgell?«, fragte sie. Dann schrie sie aus vollem Hals, als sie keine Antwort erhielt: »*Wo ist Asgell?*«

KAPITEL 9

ERFÜLLUNG

»Peredur, warte!«, rief Ingbar. »Nimm nicht diesen Weg! Wir reiten besser tiefer in die Ruinen hinein.«

»Wir müssen ohnehin anhalten, Fionn ist ohnmächtig geworden.« Hrothgar hatte bereits durchpariert und sprang aus dem Sattel. Er hob den Bogin herunter und kniete sich neben ihm hin.

»Warum sollten wir in die Ruinen hinein?«, wollte der König wissen, nachdem er umgedreht hatte und eingetroffen war. Er ging zu Fionn und beugte sich über den gerade wieder zu sich kommenden Bogin.

»Alles in Ordnung«, flüsterte er, noch ein wenig schwach, seine Gesichtsfarbe nahm allerdings schon wieder die gewohnte gesunde Färbung an. Zaghaft lächelte er seinen Freund an.

»Weil Ragna diesen Weg auch nimmt«, antwortete Ingbar. »Sie denkt, sie hat uns in die Hoffnungslosigkeit getrieben, da sie Peredur nun hier im hohen Norden isoliert hat, fern von allem, was ihn retten könnte. Während er ihr immer noch auf normalen Wegen hinterherreitet, so stellt sie sich das zumindest vor, ist sie schon lange am Ziel. Denn es ... es hat seine besondere Bewandtnis mit Stealann. Ähnlich wie bei Clahadus gibt es hier so etwas wie Irrmagie. Meiner Mutter ist es einst gelungen, sie einzufangen, zusammenzuballen und auf einen Effekt zu konzentrieren. In einem ... Durchgang. Einem Torbogen, der scheinbar harmlos wirkt, aber dabei stellt er eine sehr kurze Verbindung über eine andere Ebene zum Gebirge dar. Mit nur einem Schritt hat man auf diesem Weg viele Tagesreisen überwunden.«

Vier Augenpaare richteten sich teils unglaubig, teils kritisch auf ihn.

»Es *ist* so«, bekräftigte der Halbelb. »Sie weiß nicht, dass ich sie damals heimlich dabei beobachtet habe. Sie nahm an, ich würde spielen. Keine Ahnung von kindlicher Neugier und Ungehorsam. Mit den Windschnellen passen wir hindurch. Wir sind beim Übertritt geschützt, weil sie nicht nur hier, sondern auch in der anderen Ebene existieren. Das hat uns bisher schon beschützt und es wird uns auch dabei helfen. Aus dem Grund reitet sie ja ebenfalls einen Gaoluathi, nicht allein wegen der hohen Geschwindigkeit. Wir kommen unbeschadet hindurch, und dann sind wir sozusagen direkt ... am Du Heaginn. Vielleicht noch einen Tagesritt entfernt.«

»Und wenn sie die Passage hinter sich schließt? Oder uns eine Falle stellt?«

»Schließen? Das kann sie nicht. Sie hat es mal versucht, aber es hat nicht funktioniert. Albalon hat seine eigenen Gesetze, die sie zu nutzen versteht, über die sie sich auch manchmal hinwegsetzen, die sie aber nicht grundsätzlich ausheben kann. Und sie hat keine Ahnung von meinem Wissen. Ihr müsst mir also vertrauen und folgen, dann können wir es noch rechtzeitig schaffen.«

»Haben wir eine Wahl?«, fragte Hrothgar trocken für alle und zog Fionn hoch. »Komm, Kleiner, keine Zeit für Schwäche, wir haben es eilig. Ein Riese raubt dir das Bewusstsein? Schön. Schauen wir uns den mal an, dann falle ich vielleicht gleich mit dir um.«

»Gibt's einen Namen für den?«, wollte Rafnag wissen.

»Ja«, sagte Ingbar. »Aber wir sprechen ihn erst aus, wenn wir ihn sehen, und er ist es wirklich. Denn normalerweise schläft er seit Jahrtausenden verborgen in den Bergen, in eben diesem Abgrund, und allein die Nennung seines Namens könnte ihn schon wecken. Was rede ich da. *Wird* ihn wecken.«

Dann habe ich ja in Wirklichkeit Glück gehabt, dass ich ihn nie aussprechen konnte, dachte Fionn erschrocken.

»Was bedeutet, er sollte wohl besser weiterhin ruhen.«

»Er hätte längst getötet gehört, aber es hat sich niemand je so nah herangetraut.«

»Bis auf deine Mutter. Und sie hat ihn zum unfreiwilligen Wächter von Peredurs Herzen erkoren, stimmt's?« Rafnag warf einen Blick zum König, der achselzuckend in den Sattel stieg.

»Haben wir etwas Anderes erwartet?«, gab er zurück. »Los, schwätzt nicht wie Waschweiber, wir haben keine Zeit mehr.«

*

Cady wunderte sich über sich selbst, wie sie es überhaupt auf eigenen Beinen bis in den Palast hatte schaffen können, so sehr schlotterten ihr die Knie. Sie war keineswegs so überzeugt davon, dass Malachit sie nicht einfach umbrachte, und war froh, dass sie wenigstens das Buch bei Màni gelassen hatte. Es wäre sicherlich vernünftig gewesen, es ganz zu verstecken, aber sie brauchten es gegen Malachit; Màrs Dahinsiechen hatte bewiesen, dass sie anders nicht gegen den Weißhaarigen ankamen.

Immer wieder ging sie in Gedanken durch, wie sie ihm begegnen würde, was sie antworten würde auf seine Fragen. Sie hatte sich nie auch nur ansatzweise einer derartigen Auseinandersetzung stellen müssen, und so hatte sie keinerlei Vorstellung von dem, was geschehen mochte. Wenigstens war sie Malachit schon begegnet und wusste, *wie* sehr sie sich wappnen musste.

Mehrmals ertappte sie sich dabei, wie ihre Füße zu einer Kehrtwendung ansetzten. Màni hatte schon recht: Es war sehr dumm, was sie da tat. Wie sollte ausgerechnet sie etwas bewegen können und diesem mächtigen Wesen die Stirn bieten wollen?

Sie hatte auf dem ganzen Weg nach Sìthbaile darüber nachgedacht und war immer wieder zum selben Schluss gekommen. Letztendlich war es auch eine Auseinandersetzung zwischen ihr und dem Myrkalfren. Er zeigte besonderes Interesse an ihr, also würde sie dafür sorgen, dass es erfüllt, und dadurch für ihn zum Verhängnis wurde.

Wichtig war, dass sie vor Betreten des Palastes ihren Geist ausreichend leerte, denn sie wusste nicht, ob er in der Lage war, ihre Gedanken zu lesen, und wollte es keinesfalls darauf ankommen lassen.

Zum Glück war ihr nicht bekannt, welches Aussehen ihre Kampfgefährten durch das Fíth-fáth annehmen würden. Das entschied jeder ganz für sich, ohne es den Anderen zu verraten, und es war ausgemacht, dass sie sich entsprechend vorher trennten, um selbst untereinander unerkannt in den Palast gelangen zu können. So funktionierte der Zauber am besten – wenn ihn *niemand* bemerkte.

Der Tag war bereits angebrochen, ehe Cady überhaupt die Stadt erreichte. Nicht nur vor dem Nordtor, auch hier am Westtor, das sie passieren wollte, war ein großes Zeltlager errichtet worden, und zwar von Schaulustigen, die nichts von der großen Versammlung verpassen wollten. Wahrscheinlich sah es rings um die Emperata so aus. Zum Einen waren die Leute begierig darauf, so viele Herrscher auf einmal zu sehen und ihnen vielleicht zuzujubeln, zum Anderen ging es um die Zukunft des Südreiches, und das betraf sie alle.

Noch war die Wahrheit, wer da wirklich im Palast residierte, offenbar nicht bekannt, aber das würde sich im Lauf des Tages ändern – auf die eine oder andere Weise. Entweder hatten die Aufständischen Erfolg, und das Volk wurde vor Malachit gewarnt, oder ... er siegte und führte sich mit einem gewaltigen Schlag zur Thronbesteigung ein.

Obwohl es noch nicht geschehen war, empfand Cady pures Grauen allein bei dem Gedanken daran, was der Weißhaarige aller Wahrscheinlichkeit nach plante.

Das trieb sie voran und half ihr, nicht die Flucht zu ergreifen und anderen den Vortritt zu überlassen, die größer und stärker und klüger und erfahrener waren als sie. Und mächtiger.

Immerhin wurde sie durch den Trubel ringsum abgelenkt, und sie sah zu, dass sie sich möglichst unauffällig ihren Weg bahnte. Da sie dabei ihre Gabe in bedingtem Maße einsetzte, waren auch ihre Angehörigen im Palast nicht in der Lage ihre Ankunft zu spüren, was sie sonst vielleicht gekonnt hätten, so eng verbunden, wie sie einander waren. Bogins fühlten sich zumeist unwiderstehlich zueinander hingezogen. Nun, eine passende Gelegenheit würde sich ergeben.

Da sie zu Fuß nicht sonderlich schnell war, nahm Cady an, dass ihre Freunde sie mittlerweile sogar schon überholt hatten oder zumindest nicht mehr weit entfernt sein konnten. Aber da Màni die übrigen Gefährten inzwischen aufgeklärt hatte, sollte nichts mehr schiefgehen.

Von allen ihnen im Weg stehenden Hindernissen abgesehen, die ihren Plan unberechenbar machten.

»Hallo.«

Cady fuhr zusammen, sie war so in Gedanken versunken gewesen, dass sie vergessen hatte, ihre Gabe anzuwenden. Verstört blinzelte sie zu dem Mann auf dem Bock hoch. Er lenkte eine große, offene Kutsche, die voll besetzt war und von einem Vierergespann gezogen wurde. »Willst du mit, Kleine? Neben mir ist noch ein Plätzchen frei.«

»Ich habe leider kein Geld.«

»Ich bitte dich. Die wenigen Radumdrehungen bis zum Palast ... denn dort willst du doch hin, oder?«

»Ihr etwa auch alle?«

»Aber natürlich. Falls wir noch einen Platz bekommen, sind ja etwas spät dran ...«

Die gemischte Gesellschaft in der Kutsche war laut und fröhlich; sie schwenkten Pokale mit Wein oder Bier, tranken und lachten durcheinander und winkten Cady, nicht zu zögern, sondern mitzukommen. Jedermann war gespannt auf den Vertrag und freute sich darauf, dass der Frieden endlich geregelt würde nach den vielen Mondwechseln der Unsicherheit. Die Leute glaubten, dass ein großes Fest anstünde, so wie im Frühling die Hochzeit. Jahrhunderte schien das schon her zu sein.

Traurig kletterte Cady auf den Kutschbock und war froh, die verbliebene Distanz auf diese bequeme und zugleich geschützte Weise zurücklegen zu können.

In der Stadt herrschte erwartungsgemäß dichtes Gedränge; überall gab es Schausteller, kleine Kesselküchen, Ausschank, Tische und Bänke und vergnügte Besuchergruppen aus Menschen, Zwergen und Elben. Immerhin waren die Hauptstraßen freigehalten worden, wenngleich kaum ein Vorankommen durch die vielen anderen Kutschen möglich war. Der lärmenden Gesellschaft machte das nichts aus, sie stießen mit Leuten an, die neben der Kutsche hergingen, und erstanden von dem einen oder anderen fliegenden Händler unnütze, aber hübsche Gegenstände oder kleine Naschereien.

Cady merkte, dass das hier zu lange dauern würde, außerdem war der Palast schon in Sichtweite. Diese Strecke konnte sie laufen, sie kannte schließlich die passenden Abkürzungen. Sie verabschiedete sich von dem freundlichen Kutscher, sprang herunter und tauchte sofort in der Menge unter.

Und dann war es soweit. Ihr Herz raste, als sie die Treppe hochstieg. Auch hier war alles voll, überall saßen und standen die Leute herum, doch sie bahnte sich ihren Weg.

Der Eingang war natürlich bewacht, die Kontrollen waren allerdings eher lässig, und das ganz einfach aus dem Grund, dass ein ständiges Kommen und Gehen herrschte, zumeist von Palastbediensteten oder durch Boten der eingeladenen Herrscher.

Cady wäre problemlos hineingelangt, ohne dass sie jemandem aufgefallen wäre, aber genau das wollte sie ja gar nicht.

Eine letzte Gelegenheit ... Cady schluckte und strich ihr Kleid glatt, das sie speziell für diesen Anlass gewählt hatte; traditionell festlich nach Art ihres Volkes, und aus gutem Stoff, und vorn im Gürtel steckte ihr Urram. Sie räusperte sich und trat vor eine der Wachen.

»Bring mich zum Thronsaal«, verlangte sie. »Melde dort, dass Cady eingetroffen ist. Ich werde erwartet.«

Die Wache reagierte nicht. Steckte überhaupt jemand in dieser Rüstung? Cady streckte sich und klopfte gegen den Helm. »Schläfst du? He, Mann, aufwachen!«

Immerhin hatte das eines zur Folge – eine weitere Palastwache wurde auf sie aufmerksam und näherte sich mit gewichtigen Schritten.

»Was geht hier vor sich?«

»Bring mich zum Thronsaal«, wiederholte Cady ihr Begehr. »Ich werde erwartet.«

»Mir ist nicht bekannt, dass Bogins auf der Gästeliste stehen.«

»Ich habe eine besondere Einladung.« Cady hatte genug. Sie versuchte, ihn einzulullen ... und es gelang. Zusätzlich zeigte sie ihren schönsten Wimpernschlag. »Bringst du mich jetzt bitte dorthin?«

»Also gut.« Die Palastwache schien verblüfft, dass sie der Bitte nachkam, obwohl sie das eigentlich gar nicht wollte, doch das änderte nichts. »Folge mir.«

Hoch erhobenen Hauptes ging Cady in den Palast hinein, bemühte sich, nicht links oder rechts zu schauen, und wartete geduldig neben dem Mann, als er an das geschlossene Portal zum Thronsaal klopfte.

Ein Scharnier bewegte sich, und dann öffnete sich die in den großen Flügel eingelassene kleine Audienztür um einen Spalt. »Ja?«

»Da ist eine Boginfrau, die angeblich erwartet wird«, begann die Wache, doch Cady war das schon genug. Sie witschte durch den Spalt hinein in den Thronsaal, wo sie sich blitzschnell umsah und sofort ihre Angehörigen an einem Tisch erfasste, sowie Meister Ian Wispermund,

Vákur, Cyneweard – und Cenhelm, der immer noch verdattert hinter ihr stand und zunächst vergaß, die Tür wieder zu schließen.

Und Malachit.

Er hatte sich in eine maßgeschneiderte königliche Robe geworfen und schritt vor dem Thron auf und ab, offenbar tief in Gedanken gesunken.

Ihre Freunde allerdings bemerkten sie in dem Moment ihres Eintretens, und sie erstarrten. Unterkiefer klappten herunter, Augen weiteten sich vor Schreck.

Langsam trippelte Cady in den riesigen Saal hinein und hob eine Hand. »Hallo!«

Malachit fuhr zu ihr herum.

Für einen Augenblick schien es dem Weißhaarigen die Stimme verschlagen zu haben, und Cady nutzte seine Verwirrung, um weiter auf ihn zuzugehen. Sie achtete dabei nicht auf die hektischen Gesten und verzweifelten stummen Ausrufe ihrer Freunde, sondern setzte ein Lächeln auf, das sie auf dem Weg hierher sorgfältig geübt hatte.

»Ich habe gehört, dass du mich sprechen wolltest. Verzeih meine lange Abwesenheit, doch ich war auf Reisen. Ich weiß, das ist ungewöhnlich für Bogins, aber wir sind frei, und jemand musste einmal den Anfang machen. Genauer gesagt wollte ich etwas über den Verbleib meines Ehemannes herausfinden, wie es eine treusorgende Gemahlin tun sollte.«

Malachit starrte sie an, als wäre sie verrückt geworden. Langsam hob sich eine seiner langen, dünn gezeichneten Brauen. »Es ist dir tatsächlich gelungen, einen Mann, der viele tausend Jahre alt ist, zu überraschen.« Er war amüsiert.

»Das freut mich«, sagte sie und meinte es auch so. Sie wusste, dass sie ihn beeindrucken musste, sollte ihr Plan nur den Hauch einer Chance auf Erfolg haben. »Es ist mir eine Ehre, dass du dich überhaupt an mich erinnerst.«

»Ich erinnere mich an jeden. Und natürlich habe ich damit gerechnet, dass du von selbst zu mir kommen würdest, weswegen ich nicht nach dir suchen ließ. Ich hatte Wichtigeres zu tun. Jedoch ... *Diese* Art der Rückkehr hatte ich in der Tat nicht erwartet, sondern mehr Heimlichkeit.« Er wies mit einladender Geste zum Bananketttisch, der gerade von stillen Dienern für das Fest vorbereitet wurde. Daneben wurden weitere Tische für die vielen Geladenen aufgestellt. »Bitte, nimm doch Platz und lass dich bewirten. Sei mein Gast.«

»Danke«, sagte Cady. »Aber ich bin nicht hungrig, und ich würde gern im Stehen verhandeln.« *Vor allem*, dachte sie, *denke ich gar nicht daran, bei einem guten Schmaus meinen Kopf zu verlieren.* Nun, da sie zur Konfrontation geschritten war, war sie völlig ruhig, für Angst war jetzt kein Platz mehr, es ging um das Schicksal Albalons. Und sie war ja nicht allein, sie *spürte* die Nähe der anderen Bogins, die in diesem Moment alles unternahmen, um sie zu stärken. Der Weißhaarige konnte das nicht fühlen, da er immun gegen die Macht der Bogins war – und genau das sollte ihm jetzt zum Verhängnis werden! Das tröstete sie und verlieh ihr Mut.

Ihre Antwort war gut gewählt, sie erhöhte Malachits Interesse. »Worüber denn verhandeln?«

»Ich bin hier als Repräsentantin meines Volkes und aller Kleinen Völker, die ganz offensichtlich nicht eingeladen wurden, ihre Unterschrift mit auf den Vertrag zu setzen.«

Seine Augen wurden sehr schmal. »Ausgerechnet du?«

»Ich bin die Heldin der Bogins«, versetzte sie. »*Natürlich* ich. Das kränkt mich nun doch etwas.«

Er dachte nach. »Verstehe.« Er verschränkte die Arme hinter dem Rücken und wanderte zu dem Tisch mit den Bogins, neben dem die drei Berater standen. »Versteht ihr es auch? Cady will sich damit offenbar ihr Leben erkaufen. Sie glaubt, durch ihren besonderen Status wäre sie geschützt.«

»Ich und alle meine Angehörigen.« Cady nickte.

»Bist du tatsächlich so einfältig?« Er war mit wenigen raumgreifenden Schritten bei ihr und neigte sich leicht zu ihr herab. »Hast du eine Vorstellung, was heute *wirklich* geschehen wird?«, zischte er, und seine Augen flammten. »Sie werden alle hier hereinkommen, wie die Schafe, und ihre Henkersmahlzeit einnehmen. Glaubst du ernsthaft, ich lasse sie einen Vertrag unterschreiben? Das Gegenteil ist der Fall!« Er richtete sich auf und hob die Arme. »Noch vor Ende des Tages werden alle die Wahrheit kennen, und man wird Sìthbaile in *Fuilbaile* umbenennen, Stadt des Blutes!«

Cady konnte ihn kaum noch ertragen, den seelenlosen Klang seiner Stimme, die direkt aus dem Grab zu hallen schien, seine entsetzliche Aura, die beißende Kälte verströmte, sein ganzes Gebaren. Aber das musste sie jetzt durchstehen.

»Danke für deine Ehrlichkeit, vor allem mir gegenüber«, sagte sie, nachdem sie kurz die Augen geschlossen und sich gesammelt hatte. »Das erspart uns weitere Floskeln. Ich *bin* mir dessen bewusst, und ebenso, dass nichts den Ausgang dieses Tages verhindern kann. Daher will ich wenigstens meine Angehörigen und Freunde retten, die hier bei dir im Saal gefangen sind. Die Bogins, Meister Ian Wispermund, Vàkur, Cyneweard und Cenhelm.«

»Und wie willst du das bewerkstelligen, nachdem du dich selbst nun schon in meine Hand begeben hast?«, fragte Malachit herablassend.

»Ich biete dir das Buch der Bogins.«

»Spinnst du, Cady?«, rief Tiw erbost. »Dem stimme ich niemals zu! Mein Leben ist nicht wertvoll genug, gegen das Buch ausgetauscht zu werden!«

Sie sah ruhig zu ihm. »Das bestimmst nicht du. *Ich* habe das Buch, und *ich* entscheide. Ich sage, *ihr alle* seid es wert.«

»Und was ist mit dir?«, erkundigte sich der Weißhaarige lauernd. Er schien sich prächtig zu amüsieren.

»Ich weiß, dass du mich nicht gehen lassen wirst, egal was du vorgibst zu versprechen«, antwortete sie gleichmütig, und sie musste sich dazu nicht verstellen. Im Gegenteil, sie fühlte sich jetzt beschwingt, geradezu euphorisch. Sie bot einem unglaublich mächtigen Wesen die Stirn! Und nicht nur das, dieses Wesen gab sich auch noch mit ihr ab! Befand sie für wichtig! »An sich ist das zu viel der Ehre einer Bogin gegenüber, aber da es nun einmal so ist, gebe ich dir mich und das Buch in die Hände. Unter der Voraussetzung, dass die Vorgenannten auf freien Fuß kommen – lebend und unversehrt.«

»Eine gute Einschränkung, du hast eine Menge dazu gelernt. Wo ist das Buch?« Seine graue, schwarzkrallige Klaue streckte sich nach ihr aus.

»Gib dir keine Mühe. Ich habe vorgesorgt. Du wirst die Antwort meinen Gedanken nicht entreißen können, egal was du versuchst. Ich halte mein Wort, halte du deines. Es spielt kaum eine Rolle, bei dem, was du vorhast, da die meinen ja doch irgendwie in deiner Hand bleiben, sofern sie Albalon nicht verlassen.«

»Oder heimlich den Widerstand aufbauen.« Malachit schüttelte den Kopf. »Tut mir leid, Cady, ich werde dich doch lieber dazu zwingen, mir preiszugeben, wo sich das Buch befindet. Was die Folter angeht, so werde ich mit Onkelchen Fasin beginnen. Und ich werde sie nötigenfalls alle der Reihe nach durchgehen, bis irgendwann du selbst dran bist. Das wird mir sogar ein zusätzliches Vergnügen sein zu dem, was heute geschehen wird. So habe ich länger etwas davon.«

»Cady, du Wahnsinnige, wir waren doch sowieso zum Tode verurteilt!«, schrie Tiw und wollte augenscheinlich zu ihr, denn er unternahm einen Sprung vom Stuhl aus, wurde von der Fußkette zurückgehalten und stürzte. Der Stuhl fiel polternd um, und die übrigen Bogins fingen nun ebenfalls zu schreien an. Alle durcheinander rissen an ihren Ketten und hämmerten auf den Tisch. Vàkur und Cyneweard stürmten auch ohne Waffen auf Malachit zu. Cenhelm spurtete vom Portal aus los – und er *war* bewaffnet.

Malachit lachte schallend, dass die Kronleuchter klirrten. »*Das* also war dein Plan? Ablenkung, um mich anzugreifen? Du bist noch naiver, als ich dachte!«

Er drehte sich einmal um seine eigene Achse und vollführte dabei einige Gesten mit den Händen. Cenhelm stürzte mitten im Lauf, Vàkur und Cyneweard griffen sich an die Kehlen und fielen nach Luft ringend auf die Knie, die Bogins schrien schmerzerfüllt auf, und Meister Ian stolperte gegen die Thronstufen und sank ächzend darauf nieder.

Nur Cady stand noch aufrecht vor dem sie weit überragenden weißhaarigen Herrscher der Myrkalfren, nachdem er sich ihr einige Herzschläge später wieder zuwandte. Doch aus ihrem Gesicht war jegliche Freundlichkeit gewichen, und auch der rosige Schimmer der Bogins war fort.

»Ja«, sagte sie mit völlig veränderter Stimme. »Genau *das* war unser Plan.«

*

»Ich gehe als Erster«, bestimmte Peredur, nachdem Ingbar ihnen den Weg durch die schwarzen Ruinen gewiesen hatte. Es war feucht und roch modrig, der Boden rutschig, und die Krähen erbost über die Störung; immer wieder flogen sie Scheinangriffe gegen den kleinen Trupp. Fionn sah ab und zu etwas um die Ecke huschen und fühlte sich ununterbrochen beobachtet. Ähnlich wie in Clahadus drückte ihn die Stimmung dieses verfluchten Ortes nieder, und er war froh, dass er nicht auf eigenen Beinen gehen musste.

Ingbar lenkte seinen Windschnellen unbeirrt voran, tiefer hinein in das, was der ursprüngliche zentrale Palast gewesen sein mochte. Schließlich wies er vor sich.

Fionn erblickte den Überrest eines Portals in einem noch stehenden Teilstück einer Mauer. Innerhalb des Portals rotierte etwas wie ein finsterer Mahlstrom. Ihm wurde flau ihm Magen, und er klammerte sich an den Sattel. Dort wollte er ganz und gar nicht hin, und doch war es genau der Weg.

»Schnell jetzt, nicht zögern, nicht zaudern, nicht schauen, nicht rühren«, rief Ingbar. »Lasst sie laufen, sie wissen schon, was zu tun ist. Am besten haltet ihr die Augen geschlossen, denn es ist nicht angenehm, was ihr bei dem Durchgang erblicken werdet.«

»Was mag das sein?«, rief Rafnag.

»Das pure Chaos«, antwortete Ingbar. »Dieses und anderer Ebenen, die an dieser Stelle miteinander verbunden sind. Versucht deshalb nicht zu lenken, sonst kommt ihr am Ende noch ganz woanders raus.«

»Na schön, bis gleich«, sprach Peredur und stürmte voran. Der Gaoluathi sprang in das schwarze Kreisen hinein und war verschwunden.

»Jetzt wir«, sagte Hrothgar und trieb seinen Windschnellen an.

Fionns Hände krallten sich in den Sattel, er lehnte sich nach vorn und presste die Lider fest zusammen.

Kurzzeitig empfand er ein sehr unangenehmes Ziehen und Zerren, und er schmeckte Metall im Mund, doch da waren sie schon hindurch, denn er hörte Peredurs Stimme.

»Durchparieren, Augen öffnen, es ist alles in Ordnung!«

Fionn riss die Augen auf, sah sich um und im selben Moment trafen auch Rafnag und Ingbar wohlbehalten ein. Gleichzeitig erschauerte er unter dem Kältestoß, der ihm entgegenschlug, und sein Blick richtete sich nach vorn.

Ein riesiges, schwarzes, von Weiß gekröntes Gebirge türmte sich auf; es schien fast bis zum Himmel zu reichen, und von einem Ende der Nordhalbinsel zum anderen. Noch abweisender, noch finsterer als Du Bhinn, mit vielen schroffen, spitzen und steilen Hängen und Gipfeln. Obwohl die Sonne schien, war der Himmel hier seltsam dunkel, und der Wind nicht allein natürlichen Ursprungs. Die Ebene, in der sie herausgekommen waren, war trostlos, bedeckt mit grauem Geröll, soweit das Auge reichte, zerfurcht von seit Jahrtausenden ausgetrockneten Wasserläufen.

Fionn erschauerte bis ins Mark, als er das Gebirge aus seiner Vision wiedererkannte und nun erst erfasste, *wie* groß es war. Denn tatsächlich waren sie nur etwa eine Tagesreise von ihrem Ziel entfernt, wie Ingbar wiederholte.

»Ragna hat nur noch wenige Stunden Vorsprung«, erklärte er. »Bringen wir es hinter uns!«

Sie gaben die Zügel frei.

*

»Jetzt!«, schrie Tiw, und dann geschah alles gleichzeitig. Cady, die *richtige* Cady, stürmte hinter der Säule hervor zu ihm und den Anderen, zückte den Urram und öffnete mit geschicktem Einsatz der Spitze nacheinander die Fußfesseln, wie sie es in Midhaven unter erheblichem Zeitdruck (und Tränen, weil Màni gnadenlos gewesen war im Bestrafen) ausgiebig geübt hatte. Es war wie ein Traum, sie konnte es selbst kaum glauben. Die Angst des Versagens war vergangen, sie handelte wie instinktiv und machte alles richtig. Wie eine Fiandur.

Die Menschen rappelten sich hoch, nachdem Malachit nunmehr von ihnen abgelenkt war, und Cyneweard, Vàkur und Cenhelm stürmten erneut vorwärts.

Die stillen Diener legten ihre Scheinhüllen ab und warfen den Menschen Waffen zu, während sie über Tische und Bänke hinwegsetzten und auf Malachit losgehen wollten, doch da strömten bereits Myrkalfren und Schattenkrieger durch Seitentüren ihrem Herrn zu Hilfe, und ein heftiger Kampf entbrannte.

Der Weißhaarige war völlig überrascht worden. Mit solchem Widerstand, vor allem in Form der Zusammenarbeit der verschiedenen Völker, hatte er offenbar nicht gerechnet. »Was...«

»Fíth-fáth«, sagte die falsche Cady vor ihm und warf den Schein ebenfalls ab. »Wir können auch schnell sein, wie du siehst – nur *einmal* nicht hingesehen, nur *einmal* nicht auf die Bogins geachtet, die dich beeinflussten, indem sie so taten, als wären sie erzürnt.«

»Aber... du *lebst?*«, rief er ungläubig. »Das ist unmöglich! Mein Gift ist unheilbar und absolut tödlich!«

»Es sei denn, es sind Bogins in der Nähe«, fauchte Màr, und der Hass ließ den Efeu in ihren Augen in Flammen aufgehen, bis nichts mehr blieb als rote Glut. Sie zog das Schwert und griff an.

Malachit erholte sich von seiner Überraschung und parierte den Schlag mit der eigenen Klinge. »Dann beende ich es eben anders!«, zischte er durch gebleckte spitze Zähne. »Zeig mir, was du kannst, Elbenweib, bevor ich dich wie ein Schwein aufspieße!«

»Nie wieder!«, schrie Màr und wirbelte herum, täuschte einen Ausfall an, wich gleichzeitig zur Seite und ließ seine Klinge ins Leere stechen. Sie schlug Malachits Schwert nach unten, sprang hoch und trat ihm in die Seite. Er taumelte zurück, ging dann noch ein Stück weiter auf Abstand, nahm Haltung an und schätzte sie ab. Mit einer kurzen Bewegung ließ er den Umhang zu Boden gleiten.

»Na schön, du scheinst meiner annähernd würdig«, sagte er. »Lass uns den Tanz beginnen!«

Auch im übrigen Palast wurde gekämpft; Cenhelm war inzwischen dort unterwegs und führte seine eigenen Leute gegen die Schwarzalben und die Schattenkrieger. Die Palasttore waren verschlossen worden – von welcher Seite, spielte keine Rolle, denn beide wollten nicht, dass jemand herein- oder hinausgelangte. Blieb nur zu hoffen, dass die Bogins genug Kraft aufbrachten, nichts über die Vorgänge nach draußen dringen zu lassen.

Nachdem der Bann von ihnen abfiel, begriffen schlagartig auch die

Palastdiener, was mit ihnen geschehen war, und griffen in gedemütigtem Zorn zu allem, was als Waffe benutzt werden konnte – Fleischspieße, Messer, große Gabeln aus der Küche, Waffen von in den Gängen aufgestellten Rüstungen, Werkzeug, Sensen, Heugabeln, Sicheln und mehr. Sie dachten in dem Moment nicht darüber nach, was sie taten: Sie wollten den Palast befreien – und sich selbst. In allen Gängen und Räumen wurde gekämpft, und der Ausgang war ungewiss. Auch wenn die Finsteren an sich an Kampfkraft überlegen waren, so waren die Verteidiger doch zahlreicher und vor allem entschlossener. Die Myrkalfren und die Schattenkrieger kämpften einzeln und genau nach Befehl, die Bediensteten aber halfen einander und standen füreinander ein. Da sie keine Krieger waren, setzten sie dabei unerwartete Finten und nie gesehene Tricks ein, an die sich Malachits Gefolgsleute kaum anzupassen vermochten.

Dennoch war das Schlachten hart und grausam, und die Hoffnung auf einen Sieg nicht groß. Viele, viel zu viele der tapferen, ungeübten Verteidiger ließen ihr Leben. Doch andere traten an ihre Stelle. Bedienstete, die man sonst nie bemerkte, weil sie im Stillen arbeiteten, hinter den Vorhängen, strömten herbei und mischten sich ein. Sie wählten die Mittel, mit denen sie zurechtkamen, nutzten ihr Wissen über verborgene Gänge, aber auch die Enge auf einigen Verbindungswegen; sie konnten vielleicht nicht immer töten, aber aufhalten und den Weg für die wahren Streiter ebnen. Und dann trat die Palastwache an, die Cenhelm aufgerufen hatte, und dazu noch so mancher beherzte Mann, der wusste, wie man eine Hellebarde hielt oder eine Lanze.

Der Kampf im Thronsaal verlagerte sich allmählich nach draußen, weil die Elben und die beiden Fiandur die Myrkalfren hinausdrängten. Malachit und Màr nahmen zudem viel Platz mit ihrem Duell in Anspruch, und Meister Ian drängte die Bogins in Deckung zurück, damit ihnen nichts geschah.

»Nicht nachlassen!«, wisperte Tiw mit entschlossenem Gesicht und starker Stimme. »Wir *schaffen* das.« Und alle glaubten ihm.

Cady hatte sich in den Kreis begeben und hielt die Hände von Tiw und Alana.

»Gelungene Überraschung, aber du hast trotzdem einen Knall«, raunte Tiw ihr zu. »Das Buch hier herzubringen!«

»Wir brauchen es doch«, gab sie zurück. »Und es ist in besten Händen und in Sicherheit.«

Sie wurden durchströmt von der Kraft des längst im Saal befindlichen Buches und gaben sie weiter. Der alte Gelehrte hatte sich mit einer Hellebarde bewaffnet, die als Wandschmuck gedient hatte, und sich vor die Bogins postiert, um sie notfalls zu verteidigen. Sein Gesicht zeigte einen so grimmigen Ausdruck, dass kein Zweifel daran bestehen konnte, dass er die Waffe auch einsetzen würde. Und zwar *gezielt*.

Màr zeigte keinerlei Regung, als es ihr endlich gelang, einen Treffer zu landen. Malachits Hemdsärmel riss auf, und schwarzes Blut quoll aus einer tiefen Schnittwunde hervor. Das versetzte den Weißhaarigen erst recht in Wut.

»Ich beende das jetzt!«, zischte er und krümmte die Krallenhand. Gleichzeitig stieß er mit dem Schwert zu.

Und für einen Moment blieb die Zeit stehen.

Màr stolperte einen Schritt zurück und keuchte auf. Ungläubig blickte sie auf den sich rasch vergrößernden Blutfleck unter ihrer Brust, aus dem es nur so heraussprudelte. Das Schwert entglitt ihren kraftlosen Fingern, und sie sank langsam zu Boden.

»*Màr!*«

Der Schrei erklang aus zwei Kehlen von zwei Seiten des Saales.

Cady löste sich aus der Runde und stürmte los.

»*Malachit!*«

Màni stand auf dem Bauketttisch, den gespannten Bogen auf den Weißhaarigen gerichtet.

»Dafür stirbst du, du Scheusal!«, zischte die Mondin so voller Hass, dass die normalerweise immer brennenden Öllampen in den Nischen erloschen.

Der Myrkalfr wandte sich ihr in demselben Moment zu.

*

An dem auf ihren magischen Transfer folgenden Vormittag erreichten sie den Fuß des Gebirges, und der höchste Gipfel erhob sich in schwindelnder Höhe über ihnen. In der Mitte des Berges klaffte ein riesiger schwarzer Spalt. Du Heaginn, der Abgrund, der den Berg nicht nur teilte, sondern auch in unbekannte tiefste Tiefen führte.

Fionn spürte starke Herzbeklemmungen, als sie die Gaoluathi anhielten und abstiegen, und einen heftigen Druck im Kopf.

Langsam gingen sie auf Du Heaginn zu, Hrothgar, Ingbar und Rafnag mit gezückten Schwertern, seitlich und hinter dem König.

»Ach«, stieß Peredur plötzlich hervor, griff sich an die Brust und strauchelte.

»Was hast du?« Fionn wollte ihn erschrocken stützen, aber der König taumelte weiter, schien ihn nicht zu bemerken, sein Blick verlor sich in der Leere, und er murmelte etwas vor sich hin, das der junge Bogin selbst bei genauem Hinhören kaum verstehen konnte. Hatte er wirklich *Màr* gesagt?

»Peredur!«, rief er, als sein Freund langsam in die Knie ging und unfähig schien, sich weiterzubewegen. »Helft mir!«, rief er seinen Freunden zu. »Irgendetwas ist mit ihm!«

»Sein Herz?« Hrothgar lief herbei, die Anderen folgten.

»Nein«, erklang eine fremde Stimme, und eine hohe, von Glanz umgebene Gestalt trat vom Berg aus auf sie zu. »Noch ist das Herz sicher. Es muss etwas anderes sein ...«

Fionn blinzelte. »Alskár ...?«, fragte er zaghaft.

»Nein.« Der Mann trat aus dem Licht – und es war Morcant, der Meersänger. Augen, so tief wie das Schwarzmeer, Haare von blauschwarzem Glanz, die Haut von olivfarbenem Schimmer.

Fionn war sofort befangen, denn so hatte er den Hochelben noch nie gesehen, so ... *erhaben*. Es lag wohl daran, dass er sich in seiner Heimat befand, denn im Südreich war er eher eine verträumte Erscheinung gewesen.

Morcant neigte sich über Peredur und murmelte etwas in sein Ohr. Daraufhin klärte sich der bernsteinfarbene Blick wieder, und der König sprang auf. »Morcant, mein Freund!« Er umarmte den Fiandur. »Welch eine Erleichterung. Wo ist Alskár?«

»Wache halten.« Der Meersänger wies Richtung Du Heaginn.

»*Er* ist schon seit einiger Zeit unruhig und will erwachen. Und ich fürchte, nichts wird das mehr verhindern können, denn *sie* ist angekommen, und sie wird ihn wecken. Vom Hass genug geblendet ist sie.«

»Also war Alskár schon die ganze Zeit über hier?«

»Ja. Ich unterstütze ihn. Wir konnten es euch nicht sagen.«

»Weil Ragna es wie immer verhindert hat. Aber die Zeit des Schweigens ist jetzt vorbei.«

Morcant begrüßte Hrothgar, Rafnag und auch Ingbar mit herzlichem Händedruck, und dann kam noch Fionn an die Reihe, der schüchtern abseits stand und sich plötzlich sehr überflüssig vorkam.

»Wollt ihr alle mitgehen?«, fragte der Barde und Schiffsbauer.

»Wir sind nicht soweit gegangen, um nun abseits abzuwarten«, antwortete Rafnag für alle.

»Gut, dann folgt mir. Haltet unterwegs wie zuvor eure Schwerter bereit, um den König zu verteidigen. Ragna versucht Zeit zu schinden. Sie wird Dunkle Diener gegen euch schicken.«

Fionn trat wiederum an Peredurs Seite. »Ich werde ihn auf meine Weise beschützen«, erklärte er fest. »Das ist mein Platz.«

Zusammen gingen sie weiter, und bald bewahrheitete sich Morcants Vermutung. Geflügelte Kreaturen, aus Schatten und Fetzen geboren, verzerrte Abbilder riesiger Fledermäuse, griffen sie an. Hrothgar, Ingbar und Rafnag ließen die Schwerter kreisen, setzten noch dazu Messer oder Äxte ein und verteidigten die drei, die dadurch ungerührt weitergehen konnten – Peredur, Fionn und Morcant.

Schließlich betraten sie Du Heaginn und wanderten den linken Grat ein Stück weit hinauf, und die fliegenden Kreaturen blieben plötzlich zurück. Aus dem *Abgrund* wehte ein heißer, von beißendem Magma erfüllter Wind empor. Der Himmel über ihnen war fast schwarz und hing tief herab.

Und dann hörte Fionn es.

Das Pochen eines Herzens.

»Da ist es«, flüsterte Peredur ergriffen und legte die Hand über die leere Stelle in seiner Brust.

Fionn erblickte nicht weit vor sich eine kauernde, in Weiß gehüllte, schimmernde Gestalt, die einen Stab hielt und leise sang. »Alskár«, wisperte er.

Doch da war noch jemand.

Auf dem gegenüberliegenden Grat erhob sich, vom Wind umtost, die hohe, schlanke Silhouette Dubh Sùils.

Sie lächelte, hart und grausam, und hob den rechten Arm.

In ihrer Hand pulsierte ein Herz aus nassrotem Fleisch, als wäre es gerade frisch der Brust entnommen worden.

»Alskár, komm weg da!« Morcant war mit wenigen Sätzen bei dem Hochkönig der Elben und half ihm hoch. »Es ist zu spät, sie hat das Herz, und niemand kann mehr verhindern, was sie jetzt gleich tun wird. Aber ... die gute Nachricht ist, Peredur ist hier.«

Peredur stand still und blickte zu Ragna hinüber, zur Ursache all seines Leides, der Mörderin seiner Frau und Tochter, Zerstörerin so vieler Leben, Kriegsverursacherin.

Warum tut er denn nichts?, dachte Fionn, hatte jedoch keine Vorstellung, was der König nun genau *tun* sollte, um sein Herz zu holen, das in Ragnas Hand pochte, so nah und doch eine bodenlose Kluft entfernt.

*

Malachit erhob abwehrend die Hand, doch er unterschätzte Mànis Zorn, unterschätzte die starke Verbindung zu ihrer Schwester, unterschätzte ihre Mondkraft. Unter Aufbietung aller Kräfte, auch der magischen, setzte sie mit einem Kampfschrei den Pfeil in Bewegung, löste ihn von der zum Zerreißen gespannten Sehne, schickte ihn auf die Reise, wies ihm die Richtung, und den Weg; unfehlbar, nicht abzulenken.

Es schien ganz langsam zu geschehen, dabei war es rasend schnell. Màr war gerade erst zu Boden gesunken, Cady setzte zum Lauf an, da war der Pfeil bereits unterwegs, und auch Malachits Schnelligkeit konnte nichts daran ändern.

Seine Hand war zur Abwehr erhoben, um den Pfeil aufzufangen, doch die Spitze durchschlug sie da bereits, als wäre sie nichts weiter als ein weiches Blatt. Das Geschoss flog nahezu ungebremst weiter und fand dahinter das ihm zugedachte Ziel. Mit kaum nachlassender Wucht schlug die messerscharfe Spitze in der Stirn des Myrkalfren ein, bohrte sich hinein und blieb erst an den Schaftfedern stecken und kam zur Ruhe.

Cady war auf halbem Wege, da sirrten weitere, *viele* Pfeile durch die Luft, abgeschossen von den Bögen der eingetroffenen Elben, die Màrs Fall gespürt hatten, und sie alle hatten in ihrem Zorn nur ein einziges Ziel.

Malachits schmaler Körper wurde von dumpfen Schlägen dutzendfach getroffen und durchbohrt, bis der Leib darunter kaum mehr zu erkennen war. Das Glühen in seinen Augen erlosch, und er war längst tot, als sein Leib auf dem kalten Marmor aufschlug.

»Màr!« Cady stürzte neben der Gefallenen nieder, bettete ihren Kopf im Schoß, schluchzend und klagend.

Màni war gleich darauf bei ihr, ergriff die Hände ihrer Schwester und presste sie an ihre Brust. »Atme!«, rief sie. »Bei allen Sternen des Himmels, das kann, das darf nicht sein. Nicht jetzt, nicht so!«

»Wir müssen etwas tun«, wimmerte Cady. »Wir müssen sie retten!«

»Niemand kann sie mehr retten, Cady.« Mànis Stimme klang tränenerstickt, sie hatte kaum die Kraft zu sprechen.

»Das hast du schon einmal gesagt!«

»Da war noch mehr Leben in ihr als jetzt. Ich kann kein tödlich verwundetes Herz retten! Es hat nur noch wenige Schläge.«

Cady packte ihre Hand und sah sie wild an. »Ich lasse es nicht zu, bei Hafrens Lilien!«, schrie sie. »Wir werden einen Weg finden! Du bist die Mondin! Und ich die Hüterin des Lebens! Wir haben das *Buch!* Finde einen Weg, verdammt noch mal! Es gibt *immer* einen Weg!«

»Cady...«

»Schweig!«, brüllte die sonst so sanfte junge Boginfrau außer sich, wie sie noch nie jemand vernommen hatte. »Sprich erst wieder, wenn du mir sagen kannst, was zu tun ist!«

*

Lady Kymra war bereits in höchster Sorge, als der Boden zu zittern begann, immer wieder erschüttert wurde von fernen Detonationen. Die Bibliothek hielt stand, ein paar umgestürzte Regale mehr konnten das Chaos auch nicht mehr verschlimmern, und es kam kein Schwarzalb durch den Gang.

Aber auch sonst niemand.

Die Bücherlindwürmer flatterten aufgeregt und ängstlich umher und spuckten kleine Flammen vor Aufregung.

Stunden vergingen.

Dann, plötzlich, schoss eine Staubwolke durch den Gang herein, der diejenigen, die zu nahe standen, umhüllte und sie zum Niesen und Husten brachte.

Und niesend und hustend stolperten nacheinander auch Asgell, Pellinore und Djarfur herein. Nach kurzem Schrecken und Atemholen wurden sie stürmisch begrüßt.

»Wir hatten schon fast nicht mehr daran geglaubt«, bemerkte die Schöne Frau. »Wenn ihr euch dazu in der Lage fühlt, sollten wir gleich nach den Anderen suchen.«

»Na, und ob«, bemerkten sie, dann schnippte der Zauberer mit dem Finger.

»Moment – ich kann ja gar nicht nach draußen. Schon vergessen?«

Lady Kymra schüttelte den Kopf. »Du *kannst*, denn ich bin bei dir. Meine Kräfte schwinden, aber dafür reicht es noch. Ragna ist weit entfernt und konzentriert ihre Kräfte auf andere Dinge. Wir haben Pellinore wieder, also holen wir jetzt dich zurück. Stück um Stück zerlegt sich der Fluch. Er ist ja auch alt geworden.« Sie schmunzelte. »Wie ich, nur ist das bei mir ein bisschen länger der Fall.«

Sie hielt Asgell ihren Arm hin. »Komm, Patensohn. Versuchen wir es.«

»Aber nicht, dass Ihr Euch übernehmt ...«

»Ich habe gutzumachen, was ich in früherer Zeit versäumt habe. Nun will ich das nachholen, bevor ich wirklich zu alt und schwach geworden bin.«

Sie gingen hinaus.

Und den Weg der Lilien hinunter.

Und weiter.

»Wirklich«, bemerkte Asgell staunend, während er sich umsah und fasziniert Schritt vor Schritt setzte, immer weiter fort von seinem Gefängnis, das er liebte und hasste wie nichts sonst. »Das ist eine ausgesprochen *hässliche* Gegend.«

Valnir verschluckte sich fast an dem Stück Brot, das sie gerade in aller Hast zu sich nahm, als sie eine Schar über den westlichen Hang herannahen sah. »Gru! Sag mir sofort, wer das ist!«

Sie hatten die Zeit damit verbracht, die Verletzten zu versorgen. Aus dem befreiten Fjalli waren Versorgungstruppen eingetroffen, die berichteten, das Herrscherpaar sei wohlauf und alle übriggebliebenen Myrkalfren und Schattenkrieger seien verschwunden, nachdem ihr Anführer sie im Stich gelassen hatte und ihr Hauptlager unter Tonnen von Gestein begraben worden war.

»Jetzt fehlt er wieder mal, konnte richtich weit kucken«, murmelte der Oger, richtete sich auf und beschattete die Augen. »Dammich!«, rief er. »Feuer, Axt und Schwefel, das sin' Pellinore, Djarfur – und Asgell!«

Valnir stieß einen Jubelschrei aus, sie musste ihrer Erleichterung Luft machen.

»Un' da is auch noch Lady Kymra, ein Haufen Bogins und ... Ich werd nich' mehr – die kleinen fliegend'n Plagegeister!«

Nun war die Zwergenkriegerin nicht mehr zu halten. Sie rannte los, den Freunden entgegen, winkend und rufend. Als diese sie bemerkten, setzten sich auch die drei Männer in Bewegung, und bald darauf umarmten sie einander lachend und voller Glück.

Valnir konnte das Wunder kaum fassen, Asgell hier draußen zu sehen, so weit von seiner Bibliothek entfernt. Sie hörte sich den Bericht der drei an, und dann war sie an der Reihe, unterstützt von Gru, und löste damit Betroffenheit und Trauer aus.

»Also, na ja, damit is ja dann eig'ntlich alles in Ordnung, nä«, sagte Gru schließlich in die entstandene Gesprächspause hinein. »Ihr passt jetz' gegenseitig auf euch auf, oder?«

Valnir nickte. »Ich werde umgehend nach Sithbaile gehen und hoffe, dass ich nicht zu spät komme.« Sie sah Djarfur an. »Würdest ... du mitkommen?«, fragte sie zögernd.

Ihr einstiger Jugendfreund nickte lächelnd. Er strich ihr eine Strähne aus der Stirn. »Muss mich erst daran gewöhnen, einer leibhaftigen Legende zu begegnen. Aber bisher gefällt mir recht gut, was ich aus alten Tagen wiedergefunden habe.«

»Nun ... du bist jetzt ein Held«, sagte sie unerwartet verlegen.

»Oh? Na, dann passt ja alles, denkst du nicht?« Vergnügt grinsend legte er den Arm um ihre Taille, und Valnir, in solchen Dingen völlig unerfahren, sagte nichts mehr.

Sondern lehnte sich einfach an ihn. »Es ist nur ...«, murmelte sie.

»Ich weiß«, meinte er sanft. »Lass uns gemeinsam trauern, und dann sehen wir weiter.«

»Schön. Das wäre geklärt. Aber was willst du uns eigentlich sagen, Gru Einzahn?«, sagte Asgell zu dem herumdrucksenden Oger.

»Ich tät mich gern verabschieden«, antwortete er. »Hab furchtbaren Hunger, weil's ja hier die ganze Zeit nix zu futtern gab für mich. Un' ... irgendwie is mein Werk ja getan, nä, und da ich hier eh daheim bin, guck ich mal bei meiner Familie vorbei, jetz', wo ich 'n offizieller Held bin.«

Der Zauberer schmunzelte. »Auch bei uns wirst du als Held der Fiandur geführt werden. Hab Dank für alles und eine gute Reise, Gru Einzahn. Vielleicht sehen wir uns eines Tages wieder.«

»Also, wenn ihr mich brauchen tut, dann bin ich halt da.« Der Oger grinste breit, hob grüßend die Hand und machte sich auf den Weg.

Auch die kleine Gemeinschaft entschloss sich, gleich weiter nach Osten zu gehen; je schneller, umso besser, denn wer wusste schon, wie die Dinge in Sithbaile standen. Die Zwerge aus Fjalli gaben ihnen an Vorräten mit, was noch übrig war, dazu ein wenig Ausrüstung, und verabschiedeten sich ebenfalls. Der Sieg war teuer erkauft worden, und sie hatten noch all die Toten, einschließlich Randur, zu bergen und in die Grabstätte des Königreiches zu bringen. Für Blaufrost hatten sie sich etwas ganz Besonderes ausgedacht, um ihn zu ehren. Sie würden ihn als sein eigenes Denkmal setzen, gleich beim Eingang nach Fjalli. Das erforderte einen Schwerttransport, doch sie waren es ihm schuldig, so die einhellige Überzeugung.

Lady Kymra würde noch bis zum Rand des Gebirges mitgehen,

bevor sie schließlich Abschied nähme. Die Bogins und die Bücherlindwürmer wollten lieber gleich umkehren, um mit dem Aufräumen in der Bibliothek zu beginnen. »Bleib nicht zu lang weg«, sagten sie zu Asgell.

Der Weg war lang und beschwerlich, weil sie die gesamte Strecke zu Fuß gehen mussten, dabei lag der Hauptteil erst noch vor ihnen, als sie schließlich den Rand des Gebirges erreichten.

»Keine Sorge«, erklärte Lady Kymra. »Ich habe bereits einen kleinen fliegenden Boten losgeschickt. Nicht weit von hier lebt eine Elbensippe, sie werden euch mit geschwinden Pferden für eure weitere Reise entgegenreiten.«

»Das erleichtert mich«, gestand Valnir. »Nicht, weil ich so erschöpft wäre, sondern so besorgt.«

Da erstarrte Asgell mitten in der Bewegung und griff sich an die Brust.

»Oh«, machte er verwirrt, dann stürzte er wie ein Stein zu Boden.

*

»Und jetzt...«, erhob Ragna ihre unmenschliche Stimme, die weithin durch das Gebirge schallte und sich an den Hängen brach, »erwache, *Ysbaddaden!*«

Fionn taumelte, als habe er einen heftigen Schlag erhalten. »Der *Name*«, stöhnte er auf. »Das ist *sein* Name...«

»Ja«, bestätigte Peredur resigniert. »Verflucht soll sie sein, dass sie ihn jemals ausgesprochen hat!«

»Er wird uns alle vernichten, und sie mit dazu«, sagte Alskár leise und bitter. »Wie kam sie nur auf die Idee, ausgerechnet ihm das Herz in Obhut zu geben und ihn nun zu wecken?«

Aus der Tiefe der Schlucht drang etwas empor. Ein tiefes Grollen, gefolgt von etwas, das sich wie ein langer Atemzug anhörte.

»Wer ist er...«, hauchte Fionn. Ihm war schwindlig und übel, der Druck in seinem Kopf nahm immer mehr zu, und er stand kurz davor, sich zu übergeben.

»Der Einäugige, der König der Formoren«, antwortete Morcant. »Das ist ein schon lange vor unserer Zeit untergegangenes, ebenso finsteres wie mächtiges Volk der Altvorderen. Ysbaddaden, dessen Namen ich jetzt unbedarft aussprechen kann, weil ohnehin alles zu spät ist, ist ein Riese, ein *echter* Riese. Man nennt ihn auch Bencawr, den Hauptriesen. Er könnte die Insel mit einem einzigen Schlag seiner Hand in zwei Hälften spalten. Niemand kann ihn kontrollieren, und es wäre sehr viel besser, hätte er für immer dort unten geschlafen.«

»Sein Auge ist tödlicher als ein heißer Lavastrahl«, fügte Alskár hinzu. »Wir dürfen nicht zulassen, dass er es öffnet, sonst brennt alles von hier bis Sìthbaile. Und das meine ich wörtlich.«

»Aber ... aber das Herz«, stammelte Fionn. »Was hat sie denn mit Peredurs Herz vor?«

»Still«, sagte Morcant. »Er kommt.«

Und so war es.

In die Tiefe kam Bewegung. Langsam, unbeirrbar kam etwas von unten herauf, etwas, das mit Funken und Blitzen nach oben drang und dabei Donner auslöste, weil es die Luft einerseits machtvoll verdrängte, und andererseits zur gleichen Zeit einsog.

»Zeig dich, mein Freund!«, rief Schwarzauge triumphierend. »Lass uns reden über eine neue Welt.«

Eine riesige Hand schob sich über Du Heaginn, und die Männer mussten zurückweichen, um nicht darunter begraben zu werden.

Die zweite Hand folgte, sie drückte den Bergrücken daneben fast zur Seite.

Und dann kam der Kopf, gefolgt vom Rumpf, und er schien genauso riesig zu sein, wie Fionn ihn in seiner Vision gesehen hatte. Er fürchtete, erneut das Bewusstsein zu verlieren, doch selbst dafür war es zu spät.

In Feuer und Flamme richtete Ysbaddaden sich auf. Nicht mehr als sein Oberkörper wurde sichtbar, der Rest blieb noch unter dem Überhang des Abgrunds verborgen, wo er die ganze Zeit über geruht hatte, dicht neben der eigentlichen bodenlosen Kluft.

Er war entfernt menschenähnlich, Haare und Bart brennend, und in der Mitte seiner Stirn prangte ein einzelnes Auge, dessen schweres Lid nahezu geschlossen war. Darunter glühte es wie im Herzen eines Vulkans.

»Weshalb störst du meine Ruhe?«, erdröhnte die Stimme des Riesen, und Fionn hielt sich schreiend die Ohren zu. Er spürte, wie Blut aus seiner Nase schoss.

»Ich hatte dir dies hier zur Aufbewahrung gegeben.« Ragna hielt das Herz hoch. »Und zum Dank hole ich dich zurück und werde dir deinen angemessenen Teil der Insel zurückgeben.«

Ysbaddaden schnaubte. »Ich bin kein Diener, Kriegstreiberin und Blenderin. Du bist zu weit gegangen, und dafür wirst du büßen.«

Fionn stieß einen weiteren lauten Schrei aus.

»Was tust du?«, rief Schwarzauge erbost, doch es war schon zu spät, die Magie einzusetzen.

Der Formorenkönig entriss der Elbenhexe das Herz mit einer magischen Bewegung, hielt es plötzlich auf dem eigenen Finger, wie eine kleine Ameise, führte diesen zum Mund – und verschlang es.

Das Herz.

Peredurs Herz.

»Du Wahnsinniger!«

Ragna schrie wie zuvor Fionn auf und sprang den Riesen an, um das Herz zurückzuholen. Ihr einziges Pfand, ihr wichtigster Machtbeweis.

Da fuhr Ysbaddadens Hand nach vorn, und eine Kralle bohrte sich mit einer solchen Wucht tief in Ragnas Leib, dass sie den schlanken Körper durchschlug und am Rücken in einer Blutfontäne wieder hervortrat.

Funken sprühten aus ihrem Körper, die wirkungslos verpufften, und ihr gewaltiges, bis *jetzt* unüberwindliches Glühen erlosch.

Ysbaddaden hob mit nur dieser einen Kralle die sich krümmende Elbenhexe hoch und fletschte die Zähne.

»Du missbrauchst mich nicht mehr«, grollte er.

Sie war nicht einmal in der Lage, noch einen letzten Fluch auszustoßen. So rasch, so schnell, so endgültig war ihr alles geraubt worden, ohne dass sie es vorhergesehen hatte, ohne dass sie etwas dagegen unternehmen konnte.

Ragna röchelte, Blut schoss wie ein Sturzbach aus ihrem Mund hervor, und ihr Kopf sank im Sterben langsam zur Seite. Ihr Haar wurde schneeweiß und glitzerte kristallen, während das blaue Leuchten hinter ihrem schwarzen Blick versiegte.

Ihre Glieder erschlafften.

Und so verging sie.

Dubh Sùil Schwarzauge, eines der mächtigsten Wesen Albalons, jene Elbenkönigin, die seit Jahrhunderten und Jahrtausenden die Insel in Angst und Schrecken versetzt und in eisernem Griff gehalten hatte, Ragna die Königin und Kriegsherrin, Ragna die Blenderin, starb so unerwartet schnell, einsam und still wie ein Tautropfen in der Sonnenglut der Wüste verdunstet.

Peredur keuchte auf, griff sich an die Brust und sank langsam auf das rechte Knie. Er versuchte sich aufzurichten, doch das bewirkte nur seinen endgültigen Sturz. Er fiel auf den Rücken, den Blick himmelwärts gerichtet, seine erblassenden Lippen flüsterten unhörbar ein einziges Wort.

Fionn stürzte zu dem gefallenen König, ergriff seine Hände. »Bei allen Mächten des Himmels, der Erde und der Unterwelt, so darf es nicht enden!«, schluchzte er. »Hafren, o Herrin der Flüsse und Seen, gib mir die Kraft, ihn zu halten!«

Aber wie sollte der fernen, toten Hafren gelingen, was ihr einst als Lebende verwehrt geblieben war? Sie war zusammen mit ihrer Tochter Åladís der eigenen Schwester zum Opfer gefallen und hatte weder den Untergang des Reiches noch den Diebstahl von Peredurs Herz verhindern können. Mochte auch die Essenz ihrer Macht weiterhin in den Flüssen und Seen ruhen, und besonders in ihrem Wahrzeichen, den Lilien, so gab es nichts auf diesem kahlen, toten Berghang, das Fionn Kraft hätte spenden können.

Ysbaddaden ragte über ihnen auf, hielt immer noch die tote Elbenkönigin hoch, und das schwere Lid über seinem einzigen Auge begann langsam, sich zu heben, um mit einem einzigen Blick Tod und Vernichtung über sie alle zu bringen.

»Bring dich in Sicherheit, Fionn, ich bitte dich«, wisperte der Sterbende. Seine großen, einst so starken Hände lagen schwach in den kleinen Händen des Bogins. Die Haare waren schneeweiß geworden, die Haut verblasste zu Grau, die Augen waren vom Schleier des Todes überzogen, und der junge Mann sah, wie das Feuer darin langsam verglühte. »Geh, ich bitte dich.«

»Ich kann nicht«, wimmerte Fionn. »Steh auf und komm mit mir! Du hast es schon einmal getan!«

Peredur seufzte. »Damals war ich noch Tuagh, bevor du mich gezwungen hast, wieder Peredur zu werden. Damals war alles so einfach, denn mein Herz war zwar nicht in mir, doch es schlug ... irgendwo. Nun ist es also geschehen, die Geschichte ist beendet, und wir wussten die ganze Zeit, wie sie endet, das ist keine Überraschung. Du weißt besser als jeder andere, dass ich mich darauf vorbereitet hatte, und es war nicht verkehrt, denn ich schaffe es nicht mehr, mein Freund. Es ist vorbei. Mein Herz ist vernichtet, auf immer. Ich spüre, wie es in seinen Eingeweiden verbrennt ... und mit ihm mein Leben.«

»Nein!«, schrie da Ingbar auf, Ragnas Sohn. »Ich lasse das nicht zu, du mörderisches Unding! Du wirst dafür bezahlen, was du getan hast! Er ist mein König, und der König Albalons, nicht *du!* Nicht Ragna, nicht Ysbaddaden, nicht *irgendein* Ungeheuer! Niemals wieder!« Er stürmte mit dem Schwert auf den Riesen zu und sprang in einem gewaltigen, für Menschen völlig unmöglich weiten Satz in die Luft. Er flog über die Kluft hinweg und legte alle Kraft in seinen Schlag, denn er wusste, er hatte nur diesen einen.

Das Lid war schon zu einem Viertel geöffnet, und der Halbelb schrie auf, als der erste Strahl daraus ihn traf und ihn mit Flammen umhüllte. Doch warf ihn das nicht aus der Bahn, dies war sein Moment und seine Macht, und er vollendete seinen Sprung und stach zu.

Ragnas Sohn, Ingbar der Zweifler, trieb das Schwert bis zum Heft in das Auge des Riesen. Der Formorenkönig brüllte, dass Gesteinsplatten aus den umliegenden Hängen platzten und donnernd in den Abgrund stürzten; Blut schoss aus dem Augapfel, überspülte Ingbar wie eine schwarze Flut und verbrannte ihn endgültig. Noch im Sterben behielt er aber die Hand am Heft des Schwertes, drehte es ein letztes Mal in der Wunde und trieb es umso tiefer hinein, bis es das Gehirn des Formorenkönigs erreichte und zerfetzte.

Ingbars Lachen schallte über alles hinweg, und zum ersten Mal klang es befreit, aus tiefster Seele heraus, ohne Zweifel, ohne Düsternis. Er war über den Schmerz hinaus und vollendete seine Aufgabe.

Der Riese schwankte, sein Auge erlosch, der Schrei erstarb abrupt, und dann fiel er, stürzte zusammen mit dem brennenden Ingbar und dessen toter Mutter Ragna in den Schlund Du Heaginns. Sein Fall trug ihn über den Abhang hinaus und so tief in die darunter liegende Bodenlosigkeit, dass kein Licht der Welt, auch kein magisches, hinabreichte.

Sie waren vergangen, für immer.

KAPITEL 10

VOLLENDUNG

Am Rand des Abgrunds bettelte Fionn laut klagend um das Leben seines Freundes. Was so lange so stark gewesen war, konnte nicht innerhalb eines Augenblickes vergehen, denn es war zu sehr mit dem Leben verbunden. Noch atmete er, aber er wurde stetig schwächer.

»Welch ein Wunder seid ihr Bogins eigentlich? Du schenkst mir Zeit, die mir an sich nicht mehr zusteht«, flüsterte Peredur und es gelang ihm ein Lächeln. »Ich sollte längst zu Asche zerfallen sein.«

»Ich lasse dich nicht gehen!«, heulte Fionn. Er blickte auf, als er jemanden nahen spürte, und Licht fiel auf ihn, übergoss ihn und seinen vergehenden Freund mit einem strahlenden Schimmer, der den dunklen Ort erhellte und dennoch keinen Trost spendete.

»Hoher Herr Alskár!«, rief er. »Was kann ich tun? Es muss doch eine Möglichkeit geben, ihn zu retten!«

»Er hat tausend Jahre überlebt, solange sein Herz schlug, wenngleich fern von ihm.« Der Hochkönig der Elben kniete sich neben den wimmernden Bogin und legte seine Hand auf die Brust des Sterbenden. »Ich weiß nicht, was wir tun können, Fionn, er hat weit über seine menschliche Zeit hinaus gelebt, ausschließlich durch Magie.«

»Dann kann Magie ihn ein zweites Mal retten!«, rief der junge Bogin. »Es *muss* einen Weg geben, ich bitte Euch, flehe Euch an! Was soll aus Albalon werden, ohne ihn, in diesen dunklen Stunden? Wir verdanken ihm alles, und wir brauchen ihn jetzt mehr denn je! Ich kann das nicht zulassen! Und ... und denkt auch an Asgell, seinen Bruder! Wenn Peredur stirbt, stirbt auch er!«

Er spürte eine Hand auf seiner Schulter und erkannte Morcant neben sich, der lautlos hinzugetreten war. Fionn war, als hörte er das Meer rauschen und den Ruf der Möwen darüber. Das Licht in den Augen des Barden überstrahlte auf einmal das Alskárs.

»Es gibt vielleicht einen Weg«, sagte der Meersänger leise. »Ich kann möglicherweise helfen. Wenn ... *wenn* du bereit bist, etwas zu erbringen.«

»Erbringen?«

»Ein Opfer, Fionn. Ein sehr großes Opfer.«

»Alles werde ich ihm geben«, wimmerte Fionn und umklammerte die Hand Peredurs, aus der bereits die Wärme wich. »Mein Leben, wenn es sein muss.«

»Das ist es. So sei es denn«, sagte Morcant und nickte Alskár zu.

Hrothgar und Rafnag humpelten heran. »Fionn ... tu das nicht«, baten sie vereint. »Das ist zu viel. Ein unmögliches, viel zu großes Opfer.«

»Was muss ich tun?«, fragte der junge Bogin und blieb hartnäckig bei seinem Entschluss, während seine Finger panisch Peredurs Hand umklammerten, der zusehends dahinschwand. Sein Geist weilte bereits nicht mehr hier, seine Augen waren geschlossen, und sein Atem nur noch ein Hauch. »Und schnell! Sonst gelingt es nicht mehr ...«

Morcant sprach ruhig. »Halte ihn noch wie jetzt, wir brauchen ein wenig Vorbereitung.«

»Bist du sicher, dass es gelingen kann? Ich werde dir an Kraft geben, was ich vermag, aber ist das ausreichend?«, fragte der alte Elbenkönig besorgt. »Wir ... haben das noch nie getan. Es war immer nur Theorie. Und ich ging davon aus, dass nur Mondmagie dazu in der Lage wäre.«

»Das gilt nicht für mich, mein alter Freund«, erwiderte Morcant gelassen. »Du vergisst, wer meine Eltern waren.«

»Ich weiß es nicht einmal.«

»Lassen wir es dabei bewenden.« Er wandte sich Fionn zu. »Du weißt, was geschieht?«

Der junge Bogin sah zu dem Elb hoch, den er in diesem Moment nur als wogendes Meer wahrnehmen konnte. »Irgendwas mit meinem Herzen, richtig?«

Morcant nickte. »Die Hälfte davon. Willst du sie Peredur geben?«

»W... was redest du da? Ich dachte, ich muss es ihm ganz geben?«

»*Dazu* wärst du bereit gewesen?«

»Was denn sonst, Morcant? Ich habe doch gesagt, ich bin bereit, *alles* zu geben!«

Der Meersänger legte ihm seine Hand auf die Stirn. »Das ist gar nicht erforderlich, mein großherziger Freund. Die Hälfte genügt leicht, denn das ist schon mehr, als manch einer sein Leben lang mit sich herumträgt.«

»Und wir?«, fragten die beiden Männer.
»Kniet euch neben ihn, haltet ihn. Fionn, leg deine Hände auf Peredurs Brust.« Morcant ließ sich neben ihm nieder, beließ seine Hand auf Fionns Stirn und legte die andere Hand ebenfalls auf die Brust des Sterbenden. Alskár stellte sich dicht neben ihn und legte seine Linke auf das Haupt des Meersängers. Als dies geschah, strahlten beide so hell auf, dass ihre Gestalten in dem Leuchten kaum mehr kenntlich waren.

Dann fing Morcant an zu singen, und er sang so, wie er noch nie gehört worden war, weder von Mensch noch von Elb. Seine Stimme erklang überirdisch, als käme sie direkt aus dem Himmel. Sie schien getragen von den Sphären, in ihnen dahinschwingend, und es war wie ein zärtliches Lied des Windes über dem sanften Rauschen des Meeres.

Fionn spürte, wie etwas mit Macht in ihn hineinströmte, ihn mit Licht erfüllte, als wäre er bisher ein leeres Gefäß gewesen, in das nun Erleuchtung gegossen wurde. Es schien gar kein Ende zu nehmen, aber seltsamerweise war er nicht besorgt, dass es zu viel werden könnte, denn da war genug Platz für immer noch mehr. Er merkte, wie er langsam in dem Licht wuchs und zu wahrer Größe fand, doch er wusste auch, dass dies nur geliehen war und nicht für ihn gedacht. Als Gefäß war er auserkoren, das, sobald es vollständig gefüllt wäre, diesen Trank weitergeben würde.

Es tat nicht weh; eigentlich fühlte er in diesem Moment außer dem Gesang und dem Licht gar nichts. Er konnte auch den Boden unter sich nicht mehr spüren oder die Berührung seiner ihn stützenden Freunde. Leer und offen verharrte er und sah sich selbst dabei zu, wie er sich langsam füllte, Tropfen um Tropfen.

Schließlich war es soweit. Er spürte, dass es vollendet war und sich im nächsten Moment neigen musste, um das, was er in sich aufgenommen hatte, weiterzugeben. Wie Ridirean, die Ritteruhr in Sithbaile, und nun erkannte er ihren Sinn.

Er konzentrierte sich auf seine auf Peredurs Brust liegenden Hände und öffnete sich, ließ alle Gaben aus sich heraus- und durch seine Hände hindurch in die Leere hineinströmen, und nun begriff er, was es bedeutete, *sein Herz zu geben*.

Immer noch empfand er keinerlei Schmerz, und er hatte keine Angst. Es war alles so, wie es sein sollte, wie er es wünschte, und er fühlte sich weiterhin erfüllt, obwohl gerade alles aus ihm floss. Doch im gleichen Maße sprudelte auch etwas wieder in ihn hinein – das Gefühl ungeheuren Glücks. Leben zu schenken, etwas wachsen und gedeihen zu sehen, genau das war es, wozu ein Bogin sich berufen fühlte, darauf beruhte seine ganze Kraft. Eine Kraft, für die man keinen großen Körper oder starke Muskeln brauchte, sondern einzig das, was in ihm war.

Ein Herz, groß genug, sich zu teilen.

Fionn spürte, wie er *etwas* in die Brust des Mannes hineinpflanzte, wie einen Samen in fruchtbares Erdreich, wie er es behutsam umhüllte und mit seinem Schutz umgab, auf dass es keimte und gedieh. Er tränkte den sprießenden Keim mit seinen Tränen und dem Licht und dem Gesang der Welt. Er spürte die Verbundenheit mit Allem und empfand sich als wahres Eins.

Und dann...

Dann spürte er ein zartes, noch leicht stockendes Pulsieren, das sich jedoch rasch festigte und zusehends stärker wurde. Er sah, wie etwas in Peredurs Brust aufglühte, dort, wo bisher ein Loch gewesen war und nichts als Leere. Es war noch nicht viel, war noch klein. Aber es war kräftig, es würde wachsen, und es *schlug*. Im Takt von dem, was in Fionn verblieben war, die *andere* Hälfte.

»Das ist es«, hauchte er unter Tränen. »Er lebt. Er *lebt!*«

Die Kräfte verließen ihn, und er sank über seinem Freund zusammen.

Hrothgar und Rafnag saßen völlig erschöpft da, als wären sie Stunde um Stunde gerannt. »Was ... was ist mit dem Kleinen?«, erkundigte sich Rafnag stockend.

Morcant erhob sich, mit dem Bogin in seinen Armen. »Er braucht Ruhe«, antwortete er.

»Kann er ... wird er ...«

»Er ist sehr schwach. Kein Wunder, wenn man nur noch ein halbes Herz hat. Aber Fionn besitzt einen ungeheuer starken Willen. Er will leben, also wird er es auch.«

Hrothgar war erschüttert. »Sein Gesicht ... die Haare!«

»Ein halbes Leben. Ja. Das ist der Preis.«

»Aber wird er auch wieder erwachen? Zu Bewusstsein kommen?« Rafnag rappelte sich hoch und strich behutsam über Fionns blasse Stirn, als könne er ihn damit gleich aufwecken.

»Das weiß nur er allein.«

»Wie es aussieht, hat Tiw mit seiner einst spöttisch gemeinten Bemerkung recht gehabt«, ließ sich Alskárs Stimme vernehmen. »Albalon existiert durch die Bogins. So hat es alle Fährnisse und Zerstörungen der Vergangenheit überstanden und immer wieder einen Neuanfang gewährt. Nicht nur euch Menschen, sondern uns allen.« Der Hochkönig der Elben sah sehr gealtert und erschöpft aus, und ein Großteil seines Glanzes war erloschen. Seine hohe Gestalt beugte sich leicht, und den Stab, den er zuvor benutzt hatte, um Ysbaddadens Schlaf zu beeinflussen, benötigte er nun als Stütze.

Morcant indes sah nicht so aus, als habe er vor, Fionn wieder abzulegen, oder als würde er ihm zu schwer. Er hielt ihn weiterhin schützend wie ein Kind; es war das Einzige, was er für ihn tun konnte. Alles Weitere würde sich zeigen.

Ein Husten und Keuchen ließ alle herumfahren. Peredur regte sich!

»Mein König!«, rief Hrothgar und stürzte zu ihm, gefolgt von Rafnag, und sie halfen ihm, sich aufzusetzen. Benommen hielt Peredur sich den Kopf, sah verwirrt um sich, und dann stutzte er und presste die Hände an die Brust. Gleichzeitig sah er, wie Fionn in Morcants Armen lag.

»Habe ich also ... nicht geträumt?«, stieß er verstört hervor. Langsam stand er auf, taumelte wie ein Betrunkener, verlor beinahe den Halt. »Es ... es ist alles so anders.«

»Du solltest jetzt wieder gut Acht auf dich geben, Bruder«, sagte Morcant lächelnd. »Vorbei ist's mit der Unsterblichkeit. Und wenn du dich schneidest, blutet es länger, und du behältst Narben zurück.

Abgesehen von dem Schmerz, den du intensiver denn je empfinden wirst.«

Peredur drehte sich staunend wie ein Kind um sich selbst, tastete sich ab, kniete nieder, strich mit den Fingern über den Boden, stand wieder auf und atmete tief ein und aus. »Ich ... hatte vergessen, wie es ... war. Wie es ... *ist*.« Seine tiefe Stimme ertönte andächtig, und ein besonderer Klang schwang darin mit.

»Du hast weiße Haare«, bemerkte Rafnag.

Der König befühlte spontan seine Haare, dann lachte er. »Ich hoffe, wir müssen nicht alle Spiegel verhängen.«

»Nein«, sagte Hrothgar. »Du ... du siehst aus wie ein König. Mehr denn je.« Verwirrt, ehrerbietig, verneigte er sich.

Rafnag nickte. »Abgesehen von den Haaren wirkst du nicht älter als Mitte vierzig.« Dann verneigte er sich ebenfalls und wirkte schüchtern, was normalerweise keine seiner Eigenschaften war. »Der Hochkönig ist nun *wahrhaftig* zurückgekehrt.«

Peredur schüttelte den Kopf, auf seinem Gesicht spiegelte sich der Sturm an Gefühlen wieder, der in ihm toben musste, seit er ins Leben zurückgekehrt war. Es war fast zu viel, was da auf ihn eindrang, und damit musste er erst fertigwerden. Er schwankte zwischen Schmerz und Hochgefühl und jedem denkbaren Eindruck dazwischen. Jeder Schritt, jede Muskelanspannung schien ihm etwas Neues, Intensives; etwas, das er zum ersten Mal tat, jedoch als Erwachsener, nicht als Kind.

Langsam ging er auf den Meersänger zu, strich über Fionns Wange, dann neigte er sich und küsste den Bogin auf die Stirn. Tränen rannen aus seinen Augen, und er war für den Moment unfähig zu sprechen.

Die anderen schwiegen ebenfalls überwältigt. Noch mussten sie sich alle mit der neuen Situation zurechtfinden. Peredur lebte, obwohl sein Herz vernichtet war, und durch den Tod von Ragna und Ysbaddaden war eine große Dunkelheit von Albalon gewichen. Eine stickige Decke war fortgenommen, die in all den Jahrtausenden niemand so richtig wahrgenommen hatte, und die doch als Last über dem Leben gelegen und es fortwährend niedergedrückt hatte. Jetzt schien alles viel leichter, freier. Selbst der Himmel hob sich, und er erstrahlte in weichem Blau, während die Sonne im Westen allmählich ins Meer sank.

Hrothgar und Rafnag näherten sich vorsichtig dem Du Heaginn. Sie kreuzten die Arme vor der Brust und verneigten sich, rituelle Worte murmelnd, um Ingbars Opfer zu gedenken und den Freund, der sein Leben für sie gegeben und den Schrecken beendet hatte, zu ehren. Wahrscheinlich war es so das Beste für ihn, da er endlich seinen Frieden gefunden hatte. Und gleichzeitig war er es gewesen, der der Geschichte die entscheidende Wendung gegeben hatte. Das würde niemals vergessen werden.

»Ich werde ihn vermissen«, sagte der braunhaarige Mann, und sein schwarzhaariger Begleiter nickte.

»Er war ein wichtiger Teil der Fiandur.« Rafnag hob die Schultern. »Schätze, das war es dann überhaupt mit unserer kleinen Verschwörergemeinschaft.«

»Sie wird neu erstehen«, erklang Peredurs Stimme hinter ihnen. »Auf einer anderen Basis, als Gemeinschaft, die dem Wiederaufbau dient.«

Ein Stück weiter den Hang hinauf glitzerte plötzlich die Luft, und dann trat Cervus aus einer schimmernden Öffnung, größer noch als die beiden Hochelben, mit ausladendem Geweih.

»Folgt mir, meine Freunde«, sprach er mit borkenrauer Stimme. »Ich bringe euch nun dorthin, wo ihr Ruhe und Erholung erfahren werdet.«

Hrothgar und Rafnag zögerten und blickten unsicher zu Peredur, der auffordernd nickte.

Alskár schritt als Erster durch das Glitzern, auf das der Uralte wies, dann folgte Morcant mit Fionn auf den Armen, anschließend die beiden Männer.

Peredur ging als Letzter hindurch, verhielt kurz, bevor er bewusst diesen einen Schritt tat, ohne sich noch einmal umzudrehen.

*

Sie wurden in Brandfurt im heiligen Hain erwartet und in Empfang genommen. Zwei Elben kümmerten sich sofort um Fionn. In einer Trauerlinde wurde ein Lager für ihn gebaut, sodass er weich und geschützt in den Ästen ruhen konnte, umgeben von Licht und Wärme und dem Duft der heilenden Blüten. Heilerinnen wuschen und pflegten und versorgten ihn und legten neue Kleidung bereit, die er anlegen sollte, sobald er erwachen würde.

Niemand wusste, ob und wann das geschehen würde.

Auch Hrothgar und Rafnag wurde Fürsorge zuteil, doch bevor sie überhaupt daran dachten, ihre geschundenen Körper zu reinigen und zu pflegen, baten sie um einen riesigen Humpen starken Elbenweines, und der Wunsch wurde ihnen schmunzelnd erfüllt.

»Können wir dich unbesorgt allein lassen?«, fragten sie ihren König.

»Natürlich«, antwortete Peredur lächelnd. »Gönnt euch die Erholung, ihr habt sie euch verdient.«

Doch kaum entfernte er sich von ihnen, verschwand das Lächeln aus seinem Gesicht. Cervus und Alskár erwarteten ihn schon, auch Morcant stand bei ihnen.

»Du möchtest nun alle Nachrichten hören«, sagte der Uralte. Er drückte kurz die Hand des Königs. »Ich bin voller Freude, dich wohlauf und am *Leben* zu sehen. Dir wurde ein einzigartiges Geschenk zuteil. Ich hoffe, du wirst es angemessen würdigen.«

»Das werde ich, Ehrwürdiger«, versprach Peredur und verbeugte sich tief.

Dann klärte Cervus ihn und seine Elbenfreunde über die Vorgänge im Südreich auf. Es war so viel, dass Peredur, in dessen Inneren immer noch Aufruhr und Durcheinander herrschte, es kaum erfassen konnte. Doch er war überaus glücklich zu erfahren, dass Sithbaile von Malachit befreit worden war, und dass Meister Ian Wispermund die Regierungsgeschäfte übernommen hatte, bis der König eintraf.

»Es ist bereits ein Bote unterwegs, um deine Rückkehr anzukündigen. Sie werden diese Nachricht allesamt sehr bang erwarten.«

Peredur wagte kaum, nach Asgell zu fragen. »Hat ... er es noch geschafft, während ich da oben ... lag?«

Cervus nickte. »Lady Kymra war bei ihm. Genau wie du schwebte er eine Zeitlang zwischen Leben und Tod, doch die Schöne Frau gab ihm all ihre Kraft und wandte dabei die Urmagie an, um ihm ein zweites Leben zu ermöglichen. Da er ein wahrer Zauberer ist, waren wichtige Voraussetzungen gegeben, ihm diese Energie zu übertragen. Er kann nun genau wie du neu beginnen.«

»Und ... die Lady?«

»Nun, sie wird dahinschwinden. Mit diesem letzten Akt hat sie alles verbraucht, was ihr zugestanden worden war. Es war ihr Wille. Sie ist zu den Tylwytheg zurückgekehrt und wird dort ihren Abend beschließen.«

Peredur nickte betroffen. »So viele Opfer wurden gebracht… für uns.«

»Für Albalon, und das seid nun einmal ihr, du und Fionn, dein Bruder, und noch mehr«, erwiderte Alskár. »Mach dir keine Gedanken, Junge. Selbst die Unsterblichkeit findet einmal ihr Ende, wenn die Kräfte und der Wille schwinden, sich hier zu halten. Eines Tages kommt der Moment, da wir uns wandeln werden. Doch wir sterben nicht einfach, wie du vielleicht annehmen magst, sondern gehen in Albalon auf und bleiben ein Teil der Kraft und des Atems.«

»Danke«, sagte er leise. »Ich bin voller Freude, dass mein Bruder lebt und endlich frei ist.«

»Er wird dich in Sìthbaile erwarten, zusammen mit einigen Anderen.« Cervus zeigte ein kurzes, blatthelles Lächeln und hob die Hand, als wolle er einer weiteren Frage zuvorkommen. »Ich weiß, dass du mich noch um eine weitere Antwort ersuchen möchtest. Doch diese kann ich dir nicht geben. Das hat seine Gründe, die ich nicht erläutern werde. Du weißt besser als jeder andere, dass manche Dinge nicht vor der Zeit ausgesprochen werden dürfen. Gedulde dich, du wirst alles erfahren, wenn es soweit ist. Erhole dich jetzt, um deine Geschichte und die Albalons neu zu beginnen, und das wird noch alle deine Kräfte erfordern.« Er berührte kurz seine Stirn in einer segnenden Geste. »Ich werde euch nun verlassen, mein Werk ist getan.«

»Dank und Ehre Euch, Hochverehrter.« Peredur und Morcant verbeugten sich tief, als Cervus sich anschickte zu gehen. Auf halbem Wege drehte er sich noch einmal um und streckte Alskár die Hand entgegen. »Kommst du, alter Freund?«

Die beiden Männer starrten den Hochkönig der Elben erschrocken an.

Alskár lächelte versonnen. »Ja, auch für mich wird es Zeit zu gehen, meine Freunde. Ysbaddaden in Bann zu halten hat meine Kräfte verbraucht, und was ich noch übrig hatte, gab ich dir mit Freuden, Peredur. Nun bin ich müde. Ich brauche Schlaf und Erholung. Daher werde ich Cervus begleiten.«

»Du wirst nicht… zurückkehren?«

»Nein.«

»Die Vergangenheit soll enden«, fügte Cervus hinzu. »Das gilt auch für uns. Ihr seid an der Reihe.«

Alskár umarmte Morcant, dann Peredur, nickte ihnen grüßend zu und ging zu Cervus, und sie verschwanden in einem Schimmern und Glitzern.

Kaum war Alskár fort, da umgab Morcants Kopf plötzlich ebenfalls ein Glitzern, und dann erschien ein schmaler silberner Reif um seine Stirn, der zuvor noch das Haupt des Hochkönigs gekrönt hatte.

»Upps«, machte der Meersänger ganz unköniglich und unelbisch und tastete verblüfft die Krone ab. »Darüber ... darüber werden wir noch reden.«

Sie gingen zu dem Versammlungsplatz zurück, wo alles wieder so war, als habe es nie einen Überfall gegeben ... zumindest beinahe. Pflanzen mussten nachwachsen, und hie und da zeigten sich noch dunkle Brandflecken. Aber die Elben waren frohen Mutes und gewillt, die Zusammenkunft fortzusetzen und zu bleiben, bis alles geklärt wäre. Sie feierten ein zweites Neujahrsfest ganz besonderer Art.

Peredur hielt Morcant auf. »Bevor sich jetzt alle auf mich stürzen, damit ich nicht länger ungewaschen und stinkend ihren heiligen Ort besudle ... da ist noch eine Sache, über die Cervus nicht gesprochen hat.« Eigentlich hatte der Uralte sich geweigert, darüber zu reden, und stattdessen eine Warnung ausgesprochen, aber Peredur wollte nichts unversucht lassen, um doch noch Aufklärung zu erhalten.

»Ich weiß«, sagte sein Freund. »Und ich weiß auch, wie er seine Weigerung begründet hat.«

»Bitte ... ich muss es erfahren.« Verzweiflung schwang in seiner tiefen Stimme mit.

Morcant hielt seine Schultern. »Es tut mir leid, Bruder«, sagte er sanft, mit einem Anflug von Trauer. »Wenn Cervus keine Antwort hat, wie soll es mir möglich sein? Eine Dunkelheit liegt darüber, die ich nicht zu durchdringen vermag.«

»Ich kann es nicht spüren ...«, flüsterte der König. »Und dabei dachte ich, wenigstens ... Gewissheit erlangen zu können, nachdem ich zuvor ...«

»Es muss nichts Schlechtes bedeuten, mein Freund«, fuhr Morcant fort. »Es kann auch dem Schutze dienen. Wer weiß, was geschehen ist. Vielleicht hat dich deine Ahnung auch getrogen.«

»Ja ... vielleicht.« Peredur schluckte, sein Gesicht verzerrte sich vor Schmerz; daran war er nicht mehr gewöhnt, und es erschütterte ihn bis auf den Grund seiner Seele.

»Hat Cervus zu dir nicht gesagt, dass man keine Antwort vor der Zeit erwarten darf?«

»Doch, das hat er.«

»Nun siehst du. Du wirst dich bis zu deiner Rückkehr gedulden müssen.«

»Und wenn ich eine Botschaft an Màni schicke?«

»Ich denke, sie ist der Grund des Dunkels. Sie ist äußerst vorsichtig und gewissenhaft. Lass es ruhen, Peredur, mit magischen Dingen ist nicht zu spaßen, das weißt du besser als jeder andere.« Der Elb drückte die Schulter des Menschen. »Du darfst jetzt nicht darüber nachdenken, Cervus hat nicht ohne Grund diese Warnung ausgesprochen. Du wirst Gewissheit erlangen, und das früh genug. Auch du, genau wie wir alle, benötigst aber zuerst Ruhe und Erholung, bevor du dich deiner Pflicht stellst.«

Der König nickte. »Und dann ... ist da vor allem Fionn.«

Der Sommer schritt dahin. Die Menschen erholten sich wieder von den Strapazen, und Morcant kämpfte vergeblich darum, die Krone des Hochkönigs nicht tragen zu müssen. Alskárs Dahinscheiden war sofort bei den Elbensippen bis in den hohen Norden bekannt geworden, sie konnten es alle gleichermaßen spüren, bis zum jüngsten Kind, und nach und nach trafen immer mehr Vertreter ein, um dem Ereignis zur Einführung seines Nachfolgers beizuwohnen und ihre Stimme abzugeben.

Versammlung um Versammlung bestätigte ihn mehr und mehr darin, und am Ende stimmten sie einstimmig für ihn. Morcant bat ein letztes Mal darum, von der Verpflichtung befreit zu werden, doch nicht einer der Anwesenden war gewillt, das zuzulassen.

Sein Einzug in Rícathaír wurde bereits in die Wege geleitet, und dazu würden so viele Elben wie schon lange nicht mehr aus ganz Albalon zusammenkommen.

Dem Hochkönig der Insel huldigten die Anwesenden bereits jetzt, das Fest zu seiner Rückkehr in Sìthbaile würden sie den Menschen und allen Anderen überlassen, von denjenigen abgesehen, die in der Stadt verbleiben würden.

»Ihr seid auf dem Thron bestätigt, nun, da Ihr wieder der seid, der Ihr einst wart«, erklärte ein Sprecher und überreichte Peredur eine Schriftrolle, die sie alle unterzeichnet hatten. »Das soll Eure Anerkennung und den Frieden besiegeln. Mögen wir gemeinsam Albalon zu neuer Blüte führen, gefestigt durch den Bund Eurer Freundschaft mit unserem Hochkönig Morcant.«

Peredur nahm den Bündnisvertrag an und dankte mit angemessenen Worten. Nach und nach fand er zu sich selbst und der ihm zugedachten Rolle zurück. Obwohl er noch von tiefer Trauer aufgrund all der Verluste erfüllt war, fand er Trost in dem Gedanken, dass sein jahrhundertelanger Freund, der besonnene und zugleich weltoffene Morcant, das Oberhaupt der Elben sein würde. Das erleichterte vieles. Und auch der Meersänger schickte sich letztlich in die Fügung, denn es stimmte nun einmal, dass er nicht nur in Bezug auf seine Abstammung dafür vorgesehen, sondern auch der Mächtigste von allen war; im Grunde übertraf er Alskár darin sogar noch.

Zwischen all den Versammlungen und Banketten wechselten sich Peredur, Morcant, Rafnag und Hrothgar mit der Wache an Fionns Lager ab, damit er nicht allein war, sobald er zu sich käme.

Bisher war nicht erkennbar, ob das eines Tages überhaupt der Fall sein würde.

*

Das erste Herbstgold schlich sich bereits in so manche Blätterspitzen, als Fionn erwachte. Und genau in diesem Moment war er tatsächlich allein, Zufall oder nicht.

Er öffnete die Augen und setzte sich auf. Tastete sich ab und freute sich, wieder »ganz bei sich« zu sein.

Er erinnerte sich an alles, und er wusste auch, wo er war. Obwohl er tief in sich zurückgezogen gewesen war, hatte er noch einen gewissen Teil der Geschehnisse um sich herum mitbekommen. Aber sein Geist hatte diese Pause benötigt, ebenso wie sein Körper, der sich erst daran gewöhnen musste, nur noch ein halbes Herz zu haben.

Langsam reckte er die Glieder und gähnte herzhaft. Er fühlte sich ausgeruht und erholt nach diesem langen, traumlosen Schlaf. Vorsichtig stand er auf. Er stellte erfreut fest, dass er das überhaupt noch konnte und nicht zu schwach geworden war, entdeckte Waschschüssel und neue Kleidung, und machte sich fertig.

Andächtig strichen seine Finger über den kostbaren, fein gewirkten Elbenstoff, der auf Maß nach Boginart geschneidert war. Er fand auch seinen Urram, und das Wichtigste, das von Peredur versiegelte Dokument, das inzwischen reichlich mitgenommen und fleckig aussah, aber er war sicher, dass der Inhalt noch lesbar wäre. Vor allem aber konnte Peredur nun doch noch persönlich bezeugen, was er den Bogins vermacht hatte.

Heiter stieg Fionn den Baum hinab und ging den Geräuschen von Stimmen nach, um mitzuteilen, dass er erwacht war. Eigentlich fühlte er sich nicht anders als sonst, trotz des halben Herzens, und das war das Beste daran.

Alle hatten sich zu einem großen Bankett eingefunden, es mochten weit über zweihundert Personen sein, die meisten von ihnen gekrönte Häupter in edlen, aufwändigen Gewandungen, und Fionn war sicher, dass es einen Grund dafür gab. Er würde ihn erfahren. Die Stimmung war gelöst, und Fionns Miene hellte sich auf, als er seine vier Freunde in der Mitte der größten Tafel entdeckte.

Langsam näherte er sich den Feiernden und überlegte, wie er sich bei all dem Lärm bemerkbar machen sollte, doch da bemerkte der erste der Anwesenden ihn auch schon und ließ Besteck und Teller fallen, und der Nächste seinen Becher; das fiel auf und Augen wurden aufgerissen. Dann trat schlagartig völlig Stille ein und alle wandten sich ihm zu, während seine Freunde mit entgeisterten Gesichtern aufsprangen.

Fionn, eingeschüchtert durch die plötzliche, ungeteilte Aufmerksamkeit, die ihm von den hochedlen Anwesenden zuteil wurde, hob zaghaft eine Hand und sagte mit dünner Stimme: »Äh ... hallo.«

Bevor er weiterreden konnte, geschah etwas Unglaubliches. Alle Elben, ohne Ausnahme, erhoben sich gleichzeitig.

Und dann verneigten sie sich vor ihm.

*

Fionn stand still und klein da, voller Schrecken und Verlegenheit, er wagte nicht einmal mehr zu atmen. Rafnag und Hrothgar brachen endlich den Bann, indem sie laut »Fionn! Endlich!«, schrien, rücksichtslos über die Tafel hinwegsprangen und auf ihn zurannten, ihn lachend und weinend zugleich umarmten und dann zwischen sich auf die Schultern nahmen und ihn wie auf einem Thron feierlich zur Tafel trugen.

Die Elben klatschten dazu laut und verfolgten seinen Weg mit Hochrufen, hoben die Pokale und prosteten ihm zu, während er Peredur und Morcant begrüßte und den Ehrenplatz an der Tafel zugewiesen bekam.

Dann gab es auch für ihn zu essen und zu trinken.

Bereits am nächsten Tag packten sie und machten sich bereit für die Heimreise. Es gab nichts mehr, das sie hier halten konnte, am wenigsten Fionn, der nichts über Cady wusste und sich Flügel gewünscht hätte, um so schnell wie möglich nach Sìthbaile zu fliegen und ihr Schicksal zu erfahren. Er hatte sich mit Peredur darüber ausgetauscht, und sie waren übereingekommen, dass ein Zusammenhang bestehen musste, und dass vielleicht niemand wagte, ihnen die möglicherweise traurige Wahrheit zu übermitteln. Wenn das der Fall sein sollte, dann wollten sie sich wenigstens noch an eine letzte Hoffnung klammern, ob nun trügerisch oder nicht, und sich erst in Sìthbaile den Tatsachen stellen.

Peredurs oberste Pflicht war es jetzt ohnehin, sich den Völkern als Hochkönig zu präsentieren. Seine Gefühle mussten vorerst hintan stehen. Und Fionn als sein Freund wollte ihn darin unterstützen und seinem Beispiel folgen.

Die Elben gaben ihnen ihre schnellsten Rösser – allerdings nicht die unheimlichen Windschnellen –, mit prächtigen Sätteln und Zaumzeug, und vor allem waren sie mit Kleidung – und Hrothgar mit Rüstung – und Waffen neu ausgestattet worden, damit der Hochkönig Albalons nicht wie ein Bettler im eigenen Palast einkehren musste.

Sie verabschiedeten sich herzlich und ein wenig traurig von Morcant, den andere Pflichten riefen, doch es würde ein baldiges Wiedersehen geben, daran konnte gar kein Zweifel bestehen.

So ritten sie los, bis zur Grenze noch von Elben begleitet, die am Rand des Waldes verhielten und ihnen lange nachwinkten. Dann ging es flugs weiter Richtung Süden.

Der Weg dauerte länger als gewünscht, denn die Kunde vom nahenden König sprach sich überall wie ein Lauffeuer herum, und die Leute strömten noch von ihren Höfen an den Straßenrand, um ihm zuzuwinken und ihn zu bejubeln. Abends wurden sie in den Städten bei den Bürgermeistern, oder unterwegs in den Burgen, eingeladen zu übernachten, und sie mussten jedes Mal an einem Bankett teilnehmen, auch wenn sie oft zu müde waren und sich früh entschuldigen mussten. Vor allem waren sie es nicht gewohnt, regelmäßig so viel zu essen – mit Ausnahme von Fionn vielleicht, der noch dazu einiges aufzuholen hatte.

Nach und nach schlossen sich der kleinen Schar immer mehr Reiter, Kutschen und Karren, Wanderer auf respektvollem Abstand an, und so kam das öffentliche Leben auf ihrem Weg fast vollständig zum Erliegen.

»Wie wird das erst in Sìthbaile«, stöhnte Fionn einmal unterwegs. »Schlimmer als zur Hochzeit, glaube ich.« Kurz zuckte Schmerz durch sein halbes Herz, aber er ließ sich nichts anmerken.

Peredur lächelte. »Es werden bald ruhigere Tage kommen«, versprach er. »Gönnen wir es ihnen.«

»Es ist wirklich eine Befreiung«, bemerkte Rafnag und winkte grinsend hübschen jungen Damen zu, die ihm vom Straßenrand aus Blumen und gehauchte Küsse zuwarfen.

So zogen sie mit großem Gefolge in Sìthbaile ein, und die ganze Stadt war auf den Beinen und drängte sich in den Straßen. Es war unmöglich, sein eigenes Wort zu verstehen, so sehr schallten die Hochrufe von den Häuserwänden, dass so manche Scheibe dabei zu Bruch zu gehen drohte. Die Leute schwenkten Blumengirlanden und Fahnen, jubelten und pfiffen, sangen und tanzten, und sie warfen Blumen und kleine Glücksbringer aus Stoff.

Bei dem dichten Gedränge brauchten sie fast doppelt so lange, bis sie endlich den Hügel erreichten, auf dem sich in vertrauter Größe der Palast erhob, und auch dort war alles voller Menschen, Zwerge, Elben, Kleiner Völker, und sogar der eine oder andere Oger stach unübersehbar aus der Menge hervor.

Gerüstete Palastwachen stürmten die Portaltreppe hinab, scheuchten die Leute auseinander und schufen eine breite Gasse, an deren Fuß Peredur und seine Freunde die Elbenrösser anhielten und aus dem Sattel stiegen.

Die Wachen nahmen Haltung an und salutierten.

Cenhelm persönlich nahm den Herrscher unten in Empfang und verneigte sich. Statt der linken Hand trug er eine Eisenfaust, doch das tat seiner Erscheinung keinen Abbruch, und er strahlte über das ganze Gesicht, als er beiseite trat und einladend nach oben wies.

»Eine Überraschung erwartet dich«, flüsterte er dem König im Vorbeigehen zu. »Bis vor zwei Tagen wussten wir nicht, ob alles gut wird, und Màni hatte verboten, auch nur darüber zu reden. Aber nun triffst du genau im richtigen Moment ein. Das ist das beste Zeichen von allen.«

Peredur stieg langsam die Stufen empor und verharrte, als er eine Gestalt dort oben erblickte, die ihm nur allzu vertraut war. Schmal und hochgewachsen, weiß und schwarz wie eine Möwe.

»Màr...?«, fragte er zögernd. Schmerz zuckte über sein Gesicht, und er griff sich an die Brust. Dort, wo ein junges, kleines, stetig wachsendes Herz kräftig schlug. Er hatte vergessen, wie sich das anfühlte, hatte vergessen, wie schnell so ein Herz pochen konnte, wie es war, wenn es gegen den Brustkorb schlug, als wolle es durch ihn hindurch.

Der Schmerz des Lebens – für alle anderen selbstverständlich, aber für ihn ungewohnt. So erlebte er ihn zum ersten Mal nach tausend Jahren wieder, wahrhaft neugeboren.

Ohne dass es ihm bewusst wurde, setzten seine Beine sich wieder in Bewegung, schnell und schneller, bis er, immer zwei Stufen auf einmal nehmend, die Treppe emporstürmte und atemlos bei der Elbenfrau ankam, die ihn verwirrt lächelnd erwartete. So kannte sie ihn nicht! Mit dem Herzen kehrte auch sein Temperament zurück, von dem er offenbar auch nach dieser langen Zeit nichts eingebüßt hatte.

»Màr«, wiederholte er – nur das eine Wort – und nahm ihr Gesicht in seine Hände. Dann brach es aus ihm heraus. »Màr, ich kann dich fühlen. Mein Herz ... es schlägt für dich. Ich fühle es!«, rief er, überwältigt vor Glück schloss er sie in seine Arme und presste sie an sich. »Màr«, stammelte er, »o Màr, wie konntest du so lange Geduld haben ... Wie sehr muss es dich geschmerzt haben, noch mehr, als es mich jetzt schmerzt ...«

»Ich bin unsterblich«, antwortete sie und sah ihm ins Gesicht. »Nun, wenngleich ... zumindest *war* ich es.«

Fionn sah sich um. »Wo ist Cady?«, fragte er.

Màr löste sich aus Peredurs Armen und neigte sich zu ihm. »In Meister Ian Wispermunds Haus«, sagte sie leise. »Du solltest dich besser beeilen.«

Angst umkrampfte sein halbes Herz, und der Bogin rannte los.

»Der König!«, rief jemand, und Peredur kam nicht mehr dazu, Màr weitere Fragen zu stellen. Die Menge war nicht mehr zu halten und alle brachen in den lautesten Jubel aus, drängelten sich noch mehr auf der ohnehin schon viel zu vollen Treppe und konnten kaum länger von der Phalanx aus Palastwachen zurückgehalten werden.

Peredur erblickte am Eingang Vàkur und Cyneweard und sah die Spuren ihrer schweren Verletzungen, war jedoch erleichtert, dass sie ansonsten wohlauf waren.

Und da war auch Valnir, er erkannte sie erst auf den zweiten Blick, denn Valnir war gänzlich ohne Bart, aber in Kriegerkleidung, mit einem Peredur unbekannten Zwerg an der Seite; die beiden wirkten vertraut miteinander, und das war ein schöner Anblick. Doch es gab Lücken in der Gemeinschaft; nicht alle waren da, wie der König bereits aus den erhaltenen Nachrichten wusste, und er hoffte, die ausführlichen Geschichten der Augenzeugen bald zu erfahren. Er würde sich die Zeit für Trauer nehmen, sobald er dazu Gelegenheit hatte. Das hatten sie verdient.

Hrothgar und Rafnag rannten zu ihren Freunden, und sie umarmten einander und klopften sich gegenseitig auf die Schultern.

Peredurs Atem stockte, als auf einmal Licht den Eingang erfüllte, und dann trat eine große, blondhaarige Gestalt in strahlend glänzender Ritterrüstung heraus. »Pellinore!«, rief der König überaus erfreut.

Der Erste Ritter kniete – ein wenig ächzend – nieder. »Mein König«, sagte er lächelnd, mit einem Blitzen in den strahlendblauen Augen. »Mein Schwert gehört endlich wieder dir.«

»Ich hätte kaum zu hoffen gewagt, dass dir nach der Aufhebung des Fluches noch ein Leben möglich wäre ...«

»Erstens war mein Fluch schon vor dem euren beendet. Zweitens wurde mir durch die vollständige Verwandlung anders als bei dir und Asgell meine Lebenszeit nicht gestohlen. So erklärte es Lady Kymra mir zumindest. Ich bin wieder derselbe alte Mann wie damals.« Er schmunzelte. »Ein, zwei Jahrzehnte werden mir wohl noch vergönnt sein.«

»Ich hoffe doch, mehr ... viel mehr, mein alter Freund.« Peredur streckte Pellinore die Hand hin und nötigte ihn damit, sich zu erheben.

Als Nächster kam Asgell heraus, der das Warten nicht länger ausgehalten hatte, und die beiden Brüder umarmten sich herzlich und vor Glück laut lachend. So manch einer der Umstehenden schniefte verstohlen bei diesem Anblick, denn für einen kurzen Atemhauch wandelten sich die Gestalten der Männer zu einem Abbild der *Wilden Prinzen*, die sie einst gewesen waren – jung und ungestüm und unbekümmert, voller Kraft und Frohsinn, wie sie ganz Albalon jahrelang in Atem gehalten hatten.

Meister Ian Wispermund legte Peredur den königlichen Umhang mit dem Hermelinfellbesatz um die Schultern. »Bin ich froh, das verstaubte alte Ding endlich los zu sein.«

Danach stellte der alte Mann sich an den Rand der Treppe. »Der König ist zurückgekehrt, und Albalon ist frei!«, rief er kraftvoll und hob auffordernd den Arm. »Begrüßt und ehrt ihn! Und dann trefft die Vorbereitungen für das größte Fest, das es je gegeben hat! Die ganze Stadt soll daran teilhaben, in allen Straßen und Gassen soll gefeiert und getanzt werden, bis nichts mehr zu trinken und zu essen da ist!«

Mit weithin schallenden Jubelrufen kam das Volk der Aufforderung nach. Die ersten verbeugten sich, weitere folgten, bis sie schließlich alle dem König ihre Huldigung erwiesen, und Peredur winkte lächelnd und verneigte sich leicht in alle Richtungen, bevor er Màrs Hand auf ehrerbietige Weise nahm und sich anschickte, nach innen zu gehen. Es gab viel zu besprechen und erste Entscheidungen mussten gefällt werden, bevor das Land erneut im Chaos versank.

Kurz bevor er über die Schwelle trat, zögerte der König jedoch plötzlich und drehte sich noch einmal um, sein Blick schweifte suchend umher. Besorgt runzelte sich seine Stirn. »Fionn...?«

»Der wird bald nachkommen«, erklang Tiws raubauzig knarrende Stimme von innen. »Bei Hafrens Lilien, nun kommt schon endlich herein, es zieht wie Hechtsuppe! Die Tafel ist gerichtet, und ich sterbe bald vor Hunger. Wir können auch beim Essen reden, falls es denn Sinnvolles zu sagen gibt, und wenn nicht, so wird die Zeit wenigstens nicht nutzlos verbracht.«

Wütend mahnende Stimmen erhoben sich, doch Tiw übertönte alle. »Was denn? Ich spreche nur aus, was ihr alle denkt, gebt es doch zu!«

Peredur schüttelte still schmunzelnd den Kopf, war allerdings nicht gänzlich beruhigt. Er erinnerte sich, dass er einige Fragen hatte, weil Màr zu Beginn, bevor der Tumult losgegangen war, etwas gesagt hatte, das Klärung verlangte. »Vielleicht sollte ich...«

Màr legte ihre feingliedrige Hand an seinen Arm. »Es ist alles in Ordnung«, sagte sie leise und sanft lächelnd.

Er blickte in ihre efeufarbenen Augen, in denen Zärtlichkeit schimmerte, und etwas, das ihm... vertraut war. Und dann verstand er plötzlich. Schweigend nickte er.

Darüber würden sie gewiss noch sprechen, aber nicht jetzt.

Behutsam legte er den Arm um die schmale Taille der Elbenfrau und hielt sie an sich gedrückt. Nie wieder wollte er sie loslassen, nie wieder wollte er allein sein. Liebe pochte in seinem Herzen und eine ungewohnte, heitere Sanftmut legte sich über sein Gemüt.

Nun endlich war er bereit, Frieden zu schließen, mit sich und der Vergangenheit.

Zugleich war er voller Tatendrang und richtete den Blick nach vorn.

»Es liegt wieder einmal einiges in Trümmern«, sagte Peredur zu den Leuten, die ihn umstanden. »Und ich fürchte, die Schwierigkeiten sind noch lange nicht bewältigt. Doch seien wir frohen Mutes, denn zum ersten Mal seit langer Zeit ist Albalon frei – *wahrhaftig* frei. Damit wollen wir neu beginnen: Menschen, Elben, Zwerge, überhaupt alle Völker der Insel. Und diesmal machen wir es richtig!«

Mit diesen letzten Worten, unter dem Jubel aller, Màr fest im Arm haltend, ging er hinein.

*

Onkelchen Fasin öffnete persönlich die Tür, doch Fionn hatte keine Zeit, ihn zu begrüßen. Er rannte an ihm vorbei zum Seitentrakt, in dem er und Cady ihre kleine Zuflucht hatten, und die sie nur zwei Nächte lang gemeinsam bewohnt hatten. Die Angst ließ seinen Blick verschwimmen, als er die Tür aufriss, niemanden im Wohnzimmer sah und daraufhin panisch nach nebenan ins Schlafzimmer rannte. Und da sah er Cady, endlich Cady!

Sie saß auf dem Bett und blickte ihm entgegen. »Ich habe schon von eurer Ankunft gehört. Die Stadt feiert seit Tagen, und vorhin war der Jubel bis hierher zu hören.«

»Cady!« Er stürmte zu ihr, warf die Arme um sie und umklammerte sie, als habe er Furcht, sie könne ihm im letzten Moment entgleiten, oder sie wäre überhaupt nur ein Trugbild. »Hafren sei Dank, du lebst! Ich ... ich hatte schreckliche Sorge, weil mir niemand etwas sagen wollte ...«

»Fionn, du raubst mir ja den Atem«, sagte sie sanft.

Er kam endlich zur Besinnung, ließ sie los und rückte ein wenig von ihr ab, nahm ihre Hände und betrachtete sie. Sah eine Frau, die älter war als sie sein sollte, mit grauen Strähnen im Haar.

Und begriff.

»Du ... auch?«, stammelte er.

»Màr«, antwortete sie. Sie strich ihm seine weiße Strähne aus der Stirn. »Peredur?«

Er nickte.

»Jetzt verstehe ich«, stieß er atemlos keuchend hervor, »warum er kurz vor dem Angriff auf einmal strauchelte. Er muss es gespürt haben, was mit Màr geschah ... so stark waren sie bereits miteinander verbunden, obwohl er kein Herz hatte. Und dann ... als es passiert war und sein Herz nicht mehr schlug ... Ich durfte das doch nicht zulassen, ich konnte nicht tatenlos dabei zusehen, wie er starb ...«

»Aber das ist wundervoll«, meinte sie, und ein Lächeln erhellte ihr Gesicht und ließ es wieder so jung erscheinen, wie sie war. »Das haben sie sich so sehr verdient, nach all dem, was sie für Albalon getan haben. Nun können sie ihre Herzen endlich vereinen.«

»Und wir die unseren«, murmelte er. »Es tut mir leid, Cady.«

»Was denn?« Sie klang verwundert.

»Na ja«, stotterte er. »Du ... und ... äh ... ich. Halb ... und so ...«

»Unsinn.« Sie lachte, dann küsste sie ihn auf den Mund und war wieder die Cady, die er kannte, noch ein wenig schwach, aber zumindest die Augen leuchteten voll sprühender Energie. »Wir haben also jeder nur noch ein halbes Leben, na und? Was macht das schon? Die Menschen haben gewöhnlich nicht mehr als diese Anzahl Jahre zur Verfügung, die uns verblieben sind, und sie leben trotzdem glücklich und erfüllt, insofern sie es wollen und vermögen. Weshalb sollte uns das verwehrt sein? Egal, wie lange es dauert, Fionn, wir *leben*. Und vor allem – jeder von uns beiden lebt doch jetzt nicht nur ein, sondern *zwei* Leben.«

Ein Strahlen erhellte ihr Gesicht. »Wir haben zwei ganz besonderen und bedeutenden Freunden, an denen uns sehr viel liegt, etwas Unschätzbares geschenkt, und sie werden es nutzen. Zum Wohle aller. Albalon ist frei, auf dem Thron Sìthbailes sitzt der rechtmäßige Herrscher, und bald werden wir einen Hochkönig der Menschen und eine Königin der Elben *mit den Herzen der Bogins* haben. Stell dir nur vor! Was könnten wir uns denn mehr wünschen? Sie werden mit diesen Voraussetzungen das Reich weise regieren und zu neuer Blüte und wirklichem Frieden führen. Das ist doch jedes Opfer wert, denkst du nicht?«

»Gewiss«, antwortete Fionn erstaunt, denn natürlich hatte sie recht. Die ganze Tragweite wurde ihm erst angesichts ihrer Worte bewusst. »Und außerdem ... wenn *wir* beide unsere Herzen vereinen, haben wir schließlich wieder ein ganzes. Das ist mehr, als viele andere in ihrem Leben erreichen.« Er zog Cady erneut in seine Arme, benommen vor Glück, und fühlte, wie ihre halben Herzen im selben Takt schlugen: wie ein einziges.

Und dann ... hörte er *noch* etwas.

Ganz leise.

Ganz zaghaft.

Poch.

Und noch einmal:

Poch.

Ein *dritter* Herzschlag.

»C-Cady«, stammelte er, dann wagte er nicht mehr zu atmen, um nicht zu zerstören, was so zerbrechlich wirkte und kaum fassbar war.

»Ja«, wisperte sie nah an seinem Ohr. »Ja, Fionn, ja.« Sie gluckste verhalten.

Fest umschlungen saßen sie auf dem Bett und kicherten vor sich hin, trunken im Überschwang dessen, was ihnen zuteil geworden war.

»Das ist der Sinn der Großen Arca, die wahrhaftig die Seele Albalons ist, des Weißen Reiches«, sagte Cady. »Und die Essenz unseres Buches, das wir nun nicht mehr zu öffnen brauchen, weil wir schon alles wissen.«

»Und nicht nur das«, sagte Fionn ein wenig heiser. »Wie gefällt dir eigentlich der Name ›Liléa‹ für ein Land?«

»Lilien-Aue? Ein schöner Name, aber wieso für ein Land?«, fragte sie verwundert. »Sollten wir nicht zuerst einen Namen für ...«

»Nein, nein, genau darum geht es ja«, stammelte er. »Das soll der Name sein für unser ... unser *eigenes* Reich.« Widerwillig, aber aufgeregt löste er sich aus ihren Armen und zeigte ihr das reichlich mitgenommene und zerknitterte Dokument, immer noch mit ungebrochenem Siegel. »Hier steht es drin. Im Gebiet von Dorassy. Peredur hat es uns übertragen. Es gehört uns. Ein Land ganz für uns, in dem wir unser Häuschen bauen können, und nicht nur du und ich, sondern alle, jeder einzelne Bogin. Wer gerade möchte. Wir haben nicht nur das Ziel der Großen Arca erreicht.

Das Buch, das unsere Seelen bewahrt hat – wir sind frei, endlich *wirklich* frei. Wahrscheinlich lässt sich das Buch jetzt ganz leicht öffnen. Oder dann, wenn wir unsere eigene Schwelle das erste Mal übertreten. Rede ich Unsinn, Cady? Ich kann nicht mehr aufhören...« Er schnappte nach Luft.

Ein tiefer Glanz lag in ihren morgenblauen Augen. »Fionn, das ist das wunderbarste aller Geschenke. Hafrens Lilien werden überall blühen, und wir werden von zauberischem Duft umgeben sein. Und in unserem eigenen kleinen Garten werden wir damit beginnen, und ... und er wird fertig sein, und auch das Haus, bevor unser kleiner Springinsfeld da ist.« Sie legte seine Hand an ihren Bauch. »Du hast recht, dafür werden wir noch mit dem Namen warten, denn er soll genau passen.«

»Ja.« Ihm wurde leicht schwindlig. Bei einem so engen Zeitplan mussten sie sich ordentlich reinhängen. Aber was machte das schon – sie hatten ohnehin nichts anderes mehr zu tun als nur an sich und ihre eigene Zukunft zu denken.

Fionn atmete tief und befreit durch und lachte. »Ja: Und mehr gibt es dazu nicht zu sagen.«

GLOSSAR

Åladís	Schönelbe; Name von Peredurs ermordeter Tochter.
Albalon	Das Weiße Reich, die Insel der Glückseligen, aufgeteilt in Nord- und Südreich.
Alskár	Der Strahlende.
Årdbéana	Ehemaliger Titel, in etwa Kaiserin.
Asgell	Eigtl. Ceindrech Pen Asgell, »der Flügelköpfige«, ein Mann besonderer Geistesgaben und magischer Talente. Auch genannt »der Zauberer vom Berge«.
Bogins	Halblinge, von manchen Menschen auch als Kobolde bezeichnet.
Brandfurt	Waldstadt der Braunelben, im Mittelwesten des Südreiches gelegen.
Bucca	»aufgeblasene Backe«, Schimpfwort für die Bogins.
Cady	Bogin-Form für »die Reine«.
Cenhelm	Der mutige Beschützer.
Clahadus	Etwa: Staubstein, das gemiedene, verfluchte Ödland, voll von Irrmagie.
Cervus	(lat.) der Hirsch
Cuagh Dusmi	»Nebelhafen«, große Hafenstadt der Elben, hier leben und arbeiten vor allem die Schiffsbauer.
Cyneweard	Der Königswächter.
Djarfur	Der Mutige, der Kühne.
Draca	Der Drache.
Du Bhinn	Die Schwarzen Berge im Westen des Südreiches.
Dubh Sùil	Ragna »Schwarzauge« war Hafrens Schwester und ihre Mörderin.
Fiandur	Die Rebellen, Kämpfer und Streiter; insgesamt sind sie 22.
Fionn	Der Blonde.

Fjalli	»Einer, der sich wohlfühlt in den Bergen«, eine Eigenbezeichnung der Zwerge, und Name des größten Zwergenreiches.
Fjölnir	Der Bewanderte.
Geld	Bei Zwergen, Menschen und Elben allgemein übliches Zahlungsmittel sind geprägte Münzen, die entweder die Elbenrune der Årdbéana (Bronze), ihr stilisiertes Profil (Silber) oder ihr gütiges Auge (Gold) zeigen. Einhundert Bronzestücke ergeben einen Silberkopf, einhundert Silberköpfe ergeben ein Goldauge. Hundert Goldaugen und darüber werden von den Reichen oft in Juwelen eingewechselt, wobei deren Wert nach Gewicht bemessen wird. Die übrigen Völker verwenden als kleinste Einheit zumeist ungeprägte Kupfermünzen, die sie als »Ähre« bezeichnen. Sie sind etwas mehr wert als die Bronzestücke, daher ergeben achtzig Ähren einen Silberkopf, doch wird der Kurs oft zu Ungunsten des Käufers ausgelegt und vor allem werden dabei die Kleinen Völker übers Ohr gehauen. Diese allerdings können sich gewissermaßen »rächen«, indem sie Unwissenden ihr »Elbengold« andrehen. Es sieht aus und wiegt auch so viel wie echtes Gold, bis es den Besitzer wechselt, dann zeigt es seine wahre Natur. Elbengold ist mit dem in manchen Gegenden bekannten »Katzengold« gleichzusetzen und besitzt nicht mehr Wert als ein paar Ähren.
Hafren	Die Herrin der Flüsse und Seen.
Hrothgar	Der Ruhmreiche Speer.
Jarpnasi	»Schnippe«.
Liléa	»Lilien-Aue«, nach *ēa*, Gewässer.
Màni	Die Mondin.
Màr	Die Möwe.
Mathlatha	»Der gütige Tag«, Stadt im südlichen Westen.
Morcant	Der Meersänger.
Myrkalfr	Schwarzalb, angeblich entfernt mit den Elben verwandt.

Peredur — Es gibt viele Bedeutungen dieses Namens, eine davon soll »Parzifal« sein. Das könnte vieles erklären.
Plowoni — Name der größten Ruinen in Clahadus, »Siedlung am breiten Fluss«, der aber längst ausgetrocknet ist.
Rafnag — Der Rabe.
Randur — Der Rote.
Ridirean — Die berühmte »Ritteruhr« steht auf dem großen Platz vor der Allee zum kaiserlichen Palast. Sie zeigt einen lebensgroßen Ritter auf einem Pferd und vermeldet die volle Stunde mit einem wahren Konzert, das bis in nahezu jeden Winkel der großen Stadt zu hören ist. Der Mechanismus wird durch eine Wasseruhr im Innern des Pferdes gesteuert, dort befindet sich eine Schüssel in einem großen, mit Wasser gefüllten Hohlraum. Durch eine kleine Öffnung im Boden füllt sich die Schüssel nach und nach mit Wasser und sinkt ab. Sie ist durch einen Draht mit einem Korb im Brustharnisch des Ritters verbunden, in dem sich Bälle aus Metall gleichen Gewichts befinden. Nach einer Stunde ist die Schüssel so weit abgesunken, dass sie einen Hebelmechanismus auslöst. Eine Metallkugel fällt aus dem Korb in den nach oben gereckten Rachen einer Schlange, die sich vom Pferd über den Ritter nach oben windet. Durch das Gewicht kippt die Schlange, und verschiedene Figuren, die sich ebenfalls auf dem Pferd befinden – hinter dem Ritter ein Hund, auf dem Kopf des Pferdes ein Fasan; dazu ein Horn, in das der Ritter bläst, sowie das Pferd selbst – stoßen nun durch das Ziehen an den verschiedenen mit der Schlange verbundenen Drähten verschiedene Geräusche aus. Gleichzeitig wird die versunkene Schüssel wieder aus dem Wasser gezogen und geleert. Daraufhin schwingt die Schlange zurück und der Vorgang wiederholt sich jede Stunde. Ein »Uhrenhüter« – der jedes Jahr von den Stadtbewohnern gewählt wird, was eine große Ehre darstellt – achtet darauf, dass sich der Wasser-

stand nie verändert und immer genug Bälle im Korb sind. Er sorgt auch dafür, dass sich niemand an den kostbaren Metallen und Juwelenverzierungen vergreift. Während seiner einjährigen Wache wird der Uhrenhüter vom Palast versorgt, er lebt in einem kleinen Unterstand neben Ridirean und darf ihn nur zu bestimmten Zeiten kurz verlassen. Nachts, von Schlag Zwölf bis Schlag Vier, zu den sogenannten »Stummen Stunden«, werden die Bälle aus dem Korb genommen und die Stunden stumm gezählt.

Wie alt diese Uhr ist, ist nicht bekannt, denn die Zeit der Ritter ist schon seit Jahrhunderten vergangen (falls es sie je gegeben hat und diese Uhr nicht lediglich ein Symbol darstellt).

Die für die Uhr verwendeten Metalle sind sehr kostbar – Silber, Gold, und verschiedene Legierungen, die Panzerung von Ritter und Pferd ist zudem mit Juwelen geschmückt und die Augen der Schlange bestehen aus kinderfaustgroßen Rubinen.

Schnappes   Bezeichnung für Klaren, Kurzform der ursprünglichen Bezeichnung »Schnapp ihn dir!«.

Scythesee   Noch gefürchteter als die Sturmsee, man sagt gern: »Das Unheil kommt von Osten und mäht dich mit der Sense nieder.«

Sithbaile   Die Stadt des Friedens, im Südosten des Landes gelegen, von der Årdbéana nach Kriegsende gegründet. Sie ist schnell gewachsen und zu großer Blüte gekommen, die Einwohnerzahl dürfte sich mit dem Umland auf über eine Million beziffern. Es ist eine von Elben dominierte Stadt.

Speisebier   Dünnbier nach mittelalterlicher Art gebraut; leicht alkoholischer Getreidesud ohne Hopfen.

Stumme Stunden   siehe Ridirean.

Tuagh   Die Axt, Name König Peredurs in der Zeit seiner tausendjährigen Wanderschaft vor dem Sturz Schwarzauges.

Tylwytheg Das Schöne Volk, sehr ätherisch, entfernt mit den Elben verwandt.
Urram Traditioneller Dolch der Bogins, den jedes Neugeborene an die Wiege gebunden bekommt und dann sein Leben lang bei sich trägt.
Vàkur Der Falke.
Valnir Das Schwert.
Vidalin Das sehr alte Geschlecht Peredurs. Der Sippengründer soll einst ein sehr beredter und heiliger Mann gewesen sein.

DANK

An dieser Stelle sei Fastolph Foxburr of Loamsdown und Hamson Chubb-Baggins of Pincup ganz herzlich gedankt. Ihr habt mir ermöglicht, die umfangreiche Chronik der bedeutendsten Helden unseres Volkes zu Papier zu bringen, mich tatkräftig bei den Recherchen unterstützt und seid mir stets mit Rat und Tat zur Seite gestanden. Dank euch ist das Ergebnis meiner Aufzeichnungen an die Öffentlichkeit gebracht worden.

Und natürlich gilt mein Dank auch euch, der geneigten Leserschaft, sich überhaupt für so kleine Leute zu interessieren. Vielen Dank, dass ihr die Geschichte von uns Bogins bis zum Ende begleitet habt. Mögen euch die guten Gedanken nie ausgehen und Hafrens Lilien euch auf allen Wegen begleiten.

*Auch im Weltraum gibt es Fettnäpfchen.
Und Hal Spacejock lässt keins aus ...*

Simon Haynes
EIN ROBOTER
NAMENS KLUNK
Roman
Aus dem amerikanischen
Englisch von
Winfried Czech
400 Seiten
ISBN 978-3-404-20741-1

Jeder kennt einen Typen wie Hal Spacejock. Er gehört zu den Leuten, die ihren Rohrbruch selbst beheben und dabei das Nachbarhaus überfluten. Kaum auszudenken, was erst geschieht, wenn er sich ein 200-Tonnen-Raumschiff kauft. Wegen des Schiffs ist Hal bis über beide Ohren verschuldet und muss daher (mit einem nervigen Roboter namens Klunk) einen riskanten Auftrag annehmen. Und dabei ausgerechnet sein kostbares Schiff aufs Spiel setzen ...
»Besser als Red Dwarf!« Tom Holt

Bastei Lübbe

Asche, Sand und Drachenfeuer

Akram El-Bahay
FLAMMENWÜSTE
Roman
528 Seiten
ISBN 978-3-404-20756-5

Die Gerüchte verbreiten sich wie ein Lauffeuer durch das Wüstenreich Nabija: Ein Drache soll Karawansereien und Dörfer niederbrennen! Dabei glaubt kaum noch jemand an die Existenz dieser Wesen. Dem Märchenerzähler Anûr bescheren die Gerüchte ein großes Publikum. Aber auch er hält die alten Geschichten über feuerspeiende Ungeheuer nur für Märchen. Bis er auf Drachenjagd geschickt wird – und in der Tiefen Wüste auf ein uraltes Wesen trifft, so schwarz wie die Nacht selbst ...

Ein großartiges Fantasy-Epos über vergessene Drachen, verlorene Magie und lebendige Märchen

Bastei Lübbe